BASTEI LÜBBE

Janice Woods Windle

STOLZE FRAUEN WEITES LAND

Aus dem Englischen
von Wolfgang Neuhaus

BASTEI LÜBBE

BASTEI-LÜBBE-TASCHENBUCH
Band 12690

Titel der amerikanischen Originalsausgabe:
Tru Women

Lizenzausgabe: Bastei Verlag Gustav H. Lübbe
GmbH & Co., Bergisch Gladbach
Printed in Germany August 1997
Einbandgestaltung: Quadro Grafik, Bensberg
Illustrationen (im Text): Dieter Ziegenfeuter
Druck und Bindung: Ebner Ulm
ISBN 3-404-12690-4

Für meinen Mann, Wayne E. Windle,
der immer an den Traum geglaubt hat.

Für meine Mutter, Virginia Woods,
deren Gelehrsamkeit
den Traum hat wahr werden lassen.

Zum Gedenken an meinen Vater, Wilton G. Woods,
dessen Liebe zur Geschichte
den Traum angeregt hat.

Für meinen Mann, Wayne L. Wendt,
der immer an den Traum geglaubt hat

Für meine Mutter, Virginia Woods
Jacobs Christensen,
die den Traum hat wahr werden lassen

Zum Gedenken an meinen Vater, William L. Woods,
dessen Liebe zur Geschichte
den Traum angeregt hat.

Aus:
Protokollbücher der Versammlung zu Fragen des Wiederaufbaus
Austin, Texas, den 7. Dezember 1868, Bd. 580
Minderheitenbericht des Ausschusses für staatliche Angelegenheiten gegen das Frauenwahlrecht

Werte Herren!

Wir, die Unterzeichneten, Mitglieder des Ausschusses für Staatliche Angelegenheiten, möchten nach eingehender Abwägung des von Mr. Mundine eingebrachten Gesetzesantrages betr. des Frauenwahlrechts mit gebührendem Respekt diesen Bericht vorlegen und unverzüglich feststellen, daß wir dem Frauenwahlrecht ablehnend gegenüberstehen; nicht etwa, weil wir den Frauen geringere geistige Fähigkeiten als den Männern zusprechen, sondern weil wir der unerschütterlichen Überzeugung sind, daß die Frau, in Anbetracht ihrer gesamten körperlich-geistigen Beschaffenheit, nicht für die aktive Teilnahme an den Regierungsgeschäften dieses Staates geeignet ist und daß ihre natürliche Bescheidenheit sowie ihre geschlechtsbedingte emotionale Empfindsamkeit jede WAHRE FRAU davon abhalten wird, an dem lärmenden und geschäftigen Treiben teilzunehmen, wie es an Wahltagen entsteht. Eine WAHRE FRAU ist sich bewußt, daß sie eine ungleich größere Wirkung erzielen kann, wenn sie sich auf jene Bereiche des Lebens beschränkt, die ihrer Natur angemessen sind, und indem sie als Ehefrau und Mutter jene sanften und gütigen Eigenschaften entfaltet, die in direktem Gegensatz zu denen des rauheren Geschlechtes stehen. Des weiteren lehnen wir das Frauenwahlrecht auch deshalb ab, weil wir der Überzeugung sind, daß schon der gesunde Menschenverstand jede WAHRE FRAU im Lande erkennen lassen wird, daß es eine direkte und unverhohlene Beleidigung ihres Geschlechts darstellt, ihr das Wahlrecht zu gewähren; denn dies würde den trügerischen Anschein erwecken, die Frauen wären dermaßen unweiblich, dieses Privileg tatsächlich zu begehren.

Aus diesem Grunde sind wir der Ansicht, daß ein solches Gesetz von diesem hohen Herrenhause nicht verabschiedet werden sollte.

IDELLA

Hinter der Court Street im texanischen Seguin fließt der Guadalupe River unmittelbar an Idellas Haus vorüber und gräbt sich dort sein tiefes Bett. Kaum ein Platz auf Erden konnte ein Kind so sehr verzaubern wie dieser; doch war es uns natürlich verboten, dorthin zu gehen. Idella konnte mit den Toten sprechen, und ihre Nachbarn waren giftige Mokassinschlangen, die unter den Veilchen schliefen, und große Eichen, in deren Schatten zweifelhafte Geschöpfe ihr Unwesen trieben. Am Ufer des Flusses gab es Treibsand, der Pferde verschlingen konnte, ja, sogar Kinder. Nach jedem schweren Regenguß hatten wir Angst, die Gebeine jener Unglücklichen zu finden, deren letzte Augenblicke im Leben wir uns mit schrecklicher und faszinierender Deutlichkeit vorstellen konnten.

Der Grund des Guadalupe barg kleine Stücke vom Garten Eden aber auch Gefahr und Tod. Da unten gab es Städte aus Gold, Silber und Marmor wie Rom oder Byzanz und ganze Kulturen von Krebsen und Schnecken und räuberische Comanchen. In dunklen Höhlen, die das Hochwasser ausgespült hatte, lagen riesige Goldschätze, die der grausame Santa Anna versteckt hatte, bevor meine Ururgroßmutter Euphemia Texas Ashby King und deren Schwester Sarah ihn schmählich in die Flucht geschlagen und tief ins Herz seines verruchten Landes zurückgejagt hatten. Doch trotz all der geheimnisvollen Lockungen des Flusses waren es besonders die Gedanken an Euphemia, die mich zurück an den Guadalupe und in jenes Haus führten, wo Idella mit den Toten sprach.

Lebendige Geschichten über die Frauen in meiner Familie waren von der Mutter an die Tochter weitergegeben worden, von der

Großmutter an die Enkelin, von der Tante an die Nichte und sogar vom Vater an die Tochter, über sechs Generationen hinweg: Geschichten über die Witwen vom Alamo und darüber, wie Euphemia im Elendstreck beim Runaway Scrape, der großen Flucht der texanischen Frauen und Kinder vor Santa Anna, beinahe ums Leben gekommen wäre, oder darüber, wie Euphemias Schwester Sarah die Comanchen überlistete. Es waren Geschichten über Frauen, die in jenem Strom der Zeit lebten, liebten und starben, der bis in die Gegenwart fließt – und zurück bis zum Alamo und zu Sam Houston. Es waren großartige, epische Geschichten über Krieg und Abenteuer, Liebe und Mord, Gewalt und Vergeltung. Diese außergewöhnlichen Geschichten über außergewöhnliche Frauen waren zu einem Teil meiner selbst geworden. Sie waren so wirklich wie die kleine Stadt in Texas, in der ich aufgewachsen war, und sie waren mir so vertraut wie *A Child's Garden of Verses*. Doch als ich Mutter wurde und meinen eigenen Kindern – Angehörige einer Generation, die im Zeitalter des Fernsehens aufwuchs – diese alten Geschichten erzählte, stichelten sie: »Stimmt das wirklich? Sind diese stolzen Frauen nicht reine Phantasie?« Ernüchternde Fragen. Denn wie ein Töpfer etwas aus Ton formt, so gewiß hatte das Leben dieser Frauen, ihr Fleisch und Blut und ihr Geist auch mich geformt. Wenn diese Frauen und ihr Leben bloße Phantasiegebilde waren, was bedeutete das dann für meine Reise durch die Zeit? Würde ich für die Kinder meiner Kinder auch nur ein Phantasiegebilde sein?

Wer waren die Töchter der Euphemia Texas? Ich wußte nur sehr wenig über jene Frauen, deren Blut in meinen Adern strömt und deren Leben ein Prolog meines eigenen gewesen war, und tatsächlich stiegen Zweifel in mir auf. Was, wenn die Geschichten über Generationen hinweg immer mehr ausgeschmückt worden waren? War Euphemia wirklich dabei gewesen, als die Witwen aus Gonzales Zuflucht am Peach Creek fanden und als Sam Houstons bunt zusammengewürfelter Haufe Santa Annas Truppen am San Jacinto besiegte? Hatte Euphemia wirklich wie ein Mann reiten und schießen können? Und wie hatte sie es geschafft, ein Leben durchzustehen, das immerzu von Krieg und Gewalt, von wilden Comanchen und gefürchteten Republikanern heimgesucht worden war? Hatte meine Urgroßmutter Georgia Lawshe ihre Plantage wirklich aufs Spiel gesetzt, als sie gegen das Exportverbot für Baumwolle verstieß, das die Yankees erlassen hatten? Und hatte sie ihren Kindern tatsächlich geholfen, den Yankee-Offizier zu töten? Hatte Tante Sweet von der Veranda ihres Hauses aus wirklich auf die anrückende Marschkolonne der Yankees geschossen? Hatte eine andere Urgroßmutter, Bettie King, als kleines Mädchen tatsächlich allein die Leichen ihrer toten Freunde eine ganze Nacht vor einem Rudel hungriger Wölfe zu schützen versucht? Und waren all die bedeutenden Menschen wirklich durch das Leben und die Häuser der Frauen meiner Familie gezogen? Berühmte Menschen wie Thomas Jefferson, Sam Houston, Santa Anna, Juan Seguin, die Königin der Tuckabatchee, Robert E. Lee, Teddy Roosevelt, der Comanchenhäuptling Iron Jacket, General Henry McCulloch, Pink Rosebud, Precious Honey Child und Reverend Andrew Jackson Potter.

Also machte ich mich auf die Suche nach den Töchtern der Euphemia Texas. Ich ging in ihre Häuser und besuchte ihre Gräber; ich wühlte mich durch Kisten voller Unterlagen, die sich über meine Familie angesammelt hatten; ich studierte Fotos, die ich in Kellern und auf Dachböden aufstöberte. Ich sprach mit überlebenden Verwandten, las Briefe, Tagebücher, Alben, Steuerbescheide, Totenscheine, Akten über Eigentumsübertragungen und staatliche Landzuteilungen. Ich machte mich daran, Stück um Stück authentische Versionen jener Geschichten zusammenzusetzen, die ich als Kind gehört hatte. In nahezu jeder Einzelheit, die sich belegen ließ, stimmten die mündlichen Überlieferungen mit den historischen Quellen überein. Aber die Geschichten waren unvollständig, und die Personen wirkten irgendwie nicht so lebendig, wie ich es mir erhofft hatte. Deshalb kehrte ich als Erwachsene nach Seguin am Guadalupe River zurück, um Idella aufzusuchen, die mit den Toten sprechen konnte und deren größte Gabe darin bestand, verlorene Dinge wiederzufinden.

Als Kind hatte ich Idella für eine reiche Frau gehalten. Oft sah ich abends teure schwarze Limousinen neben ihrem Haus parken, die sich bekannte und berühmte Leute gemietet hatten, um ihre Anonymität zu wahren, wenn sie sich bei ihr Rat holten. Idellas Klienten kamen aus dem ganzen Hügelland und von der Hochebene, sogar aus einer so fernen Stadt wie San Antonio. Man sagte, Idellas Fähigkeit, in die Welten der Zukunft und der Vergangenheit zu schauen, sei unfehlbar. So könne sie mit absoluter Genauigkeit den Monat, ja, sogar den Tag vorhersagen, an dem bestimmte Leute heirateten, lange, bevor der oder die Betreffende über einen Heiratsantrag auch nur nachgedacht, geschweige denn, ihn gemacht hatte. Idella konnte im Leben eines Menschen Einzelheiten sehen, als wäre sie dabei gewesen. Sie war eine Mystikerin, eines jener seltenen Wesen, deren Seele frei und ungebunden in der Zeit umherzureisen vermochte.

In den Flußniederungen, in der Nähe von Idellas Haus, lebte ein schmuddeliger alter Mann namens Peachtree; ein Einsiedler mit langen, ungepflegten Haaren und schrecklichen Geheimnissen. Er pflegte mit einer angeketteten Eule am Ufer des Guadalupe entlangzuschlendern. Peachtree hatte immer schon in den Flußniederungen gelebt. Er war so alt wie eine Eiche und voller Geheimnisse. Es ging das Gerücht, daß er als Kind von Zigeunern entführt und am Ufer des Guadalupe zurückgelassen worden sei, wo eine Waschbärenfamilie sich seiner angenommen und ihn großgezogen habe. Peachtree hauste in einer Höhle, die er sich in die Uferböschung gegraben hatte. Sein Heim war umgeben von einer Brustwehr aus alten Autoteilen, schrottreifen Kühlschränken, zerbrochenen Karrenrädern und dergleichen – einem wundersamen Sammelsurium aus Schrott und Gerümpel, das er aus den Mülltonnen Seguins gerettet hatte. Einige Kinder schworen jeden Eid, daß es im hinteren Teil von Peachtrees Behausung lange unterirdische Stollen gebe, die durch die Uferböschung bis hinauf in die Keller alter

Spukhäuser führten. Peachtree war harmlos, doch sein Äußeres und sein geheimnisvolles Gehabe weckten den Verdacht, daß er durchaus zu Greueltaten fähig war. Manchmal, in der Nacht, wenn ich im Bett lag, hörte ich den klagenden Schrei der Eule des alten Mannes, und ich konnte am Klang des Geräusches erkennen, an welcher Stelle der Flußniederung Peachtree gerade unterwegs war. Manchmal konnte ich die Eule bei Idellas Haus schreien hören, und dann stellte ich mir vor, wie die alte schwarzhäutige Wahrsagerin und der zerlumpte Einsiedler in der Finsternis beisammensaßen, sich unterhielten und einander ihre Geheimnisse anvertrauten.

Ich ging am Guadalupe entlang, Richtung Osten, und versuchte mir dabei vorzustellen, wie Euphemia Texas und Georgia Virginia und Bettie King nach Westen gekommen waren. Das Wasser hatte die Farbe von Rauch und Jade. Am Ufer ging es tief hinab, und der Fluß gab Laute von sich, als wollte er mir seinen Namen sagen – *Guadalupe, Guadalupe.* Im verblassenden Licht der Dämmerung konnte ich Idellas Haus erkennen; es war aus Blech und Kiefernbrettern erbaut und kauerte an der Uferböschung. Idella stand auf der Veranda wie ein dünnes dunkles Schilfrohr, blickte aufs Wasser hinunter und sah zu, wie der Guadalupe auf seinem Weg zum Meer vorüberströmte. Stille lag über der Flußniederung und tiefer Schatten, und ich war noch ein gutes Stück von Idellas Haus entfernt, als ich ihre Stimme hörte.

»Miss Janice?« rief sie. Es kam mir so vor, als wäre ich nie von hier fort gewesen und als wäre die Zeit nur ein Märchen. Idellas Stimme war leise und vertraut; sie schien zu den Geräuschen zu gehören, die der Fluß von sich gab. »Ich hab' mich schon gefragt, wann Sie kommen.«

Idella hatte sich nicht verändert. Sie war zerbrechlich und wunderschön, wie altes Porzellan. Ihre Haut war von einem blassen Olivbraun und fast durchsichtig. Ihre Augen waren hell, grau und tief. Sie war sehr alt geworden. Doch ich hatte Idella immer nur als steinalte Frau gekannt. Als ich ihr Haus betrat, spürte ich wieder die seltsame Mischung aus Schrecken, Furcht und Achtung, die ich schon als

Kind in Idellas Gegenwart empfunden hatte; ein Gefühl, als kenne Idella sämtliche Geheimnisse des Universums. Wir setzten uns an den Tisch im Wohnzimmer und redeten eine Zeitlang über gemeinsame Erinnerungen: über meine Mutter und die Mutter meiner Mutter und wie schnell die Jahre vorüberzogen und wie die Stadt sich gewandelt hatte. Wir redeten über Veränderungen und über Dinge, die sich niemals änderten, über die Stürme aus dem Norden und Dürrezeiten, über Wildblumen und den Fluß und darüber, daß das Land sich kaum gewandelt hatte, seit Georgia Lawshes große Baumwoll-Frachtwagen darüber hinweggerollt waren oder seit Euphemia und Tildy ihre Pferde vor der Flut gerettet hatten. Es wurde dunkel. Idella zündete eine Kerze an und stellte sie auf den Tisch. Schatten wanderten über die Wände. Idella nahm meine Hand und fuhr mit dem Finger über die Linien der Handfläche.

»Ich sehe ein verlorenes Kind«, sagte sie. »Aber es ging auf andere Weise verloren, als es für gewöhnlich der Fall ist. Nicht in den Wäldern oder im Fluß. Es ist irgend etwas anderes. Irgendwas Tieferes. Eher wie etwas, das in den Strömen der Zeit verloren ist.« Sie hob den Blick von meiner Handfläche und schaute mir in die Augen. »Es ist gefährlich, nach so etwas zu fragen, Miss Janice. Es bedeutet, nicht bloß mit den Toten zu reden, sondern die Toten ins Leben zurückzuholen. Und wenn man sie erst einmal zurückgeholt hat, werden sie Teil von einem selbst. Ihr Schmerz wird der Ihre. Ich bin mir nicht sicher, ob Sie all das Leid in diese Welt zurückbringen wollen. All die toten Kinder. Ich glaube, es ist besser, Sie lassen sie ruhen.«

»Können Sie mir etwas über Euphemia Texas erzählen? Über Georgia Lawshe und Bettie King? Nicht nur, wer sie gewesen sind, sondern was sie gefühlt und gedacht haben. Was sie geträumt haben.«

Idella seufzte. »Haben Sie irgendwas von Euphemia? Ein Bild? Eine Schleife, die sie im Haar getragen hat? Irgend etwas, das ich in der Hand halten kann.«

»Ja.«

Für einen Augenblick wartete Idella auf Erinnerungsstücke, die ich mitgebracht haben mochte. Ich konnte das heisere Atmen der Autos hören, die auf der Court Street vorüberfuhren, und vielleicht, vielleicht sogar eine Eule in der Dunkelheit hinter dem Fenster. Dann lächelte Idella und streckte den Arm über den Tisch aus, um mein Gesicht zu berühren. »Natürlich haben Sie etwas von Euphemia mitgebracht«, sagte sie, und sie nahm meine Hände in die ihren und hielt sie fest, als wäre ich ein verlorenes Kind.

»Nun denn«, sagte sie und öffnete meine Hände. »Ich werde Ihnen von Euphemia Texas Ashby King erzählen. Ich werde Ihnen erzählen, woher Sie kommen und wer Sie sind.«

Für einen Augenblick wurde [illegible] Empörung [illegible] die [illegible] nicht, ich konnte [illegible] Augen der [illegible] Stärke [illegible] und viel [illegible] in die [illegible] dem Fenster. Dann lächelte Joella und [illegible] Arm über den Tisch aus [illegible] Sie schon [illegible] sagte sie, und sie nahm meine Hände in die ihren und hielt sie fest, als wäre ich ein verlorenes Kind.

»Nun denn«, sagte sie und öffnete meine Hände. »Ich werde Ihnen von [illegible] Texas [illegible] King erzählen. Ich werde Ihnen erzählen, woher Sie kommen und wer Sie sind.«

TEIL EINS

EUPHEMIA TEXAS ASHBY KING

Am Nachmittag des 13. März 1836 drehte der Wind nach Norden, und die ersten wilden Blumen des Jahres ergossen sich wie eine riesige Woge aus Blüten über die Wiesen. Wie so oft in diesem eigenartigen Frühjahr hatte es auch am Morgen dieses Tages geregnet, und bald führte der Peach Creek so hoch Wasser, daß er über die Ufer trat und die Randgebiete des riesigen McClure-Anwesens östlich der Stadt Gonzales überflutete. Im Auge des Windes versammelten sich ungeduldig drängelnde Regimenter dunkler Wolken und versprachen einem Land, das bereits zu ertrinken drohte, noch mehr Regen.

Auf einem Feld hinter dem Haus der McClures, über das ein Bach führte, an dessen Ufer Pflaumenbäume wuchsen, pflückte Euphemia Texas einen Strauß aus Kornblumen, Gänseblümchen und Löwenzahn und versuchte, sich an den Augenblick ihrer Geburt zu erinnern. Aber es war ja nun schon fünf Jahre her, seit sie auf die Welt gekommen war. Euphemia wollte sich das Bild ihrer Mutter ins Gedächtnis rufen, doch die Erinnerung brachte vor ihrem geistigen Auge nur das Antlitz Marias hervor, der Mutter von Jesus. Euphemia wußte, daß ihre Mutter tot war. Irgendwie hatte das Jesuskind sie mit in den Himmel genommen, wo es angeblich noch schöner war als in Texas. Euphemia Texas war stolz auf ihren Namen, und sie war unendlich froh, daß man ihr nicht den Namen Euphemia Himmel gegeben hatte. Nun war auch ihr Vater fort; er war nach Kentucky gegangen, wo immer das sein mochte. Alle hatten Euphemia allein gelassen, und sie wußte nicht einmal warum.

Allmählich wurde ihr kalt. Sie machte sich auf den Weg zurück zum Haus, warf die Blumen in den auffrischenden Wind und nahm sich vor, ein andermal einen Strauß für ihre Mutter zu pflücken. Vielleicht konnte sie heute mit den Freunden wieder einmal am Lagerfeuer sitzen und den Abend damit verbringen, sich unter freiem Himmel Geschichten über verzauberte Königreiche zu erzählen, über Feen und Elfen und Waisenkinder, welche die Gabe besaßen, ihren Kummer mit Würde zu tragen.

Plötzlich kam Euphemia zum erstenmal ein seltsamer Gedanke. *Vielleicht bin ich selbst nur ein Märchen, das sich jemand ausgedacht hat. Vielleicht bin ich gar nicht auf die Welt gekommen.* Als sie über die Wildblumenwiese ging, dachte sie wieder und wieder darüber nach und versuchte, diesen Gedanken in die richtigen Worte zu fassen, so daß sie ihrer Schwester zum geeigneten Zeitpunkt davon erzählen könnte, um zu erfahren, was diese von der Sache hielte. »Ich glaube nicht, daß ich geboren wurde«, sagte Euphemia laut. Und obwohl sie es damals noch nicht wußte, hatte sie es vielleicht genau diesen Worten zu verdanken, daß sie die kommenden Monate überlebte, während viele Menschen, die bei ihr waren, der Tod ereilte.

Als Euphemia den Rand der Wiese erreichte, sah sie mit Erstaunen, daß sich unter den Eichen und auf den Feldern vor dem Haus eine Menschenmenge versammelt hatte. Auf der Straße nach Gonzales, die auf dem Land ihrer Eltern über den Peach Creek und dann in einem Bogen nach Süden führte – durch die Wildnis in Richtung Victoria, Linnville und zum Meer –, drängten sich mehr Menschen, als Euphemia je zuvor gesehen hatte. Für gewöhnlich zogen nur ein paar fahrende Händler über diese Straße, oder wichtigtuerische Leute, die in geheimen Geschäften unterwegs waren. Jetzt war die Straße voll von Reisenden, zum größten Teil Frauen und Kinder. Sie alle gingen zu der großen Eiche, die über dem Eingang des Hauses wachte. Euphemia wußte, daß die Eiche so alt war wie die Welt. Ihre Äste waren schwarz, zernarbt von Blitzschlägen, krumm und schief vom Wind und vom Alter. Es gab Geschichten darüber, daß die Indianer vor langer Zeit im Schutz dieser Eiche Rast gemacht hatten, und manchmal, wenn Euphemia in die Äste kletterte, um ihren Strohpuppen Schlaflieder zu singen, konnte sie hören, wie die Geister der Indianerkinder mitsangen. Aber diese Geister sangen sehr, sehr schlecht, und daß Indianer keinen Ton halten können, war eines der wenigen Vorurteile, die Euphemia Texas bis ins mittlere Alter beibehielt.

Unter der alten Eiche zogen nun Ochsenkarren dahin, die mit Möbeln, Bettzeug, Haushaltsgeräten und Kindern beladen waren. Maultiere und Kühe wurden von Negern und von Frauen in schmutzigen Röcken getrieben, die sowohl auf die Straße achteten als auch das heranziehende Gewitter im Auge behielten. Bewaffnete Reiter hockten müde im Sattel oder hatten sich vor kleinen Lagerfeuern niedergelassen; und der Wind peitschte ihre Bärte und die Flammen der Feuer. Euphemia spürte einen unerwarteten Stich des Zorns, als ihr klar wurde, daß diese fremden Leute den Garten verwüsteten, in dem sie und ihre Brüder Travis und William erst letzte Woche beim Anpflanzen von Erbsen und Steckrüben geholfen hatten. Falls es überhaupt eine Rechtfertigung für so eine Rüpelhaftigkeit gab, dann mußte es schon eine Katastrophe sein.

Als Euphemia näher kam, hörte sie die Stimmen und Geräusche: Soldaten brüllten ihre knappen, barschen Befehle; Pferde wieherten; Karrenräder knarrten; Frauen riefen ihren Kindern zu, in der Nähe zu bleiben oder Schutz zu suchen; und dann erklangen aus dem Norden auch schon die ersten dumpfen Trommelschläge des Donners. Kurz darauf traf eine seltsame Gruppe Frauen ein; ihre Gesichter waren hart und so weiß wie Kreide. Einige taumelten und klagten dem Wind ihren Kummer.

»Das sind die Witwen vom Alamo«, hörte Euphemia einen Mann sagen. »Die Männer sind allesamt tot. Colonel Travis, Bowie, die Freiwilligen aus Gonzales – alle sind tot, bis auf den letzten Mann niedergemetzelt.« Das ganze Bild hatte etwas Schauerliches, Verzweifeltes an sich, als würden die Leute vor einem Schreckgespenst davonlaufen, von dem sie wußten, daß es schneller war als sie, gleich einem heraufziehenden Unwetter, das sie bald einholen und verschlingen würde. Euphemia Texas hatte ähnliches schon in ihren Träumen erlebt. Vielleicht würde sie bald aufwachen, und all diese Leute waren verschwunden. Oder die Leute würden aufwachen, und Euphemia war verschwunden.

Hinter einem Waldstück kam ein weißes Pferd hervor. Sein Reiter sah wie ein Bruder der alten Eiche aus. Einen so großen Mann hatte Euphemia nie zuvor gesehen. Er trug eine Feder am Hut, und als er auf das Haus zuritt, stellte Euphemia sich vor, der Mann wäre ein König, den böse Mächte, stärker als er, von seinem Schloß vertrieben hatten. Die ersten Regentropfen fielen. Kälte senkte sich vom Himmel auf die Erde herab wie eine riesige Totenhand, und die Menschenmenge schien aufzustöhnen. Und dann kamen auch schon die schwarzen Wolken herangewirbelt; ein Speer aus gelbem Feuer zuckte zur Erde hernieder, dem ein ohrenbetäubendes Krachen folgte. Euphemia rannte zum Haus. Als sie durch die Tür flitzte und die Leiter zum Dachboden hinaufkletterte, so schnell sie nur konnte, wußte sie, daß der Reiter auf dem weißen Pferd hinter ihr her preschte und in ihr Haus und ihr Leben hineingaloppieren würde.

Im Haus war es warm. Leviticus schürte das Feuer im großen Kamin. Die Kohlen glühten rotgolden in dem dunklen Zimmer, das nur ein einziges kleines Fenster besaß; die Läden waren zum Schutz gegen Sturm und Regen geschlossen. Durch die dicken Holzbohlenwände des Hauses konnte man gedämpft die Geräusche der Flüchtlinge und das Heulen des Windes hören. Doch Euphemia hatte keine Angst. Das Dach war stark und fest und würde sie alle beschützen; denn die Eichenschindeln waren im Mondlicht geschlagen worden, und deshalb hielten sie ein Leben lang. Hinter ihr, im trüben Licht des Dachbodens, saßen William, Travis und Little Johnny, Euphemias Neffe. Die Jungen blickten hellwach, mit weit aufgerissen Augen; sie hockten da wie Eulen, die in der Düsternis auf den Tagesanbruch warteten. Euphemias Brüder waren schon alt; Travis war sieben und William sogar neun. Euphemia fragte die drei, was draußen eigentlich vor sich gehe. Ihre Brüder sagten, es sei

Krieg, und sie würden zur Armee gehen und gegen Santa Anna kämpfen. Johnny kam zu Euphemia gekrochen und kuschelte sich an sie, als hätte er Angst vor dem Sturm und wollte Schutz bei ihr suchen. Sein Körper war wie ein kleiner Ofen, und Euphemia war sicher, daß Johnny sie in dieser kalten Nacht wärmen würde. Bald darauf lagen sie eng aneinandergeschmiegt und schlummerten tief. Nur Euphemia nicht. Auf dem offenen Dachboden, auf dem die Kinder schliefen, wartete sie darauf, daß der große Reiter auf dem weißen Pferd erschien.

Unten in der Stube hatte sich der Rest der Familie versammelt. Natürlich waren Euphemias Mutter und ihr Vater nicht dabei; die Mutter war ja im Himmel, der Vater in Kentucky. Aber Euphemias Schwester Sarah war dort unten, und Sarahs Mann, Richter Bartlett McClure. Euphemia bewunderte die beiden. Wie Gestalten aus einer Sage ragten sie aus dem Alltag heraus. Manchmal, wenn Euphemia sich an das Gesicht ihrer Mutter zu erinnern versuchte, sah sie Sarahs Gesicht vor sich. Sarah hatte sehr dunkle Augen, die weit auseinanderstanden, und ihr Haar war so schwarz wie die Nacht. Und ständig veränderte sich ihre Miene; mit unglaublicher Geschwindigkeit wechselte sie zwischen breitestem Lächeln, Gleichgültigkeit, Verwunderung, Zorn und finsteren Blicken hin und her. Euphemia konnte stets erkennen, was Sarah gerade dachte; sie brauchte ihr nur von einem Augenblick zum anderen ins Gesicht zu schauen.

Sarah war neunzehn. Sie war für Euphemia wie eine Mutter gewesen, seit ihrer beider Mutter gestorben war. Doch daß eine richtige Mutter so wie Sarah war, konnte man sich nur schwer vorstellen: Sie war eine wunderschöne und außergewöhnliche Frau, die wie ein Comanche reiten und so treffsicher schießen konnte wie der beste Schütze von ganz Texas. *Wenn ich doch auch so schön und tapfer wie Sarah wäre und so anmutig eine Pfeife rauchen könnte,* ging es Euphemia Texas Ashby oft durch den Kopf. *Oder wenn ich einen Mann bekommen könnte wie Bart McClure, der Richter ist und sogar weiß, wie man andere Sprachen spricht und sich Indianer zu*

Freunden macht. Dann wäre ich das glücklichste Mädchen östlich von San Antonio.

Wieder spürte Euphemia den Kummer in sich aufsteigen, der in den letzten Wochen ständig an ihr genagt und ihren Schlaf gestört hatte. Wo mochten ihr Vater und ihre anderen Schwestern jetzt sein? Warum waren sie fortgegangen und hatten sie hier mitten im Krieg allein gelassen? Euphemia konnte sich noch erinnern, was der Vater und die Schwestern gesagt hatten, doch ihre Worte vermochten die Leere in ihrem Innern nicht auszufüllen – eine Leere, die sie immer dann besonders spürte, wenn sie an das Lachen und die Umarmungen ihres Vaters dachte und an den Geruch von Leder und Tabak, den er auf dem Dachboden hinterließ, wenn er Euphemia in ihre Decken gehüllt und ihr einen Gutenachtkuß gegeben hatte. Vor einigen Wochen waren sie noch alle zusammen gewesen; dann, von einem Tag auf den anderen, war die Familie auseinandergerissen worden. Sarah hatte erklärt: »Vater hat getan, was er für seine Kinder am besten hält.« John Ashby hatte beschlossen, seine Familie in Sicherheit zu bringen, als der Krieg zwischen den texanischen Siedlern und der mexikanischen Armee unausweichlich wurde. Zuerst hatte er seine älteren Töchter Mary, Jane Isabella und Frances nach Shelbyville in Kentucky gebracht, wo sie in die Julia-A.-Tevis-Mädchenschule aufgenommen werden sollten. Sobald das geregelt sei, hatte John erklärt, wolle er nach Texas zurückkehren und sich um die anderen Familienmitglieder kümmern. Bis dahin blieben die Ashbys in der Obhut von Richter Bartlett McClure.

Wie Euphemia jedoch beobachtet und Sarah ausdrücklich erklärt hatte, warf John Ashbys Plan drei gewaltige Probleme auf. Das erste war Euphemias Schwester Mary, die ihrer Familie einen Schock versetzte, als sie sich weigerte, nach Kentucky zu gehen. Vielmehr erklärte sie, daß sie sich in John Smothers verliebt habe, einen wohlhabenden Farmer, der fast doppelt so alt war wie sie. Mary wollte der Zukunft als Smothers' Gattin ins Auge blicken – Krieg hin, Krieg her. Das zweite Problem war Sarah selbst, die sich ebenfalls geweigert hatte, ihren Vater zu begleiten. »Hier ist mein

Zuhause«, hatte sie beharrlich erklärt. »Ich werde bleiben und unser Heim so lange beschützen, wie ich kann.« So waren schließlich nur Frances und Jane Isabella mit ihrem Vater nach Kentucky gegangen. Das dritte Problem hinsichtlich John Ashbys Plan ergab sich daraus, daß der Krieg früher als erwartet nach Peach Creek gekommen war, so daß John keine Zeit mehr gehabt hatte, nach Hause zurückzukehren. Er war noch immer in Kentucky, als die Armeen von Mexiko und Texas sich in Marsch setzten.

Die vierte Person im Zimmer war Euphemias Freund Juan Seguin. Er nannte Euphemia *mí jíta*, ›meine liebe kleine Tochter‹. Euphemia mochte Juan und sein freundliches Wesen und daß er immer so gekleidet war, als wollte er auf einen Ball gehen. Manchmal stellte sie sich vor, wie es wohl wäre, mit dem dunklen, hübschen Juan Seguin zu tanzen. Er stammte aus einer alten, vornehmen Familie. Sein Vater, Don Erasmos, war in San Antonio gebürtig, und die Familie Seguin gehörte seit fast hundert Jahren zu den angesehensten Familien der Gegend. Euphemia spielte oft mit Juan Seguins Töchtern, Antonia Ana und Teresa, und mit seinem Sohn, José Erasmos.

Auf der Veranda erklang das Geräusch lauter Schritte. Bart McClure stand auf, öffnete die Tür und begrüßte den Reiter des weißen Pferdes.

»General Houston«, sagte Bart, »willkommen in meinem Haus.«

Houston war ein Riese; sein Körper und seine ganze Erscheinung schienen das Zimmer auszufüllen.

»Stimmt es, was ich über den Alamo gehört habe?« fragte McClure.

»Ja. Der Alamo ist gefallen«, erwiderte Houston. Seine Stimme erinnerte Euphemia an fernes Donnergrollen. »Vor sechs Tagen. Santa Anna ist auf dem Vormarsch.«

Juan Seguin verbeugte sich und schüttelte General Houston die Hand. »Sind alle tot?«

»Travis. Bowie. Crockett. Die ganze Garnison.«

»Keiner ist verschont geblieben?«

»Nur ein Neger namens Joe und die Dickenson-Frau«, erwiderte Houston. »Wie Mrs. Dickenson sagt, hat Santa Anna ihr befohlen, überall zu verbreiten, daß Amerikaner keine Gnade erwarten dürften. Er hat ihr gesagt, er will jeden amerikanischen Siedler zwischen San Antonio und dem Golf von Mexiko töten.«

Euphemia fragte sich, welcher von den beiden Sam Houstons eigentlich ins Haus gekommen war. Sie hatte die Erwachsenen über zwei Houstons reden hören. Einer der beiden war aus dem Holz, aus dem man Helden schnitzt: General in Andrew Jacksons Armee, Kongreßabgeordneter und Gouverneur von Tennessee. Der andere Houston war eine tragische Gestalt; ein sehr vielversprechender Mann, dem aber die Liebe zu einer jungen Frau zum Verhängnis geworden war. Die Tatsache, daß man einen solchen Mann zum Generalmajor und Oberbefehlshaber der texanischen Armee gewählt hatte, war Gegenstand endloser Diskussionen gewesen. Natürlich fühlte Euphemia sich zu dem zweiten romantischen Sam Houston hingezogen, dem unglücklich Verliebten, dem Einsiedler der Wildnis, der jahrelang mit den Cherokees zusammengelebt hatte, bei denen er nun unter dem Namen ›Big Drunk‹ bekannt war. Im Auftreten des Mannes unten im Zimmer konnte Euphemia von beiden Houstons ein bißchen erkennen; sowohl von dem Mann, der Präsident der Vereinigten Staaten hätte werden können, als auch von dem melancholischen Wanderer, der so viele Jahre bei den Indianern verbracht hatte.

»Wir haben nur sehr wenig Zeit«, sagte Houston gerade. »Bei Einbruch der Dämmerung werden wir in Richtung Brazos zurückweichen.«

»Können wir dem Feind keinen Widerstand leisten und kämpfen?« wollte McClure wissen.

Euphemia fragte sich, ob die Fältchen, die sich um Houstons Augen zusammenzogen, ein Lächeln verrieten. Sie konnte sich nicht vorstellen, daß ein solcher Mann überhaupt jemals lächelte. »Wir könnten Widerstand leisten«, sagte er. »Aber wir haben weniger als vierhundert Soldaten. Mehr ist von der texanischen

Armee nicht übrig geblieben, von Fannins fünfhundert Mann bei Goliad einmal abgesehen. Wir haben keine Nahrungsmittel und nur wenig Munition. Das Beste, was wir aufbieten können, ist eine fünfzig Mann starke Schützenkompanie aus Kentucky, die zum Alamo unterwegs war, um Travis zu helfen. Wir könnten uns zwar zur Wehr setzen, aber ich glaube nicht, daß wir eine Chance hätten.«

»Also treten wir den Rückzug an?«

»Wir treten den Rückzug an. Zum Brazos. Wir schließen uns mit Fannin zusammen und warten ab, was geschieht.«

Houston führte die anderen zu einem Tisch, auf dem er eine Karte von Texas ausbreitete. »Hier sind San Antonio und der Alamo. Nur sechzig Meilen im Westen. Und Santa Anna ist ganz gewiß auf dem Vormarsch. Unsere größte Chance besteht darin, uns nach Osten ins amerikanische Texas zurückzuziehen. Auf dem Weg dorthin müßte es möglich sein, Hunderte von texanischen Männern für die Armee zu rekrutieren. Hier verlaufen die Flüsse in Nord-Süd-Richtung. Dadurch bekommen wir die Möglichkeit, Verteidigungsstellungen zu errichten. Wir werden Fannin eine Nachricht schicken, daß er Goliad aufgeben und sich uns anschließen soll. Dann haben wir zusätzliche fünfhundert Mann. Der Brazos liegt hundertfünfzehn Meilen östlich von hier. Wir werden uns bis dorthin zurückziehen. Unterwegs sorgen wir für die militärische Ausbildung der Männer und bauen eine neue Armee auf.«

Nach Houstons Worten trat Schweigen ein. Eine düstere Stimmung breitete sich im Zimmer aus, greifbar wie Nebelschwaden. Euphemia war noch nie am Brazos gewesen. Was konnte so schlimm daran sein, zum Brazos zu gehen? Bestimmt war es besser, als hier zu bleiben und auf Santa Anna zu warten. In Texas wußte jedes Kind, daß Santa Anna seinen Gefangenen die Finger und die Ohren abschneiden ließ. Euphemia zupfte sich am Ohr, und ein kalter Schauder rieselte ihr über den Rücken.

Dann straffte Sam Houston die Schultern, und von ›Big Drunk‹, seiner Schattenseite, war plötzlich nichts mehr zu sehen. »Wir müssen uns jetzt an die Arbeit machen.«

Von ihrem dunklen Horchposten auf dem Dachboden aus hörte Euphemia, wie in dieser Nacht, da Sam Houston in ihr Haus am Peach Creek gekommen war, ein verzweifelter Plan geschmiedet wurde. Sarah schickte Leviticus hinaus, die Witwen vom Alamo und deren Kinder aus Sturm und Regen ins Haus zu holen. Tildy, ein junges Mädchen von achtzehn Jahren, die früher Sklavin von Euphemias Mutter gewesen war, brachte den Fremden warmes Brot und Wasser. Sie erfüllten das Nebenzimmer mit dem Geruch von Leid und nasser Kleidung. Draußen rollte der Donner über den Himmel.

Sam Houston erteilte Bartlett McClure den Befehl, sich bei Tagesanbruch zu den Indianerlagern im Osten zu begeben. Er sollte mit den Häuptlingen darüber verhandeln, daß der Armee und den Zivilisten ungehinderter Durchgang gewährt wurde. Außerdem sollte Bartlett sich auf die Suche nach den Redlandern machen, jenen Osttexanern, die aus Arkansas gekommen waren, und sie für den Kampf gegen Santa Anna gewinnen.

Juan Seguin erhielt den Auftrag, zu den abgelegenen Gehöften und Ansiedlungen zu reiten und die Leute vor dem heranrückenden Santa Anna zu warnen. Außerdem sollte er den Vormarsch der Mexikaner beobachten und Houston jeden Tag Bericht erstatten, während dieser mit den Resten der texanischen Armee nach Osten zog.

Der für gewöhnlich ruhige, besonnene Juan Seguin hatte sich an den Kamin gelehnt. Die flackernden Flammen erleuchteten seine Gestalt, und Euphemia konnte sehen, wie er um Fassung rang. Als Houston innehielt, sagte Seguin: »Könnte dies nicht jemand anders übernehmen, General?«

»Leben zu retten ist ein wichtiger Auftrag«, sagte Houston. »Was stört Sie *wirklich* daran, Juan?«

»Sie scheinen vergessen zu haben, daß ich am Alamo dabei gewesen bin. Alle Soldaten, die dort gekämpft haben, sind tot. Alle, bis auf Captain Juan Seguin. Wie würden Sie sich fühlen, wenn Sie der einzige überlebende Offizier der Schlacht um den Alamo wären?«

»Lebendig«, sagte Houston. »Außerdem hatte Travis Sie beauftragt, Hilfe zu holen. Sie haben nichts anderes getan, als einen Befehl zu befolgen. Einen Befehl, der die Männer vom Alamo hätte retten können.«

»So einfach ist das nicht, General. Ich bin Mexikaner, und dennoch bin ich Texaner. Dieses Land ist meine Heimat, aber ich kann jetzt schon das Getuschel der Leute hören. Sie werden sich fragen, ob ich wirklich meine eigenen Landsleute in der Schlacht töten würde. Manchmal frage ich mich selbst, auf welche Seite ich eigentlich gehöre.«

Sam Houston ging zu Juan Seguin an den Kamin und legte ihm seine riesige Hand auf die Schulter. »Sie sind nicht der einzige, über den die Leute tuscheln. Ich höre sie Tag für Tag flüstern: ›Kann ein Mann, der in seinem Leben einen so großen Fehler gemacht hat, uns wirklich zum Sieg führen?‹ Jawohl, das flüstern die Leute hinter vorgehaltener Hand. Aber ich weiß ein Mittel, sich gegen alle diese Zweifel zu wehren. Ich werde es Ihnen zeigen, Juan.« Euphemia beobachtete, wie Houston einen Ring vom Finger zog. Er reichte ihn Seguin. »Meine Mutter hat mir diesen Ring gegeben. Lesen Sie, was darin eingraviert ist.«

»Ehre«, las Seguin laut; dann gab er Houston den Ring zurück.

»Das einzige Wort, das wirklich zählt, Juan. Ich weiß, daß Sie ein Mann von Ehre sind. Was Ihren Mut und Ihre Treue angeht, sind Sie über alle Zweifel erhaben. Und jetzt brauche ich, dringender als je zuvor, einen ehrenhaften Mann.« Houston trat ans Fenster, öffnete die Läden und blickte hinaus in den Sturm. Er bedeutete Juan Seguin, zu ihm ans Fenster zu kommen. »Da, schauen Sie, Juan«, sagte er. »Das ist meine Armee. Erbärmlich bewaffnet, disziplinlos und entmutigt. Die meisten Männer sind dickköpfige Quertreiber, die es wahrscheinlich gar nicht erwarten können, jeden meiner Befehle zu verweigern. Die meisten sind nicht einmal Texaner. Heute abend jedoch brauche ich Männer, denen ich vertrauen kann. Ich brauche einen Texaner. Einen Mann, auf den Verlaß ist. In der Schlacht bei Concepción haben Sie tapfer an der Seite Jim Bowies gekämpft, Juan. Ich danke dem Herrn, daß Sie am Alamo davongekommen sind. Ich brauche Juan Seguin, hier und jetzt.«

Euphemia sah, wie der schmächtige Juan Seguin einen Kopf größer zu werden schien. Wieder machte er eine leichte Verbeugung und sagte: »Ich werde tun, was ich kann, General.«

»Was ist mit den Frauen und Kindern?« fragte Bartlett. »Wir können sie nicht einfach hier lassen. Sarah ist im siebten Monat.« Euphemia dachte an Santa Annas Vormarsch und zupfte sich wieder am Ohr.

»Eine Zeitlang können Soldaten und Zivilisten zusammen marschieren«, erwiderte Houston. »So viele Männer habe ich ja nicht. Aber in ein paar Tagen, falls ich Zulauf bekomme, müssen die Flüchtlinge und die Armee getrennte Wege gehen. Die Armee muß sich schnell und ungehindert bewegen können. Ich würde vorschlagen, die Frauen und Kinder fliehen so schnell wie möglich in die Vereinigten Staaten. Santa Anna wird es nicht wagen, sie über die Grenze zu verfolgen.«

»Deshalb habe ich meine Familie bereits in den Osten geschickt, an den Sabine River«, sagte Seguin.

»Wir könnten den Flüchtlingen Begleitschutz stellen«, erklärte Houston. »Aber ich fürchte, es wird ein sehr kleiner Begleitschutz.«

»Sie kennen das Land, General«, sagte Bartlett. »Sobald man die Hauptverkehrswege verläßt, kommt man kaum noch voran. Schon fast eine Wildnis. Öd und leer. Kein Ort für Frauen.«

»Welcher Ort in Texas ist das schon?« sagte Sarah. »All die Jahre haben wir hier nicht gerade besonders kultiviert gelebt.«

»Aber nicht nur, daß das Land wild ist, wenn man den markierten Wegen fernbleibt«, erwiderte Bartlett, »und das müssen wir. Außerdem wimmelt es im Busch nur so von entflohenen Verbrechern, entlaufenen Sklaven, Plünderern und Ganoven, die für einen beladenen Frachtwagen einen Mord begehen würden.«

»Je rauher das Land, desto größer die Chance, daß die Mexikaner uns nicht folgen«, sagte Sarah. »Vielleicht sind gerade diese Verbrecher und Plünderer, die für eine Wagenladung töten, unser bester Schutz. Denn sie kommen genauso schnell an mexikanische Beute wie an texanische.«

Euphemia konnte erkennen, daß Bartlett nicht so recht überzeugt war. »Das gefällt mir nicht«, sagte er dann auch und schüttelte den Kopf.

»Ich kenne Santa Anna«, meldete Juan Seguin sich zu Wort. »Ich habe gesehen, wie grausam er die Texaner abschlachtet. Was immer im Osten liegen mag, hinter dem Lavaca River – es kann nicht schlimmer sein als das, was von Westen heranzieht.«

»Wir können es schaffen«, sagte Sarah. »Wir nehmen nur das Nötigste mit und lassen alles hier, was wir entbehren können. Wir reisen mit leichtem Gepäck. Falls wir zehn Meilen am Tag schaffen, sind wir in ungefähr dreißig Tagen über der Grenze und in Sicherheit. Wir nehmen einen Weg, an dem es für Ganoven reichlich andere Beute gibt. Macht euch keine Sorgen um uns. Wir kommen schon durch.«

»Vor allem geht es darum, unseren Vorsprung vor Santa Anna zu halten«, sagte Houston. »Wir werden nach Möglichkeit schnurgerade nach Osten zum Brazos ziehen. Zuerst über den Wagenweg, der von hier zum Colorado führt. Dann schwenken wir in Richtung San Felipe ab. Ich habe keine Ahnung, wie lang der Weg sein wird. Wahrscheinlich so, daß es gerade für uns reicht.«

Jemand klopfte an die Tür. »General«, rief eine Stimme. »Gonzales steht in Flammen!«

Euphemia, ihre Brüder und Little Johnny kletterten vom Dachboden und folgten den anderen nach draußen. Die Nacht war hereingebrochen, und der Regen hatte nachgelassen, doch es war sehr kalt. Im Nordwesten, unter einem Baldachin aus wogenden pechschwarzen Wolken, war der Himmel rot wie bei einem Sonnenuntergang. Für einen Augenblick schwieg die versammelte Menge der Soldaten und zerlumpten Flüchtlinge, während grelle Feuersäulen in den Himmel über den glühenden Trümmern aufstiegen, die einst

Gonzales gewesen waren. Einige Zuschauer sagten, die Explosionen wären Einschläge der Kugeln aus Santa Annas Kanonen, und eine Woge des Entsetzens durchfuhr die Menge. Dann aber erklärte ein Soldat in einem Rehlederhemd, daß wahrscheinlich nur zurückgelassene Pulverfässer in die Luft flögen und daß jemand Gonzales angezündet habe, damit der Ort nicht der heranrückenden mexikanischen Armee in die Hände fiele. Euphemia fragte sich, wie es aussehen mochte, wenn ihr Elternhaus niederbrannte. Plötzlich fühlte sie sich den Waisenkindern von Gonzales und den Witwen vom Alamo sehr nahe. Sie waren ebenfalls nach draußen gekommen, um zu beobachten, wie die Flammen ihre Häuser verschlangen. *Diese Kinder sind Waisen wie du*, dachte Euphemia. *Aber du hast noch ein warmes Zuhause und dein festes Dach aus Eichenschindeln, die bei Mondlicht gespalten wurden.*

Doch während diese seltsame Nacht vorüberzog, erkannte Euphemia, daß die Erwachsenen sich auf eine Flucht vorbereiteten. Leviticus wurde losgeschickt, die Wagen vor das Haus zu fahren. Sarah und Tildy suchten Bettzeug und warme Kleidung und all die Sachen zusammen, die sie unterwegs brauchen würden, um Essen zu kochen. Sie packten soviel an Nahrungsmitteln in Blecheimer und Holzkisten, wie sie tragen konnten: Krüge voller Fleisch und Schmalz; Maismehl, um Kuchen backen und Brei kochen zu können; getrocknetes Rindfleisch und Bohnen; getrocknete Erbsen, in die Blätter des Seifenbaums gewickelt; Zuckerhirsensirup und Salz; Kaffee und zwei Flaschen Dattelpflaumenbier. Ein Topf und ein Kessel und eine Bratpfanne und Gabeln wurden vor dem Kamin auf den Fußboden geworfen, später verpackt und auf den Wagen geladen. Es dauerte nicht lange, bis sie alles zusammengesucht hatten, was für dieses Abenteuer notwendig war, das als der Runaway Scrape in die Geschichte eingehen sollte.

Sarah bewegte sich mit draufgängerischer Anmut durchs Haus. Euphemia wünschte sich oft, auch so selbstsicher zu sein. Doch heute abend, als Sarah sich darauf vorbereitete, ihr Heim zu verlassen und es der anrückenden mexikanischen Armee auszuliefern, war irgend etwas an ihrem Auftreten, lag irgend etwas in ihren Augen, das Euphemia nie zuvor gesehen hatte. Irgend etwas Zerrissenes, Verzweifeltes. Aber vielleicht war Sarah einfach nur müde. Und sie mußte ja das Baby in ihrem Leib mit sich herumtragen – in Euphemias Augen einer der wenigen Schandflecke, die ihre ältere Schwester aufwies. Hin und wieder legte Sarah eine Pause ein, ließ den Blick über das wirre Durcheinander im Haus schweifen und gab ein Geräusch von sich, das Euphemia sehr bewunderte: eine Mischung aus Seufzen und Fluchen. Abgesehen von ihrer äußeren Schönheit, war eine von Sarahs bemerkenswertesten Fähigkeiten, daß sie die ordinärsten Worte in den Mund nehmen und sie in bloße Kraftausdrücke verwandeln konnte, indem sie einfach ihre Stimme veränderte. Manchmal fluchte sie auf Spanisch oder Französisch. Und hin und wieder sagte sie Dinge, die Euphemia sonst nur von Männern gehört hatte. Als sie dann wieder beim Packen waren, hielt Sarah plötzlich inne und schickte William und Travis hinaus in den Garten, um den großen Kessel und ihre Tonpfeifen zwischen den Steckrüben zu vergraben. »Dieser verfluchte Santa Anna! Ist schon schlimm genug, wenn ich mir vorstelle, daß der Hurensohn seinen Fraß in meinem Kessel kocht. Aber es wäre noch viel, viel schlimmer, wenn der Kerl an meiner Pfeife nuckeln würde!« Damit stürzte sie sich wieder mit frischer Kraft in die Arbeit und erfüllte das Zimmer mit polternden Flüchen, wobei ihr langes Haar, das sich aus seinen Aufstecknadeln gelöst hatte, wie eine schwarze Flamme durch die Luft flog.

Sarah schickte Euphemia auf den Dachboden, um das Bettzeug und die übrigen Habseligkeiten der Kinder zu holen. Little Johnny, Euphemias ständiger Schatten, folgte ihr. Nachdem die beiden wieder ins Wohnzimmer hinuntergestiegen waren, nahm Sarah sie in die Arme. Dann legte sie Little Johnny die Hand auf die Stirn und küßte ihm die Augen. »Hoffentlich wirst du nicht krank, kleiner Mann. Du hättest dir eine sehr ungünstige Zeit dafür ausgesucht, denn wir wollen ja unsere kleine Reise durch die Wildnis machen. Ich werde dir eine feine Medizin aus Whiskey,

Honig und Butter bereiten. Dann geht das böse Fieber schneller weg, als ein Maultier die Körner von 'nem Maiskolben runterknabbern kann.«

Während Sarah Little Johnnys Medizin mischte, rief sie Euphemia zu sich. Wieder lag diese seltsame Verzweiflung in Sarahs Augen. »Phemie, ich verlasse mich darauf, daß du dich um den Kleinen kümmerst. Du behältst ihn im Auge wie ein Falke die Maus, verstanden? Das dürfte dir nicht schwerfallen, weil Johnny ja sowieso immer hinter dir herläuft. In der nächsten Zeit wird es hart für uns alle, Phemie. Jeder muß seine Aufgaben unbedingt erfüllen. Und deine Aufgabe ist Little Johnny. Er kann nicht für sich allein sorgen. Du bist für ihn verantwortlich – mag da kommen, was will, und ohne Wenn und Aber. Das schaffst du doch, Phemie?«

Noch nie hatte Euphemia Texas sich so stolz, so wichtig und so erwachsen gefühlt. »Verflixt und zugenäht, das schaffe ich«, sagte sie, so wie Sarah es wahrscheinlich auch gesagt hätte. »Verdammt und zum Teufel noch mal.«

Nachdem Sarah sich ihr langläufiges Gewehr, einen Beutel mit Kugeln, ein Pulverhorn, ein bis zwei Pfund Du-Pont-Schießpulver, das Messer, das Jim Bowie (Gott hab' ihn selig) ihr geschenkt hatte, einen Wetzstein und ein Beil geholt hatte, setzte sie sich auf den Fußboden, zündete sich ihre Ersatzpfeife an und schrieb auf Spanisch einen Brief an General Santa Anna. »Lieber General Santa Anna«, schrieb sie. »Bis zu meiner baldigen Rückkehr überlasse ich Ihnen mein Haus. Aber wenn ich wiederkomme und feststellen muß, daß Sie dieses Haus niedergebrannt haben, werde ich Jagd auf Sie machen, Sie erschießen, Ihren Leichnam rösten und ihn an die Schweine verfüttern.« Der Brief trug die Unterschrift: »Mit vorzüglicher Hochachtung, Sarah McClure.«

Bald darauf brach die graue, triste Morgendämmerung an. Draußen auf dem Hof stand Houston vor seinem Zelt unter der Eiche und erteilte Befehle. Soldaten traten die Lagerfeuer aus und nahmen in disziplinlosen, schlampigen Reihen Aufstellung. Es regnete nicht mehr, doch die Luft war so feucht, daß das Wasser sich schneller auf den Gewehren der Soldaten niederschlug, als sie es abwischen konnten, um die Waffen trocken zu halten und vor Rost zu schützen. In der Nacht waren weitere Flüchtlinge gekommen. In ihren Augen lag ein gehetzter Ausdruck, und ihre Habseligkeiten waren durchnäßt und über und über mit Schlamm bespritzt.

Im Innern des Hauses, auf ihrem Dachboden-Schlafzimmer, lag Euphemia neben dem schlummernden Little Johnny und beobachtete Sarah und Bartlett durch ihren geheimen Spalt im Bretterfußboden. Die beiden hielten sich auf diese seltsame Art umschlungen und bewegten sich längere Zeit auf und ab, als würden sie im Bett tanzen. Dann hörten sie auf und hielten sich einfach nur fest, wieder für längere Zeit. Euphemia konnte spüren, daß die beiden eher eine Person als zwei waren, und sie glaubte, immer dann ein Flüstern hören zu können, wenn die beiden die Lippen nicht so dicht beieinander hielten und ihre Küsse sie vollkommen beschäftigten. Schließlich stieg Bartlett aus dem Bett und zog sich an. Plötzlich warf er seinen Stiefel quer durch das Zimmer.

»Es ist einfach nicht richtig, dich und die Kinder allein zu lassen.«

»Natürlich ist es nicht richtig. Gar nichts ist mehr richtig. Alles ist auf den Kopf gestellt«, sagte Sarah. Dann schwiegen beide wieder für längere Zeit.

»Wie könnte ich dich je verlassen, Sarah?«

»Indem du's schnell tust«, flüsterte sie, stieg aus dem Bett und verschwand aus Euphemias Blickfeld.

Houstons Männer waren abgezogen, und es regnete wieder. Die Reihen der Flüchtlinge kämpften sich Richtung Osten, vom Peach Creek zur Furt am Lavaca River. Es war ein Elendszug aus ungezählten Frauen und Kindern, und immer mehr Flüchtlinge kamen hinzu, während die Kolonne sich voran bewegte. Euphemia und die anderen Kinder fuhren in einem der Wagen. Tildy und Leviticus gingen zu beiden Seiten neben den Ochsen her und trieben sie durch den Schlamm voran, der an vielen Stellen kniehoch und zäh wie Sirup war. Sarah war eine der wenigen Teilnehmerinnen des Flüchtlingstrecks, die auf einem Pferderücken saßen. Immer wieder ritt sie zwischen dem Ende der Kolonne, den Nachzüglern und der Spitze des Zuges hin und her. Sie munterte die Leute auf und ermahnte sie zur Eile; denn manchmal schien der Wind bereits das Schmettern von Santa Annas Trompeten durch die Sträucher und Büsche heranzutragen. Es waren dieselben Trompeten, die mehr als zwei Jahrzehnte zuvor erschallt waren, als die Mexikaner in San Antonio viele Menschen erschossen, andere enthauptet und verstümmelt und wieder andere an Bäumen und Balken aufgehängt hatten. Dieselben schrecklichen Trompeten erschallten, als man die überlebenden Witwen von San Antonio in die Betten der Soldaten zwang und ihre Kinder öffentlich auspeitschte. Viele von den Flüchtlingen, die an diesem Morgen zum Lavaca River zogen, konnten sich noch an den Anblick der verstümmelten Körper erinnern, die an Bäumen und vor Häusern gebaumelt hatten. Und sie erinnerten sich auch noch an den jungen Offizier, der für diese Greuel verantwortlich gewesen war. Sein Name war Santa Anna, und nun kam er auf demselben Weg, den sie nahmen, hinter ihnen her. Sein Befehl, keine Gefangenen zu machen, war allgemein bekannt.

Euphemia konnte das Entsetzen der Frauen und Kinder spüren. Die Furcht vor Santa Anna trieb diese Menschen voran, doch der zähe, klebrige Schlamm ließ jeden Schritt quälend langsam und unendlich schwerfällig werden wie in einem Alptraum. Die Flüchtlinge begannen, Stühle und Truhen und Kisten voller Wertsachen fortzuwerfen, und Töpfe und Pfannen und Kleiderbündel, um das Gewicht der Wagen zu verringern. Bald setzte wieder Regen ein, und dann schlug eisiger Hagel auf sie nieder. Die Kinder kletterten unter die Planen, wo das Prasseln des Hagels sich wie Gewehrfeuer anhörte, und das Knarren und Ächzen der Wagenräder erfüllte die Dunkelheit.

Als sie den Lavaca River erreichten, schlossen sich ihnen weitere Witwen und Waisen vom Alamo an: Mary Ann Kent ritt mit ihrer kleinen Tochter hinter dem Treck her. Margaret Hallett schloß sich dem Zug mit einem Wagen an, dessen Holzräder wegen der Reibungshitze oft zu rauchen begannen. Die blinde Mary Milsap, auch eine Alamo-Witwe, und ihre sechs Kinder reihten sich in die Marschkolonne ein, wie auch Minerva Hunt McGehee und ihre beiden Sprößlinge sowie ein Sklavenmädchen mit ihrem zweirädrigen Karren, der von zwei Ochsen gezogen wurde.

Euphemia und Sarah waren glücklich, als sich auch ihre Schwester Mary zum Treck gesellte. Zu guter Letzt hatte Mary doch noch eingesehen, daß eine Flucht das Klügste war. Mary gehörte zu den vielen schwangeren Frauen im Treck. Am sechsten Tag des Marsches brachte Sidney Kellog auf ihrem Wagen ihr Kind zur Welt. Der Regen fiel in wahren Sturzbächen. Die Frauen hielten Decken über die junge Mutter und ihr Neugeborenes, damit sie wenigstens ein bißchen Schutz hatten und bei dem eiskalten Regen nicht bis auf die Knochen durchfroren.

Am achten Tag bemerkte Euphemia, daß einige Frauen barfuß gingen; ihre Schuhe waren im rauhen Gelände und durch das ständige Voranquälen in Matsch und Schlamm verschlissen. Die meisten der Frauen, die zu Fuß marschierten, waren mit Männern verheiratet, die sich Houstons Armee angeschlossen und das einzige Pferd oder Pony der Familie als Reittier mitgenommen hatten.

An einem Spätnachmittag, als die Erschöpfung größer war als die Angst, machte der Treck an einer Quelle Halt. Sarah ritt zum Wagen ihrer Familie und schwang sich aus dem Sattel. Ihr Gesicht war gerötet, doch der verstörte, unsichere Ausdruck in ihren Augen war verschwunden. Sie wirkte voller Energie und Entschlossenheit, als hätte sie die Absicht, den Treck allein durch die Kraft ihres Willens nach Osten zu ziehen.

»Wie geht es dem kleinen Mann?«

»Er ist warm und schläft.«

»Tildy macht ein Feuer. Dann können wir Johnny nachher

heißen Maisbrei und ein bißchen von der Whiskey-Medizin geben. Wo die Medizin liegt, findest du auch ein paar Eichenblätter. Gib sie Johnny zu kauen.«

Von ihrem Platz im Wagen aus konnte Euphemia beobachten, wie Sarah versuchte, ein wenig Ordnung unter den Flüchtlingen zu schaffen; denn es war wichtig, vor Einbruch der Nacht behelfsmäßige Unterkünfte zu errichten. Eine Gruppe Frauen wurde dazu eingeteilt, unter den Wagen, den Planen und Zelten trockene Plätze für diejenigen herzurichten, die keinen Wagen und keinen sonstigen Schutz besaßen. Aus Ästen, Zweigen und Sträuchern wurden provisorische Hütten gebaut. Eine andere Gruppe Frauen meldete sich freiwillig, ihre Nahrungsmittel zur Verfügung zu stellen und für den ganzen Treck zu kochen. Eine weitere Gruppe – jene Frauen, die inzwischen für ihr pflegerisches Geschick bekannt waren – wurde von Sarah gebeten, jeden Wagen des Trecks nach Krankheitsfällen zu überprüfen und sich einen Überblick zu verschaffen, was an Medikamenten und anderen Heilmitteln verteilt werden konnte. Schließlich wurden die Frauen, die sich als treffsichere Schützen erwiesen hatten, auf die Jagd geschickt, um alles eßbare Wild zu erlegen, das ihnen vor die Flinte kam. Den ganzen Weg, den der Treck zog, gab es reichlich Hasen und Eichhörnchen, sogar Rehe. Nicht der Mangel an Wild war das Problem, sondern der Mangel an Munition. Man mußte sparsam mit den Patronen umgehen, um sich notfalls gegen Santa Anna, gegen Banditen, Indianer, Pumas oder gegen die Bären verteidigen zu können, die das Röhricht an den Flußufern durchstreiften.

Euphemia schaute zu, als Sarah jene Frauen zusammenrief, die sie als Wachtposten eingeteilt hatte. Die Frauen kamen zurück ans Feuer, an dem Euphemia gerade Little Johnnys Decke wärmte. »Wir könnten noch mehr Posten im Umkreis des Lagers gebrauchen«, sagte Sarah, »aber da es nun einmal nicht geht, werden wir mit dem auskommen, was wir haben.« Sarah sog an ihrer Pfeife und spähte in die Dunkelheit auf der gegenüberliegenden Seite des Feuers. »Die Armee befindet sich südlich von hier, ein paar Meilen weiter vor uns im Osten. Eine Bedrohung kann also nur von hinten oder aus nördlicher Richtung kommen. Deshalb werden wir unsere Wachen dort konzentrieren. Ich bringe euch in die einzelnen Stellungen, damit ich euren Ablösungen sagen kann, wo jede von euch Posten bezogen hat. Auf geht's.« Die Frauen verschwanden in der Dunkelheit, und Euphemia dankte dem lieben Gott, daß sie bleiben durfte.

»Die Armee hat Sam Houston«, hörte sie eine der Frauen sagen, »aber wir haben General Sarah McClure.«

Als die Nacht hereinbrach, flackerten unter den Bäumen auf der höher gelegenen Uferböschung Dutzende kleiner Feuer. Hier hofften die Flüchtlinge vor dem ansteigenden Wasser des Creeks sicher zu sein. Ein karges Mahl wurde zubereitet und verteilt. Über den meisten Feuerstellen kochte Wasser für das Maismehl. Die Feuer schienen Angst und Schrecken zu vertreiben, als würde sich alles Böse vor der Hitze der Flammen fürchten. Eine seltsame Stille senkte sich über das Waldland. Doch da war ein Geräusch, das Euphemia nie zuvor gehört hatte – ein seltsames, vielstimmiges Schnarren, das von der Feuchtigkeit der Luft gedämpft wurde. Euphemia lauschte diesem schauerlichen Chor und versuchte herauszufinden, was die Quelle dieser gespenstischen Laute war. Dann erkannte sie, daß die Kinder husteten. Es klang wie das Keckern einer Kolonie von Eichhörnchen. Euphemia drückte Little Johnny fest an sich und seufzte. Es war schön, daß der Kleine sich in einer kalten Nacht wie dieser so warm anfühlte.

Euphemia träumte. Sie ritt auf Sarazen, Sam Houstons weißem Pferd, über eine Wiese voller Butterblumen. Die Sonne schien warm, und der Himmel sah aus wie Porzellan. Euphemia ritt an einen Ort, an dem sie ihre Mutter wußte: ein Weidenhain an einem breiten Fluß. Als sie dort ankam, schwang sie sich vom Pferderükken, und dann gingen sie und Sarazen zu den Weiden hinüber, zwischen denen Euphemia die schemenhafte Gestalt einer Frau ausmachen konnte. Sie ließ Sarazens Zügel los, doch als sie in das Wäldchen hineingehen wollte, hörte sie donnernden Hufschlag, und Männerstimmen riefen: »Er ist da! Er ist da!« Die Rufe wurden lauter. »Santa Anna ist gekommen! Laßt alles stehen und liegen! Lauft! Lauft, so schnell ihr könnt!« Plötzlich brach ein heilloses Durcheinander aus. Frauen schrien und flüchteten mit ihren Kindern in die Dunkelheit. Gewehrfeuer peitschte auf. Die Pferde der Fremden zertrampelten die Feuer, und goldener Funkenregen wirbelte durch die Nacht.

Auch Euphemia, die nicht ganz sicher war, ob sie immer noch träumte, rannte mit Travis und William in den dunklen Wald. Sie hatte schreckliche Angst. Doch irgendwie beruhigte sie der Gedanke, daß sie bald aus ihrem Traum erwachen würde. Als sie schon ein gutes Stück von den Wagen entfernt war, blieb sie stehen und drehte sich um. Sie sah, wie die Reiter Gegenstände von den Ladeflächen warfen; dann setzten sie die Wagen in Brand. Plötzlich sah Euphemia den dunklen Schattenriß einer kleinen, vertrauten Gestalt vor den brennenden Planwagen, und das Herz stockte ihr. »Little Johnny!«

Der Gedanke, daß alles nur ein Traum sei, wurde gänzlich und grausam zunichte gemacht, während Euphemia losrannte, sich keuchend und schluchzend durch den Schlamm quälte, durch das Unterholz und die Dornbüsche kämpfte, zurück zu ihrem Wagen. Als sie sich auf die Ladefläche schwang, riß ein Reiter die Segeltuchplane vom Gestell herunter und sprang vom Pferd auf den Wagen, um die Habseligkeiten zu durchwühlen. Achtlos schleuderte er Gegenstände zur Seite, die Euphemia sorgfältig für den Treck verpackt hatte. Plötzlich sah er sie und kam auf sie zu, und Euphemia fragte sich, wie ein Soldat aus Santa Annas Armee so amerikanisch aussehen konnte; der Mann war hellhäutig und hatte blondes Haar. Er war ihr so nahe, daß sie den Schnaps in seinem Atem riechen und die Narbe unter seinem Auge sehen konnte. Little Johnny kam herangewackelt, so schnell er konnte, und warf sich in Euphemias Arme. Sie versuchte, sich den Kleinen auf den Rücken zu schieben, so daß der Mann mit dem blonden Haar und der Narbe ihn nicht packen konnte. So standen sie sich auf dem Wagen gegenüber, der Mann und die beiden Kinder, und für Euphemia dehnten die Sekunden sich zur Ewigkeit. Es kam ihr so vor, als würde sie den Mann schon ihr Leben lang kennen und als hätte sie irgendwie schon immer gewußt, daß er eines Tages erscheinen und ihr Böses antun würde. »Habt ihr Bälger Gold oder so was versteckt?« fragte der Mann. Er streckte den Arm nach Johnny aus, und Euphemia schlug mit aller Kraft nach seinem Gesicht. Der Mann lachte, und diesmal packte er Little Johnny. Dann aber, während Euphemia ihm ins Gesicht starrte, schien das blonde Haar des Mannes auf wundersame Weise zu explodieren, und Euphemia wurde mit einem Schwall Blut übergossen. Wie ein Blitz war Sarah bei ihr und hielt sie fest, hielt Little Johnny fest, wischte Euphemia das Blut aus dem Gesicht und summte dabei eine seltsame Weise, wie sie es immer tat, wenn sie sehr glücklich oder sehr wütend war.

Alle Plünderer entkamen – bis auf den Blonden mit der Narbe, den Euphemia von nun an, immer wenn sie an ihn dachte, als eine Art persönlichen Besitz betrachtete. Der Mann, den Sarah auf dem Planwagen angeschossen hatte, war *ihr* Plünderer. Die Kugel hatte eine Furche auf seiner Schädeldecke gezogen. Die Frauen fesselten ihm die Hände auf den Rücken und schleiften ihn in den Flammenschein der Lagerfeuer. Sarah bat eine der Frauen, Verbandzeug für die Wunde des Mannes zu holen.

»Wozu diese Umstände? Wir sollten ihn auf der Stelle erschießen«, sagte eine Frau namens Maggie Boles, eine der Jägerinnen.

»Keine von uns wurde verletzt oder getötet«, erwiderte eine andere Frau. »Wir haben die Feuer an unseren Wagen gelöscht und die meisten von unseren Sachen gerettet.«

»Aber diese Kerle haben versucht, unsere Wagen anzustecken und uns auszuplündern!« rief Maggie Boles. »Das ist fast genauso, als hätten sie uns ermordet. Als hätten sie meine Kinder ermordet!«

»Ich hab' mindestens sechs von diesen Ganoven gesehen«, erklärte eine andere Frau. »Wenn wir den hier laufen lassen, versuchen sie's vielleicht noch einmal. Wir sollten den Kerl erschießen, dann werden seine Kumpane es sich zweimal überlegen.«

Der Mann sagte nichts. Er lag bloß da, am Rand des Lichtkreises, den das Lagerfeuer warf, und hatte die Augen halb geschlossen, als würde sich das Gespräch um einen Fremden drehen, der sich an einem ganz anderen Ort befand. Auch Sarah schwieg. Euphemia fragte sich, was ihre große Schwester dachte. Die Frauen schienen immer zorniger auf den Mann zu werden. Diejenigen, die den Tod des Banditen forderten, bekamen allmählich das Übergewicht. Aber bestimmt wird Sarah sie mit ein paar deutlichen Worten zur Vernunft bringen, dachte Euphemia. Schließlich war Sarah der General des Trecks, und Generäle waren gefangenen Feinden gegenüber oft großmütig, jedenfalls in den Geschichten, die Bartlett an langen Winterabenden zu Hause am Peach Creek erzählt hatte.

»Und ich sage, erschießt ihn! Guckt euch den Kerl doch an. Dem ist sowie alles egal«, sagte Maggie Boles. Euphemia mußte zugeben, daß der Mann tatsächlich einen ziemlich gleichgültigen Eindruck machte. Er sah nur hin und wieder zu den Frauen auf und schaute dann zum Wald hinüber, als wäre das alles schrecklich langweilig für ihn. Plötzlich aber blickte er neugierig zu Sarah empor.

»Du has' mich angeschossen«, sagte er. »Also muß' du jetz' auch bestimmen, was mit mir passieren soll.« Euphemia glaubte, in den Augen ihres Plünderers eine stumme Bitte gesehen zu haben. Oder war es Verachtung gewesen?

»Ich kann euch nicht sagen, erschießt den Mann«, meinte Sarah zu den Frauen, und Euphemia war froh.

»Er hat ja auch nicht deinen Wagen verbrannt«, warf Maggie Boles ein. Ihre Stimme hörte sich an, als ginge es ums Schweineschlachten und nicht um die Erschießung eines Mannes.

Sarah zuckte die Achseln. »Aber ich kann euch auch nicht hindern, ihn zu erschießen«, sagte sie müde.

Euphemia schloß die Augen. Sie hatte in dieser Nacht schon einmal gesehen, wie der Mann um ein Haar erschossen wurde. Sie fragte sich, ob er in den Himmel kommen würde, und das ließ sie an ihre Mutter denken, und das wiederum an die Möglichkeit, daß sie, Euphemia Texas, vielleicht gar nicht geboren worden war. Der Knall aus Maggie Boles' Gewehr kam Euphemia nicht laut genug vor, einem so niederträchtigen Leben wie dem ihres Plünderers ein Ende zu machen.

Die Tage vergingen. Die Frauen und Kinder zogen nach Osten, durch den strömenden Regen und eine so bittere Kälte, daß die Decken und die Kleidung nachts am Körper gefroren. Das Gelände war so unwegsam, daß der Treck an manchen Tagen kaum drei Meilen zurücklegte.

Als sie bei Beason's Ferry den Colorado River erreichten, holten die Flüchtlinge die Armee ein. Soldaten und Zivilisten brauchten mehrere Tage, um mit der Fähre über den vom Regen angeschwollenen reißenden Fluß zu setzen. Als alle am anderen Ufer waren, ließ Houston die Fähre verbrennen.

Am sechsundzwanzigsten März, dem dreizehnten Tag des mühseligen Marsches, trennten Flüchtlinge und Armee sich wieder. Sarah führte die Frauen und Kinder in Richtung Sabine River zur Grenze der Vereinigten Staaten. Houston jedoch rückte mitten in der Nacht mit seinen Leuten nach Süden ab. Die Lagerfeuer hatte er brennen lassen, um die feindlichen Späher zu täuschen.

Der Marsch und das Leiden nahmen ihren Fortgang. Die Flüchtlinge hatten zuerst den Lavaca River überquert, dann den tobenden Navidad, dann den Colorado; nun zogen sie weiter zum Brazos. Die Kolonne war inzwischen fünftausend Frauen und Kinder stark; erbarmungswürdige Bataillone der Beraubten und Besitzlosen. Und immer noch stießen kleine Gruppen von Flüchtlingen aus Ansiedlungen und Dörfern im Norden zu diesem Elendstreck, der sich langsam nach Osten quälte. Am siebenundzwanzigsten März trafen sie auf eine Gruppe aus Goliad. Ein Dutzend Frauen und Kinder begleiteten einen verwundeten Mann, der behauptete, mit Colonel Fannin und dessen Männern gekämpft zu haben, bevor sie sich einer überlegenen mexikanischen Streitmacht hätten ergeben müssen. Als die Frauen die Wunden des Mannes säuberten und ihm Verbände anlegten, erzählte er ihnen vom Schicksal Fannins und der Hälfte seiner texanischen Armee, die den Kampf überlebt und sich ergeben hatte.

»Ich und eine Gruppe anderer Soldaten wollten mit Captain Ward nach Refugio marschieren, um dort den Siedlern zu helfen, die vor den Mexikanern davonliefen. Tja, und dann wurden wir auf offenem Gelände überrascht. Diejenigen, die's nicht sofort erwischt hat, haben sich in den Sümpfen versteckt. Droben in Goliad wurde die Sache für Fannin hoffnungslos, und er mußte sich ergeben. Die Mexikaner haben alle unsere Männer gefangengenommen. Sie mußten drei Kolonnen bilden und ein Stück aus der Stadt rausmarschieren. Und dann haben die Mexikaner sie allesamt erschossen. Ohne Federlesen, einen nach dem anderen. Sie haben Fannin eine Kugel in den Kopf gejagt, und er ist zu den anderen in ein gemeinsames Grab gefallen.«

Von den Frauen, die sich um den Verwundeten versammelt hatten, erhob sich ein Stöhnen, das teils Fluch, teils Gebet zu sein schien, ein halb menschlicher, halb tierischer Laut. So stöhnten Frauen auf, wenn sie erfuhren, daß sie Witwen geworden waren; wenn man ihnen sagte, das Leben ihrer Männer sei ausgelöscht und ihre Stimmen seien auf dem Schlachtfeld für immer verstummt. Das Gemurmel wurde lauter und eindringlicher vor Zorn und Leid. Nur wenige Frauen hatten sich um den verwundeten Soldaten versammelt, und nur ganz wenige hatten seine Worte richtig verstanden. Nun aber verbreitete die Nachricht sich wie ein Lauffeuer, und von einer Gruppe zur nächsten erhob sich ein Wehklagen. Nahezu einhundert Frauen aus dem Treck waren in dieser schrecklichen Stunde zu den Witwen von Goliad geworden.

Insgesamt 390 Mann waren von den Mexikanern bei Goliad abgeschlachtet worden. Und Houston hatte so sehr auf Fannins fünfhundert Texaner gehofft! Doch nur eine Handvoll war entkommen und konnte sich zu Houstons Stellungen durchschlagen, wo die Texaner dem Feind Widerstand leisten wollten – sofern sie es überhaupt konnten.

Der Schmerz der Witwen von Goliad schien die Willenskraft der anderen Frauen zu lähmen. Entschlossenheit, Mut und Leidensfähigkeit, die sie an den Tag gelegt hatten, seit der Treck aufgebrochen war, schienen immer schwächer zu werden und zu schwinden. »Wir sollten bleiben, wo wir sind«, hörte Euphemia die Frauen sagen, oder: »Wir müssen sowieso sterben. Da können wir uns genausogut die Qualen des Marsches ersparen und hier auf das Ende warten.«

Am späten Nachmittag saßen Euphemia, Mary, Maggie Boles und ein paar andere Frauen an Sarahs Feuer und sprachen über die Lähmung, die den Treck befallen hatte, nachdem der Überlebende von Goliad mit der Schreckensnachricht gekommen war.

»Das ist ganz normal«, sagte Sarah und holte ihre Tonpfeife hervor. »Die meisten von uns sind am Ende. Auch die größte Kraft hat ihre Grenzen.«

»Die armen Frauen aus Goliad tun mir so schrecklich leid«, sagte Mary. »Sie glaubten, alles Leid der Welt ertragen zu haben, und dann geschieht ein noch viel größeres Leid.«

Sarah blickte zu den Frauen hinüber, die auf dem Lagerplatz neben ihren Planwagen und den Feuern auf dem Boden saßen. Sie saßen da, als wäre ein Wirbelsturm über sie hinweggefegt. »Wir müssen was tun. Sonst geben die Frauen auf. Ich kann es richtig spüren. Es greift um sich wie ein Fieber. Wenn wir nichts dagegen tun, wird es jeden von uns anstecken.«

Eine Gruppe Frauen näherte sich dem Feuer. Sie waren ausgemergelt, die Augen gerötet; ihre Bewegungen waren langsam und zögernd, die Köpfe gesenkt. »Wir gehen nach Hause«, verkündete eine der Frauen aus Goliad. Die Worte schwebten wie eine Grabesschrift über dem Feuer.

Nach langem Schweigen sagte Sarah: »Etwas Schlimmeres könntet ihr gar nicht tun.«

»Was kann es Schlimmeres geben als das, was schon passiert ist?«

schluchzte die Frau. »Wenn noch mehr Unheil geschieht, kann es genausogut zu Hause geschehen. Nein, wir gehen heim, um unsere Männer zu begraben.«

Mary stand auf, kam ums Feuer und umarmte die Witwe aus Goliad. »Wir wissen, wie du dich fühlst«, sagte sie. »Aber wir müssen zusammenbleiben. Den ganzen Weg, bis an die Grenze zu den Vereinigten Staaten, wenn's sein muß.«

Euphemia blickte Sarah an und fragte sich, wie ihre ältere Schwester darauf reagieren würde. Welche Freundlichkeiten, welche Gesten der Liebe würde Sarah diesen Frauen erweisen können, die so viel durchgemacht hatten? Sarah schaute die weinende Frau an; dann ließ sie den Blick über die anderen schweifen, die ebenfalls erst vor kurzem erfahren hatten, daß sie Witwen geworden waren. Sie sah, daß viele Frauen bereits ihre Sachen für den Aufbruch gepackt hatten. Dann schaute Sarah zu Maggie Boles hinüber. Maggie nickte, erhob sich vom Feuer, ging zu ihrem Wagen und kam mit ihrer Flinte zurück. »Ich möchte, daß ihr euch das vordere Ende von dem Gewehr ganz genau anschaut«, sagte Maggie. Ihre Augen blickten hart, und ihre Hände sahen auf dem dunklen Stahl schneeweiß aus. »Weil da nämlich eine Kugel rauskommt, falls eine von euch versuchen sollte, das Lager zu verlassen. Und jetzt nehmt Vernunft an und legt euch schlafen. Morgen früh machen wir uns wieder auf den Weg nach Osten. Und jede, die was anderes sagt oder tut, erschieße ich.«

Eine nach der anderen wandten die Witwen aus Goliad sich um und gingen zu ihren bereits verschnürten Habseligkeiten zurück.

Während der Zug der texanischen Frauen, Kinder und Sklaven sich weiter in Richtung Grenze vorankämpfte, zum sicheren Territorium der Vereinigten Staaten, wich das Gefühl der Verzweiflung nicht; es schien sich weiter auszubreiten und alle wie eine Wolke einzuhüllen.

Und bald darauf begann das Kindersterben. Nach manchen Regentagen wehte nachts ein schneidend kalter Wind. Nichts und niemand blieb für längere Zeit warm und trocken. Die Kleinkinder starben an Lungenentzündung oder erfroren in ihren behelfsmäßigen Schutzhütten aus Stöcken und Lappen. Manchmal waren die Kinder am Tag noch wohlauf; in der Nacht bekamen sie dann hohes Fieber, das sie binnen kurzem dahinraffte. Ihre kleinen Körper bekamen Krämpfe, und manche starben, noch bevor jemand bemerkt hatte, daß sie erkrankt waren. Einige der jüngeren und schwächeren Kinder schienen den Kampf einfach aufzugeben, als wären sie es müde, unter Kälte und Hunger zu leiden. Die Gefahr, daß eine tödliche Fieberseuche sich ausbreitete, wurde so erschreckend wie die Bedrohung durch die mexikanische Armee. Das »Jahr der Großen Cholera«, als in Austins Kolonie Hunderte von Menschen den Tod gefunden hatten und die Städte Brazoria und Velasco entvölkert worden waren, lag erst vier Jahre zurück.

Die Mütter, angeführt von Euphemias Schwester Mary, taten alles, was in ihrer Macht stand, um die Erkrankten mit den wenigen Heilmitteln zu behandeln, die ihnen zur Verfügung standen. Was die Zubereitung von Kräutertränken und Eichenrindentee, von Reiswasser oder Suppe aus den getrockneten Schleimhäuten von Hühnermägen betraf, war Mary sehr geschickt; dennoch konnte auch sie nicht verhindern, daß die Kinder eins nach dem anderen starben. In Euphemias Augen waren die kleinen Gräber das Traurigste an den ungezählten schlichten Beerdigungen. Diese Kinder waren gestorben, weil ihnen naß und kalt gewesen war, und nun fanden sie in schlammigen, zur Hälfte mit Regenwasser gefüllten Gruben ihre letzte Ruhestätte. Einige trieben sogar für einen Moment auf der Wasseroberfläche, bevor sie mit Lehm und feuchter Erde bedeckt wurden. Euphemia fragte sich, warum das Jesuskind wohl so viele Spielgefährten brauchte.

Trotz aller Bemühungen der Treckführerinnen, den Frauen neuen Mut zu machen, ließ das Gefühl der Hoffnungslosigkeit sich nicht vertreiben. Jede neue Gruppe, die sich dem Treck anschloß, hatte eine weitere Schreckensgeschichte über Grausamkeiten, gefallene Väter, Söhne und Ehemänner zu erzählen. Langsam, verzweifelt, hoffnungslos schleppte sich der Elendszug nach Osten. Die Wege wurden zu klein für die Flüchtlingsmassen, so daß Sarah Räumkommandos einteilte, die im Schichtdienst Felsbrocken und umgestürzte Bäume beiseite schafften und die wildwuchernden Dornbüsche niederhackten, die dem Treck den Weg versperrten. Dann setzte wieder heftiger Regen ein, und die Frauen mußten sich durch hüfttiefen Morast quälen. Manchmal versanken Ochsen und Pferde so tief im Schlamm, daß die Frauen ihre Tiere mit Seilen herausziehen mußten.

Am Nachmittag des einunddreißigsten März erreichten die ersten Flüchtlinge den Brazos River. Einige von ihnen, die auf dem Landweg nach Texas gekommen waren, hatten den Fluß schon einmal gesehen. »Aber so noch nie«, sagten sie.

Der Brazos war furchteinflößend, eine reißende, tobende Flut, tückisch und gefährlich, voller wirbelnder Strudel und dahinjagender umgestürzter Bäume. Euphemia war sicher, daß der Treck einen solchen Fluß nie und nimmer überqueren konnte und daß sie alle hier warten mußten, bis Santa Anna kam und sie niedermetzelte, wie er es mit den Soldaten von Travis und Fannin gemacht hatte. Doch Euphemia war dieses Schicksal lieber als die Aussicht, diesen breiten, kalten Strom überqueren zu müssen.

Sarah, Maggie und die anderen Frauen aus der Gonzales-Gruppe begannen Flöße zu zimmern. Unter ihren Äxten fielen Weißrüster und Zypressen, die in der Flußniederung wuchsen. Andere Frauen spannten die Ochsen vor umgestürzte tote Bäume, die am Ufer lagen, und schleiften sie heran. Dann wickelten die Frauen Stricke, Stoffetzen und Ranken zu Tauen zusammen und banden die Baumstämme aneinander. Einer der Wagen wurde auseinandergenommen, und man nagelte die Bretter oben auf den Stämmen fest, um eine Plattform zu schaffen. Doch die Frauen hatten nur ein einziges Floß, und Tausende von Menschen mußten ans andere Ufer übergesetzt werden. Also wurden weitere Bäume gefällt, für zusätzliche Flöße. Sarah schuftete unermüdlich mit der Axt. Sie und die anderen Frauen arbeiteten bis spät in die

Nacht. Es war ein Wettlauf gegen die Zeit. Wie weit mochte Santa Anna hinter ihnen sein?

Als die Dunkelheit hereinbrach, wurden Euphemia die Lider schwer. Das Krachen der Äxte war einschläfernd; es erinnerte sie an die Geräusche zu Hause, wenn Bartlett McClure Holz für die Winterfeuer gehackt hatte. Sie kuschelte sich eng an Little Johnny, dessen Körper so schön wärmte, schloß die Augen und schlief ein.

Euphemia wurde von eisiger Kälte geweckt. Noch immer war es dunkel, doch am östlichen Horizont zeigte sich bereits ein stahlgrauer Streifen. Euphemia fragte sich, warum es auf einmal so kalt geworden war, und plötzlich wußte sie warum. Eine so tiefe, düstere und schreckliche Angst stieg in ihr auf, daß Euphemia sich von einer gewaltigen Last niedergedrückt fühlte, als würde ihr der Brustkorb zerquetscht und sie tiefer und tiefer in den Boden gepreßt, bis zum Mittelpunkt der Erde, wo ganz bestimmt die Hölle war. Doch diese Hölle wäre kalt! Dann gibt es gar keine Höllenfeuer, dachte Euphemia; dann war es eine Lüge, die von Predigern verbreitet wurden, die niemals dort gewesen waren. Sie wünschte sich, wieder einschlafen zu können und vielleicht in einer anderen Welt aufzuwachen. Doch sie konnte nicht schlafen, und so hielt Euphemia ihren toten Neffen lange Zeit in den Armen, bis die blasse, kalte Sonne aufging. Schließlich kamen ein paar Frauen und erzählten Euphemia, daß Sarah ihr Baby verloren habe. Das Kind war in der Nacht tot zur Welt gekommen, als Sarah Bäume gefällt hatte. Dann sahen die Frauen, was Euphemia an sich drückte. Sie mußten ihre Arme mit Gewalt von Little Johnny losreißen, um seinen Leichnam aus Euphemias Umarmung befreien zu können. Euphemia weinte nicht. Aber es dauerte lange, bis sie zu schreien aufhörte.

Sie wickelten die Körper in eine Segeltuchplane, und dann legten sie Little Johnny und seine kleine totgeborene Schwester in den Boden, in eine Grube, die Leviticus gegraben hatte. Sarah war im Planwagen; sie lag in einem behelfsmäßigen Bett und schaute gemeinsam mit Euphemia zu, wie Leviticus und die Witwen vom Alamo und aus Gonzales und Goliad die Körper mit Erde bedeckten.

»Es sind viele Kinder gestorben«, sagte Sarah. »Wenn das alles hier vorbei ist, komme ich wieder her und hole die beiden Kleinen nach Hause, das schwöre ich. Du und ich, wir kommen hierher zurück und holen sie. Sie sollen anständig beerdigt werden, zu Hause am Peach Creek, unter den alten Eichen. Wir werden einen Zaun um ihre Gräber bauen.«

Dann fing Sarah an zu weinen.

Schließlich weinte auch Euphemia. Aber es flossen keine Tränen; nur das Geräusch trockener Schluchzer war zu hören, und der furchtbare Schmerz in ihrem Innern verzerrte ihr Gesicht. Sarah drückte Euphemia ganz fest an sich. »Es ist nicht unsere Schuld, Kleines. Du hast getan, was du konntest. Es sollte nicht sein, daß Johnny und seine kleine Schwester über den Brazos kommen.«

»Mir ist so schlecht.« Mehr konnte Euphemia nicht hervorbringen, als Travis und William sie zu trösten versuchten. Denn in ihrem Innern tobten stumme Dämonen wie dunkle Derwische umher und machten Euphemia so schwindlig, daß ihr übel wurde. Dann erbrach sie sich heftig. Sarah versuchte Euphemia wieder aufzurichten, doch der Schmerz wollte nicht weichen. So beauftragte Sarah Tildy damit, Euphemia zu säubern, ins Bett zu legen und warm zuzudecken. »Kein Fieber«, sagte Tildy, nachdem sie Euphemia die Hand auf die Stirn gelegt hatte. »Sie kann einfach nicht mehr. Es ist zuviel für so ein kleines Mädchen.«

Sarah setzte sich im Wagen auf und blickte noch einmal zum Grab zurück. »Leb wohl, kleiner Mann«, flüsterte sie, und dann wandte sie sich um und sah, daß Leviticus sie anschaute. Auch in seinen Augen standen Tränen. »Jetzt geht es ihm gut, Leviticus.«

Da warteten sie nun im Schlamm, neben dem Grab von Sarahs Kindern, umgeben von verzweifelten Witwen und Waisen und Fremden. Die Erschöpfung, die Trauer und die ungewohnten Tränen hatte dunkle Halbmonde unter Sarahs Augen entstehen lassen, und ihr Haar war schlammverklebt. In diesem Augenblick sah sie aus wie eine alte Frau; dabei war sie nicht einmal zwanzig.

»Was machen wir jetzt, Miss Sarah?« fragte Leviticus.

Sie schaute auf das Grab ihrer Kinder, dann auf den Brazos, und ließ schließlich den Blick über die verzweifelten Frauen schweifen, die darauf warteten, daß Sarah wieder die Führung übernahm.

»Wir werden diesen verdammten Fluß überqueren«, sagte sie und rief Maggie Boles zu sich.

In den nächsten drei Tagen schlief Euphemia die meiste Zeit. Manchmal befand sie sich in einem halbwachen Dämmerzustand, spürte die Kälte, erinnerte sich an Little Johnny und betete darum, für immer einzuschlafen. Dann hüllte der Schlaf sie wieder in seine weichen Decken, bis Trauer und Schmerz erneut von ihr Besitz ergriffen. Hin und wieder drangen die Stimmen von Maggie und Sarah bis in ihre Träume, als sich die beiden Frauen einen Plan zurechtlegten, um den Fluß zu besiegen.

»Nehmen wir mal an, das erste Floß schafft es bis ans andere Ufer«, sagte Sarah. »Dann wird der Fluß es trotzdem ein Stück stromabwärts treiben. Das Problem besteht also darin, das Floß wieder auf diese Seite zu bekommen – und das so genau, daß es sofort die nächste Fuhre aufnehmen kann.«

»Und wenn wir eine Trosse über den Fluß spannen?« sagte Maggie. »Wie bei einer richtigen Fähre? Dann könnten wir die Flöße an dieser Führleine ans andere Ufer ziehen. Das Problem ist nur, wie wir die Trosse über den Fluß spannen können, ohne daß wir bis in den Golf von Mexiko abgetrieben werden. Denn wir müßten ja zuerst ein Floß mit der Trosse ans andere Ufer bringen, und das schaffen wir nicht.«

»Ich hab' da eine Idee«, sagte Sarah.

Am vierten Tag nach der Beerdigung Little Johnnies wurde Euphemia von Sarah mit einem Kuß geweckt. »Es ist Zeit«, sagte sie. »Jetzt müssen wir tun, was möglich ist.« Sarah gab Euphemia noch einen Kuß; dann zog sie ihr die Decke weg. »Ich möchte, daß alles auf unserem Wagen gut festgezurrt wird. Kümmere du dich darum, Phemie.«

Euphemia spürte die Kälte wie einen Schlag. Sie konnte die Stimme des Flusses hören. Als sie aus dem Wagen schaute, sah sie, daß einige Frauen ihre Feuer löschten und andere an einer seichten Stelle ein Floß zu Wasser ließen. Als Euphemia auf den Fluß blickte, jagte ein großer entwurzelter Baum in der reißenden Strömung vorüber. Der Brazos schien zu kochen, wirklich und wahrhaftig. Es sah aus, als wären sämtliche Regenmassen, die in den letzten Wochen gefallen waren, in diesen einen Fluß geströmt, um den Weg ins Meer zu finden. Sarah und Maggie Boles standen am Ufer und sicherten ein Seil, indem sie es an einem Pferd festbanden.

»Das beste Pferd, das wir haben«, sagte Sarah. »Jung und stark.«

Maggie fragte nach dem Namen des Tieres.

»Tänzer«, rief Minerva McGehee. Es war ihr Pferd.

»Mir wär' lieber, er würd' Schwimmer heißen«, sagte Maggie Boles und schwang sich in den Sattel. Sie ritt ins flache Wasser und dicht am Ufer entlang, wobei sie nach der besten Stelle für eine Durchquerung Ausschau hielt. Euphemia sah eine Gruppe Frauen am Ufer. Sie hatten das Führseil sorgfältig aufgewickelt, damit es sich nicht verhedderte, sobald es über den tobenden Fluß gezogen wurde. Dann, als würde sie sich auf einen sonntäglichen Ausritt begeben, trieb Maggie das Pferd ins Stauwasser. Jetzt traten auch die anderen Frauen näher an den Fluß heran. Sie kamen hinter Planwagen und Bäumen hervor und nahmen in mehreren Reihen am Ufer des Brazos Aufstellung. Aller Augen waren auf das Pferd und seine Reiterin gerichtet, die sich nun langsam immer weiter zur Flußmitte bewegten. Das Wasser reichte nun schon bis zum Bauch des Pferdes, und Euphemia konnte erkennen, wie nervös und verängstigt das Tier war; es wußte nicht, was seine Reiterin von ihm erwartete. Plötzlich beugte Maggie sich im Sattel vor und legte dem Pferd die Arme um den Hals, und dann wurden sie auch schon von der Strömung erfaßt, und Tänzer riß es von den Beinen. Zuerst trieben Pferd und Reiterin mit beängstigender Geschwindigkeit flußabwärts, wobei Tänzer immer wieder den Kopf in Richtung Ufer warf, dorthin, wo es sicher und trocken war. Euphemia konnte erkennen, wie Maggie sich mühte, das Pferd unter Kontrolle zu bekommen und es dazu zu bringen, gegen den reißenden Fluß anzukämpfen – genauso, wie sie die Witwen aus Goliad dazu gebracht hatte, den Marsch nach Osten fortzusetzen. Manchmal verschwanden Maggie und Tänzer aus dem Blickfeld, wenn sie von vorübertreibenden Sträuchern und Bäumen verdeckt wurden oder wenn die Kraft der Strömung sie vollkommen unter Wasser drückte. Immer dann ging ein Aufschrei oder ein lautes Stöhnen durch die Reihen der Frauen, die sich am Ufer drängten, und sie beugten sich weit nach vorn, als wollten sie sich gegen die Kraft des Flusses stemmen. Doch sobald Roß und Reiterin wieder auftauchten, erhob sich ein Seufzer der Erleichterung, und aufmunternde Rufe übertönten das Tosen des Flusses. Langsam näherten sich Maggie und Tänzer der Mitte des Mahlstroms.

Plötzlich waren sie verschwunden. Hatte der Brazos sie verschlungen? Die Frauen wurden totenstill. Nur die wutende Stimme des Flusses war noch zu hören. Niemand rührte sich. Die Frauen standen da und starrten, regungslos wie Statuen, grau wie Marmor. Euphemia fiel auf, daß der unaufhörliche Regen alle Farbe aus ihrer Kleidung gewaschen hatte. Sie fragte sich, wie lange die Frauen am Ufer stehend warten mochten und ob vielleicht irgendwann in der Zukunft Leute hierher kämen, diese grauen Statuen am Flußufer fänden und überlegten, wer sie aus Stein gehauen hätte und warum die Gesichter einen so verzweifelt-erwartungsvollen Ausdruck zeigten. Dann, plötzlich, kam wieder Bewegung in die Reihen der Frauen, und eine von ihnen rief, daß sich auf der anderen Seite etwas gerührt habe. Die Frauen rannten so dicht ans Ufer, wie es nur ging; einige wurden von den Nachdrängenden sogar ins Wasser geschoben. Jetzt sah auch Euphemia, daß sich am gegenüberliegenden Ufer irgend etwas bewegte. Ein Pferd und eine Reiterin kamen von Norden heran und waren bald darauf deutlich zu erkennen. Maggie und Tänzer hatten es geschafft, und nun befestigte Maggie das starke Seil an einer dicken Pappel am Ostufer des Brazos.

Als die Führleine fest verschnürt war, begann das Übersetzen. Es dauerte vier Tage, um Menschen, Tiere, Wagen, Nahrungsmittel und Gerätschaften ans andere Ufer zu bringen. Niemand kam dabei um. Der Brazos war erobert.

Nachdem sie den Fluß überquert hatten, stellten sie fest, daß unter den Bewohnern des Landstriches östlich des Brazos viele Gerüchte über einen Rückzug Sam Houstons kursierten. Auch östlich des Flusses schlossen sich noch mehr Frauen dem Treck an. Sie alle fragten sich, wann Houston sich dem Feind stellen würde. Man munkelte bereits, seine bunt zusammengewürfelte Armee sei in Auflösung begriffen; daß Offiziere mit Desertion drohten, weil sich Houston weigere, den Mexikanern zum Entscheidungskampf gegenüberzutreten; daß seine Männer aus ihren Stellungen davonrannten, um ihren Familien bei der Flucht vor den heranrückenden Truppen Santa Annas zu helfen. Tatsächlich wurde Houston von seinen Offizieren bedrängt, sich dem Feind zu stellen, doch er setzte den Rückzug fort, nun wieder in nördliche Richtung.

Bei der Verfolgung Sam Houstons ließ Santa Anna weitere Städte niederbrennen. Harrisburg ging in Flammen auf. Immer mehr Flüchtlinge strömten auf die Straßen und Wege, die zur Grenze der Vereinigten Staaten führten. Die Überlebenden aus Harrisburg berichteten, daß die erschöpften, mutlosen Reste von Houstons Armee in der Falle säßen. Doch am Nachmittag des 21. April 1836 – mehr als ein Monat, nachdem die ersten Flüchtlinge Peach Creek verlassen hatten – hörten sie über der Ebene von San Jacinto die donnernden Stimmen der »Zwillingsschwestern«, der beiden eisernen Kanonen von Sam Houston.

Die Flüchtlinge wußten, daß sie am Ende ihrer Reise angelangt waren. Halb verhungert, zu Tode erschöpft und am Ende ihrer Willenskraft, blieben Frauen und Kinder einfach stehen, als sie das Donnern der Kanonen hörten. Sie konnten nicht mehr weiter; es ging einfach nicht mehr. Sie würden das Schicksal von Houstons Soldaten teilen, die am San Jacinto River ihre letzte Stellung bezogen hatten.

Der Regen hatte das Land überflutet; die dunklen, sumpfigen Nebenarme der Flüsse waren zu gewaltiger Größe angeschwollen, und die riesigen Grasflächen der Prärie standen unter Wasser. Hätte es in dieser Gegend einen Hügel gegeben, wären Sarah und Euphemia hinaufgestiegen, um das Drama zu beobachten, das sicherlich in die Geschichte eingehen würde. Doch es gab weit und breit keinen Hügel. Aber sie waren dem Schlachtfeld sehr nahe, und so versuchten sie, sich anhand der Geräusche ein Bild davon zu machen, was da unten vor sich ging.

»Jetzt werden wir sehen, wie der Hase läuft«, sagte Sarah, als die Fetzen von Musik, von Trommeln und Querpfeifen, über den Nebenarm des Buffalo Bayou zu ihnen wehten.

»Was spielen sie da?«

»Nichts für kleine Mädchen, Phemie. Das Lied heißt ›Komm in die Laube‹.«

»Was für ein Lied ist das?«

»Kein sehr schönes Lied.«

»Was tun die Männer gerade?«

»Hört sich so an, als käme Houston anmarschiert. Da, hör! Musketen. Galoppierende Pferde. Und jetzt – die Hornisten! Die mexikanischen Hornisten! Also hat Houston zuerst angegriffen!« Die Vorstellung, daß Houston eine Offensive begonnen hatte, fuhr wie ein belebender Wind durch die Reihen der Flüchtlinge, die so schrecklich lange auf der Flucht gewesen waren. Dann hörten sie wieder das Wummern der Zwillingsschwestern. Der Verwundete aus Goliad kannte die Stimmen der Kanonen schon: ein Donnergrollen, gefolgt von einem infernalischen Heulen, wenn Nägel und Splitter von Hufeisen in die Reihen der Mexikaner fegten. »Unsere Leute schießen mit Nägeln und Hufeisen! Nichts auf der Welt kann einen Mann schneller töten. Mit einer Kugel kann man nur einen Feind erledigen. Mit Nägeln schafft man zwanzig auf einmal.«

Mit einem Stakkato stimmten die langen Flinten in die Todesmelodie ein. »Da! Und jetzt stürmen sie vor!« Ein wildes Durcheinander war zu hören. Schreie, Rufe; das Donnern von Büchsen; das schrille Wiehern von Pferden und das Gebrüll von Männern; Flüche auf Santa Anna und das Schicksal; Trompetengeschmetter und dann der Schlachtruf der Texaner – der mit der Wucht eines Säbelhiebs niederfuhr. »Denkt an den Alamo! Denkt an Goliad!« Es war ein gewaltiger Chor aus Stimmen, eine Hymne des Zorns, der Verzweiflung und der Rachgier. Dann, ganz plötzlich, war die Schlacht zu Ende. Die Mexikaner hatten sich ergeben.

Euphemia, Sarah und all die anderen schritten über die Weidegründe des Todes hinweg. Hunderte mexikanischer Soldaten lagen mit verkrümmten Gliedern in ihrem Blut auf Wiesen und Feldern voller Klatschmohn und wilder Lilien. Die Flüchtlinge zogen zwischen den Leichen dahin. Euphemia Texas hatte das Gefühl, sich inmitten der Toten aus einem Märchen zu bewegen. Und in dem Augenblick, als sie und Sarah sich stürmisch in die Umarmung Bartlett McClures warfen und an Sam Houstons Seite standen, war Euphemia ganz sicher, daß sie ein Feenkind war, das man mitten aus einem Märchen herausgerissen hatte und das ganz bestimmt niemals geboren worden war: Da war die lange, gefährliche Reise gewesen, dann der triumphale Sieg, und nun waren der Ritter und seine Dame wieder vereint. Ihr starker, guter König war zwar verwundet, aber er lebte, und sein Thron wankte nicht mehr. Als Houston Sarah und anderen Frauen den Verlauf der Schlacht schilderte und ihnen berichtete, daß 630 Feinde getötet worden seien, wohingegen die Texaner nur zwei Gefallene zu beklagen hätten, war Euphemia keineswegs überrascht. Wenn man für die gerechte und gute Sache kämpfte, sah das Ende für den Feind nun einmal so aus. Bartlett erklärte, die Mexikaner hätten keinen einzigen Posten aufgestellt, und Houston hätte zum Angriff blasen lassen, als der Feind gerade seine Siesta hielt. General Santa Anna vergnügte sich in seinem Zelt aus Seide mit einem wunderschönen Mulattenmädchen namens Emily Morgan, einer Frau, die von den Soldaten schon jetzt ›Yellow Rose of Texas‹ genannt wurde.

Dann sah Euphemia Sarazen, Sam Houstons großen weißen Hengst. Er lag auf dem Boden, als wäre er aus Stein gemeißelt. Aus einer gräßlichen Wunde an der Brust sprudelte Blut auf das Gras und die Decke aus Sternenphlox. Als Euphemia zwischen den toten Soldaten hindurch dorthin ging, wo das Pferd lag, wußte sie, daß sie aus einem Märchen hinaustrat, das sie im Körper einer anderen erlebt hatte. Vielleicht war sie ja doch geboren worden. Vielleicht gab es sie wirklich. *Denn in einem Märchen können viele Dinge geschehen*, dachte sie. *Aber niemals, niemals stirbt der weiße Hengst des Königs.*

Es war am ersten Tag des Maimonats 1838, fast drei Jahre nach Sam Houstons Sieg am San Jacinto, als Euphemia und Sarah auf der Kuppe des weithin einzigen Hügels saßen. Eigentlich war der Hügel, mit Mariengras und Kornblumen bewachsen, eher eine bescheidene Kuppe, die sich östlich des Woman Hollerin' Creek befand. Sie beobachteten ihre Pferde beim Grasen; dann blickten sie hinunter in weite Ferne, wo Leviticus und die anderen Sklaven Reihen goldenen Getreides schnitten. Hinter den Feldern lagen die Gräber von Sarahs Kindern, von einem Baldachin aus Eichen geschützt. Der Tag war warm, die Luft würzig, frisch und köstlich. Euphemia mußte wieder einmal daran denken, wie schön es doch war, daß eine brandneue Republik ihren Namen bekommen hatte. Eine so hohe Ehre war bislang nur wenigen Menschen zuteil geworden, wie Amerigo Vespucci, zum Beispiel, oder Simón Bolívar. Sarah stieß eine kleine Wolke Tabakrauch aus und wies mit ihrer Tonpfeife auf jene Stelle am Peach Creek, wo das neue Haus gebaut werden sollte.

»Da unten«, sagte Sarah, »neben den Pflaumenbäumen, wird bald das vornehmste Haus diesseits von New Orleans stehen. Mit hohen weißen Säulen und allem Drum und Dran.«

»Kann ich mal deine Pfeife probieren?« fragte Euphemia.

»Darf ich«, verbesserte Sarah.

»Darf ich mal deine Pfeife probieren?«

»Natürlich nicht!«

»Du rauchst doch auch.«

»Du bist aber nicht ich«, sagte Sarah. »Die Zeiten müssen sich ändern. Es muß sich endlich etwas tun.«

»Was denn?«

»Ich, zum Beispiel, muß mit dem Rauchen aufhören, und mit dem Whiskeytrinken und dem verdammten Gefluche und all den anderen schlechten Angewohnheiten. Wir führen uns wie der Pöbel auf, obwohl wir zivilisierte Menschen sind. Seit zwei Jahren haben wir nun eine ordentliche Republik mit einem ordentlichen Präsidenten. Na ja, vielleicht ist Sam Houston nicht gerade ordentlich, aber er ist ein Präsident. Deshalb ist es für uns an der Zeit, in einem ordentlichen Haus zu wohnen und ein ordentliches Leben zu führen. Wußtest du schon, daß die Ashbys früher in einem Schloß in England gewohnt haben? König William der Erste hat's gebaut, William der Schweiger. Ein riesiges Schloß war's, ganz aus Stein, mit Erkern und Türmen und Wehrgängen. Unsere Vorfahren haben gelebt wie das Königshaus selbst. Einmal hatten sie sogar Mary zu Gast, die Königin von Schottland. Und was tun wir? Wir hausen in Blockhütten.«

»Und rauchen Tabak«, fügte Euphemia hinzu.

»Ich möchte gern ein wunderschönes Heim für uns bauen«, fuhr Sarah fort. »Einen Platz für uns schaffen, an dem das Leben nicht so hart und primitiv ist. Manchmal glaube ich, wir sind nichts weiter als texanische Bauerntölpel, die nur in den Tag hinein leben und darauf warten, daß das nächste Unheil über sie hereinbricht. Vielleicht ist es an der Zeit, daß wir Wurzeln schlagen. Daß wir Pläne für eine bessere Zukunft machen. Wir sind so sehr mit dem Überleben beschäftigt, daß wir gar keine Zeit haben, kultivierte Leute zu werden. Sieh dir Bart an. Er ist ein sehr vornehmer und gebildeter Mann. Ein guter Anwalt. Spricht Französisch und Spanisch. Ich bin sicher, daß er an jedem europäischen Königshof zurechtkäme. Ja, sicher, sogar hier draußen in der Wildnis haben wir Freunde, die sämtliche englischen Könige mit Namen nennen können, und sogar in der richtigen Reihenfolge. Die dir erzählen können, welcher König den anderen vergiftet hat; die über Aristoteles und einen Staat ohne Sklaverei diskutieren und lange Passagen aus ›Ein Sommernachtstraum‹ auswendig aufsagen können. Aber was nützt einem das alles, wenn man wie ein Wilder haust, wie eine Art Steinzeitmensch?«

Von Sarahs Lippen stieg geisterhaft eine Schimäre aus Rauch in die Luft, und Euphemia staunte wieder einmal, wie anmutig Sarah die Pfeife halten konnte, als wäre sie ein Teil ihrer Hand. Euphemia konnte beinahe verstehen, warum die Indianer den Rauch für ein lebendes Wesen hielten, für einen Boten zwischen den irdischen Dingen und der Welt der Geister.

»Ich bin einfach zu ungehobelt, als daß ich groß etwas ändern könnte. Aber um zu überleben, *mußte* ich in den letzten Jahren hart und unnachgiebig sein. Aber du nicht, Phemie. Du kannst diese Welt verändern. Sie besser machen. Jemand muß unseren Männern Sitten und Kultur beibringen. Würden wir die Republik nur diesen Kerlen überlassen, gäbe es keine Schulen, keine Kirchen, nichts wirklich Dauerhaftes. Dann gäbe es nur vier Dinge: Duelle und Träume und Kriege. Und die Politik, als eine Art Ersatz für die ersten drei.«

»Was kann ich denn tun?« fragte Euphemia. »Wie kann ich die Dinge ändern?«

»Indem du eine Frau wirst«, antwortete Sarah.

»Aber ich bin nur ein kleines Mädchen.«

»Na ja, du bist so was wie eine Frau in den Lehrjahren«, sagte Sarah. »Weißt du, Phemie, es gab mal eine Zeit, da viele von den alten Göttern Frauen waren. Sie wurden als die Schöpfer unserer Welt verehrt. Als Lebensspenderinnen, die für die Fruchtbarkeit und das Kinderkriegen zuständig waren. Doch man kann nicht nur Babys Leben schenken, sondern noch vielen anderen Dingen. Manchmal glaube ich, ich habe mein Leben lang versucht, etwas zu sein, was ich gar nicht bin. Ich habe versucht, ein Mann zu sein. Ich glaubte, das sei eine Möglichkeit, meinem Leben einen Wert zu geben. Aber ich habe mich geirrt. Männer mögen die stärkeren Muskeln haben, aber die Macht, die einer Frau gegeben ist, haben sie nicht und kriegen sie auch nicht.«

Die Sonne wurde wärmer. Euphemia dachte an die Zeiten zurück, als sie geglaubt hatte, es würde nie mehr warm auf Erden. An den Elendsmarsch, der auf dem Schlachtfeld von San Jacinto geendet hatte. An das schreckliche Gefühl, nicht zu wissen, ob bei der Rückkehr an den Peach Creek das Haus noch stand, oder ob Santa Anna es beim Vorbeimarsch niedergebrannt hatte. Sie erinnerte sich an den glücklichen Augenblick, als sie das alte Haus unversehrt neben dem Bach stehen sah, verwahrlost, schmutzig und ausgeplündert, aber weithin unbeschädigt. Die Betten waren in die Wände hineingebaut worden und deshalb verschont geblieben. Euphemia hatte Tildy und Sarah geholfen, das alte Bettzeug ins Freie zu bringen und die Maishüllen und das Spanische Moos herauszuschütteln, mit denen die Matratzen gefüllt waren. »Ich würde eher sterben, als in einem Bett zu schlafen, das Santa Anna mit Gott weiß wem geteilt hat«, hatte Sarah gesagt, als sie die Bett- und Matratzenbezüge in einem großen gußeisernen Topf voll Seifenlauge auskochte. Als das Bettzeug und die Bezüge wieder sauber und trocken waren, füllten Euphemia, William und Travis die Matratzen mit frischem Moos und halfen, die Wände und Bettgestelle abzuwaschen, um die Heerscharen von Ungeziefer loszuwerden, die sich im Haus eingenistet hatten.

Euphemia hatte schreckliche Angst, daß es wieder irgendeinen Grund geben könnte, das Haus verlassen zu müssen. Manchmal fuhr sie mitten in der Nacht aus dem Schlaf, weil sie geträumt hatte, Little Johnnies kalten Körper in den Armen zu halten. Sie wußte, daß Sarah und Bartlett sich Sorgen um sie machten. Einmal hörte Euphemia, wie ihr Bruder William einem Freund erzählte, daß seine Schwester nie lächle. Wann immer Euphemia allein war, übte sie vor Sarahs Spiegel zu lächeln, doch ihr Spiegelbild schaute sie stets mit kummervollen, ja, verängstigten Augen an. Euphemia gelangte zu der Ansicht, daß sie ihr Lächeln irgendwo am Ufer des Brazos River verloren hatte, oder auf dem Schlachtfeld, auf dem Sarazen gestorben war.

1839 wurden einige benachbarte Siedlerstätten von räuberischen Comanchentrupps überfallen. In den 30er Jahren des vergangenen

Jahrhunderts waren sowohl mexikanische als auch amerikanische Siedler unaufhörlich in die angestammten Gebiete der Karankawa-Indianer und der im Süden lebenden Comanchen geströmt. Die Cherokees, Kickapoos und Creeks, die man bereits aus ihren Wohngebieten im Osten nach Texas vertrieben hatte, wurden erneut gezwungen, in andere Gegenden zu ziehen. Als Texas zur Republik wurde und weitere Siedlerwellen ins Land zu strömen begannen, stemmten die Indianer sich dieser Flut entgegen. Sam Houston handelte mit den Karankawas einen Vertrag aus, mit dem Ergebnis, daß sie ihre Raubzüge beendeten. Zudem übte Houston Druck auf den Kongreß aus, den Cherokees die Besitzrechte an ihren angestammten texanischen Ländereien zu sichern. Der Gesetzesantrag wurde niedergestimmt; dennoch beschlossen die Cherokees, keinen Krieg gegen eine Regierung zu führen, deren Häuptling ihr alter Freund Houston war. Doch trotz aller Bemühungen Sam Houstons, Auseinandersetzungen zwischen den amerikanischen Siedlern und den Indianern zu vermeiden, hielten die Raubzüge der Comanchen an. Im Jahre 1838 überfiel eine siebenundzwanzig Mann starke Comanchenhorde unter Führung des berüchtigten Tarantula das Anwesen der Tuckers, das nur ein paar Meilen vom Peach Creek entfernt war. Die Comanchen zogen Tucker die Haut von den Fußsohlen und zwangen ihn, über brennendes Gras zu gehen. Dann skalpierten sie Tucker und erhängten ihn an einem Baum. Zuvor waren bereits William Cotton und John Hayes, ebenfalls Nachbarn John Ashbys, einer streunenden Comanchenhorde in die Hände gefallen, als sie dabei waren, Pfähle zu schlagen, um ein Trockengerüst für Maiskolben zu errichten. Cotton und Hayes wurden von den Indianern in Stücke gehauen.

In der Folgezeit fanden immer häufiger Raubzüge statt. Ein dreißig Mann starker Comanchentrupp überfiel das Haus der Lyons, ungefähr achtzehn Meilen vom Anwesen der McClures entfernt. Nach jedem Angriff stellten die Siedler in aller Eile eine bewaffnete Truppe zusammen. Die Farmen und Siedlerstätten in der Gegend um den Peach Creek verwandelten sich in reinste

Waffenlager. Für gewöhnlich wurden den Indianern die Verstümmelungen und Morde von den Siedlern mit gleicher Münze heimgezahlt. Auf den Rachefeldzügen wurden so viele Rothäute getötet, daß die indianischen Banden bei ihren Überfällen weiße Frauen und Kinder entführten, um die gelichteten Reihen ihrer Stämme aufzufüllen. Eine solche Entführung war der schlimmste Alptraum eines jeden Kindes in Euphemias Alter, und jedes ungewohnte Geräusch, das Euphemia nachts hörte, hielt sie für das leise Tappen von Tarantulas Mokassins auf der Leiter, die hinauf zu ihrer Schlafstelle auf dem Dachboden führte.

Jetzt, als Sarah und Euphemia auf der Kuppe über dem Woman Hollerin' Creek ihren Pferden beim Grasen zuschauten, folgte Sarahs Blick plötzlich irgend etwas, das sich in nicht allzu großer Entfernung vom Bach in Richtung Westen bewegte. Als Sarah schließlich sprach, bewegten ihre Lippen sich kaum, und ihre Stimme war nur ein Flüstern. »Schau mich an, Phemie, jetzt sofort, und hör ganz genau auf jedes Wort, das ich sage.«

Verdutzt blickte Euphemia Sarah ins Gesicht. Wieder einmal konnte sie sich nicht erklären, warum eine so schöne Frau ein Mann sein wollte – auch wenn Euphemia selbst in beinahe jeder wachen Stunde diesen Wunsch verspürte. Aber Sarah? Ganz bestimmt nicht. Dann erst sah sie die stählerne Härte auf dem Gesicht ihrer älteren Schwester und erkannte, daß irgend etwas Schreckliches geschah.

»Ich möchte, daß du jetzt aufstehst und in den Sattel steigst, Phemie, als wäre alles in bester Ordnung«, sagte Sarah leise. »Dann reitest du schnell wie der Blitz nach Hause.«

»Warum?«

»Weil dort unten Comanchen kommen, aus Richtung Woman Hollerin' Creek. Nimm den Weg nach Süden, am Friedhof vorbei.«

»Und du?« fragte Euphemia ängstlich.

»Ich werde die Indianer zur Schlucht locken. Ich glaube nicht, daß sie mit ihren Ponies rüberspringen können, aber ich kann es ... glaub' ich.« Euphemia warf einen verstohlenen Blick zum Woman

Hollerin' hinunter, konnte aber nur die flimmernden Luftspiegelungen über der Prärie erkennen, da die Hitze allmählich wabernd vom heißen Boden aufstieg. »Los jetzt! Reite, so schnell du kannst.«

Euphemia Texas ging zu ihrem Pferd und kämpfte das Verlangen nieder, Hals über Kopf davonzulaufen. Sie lauschte auf das Sirren von Pfeilen und fragte sich, ob so ein Pfeil ihren Körper glatt durchschlagen oder in Fleisch und Knochen steckenbleiben würde. Sie betete darum, daß die Pfeile durch sie hindurchgehen und sie auf der Stelle töten würden; sie betete zuerst zu Gott, und dann zu all den Göttinnen, die Leben spenden. Und dann saß sie im Sattel; ihr Herz klopfte wild, und das Pferd preschte nach Süden, dorthin, wo Sarahs Kinder unter den Eichen begraben lagen. Hinter ihr, auf der Kuppe des Hügels, hielt Sarah gegen sechs herangaloppierende Comanchenkrieger die Stellung. Sie winkte mit beiden Armen, um die Indianer auf sich aufmerksam zu machen, und rief irgend etwas. *Bestimmt ein Zitat von diesem Shakespeare*, dachte Euphemia.

Wieder warf sie einen Blick über die Schulter. Sie sah, daß die Comanchen beschlossen hatten, Sarah anzugreifen, worauf diese sich herumwarf, in den Sattel sprang und den Hügel hinunterpreschte. Sie saß weit nach vorn gebeugt auf dem Pferderücken, während die Indianer ihr wie ein einziges monströses Tier aus wirbelnden Hufen, wippenden Büffelhörnern und flatternden Federn folgten. Die Krieger waren mit langen gefiederten Speeren bewaffnet. Zwei von ihnen trugen Kopfschmuck aus Büffelfell, ein anderer einen hohen Zylinder – das bevorzugte Kleidungsstück eines modebewußten Mordbrenners auf den Ebenen von Texas. Es war eine Szene wie aus einem Alptraum. Als die Comanchen am Rand der Hügelkuppe entlangjagten, zeichneten ihre Umrisse sich deutlich gegen den Horizont ab. Die Geräusche der Verfolgungsjagd klangen aus der Ferne wie ein ganz leises Gespräch.

Das Atmen ihres Pferdes und die auf sie einstürmenden Gedanken übertönten die donnernden Hufe und das Geheul der Comanchen. Die zunehmende Entfernung ließ die Gefahr immer kleiner erscheinen. Euphemia beobachtete die wilde Hatz, bei der Sarah und ihre Verfolger über die wogende Prärie dahinzuschweben schienen. Sieben Menschen, vereint als Jäger und Gejagte, bewegten sich wie in Zeitlupe; in diesem Bild lag mehr Poesie als tödliche Bedrohung. Hin und wieder drehte Sarah sich im Sattel um, warf einen raschen Blick nach hinten, um ihr Pferd dann erneut in Richtung Big Elm Draw voranzutreiben, einer tiefen, breiten Schlucht, die den Grund und Boden der McClures vom Niemandsland trennte. Die Indianer hielten gleichbleibenden Abstand zu Sarah; weder fielen sie zurück, noch holten sie auf. Einen Augenblick lang glaubte Euphemia, daß sie nur ein Spiel mit Sarah trieben und ihr gar nichts Böses wollten; daß es nur ein fröhlicher, übermütiger Wettstreit an diesem schönen Frühlingsmorgen war.

Als Sarah sich der Schlucht näherte, waren die Comanchen immer noch auf wilder Verfolgungsjagd. Sarah klemmte sich die Zügelenden unter die Beine und umfaßte den Hals ihres Pferdes mit beiden Armen; dann hoben sie und das Pferd vom Boden ab, als wären sie von einem himmlischen Marionettenspieler in die Höhe gerissen worden. Weit und hoch flogen sie über die Schlucht hinweg. In den nächsten Tagen versuchte Euphemia des öfteren, sich daran zu erinnern, wie lange Pferd und Reiterin durch die Luft geschwebt waren. Es schien Stunden, nein, eine Ewigkeit gedauert zu haben. Es war ein Ereignis, das sich über sämtliche Zeitalter der Menschheitsgeschichte hinweg erstreckte: Auf der einen Seite der Schlucht lag die Vergangenheit, auf der anderen die Zukunft. Die Comanchen waren mit ihren Pferden am Rande der Schlucht stehengeblieben; offenbar hatten sie die Befürchtung, daß ihre Indianerponys nicht so gut fliegen könnten wie Sarahs Geisterpferd. Nach einiger Zeit tauchte Sarah wieder von ihrem Ritt durch die Winde auf. Die Vorderbeine ihres Pferdes erwischten mit knapper Not den gegenüberliegenden Rand der Schlucht. Kletternd, strampelnd und hufescharrend bezwang das Tier auch das letzte Stück; dann waren sie drüben, auf festem Boden und in Sicherheit. Sarah drehte sich um, und Euphemia war fast sicher, daß ihre große Schwester lachte. Die Comanchen beobachteten, wie Sarah davonritt, und der Krieger mit dem hohen Zylinder hob anerkennend den Speer zum Salut. Dann wendeten die Indianer ihre Ponies und trabten zurück zum Woman Hollerin' Creek, und Sarah lenkte ihr Pferd dorthin, wo einst das große weiße Herrenhaus stehen sollte.

Nur wenige Tage nach ihrer Begegnung mit den Comanchen verliebte Euphemia Texas sich mit unsterblicher, verzehrender Leidenschaft. Sie hatte oft von den Kings gehört, einer legendären Familie von Rechtsanwälten, Plantagenbesitzern, Indianerkämpfern und Abenteurern, die nach Gonzales gekommen waren, nachdem Santa Anna die Stadt beim Rückzug Sam Houstons zum San Jacinto hatte niederbrennen lassen. Drei King-Brüder jedoch waren weiter in die Wildnis gezogen, um eine neue Stadt und ein neues Leben in der neuen Republik Texas aufzubauen. In Euphemias Augen waren sie wirkliche Abenteurer und sehr eindrucksvolle Männer, die ihr Leben mit mehr Vitalität, Schwung und Humor als gewöhnliche Sterbliche zu führen schienen. Von anderen Leuten hingegen wurden die drei Brüder ihres angeblich ungehobelten Benehmens wegen die ›Rowdy King Boys‹ genannt. Inzwischen hatte Henry Brazil King seine Verlobte, Mahalia Day, ins Land geholt, um von Richter Bartlett McClure nach Recht und Gesetz getraut zu werden. Am Peach Creek gab es keine Geistlichen und keine Kirchen, nur eine Lichtung in einem Eichenhain, auf dem ein baptistischer Wanderprediger in unregelmäßigen Abständen Gottesdienste abhielt – immer dann, wenn die Indianer sich längere Zeit ruhig verhalten hatten. Da es offenbar droben am Guadalupe, wo die Kings sich niederlassen und ihre Stadt gründen wollten, auch keinen Geistlichen gab, übernahm Richter Bartlett McClure die Trauungszeremonie. Nach langer, mühsamer Suche stöberte er seine Bibel auf, welche die Familie einst aus Kentucky mitgebracht hatte, und staubte sie ab, während Sarah mit den Vorbereitungen für das Hochzeitsmahl begann.

Euphemia stellte fest, daß die Rowdy King Boys ihrem Ruf als ungehobelte, lärmende Aufschneider und Flegel überhaupt keine Ehre machten. Für einen Flegel war Henry Brazil King jedenfalls ein sehr zurückhaltender Mann. Wie die anderen King-Brüder war er hochgewachsen und bewegte sich mit einer Anmut und gelassenen Würde, die Euphemia stark an Juan Seguin erinnerten. Sie konnte sich Henry King gut vorstellen, wie er stolz im Sattel seines Hengstes saß, wenn er und seine Brüder eine Herde prächtiger Pferde den weiten Weg aus den Cumberlands nach Texas trieben.

Von den drei Brüdern schien Henry der ernsteste zu sein. Doch in seinen Augen und seinem fröhlichen, polternden Lachen lag irgend etwas, das in Euphemia den Verdacht aufkommen ließ, Henry King könnte durchaus eine gewisse Rüpelhaftigkeit an den Tag legen, wenn die Umstände es erforderten oder wenn er entsprechender Laune war.

Obwohl der zweite Bruder, John Rhodes King, früher Kapitän auf einem Flußdampfer gewesen war, erinnerte er Euphemia eher an einen Prediger. Auch er war groß und kräftig und schien mit Vorliebe dem Klang seiner dröhnenden Stimme zu lauschen, die sich wie die Baßtöne einer Orgel aus den Tiefen seiner breiten Brust erhob. Was John Rhodes King von sich gab, waren zur einen Hälfte Geschichten, zur anderen Hälfte Bibelzitate, die zur Erläuterung, Ausschmückung oder zum Beweis für die Richtigkeit der Moral besagter Geschichten dienen sollten. Als sie sich alle zum ersten gemeinsamen Mahl zusammensetzen wollten, forderte John Rhodes King seine Brüder mit deutlichem Nachdruck auf, sich vor dem Essen gefälligst die Hände zu waschen, und Euphemia hörte, wie er seine Aufforderung mit einem angeblichen Zitat aus dem Markus-Evangelium Nachdruck verlieh. »So man sich nicht die Hände wäscht, soll man nicht speisen«, sagte John und ließ sich anschließend über die Bedeutsamkeit sauberer Töpfe und Pfannen, Teller, Tassen und Bestecke aus. So etwas möge vielleicht nicht wichtig erscheinen, erklärte John Rhodes, doch in der Heiligen Schrift stünde dieser Satz direkt unter jener Bibelstelle, in der verlangt werde, daß man Vater und Mutter ehren solle. »Deshalb«, sagte John Rhodes, »machen wir unseren Eltern Schande, wenn wir uns nicht die Hände waschen, und verstoßen somit gegen eines der zehn Gebote.« Euphemia konnte nur darüber staunen, wie dieser Mann es fertigbrachte, für jede Lebenslage das passende Bibelzitat zu finden.

Bei beiden älteren King-Brüdern, sowohl bei Henry wie auch bei John, konnte Euphemia eine geballte innere Kraft spüren. Es war eine durchaus anziehende Eigenschaft, als ließen sie Euphemia nur das erfahren und erkennen, was sie wissen und sehen *durfte*. Doch es war William, der dritte Rowdy-King-Bruder, der Euphemia Texas' Liebe entflammte und dafür sorgte, daß sie sich glücklich und elend zugleich fühlte. Und dabei war William nicht einmal da.

Aber wie oft die anderen von diesem William sprachen, dem jüngsten der Rowdy King Boys! So kam es Euphemia jedenfalls vor. Bei allen Geschichten, die Henry und John über ihre Heldentaten erzählten, stand William im Mittelpunkt. Es waren Geschichten über Kämpfe und andere gefährliche Abenteuer, und wenn der dramatische Höhepunkt kam, preschte William auf seinem Pferd herbei, um dem Schicksal eine Wende zu geben und die Situation durch seinen Mut und seine Verwegenheit zu retten. William hatte seine beiden älteren Brüder in den ersten Wochen ihrer Reise in die Wildnis begleitet; dann war er ins heimatliche Kentucky zurückgekehrt, um die geschäftlichen Angelegenheiten der Familie zu regeln. Unterwegs hatten Pferdediebe ein Dutzend Tiere aus der Herde gestohlen und in Richtung Arkansas getrieben, doch William – wer sonst – hatte den Halunken den Weg abgeschnitten und sie geschnappt. Dann hatte er ihre Kleidung verbrannt und die Räuber splitternackt an Bäume gefesselt, die am Rand des Weges nach Fort Smith standen. Und natürlich war es William gewesen, der darauf bestanden hatte, Old Peaches mitzunehmen, den Hund der Familie. Außer den Pferden hatten die Brüder auch ein paar Kühe in die neue Heimat getrieben. Darunter war eine Milchkuh, die einen wachsenden Haß auf Old Peaches entwickelt hatte und sich keine Gelegenheit entgehen ließ, auf den Hund loszustürmen, sobald er in ihre Nähe kam. Eines Abends, als es bereits dunkel wurde, zogen die Brüder mit ihren Tieren an einem dicken schwarzen Baumstumpf vorbei, den die Kuh irrtümlich für Old Peaches hielt, worauf sie ihn angriff und sich, wie Henry berichtete, »so hart den dämlichen Schädel stieß, daß sie danach ihre fünf Sinne nicht mehr richtig beisammen hatte«. Es machte John Rhodes und Henry Brazil King offensichtlich einen Heidenspaß, Geschichten über Williams Hund Old Peaches zu erzählen.

Nachdem sie vom Reiten einen ›Wolf‹ bekommen hatten, berichteten die Brüder, war William auf die Idee verfallen, das Leiden zu heilen, indem sie sich in eine mit Whiskey gefüllte Pfanne setzten. Dann lief ihnen eine Horde halb verhungerter Cherokees über den Weg, und wieder war es William, der den Indianern die boshafte Milchkuh schenkte – sehr zur Erleichterung der Indianer und von Old Peaches. Und als sie einem Treck nach Westen ziehender Siedler begegneten, zogen die Mädchen sich nur für William ihre Sonntagskleider an, obwohl es ein Dienstag war. »Es kann nicht mehr lange dauern, bis er hierherkommt«, sagte Mahalia zu Euphemia. »Sobald er die Geschäfte in Kentucky erledigt hat. Paß gut auf dich auf, Phemie. William braucht nur einen Blick auf ein so hübsches Ding wie dich zu werfen, und eh dein Onkel sich's versieht, muß er sich schon wieder auf die Suche nach seiner alten staubigen Bibel machen.«

Vor Euphemias geistigem Auge nahm das Bild William Kings Gestalt an. Er sah noch besser aus als seine älteren Brüder. Er sah sogar noch besser aus als Juan Seguin, ja, besser als Bart McClure oder Sam Houston. Er war sehr groß und schlank, und seine Augen blickten feurig, aber sanft in diese Welt, und sein Lächeln brachte selbst Eis zum Schmelzen. Euphemia träumte davon, mit William zu tanzen, so wie sie einst davon geträumt hatte, mit Juan Seguin zu tanzen, und sie konnte wirklich und wahrhaftig seine starken Arme spüren. Die Intensität ihrer Gefühle für dieses Bild, das sie sich von ihm machte, erstaunte und verwirrte sie. *Brauche ich Liebe so sehr,* fragte sie sich, *daß ich jemanden erfinden muß, um ihn in meiner*

Phantasie zu lieben? Oder liegt es nur daran, daß ich wegen Mahalias und Henrys Hochzeit so aufgeregt bin? Aber es war ein wunderbares Gefühl, diese geheime Romanze mit einem schönen Fremden zu haben, und Euphemia hielt dieses Gefühl fest wie ein Versprechen, das nur darauf wartete, eingelöst zu werden.

Die Kings blieben drei Tage in Peach Creek. Es war eine fröhliche Zeit. Sie redeten über die neue Stadt, die sie in der Wildnis erbauen wollten. Diese Stadt sollte in der Nähe des fernen Rangerlagers von Captain Callahan und Matthew Caldwell entstehen, am Guadalupe River, wo tiefe, klare Quellbäche durch Haine von Walnuß- und Pecanobäumen plätscherten. Sie redeten über einen neuen Anfang, über die Zukunft und das Leben, das sie führen würden. Sie sprachen über den neuen starken Mann der neuen Republik, Mirabeau B. Lamar, der 1838 als Sam Houstons Nachfolger zum Präsidenten von Texas gewählt worden war, und dessen Programm die Bedeutung des texanischen Staates und die Erwartung zukünftigen Ruhmes herauskehrte.

Eines Nachmittags holten die Rowdy King Boys Musikinstrumente aus ihrem Gepäck – eine Fiedel, eine Querpfeife und eine Maultrommel. Während Leviticus mit einem Käsemesser und einer Baumwollhacke den Rhythmus vorgab, spielten die King-Brüder die wunderschönste Musik, die Euphemia je im Leben gehört hatte. Bartletts Stimme erhob sich klar und tief über die der anderen, als sie alle möglichen Lieder sangen, von frommen Kirchenhymnen bis hin zu einem frechen Kehrreim, den Euphemia zum erstenmal von den texanischen Soldaten auf dem Schlachtfeld von San Jacinto gehört hatte.

An den Abenden lag Euphemia oft in ihrem Bett auf dem Dachboden und hörte den Erwachsenen zu, wenn diese sich unten in der Stube über das Schicksal der Republik unterhielten und über die Möglichkeiten diskutierten, einen neuerlichen Krieg mit Mexiko zu verhindern. Es gab kein Geld für die Armee; es gab überhaupt kein Geld. Die Republik Texas bestand im wesentlichen aus weit verstreuten Farmen und Ansiedlungen. Es gab keine

Industrie, keine Straßen, nicht einmal richtige Schulen. Und im Süden lag das noch immer mächtige Mexiko, ein Staat, der durch die Niederlage am San Jacinto gedemütigt worden war und danach gierte, seinen Nationalstolz und seine verlorenen Territorien zurückzugewinnen. Mexiko weigerte sich, die Unabhängigkeit von Texas anzuerkennen. Es schien nur eine Frage der Zeit, bis der Krieg sie alle wieder in seinen Klauen hatte.

»Wenn wir frei bleiben wollen«, sagte Henry King, »müssen wir uns mit dem Sternenbanner zusammentun. Allein können wir nicht überleben, so lieb mir ein unabhängiges Texas auch wäre.«

Sie redeten darüber, daß die Mexikaner Bündnisse mit den Comanchen schlossen und sie gegen die Texaner, die ins Land der Indianer einmarschiert waren, ins Feld schickten. Sie redeten darüber, daß die Mexikaner die Comanchen ermutigten, abgelegene Höfe zu überfallen. Sie redeten über den Renegaten Tarantula, und der Klang dieses Namens war für Euphemia beinahe genauso schrecklich wie der Anblick einer leibhaftigen Tarantel: riesengroß und schwarz und haarig.

»In Wirklichkeit heißt er Pia-war-rah«, sagte Bartlett. »Aber die Mexikaner nennen ihn Tarantula, und das aus naheliegenden Gründen. Er ist wirklich das reinste Gift. Ein heimtückischer Bursche, der immer einen hohen schwarzen Zylinder trägt. Wir sind früher schon mit ihm aneinandergeraten. Er hat Sarah ›Tapfere Squaw‹ genannt.«

»Der Comanchentrupp, der Phemie und mich am Hügel überfallen wollte, wurde von Tarantula angeführt«, sagte Sarah. »Aber wir haben ihn überlistet.«

»Er ist ein übler Zeitgenosse«, sagte Bartlett. »Der Schlimmste von allen. Sogar die Comanchen haben Angst vor ihm. Sie trauen ihm nicht. Tarantula und seine Bande lagern jetzt schon längere Zeit drüben am Woman Hollerin' Creek. Nachts müssen wir vorsichtshalber unsere Pferde an die Kette legen.«

»Wir könnten ihn verjagen«, sagte Henry, und ein Bild erblühte vor Euphemias geistigem Auge, wie der schneidige William King eine verwegene Attacke gegen Tarantula und dessen Horde von Abtrünnigen ritt.

»Ehrlich gesagt, möchte ich jeden Ärger mit den Comanchen vermeiden«, sagte Bartlett. »Die meisten dieser Banden greifen nur an, wenn sie provoziert werden, und was Tarantula betrifft, sollten wir ihn auf keinen Fall provozieren.«

»Gut und schön, aber er hatte es auf mich und Phemie abgesehen«, sagte Sarah. »Und ich kann mich wirklich nicht erinnern, daß *wir* Tarantula provoziert hätten.«

»Er ist eine Ausnahme. Wir können unsere Indianerpolitik doch nicht nach einer Bande von Abtrünnigen ausrichten. Wir müssen auf einen dauerhaften, allgemeinen Frieden zwischen Weißen und Roten hinarbeiten. Wenn wir weiterhin Indianer töten, bleibt den Roten keine andere Wahl, als weiterhin Weiße zu töten.«

»Präsident Lamar denkt ganz anders darüber«, sagte John. »Er ist der Meinung, daß eine völlige Ausrottung oder Vertreibung der Indianer die einzige Möglichkeit darstellt, diesem Problem ein Ende zu machen.«

»Deshalb muß Sam Houston wieder unser Präsident werden«, erwiderte Bartlett. »Es ist höchst bedauerlich, daß er für eine Amtsperiode abgewählt wurde. Houston kennt die Indianer besser als jeder andere in Texas. Er weiß, wie sie denken, und die Indianer achten ihn. Wir brauchen den alten Sam Houston, damit er uns noch einmal aus dem Schlamassel herausführt.«

Am Tag der Hochzeit hatte der Himmel die Farbe einer Kamee, und fahle Wolken trieben träge über einer Tagesdecke aus grünen Wäldern und Wiesen dahin. Schon vor ein paar Tagen hatten Leviticus und die Rowdy King Boys am Ufer des Peach Creek ein Wildschwein erlegt, um es als Festtagsschmaus am Spieß zu braten. Bei Einbruch der Dämmerung ritt Bart hinaus, um wilde Truthähne zu jagen, die gegrillt und mit Honig bestrichen serviert werden sollten. Rehfleisch, im Kühlhäuschen über dem Bach abgehangen und in einer Sauce aus Zwiebeln, Karotten, Petersilie,

Thymian, Lorbeerblättern und Knoblauchzehen mariniert, wurde mit Schweineschmalz bestrichen und zum Braten vorbereitet. Euphemia holte frische saftige Zwiebeln aus dem Garten und grüne Maiskolben zum Rösten vom Trockengerüst. Es gab Pudding und Früchtekuchen, und als Getränke wurden Saft aus Mustangtrauben, schwarzer Kaffee, Maisschnaps und Wein aus wilden Pflaumen gereicht.

Auf dem Hof herrschte hektisches Treiben. Während Euphemia ihren häuslichen Arbeiten nachging, dachte sie an den Tag, an dem sie William King heiraten und Euphemia Texas Ashby King werden würde. Einmal, am frühen Nachmittag, ging sie zu ihrem geheimen Lieblingsplatz am Bach. Sie legte sich in ein Bett aus Klee und beobachtete, wie ein Falke in die Lüfte stieg und sein Zeichen an den Himmel schrieb. Da erkannte Euphemia mit absoluter Gewißheit, daß sie nie im Leben glücklicher gewesen war als in diesem Augenblick. *Nirgendwo ist Schmerz in meinem Körper oder meiner Seele*, dachte sie. *Ich werde diesen Moment für immer im Gedächtnis behalten.* Dann aber ging ihr ein seltsamer, düsterer Gedanke durch den Kopf. »Wenn ich so glücklich bin«, sagte sie laut, »warum lächle ich dann nie?«

Bartlett McClure entledigte sich der Trauungszeremonie mit Schwung und Eleganz, schockierte aber die meisten Anwesenden, als er einen Absatz aus dem Hohelied Salomos vorlas; vielleicht rein zufällig, vielleicht aber auch nicht. Euphemia schloß die Augen, als Bartlett zu der Stelle gelangte, an der von »Brüsten wie zwei junge Rehlein, die zwischen Lilien weiden«, die Rede war. Als sie die Augen wieder aufschlug, war ihr Gesicht tief gerötet, und sie sah, daß Sarah ihren Zorn auf die Rowdy King Boys, die sichtlich gegen einen Lachanfall kämpften, nur mit Mühe im Zaum halten konnte. Richter Bart McClure, ernst und würdevoll wie immer, ließ sich nicht stören und las weiter aus dem Lied der Lieder vor. Dann erklärte er Henry und Mahalia zu Mann und Frau, und das Hochzeitsfest begann.

Unter den Gästen befanden sich die Familie Lockhart und ihre fünfzehnjährige Tochter Matilda. Obwohl sie viele Meilen voneinander entfernt wohnten und Matilda ein paar Jahre älter war als Euphemia, waren die beiden Mädchen doch enge Freundinnen. Gelegentlich hatten sie gemeinsam die Schule besucht, wenn der Unterricht auf den Farmen der Umgegend stattgefunden hatte. Daß Matilda ihr Mittagessen immer in Maisblätter eingewickelt mit zur Schule brachte, war Euphemias früheste Erinnerung an die Freundin. Matilda war ein stilles, zurückhaltendes Kind, doch wenn sie aufgerufen wurde, irgend etwas vorzutragen, schien ihre Seele Feuer zu fangen, besonders, wenn es sich um eine von Aesops Fabeln handelte. Dann verlieh Matilda jedem Tier seine eigene Persönlichkeit, und die anderen Schüler waren ganz verzaubert von ihrem erzählerischen Talent. Und wenn die ganze Klasse »Geographie« sang – ein Lied, in dem die Namen aller Meere, Inseln, Berge und Flüsse der westlichen Halbkugel vorkamen –, verlieh Matildas Stimme selbst der kleinsten und langweiligsten Inselgruppe einen Hauch von Geheimnis und Abenteuer.

Matildas geheimer Traum war es, eine Ballerina zu werden, so wie die wunderschöne Fanny Elssler, die damals Paris im Sturm eroberte. Euphemia mochte Matilda sehr, schon wegen ihres geheimen Wunschtraums und ihres verbotenen Wissens über eine exotische, golden glitzernde Welt jenseits der Wildnis. Um so trauriger stimmte es Euphemia, daß ausgerechnet Matilda ihr Mittagessen in Maisblätter eingewickelt mit zur Schule brachte; denn es war ein Ding der Unmöglichkeit, daß ein Mädchen mit einer so derb-bäuerlichen Angewohnheit jemals den Weg bis in die Ballettensembles Europas schaffen würde.

Matilda hatte langes goldenes Haar, das ihr bis über die Taille fiel und Euphemia an Maisfasern erinnerte. Ihre Augen waren blau, und sie hatte Grübchen, selbst wenn sie nicht lachte; eine Eigenschaft, um die Euphemia sie so sehr beneidete, daß es beinahe schon an Sünde grenzte. Und in Anbetracht der Tatsache, daß Matilda erst fünfzehn war, kam sie Euphemia schon sehr fraulich vor. Matildas Körper besaß die gleiche Mischung aus Sanftheit und Kraft, die auch Sarah eigen war und die Euphemia, wie sie glaubte, nie erreichen würde, weder durch körperliche Übungen noch durch Gebete. Eines Abends hatte Euphemia in einem schwachen Augenblick Gott darum gebeten, ihr richtige Brüste wachsen zu lassen – und an den nächsten sieben Abenden betete sie eben deshalb um Vergebung. Euphemia hielt ihre Freundin nicht nur für schön, sie betrachtete Matilda sogar als eine Art Missionarin der Schönheit. Es war, als trüge Matilda die Schönheit mit sich herum wie Saatgut, welches sie unter den Menschen ausstreute, mit denen sie zusammenkam.

»Bevor dieser Tag um ist, werde ich dir das Lachen beibringen«, sagte Matilda zu Euphemia, als sie Hand in Hand unter den Wildpflaumenbäumen am Bach spazierengingen. »Zuerst einmal mußt du an etwas sehr Schönes denken.«

Euphemia dachte an Sarazen. Sie blickte zur Sam-Houston-Eiche hinüber, wo sie das weiße Pferd des Generals zum erstenmal hatte auftauchen sehen wie ein Zauberwesen aus einem Märchen.

»Und?« fragte Matilda. »Denkst du an was Schönes?«

»Ja.« Euphemia machte die Augen zu und dachte an Sarazen, so fest sie nur konnte. Sie vermochte das Pferd sogar schemenhaft durch die geschlossenen Lider zu erkennen; es hob sich weiß auf schwarz vor dem Hintergrund ab. Dann sah sie das Pferd tot auf dem Schlachtfeld liegen und das Blut aus seiner Wunde strömen und fing an zu weinen. Sie schluchzte, und ihr Körper wurde so heftig geschüttelt, als hätte sie Schüttelfrost. Sie wußte gar nicht, warum sie eigentlich weinte, konnte aber nicht damit aufhören. Matilda nahm sie in die Arme und zog sie hinunter ins Gras am Ufer des Baches. »Pssst«, sagte sie, wieder und wieder, bis Euphemia sich schließlich beruhigte.

Dann setzte Matilda sich hinter die Freundin und fing an, ihr Haar zu Zöpfen zu flechten. »Ich weiß, daß du schwere Zeiten durchgemacht hast, Phemie. Ich weiß, daß schreckliche Dinge geschehen sind. Aber das ist vorbei. Das ist Vergangenheit. Die schrecklichen Dinge gibt es nicht mehr. Was du jetzt brauchst, sind neue, schöne Gedanken. Du mußt die Räume deines Geistes renovieren. Stell die Möbel um. Streich die Wände an.«

»In welcher Farbe?« Euphemia wischte sich mit dem Ärmel ihres Kleides die Nase ab.

»Sieh dich um. Wie wär's mit Himmelblau, und dazu ein bißchen Wolkenweiß? Denk daran, was du mir über William King erzählt hast und wie es wäre, wenn du ihn heiraten würdest. Denk an die Liebe. Und denk an mich. Wenn du unglücklich bist, bin auch ich unglücklich. Lade mich in deine renovierten Zimmer ein. Wenn du mich liebhast, dann denk an mich, und du wirst glücklich sein.«

»Ich will's versuchen«, sagte Euphemia.

»Braves Mädchen. Jetzt schau mich an.« Euphemia drehte sich um, zog die Nase hoch und wischte sie noch einmal mit dem Ärmel ab. »Und jetzt denk an mich. Denk daran, wie lieb ich dich habe.«

Euphemia konnte tatsächlich spüren, wie Matilda die Räume ihres Geistes betrat. Sie sah Matilda wirklich und wahrhaftig von Zimmer zu Zimmer gehen und die Fenster aufstoßen, so daß frische, kühle Luft hereinströmte.

»Und jetzt, du dummes Mädchen, lächle.«

Euphemia sah, wie ihr Lächeln sich in Matildas Gesicht widerspiegelte.

»Ich glaube«, sagte Matilda, »du kriegst den Bogen raus, wenn du das von nun an jeden Tag ein paar Stunden übst.«

An diesem Abend sorgten die Rowdy King Boys und Leviticus nach dem Hochzeitsschmaus für lärmende Musik, lauten Gesang und wilden Tanz. Die Möbel wurden zur Seite gerückt, und bald darauf erfüllte ein so lautes Stampfen und Scharren von Füßen das Zimmer, daß es sogar den Klang von Henrys Geige übertönte und Geschirr und Gläser klirren ließ. Ungefähr so, dachte Euphemia, muß man sich im Innern einer Trommel oder Gitarre fühlen, wenn man hineinpaßte. Die Luft vibrierte im Rhythmus der Schläge des

Käsemessers, mit dem Leviticus die Baumwollhacke bearbeitete, und das Lachen und Geschrei der Gäste erfüllte das Zimmer. Bartlett und Sarah drehten sich wild im Tanz; ein wirbelndes Etwas aus geköpertem Wollstoff und Taft. Henry legte seine Fiedel zur Seite, und dann tanzten auch er und seine Frischvermählte; zuerst langsam, dann im Schnellschritt, und schließlich den ›Cut the Pigeon's Wing‹ mit einfachem und doppeltem Schleifschritt. Euphemia und Matilda schauten den Erwachsenen bis in den späten Abend hinein zu. Laternenlicht tanzte auf den Wänden und den Gesichtern, die vom Maisschnaps und einer für Euphemia schon fast hysterischen Erregung gerötet waren.

Am späten Abend kam Bartlett zu den beiden Mädchen und bat Matilda um einen Tanz. Sie wirbelten davon und erinnerten Euphemia an die tanzenden Porzellanfigürchen auf Sarahs Spieluhr. Dann kam Henry King über den provisorischen Tanzboden zu der Tür, an der Euphemia stand. Er lächelte und streckte einladend die Hand aus. Euphemias erste Reaktion war schreckliche Angst davor, daß sie einfach weglaufen würde – oder eben nicht. Lieber wollte sie sterben als tanzen. Dann aber durchströmte sie ein Gefühl der Glückseligkeit, denn sie stellte sich vor, es wäre William, der ihr die Hand reichte, und so rannte sie nicht weg und starb auch nicht, sondern tanzte. Euphemia hatte befürchtet, sich schrecklich tolpatschig zu bewegen; aber sie kam sich genauso anmutig wie Sarah oder Matilda vor. Sie fühlte sich erwachsen und lebendig und wunderschön. Ihre Füße schienen genau zu wissen, wie und wohin sie sich bewegen mußten, als sie und ›William‹ sich über den Tanzboden drehten. Sie spürte, wie die Räume ihres Geistes von der Musik und den Bewegungen und dem Versprechen des Hochzeitstanzes erfüllt wurden. Euphemia wußte, sie war verliebt. Und als sie tanzte, wußte sie, daß sie lächelte.

In der Nacht, als es im Haus dunkel geworden war, wurde Euphemia von raunenden Stimmen und verhaltenem Gelächter geweckt. Neben ihr lag Matilda. Sie hob den Kopf und sagte: »Das ist das Charivari. Das Ständchen für die frisch Vermählten. Komm mit.«

Die beiden Mädchen kletterten die Leiter vom Dachboden hinunter und schlichen auf den Hof, wo Bartlett und der eine der noch ledigen King-Brüder ein seltsames Sammelsurium aus Kuhglocken, Blechtöpfen und anderen Gegenständen zusammengetragen hatten, mit denen man möglichst viel Krach machen konnte. Euphemia sah, daß die Männer ziemlich wacklig auf den Beinen waren. Dann, nachdem Bartlett drei weit ausholende, übertriebene Armbewegungen gemacht hatte, die ihn beinahe von den Beinen gerissen hätten, fingen die Männer zu heulen und zu brüllen an, schlugen scheppernd und klirrend auf die Töpfe, Pfannen und Kuhglocken und bildeten ein verrücktes Orchester, das einen Höllenspektakel machte, der mit Sicherheit Tote aufwecken konnte, wenn nicht sogar den Bräutigam. Dann zündeten die Randalierer eine Fackel an, worauf Euphemia und Matilda sich tiefer in die Schatten des Hauses zurückzogen.

»Was ist das?« fragte Euphemia.

»Das Charivari. Katzenmusik. Ein Spaß, den man in der Hochzeitsnacht macht«, antwortete Matilda. »Sie wollen den Bräutigam stören, wenn er die erste Nacht mit seiner Braut im Bett liegt.«

Die Männer riefen jetzt nach Henry; er solle eine Pause machen und herauskommen. »Ich habe mal von einem Charivari gehört, da hat man den Bräutigam gestohlen und in einen Teich geworfen«, sagte Matilda. »Er bekam eine Lungenentzündung und ist gestorben.«

»Ich verstehe nicht, was das alles soll«, sagte Euphemia. »Wozu der schreckliche Lärm? Und warum wird der Bräutigam gestohlen?«

»Um das Brautpaar zu unterbrechen«, erwiderte Matilda. »Du weißt schon. Sie liegen zusammen im Bett, splitternackt, und sie ... machen alles zum erstenmal.«

Henry wies die Einladung zurück, nach draußen zu kommen, um womöglich gestohlen und in einen Teich geworfen zu werden, und bald wurden die Störenfriede ihren Spaß leid und schlurften ins Haus zurück. Mit ihnen verschwand auch das Fackellicht, und die

Dunkelheit hüllte die Welt wieder wie ein Grabtuch ein. Die beiden Mädchen warteten, bis es im Haus still geworden war, so daß sie ungesehen auf den Dachboden zurückklettern konnten. Die Luft war kühl, und ein leichter Wind trieb die Kälte durch den dünnen Stoff ihrer Nachthemden. Irgendwo in der Finsternis schrie eine Eule, und in der Ferne heulte ein Wolf seine Herausforderung in den Nachthimmel.

In diesem Augenblick trat Tarantula aus den Schatten; seine riesige, fast nackte Gestalt ragte urplötzlich vor den Mädchen auf; sein Gesicht war ein Labyrinth aus Narben unter dem hohen Zylinder und seine Augen Abgründe voller Gift und Bosheit. Er starrte sie an, zuerst das eine Mädchen, dann das andere, als würde er sich auf dem Markt ein Stück Fleisch aussuchen. Dann drehte er sich um und verschwand lautlos wie ein Spuk in der Dunkelheit des Waldes.

In den Monaten nach der Heirat Mahalia Days und Henry Kings war Sarah McClure vollauf mit den Plänen für ihr neues Haus beschäftigt. Sie machte Entwürfe, die auf ihren Erinnerungen an das alte Haus der Familie in Kentucky und an die anderen prächtigen Häuser im Stil der Südstaaten beruhten. Einmal hatte Sarah The Hermitage besucht, Andrew Jacksons vornehmes Herrenhaus in Tennessee mit seinen hohen prächtigen Säulen und den gepflegten Gärten, und Sarah war überzeugt, daß so etwas Großartiges auch in Texas gebaut werden könne. Stets hörte Euphemia begeistert zu, wenn Sarah ihr das neue Haus der McClures beschrieb, das sich am Peach Creek aus der Wildnis erheben sollte.

»Ich werde ein Fachwerkhaus bauen, kein Haus aus Backstein wie Jacksons Hermitage. Oh, Phemie, wenn du es einmal zwischen den Eichen stehen siehst, wird es dich an einen griechischen Tempel erinnern! Das Haus soll zwei Veranden bekommen, mit dorischen Säulen davor. Zwei Stockwerke hoch soll es sein und weiß wie eine Wolke. In der zweiten Etage werde ich einen Ballsaal mit vergoldeten Spiegeln einrichten lassen, in dem wir bis in den frühen Morgen tanzen können. Und ein Musikzimmer möchte ich haben, mit einem Kronleuchter aus Kristall, und einen Salon, in dem eines Tages sämtliche Familienporträts hängen.«

Was die Möbel betraf, so brauchten sie nicht erst in Philadelphia oder New York oder gar in New Orleans bestellt zu werden. Sämtliche Möbel sollten das Werk von Sarahs privatem Schreinermeister sein, ihrem Vater John Ashby. Denn in den Briefen, die er aus Kentucky schickte – wo er noch immer darauf wartete, daß Frances und Jane Isabella ihren Abschluß an der Julia-A.-Tevis-Mädchenschule machten –, hatte John versprochen, sich am Bau des neuen Hauses zu beteiligen. Nur wenige Handwerker im Süden waren so kunstfertig wie er, und die Tische und Schränke und Truhen, die John Ashby in vielen Jahren gezimmert hatte, waren so schön wie die Möbel in den vornehmsten Häusern von Natchez oder Richmond: Truhen aus dem Holz des Schwarzen Walnußbaums, ein Schrank aus Kiefernholz sowie ein großer, ausziehbarer Tisch mit Einlegearbeiten aus Eiche und Pekan-Hickory, an dem Bartlett McClure, Juan Seguin und vielleicht sogar Sam Houston ihren Whiskey aus silbernen Bechern trinken konnten, nachdem sie vielleicht am Woman Hollerin' Creek Pumas gejagt hatten.

Nun sollte die Familie endlich wieder vereint werden. Der Brief mit der Ankündigung der baldigen Heimkehr war mit der letzten Postkutsche gekommen. Euphemias Schwestern Frances und Jane Isabella, die vor Santa Anna geflohen waren, und ihr Vater, der Euphemia trotz des heranrückenden Feindes allein gelassen hatte, machten sich bald auf die Rückreise. Es waren kaum drei Jahre vergangen, seit Euphemia den Vater und die Schwestern gesehen hatte, doch es kam ihr wie eine Ewigkeit vor.

»Jetzt dauert es nicht mehr lange«, sagte Sarah oft, und dann versuchten sie und Euphemia sich vorzustellen, wie weit der Vater und die beiden Schwestern auf ihrer Reise den Mississippi herunter bis zur texanischen Küste bereits vorangekommen waren.

Euphemia Texas konnte sich kaum mehr an das Gesicht des Vaters erinnern. Immer wenn sie versuchte, sich sein Bild ins

Gedächtnis zu rufen, wurde es unscharf und verzerrte sich vor ihrem geistigen Auge wie ein Spiegelbild in dahinfließendem Wasser, und Euphemia spürte zuerst ein Gefühl der Schuld, dann eine Art dumpfen Schmerz. Was für ein Mensch mußte man sein, wenn man sich nicht mehr an das Gesicht des eigenen Vaters erinnern konnte? Andererseits – er hatte sie und Sarah allein gelassen; er war fortgegangen und hatte sie beide den Schrecken und dem Schmerz des Runaway Scrape ausgeliefert. Was für ein Vater tat so etwas? Warum hatte er Frances und Jane Isabella in Sicherheit gebracht, während er Sarah und sie, Euphemia, zu Hause ließ, obwohl Santa Anna heranrückte? Wie traurig für ein Mädchen, dachte Euphemia, sich wie ein Waisenkind fühlen zu müssen, obwohl der Vater noch lebt. Einige Male hatte Euphemia Sarah gefragt, warum Daddy sie nicht auch nach New Orleans mitgenommen habe.

»Tja, weißt du«, hatte Sarah jedesmal erwidert, »Isabella und Frances waren damals eben in einem bestimmten Alter. Wenn Krieg herrscht, tun feindliche Soldaten Mädchen in diesem Alter manchmal sehr schlimme Dinge an. Und manche Männer, wie unser Papa, können nicht besonders gut auf kleine Mädchen aufpassen, wie du eins warst. Vater war der Meinung, daß ich wahrscheinlich besser auf dich achtgeben könnte als er.«

Solche Gespräche waren oft zutiefst verwirrend für Euphemia, und hinterher schwirrten ihr mehr Fragen im Kopf herum als je vorher. Normalerweise endeten diese Gespräche damit, daß Sarah betonte, John Ashby würde jede seiner Töchter gleichermaßen lieben. »Was unser Vater auch getan hat«, sagte Sarah, »er hatte gute Gründe dafür. Außerdem nutzt es nichts, über solche Dinge nachzugrübeln. Was gestern gewesen ist, das ist tot und begraben. Wir haben Besseres zu tun, als uns über Dinge den Kopf zu zerbrechen, die man nicht mehr ändern kann. Wir können nur die Zukunft verändern.«

»Ist Mom gestorben, weil sie mich bekommen hat?«

»Natürlich nicht, Phemie. Sie ist gestorben, einfach so.«

»Ich glaube, Mom ist nur gestorben, weil sie mich bekommen hat«, sagte Euphemia. »Und darum hat Papa mich hier gelassen.«

Sarah zog Euphemia an sich und nahm sie in die Arme, und Euphemia schluchzte und machte sich so schlaff wie die Puppe mit dem Gesicht aus bemaltem Porzellan. »Hör zu, Phemie. Sieh mich an.« Sarah hielt sie ein Stück von sich weg und blickte ihr in die Augen. »Unsere Mutter ist gestorben, weil der liebe Gott sie bei sich haben wollte. Warum, weiß ich auch nicht. Aber denk immer daran, daß Gott uns so sehr liebt, daß er uns ein Geschenk gemacht hat. Etwas ganz Wichtiges. Er hat uns ein Leben geschenkt. *Dich* hat er uns geschenkt.«

»Dann war es ein Tausch? Eine Mutter gegen ein Baby?«

»Phemie! Das ist Quatsch.«

»Hat Mom denn gelebt, als ich geboren wurde? Wußte sie, daß ich zur Welt gekommen war?« Zum erstenmal kleidete Euphemia diese Gedanken in Worte. Hatte es auch nur einen Augenblick gegeben, daß ihre Mutter sich vor ihrem Tod bewußt gewesen war, sie, Euphemia, geboren zu haben? Hatte ihre Mutter sie gesehen, vielleicht sogar in den Armen gehalten? Oder hatte sie nur an ihren Schmerz gedacht? *Oder*, und Euphemia erschauderte bei diesem Gedanken, *war sie vielleicht schon tot, als ich geboren wurde?*

»Ich zähle jetzt bis drei, Phemie. Und wenn ich fertig bin, dann möchte ich, daß alle diese Gedanken aus deinem Kopf verschwunden sind. Manchmal ist das Leben hart. Aber der Teufel soll mich holen, wenn ich mich nicht dagegen wehre. Du mußt dich genauso wehren, Phemie. Und jetzt wisch dir die Tränen aus dem Gesicht, und denk nicht mehr an solchen Unsinn.« Sie umarmte Euphemia und küßte sie auf die Stirn. »Ich fange jetzt an zu zählen. Fertig?«

»Fertig.«

»Und wenn ich bei drei angekommen bin, denkst du nur noch an was Schönes.« Sarah fing an zu zählen. »Eins, zwei . . . drei.«

Euphemia faßte den Entschluß, nie wieder über diese Dinge zu reden. Es verstand ja sowieso niemand, was sie wirklich empfand.

Die Wochen zogen ins Land, und jeden Morgen ging Euphemia hinunter zur Straße, um nach der Kutsche Ausschau zu halten. Sie stellte sich vor, wie die Kutsche durch die Furt am Peach Creek gerumpelt kam und vor dem alten Haus unter den Eichen stehenblieb; dann wurden die Türen aufgestoßen, und ihre Familie würde in einem Wirbel aus Lachen, Freude und Farben zum Vorschein kommen. Frances und Jane Isabella würden aus der Kutsche steigen wie Blumen, die aus einem Korb fallen; beide würden sie nach der neuesten Mode aus den Salons von New Orleans in strahlende Gebilde aus Seide und Taft und Satin und Stickereien gehüllt sein. Und ihr Vater würde ein Rüschenhemd und einen schwarzen Samtanzug tragen, dazu Stiefel aus rotgefärbtem Leder und silberne Sporen. Daß ihr Vater und die Schwestern nicht in einfacher Reisekleidung erscheinen würden, war für Euphemia selbstverständlich, und sie fragte sich auch nicht, warum der Vater, der aus der Kutsche stieg, ein Gesicht wie William King hatte, der jüngste der Rowdy King Boys. Jeden Tag wurde sie aufgeregter – der bevorstehenden Ankunft einer Familie wegen, die sie nie gehabt hatte.

Auch die Arbeit am neuen Haus wurde inzwischen aufgenommen. Ein fahrender Zimmermann namens Jean-Baptiste Beauchamps, der aus Orleans in Frankreich stammte und behauptete, am berühmten Schloß von Chambord Restaurierungsarbeiten durchgeführt zu haben, wurde als Bauleiter eingestellt. Jean-Baptiste war ein außergewöhnlicher, aber tüchtiger Arbeiter, und so oft sie konnte, schaute Euphemia ihm zu, wenn er mit seiner Holzfälleraxt Eichen fällte und sie an Ort und Stelle zu Pfosten, Balken und Streben verarbeitete, und wie er Leviticus zeigte, auf welche Weise man die Oberfläche der Balken mit einem Breitbeil glatt und gerade bekam, wie man Zapfen machte und Zapfenlöcher für die Verbindungsstücke ins Holz bohrte. Auf jeden der vorgefertigten Balken wurde eine Zahl gestempelt, um das Zusammensetzen zu erleichtern; eine Vorgehensweise, die seit dem Mittelalter eine Tradition dieses Handwerks war, wie Jean-Baptiste behauptete. Bald konnte Leviticus selbständig arbeiten; er sägte Balken zu, hobelte sie glatt, bohrte Löcher für die Zapfen hinein und numerierte sie. Eines Abends erkundigte Jean-Baptiste sich bei Sarah, ob sie etwas dagegen habe, wenn er die Sklaven sein Handwerk lehre.

»Warum, um alles in der Welt, sollte ich etwas dagegen haben?« erwiderte Sarah.

»Es gibt Plantagenbesitzer im Süden, die sehen es nicht gern, wenn man Sklaven solche Fertigkeiten lehrt. Um Schreiner oder Zimmermann oder Möbeltischler zu sein, muß man Formeln und Zeichen kennen. Und dann ist es nur noch ein kleiner Schritt bis zum Lesen. Die meisten Leute wollen nicht, daß ihre Sklaven lesen können. Sie sagen, es setzt den Negern Flausen in den Kopf.«

»Das ist lächerlich«, erwiderte Sarah mit einer wegwerfenden Handbewegung.

Als die fertigen Balken schließlich zur Baustelle neben dem alten Haus geschafft und die steinernen Fundamente gelegt wurden, sah Sarah allmählich ein, daß ihr neues Haus vielleicht doch nicht ganz so prächtig würde, wie sie es sich erträumt hatte. Es gab keine geriffelten Säulen, keinen Kaminsims aus Carrara-Marmor, keine gußeisernen Rosen an den Treppengeländern, keine aus Frankreich importierten Tapeten, keine Wandteppiche, auf denen die Irrfahrten des Odysseus zu sehen waren. Von wenigen Ausnahmen abgesehen, mußte alles, was zum Bau und zur Einrichtung des Hauses gebraucht wurde, durch Tauschhandel erworben oder auf der Baustelle selbst hergestellt werden. So fehlte zum Beispiel das Geld, aus dem Norden Nägel herbeizuschaffen; deshalb stellte Bartlett einen Schmied aus Gonzales ein, der alle Arten von Nägeln herstellen konnte, die sie brauchten. Zuerst sägte er Rohlinge von einem Flacheisen ab; dann schmiedete er die Nägel samt Köpfen in der jeweils nötigen Größe und Länge. Nägel seien so kostbar, sagte der Schmied zu Euphemia, daß viele Pioniere, die nach Westen zogen, ihre alten Häuser niederbrannten und die Nägel und andere Metallteile aus der Asche suchten, um sie für den Bau ihrer neuen Häuser in der Wildnis wieder zu verwenden.

Die Tage gingen in einem Wirbel aus Geschäftigkeit und freudiger Erwartung vorüber. Sarah und Euphemia stellten sich vor, das Schiff mit Frances, Jane Isabella und ihrem Vater wäre inzwischen in die Montego Bay eingelaufen und sie gingen gerade von Bord. Tagsüber beobachteten sie, wie das Haus heranwuchs, als wären sie Zeugen, wie von dem unermüdlichen Monsieur Beauchamps eine Operette geschrieben, choreographiert und instrumentiert wurde. Jean-Baptiste war stets Herr der Lage, eine lebende Maschine aus Energie und Bewegung.

Eines Morgens, als Bartlett fort war und Jean-Baptiste das Zurechtschneiden der Dachbalken beaufsichtigte, half Euphemia Sarah, den Webstuhl herzurichten, um neue Baumwollkleidung zu fertigen. Plötzlich hörte Euphemia, wie die Pferde hinter dem Haus wieherten und unruhig mit den Hufen scharrten.

»Die sind wieder mal total verrückt«, meinte Euphemia. »Bestimmt hat Mr. Beauchamps sie aufgeschreckt.«

Als Sarah sich erhob, um nachzusehen, stürzte Jean-Baptiste herein. »*Mon dieu!* Da draußen! Indianer!« Er war kreidebleich und zitterte am ganzen Leib. Euphemia sah, wie General Sarah McClure gelassen ihre Flinte aus dem Gewehrständer nahm und ans Fenster trat. Euphemia folgte ihrer älteren Schwester, und als sie nach draußen schauten, konnten sie die Comanchen deutlich erkennen. Es waren fünf Reiter; sie saßen regungslos wie Statuen auf ihren Pferden und waren so gut wie nackt. Sie trugen nur Lendenschurze und – seltsamerweise – Sonnenschirme. Als Euphemia die Indianer sah, war ihr erster Gedanke, daß von fünf so gut wie nackten Männern mit Sonnenschirmen eigentlich keine allzu große Gefahr ausgehen konnte. Dann aber wurde ihr klar, daß die Sonnenschirme einst Siedlerfrauen gehört haben mußten, und sie spürte, wie die Furcht in ihr Inneres kroch; wie Quecksilber strömte sie träge vom Kopf in ihren Körper und machte ihr die Glieder schwer. Und noch etwas erkannte Euphemia: Unter den fünf Reitern befand sich die riesige, vertraute Gestalt Tarantulas. Sein Pferd stand ein Stück abseits von denen der anderen; er beobachtete das

Haus. Mit seinem hohen Zylinder war Tarantula so groß, daß sein Pony geradezu zwergenhaft erschien. Als er Sarah am Fenster sah, setzte er sich auf dem Pferderücken zurecht und wirkte dadurch noch größer und bedrohlicher.

»Das ist Tarantula«, sagte Sarah und wich vom Fenster zurück.

»Ob er's auf die Pferde abgesehen hat?«

»Oder auf Frauen. Vielleicht weiß er, daß Bartlett nicht da ist. Dieses Jahr sind viele Indianerkinder an den Blattern gestorben. Die Comanchen brauchen Frauen, um Kinder zu zeugen, die sie zu neuen Kriegern machen können.«

»Was sollen wir tun?« fragte Jean-Baptiste.

»Sie verjagen, was sonst?« Sarah nahm einen Revolver vom Kaminsims und reichte ihn Euphemia. Dann zog sie eine zweite Flinte aus dem Gewehrständer und gab sie Jean-Baptiste. »Sieht so aus, als wären die Kerle schon auf Raubzug gewesen. Schaut nur, sie haben Sonnenschirme erbeutet. Ich hoffe, sie haben sich nicht auch die Frauen geschnappt, denen die Schirme gehörten.«

Jean-Baptiste fing wieder zu zittern an. »Ich habe noch nie im Leben mit einem Gewehr geschossen«, brachte er stockend hervor. »Wir schließen einfach die Türen ab, ja? Vielleicht gehen sie dann von selbst fort.«

»Jean-Baptiste.« Sarah seufzte. »Sie brauchen nicht mit dem Gewehr zu schießen. Aber tun Sie wenigstens so, als *würden* Sie's, wenn's sein muß.« Sarah zeigte ihm, welches Ende der Waffe er auf die Comanchen richten und wie er sich die Flinte an die Schulter drücken mußte. »Phemie, du bleibst hier. Sie, Beauchamps, kommen mit mir. Hören wir uns mal an, was die Kerle von uns wollen.«

»Ich würde lieber hier drin bleiben.«

»Entweder gehen Sie jetzt mit mir raus, oder ich werde bis drei zählen und Sie erschießen.« Sarah drückte dem Zimmermann die Mündung der Flinte an den Leib. »Eins ... zwei ...?«

Zuerst glaubte Euphemia, Jean-Baptiste würde in Ohnmacht fallen, so schrecklich blaß wie er war. Dann aber straffte er die Schultern, seufzte tief und folgte Sarah durch die Tür.

Euphemia beobachtete, wie Sarah und Jean-Baptiste in Hundetrab verfielen und schließlich ins grelle Sonnenlicht hinter dem Haus gelangten. Sie gingen ein paar Schritte auf die Indianer zu und blieben dann stehen. Euphemia gab Sarah vom Fenster aus Dekkung.

Tarantula tippte an seinen Zylinderhut. Es war eine schreckliche Geste; als entböte der Nachbar aus einem Alptraum seinen Gruß. Stunden schienen zu vergehen, während Sarah, Beauchamps und die Comanchen sich gegenüberstanden, keine zwanzig Meter voneinander entfernt, in tödlicher Reichweite der Gewehre, mit denen beide Parteien bewaffnet waren. Bis auf das narbige Antlitz Tarantulas wurden die Gesichter der Indianer von den Sonnenschirmen beschattet. Keiner sagte ein Wort. Doch irgendwie wußte Euphemia, daß Tarantula Sarahs wegen gekommen war.

Plötzlich warf Jean-Baptiste sich herum und rannte zurück zum Haus; seine Hemdschöße flatterten wie zerrissene Segel. Sarah schien die wilde Flucht des Zimmermanns kaltzulassen; sie drehte sich nicht um. Statt dessen behielt sie die Comanchen im Auge. Sie wich keinen Zoll von der Stelle und starrte Tarantula an, als wollte sie ihn mit bloßen Blicken warnen, sich auch nur einen Schritt näher zu wagen. Dann, während Euphemia gebannt beobachtete, was geschah, tat Sarah etwas Seltsames. Sie zog mit dem Gewehrlauf eine Furche in den Boden, zwischen den berittenen Comanchen und dem Haus. Es war keine lange Furche, doch es war offensichtlich, daß Sarah eine Grenze zwischen beiden Parteien markierte. Als sie die Linie fertig gezogen hatte, trat Sarah an die Stelle zurück, an der sie schon die ganze Zeit zuvor gestanden hatte, und starrte Tarantula volle fünf Minuten an. Dann drehte sie sich um und ging langsam zurück zum Haus, ohne auch nur einen Blick auf die Comanchen zu werfen. Eine so mutige Tat hatte Euphemia selten zuvor gesehen. Sie war genauso mutig wie Maggie Boles' Ritt über den Brazos River. Es sah aus, als hätten die Comanchen begriffen, was Sarah ihnen zu verstehen geben wollte, denn einer nach dem anderen schlossen sie ihre

Sonnenschirme und ritten davon. Der letzte, der losritt, war Tarantula.

An diesem Abend töteten die Comanchen mehrere Kälber, die ihnen auf den Feldern über den Weg liefen, doch sie hielten sich außerhalb der Grenze, die Sarah mit der Flinte gezogen hatte. Die ganze Nacht hindurch blieben die Indianer in der Nähe, und im Mondlicht konnte Euphemia hin und wieder Tarantulas hohen Zylinderhut sehen, der sich zwischen den Sträuchern bewegte. Manchmal trat er ins Freie, stand trotzig da und schaute zum Haus herüber. Obwohl Tarantula weit vom Fenster entfernt war, konnte Euphemia die Bedrohung spüren, die von ihm ausging. Sie erinnerte sich an seine schrecklichen Augen, als er am Abend des Charivari so plötzlich vor ihr und Matilda aus dem Dunkel erschienen war. Euphemia hatte des öfteren an diesen Augenblick gedacht und war zu der Ansicht gelangt, daß Tarantula damals eine Art Wahl zwischen ihr und Matilda getroffen hatte. Gegen Mitternacht zogen die Indianer schließlich ab und ließen eine schreckliche Stille hinter sich zurück.

Diese Nacht schien endlos zu sein, eine lange und langsame Reise ins Licht des neuen Tages. Sarah und Euphemia ließen das Haus im Dunkeln, hielten die Flinten schußbereit, gingen von Fenster zu Fenster, achteten auf jede Bewegung und lauschten auf jedes Geräusch, das die Nähe Tarantulas und seiner Horde verraten mochte. Jean-Baptiste war ungewohnt still und in sich gekehrt; er schämte sich zu sehr, als daß er hätte reden können. Sarah gab ihm den Befehl, am nach Osten liegenden Fenster Posten zu beziehen, und zu Jean-Baptistes Ehre muß gesagt werden, daß er die ganze Nacht dort verharrte und im Mondlicht nach Schatten Ausschau hielt. Damit die Zeit schneller verging, erzählte Sarah Euphemia von ihren Plänen für das Musikzimmer, und auf welche Art und Weise das Klavier aus dem alten Haus in Kentucky nach Texas verfrachtet werden könnte. »Ich würde so gern Musik hören«, sagte Sarah und seufzte, die Flinte quer über den Knien. In dieser Nacht wurde in dem kleinen Haus inmitten der Wildnis von Beethoven geträumt, während draußen in der Dunkelheit die Comanchen gestohlene Kälber abschlachteten und deren Fleisch zerlegten.

Als der Morgen dämmerte, hatte es den Anschein, als wären die Indianer verschwunden. Die Pferde hinter dem Stall waren endlich verstummt. Und als dann heller Tag geworden war, forderte Sarah Jean-Baptiste auf zu verschwinden. »Ich will Sie hier nicht mehr sehen! Keine Minute länger!«

»Aber ich kann doch nicht einfach hinausgehen!« rief er. »Vielleicht treiben die Indianer sich noch da draußen herum!«

»Tja, ich muß zugeben, daß die Comanchen wirklich noch in der Nähe sein könnten und daß Sie *vielleicht* gefoltert, skalpiert und abgeschlachtet werden, falls Sie das Haus verlassen«, sagte Sarah. »Aber wenn Sie bleiben, werden Sie *ganz bestimmt* abgeschlachtet.« Euphemia hatte schon immer bewundert, daß Sarah in dem Maße ruhiger wurde, in dem ihr Zorn wuchs. Ihre Stimme hörte sich vollkommen gelassen an, doch in ihren Augen funkelte die Wut. »Also, entscheiden Sie sich, Mr. Beauchamps«, sagte sie, »von welchen Kugeln Sie getroffen werden wollen. Von denen der Indianer oder von meinen.«

Binnen der nächsten Stunde packte Jean-Baptiste Beauchamps sein Hab und Gut zusammen und verließ Peach Creek; seine Arbeit am Haus blieb unvollendet. Vielleicht kehrte er in die Sicherheit des Loiretales und in eines der dortigen Schlösser zurück – in das Château von Franz dem Ersten, zum Beispiel, wo er nicht damit rechnen mußte, die furchteinflößenden leisen Schritte von Mokassins zu hören.

Als Bartlett heimkehrte, brachte er die Neuigkeit mit, daß die Comanchen das Anwesen der Lockharts überfallen hatten. Sie hatten zwei Jungen ermordet und Matilda sowie deren jüngere Schwester entführt. Die Mädchen hatten gerade Mustangtrauben gepflückt, als die Indianer erschienen. Eine weitere Schwester Matildas, Drusilla, die verschont geblieben war, berichtete später, alles sei furchtbar schnell geschehen, und sie habe schreckliche Angst gehabt, und das sei auch schon alles, woran sie sich erinnern könne.

Bartlett und die Texas Rangers Ben und Henry McCulloch organisierten eine Suchaktion nach Matilda und ihrer Schwester. Im Lauf der nächsten Wochen spürten sie zwar mehrere Renegatenbanden auf und erschossen ein paar Comanchen, doch von den beiden Mädchen fehlte jede Spur. Immer, wenn Euphemia an Matilda denken mußte – und in der ersten Zeit war das beinahe in jedem wachen Augenblick der Fall –, erinnerte sie sich daran, wie erwachsen ihre Freundin schon war. Euphemia wurde klar, daß die Indianer Matilda verschleppt hatten, damit sie ihnen Kinder gebar als Ersatz für jene, die an den Blattern gestorben waren. Euphemia fragte sich, ob Tarantula ihre Freundin entführt hatte. Der Überfall auf die Lockhart-Siedlerstätte hatte nur wenige Wochen nach dem Auftauchen Tarantulas und seiner Horde am Peach Creek stattgefunden. All die schrecklichen Geschichten über entführte Mädchen und Frauen füllten Euphemias ›Räume ihres Geistes‹, wie Matilda es genannt hatte. Geschichten über Mädchen, die lebendig abgehäutet und gekocht wurden. Über Kinder, die abgeschlachtet wurden. Wochenlang quälten schreckliche Bilder Euphemia in ihren Träumen, und sie hoffte, daß ihre liebe Freundin, die so gern Ballerina geworden wäre, nicht mehr lebte.

Eines Morgens, fast einen Monat nach dem Verschwinden Matilda Lockharts, brachte die Postkutsche aus New Orleans einen weiteren Brief von John Ashby. Der Brief trug das Datum vom zweiten Juni, und John schrieb, daß er und die Mädchen auf dem Nachhauseweg seien und ihr Schiff Mitte Juni in Matagorda anlege; von dort aus war es eine 125 Meilen lange Kutschfahrt bis nach Peach Creek. Bartlett schätzte die Dauer der gesamten Reise von New Orleans bis nach Hause auf gut eine Woche, sofern auf See günstiger Wind herrsche. In Matagorda würden sie etwa zwei, drei Tage brauchen, um für die richtige Postkutschenverbindung zu sorgen. Wenn sie dann erst einmal unterwegs wären, könnten sie die erste Nacht in Victoria verbringen; die zweite Nacht in Cuero. Dann kämen noch weitere zwei, drei Übernachtungen in Gasthöfen auf dem letzten

Stück der Reiseroute hinzu, so daß sie nach fünf Tagen am Peach Creek sein könnten.

»Also könnten sie schon am siebzehnten Juni hier sein.«

»Das sind nur noch zehn Tage!« sagte Sarah. Euphemia spürte, wie sich in ihrem Leib irgend etwas Schweres löste. In ihren Fingern kribbelte es, fast so als wären sie eingeschlafen; es war eine seltsame Mischung aus leichtem Schmerz und Wonne.

Euphemia stand an der Straße, wie jeden Tag seit fast einer Woche, und stellte sich vor, daß die Kutsche mit ihrer Familie von der Küste her angerollt käme, als dieses Bild plötzlich Wirklichkeit wurde. Zuerst hörte sie den Hufschlag der Pferde; sie liefen schnell, denn sie witterten den Hafer und das Wasser, das am Ende der Straße auf sie wartete. Dann sah Euphemia die gelbe Staubwolke, die von den Hufen in die Sommerluft gewirbelt wurde. Schließlich sah sie die Pferde aus den Staub- und Hitzeschleiern auftauchen und größer werden, immer größer, und die Kutsche schwankte und schlingerte hinter ihnen her wie ein riesiges schmutziges Tier, das sie verfolgte.

Endlich sind wir wieder eine richtige Familie, dachte Euphemia. Jetzt bin ich keine Waise mehr. Jetzt kann ich bald wieder Vaters Umarmung spüren und sein stoppeliges Gesicht, wenn er mir einen Gutenachtkuß gibt, und die Kraft seiner Arme, wenn er mich packt und hoch in die Luft wirft.

Euphemia beobachtete, wie die Kutsche heranrollte. Sie dachte an den wundervollen Augenblick, wenn sie ihren Vater lachen hören und in seinen Armen liegen würde. *Wir haben überlebt*, jubelte sie innerlich. *Die Ashbys haben Santa Anna und die Comanchen überlebt, und die schlimmsten Dinge, die der Krieg und die Wildnis bringen können. Jetzt sind wir wieder eine Familie.* Sie stürmte los, als die Kutsche unter der Sam-Houston-Eiche stehenblieb, und dann wartete sie, bis zwei fremde junge Mädchen ausstiegen und Platz für Frances und Jane Isabella und ihren Vater machten.

Doch außer den beiden fremden Mädchen hatte niemand in der Kutsche gesessen. Sie war leer. Kein hochgewachsener Mann in Rüschenhemd, schwarzem Samtanzug und rotledernen Stiefeln mit silbernen Sporen stieg aus. Nur zwei fremde junge Damen, bedeckt vom Staub der Straße. Sie weinten und weinten, als sie Euphemia umarmten und ihr vom Tod ihres Vaters erzählten, der an Bord des Schiffes gestorben war, ohne erkennbare Ursache, einfach so. Erst war es ihm gutgegangen, dann hatte er plötzlich einen schrecklichen Schluckauf bekommen, und dann war es auch schon vorbei gewesen. Sie hatten seinen Leichnam auf See bestattet, in der Bucht von Matagorda, die von den Wassern des Lavaca River gespeist wird, in der Nähe jener Stelle, wo Euphemias Mutter lag.

Im Winter 1839 war die Hauptstadt der Republik Texas an einen neuen Ort am Colorado River verlegt worden. Dieser Ort hieß Waterloo, doch er sollte schon bald in Austin umbenannt werden – im Gedenken an den Vater von Texas, Stephen F. Austin. Obwohl Austin eine ziemlich große Stadt mit etwa neunhundert Einwohnern war, kam sie den Menschen am Peach Creek schrecklich fern und abgelegen vor.

Als das Weihnachtsfest näherrückte, ließen Mirabeau Buonaparte Lamar, Sam Houston und alle anderen Volksvertreter ihre politischen Streitigkeiten ruhen, um nach Hause zurückzukehren und die Geburt des Friedensfürsten zu feiern.

In der neuen Hauptstadt der neuen Republik Texas war es jedoch alles andere als friedlich zugegangen. Die Verfassung von Texas beschränkte die Regierungszeit des Präsidenten auf eine Amtsperiode. Nachdem Houstons Präsidentschaftszeit abgelaufen war, trat Lamar gegen zwei andere Kandidaten an; beide Gegner Lamars begingen noch während des Wahlkampfs Selbstmord. Als man nun Lamar zum neuen Präsidenten gewählt hatte, steigerte er die ohnehin schon beängstigende Verschuldung des Staates Texas, zeigte eine offen feindselige Haltung gegenüber Mexiko und verfolgte eine aggressive, gegen die Indianer gerichtete Politik. Sam Houston und seine Anhänger traten in all diesen wichtigen Fragen für eine gegenteilige Haltung ein und blickten der Wahl im Jahre 1841, bei der Sam Houston wieder für das Präsidentschaftsamt kandidieren wollte, mit Zuversicht entgegen.

Am Peach Creek waren die Familien vollauf mit anderen Dingen beschäftigt. Euphemia half Sarah, neue bunte Babywäsche für ihren winzigen Sohn Joel zu nähen, der im letzten Sommer das Licht der Welt erblickt hatte. Jane Isabella versuchte, die raren Zutaten für Sillabub zu besorgen, eine Mischung aus Wein, Eiern, Milch und verschiedenen Gewürzen für das weihnachtliche Trinkgelage der Damen. Fannie – die zwar den förmlicheren Namen Frances viel lieber hörte, aber für den Rest ihres Lebens von allen nur Fannie genannt wurde – hielt sich aus der Küche fern, weil Sarahs Pfeifenrauch eine Beleidigung für ihr Zartgefühl sei, wie sie es ausdrückte. Statt dessen verbrachte sie die meiste Zeit damit, Schnupftabak zu konsumieren, wobei sie sich den Zeigefinger unter die Nase hielt und den kleinen Finger in einem Winkel himmelwärts richtete, den Euphemia als schlichtweg phänomenal ansah. Außerdem fungierte Fannie als Veranstalterin der allmorgendlichen und allabendlichen Zusammenkünfte des örtlichen Betkränzchens, das sie noch am Tag ihrer Heimkehr nach Peach Creek ins Leben gerufen hatte.

Im Unterschied zu ihren schlanken Schwestern Euphemia, Sarah und Jane Isabella war Fannie ziemlich pummelig. Wenn sie zu Fuß ging, schlingerte und walzte sie dahin wie ein Schiff bei hohem Seegang. Jane Isabella war schlank und anmutig. Ständig war sie um Etikette besorgt, und sie bestand darauf, daß Euphemia sich damenhafter benehmen sollte. Auch wenn ihre kürzlich heimgekehrten Schwestern verächtlich auf Euphemias Reit- und Schießkünste herabblickten, erkannte sie, daß Fannie und Jane Isabella beeindruckt waren, wenn die kleine Schwester ihr Bowiemesser so treffsicher warf, daß es auf fünf Meter Entfernung eine leere Schnupftabaksdose sauber aufspießte.

Obwohl die vergangenen drei Jahre im Leben ihrer Schwestern vollkommen anders verlaufen waren als Euphemias – in kultivierter, zivilisierter Umgebung, beschützt vor der rauhen Welt der Wildnis –, spürte sie, wie sich zwischen ihnen eine wachsende gegenseitige Achtung herausbildete. Sie und ihre Schwestern schienen einander zu ergänzen, wie die linke Hand die rechte ergänzt. Vielleicht können wir alle zusammen doch zu einem Ganzen werden, dachte Euphemia.

Die fünfte Schwester, Mary, die den alten Mr. Smothers geheiratet hatte und zusammen mit Euphemia und Sarah beim Runaway Scrape dabeigewesen war, wies die Einladung zurück, das Weihnachtsfest am Peach Creek zu feiern. Sarah hatte Mary regelrecht angebettelt, die Feiertage im Kreise der Familie zu verbringen und hatte wirklich alles versucht; nur der Eintagesritt zur Smothers-Farm am Lavaca River, um Mary dort aus den Klauen ihres Gatten zu reißen und an den Peach Creek zu zerren, war ihr dann doch zuviel gewesen.

»Daß Mary nicht kommt, liegt nur am alten Smothers«, sagte Jane Isabella. »Er will Mary bestimmt nicht gehen lassen. Ich könnte mir sogar vorstellen, daß er sie nachts in ihr Zimmer einschließt.«

»Das Problem besteht darin«, sagte Sarah, »daß der Alte keine Frau haben will, sondern eine Dienerin.«

»Geschieht Mary ganz recht«, sagte Fannie. »Warum hat sie sich mit ihm eingelassen.«

»Aber ich wünschte, Mary könnte kommen«, sagte Euphemia. »Ich wünschte so sehr, Mary könnte kommen.«

Als von den benachbarten Siedlerstätten nach und nach die Gäste eintrafen und von Bartlett und Sarah McClure herzlich begrüßt wurden, hätten die Mädchen nicht im Traum damit gerechnet, daß sie noch an diesem Tag erleben sollten, wie ein Mann erschossen wurde und wie Jane Isabella schwor, den Mörder zu heiraten.

Das Weihnachtsfest am Peach Creek begann mit dem schrecklichen Gekreische und Gegrunze von Schweinen, die geschlachtet werden sollten. Obwohl es ein notwendiger Bestandteil des täglichen Lebens war, haßte Euphemia die Gewalt, die bei der Winterschlachtung der Schweine angewendet werden mußte: dieses Abstechen, Ausnehmen, Entborsten und Kochen. Jedesmal, wenn ein Schwein sein Leben gelassen hatte, behielt man die besten Teile – die Schinken, die Schultern, das Lendenstück – für die Familie. Was übrig blieb, bekamen die Sklaven, zum Beispiel die Zunge, die

Ohren, den Schwanz, die Pfoten und die Haxen, die Haut, den Magen und die Innereien.

»Ist es nicht seltsam, daß die Schwarzen diesen schrecklichen Körperteilen den Vorzug geben? Dem Gekröse und Gedärm und all dem widerlichen Zeug?« sagte Jane Isabella, als sie beobachtete, wie die Sklaven das Fleisch aufteilten.

Auf vielen Siedlerstätten und Plantagen bekamen die Sklaven, solange sie im Dienst ihrer Herren standen, immer nur diese Überreste, oder sie aßen erst gar kein Fleisch. Daran änderte sich auch am Weihnachtsfest nichts, wenn das große Essen und Trinken, Feiern und Tanzen der Weißen in vollem Gange war. Als Euphemia daran dachte, verspürte sie einen beinahe körperlichen Schmerz. Wenngleich Leviticus und Tildy und all die anderen Sklaven freundlich behandelt wurden – was würde Jesus dazu sagen, daß man Menschen in Leibeigenschaft hielt? Daß man es ihnen verwehrte, Lesen und Schreiben zu lernen? Euphemia erkannte, daß irgend etwas daran schlecht und unrecht war.

Sie blickte an den neu eintreffenden Gästen vorbei, dorthin, wo Leviticus und die anderen Sklaven saßen und die Weihnachtsscheite für den Kamin im Wohnzimmer hackten. Der Tag war kalt, und der Atem der Schwarzen, die mit Axt und Säge schufteten, bildete eine Dunstwolke in der trockenen, frostklirrenden Luft. Es sah aus, als wären die Sklaven Tänzer, erstarrt in einem gespenstischen Ballett; als wäre ihnen jede Bewegung, ja, ihr ganzes Leben von anderen vorgeschrieben worden. Und sie konnten nicht einmal fortlaufen, um den Grausamkeiten zu entrinnen, denn Flucht bedeutete unweigerlich, verfolgt und gejagt zu werden oder den Comanchen zum Opfer zu fallen; die Indianer haßten die Neger ja genauso wie die Menschen mit weißer Hautfarbe.

Euphemia wurde wütend, als sie hörte, wie Jane Isabella und Fannie voller Herablassung und mit scharfen, boshaften Stimmen auf Tildy einredeten. »Ich werde niemals Sklaven halten«, sagte Euphemia zu Jane Isabella, als Tildy außer Hörweite war. »Es ist falsch. Und wenn ich hundert Jahre alt werde, in meinem Haus wird es niemals einen Sklaven geben.«

Jane Isabella schaute von ihrem Becher Sillabub auf und sagte: »Du wirst schon noch anders darüber denken, wenn du erst größer bist und deinen eigenen Hausstand hast. Wie sollten wir denn ohne Sklaven die ganze Arbeit schaffen?«

Euphemia blickte ihre Schwester an, die sie mittlerweile sehr gut kennengelernt hatte, und fragte sich, warum sie und Jane Isabella so unterschiedlich waren. Es schien fast, als hätten sie verschiedene Eltern gehabt und als wäre ihr Wesen in verschiedenen Welten geformt worden.

Euphemia liebte Jane Isabella; sie bewunderte ihre Schönheit und Intelligenz und die Aura der Bildung und der Eleganz, die sie wie ein teures Kleid aus feinster Seide trug. Beim Essen konnte Jane Isabella über jedes Thema reden, und sie schmückte ihre Sprache mit Worten, die nicht einmal Sarah kannte. Immer war sie angezogen, als wäre sie gerade zur wichtigsten Verabredung ihres Lebens unterwegs, und sie trug ihre eleganten, modischen Kleider mit der natürlichen Anmut einer Tänzerin. Dennoch konnte Euphemia des öfteren spüren, daß ihre Schwester nur an der Oberfläche der Welt lebte. Sie schien nicht fähig zu sein, unter das Gewohnte, Alltägliche zu blicken, dorthin, wo die wahren, wenn auch manchmal beunruhigenden und häßlichen Dinge schlummerten. Es schien fast, als hätte die Mädchenschule in Kentucky alles das aus Jane Isabella herausgefiltert, was wirklich von Bedeutung war; als hätte man sie dort auf eine Welt vorbereitet, die es gar nicht gab. Jane Isabella wirkte wie eine begabte Schauspielerin im falschen Stück.

Ich glaube, manchmal wäre ich glücklicher, wenn ich nicht soviel nachdenken würde, ging es Euphemia durch den Kopf.

Das Weihnachtsessen bei den McClures war ein Fest für die Sinne. Unter den schmuckvollen Girlanden aus wildem Holunder und matt glänzenden Mehlbeeren war ein köstliches, opulentes Festmahl aufgetischt: gefüllter Truthahn und wilde Ente, Süßkartoffeln und Plumpudding, Plätzchen und Kuchen und Konfekt, Whiskey für die Herren und Sillabub für die Damen. Nach dem Essen wurden die Geschenke verteilt. Die Kinder bekamen schöne handgefertigte Puppen und leuchtend bemalte Schaukelpferde. Den Sklaven wurden Centmünzen, Süßigkeiten und nette Worte zugeworfen. Dann, als die Sonne allmählich hinter den Eichen versank, gingen alle nach draußen, um das Weihnachtsfeuer zu entzünden.

Unter dem unendlichen Abendhimmel war ein großes Feuer entfacht worden, dessen Flammen ins winterliche Firmament leckten und den Saum der Dunkelheit mit leuchtenden Sprenkeln übersäten. Der Anblick erinnerte Euphemia an das brennende Gonzales, als sie gemeinsam mit den Witwen vom Alamo ihre Flucht vor Santa Anna begonnen hatten. Die Helligkeit des Feuers ließ die umstehenden Bäume dunkler aussehen, geheimnisvoller und urzeitlicher. Euphemia fragte sich, ob ihre Freundin Matilda Lockhart noch am Leben war und irgendwo dort draußen in der Wildnis jetzt ebenfalls vor einem solchen Feuer stand und dem unruhigen Tanz der Flammen zusah.

Die Gäste versammelten sich um das Feuer, lachend und singend, und der flackernde Feuerschein spiegelte sich auf ihren Whiskeygläsern und in ihren schimmernden Augen, die feucht waren vor Freude und Glückseligkeit. Schweinsblasen von der letzten Schlachtung wurden aus dem Räucherhaus geholt. Sie waren mit Luft gefüllt, fest zugeschnürt und zum Trocknen aufgehängt worden. Jetzt banden die jungen Leute die luftgefüllten Blasen an Stöcken fest; dann warfen sie die Blasen mit lautem Gejohle ins Feuer, wo sie explodierten und fast so laut knallten wie Houstons texanische ›Zwillingsschwestern‹ bei der Schlacht von San Jacinto.

Wie weit wir doch von Betlehem weg sind, dachte Euphemia. Sie konnte das unbestimmte Gefühl der Traurigkeit nicht verscheuchen, das sie immer dann überkam, wenn gefeiert wurde und andere Menschen fröhlich waren.

Unter den Gästen befanden sich auch Ben McCulloch und dessen jüngerer Bruder Henry. Die beiden hatten sich in diesem zu Ende gehenden Jahr an der vergeblichen Suche nach Matilda Lockhart beteiligt. Ben, der einst in einer einzigen Jagdsaison achtzig Bären erlegt hatte, war gerade rechtzeitig nach Texas gekommen, um das Kommando über eine der texanischen Kanonen am San Jacinto zu übernehmen. Henry war einige Jahre später in dieselbe Landvermessungsgesellschaft eingetreten, bei der sein Bruder beschäftigt war.

Beide Männer waren zierlich, mit hellem Haar, blauen Augen und hoher, intelligenter Stirn. Jane Isabella vertraute Euphemia an, daß Henry McCulloch ›ihr liebstes Weihnachtsgeschenk‹ wäre.

Da der ältere der McCulloch-Brüder vor kurzem als Abgeordneter des ersten Kongresses der Republik Texas, der in der neuen Hauptstadt Austin tagte, nach Peach Creek zurückgekehrt war, hatte er viele interessante Neuigkeiten zu berichten. Er erzählte von dem Kampf um politischen Einfluß, der zwischen Sam Houston und dessen friedliebenden Konservativen einerseits und Lamar und dessen radikalen und militanten Expansionisten andererseits entbrannt war.

Politik und Krieg waren ungewohnte Themen für eine Weihnachtsfeier, und Euphemia staunte, daß die Frauen derart feste, nicht selten schroffe politische Ansichten vertraten. Irgend jemand erinnerte daran, daß die kleine Stadt Walnut Creek im letzten Sommer in Seguin umbenannt worden war; daraus entwickelte sich ein Streitgespräch über die Frage, ob man diesen Namen zu Ehren des alten Erasmos Seguin oder seines Sohnes Juan gewählt habe. Euphemia war entsetzt, als sie eine Nachbarsfrau sagen hörte: »Ich weiß gar nicht, wie man eine Stadt nach einem Mexikaner benennen kann. Warum nennt man sie nicht nach einem Mann wie Matthew Caldwell oder Bartlett McClure oder Ben McCulloch? Bei denen wissen wir wenigstens, auf welcher Seite sie kämpfen werden, falls es wieder zu einem Krieg mit Mexiko kommt.«

Was für eine dumme Frau, dachte Euphemia, zügelte aber ihre Zunge. Sie wußte, daß alle, die sich hier versammelt hatten, ohne Juan Seguin und dessen Mut während der Revolutionszeit wahrscheinlich nicht mehr am Leben wären.

Als der Abend voranschritt, fiel Euphemia auf, daß Henry McCulloch sich ständig an Jane Isabellas Seite hielt. Nach dem Weihnachtsfeuer, als die Gäste sich darauf einigten, zum Haus eines Nachbarn zu ziehen, um dort weiter zu feiern und zu tanzen, fuhren Jane Isabella und Euphemia in Henrys Planwagen. Die Pferde jagten durch die Dunkelheit, und die Nacht schien in Schwung zu kommen wie eine Kutsche, bei der die Zugtiere durchgegangen waren. Schließlich gelangten sie zu einem kleinen Blockhaus, und die Gäste drängten sich im einzigen Zimmer. Ein paar Männer holten Musikinstrumente und spielten zum Tanz auf, und Isabella und Henry wurden zu einem wirbelnden Etwas, zu einem Körper statt zweien. Sie erinnerten Euphemia an Tanzfigürchen aus Porzellan, die zusammen geformt und für immer vereint waren. Fannie hielt sich ein wenig abseits, als wollte sie den jungen Männern zu verstehen geben, daß sie nicht mit ihnen tanzen würde, noch bevor jemand sie dazu aufgefordert hatte.

Kaum hatten die Fiedeln die ersten Melodien gespielt, als das erste Pärchen plötzlich mitten im Tanz innehielt, dann das zweite, das dritte. Aller Augen wandten sich zur Tür. Der Klang der Fiedeln brach schrill ab, und Euphemia konnte nur noch das schnelle, schwere Atmen der Tänzer hören. Zwei Männer waren im Türeingang erschienen und standen schwankend auf der Schwelle. Obwohl sie im Schatten standen, erkannte Euphemia sie auf den ersten Blick. Colonel Alonzo Sweitzer war offensichtlich betrunken; sein Hut saß schief auf dem Kopf. Der berauschte Colonel wurde von seinem Freund Reuben Ross gestützt. Dann brüllte Colonel Sweitzer Ben McCullochs Namen in die plötzliche gespannte Stille; es hörte sich an wie eine Gewehrsalve.

Jeder in diesem Raum kannte die Geschichte über die Fehde zwischen Ben McCulloch und Colonel Sweitzer. Als die Republik

Texas gegründet wurde, hatte Ben McCulloch als Vertreter der Ortschaften Gonzales, Cuero und Walnut Springs für den Kongreß kandidiert. Sein Gegenspieler war Alonzo Sweitzer gewesen, ein Mann von beträchtlicher Bildung, der im Osten aufgewachsen war. Sweitzer hatte McCulloch zu einem öffentlichen Streitgespräch herausgefordert. Er war sicher, daß seine klassisch-humanistische Bildung ihm den Sieg über Ben McCulloch verschaffen würde, diesen hinterwäldlerischen Indianerkämpfer und Bauerntrampel aus Tennessee. Doch McCulloch, eher ein Mann der Tat als der Worte, weigerte sich, zum Streitgespräch anzutreten.

Daraufhin schimpfte der Colonel seinen Gegner einen Feigling und führte seinen Wahlkampf mit dem Slogan: ›Keine Feiglinge in den Kongreß!‹ Die Wähler sprachen sich trotzdem mit großer Mehrheit für Ben McCulloch aus. Nur wenige Stunden nach Bens Wahlsieg verkündete Sweitzer, der seinen Kummer in Whiskey ertränkt hatte, bei einem dramatischen Auftritt, daß McCulloch ein ›mieser, schleicherischer Drückeberger‹ sei – eine Beschuldigung, die Ben McCulloch veranlaßte, nun seinerseits Sweitzer herauszufordern; allerdings nicht zu einem Streitgespräch, sondern zu einem Duell. Diesmal war es Sweitzer, der die Herausforderung nicht annahm, worauf Ben seinen unterlegenen Wahlkampfgegner öffentlich als ›schweinischen, feigen Halunken‹ bezeichnete – was nun wiederum Sweitzer veranlaßte, seinen Freund Reuben Ross loszuschicken, einen hervorragenden Revolverschützen, um sich an seiner Stelle mit Ben McCulloch zu duellieren. Ben dachte nicht daran, zu kneifen, und so nahmen die Kontrahenten in vierzig Schritt Entfernung Aufstellung. Ross feuerte zuerst, und die Kugel verwundete den Gegner am Arm. Obwohl Ben McCulloch damit das Duell verloren hatte, war in Colonel Sweitzers Augen seine Ehre längst nicht wieder hergestellt; er fühlte sich immer noch gedemütigt.

Das alles ging den Gästen durch die Köpfe, als die Musik so plötzlich verstummte und Sweitzer betrunken lallte: »Guck mal, Reuben, was für 'ne tolle Voliere wir gefunden haben. Lauter Grünschnäbel, Suppenhühner, Sumpfenten und Paradiesvögel.«

Nach einer ungeheuer beunruhigenden und beredten Stille sagte Ben McCulloch: »Meine Damen, wenn Sie sich bitte in die Küche begeben würden. Wir werden Sie vor weiteren Beschimpfungen durch diese Gentlemen bewahren, das versichere ich Ihnen.«

Henry McCulloch half, die Frauen und Kinder in die Küche zu bugsieren – ein winziger Raum im hinteren Teil des Hauses. Dann schloß Henry die Tür zur Küche, und undurchdringliche Dunkelheit hüllte Frauen und Kinder ein. Euphemia hörte, wie Henrys Schritte sich von der Tür entfernten; dann stritten sich mehrere Männer – mal lauter, mal leiser. Schließlich ertönten wieder dröhnende Schritte und die laute, trunkene Stimme von Reuben Ross: »Es is' Weihnachten, und da werden, zum Teufel nochmal, Geschenke verteilt! Wir wollen doch nur ein paar Tänzchen mit euren Flittchen aus der Stadt machen.«

Augenblicke später wurde die Tür zur Küche aufgerissen. Euphemia schlug eine Wolke stinkenden Whiskeyatems ins Gesicht, und die schwankende Gestalt von Reuben Ross stand vor ihr. Hinter ihm, im Licht der Festtagsbeleuchtung, konnte Euphemia Henry McCulloch sehen, der soeben seine Pistole zog. Starr vor Staunen erlebte Euphemia, daß es plötzlich laut knallte und eine Feuerlanze aus dem Lauf der Waffe schlug. Sie glaubte sogar, die Kugel genau auf sich zufliegen zu sehen. Es knallte fürchterlich in dem kleinen Raum, und dann wurde Ross' Körper in die dichtgedrängte Menge der Frauen geschleudert, wo er im Fallen gleich mehrere Damen zu Boden riß. Ohne noch ein Wort von sich zu geben, hauchte Mr. Reuben Ross zu Füßen der Frauen und Kinder sein Leben aus.

Nachdem die festlich gekleideten Damen sich von den schlaffen, verrenkten Gliedmaßen des blutüberströmten Leichnams befreit hatten, senkte sich wieder Schweigen über die Weihnachtsgäste. Die ersten Worte, die Euphemia vernahm, kamen von Jane Isabella. »Diesen Mann«, flüsterte sie Euphemia ins Ohr und zeigte dabei auf Henry, »werde ich heiraten.« Dann schlug Jane Isabella Reuben Ross' leblose Hand, die sich in ihre Hüfte gekrallt hatte, zur Seite, stand auf, trat an Henry McCullochs Seite und nahm seine freie Hand in die ihre.

Euphemia Texas gab ihrem Pferd den Namen Sarazen. Bartlett hatte das Tier als Weihnachtsgeschenk von Senator Sterling Robertson aus Nashville am Brazos erworben, einem der besten Pferdekenner und -züchter der jungen Republik. Senator Robertson gab allen seinen Pferden Namen nach Helden aus Sir Walter Scotts Romanen; sein Stolz, ein großer Araberhengst, hieß ›Black Douglass‹. Euphemias Pferd hatte von Robertson den Namen ›Ivanhoe‹ bekommen, doch im Gedenken an Sam Houstons gefallenen Hengst taufte Euphemia ihr Pferd in ›Sarazen‹ um. Sarazen war, wie sein verstorbener Namenspatron, von milchweißer Farbe und hatte eine Schulterhöhe von knapp einem Meter vierzig. Er war wunderschön gebaut, mit langem, schlankem Hals, breiter Stirn und Augen, in denen Euphemia alle Weisheit der Welt zu erkennen glaubte. Sie war sicher, daß in Sarazens schönem Kopf Intelligenz gefangen war, die nach Befreiung strebte, und daß er nur deshalb so traurig dreinblickte, weil er nicht sprechen und Euphemia erzählen konnte, was er wußte und fühlte.

Ein paar Tage, nachdem der erste Julklotz verbrannt worden war, als die Frauen begannen, Pläne für ihre Frühjahrsgärten zu schmieden, ritten Euphemia und Sarazen an den wilden Obstbäumen am Ufer des Peach Creek vorbei, über den Big Elm Draw hinweg und bis zum Hügel über dem Woman Hollerin' Creek. Euphemia ritt oft dorthin, um ihren Träumen nachzuhängen. Es waren Wochen vergangen, seit man zum letztenmal Comanchen in der Gegend gesehen hatte; dennoch spürte Euphemia einen Hauch von Gefahr im kalten Winterwind. Doch sie wußte, daß die Indianerponys keine Gegner für Sarazen waren. Sie beugte sich tief über seinen Hals und flüsterte ihm zu, mit ihr fortzufliegen, und Sarazen trug sie durch die Lüfte, über den Hügel am Woman Hollerin' Creek hinaus und hoch hinauf ins Reich der Phantasie. Euphemia stellte sich vor, sie und Sarazen hätten den ersten Preis bei der berühmten Frühjahrs-Rennwoche des *Houston Telegraph and Texas Register* gewonnen und sie wäre auf dem Ball am Abend nach dem Hauptrennen mit einem Preis geehrt worden. Und alle waren dort, sogar Juan Seguin und José Navarro, die beiden elegantesten Reiter, die Euphemia kannte. Bis zum Morgengrauen tanzte sie mit William King. Als sie dann am zweiten Tag der Rennwoche wieder mit Sarazen an den Start ging, siegte sie selbstverständlich erneut.

Doch obwohl es kein Rennen und keinen Ball gab, nur einen wilden Galopp über die Prärie und eine verwegene Jagd auf Wildschweine über die Sümpfe am Elm Slough, gab es einen Preis. Nämlich die Freude, die Kraft und Geschwindigkeit des Tieres zu spüren, auf dem sie ritt, und den Wind im Gesicht und das Gefühl der Freiheit.

Ich möchte zu gern wissen, wieviel von unserem Leben wir uns nur einbilden, dachte Euphemia. *Das Pferderennen ist bloß ein Hirngespinst. Ist dieser Galopp es auch, oder ist er Wirklichkeit?*

Euphemia war schon immer für ihr Leben gern geritten, seit Sarah sie zum erstenmal in einen Sattel gehoben hatte, kaum daß sie gehen konnte. Weder Sarah noch Euphemia ritten im Damensitz, wie es für die meisten Ladies dieser Zeit üblich war; statt dessen saßen sie rittlings auf den Pferderücken, mit gespreizten Beinen wie Männer. »Nur Meerjungfrauen reiten im Damensitz«, hatte Sarah mehr als einmal gesagt.

An jenem Wintertag hörte Euphemia, als sie wieder an den Peach Creek kam, zum erstenmal, daß ihre Freundin Matilda Lockhart vielleicht doch noch am Leben sei. Euphemia war völlig aus dem Häuschen. Sie lachte und weinte und betete zu Gott um Vergebung, daß sie sich gewünscht hatte, ihre liebe Freundin möge tot sein. Eine Woge von Gefühlen folgte der anderen, wie Brandungswellen an einer sturmgepeitschten Küste. Euphemia war selig – einen Augenblick später schauderte es sie bei dem Gedanken, daß Matilda in den Comanchenlagern vielleicht all jene schrecklichen

Dinge hatte erleiden müssen, von denen Überlebende berichteten. Bartlett war vor kurzem aus San Antonio zurückgekehrt, wo Texas Rangers und drei Comanchenhäuptlinge mehrere Tage damit verbracht hatten, über einen Vertrag zu verhandeln.

»Die Comanchen stecken wie in einem Schraubstock«, erklärte Bartlett. »Im Westen werden sie von den Apachen bedrängt, im Osten von den Siedlern. Ich glaube, sie werden dem Druck im Osten nachgeben und ihre Krieger für die Schlacht gegen die Apachen mobilisieren.«

»Was ist mit Matilda?« fragte Euphemia.

»Die Häuptlinge haben erklärt, daß sie alle weißen Frauen verkaufen, die sie gefangen halten. Sie haben Andeutungen gemacht, daß es sich um ungefähr fünfzehn Frauen handelt. Ich glaube, wir können davon ausgehen, daß Matilda darunter ist.«

Sarah war entgeistert. »Die Frauen verkaufen? Wie kann man menschliche Wesen kaufen oder verkaufen?«

»So was soll vorkommen«, sagte Euphemia leise und dachte an Leviticus, Tildy und all die anderen. Sie war erstaunt und erleichtert zugleich, daß weder Sarah noch Bartlett verstanden, was sie mit ihrer Bemerkung hatte sagen wollen.

An einem frühen Morgen im März, als der erste wilde Büffelklee und die Primeln zu blühen anfingen, wurden Jane Isabella, Fannie, die beiden Jungen und der kleine Joel bei Mary am Lavaca River zurückgelassen, während Euphemia, Sarah und Bartlett sich auf die lange und beschwerliche Reise nach San Antonio begaben. Die Comanchenhäuptlinge hatten sich bereit erklärt, noch einmal ins Rathaus der Stadt zu kommen, wo sie den Rangers sämtliche gefangenen weißen Frauen im Austausch gegen verschiedene Waren übergeben wollten. Euphemia wollte im Haus Juan Seguins an der Commerce Street wohnen und dort abwarten, ob Matilda tatsächlich noch lebte und, wie versprochen, von den Comanchen freigelassen würde.

In ihrem zweispännigen Wagen fuhren Euphemia und Sarah über den Elm Slough und dann in östliche Richtung zur Old River

Road. Bartlett ritt mal neben, mal vor dem Wagen. Als sie auf die Old River Road gelangten, waren es immer noch achtzig Meilen nach Westen bis San Antonio. Es war ein großes Abenteuer für Euphemia, die längste Reise, die sie seit dem Runaway Scrape unternommen hatte. Ganz besonders gefielen ihr die Flußüberquerungen – auf Mr. Reece' Fähre über den San Marcos River und auf Mr. Dehills Fähre über den Guadalupe.

Mr. Dehill hatte eine Trosse über den Guadalupe gespannt und sie an beiden Ufern an tief verwurzelten Zypressen befestigt. Nachdem die Passagiere an Bord der Fähre gegangen waren, mußten sie dreißig Cent pro Kopf für die Überfahrt bezahlen. Euphemia kam zu dem Schluß, daß auch sie als Fährmann arbeiten würde, wenn sie ein Mann wäre, weil sie dann ein Vermögen scheffeln könnte, wie es bei Mr. Dehill zweifellos der Fall war. Das Wasser jagte nur so unter dem Floß dahin, als der Fährmann abgelegt hatte, und die Passagiere hielten den Atem an, als Mr. Dehill das Floß an der Trosse über den wilden Strom zog; denn die leichten Wagen, die Pferde und die Sklaven mit ihren Bündeln hüpften und schwankten auf dem unruhigen Gefährt nur so hin und her. Am anderen Ufer angelangt, kämpften sich Mensch und Tier den schlammigen Hang zur Old River Road hinauf, die auf dieser Seite des Flusses jedoch eher einem Pfad glich, den man durch die Wildnis gehauen hatte und der gerade breit genug war, daß Wagen ihn befahren konnten. Die Bäume waren dicht über dem Boden abgehackt worden, doch die Stümpfe und Wurzeln steckten noch im Erdreich, und gelegentlich rumpelte ein Wagenrad über einen Zypressen- oder Schwarzeichenstumpf. Dann schlingerte und schwankte der Wagen, und Euphemia bildete sich ein, auf einem Schiff über das sturmgepeitschte Meer zu fahren.

Der Weg nach Westen glich einem Mosaik aus wunderschönen Landschaftsbildern, die sich ständig veränderten. Am Burris Creek kamen sie durch einen dichten dunklen Wald aus Pfahleichen, Hickorys und Pecanobäumen. Euphemia wußte, daß es Pumas gab in den Schatten dieses Waldes, wie auch ringelschwänzige Katzen und Wölfe und Bären. Dann aber tauchte die kleine Reisegruppe aus dem Waldland auf und bewegte sich hinaus auf die weite, wogende, sonnenbeschienene Ebene der Prärie, auf der Gott eine Decke aus Lilien und Kornblumen und Witwentränen ausgebreitet hatte, über die der Wagen sanft hinwegrollte.

In der Nähe des Capote Peak, einem winzigen, einsamen Berg, der ganz unvermutet aus dem Flachland aufragte, sah Euphemia eine kleine Herde Rotwild. Und aus einer grasbedeckten Niederung am Santa Clara Creek erhob sich eine Gruppe Kardinalsvögel in die Luft, vielleicht hundert oder mehr; sie wehten wie ein purpurroter Windstoß über das Grasland hinweg. Jeder Bach und jeder Fluß, an dem sie vorüberkamen, hatte etwas ganz Eigenes an sich; etwas so Ausgeprägtes und Eigenwilliges, daß Euphemia glaubte, sie würde sich für den Rest ihres Lebens an jeden einzelnen erinnern – an den Tortugas, den Polecat, den Geronimo, den Santa Clara, den Cibolo. Der Santa Clara Creek war sanft und weiblich, während der Cibolo Creek mit seinen steilen Ufern und dem felsigen Bett eher an einen Mann erinnerte. Der Polecat Creek war ein hinterhältiger Schurke, voll von tückischem Treibsand, glitschigen Stellen und giftigen Schlangen. Der Geronimo Creek war so klar und kühl wie die Augen eines Engels, und das Bett des Tortugas Creek war von unzähligen Rippen aus Sand überzogen.

Als sie sich San Antonio näherten, wichen die Wälder einem weiten Hügelland; die Hänge waren mit dem immergrünen Chaparral und dem widerstandsfähigen kleinen Mesquite bewachsen, dem Süßhülsenbaum, einer anmutigen Baumart, die Euphemia an einen Pfirsichbaum mit Dornen erinnerte, hätte es einen solchen gegeben. Schließlich durchquerten sie den Salado Creek und gelangten auf eine Erhebung, und dann lag San Antonio unter ihnen, schlafend neben seinem Fluß, eine Oase in einer Wüste aus Chaparral unter der glühenden Frühlingssonne. Irgendwo in der blauen Weite, vielleicht gar nicht weit entfernt, mochte sich in diesem Augenblick Matilda aufhalten. Was mochte nach einem Jahr bei den Comanchen aus ihr geworden sein, falls sie überhaupt noch lebte?

Was San Antonio betraf, so hatte Euphemia es sich irgendwie eindrucksvoller vorgestellt. Wie Sevilla zum Beispiel oder irgendeine andere Stadt in Spanien, mit dicken Mauern und hohen Türmen und starken Befestigungsanlagen. Doch San Antonio war kaum mehr als ein Dorf aus alten Lehmziegelhäusern mit Reetdächern. Die meisten Leute, die Euphemia zu Gesicht bekam, als sie nach San Antonio hineinfuhren, waren Mexikaner; viele waren Nachfahren jener Indianer, die von den Padres der San-José-Mission bekehrt worden waren. Die Stadt atmete eine Atmosphäre träger Melancholie; dabei hatte Euphemia erwartet, die mitreißenden Klänge von Gitarren und Kastagnetten zu hören. Statt dessen vernahm sie das Blöken der Schafe, den traurigen Klang der Glocke im Turm der San-Fernando-Kathedrale und den Gesang des Windes in den Baumwollsträuchern am Flußufer. Sogar der Alamo war eine Enttäuschung. Ein Bauwerk, das als Schauplatz eines verzweifelten Kampfes und als Sinnbild von Mut und Todesverachtung, Ruhm und Ehre so berühmt war, hätte hoch über die Stadt hinausragen müssen wie der Turm zu Babel. Statt dessen waren die Ruinen und die verfallenen Mauern der einstigen Missionsstation von Ranken und Unkraut überwuchert.

Sie überquerten den wunderschönen kleinen San Antonio River, der so klar war wie flüssiger blauer Kristall; dann fuhren sie durch ein Viertel, dessen weiß verputzte Häuser mit Erkerfenstern und Balkonen versehen waren. Bartlett erzählte, daß hier die Deutschen wohnten, die in diese Stadt eingewandert waren. Euphemia staunte, wie sehr die Häuser der Deutschen sich von den blauen und gelben Lehmziegelhäusern der Mexikaner und den amerikanischen Häusern mit ihren weißen Lattenzäunen unterschieden.

Wie seltsam, daß man die Menschen an ihren Häusern erkennen kann, dachte sie. *Die Häuser der Deutschen sind stark und fest und schlicht. Die Häuser der Mexikaner sind in leuchtenden Farben angestrichen und haben Zäune, damit das Vieh drinbleibt. Die Amerikaner aber bauen Zäune um ihre Häuser, damit das Vieh nicht reinkommt.*

Das Rathaus, in dem die Gefangenen der Comanchen gegen Salz, Whiskey und Waffen eingetauscht werden sollten, war ein aus Stein errichtetes großes Gebäude an der Ecke Main Plaza und Market Street. Es beherbergte Rathaus, Gericht und Gefängnis unter einem Dach. Einst hatte es den Namen Casas Reales getragen, und es war mehr als hundert Jahre alt. Euphemia rechnete rasch nach und gelangte zu dem Ergebnis, daß das Rathaus älter war als alles, was sie bisher gesehen hatte – von der Sam-Houston-Eiche neben ihrem Haus am Peach Creek natürlich abgesehen. Sie erfuhr, daß einige Bauwerke in San Antonio sogar noch älter waren als die Vereinigten Staaten.

Bald darauf trafen zwei Comanchenspäher in der Stadt ein und teilten den Rangers mit, daß der Haupttrupp der Indianer unterwegs sei. Die Späher ritten gescheckte Pferde, deren Felle eigenartige Muster aufwiesen: Kreise, Rechtecke, Blitze und blutrote Abdrücke menschlicher Hände. Dann kam ein bunt gemischter Haufe verwahrloster Frauen, Kinder, alter Männer und Krieger in die Stadt gezogen; eine dermaßen disziplinlose Karawane, daß Euphemia es kaum glauben konnte. Als hätte ein ganzes Indianerdorf plötzlich beschlossen, alle Arbeit stehen und liegen zu lassen und in die Stadt zu ziehen, um dort Ferien zu machen. Eine seltsame Mischung aus bedrohlicher Wildheit und gezähmter Häuslichkeit ging von dieser Horde aus. Während die Comanchen dahinzogen, gaben sie keinen Laut von sich. Die Kinder schienen von der fremden Welt, die sie betraten, wie gebannt zu sein; sie zeigten weder Angst, noch machten sie einen sonderlich verwegenen Eindruck. Die Menschen auf den Straßen standen regungslos da, wie aus Stein gehauen, als die Indianer an ihnen vorüberzogen.

Wenn ich ein Maler wäre, dachte Euphemia, *würde ich diese Szene für immer festhalten. Zwei Welten begegnen sich, und beide stehen in voller Blüte.* Doch irgendwie wußte Euphemia, daß eine Begegnung wie diese nie wieder stattfinden würde.

Ein Indianerjunge kam an Euphemia vorbei. Er war nicht viel älter als sie, und als ihre Blicke sich trafen, fragte sie sich, wie es diesem Jungen in den kommenden Jahren ergehen würde. Euphemia hatte plötzlich das unerklärliche, beinahe überwältigende Verlangen, diesem Jungen zuzuwinken, seine Aufmerksamkeit auf sich zu lenken und ihm durch irgendeine Geste zu verstehen zu geben, daß sie ihn akzeptierte und respektierte, so wie er war: daß es ihn gab, daß er lebte und zu Recht über diese Erde schritt, die der Große Geist für ihn geschaffen hatte.

Inmitten der Comanchen ritten dreizehn Häuptlinge mit ihrem Kopfschmuck aus Büffelfell und in federngeschmückter Kleidung. Hoch über alle anderen hinweg ragte der riesige Tarantula, der wie immer seinen schwarzen Zylinder trug. Dicht hinter ihm, die Arme um die Hüften eines Kriegers gelegt, ritt Matilda Lockhart. Sie lebt, dachte Euphemia.

Doch als Tarantula und Matilda sich jener Stelle näherten, wo Euphemia an der Wand des Rathauses stand, erkannte sie, wie entsetzlich das Äußere ihre Freundin sich verändert hatte. Ihr anfängliches Hochgefühl verflog und wich irgend etwas Kaltem, Düsterem und Gräßlichem, als Matilda näher kam. Zuerst, aus einiger Entfernung, konnte Euphemia sehen, daß Matilda nur noch aus Haut und Haar und Knochen bestand. Obwohl sie hoch aufgerichtet auf dem Pferderücken saß, waren ihre Augen starr und blicklos auf irgendeinen fernen Punkt am Horizont gerichtet. Sie war erschreckend mager und zerbrechlich, und ihr Haar sah wie ein wirres Knäuel aus schmutzigem, feuchtem Garn aus; zottelig und strähnig klebte es ihr an Kopf, Hals und Schultern. Dann konnte Euphemia erkennen, daß Matildas Arme und ihr Gesicht mit Brandwunden und Kratzern, Narben und Geschwüren bedeckt waren. Euphemia wurde schlecht, und sie mußte sich an der Mauer festhalten, um nicht ohnmächtig zu werden, als die Prozession dicht an ihr vorüberzog und sie erkennen konnte, daß Matilda keine Nase mehr hatte.

Der Tag wurde heiß. Kein Lüftchen bewegte die Baumwollsträucher, die im Sonnenglast lagen. Die Comanchenhäuptlinge, die Texas Rangers und auch das, was von der kleinen Matilda übrig geblieben war, begaben sich ins Rathaus. Der größte Teil der Indianer, einschließlich der Frauen und Kinder, ließ sich im Hof des Rathauses nieder, der von einer Mauer umgeben war. Es sah aus, als würde der Hof den Comanchen gehören und als wollten sie dort für den ganzen Sommer ihr Lager aufschlagen. An den Eingangstüren hielt ein Trupp Soldaten Wache, und vor den Toren zum Hof versammelten sich die Einwohner San Antonios, um den wilden, grausamen Stamm zu beobachten, der so friedlich in ihre Stadt eingezogen war. Jungen kletterten auf Mauern und Bäume, um den Feind bei seiner Rast im Auge zu behalten. Bald darauf schossen Indianerjungen mit Pfeilen auf Ziegelsteine, ja, sogar auf Münzen, die einige Zuschauer als Ziele aufgestellt hatten. Einer der Bogenschützen war jener Indianerjunge, zu dem Euphemia sich vor ein paar Stunden so seltsam hingezogen gefühlt hatte. Sie fragte sich, ob er Matilda gekannt hatte und bei ihrer Folterung dabeigewesen war.

Euphemia war wie betäubt. Immerzu mußte sie daran denken, daß sie Matilda bald gegenübertreten würde, der Freundin, mit der sie einst so fröhliche Stunden verbracht hatte und deren bloßer Anblick sie nun mit solchem Entsetzen erfüllte. Was sollte sie Matilda sagen? Was, um Himmels willen, sollte sie ihr sagen? Und was war, wenn sie in Ohnmacht fiel oder wenn ihr beim Anblick der verstümmelten Freundin so schlecht wurde, daß sie sich übergeben mußte? Euphemia schämte sich schrecklich, und beinahe wäre sie aus der Stadt geflüchtet, hätte sich aufs Pferd geschwungen und wäre hinausgeritten aus dieser Welt der Gewalt, in der man kleinen Mädchen die Nasen absengte und in der die Menschen so unsäglich grausam zueinander waren. Am liebsten hätte Euphemia ihre Sachen gepackt und wäre mit Sarazen in eine bessere Welt geritten, vielleicht nach New Orleans, wo sie in ein Kloster eintreten und für die Reinheit und Güte des menschlichen Herzens beten konnte.

Bald verjagte Gluthitze die Zuschauer von den Mauern und aus den Bäumen, und um das Rathaus breitete sich Stille aus. Die

Indianer und die Texaner warteten draußen, während im Innern des Gebäudes die Häuptlinge mit den Rangers verhandelten. Euphemia fragte sich, welche Art von Verhandlung die Männer eigentlich führten. Wie konnten Salz, Waffen und Whiskey Matildas Narben verschwinden lassen?

Plötzlich, als Euphemia schon glaubte, dieser Tag würde niemals enden, ertönte ein Geräusch, das sich anhörte, als würden Kürbisse von einem Wagen rollen und auf dem Boden zerplatzen. Leise Explosionen drangen aus dem Innern des Rathauses. Dann hörte Euphemia gedämpfte Schreie. Sie blickte einer Indianerin, die in der Nähe stand und ein Kind in den Armen hielt, in die Augen und sah, wie plötzlich Furcht darin erblühte wie eine giftige Blume. Euphemia und die Indianerin erkannten gleichzeitig, daß die Geräusche, die aus dem Rathaus drangen, Gewehrschüsse und Kriegsgeschrei waren.

Sofort sprangen die Comanchen, die auf dem Hof gelagert hatten, schreiend, verwirrt und voller Entsetzen auf und spritzten wie aufgescheuchte Spatzen in alle Richtungen davon. Einige griffen die Soldaten, die an den Eingangstüren Wache standen, mit Messern an; andere eilten durch die Tore vom Hof auf die Straßen und in die Stadt. Mehrere Häuptlinge, die aus den Türen des Rathauses stürmten, wurden nach wenigen Metern erschossen. Verfolgt von Rangers und Soldaten, flüchteten die Indianer durch die Straßen und zwischen den Häusern hindurch. Die Wachtposten am Rathaus gerieten in Panik und feuerten blindlings in die Menge auf die fliehenden Comanchen, wobei Indianer und Weiße getötet wurden. Schreiende Menschen irrten ziellos umher. Diejenigen, die auf dem Hof des Rathauses in der Falle saßen, stürmten zu den Toren, so daß einige vom Gewicht der nachdrängenden Körper erdrückt wurden. Die Luft war erfüllt von Entsetzen und dem Geruch von Schießpulver. Euphemia sah einc riesige Negerin, die von einem Indianer bedroht wurde, der zum Fluß fliehen wollte. Die Negerin, die eine Schar weißer Kinder unter ihren Röcken verborgen hielt, hob einen schweren

Stein hoch über den Kopf und schleuderte ihn dem näher kommenden Indianer entgegen, der jedoch dem Stein auswich und weitereilte. Einigen Indianern gelang die Flucht in ein kleines Holzgebäude am Rand des Rathaushofes. Als es in Flammen gesetzt wurde, flüchteten die Indianer durch Feuer und Rauch ins Freie und wurden erschossen. Euphemia stand wie angewurzelt da und beobachtete das Massaker, als wäre es das Ende der Welt. Da nahm Bartlett Euphemia rasch auf die Arme und brachte sie in Sicherheit.

Später erfuhr Euphemia, daß an diesem Tag fünfundsechzig Comanchen nach San Antonio gekommen waren. Zwölf Häuptlinge, achtzehn Krieger, drei Frauen und zwei Kinder waren getötet worden. Siebenundzwanzig Frauen, Kinder und alte Männer hatte man gefangengenommen. Sechs Texaner waren getötet worden, und drei Indianer waren entkommen. Tarantula war nicht unter den Toten und auch nicht unter jenen, die überlebt hatten und ins Gefängnis gesperrt wurden. Matilda Lockhart war frei. Und das alles, dachte Euphemia, wegen eines kleinen Mädchens, das so gern eine Ballerina hatte werden wollen.

»Früher oder später mußte so etwas geschehen«, sagte Bartlett, als er versuchte, der Familie – und sich selbst – den Grund für das Gemetzel zu erklären. »Ihr könnt euch nicht vorstellen, mit wieviel Haß die Verhandlungen geführt wurden. Ich konnte nichts dagegen tun, obwohl ich's versucht habe.« Bartlett berichtete, daß die Comanchen, entgegen der Vereinbarung, nicht alle weißen Gefangenen mitgebracht hätten. Daraufhin hatte man den Indianern erklärt, daß mehrere Häuptlinge so lange festgehalten würden, bis sämtliche weißen Gefangenen in die Stadt gebracht worden seien. Die Indianer waren damit nicht einverstanden. »Ich weiß gar nicht mehr, wie es dann angefangen hat. Genau vor uns saß die kleine Matilda. Schrecklich, was die Indianer ihr angetan haben. Bei ihrem Anblick konnten einige Leute ihren Zorn einfach nicht mehr im Zaum halten. Ein Soldat hat plötzlich drauflosgefeuert. Damit fing alles an.«

»Ich möchte nach Hause«, sagte Euphemia an diesem Abend, während Sarah das Kleid flickte, das bei der Flucht aus dem Rathaus zerrissen war.

»Zuerst mußt du dich mit Matilda treffen«, erwiderte Sarah. »Sie ist deine Freundin.«

»Das kann ich nicht! Ich weißt nicht warum, aber ich habe Angst. Ich weiß, daß es falsch ist, aber ich kann einfach nicht zu ihr gehen. Jetzt, wo ich sie bei den Indianern gesehen habe, kann ich's einfach nicht.«

Sarahs Nadel ruhte. Sie legte ihr Nähzeug zur Seite, wischte Euphemia eine Träne von der Wange und ergriff ihre Hände. »Kein Vogel kann so weit fliegen, daß sein Schwanz ihm nicht hinterherkommt«, sagte Sarah. »Wenn du die Stadt verläßt, ohne dich mit Matilda getroffen zu haben, wird es dir dein ganzes Leben lang weh tun. Jedesmal, wenn du mit deinen Gedanken allein bist, vielleicht noch in vielen Jahren, wirst du dich daran erinnern, daß du vor etwas Wichtigem fortgelaufen bist. Und wenn Matilda einsam ist – und das wird in den nächsten Jahren oft der Fall sein –, was soll sie dann von dir denken?«

»Was Matilda passiert ist«, flüsterte Euphemia, »hätte ebensogut mir passieren können.«

Sarah nahm ihr Nähzeug wieder auf. »Aber es ist nun mal nicht dir passiert, Phemie, sondern Matilda. Deshalb danke Gott, und tu, was richtig ist.«

Nachdem die Rangers Matilda über ihre Gefangenschaft befragt hatten, brachte man sie ins Haus eines Arztes in San Antonio. Er behandelte Matildas Brandwunden, untersuchte sie gründlich und brachte sie dann ins Bett. Euphemia ging bis zur angelehnten Schlafzimmertür, stieß sie auf und trat ins Zimmer. Matilda lag im Bett, von einem Laken bedeckt, das Gesicht der Wand zugekehrt. Euphemia trat an die Seite des Bettes, blickte auf die bemitleidenswert magere, geschundene Gestalt unter dem Laken und setzte sich auf die Bettkante. »Ich bin's«, sagte sie, »Phemie.« Matilda gab keine Antwort. Vom Gefängnis tönte das Jammern der Comanchenwitwen herüber, die ihre toten Männer beklagten.

Lange Zeit saß Euphemia einfach nur da, blickte das Mädchen im Bett an und wartete auf irgendeine Antwort, auf irgendein Zeichen des Erkennens. Dann zog sie leise die Schuhe aus, schlüpfte unter die Decke und nahm Matilda in die Arme. Die Wärme des Körpers erinnerte sie an Little Johnny und daran, wie er in jener Nacht vor so langer Zeit in ihren Armen gestorben war. Euphemias Hände berührten Matildas Narben. Einige fühlten sich wie Walnußschalen an, andere wie die Taue, die man zum Verschnüren von Baumwollballen verwendet – hart, entsetzlich hart.

Schließlich drehte Matilda sich um, und die beiden Mädchen hielten sich fest in den Armen und fingen zu weinen an. Sie weinten sehr lange; dann flüsterte Matilda, so leise, daß es kaum zu verstehen war: »Ich habe nie geschlafen. Die Indianer haben mich sofort geweckt, indem sie mir heiße Kohlen in die Nase gesteckt oder mir glühende Pfeile auf die Brüste gedrückt haben.«

»Pssst, sag jetzt nichts«, flüsterte Euphemia. Doch die Worte, die viel zu lange in Matildas Innerm aufgestaut gewesen waren, drängten nun mit Macht aus ihr hervor, wie heißer Dampf aus einem Kessel entweicht.

»Ich war die Frau des Häuptlings. Er hat mich wie ein Tier gehalten, wie ein Zuchttier. Sie haben mich nur deshalb am Leben gelassen, weil der Häuptling einen Sohn von mir wollte und weil ich ihre Schafe so gut hüten konnte. Vielleicht war ich für sie auch nur ein lustiger Zeitvertreib. Sie mochten mich, weil ich nie gebettelt habe, nie vor ihnen zu Kreuze gekrochen bin und keinen Hehl daraus gemacht habe, daß ich sie von Herzen haßte. Einige von den gefangenen weißen Kindern, die geweint haben, wurden in Stücke geschnitten, langsam, qualvoll, Glied um Glied. Es hat Tage gedauert, bis ihre Schreie verstummt sind. Manchmal haben sie den Kindern die Haut von den Fußsohlen gezogen, und dann mußten sie so lange laufen, bis sie gestorben sind. Andere wurden bei lebendigem Leibe geröstet. Aber ich habe nicht geweint. Darum war ich die Frau des Häuptlings und sein Tier. Und ich werde seine Frau und sein Tier bleiben, bis ich sterbe.«

»Jetzt kannst du schlafen«, sagte Euphemia.

Wieder fing Matilda zu weinen an. Zwischen den Schluchzern sagte sie stockend: »Bis jetzt konnte ich nicht weinen, weil sie mich getötet hätten. Und nun kann ich bestimmt nie mehr aufhören.« Euphemia umarmte Matilda, küßte die Tränen fort, die ihr über das narbige Gesicht strömten, und hielt die Freundin ganz fest. Erst Stunden später kam der Arzt und holte Euphemia fort.

Im Mai, wenige Wochen, nachdem Euphemia und die McClures an den Peach Creek zurückgekehrt waren, begann der große Comanchen-Raubzug von 1840. Eine tausend Mann starke Kriegerhorde streifte zwischen dem San Marcos und dem Guadalupe River im Westen und dem Colorado im Osten durch die Wildnis. Bei dem Versuch, den Tod ihrer Häuptlinge beim Massaker in San Antonio zu rächen, zogen die Comanchen und ihre Verbündeten – Cherokees, Pawnees, Kickapoos und abtrünnige Mexikaner – aus dem Hügelland nach Süden zur mexikanischen Grenze und hinterließen eine riesige, 300 Meilen lange Schneise aus Tod und Verderben.

Ein paar Tage lang zog die gewaltige Kriegerschar unbemerkt nach Süden. Dann, als sie wieder und wieder Reisende und einsame Siedlerstätten angriffen, wurden sie entdeckt, und wieder einmal rüsteten die Bewohner dieser Republik sich für den Krieg. Captain Ben McCulloch wurde Kommandeur einer Truppe, die sich am Fuß des Big Hill versammelte, jener Erhebung dicht hinter der Grenze des McClure-Landes, zu der Euphemia und Sarazen oft hinausritten, um zu träumen und die Aussicht zu genießen; denn der Big Hill war der höchste Punkt, an dem Euphemia sich je aufgehalten hatte. Angeblich glaubten die Indianer, daß alle Höhen auf Erden heilige Orte waren; deshalb gingen sie in den Bergen auf die Suche nach Visionen und Gesichtern. Vielleicht war der Gipfel des Big Hill Gott näher, und vielleicht war das der Grund dafür, daß Euphemia sich so sehr dorthin gezogen fühlte, auch wenn der

Big Hill kaum mehr als eine Kuppe in der endlosen Weite der Prärie war.

Und jetzt versammelten die Texaner sich am Big Hill – oder dem McClure's Hill, wie manche ihn nannten –, um wieder einmal einzutreten in diesen offenbar endlosen Kreislauf des Tötens, der ein fester Bestandteil des Lebens im Grenzland war. McCullochs Streitmacht war hundert Mann stark. Insgesamt hatten sich etwa sechshundert Rangers und bewaffnete Siedler aufgemacht, um die Comanchen und deren Verbündete zu unterwerfen. Von ihrem Fenster im Haus am Peach Creek aus konnte Euphemia sehen, wie die Gestalten der Soldaten sich in der Ferne bewegten. Als Euphemia beobachtete, wie die Männer aus Gonzales und Lavaca das Lager für die Nacht am Fuße des Hügels aufschlugen, der ihr und Sarazen gehörte, dachte sie wieder einmal daran, mit Sarazen zu einem Kloster zu reiten, fort vom Haß und vom Töten. Sie fragte sich, welche Regeln in den Ordenshäusern von New Orleans gelten mochten, vor allem, was die Pferdehaltung betraf. Ob es einer Nonne wohl erlaubt war, auszureiten?

Wieder einmal wirkte das Haus am Peach Creek seltsam leer und verlassen. Doch in ganz Texas waren viele Häuser von dieser melancholischen Atmosphäre erfüllt, nachdem die Männer plötzlich fort waren. Während Sarah das Haus auf eine mögliche Belagerung vorbereitete, schimpfte sie: »Warum müssen die Kerle immer in irgendeinen verdammten Krieg ziehen? Sie reiten einfach fort. Und wir Frauen? Wir bleiben dort, wo die wirklich *wichtige* Arbeit zu tun ist.«

Euphemia half den Sklaven, Wasserfässer vom Bach ins Haus zu tragen. Das Wasser diente zum Kochen, Trinken und notfalls zum Flammenlöschen, falls das Haus von Brandpfeilen getroffen werden sollte. Dann wurde getrocknetes Fleisch aus dem Räucherhaus hereingeholt sowie Mais vom Trockengerüst. Sarah überprüfte die eisernen Angeln an den Fensterläden und schaute nach, ob sie nicht durchgerostet waren, so daß sie sicheren Schutz gegen Pfeile und Speere bieten konnten. Dann reinigten Sarah und

Euphemia die Gewehre und Pistolen, gossen Kugeln, schärften Messer und verteilten Munitions- und Pulvervorräte so, daß in Sekundenschnelle an sie heranzukommen war. Euphemia staunte darüber, wie gelassen sie waren. Die Frauen schienen sich mit derselben Zuversicht und Ruhe auf den Krieg vorzubereiten, mit der sie im Frühling ihre Gärten bestellten. Als Euphemia Sarah von dieser Beobachtung erzählte, stimmte die ältere Schwester ihr zu. »Wenn's nicht die Comanchen sind, dann sind's die Mexikaner«, sagte sie. »Kampf und Krieg sind so alltäglich geworden, daß wir gelernt haben, die Männer ziehen zu lassen und ohne Tränen Lebewohl zu sagen; gerade so, als wäre Bartlett auf Wildschweinjagd gegangen.«

Früh am nächsten Tag ritt Euphemia zum Big Hill. Sarah hatte ihr getrocknete Früchte mitgegeben, die sie unter den Männern verteilen sollte, die am Feldzug teilnahmen. Am Big Hill erfuhr Euphemia vom Angriff auf Victoria, eine Ortschaft, die nur einen Tagesritt entfernt im Süden lag. Die Indianer hatten die Stadt eingeschlossen, die Häuser geplündert und niedergebrannt und ungefähr 1500 Pferde und Maultiere gestohlen. Der Reiter, der die Nachricht vom Überfall auf Victoria überbracht hatte, berichtete zudem von einem schrecklichen Vorfall: Mrs. Cyrus Crosby, eine Enkelin Daniel Boones, war gefangengenommen worden. Als ihr Kind weinte, hatten die Indianer es vor den Augen der Mutter mit Speeren durchbohrt. Als Euphemia dies hörte, mußte sie an Matilda denken.

Dann waren die Männer verschwunden. Bartlett ritt mit einer kleinen Einheit zu den Ansiedlungen am Lavaca River, um dafür zu sorgen, daß Fannie, Jane Isabella und die anderen in Sicherheit waren. McCulloch und seine Männer nahmen die Fährte eines Kriegertrupps auf, der nach Süden gezogen war und etwa einen halben Tag Vorsprung hatte.

Euphemia und Sarah waren allein mit den Sklaven, ihren Waffen und ihren Gedanken. Sarah öffnete einen Fensterladen und spähte zum Bach hinüber. Sie sagte: »Wir brüsten uns damit, das Land erobert und die Wildnis gezähmt zu haben. Aber ich bin mir gar nicht sicher, ob schließlich nicht doch die Wildnis siegt. Wir haben keine Zivilisation in dieses Land gebracht. Statt dessen hat das Land uns zu Wilden gemacht.«

Gegen Mittag erschien ein Trupp Comanchen. Er hatte sich von der Hauptmacht getrennt, war im Bogen nach Peach Creek zurückgeritten und griff nun verwegen an. Es waren etwa dreißig Mann, die schnell und entschlossen das Haus attackierten. Sie hatten ihren Pferden bunte Schleifen und Baumwolltücher ins Schweifhaar geflochten, die wie Regimentsfarben hinter den Tieren herflatterten, als die Indianer auf das unfertige Holzskelett von Sarahs Haus zugaloppierten. Einige Comanchen wedelten mit Zigarren in der Luft herum. Andere hatten sich in Tuchstoffe und Mäntel gehüllt, die sie aus den Häusern von Linneville geraubt hatten, einer Ansiedlung in der Nähe des Peach Creek. Ein weiterer Reiter kam aus dem Wald geprescht und zog ein Federbett hinter sich her, in dessen Bezug Löcher geschnitten waren. Jedesmal, wenn die Federn in die Höhe wirbelten, schrien und lachten die Indianer und stachen mit ihren Lanzen nach dem Bett.

»Großer Gott«, sagte Sarah vom Fenster aus. »Sie haben Tildy geschnappt!«

Ein berittener Indianer schleifte das Sklavenmädchen vor das Haus. Tildy kämpfte gegen ein Seil, das ein Reiter ihr um den Hals geschlungen hatte. Sie rannte ein paar Schritte hinter dem Pferd her, bevor sie stürzte; dann verwickelte sie sich am Boden und wurde weitergeschleift. Schließlich konnte sie sich wieder aufrappeln und taumelte voran. Die Indianer zerrten Tildy zum Neubau des Wohnhauses und fesselten ihre Arme an einen jener Balken, die von Jean-Baptiste Beauchamps und dessen Helfern so sorgfältig zugeschnitten worden waren. Dann schnürten die Comanchen das Seil so fest, daß Tildys Füße kaum mehr den Boden berührten.

»Die sind in Reichweite unserer Gewehre«, sagte Euphemia.

»Schieß nicht. Es sind zu viele. Laß uns abwarten, was geschieht.«

Bald darauf wurde Vieh zu der Stelle getrieben, an der die Indianer sich am neuen Haus versammelt hatten. Mehrere Comanchen waren auf die Balken geklettert; ihre Gestalten zeichneten sich gegen den strahlenden, wolkenlosen Sommerhimmel ab. Sie fesselten einem Kalb die Vorderläufe, so daß sie es in die Höhe ziehen konnten; dann wurde es neben Tildy an den Balken gehängt. Das Blöken und Brüllen des Kalbes hörte sich fast menschlich an. Dann traten die Indianer von dem Tier zurück und entfernten sich ein gutes Stück von dem Balken. Plötzlich wirbelten sie mit lautem Geschrei herum und ließen ihre Pfeile von den Bogen sirren. Die Schreie des Kalbes verstummten. Es zappelte am Seil und hing schließlich reglos da. Die gefiederten Pfeilschäfte ragten in Höhe des Herzens aus seinem Leib. Jetzt waren nur noch Tildys Schreie zu hören. Die Indianer traten auf das Kalb zu und schlitzten das Tier mit ihren Messern auf. Die dampfenden Eingeweide quollen aus dem Leib und fielen Tildy vor die Füße. Wieder entfernten die Indianer sich von dem Balken, an dem das tote Kalb und das Sklavenmädchen hingen. Dann suchten sie neue Pfeile aus den Köchern, um ihr Zielschießen fortzusetzen.

Sarah trat vom Fenster weg. »Paß auf, Phemie. Ich will dir sagen, was du jetzt tun mußt.« Sie legte Euphemia beide Hände auf die Schultern und blickte ihr in die Augen. »Ich werde versuchen, Tildy zu befreien. Ich möchte, daß du die Flinte nimmst und dich so an die Tür stellst, daß du gutes Schußfeld hast. Falls irgend etwas schiefgeht, erschießt du zuerst Tildy und dann mich. Danach mußt du die Pistole nehmen und dich selbst töten.« Euphemia war entsetzt, daß Sarah derart grauenvolle Dinge mit einer so ruhigen, beinahe unbeteiligten Stimme sagen konnte. »Es tut mit leid, Phemie. Aber denk daran, was mit Matilda geschehen ist. Dann wirst du schon wissen, was du tun mußt.« Rasch drückte Sarah die kleine Schwester an sich; dann war sie verschwunden.

Sarah trat von der Tür weg, bis die Comanchen sie deutlich sehen konnten. Die beiden Pistolen, die Sarah in einem Gürtel trug, den sie sich um die Hüften geschnallt hatte, blieben in den Holstern. Sie stieß einen Ruf aus, um die Aufmerksamkeit der Indianer auf sich zu lenken; dann bewegte sie sich auf Tildy zu. Für einen Augenblick beobachteten die Comanchen verwundert, wie Sarah auf sie zukam. Dann brandeten Gelächter und lautstarkes, aufgeregtes Palaver auf; die Indianer zeigten auf Sarah und gestikulierten heftig. Sarah ging unbeirrt weiter, als wäre sie auf einem Sonntagsspaziergang. Ein Indianer zog einen Pfeil aus seinem Köcher, spannte ihn auf die Bogensehne, zielte – der Pfeil sirrte durch die Luft, und Sarah fiel zu Boden. Euphemia wußte, ihre große Schwester war tot, und die Welt war zu Ende. Dann aber bewegte sich Sarah, erhob sich mühsam und humpelte voran. Aus ihrem Bein ragte der Pfeil.

Als Sarah sich erhob, ließen die Indianer leise, bewundernde Laute des Erstaunens hören, fast eine Art Lied. Dann verstummten die Comanchen, als hätten Sarahs Schritte in den sicheren Tod einen Zauber gewirkt, oder als hätte Sarahs Mut die Comanchen an irgend etwas Heiliges, Edles erinnert, das tief in ihren Mythen verwurzelt war. Sarah schleppte sich voran wie jemand, der einen schweren Stein an den Füßen mit sich zerrt; doch ungeachtet ihrer Schmerzen ging sie mit verbissener Entschlossenheit weiter. Bald war sie im Kreis der Comanchen angelangt. Sie bewegte sich langsam, sichtlich unter Qualen, doch trotzig und unbeirrt auf das Sklavenmädchen zu. Die Indianer verharrten schweigend. In dem Augenblick, als Sarah Tildy erreichte, stolperte sie, fiel zu Boden und blieb regungslos liegen. Der Zauber war gebrochen.

Die Comanchen heulten und stürmten voran. Unsanft wurden Sarah ihre Waffen entrissen. Dann wurde sie gefesselt und an den Balken neben Tildy gehängt. Als die Indianer dann wieder bis zu jener Linie zurücktraten, von der aus sie ihr Zielschießen veranstalteten, war Euphemia klar, was als Nächstes geschehen würde. Was sie selbst in diesen blitzschnell vorüberziehenden Augenblicken unternehmen sollte, war ihr jedoch keinesfalls klar. So schnell sie konnte, überdachte Euphemia die Möglichkeiten, die ihr offenstanden. Sie konnte nach draußen stürmen und versuchen, Sarah zu Hilfe zu kommen; aber dies bedeutete den sicheren Tod oder – schlimmer noch – Gefangennahme und Folterung, wie Matilda Lockhart sie hatte erleiden müssen. Sie konnte einen Fluchtversuch unternehmen und sich im Bachbett verstecken. Oder sie konnte die Stellung halten, um das Haus zu verteidigen, und dabei so viele Indianer wie möglich erschießen. Oder sie konnte Sarahs schrecklichen Befehl befolgen und das Undenkbare tun: Sarah, Tildy und sich selbst töten.

Nur wenige, jedoch qualvoll lange Sekunden dachte Euphemia fieberhaft nach. Dann packte sie entschlossen das Gewehr und trat durch die Tür ins grelle, schattenlose Sonnenlicht des Mittags. In ihren Ohren dröhnte es wie vom Läuten gewaltiger Glocken. Eigentlich hätte sie Angst haben müssen, doch Zorn und eine abgrundtiefe Trauer ließen Angst gar nicht erst aufkommen. Sie hob das Gewehr, als plötzlich etwas Unglaubliches geschah.

Er kam aus dem Wald; eine riesige Gestalt; so gewaltig, so furchteinflößend und bedrohlich wie ein Ungeheuer aus einem Alptraum. Selbst aus der Entfernung konnte Euphemia die tiefen Narben sehen, die das Gesicht unter dem hohen Zylinderhut verunstalteten. Er hielt direkt auf die Stelle zu, an der Sarah und Tildy am Balken hingen. Als er näher kam, bildeten die Comanchen eine Gasse. Dann hob er die Hand, und tiefe Stille breitete sich aus. Er stieg vom Pferd, und als er zu Sarah ging, zog er ein Messer hervor, das dem berühmten ›Bowie-Knife‹ ziemlich ähnlich sah, jenem Messer, das Jim Bowie getragen hatte, als er vor der Schlacht um den Alamo einmal das Haus am Peach Creek besucht hatte. Grelles Sonnenlicht funkelte auf der Messerklinge.

Tarantula warf einen raschen Blick zum Haus hinüber; dann trat er vor, hob sein Messer und durchtrennte Sarahs Fesseln. Er fing die Bewußtlose auf und legte sie zu Boden. Mit einer fließenden, kraftvollen Bewegung zog er ihr den Pfeil aus dem Bein. Anschließend verband er ruhig und bedächtig Sarahs Wunde mit Mistelzweigen und zerstampftem Mescal, den Blättern des Peyote-Kaktus.

Als Sarahs Bein verbunden war, erhob sich Tarantula, stieg auf sein Pferd und bedeutete den anderen Comanchen, sich zum Abritt bereitzumachen. Bevor Tarantula sein Pferd wendete, warf er einen Blick auf Euphemia und schaute ihr für einen langen, seltsamen Moment tief in die Augen; dann warf er sein Pony herum und ritt davon.

Am Nachmittag des 15. August 1840 beobachteten die Frauen von Peach Creek, wie Ben und Henry McCulloch, Bartlett McClure und die Männer aus Gonzales von einer der größten Indianerschlachten in der Geschichte des texanischen Grenzlandes zurückgeritten kamen. Am Plum Creek, ungefähr vierzig Meilen im Norden, war es zu einem Gefecht mit mehr als tausend Indianern gekommen. Die Roten hatten eine vernichtende Niederlage erlitten; achtzig Comanchenhäuptlinge und -krieger waren in der Schlacht gefallen. Nie mehr würden die Comanchen für die Städte und Ansiedlungen im mittleren Texas eine ernsthafte Bedrohung darstellen. Jetzt, zwei Tage nach der Schlacht, kehrten die Männer zurück, überquerten den Peach Creek und die verdorrten Wiesen und Felder des Mittsommers, kamen an der Sam-Houston-Eiche vorbei und ritten schließlich auf den Hof.

Sie scheinen über ihren Sieg nicht besonders froh zu sein, dachte Euphemia. Wo blieben die Jubelrufe, die flatternden Fahnen und das siegestrunkene Gegröle der Soldaten?

Sarah und Euphemia eilten nach draußen, und dann lag Bartlett auch schon in ihren Armen. Seine Kleidung war mit Schmutz und Blut bedeckt, und er machte einen erschöpften Eindruck. »Das möchte ich nie wieder erleben«, sagte er. »Mit dem Töten bin ich ein für allemal fertig.« Euphemia fragte sich, was für schreckliche Dinge Bartlett gesehen haben mochte, daß dieser Triumph ihm so fade und bedeutungslos erschien.

Nur ein Texaner war in der Schlacht gefallen. Unter den zwei Dutzend Verwundeten befand sich auch Henry McCulloch. Bei

Einbruch der Dunkelheit sah das Haus der McClures am Peach Creek, das sonst immer nur als Unterkunft für Reisende durchs mittlere Texas gedient hatte, wie ein Feldlazarett aus. Die notdürftig verarzteten Wunden der Soldaten waren mit dem sauberen Wasser des Peach Creek gewaschen und frisch verbunden worden; als Verbände dienten Stoffstreifen, die man aus Sarahs Bettwäsche gerissen hatte. Die Kleidung einiger Soldaten war in der Schlacht dermaßen zerfetzt worden, daß Bartletts Garderobe geplündert und vollständig unter den Bedürftigen aufgeteilt wurde.

Unter den Zurückgekehrten befand sich ein russischer Arzt mit Namen Dr. Weideman, der anläßlich einer wissenschaftlichen Expedition vom Zaren nach Texas geschickt worden war. Weideman hatte seine Forschungsarbeiten unterbrochen, um gegen die Comanchen zu kämpfen. Jetzt wechselte er den Verband um Henrys Wunden, die keiner ernsthaften Natur waren, wie Dr. Weideman behauptete, und zu deren Behandlung er ›Brazos Tonic‹ verschrieb, ein Gebräu, das Opium und Whiskey enthielt und angeblich Komplikationen wie ›chronischem Schüttelfrost‹ oder ›Vergrößerung der Milz‹ vorbeugte.

Dr. Weideman behandelte auch die Pfeilwunde in Sarahs Wade. Sie war geschwollen, leicht verfärbt und fühlte sich heiß an. »Ich fürchte, Sie werden nie mehr eine Gavotte tanzen können«, sagte der Arzt, als er Sarah einen heißen Breiumschlag aus Maismehl und gekautem Tabak auflegte. Dann nahm er seine gefürchteten Skarifiziermesser aus dem ledernen Arztkoffer. Es waren zwölf Klingen mit Sprungfedern, die sich in einem kleinen Gehäuse befanden und zum Aderlaß benutzt wurden. Nachdem man Sarahs Haut mit Milch abgewaschen hatte, drückte Dr. Weideman das Gehäuse dicht über Sarahs Ellbogen auf die Haut und betätigte den Schnappmechanismus. Die Klingen schlitzten eine Ader auf, und ein dunkler Blutfaden begann zu fließen. »Halte diese Tasse fest und fang damit das Blut auf«, sagte Dr. Weideman zu Euphemia. »Ich gehe etwas holen, das ich dir und den anderen gern einmal zeigen möchte.«

Nach kurzer Zeit kam Dr. Weideman mit einer Reisetasche aus Leder zurück, die ungefähr so groß wie seine Arzttasche war. »Meine sehr verehrten Damen und Herren«, verkündete er, »schon seit Jahren bin ich begierig darauf, solche Exemplare für die Wissenschaft sicherzustellen, wie sie sich nun in dieser Tasche befinden. Ich möchte mich bei Ihnen, meine Herren, bedanken, daß Sie mir die Möglichkeit verschafft haben, mir diese Stücke zu sichern. Ohne Ihren Sieg am Plum Creek hätte ich diese wundervollen Exemplare niemals bekommen.« Dann öffnete er die Reisetasche und ließ sie herumgehen, so daß alle Anwesenden sich den Inhalt anschauen konnten. Euphemia war zuerst fassungslos, dann entsetzt, und dann wurde ihr schlecht. In der Reisetasche befanden sich zwei abgetrennte Indianerköpfe. »Ich habe mir außerdem zwei vollständige Körper ausgesucht«, verkündete Dr. Weideman. »Einen männlichen und einen weiblichen. Ich werde sie kochen, das Fleisch von den Skeletten lösen und sie anschließend präparieren, so daß ich sie ausstellen kann.«

Sarah stützte sich schwer auf Euphemias Schultern und stemmte sich auf die Beine. »Dr. Weideman«, sagte sie, »ich glaube, zur Zeit werden Ihre Fähigkeiten auf anderen Gebieten dringender benötigt.«

»Aber Gnädigste«, erwiderte Weideman, »ich bin mit Ihrem Aderlaß fertig.«

»Allerdings, werter Doktor.« Sarah nahm Euphemia die Tasse Blut aus der Hand und kippte den Inhalt in Weidemans Arzttasche. »Hier haben Sie noch ein bißchen Blut, das Sie samt Ihren Schädeln und Leichen mit zu Ihrem Zaren nehmen können«, sagte sie. »Und jetzt schnappen Sie sich Ihre gräßlichen Trophäen, und dann raus mit Ihnen!«

Als Dr. Weideman gegangen war, breitete sich eine bedrückende, lastende Stille im Zimmer aus. »Was für ein trauriger Haufen wir doch sind«, sagte Sarah. »Krank am Körper und am Herzen. Menschen sterben an Folterungen, an Gewalt und Krieg, und zu allem Überfluß müssen wir auch noch diesen zaristischen Wahnsinnigen ertragen!«

Bartlett trat an Sarahs Seite und führte sie zu einem Sessel. »Es wird sich alles zum Besseren wenden«, sagte er. »Ich verspreche es dir.«

An diesem Abend, als im Haus Ruhe eingekehrt war, konnte Euphemia von ihrem Schlafplatz auf dem Dachboden aus hören, wie Sarah und Bartlett im Wohnzimmer in ihrem Ehebett lagen und sich unterhielten. Euphemia versuchte, nicht zu lauschen, doch die Stimmen drangen ungebeten an ihre Ohren. Sarah erzählte Bartlett von dem Angriff der Comanchen auf das Haus und von Euphemias Heldentaten; Euphemia hielt sich in Wahrheit für weniger mutig, als Sarah sie schilderte. Dann berichtete Bartlett, wie tapfer die Indianer gekämpft hätten und wie – mitten in der Hitze der Schlacht – einige seiner Männer damit angefangen hätten, die Comanchen zu verstümmeln. »Sie haben sich Skalps genommen«, sagte Bartlett. »Ich habe einen jungen Burschen aus Walnut Creek beobachtet. Ich schätze, er war kaum älter als fünfzehn. Eine Art Blutrausch hatte ihn gepackt. Der Junge hatte einen Indianer aus nächster Nähe getötet, mit dem Messer, und nun wollte er den Skalp des Toten nehmen. Aber er wußte nicht, wie man es anstellt. Da hat er mit dem Messer einfach drauflos geschnippelt. Es war ein grauenhafter Anblick. Und dann sah ich alle unsere Nachbarn, diese braven, freundlichen Menschen. Sie haben die Indianer abgeschlachtet, obwohl sie schon längst besiegt waren und ...« Bartlett seufzte und verstummte.

»Ich weiß«, sagte Sarah.

Fünf Tage, nachdem Dr. Weideman Texas mitsamt seinen ›wundervollen Exemplaren‹ verlassen hatte, heirateten Jane Isabella Ashby und Henry McCulloch. Ein paar Monate zuvor war Henry wegen des Verdachts auf Mord an Reuben Ross bei der Schießerei am Abend des ersten Weihnachtstages vor Gericht gestellt worden, doch die Jury hatte ihn freigesprochen. »Henry ist zwar den Comanchen und dem Galgen entronnen«, lautete Jane Isabellas Kommentar, »aber vor mir konnte ihn keine Macht auf Erden retten.«

Die Verhandlung war ohnehin eher ein gesellschaftliches Ereignis gewesen als ein Mordprozeß. Das Bezirksgericht von Gonzales war bis zum Bersten gefüllt, und die Verhandlung wurde zu einem Forum für die romantische und mehr als offensichtliche Liaison zwischen dem Angeklagten und der Hauptzeugin der Verteidigung. Jane Isabellas Aussage war einer der Höhepunkte des Prozesses. Sie beschrieb die schrecklichen Vorfälle jenes Weihnachtsabends mit ruhigen Worten und im genau richtigen Mischungsverhältnis von Zorn und Bedauern, wie Euphemia glaubte; insbesondere, als Jane Isabella von dem »schnapsgeschwängerten Odem der Bestie« berichtete, welche »die Damen zutiefst beleidigt« habe. Der einstimmige Urteilsspruch der Jury lautete: »Nicht schuldig«, und Henry und Jane Isabellas Liebe wurde vom Schlag des Hammers besiegelt, mit dem Richter Hemphill die Verhandlung schloß und die Jury entließ.

Nicht lange nach der Hochzeit am Peach Creek wurden Euphemia und ihre Familie auf die San Geronimo Ranch von Don José und Margarita Navarro eingeladen. Die *estancia* war im gesamten mittleren Texas für ihre jährlichen Fandangos berühmt – festliche gesellschaftliche Veranstaltungen mit Musik und Tanz, die bis weit in die frühen Morgenstunden dauerten.

Euphemia war von José Antonio Navarro fasziniert. Als sie Sarazen am Zügel über die Kornblumenwiese zur *estancia* führte, rief sie sich das Bild dieses Mannes ins Gedächtnis. Sein gänzlich weißes Haar, das er aus der hohen Stirn straff nach hinten gekämmt trug, legte sich in dichten, üppigen, leicht gelockten Wellen über den Kragen seines Hemdes. Don José war ein zierlicher Mann, doch die wuchtige Kraft seiner Persönlichkeit erfüllte jedes Zimmer, das er betrat. Wenngleich er Euphemia freundlich behandelte, mit Höflichkeit und Achtung, und obwohl er stets Interesse an ihren Aktivitäten und Äußerungen zeigte, war sein Gesicht doch von einer tiefen Melancholie erfüllt. Seine Augen hatten einen orientalischen Einschlag, voll rätselhafter Traurigkeit, als würde er um ein verlorenes Kind oder eine verlorene Welt trauern. Don José Navarro war ein lebendes, atmendes Geheimnis, und je mehr Euphemia über diesen Mann erfuhr, desto geheimnisvoller wurde er für sie.

Bartlett, zum Beispiel, hatte ihr erzählt, Navarro wäre der Sohn eines korsischen Abenteurers und ehemaliger Colonel in der spanischen Armee, der in die Neue Welt gekommen sei, um in den Minen von Chihuahua nach Gold und Silber zu suchen. Dann habe Don Josés Vater sein Offizierspatent niedergelegt und Josepha Ruiz geheiratet, ein wunderschönes Mädchen von vornehmer Abstammung. Der Sohn, José Antonio Navarro, war Anwalt, Gelehrter und Staatsmann geworden und ein guter Freund von Stephen F. Austin, dem Vater von Texas. Er gehörte zu jenen drei Mexikanern, die im Jahre 1836 die texanische Unabhängigkeitserklärung mit unterzeichnet hatten. Das Sonderbarste aber, und das faszinierte Euphemia am meisten, war Don Josés Vorliebe für die Farbe Weiß. Oft sah sie ihn, von Kopf bis Fuß in Weiß gekleidet, auf einem weißen Pferd reitend, und sein weißes Haar wehte im Wind. Kein Wunder, daß die Familien, die auf seinem Land lebten, Don José Navarro die ›Weiße Taube‹ nannten.

Aus einiger Entfernung drang Musik an Euphemias Ohr. Sie gelangten auf eine Anhöhe, und unter ihnen, zwischen Mesquitebüschen und Osage-Orangen, erblickte sie die weißen Lehmziegelwände der *estancia*, die sich am Ufer des Geronimo Creek erhob. Die *hacienda* war groß und niedrig, und die kühlenden, blitzsauberen gekalkten Mauern schienen die Gebäude zärtlich zu umarmen. Außerhalb der Mauern befanden sich die bescheidenen Häuser der Familien, die unter Don Josés Schutz lebten, sowie Maisfelder und Viehpferche, und ein Stück dahinter erstreckte sich Don Josés Land – so weit, daß es bis ans Ende der Welt zu reichen schien. Bartlett hatte Euphemia erzählt, daß Don José der vielleicht größte Grundbesitzer in Texas sei. Er besaß Ranches in fünf verschiedenen Teilen des Landes; allein seine *estancia* am Geronimo Creek war die Heimat von fünfzehn Familien, die sich um sechshundert Pferde und fünftausend Rinder kümmern mußten.

Im Zentrum der Navarro-*hacienda* befand sich ein riesiger schattiger Hof, auf dem sich bereits mehrere Leute versammelt hatten, wie Euphemia sehen konnte. Die silbrig-weiße Gestalt Don Josés bewegte sich geisterhaft zwischen seinen Gästen. Euphemia und die anderen kamen an einer großen Glocke vorbei, die an einem Holzgestell hing; dann ritten sie durch einen hohen gemauerten Torbogen und gelangten schließlich in die kühle, kultivierte Welt der Weißen Taube.

Das Wohnhaus von Margarita und Don José war für Euphemia immer schon eine Art Heiligtum gewesen. Im Innern dieses Hauses war es still und angenehm, und die Möbel und Teppiche und alles andere waren alt, kostbar und zeitlos. Es war ein Haus, das bestimmt ewig bestehen würde. Zwar waren die Zimmer elegant und prunkvoll eingerichtet, dennoch besaß alles eine unaufdringliche Schlichtheit. Die Einrichtungsgegenstände waren aus Holz geschreinert, aus Tuch gewoben, aus Ton geformt – kurzum, aus den reichen Gaben der Natur hergestellt. Dennoch glichen selbst die schlichtesten Dinge in diesem Haus Schätzen, die man aus dem Schoß der Erde geborgen hatte – unvergleichlich kostbarer als die gewöhnlichen Dinge, von denen Euphemia zu Hause umgeben war.

Die Navarros und Juan Seguins Familie gehörten zu einer Gruppe hoch angesehener und einflußreicher mexikanischer Familien, denen man in den weiten, wilden Gegenden im Norden Mexikos große Ländereien übereignet hatte. Viele dieser Familien waren seit hundert und mehr Jahren an diesen Außenposten des gewaltigen mexikanischen Imperiums ansässig. Und viele, wie die Navarros und die Seguins, waren als Staatsdiener bei der mexikanischen Regierung tätig. Sie waren treue Bürger, die ihr Heimatland liebten; dennoch hatten sie häufig für Reformen gekämpft. Juan Seguin und sein Vater, zum Beispiel, hatten die Einberufung einer provisorischen Regierung verlangt, die Santa Anna verdrängen sollte, lange bevor die amerikanischen Siedler auch nur an einen Aufstand gedacht hatten. Erst Männer wie Navarro und Seguin hatten den revolutionären Geist der Texaner wirklich entfacht und mit Leben erfüllt. Doch wem galt ihre Loyalität nun wirklich? Dem Mutterland im tiefen Süden? Oder Texas, diesem neuen Staat, in dem sie ihre Wurzeln geschlagen hatten und in dem ihre Kinder aufgewachsen waren? Die Antwort auf diese Frage stand nie außer Zweifel. Fast alle *rancho*-Familien hatten ihr Schicksal mit dem Sam Houstons und der Texaner verknüpft. José Navarro war ein wahrer Held der Revolution.

Als der Abend voranschritt, konnte Euphemia einen seltsamen Strom von Gefühlen verspüren, der sich gleichsam unterirdisch und unsichtbar unter den Gästen ausbreitete. Zwischen den Tänzen gab es Pausen, in denen hastige getuschelte Gespräche geführt wurden, und eine irgendwie gezwungene Fröhlichkeit breitete sich aus. Im Mittelpunkt sämtlicher Gespräche stand Euphemias Freund Juan Seguin: Seine Ranch war angegriffen, sein Vieh getötet, sein Eigentum zerstört und das Leben seiner Familie bedroht worden.

»Das müssen Vandalen gewesen sein«, sagte Sarah im Brustton der Überzeugung.

Don José schüttelte den Kopf. »Nein. Ich weiß, daß es einen organisierten Versuch gibt, Juan und seine Familie aus diesem Land zu vertreiben. Seit er zum Bürgermeister von San Antonio gewählt wurde, haben Vigilanten seine Herden überfallen und seine Rinder abgeschlachtet. Und es wurden Gerüchte ausgestreut, daß er als Spion für Santa Anna arbeite.«

»Wer kommt denn auf so einen Unsinn?« wollte Sarah wissen. »Wie kann man etwas so Dummes behaupten?«

»In Texas bildet sich eine neue Gesellschaftsschicht heraus«, antwortete Bartlett. »Tausende von neuen Einwanderern strömen in die Republik. Es sind Menschen, die noch nicht in Texas gelebt haben, als Juan bei der Revolution auf unserer Seite kämpfte. Und jetzt, wo die Mexikaner wieder drohend mit den Säbeln rasseln und sich auf eine neuerliche Invasion von Texas vorbereiten, mißtrauen diese Neuankömmlinge jedem Mexikaner, sogar den Tejanos, die schon ihr ganzes Leben hier in Texas verbracht haben und für die Unabhängigkeit des Landes kämpften.«

»Aber warum ausgerechnet Juan Seguin? Warum nicht die anderen?«

»Auch ich kann das Mißtrauen und den Groll der neuen Siedler spüren«, sagte Don José. »Ich glaube, Juan ist einfach verletzlicher. Er ist anders als die anderen ...«

Sarah nahm Don Josés Gedanken auf. »Sie wollen damit sagen, daß man ihm seine Bildung, seine Klugheit und Macht verübelt, nicht wahr? Er besitzt all die guten Eigenschaften, die seine Widersacher nicht haben, und das neiden sie ihm. Sie sind nur eifersüchtig auf Juan, weil er ein Mann ist, wie sie nie einer sein können.«

»Möglich«, sagte Don José. »Aber es ist eine ernste Sache. Dieser Haß ist gefährlich. San Antonio ist seinem Wesen nach eine mexikanische Stadt, mag sie auch im Herzen von Texas liegen. Und Juan hat sich dagegen gewehrt, daß die Neueinwanderer zu großen Einfluß gewinnen. Er repräsentiert die alte Garde der Tejanos, die zwar Texaner sind, aber andererseits ihre hispanischen Wurzeln nicht verleugnen. Die Amerikaner, ob englischer, deutscher oder irischer Herkunft, betrachten San Antonio und die Zukunft dieser alten Stadt jedoch mit völlig anderen Augen. Sie möchten schlicht und einfach, daß Juan verschwindet.«

»Und was wird er tun?« fragte Sarah.

»Was kann er tun?« fragte Don José zurück.

»Ich kenne Juan Seguin«, sagte Bartlett. »Er wird sich wehren. Und ich möchte nicht zu seinen Gegnern gehören, wenn er zurückschlägt.«

Später an diesem Abend war Euphemia mit Jane Isabella allein. Als sie hörte, wie ihre ältere Schwester über Juan Seguins Lage dachte, war sie zutiefst bestürzt. Jane Isabella meinte: »Ist es nicht aufregend? Man stelle sich vor – Juan Seguin ein Verräter!«

»Ein was?« Euphemia hätte es um ein Haar hinausgeschrien.

»Ein Verräter. Jedenfalls behaupten Ben und Henry das. Sie sagen, Seguin ist ein mexikanischer Spion. Schließlich ist er Mexikaner, nicht wahr? Und Mexiko ist nun mal unser Feind. Ist doch alles ganz logisch.«

Euphemia konnte nicht mehr an sich halten. Die Worte sprudelten nur so aus ihr hervor, unbeherrscht und voller Zorn. »Du kennst Juan Seguin nicht! Keiner von euch kennt ihn! Du warst auf dieser Mädchenschule in Kentucky, weit weg von hier! Und auch dein Mann war irgendwo im Osten und in Sicherheit, als Juan Seguin hier in Texas dafür gekämpft hat, das Land von der mexikanischen Tyrannei zu befreien!«

»Aber ich wollte damit doch nicht sagen ...«, begann Jane Isabella.

»Ach, sei doch ruhig! Deine Meinung interessiert mich nicht. Ich bin hier gewesen. Ich kenne Juan Seguin. Frag doch mal Henry McCulloch, wo er denn gewesen ist, als Juan Seguin nach dem Krieg zum Alamo zurückkehrte, um die sterblichen Überreste der toten Helden zu begraben!«

Die Schwestern standen sich gegenüber und starrten einander an. Schließlich senkte Jane Isabella den Blick. »Du solltest mich nicht so anschreien«, sagte sie.

»Und du solltest keine Lügen verbreiten«, erwiderte Euphemia und wandte sich um. Sie wollte aus dem Zimmer gehen und ins pulsierende Leben des Fandango-Festes zurückkehren, um ihren Zorn zu betäuben.

Euphemia war so wütend über die Vorwürfe, die gegen Juan Seguin erhoben wurden, daß sie beschloß, selbst zum Spion zu werden. Zuerst lauschte sie nur den Gesprächen, als sie zwischen den Leuten umherschlenderte, als wäre es ein Zeitvertreib. Doch dabei wurde ihr klar, daß die Gäste, die zur Navarro-*hacienda* eingeladen worden waren, zu den einflußreichsten Leuten in Texas gehörten. Hier waren jene Menschen versammelt, deren Ideen, Entscheidungen und Taten Ebbe und Flut der politischen Macht in diesem Lande hervorbrachten. Vielleicht konnte sie Informationen über Juan Seguin aufschnappen, die sich möglicherweise gegen diejenigen verwenden ließen, die ihn des Verrats beschuldigten.

Sie erfuhr unter anderem, daß Don José sein diesjähriges Fandango besonders festlich gestaltet hatte, weil er von Präsident

Lamar mit einem schwierigen politischen Auftrag betraut worden war. Von einer Gruppe Fuhrleute, Händler und Abenteurer begleitet, sollte Don José in der nächsten Woche nach Santa Fe reisen. Offiziell galt dieses Unternehmen als Handelsreise. Der wirkliche Auftrag jedoch lautete, die Einwohner Santa Fes davon zu überzeugen, daß es besser sei, sich von der mexikanischen Herrschaft loszusagen und sich den texanischen Streitkräften anzuschließen.

Es war eine gefährliche Mission, wie Euphemia erfuhr. Das Land zwischen San Antonio und Santa Fe war größtenteils unerschlossen. Es gab nur einige wenige Wasserstellen und viele feindliche Indianer, und wenn man den Gerüchten glauben durfte, patrouillierten mexikanische Armee-Einheiten in dieser Gegend. Als Euphemia bedächtig an einer anderen Gruppe von Gästen vorüberschlenderte, hörte sie, wie einige Frauen sich darüber unterhielten, daß Santa Anna eine Zeitlang auf Margarita Navarros Anwesen zu Gast gewesen war. Dem Geflüster, den Gesten und den Mienen der Frauen konnte Euphemia entnehmen, daß in dieser Zeit irgend etwas Denkwürdiges vorgefallen sein mußte. Doch sobald sie näher heran wollte, um besser lauschen zu können, verstummten die Gespräche, als wäre das, worüber die Frauen redeten, nicht für die Ohren eines jungen Mädchens bestimmt.

Als der Abend in die Nacht überging und die ersten Gäste den Heimweg antraten, wurde Euphemia klar, daß sie nichts erfahren hatte, was für Juan Seguin von großem Nutzen sein konnte. Vielleicht wäre ihre Spionage ja doch noch von Erfolg gekrönt worden, wäre sie nicht inmitten der Navarro-Kinder eingeschlafen – in einem Zimmer, das von Mondlicht und Gitarrenklängen erfüllt war. Don José hatte Euphemia höchstpersönlich in dieses Zimmer getragen und ihr eine gute Nacht gewünscht. Seine Stimme war weich wie Samt, und seine Augen blickten so traurig wie immer. Es war das letzte Mal, daß Euphemia die Weiße Taube zu Gesicht bekommen sollte, bevor José Navarro in den Kerkern Santa Annas verschwand.

Wieder einmal ritten Euphemia und Sarah zum Geronimo Creek. Mehr als drei Monate waren seit dem Fandango bei den Navarros vergangen. Nichts schien sich geändert zu haben. Die Schafe der Navarros grasten wie eh und je auf den Wiesen, und die Tiere sahen auf dem Gras, das sich unter der sengenden Sommersonne allmählich braun färbte, wie kleine weiße Wolken aus; alles war genau wie beim letztenmal, als Euphemia auf Sarazen hierher geritten war. Das Land erstreckte sich noch immer bis zum Horizont, und die Luft gleißte und waberte in der Hitze und gaukelte dem Auge Trugbilder von fernen Seen und Flüssen vor. Die sechs Kinder der Navarros hatten sich unter den Mesquitbüschen und den Osage-Orangen versammelt, die auf dem Innenhof des *rancho* Schatten spendeten, und lauschten einem Hauslehrer, der ihnen in drei verschiedenen Sprachen die Welt jenseits der riesigen Ländereien ihrer Eltern schilderte. Das aus Stein und Lehmziegeln errichtete Haus und der kühle Innenhof wirkten wie ein natürlicher Auswuchs der Erde: ein uraltes, aber lebendes Gebilde, das seit Anbeginn der Zeiten existierte.

Während Euphemia Sarazens Zügel um die Zweige eines Mesquitbusches schlang, dachte sie darüber nach, wie sehr die Navarros und die anderen Tejano-Familien den Geist dieses Landes verkörperten, ja, ein Teil davon waren. Es war einfach nicht recht, daß hergelaufene Diebe, Lügner und Narren einen Mann wie Juan Seguin von hier vertrieben und daß ein Diktator José Navarro in den Kerker hatte werfen lassen.

Margarita Navarro hatte Sarah gebeten, mit ihr einen Brief an Santa Anna aufzusetzen. Euphemia erinnerte sich an den letzten Brief, den Sarah an den mexikanischen General geschrieben und in dem sie ihm gedroht hatte, ihn zu jagen, zu erschießen, zu rösten und an die Schweine zu verfüttern, falls er das Haus am Peach Creek niederbrannte. *Wie klein doch die Welt ist*, dachte Euphemia. Der Präsident von Mexiko war in den Häusern der Navarros *und* im Haus am Peach Creek gewesen! Und erst hatte er einen Brief von Sarah bekommen, und nun bekam er einen von Margarita

Navarro. Doch dieser zweite Brief war keine Drohung, sondern eine Bitte. Eine Bitte, das Leben der ›Weißen Taube‹ José Navarro zu schonen, der in Ketten in den Tiefen von Mexikos düsterstem Verlies schmachtete.

Die Reise nach Santa Fe hatte sich als katastrophaler Fehlschlag erwiesen. Als die Gruppe sich der Stadt näherte, war sie von mexikanischen Soldaten gefangengenommen und schwer bewacht zur Festung von Veracruz geführt worden. Navarro wurde in die schrecklichen Kerker von San Juan de Ulloa gesperrt. Auf besonderen Befehl Santa Annas hatte man ihn an einem eisernen Ring an den Boden seiner Zelle gekettet. Die meisten Gefangenen der Santa-Fe-Expedition wurden freigelassen und kehrten in die Heimat zurück, wo sie von José Navarros Schicksal berichteten. Da Santa Anna es als Landesverrat betrachtete, daß Navarro die texanische Unabhängigkeitserklärung mit unterzeichnet hatte, verurteilte er Don José zum Tode. Dann aber wandelte er das Urteil in lebenslange Kerkerhaft um. Santa Anna ließ sich sogar Don José vorführen und bot ihm die Freilassung an, falls er sich öffentlich von Texas lossage. Doch Navarro weigerte sich, worauf er wieder in den Kerker geworfen und auf dem Boden seiner Zelle angekettet wurde.

Ursprünglich war der Brief an Santa Anna von einem Anwalt aufgesetzt worden, doch Margarita kannte den mexikanischen Diktator persönlich; er war in ihrem Hause zu Gast gewesen, und sie kannte sein übersteigertes Selbstwertgefühl. Daher schrieben die beiden Frauen den Brief des Anwalts um und appellierten an Santa Annas Eitelkeit. In Euphemias Augen war der Brief eine Spur zu blumig. Ein Mann, der die Fähigkeit besaß, in seinem Land eine derart uneingeschränkte Macht an sich zu reißen – und das nicht nur einmal, sondern immer wieder, trotz vernichtender Niederlagen –, würde eine solche Schmeichelei bestimmt durchschauen.

»Wie hört sich das an?« Margarita las laut vor: »›Welcher Akt der Menschlichkeit könnte Eurer Exzellenz unmöglich sein? Voller Stolz und Begeisterung hat die ganze mexikanische Nation Eurer

Exzellenz die höchsten Ämter und die umfassendste Macht verliehen, und das Wort Eurer Exzellenz ist Gesetz. Deshalb hegen wir die Hoffnung, daß auch wir bei Eurer Exzellenz Gehör finden und daß Ihr uns gnädigst unsere Bitte erfüllt. Denn wir glauben, daß auch die Großen und Mächtigen dieser Welt ihre glücklichsten Augenblicke gerade dann erleben und sie ihre Herrschaft gerade dann mit größtem Stolz zu erfüllen vermag, wenn sie den Verzweifelten Glück und Zufriedenheit schenken. Die unzähligen edelmütigen Taten, welche Menschen dem unvergleichlich großen Herzen Eurer Exzellenz zu verdanken haben, erfüllen uns mit der Zuversicht, daß Eure Exzellenz ein Mensch mit Prinzipien ist.‹«

»Teufel auch«, sagte Sarah, »das kotzt mich an.«

»Aber Santa Anna glaubt wirklich, daß die Leute so über ihn denken. Er ist felsenfest davon überzeugt, von allen Menschen geliebt zu werden.«

»Wie wär's mit folgender Version«, sagte Sarah. »Wenn Sie unserem Bittgesuch stattgeben, werden wir Eure Exzellenz in alle Ewigkeit lobpreisen. Wenn Sie's nicht tun, werden wir Sie jagen, erschießen und den Schweinen zum Fraß vorwerfen.«

»Sarah! Das ist eine sehr ernste Sache«, ermahnte Euphemia die ältere Schwester.

»Ich meine es auch ernst, Phemie«, sagte Sarah. »Todernst. Hinter meinem Haus sind zwei Gräber. Santa Anna hat meine beiden Kinder getötet. Zwar nicht mit eigenen Händen, aber schließlich läuft's darauf hinaus.«

»Glaubt ihr denn, der Brief wird irgend etwas nützen?« Euphemia hatte ihre Zweifel.

»Zwischen Santa Anna und unserer Familie herrscht eine traditionelle Feindschaft«, sagte Margarita. »Ich glaube, Santa Anna hat sich immer schon vom Ansehen Don Josés und der Navarros bedroht gefühlt. Und besonders von meiner Familie, den Garzas. Und er erinnert sich bestimmt noch daran, daß wir ihn aus unserem Haus gejagt haben.«

»Was hatte er denn angestellt?« fragte Euphemia.

»Es wird dich bestimmt nicht überraschen. Er hat unsittliche Annäherungsversuche gemacht. Was kann man von so einem Kerl anderes erwarten. Aber jetzt hat er seinen alten Widersacher in der Gewalt. Jetzt hat er, was er will. Jetzt kriecht eine Frau aus der stolzen Familie Garza vor ihm zu Kreuze und schreibt ihm diesen schleimigen, demütigenden Brief, um ihren Mann zu retten. Nach all den Jahren hat er endlich eine Garza in seiner Gewalt.«

»Aber das stimmt doch gar nicht«, sagte Sarah.

»Na ja, nicht direkt«, sagte Margarita und setzte schwungvoll ihren Namen unter den Brief. »Aber zur Zeit hält er nun mal Don José im Kerker fest. Und ich werde alles tun, was Santa Anna verlangt, um meinen Mann da herauszubekommen.«

Im Frühling des Jahres 1841 strömte eine neuerliche Flutwelle amerikanischer Siedler ins Grenzgebiet am Guadalupe River. Euphemia konnte beobachten, wie das Land sich veränderte. Die alte *rancho*-Kultur der Navarros und Seguins wurde von landhungrigen Einwanderern aus dem Osten verdrängt. Farmer, Ladeninhaber, Arbeiter, Ganoven, Abenteurer und Plantagenbesitzer, die ihre Pflanzungen wegen erschöpfter Böden und drohendem Bankrott hatten aufgeben müssen, kamen in ganzen Heerscharen nach Westen gezogen, auf der Suche nach dem Wohlstand, den sie im Osten nicht hatten erwerben können. Durch die Auswirkungen des Börsenkrachs im Jahre 1837 aus dem Kernland vertrieben und in der Hoffnung, in Texas billigen Grund und Boden erwerben und ein neues Leben beginnen zu können, brachten diese Einwanderer neben Baumwollsaat und Sklaven die Träume von einer neuen Ordnung mit ins Land.

Navarro saß in einem mexikanischen Kerker, und Seguin kämpfte auf verlorenem Posten gegen Vigilanten und wirtschaftlichen Ruin. Er hatte in Landbesitz investiert, und zwar auf der Basis von Schuldverschreibungen, die er von amerikanischen Geschäftsleuten erworben hatte. Nun aber forderten die Geschäftsleute die Schuldverschreibungen zurück. Seguin wurde schließlich von Haus und

Hof vertrieben und flüchtete nach Mexiko, weil er um das Leben seiner Frau und seiner Kinder fürchtete. Doch als er nach Mexiko gelangte – ein Land, gegen das er während der texanischen Revolution gekämpft hatte –, wurde er umgehend verhaftet und ins Gefängnis geworfen. Ohne ihre beiden großen Führer Seguin und Navarro waren die alten Herren des Landes, die Tejanos, bald auf dem Rückzug. Die neuen Herren waren die amerikanischen Plantagenbesitzer, eine seltsame Mischung aus Gentlemen und Freibauern, die nun das Plantagensystem aus den alten Südstaaten ins wilde texanische Grenzland verlegten.

Im Frühjahr 1842 schickte Santa Anna eine Streitmacht von tausend Soldaten nach Norden über den Rio Grande. Diese Männer erwiesen sich jedoch als militärische Versager. Dann aber, im September, marschierten weitere eintausend Mann unter Führung von General Adrian Woll in Texas ein. Sie eroberten Goliad, Victoria und San Antonio. In San Antonio kamen fünfunddreißig Texaner ums Leben; sechsundsiebzig Mann wurden gefangengenommen, darunter alle männlichen amerikanischen Bewohner der Stadt. Plötzlich waren die Straßen von Menschen erfüllt, die wieder einmal vor Santa Annas Armee die Flucht ergriffen.

Es fiel Euphemia schwer zu glauben, daß die Geschichte sich wiederholen könnte; dennoch wurde sie von Alpträumen darüber geplagt, daß sie noch einmal durch die Wildnis fliehen müßten. Doch sie war entschlossen, diesmal keinen Schritt zu weichen. Die mexikanische Armee blieb für ein paar Tage in San Antonio; dann zog sie mitsamt ihren Gefangenen zurück in Richtung Grenze. Wieder einmal wurde die texanische Bürgerwehr mobilisiert. Die Rowdy King Boys, Henry McCulloch und die Texas Rangers verwickelten die weit überlegene mexikanische Armee auf ihrem Weg nach Süden immer wieder in kleinere Gefechte. In der Nähe von Salado wurde ein Truppenteil von Wolls Streitmacht in buschbewachsenem Gelände in eine Falle gelockt; mehr als einhundert mexikanische Soldaten wurden getötet. Nach der Schlacht kehrte Henry McCulloch mit einer Neuigkeit nach Hause zurück, die Euphemia bis auf den Grund ihrer Seele erschütterte.

»Er war dabei«, berichtete Henry. »Ich habe Juan Seguin mit eigenen Augen gesehen. In der Uniform eines mexikanischen Kavallerieoffiziers.«

»Dann stimmt irgend etwas nicht!« rief Sarah. Euphemia konnte kaum noch atmen. Sie hatte das Gefühl, eine Zentnerlast würde auf ihre Brust drücken.

»Ein Irrtum ist unmöglich. Ein paar Gefangene aus Wolls Armee haben berichtet, sie hätten Seguin in San Antonio gesehen. Und ich selbst habe diesen erbärmlichen Verräter ja in Salado gesehen.«

Euphemia mußte daran denken, wie sie und ihre Familie erst vor wenigen Jahren Juan Seguin nach Walnut Creek begleitet hatten, wo eine Feier zu seinen Ehren stattfand. Der Höhepunkt des Tages war die Umbenennung des Ortes von ›Walnut Creek‹ in ›Seguin‹ gewesen. Euphemia konnte sich daran erinnern, wie stolz sie gewesen war, als sie Seite an Seite mit Seguin über den Marktplatz der Stadt geritten war und sich im Beifall der Menge gesonnt hatte. Wie hatten die Dinge sich nur so sehr ändern können? Wie konnte ein Mann sich in wenigen Jahren von einem Patrioten zu einem Verräter wandeln? Falls Henry Juan Seguin in Salado tatsächlich in mexikanischer Uniform gesehen hatte, dann deshalb, weil Männer wie Ben und Henry McCulloch Seguin dazu getrieben hatten, zum Feind überzulaufen. Doch es gab auch noch eine andere Möglichkeit. Euphemia musterte Henry McCulloch aufmerksam und fragte sich, ob er imstande wäre, eine so ungeheuerliche Lüge zu verbreiten.

Texas veränderte sich. Die großen *estancias* der Tejanos wurden von der Baumwollwirtschaft verdrängt, deren Motor die Arbeit der Sklaven war. Auf Straßen und Wegen rollte Wagenzug um Wagenzug nach Norden oder zu den Hafenstädten an der Golfküste. Beladen mit einem Dutzend Baumwollballen, jeder sechshundert Pfund schwer, kämpften sich Ochsengespanne nach Port Lavaca, Matagorda oder Quintana, wobei sie kaum mehr als fünfzehn

Meilen am Tag zurücklegten. Nachts, wenn Wagenzüge am Straßenrand in der Nähe des Hauses am Peach Creek rasteten und die Zugtiere aus den Deichseln gespannt wurden, damit sie grasen konnten, hörte Euphemia in der Dunkelheit das Geläut der Glokken, welche die Ochsen um den Hals trugen. Und gegen Morgen konnte sie die Flüche der Fahrer und das Knallen der Peitschen hören, wenn die riesigen Karawanen sich wieder in Bewegung setzten.

Seit Sarah von dem Comanchenpfeil verwundet worden war, konnte sie nur noch unter Schmerzen reiten. Deshalb war Euphemia oft allein mit Sarazen unterwegs, oder – was immer häufiger der Fall war – in Begleitung Bartletts, sofern er nicht gemeinsam mit den Texas Rangers Jagd auf Comanchen oder Banditen machte. Einmal ritten Euphemia und Bartlett über ein ausgedehntes Feld, auf dem lange Reihen von Sklaven damit beschäftigt waren, Unkraut zu jäten und das Gras auszureißen, das um die zarten Baumwollsämlinge herum wuchs.

»Die Baumwolle ist unsere Zukunft«, sagte Bartlett, während sie den Gesängen der Arbeiter lauschten und einem Kind zuschauten, das eine Kürbisflasche voll Wasser unter den Sklaven herumreichte. »In Texas gibt es mehr als zehntausend Sklaven, und jedes Jahr kommen weitere hinzu. Der alte Jim Bowie hat die ersten ins Land gebracht, als er noch für Jean Lafitte als Agent gearbeitet hat. Navarro und Seguin und den meisten anderen *rancho*-Familien war die Sklaverei gleichgültig. Ich glaube, das ist einer der Gründe, warum sie vertrieben wurden. In Mexiko wurde die Sklavenhaltung schon 1820 abgeschafft. Ich bin sicher, viele amerikanische Plantagenbesitzer haben befürchtet, daß politische Führer wie Navarro und Seguin auch in Texas die Sklaverei ächten wollten.«

Auf der Straße, die am Peach Creek entlangführte, wimmelte es nur so von Einwanderern, die mit Schiffen aus New Orleans nach Galveston oder Indianola gekommen waren und jetzt nach Norden zogen, in Richtung Seguin und zum Guadalupe River, wo es fruchtbare Böden gab. Das Anwesen der McClures, mit seinem frischen Wasser, den mächtigen alten Eichen und dem großen, einladenden Hof, war schon immer eine Haltestation der Postkutsche gewesen. Ziemlich oft blieben Reisende über Nacht, bevor sie die anstrengende Fahrt durch das weithin unerschlossene Land fortsetzten. In der ersten Zeit, als es noch nicht so viele durchreisende Gäste gab, wurden die Reisenden von Sarah verköstigt und umhegt und fanden herzliche Aufnahme, denn Sarah betrachtete es als ihre Christenpflicht, es diesen Menschen so angenehm wie möglich zu machen. Sobald sie das Rumpeln der Wagen und das Wiehern der Pferde vor dem Haus hörte, zitierte sie, wenn auch sehr frei, aus dem Fünften Buch Mose: »So gib den Fremden, den Witwen und den Waisen, die in dein Haus kommen, Speis und Trank.«

Obwohl das neue Haus der McClures groß und weiß war und sich wie die wunderschönen, stattlichen Häuser in Virginia und Mississippi und Tennessee aus der Landschaft erhob, besaß es nicht die üppigen Verzierungen der prächtigen Herrenhäuser des alten Südens. Doch es war ein ausgesprochen behagliches Heim, und Behaglichkeit war in diesem wilden Land das Wichtigste. Als die Monate ins Land zogen und immer mehr Reisende die Gastfreundschaft der McClures in Anspruch nahmen, stellte Bartlett fest, daß seine Vorräte an Kentucky-Whiskey beängstigend schnell dahinschrumpften. Sarah und Tildy standen fast ständig am Herd, drehten die Bratspieße und bestrichen den Rehbock oder den Truthahn, der den Gästen aufgetragen wurde, mit Fett. Das Haus der McClures wurde für seinen Kaffee und Kuchen berühmt; den Teig rührte Euphemia in dem großen Eichenfaß auf der Veranda hinter dem Haus, wobei sie geradezu unglaubliche Mengen Butter hineingab.

Doch Sarah fühlte sich bald als Gefangene ihrer Gäste. »Ich weiß wirklich nicht, wie vielen Fremden, Waisen und Witwen ich nach Gottes Wille noch Speis und Trank geben soll«, wandelte sie ihr Bibelzitat ab.

»Wir können sie ja nicht fortschicken, oder?« sagte Euphemia.

»Ich fürchte, nein«, erwiderte Sarah. »Aber sie fressen uns noch die Haare vom Kopf. Wir müssen etwas unternehmen.«

»Warum lassen wir die Leute nicht für Essen und Übernachtung bezahlen?« schlug Euphemia vor. »Platz genug für Schlafstellen haben wir ja.«

»Na ja, eigentlich habe ich mir das nicht gerade als meinen Lebensinhalt vorgestellt«, seufzte Sarah, als sie von einer Gaststube in die andere humpelte, Leinentischdecken unter dem Arm. »Irgendwie hatte ich nicht damit gerechnet, einmal als verkrüppelte Gastwirtin zu enden.«

Dennoch ergab Sarah sich in ihr Schicksal, und das McClure-Haus – Sarahs einstige Vision von vornehmer Eleganz und Pracht, die ihr so lange im Kopf herumgespukt hatte, ihr ersehntes Wahrzeichen eines kultivierten, zivilisierten Lebens inmitten einer grausamen und feindlichen Wildnis – wurde zu einem der ersten Gasthöfe in dieser Gegend. Euphemias Leben war erfüllt von den Geschichten, die sich fremde Menschen erzählten, Reisende auf dem Weg in das Gelobte Land. Wenn Euphemia den Neuankömmlingen zuhörte, wie sie von Texas erzählten – eine Welt, die Euphemia vertraut war, solange sie lebte –, fragte sie sich, über welches Land diese Leute eigentlich sprachen. Wie romantisch und unschuldig die Träume dieser Menschen doch waren! Euphemia hatte den Eindruck, daß manche Leute glaubten, sie würden in eins der Märchenreiche Sir Walther Scotts ziehen und nicht in den wilden Westen. Diese Neulinge ließen sich schwelgerisch darüber aus, welche Abenteuer sie zu erleben und welche Heldentaten sie zu vollbringen gedachten, bei dieser Odyssee durch ein Land, das nur in ihrer Phantasie existierte. Die Gaststätte der McClures wurde zu einer Bühne für Träumer. Euphemia fragte sich, was diese Menschen tun würden, wenn sie mit der bedrückenden Einsamkeit des Landes, der Grausamkeit der Naturgewalten und der Brutalität von Indianern und Gesetzlosen konfrontiert wurden. Sie sind wie Kinder, dachte Euphemia und kam sich manchmal wie eine sehr alte Frau vor, wie das älteste Kind auf der Welt.

Eines Tages ritt Euphemia mit Sarazen wieder einmal hinaus zum Woman Hollerin' Creek. Sie war allein unterwegs, denn Bartlett war in den Süden gereist und wurde erst am nächsten Tag zurückerwartet. Als Euphemia den Peach Creek verließ, war die Luft warm und leicht wie der Odem einer Muse. Die Blüten früher Wildblumen sprenkelten die Hügel mit zarten Farbtupfern, wie sie in der Iris des menschlichen Auges zu finden sind. Es tat gut, einmal von all der Euphorie, der alkoholseligen guten Laune und dem unerschütterlichen Optimismus der Fremden fort zu sein. Während Euphemia einen Planwagen beobachtete, der ein gutes Stück voraus seines Weges fuhr und dessen Räder wie ferner Donner rumpelten, fragte sie sich, welches Ziel er wohl haben mochte und mit welchen Hoffnungen und Erwartungen die Insassen in dieses Land gekommen waren. Wohin mochte ihr eigener Weg sie führen? Was würde aus ihr werden? War es ihr bestimmt, den Rest ihres Lebens am Peach Creek zu verbringen und den Wünschen, Träumen und Illusionen wildfremder Reisender zu lauschen und zuzusehen, wie Sarah und Bartlett alt wurden? Euphemias Gesicht rötete sich, als sie sich daran erinnerte, wie sie, ohne es zu wollen, miterlebt hatte, wie Sarah und Bartlett sich unten im Wohnzimmer geliebt hatten – an jenem längst vergangenen Abend, kurz bevor der Runaway Scrape begonnen hatte. Sie fragte sich, wer der Mann sein mochte, mit dem sie einmal die Nächte verbringen würde. Sie dachte an William King und versuchte sich vorzustellen, wie es mit ihm sein mochte. Wieder wurde sie rot. Eine Hitzewelle stieg in ihr auf, und plötzlich fühlte sie sich schwach und unsicher, als stünde sie vor einer Tür, hinter der sich etwas gleichermaßen Schönes wie Schreckliches verbarg. Sie versuchte, sich darüber klarzuwerden, ob sie glücklich oder traurig war, mußte aber feststellen, daß sie keine klare Trennlinie zwischen diesen beiden Empfindungen zu ziehen vermochte; die Grenzen waren verschwommen und formlos wie Nebel.

Bald wehte ein kühler Wind über die Wiesen und Felder. Die Blütenkelche der Wildblumen schlossen sich, und auf den Hügeln breitete sich Dunkelheit aus, als würden die Schwingen einer riesigen, boshaften Kreatur ihre Schatten darauf werfen. Sarazen wurde unruhig und scharrte mit den Hufen, voller Ungeduld, dem eisigen Wind aus dem Norden zu entfliehen. Ein Blizzard kündigte sich an, das war gewiß; einer jener schrecklichen Stürme, die in Texas urplötzlich über das Land jagen und dessen Kälte und eisige Regenschauer blitzschnell alles Licht, alles Leben und alle Wärme auslöschen können. In einem solchen Sturm hatte Stephen F. Austin im Jahre 1836 den Tod gefunden. Deshalb ritt Euphemia sofort nach Hause, und rasch schwand ihr seltsames Fieber im schneidend kalten Regen, der bald in Schneeschauer überging.

Der Blizzard tobte drei Tage lang. Am dritten Tag fanden sie Bartlett. Wie Stephen Austin, war auch er nicht durch Eisen, sondern vom Eis getötet worden. Er wurde auf dem kleinen Friedhof unter den Eichen beigesetzt. Der Texas Ranger, Patriot, Indianerkämpfer, Rechtsanwalt, Richter, der Gatte und Liebhaber von Sarah Ashby war tot. Und wieder war Euphemia Texas, das älteste Kind der Welt, eine Waise.

Kurz nach Bartlett McClures Tod kehrte Sarah nach Kentucky zurück, um die Aufteilung des McClure-Nachlasses zu regeln. Das große alte Haus am Peach Creek und die Gaststätte wurden geschlossen. Als Euphemia und Sarah sich über ihr ererbtes Anwesen unterhielten, wurde Euphemia zum erstenmal bewußt, daß sie eine ziemlich wohlhabende junge Dame war. Als ihr Vater starb, hatte er jedem seiner Kinder einen Anteil am Ashby-Vermögen hinterlassen. Euphemia hatte ein Siebentel des Grundbesitzes erhalten; es handelte sich um ungefähr 295 Morgen Land am Westufer des Lavaca River. Außerdem bekam sie ein Siebentel von Tildy – was immer man darunter verstehen mochte, wenn man den siebenten Teil eines Menschen erbte. Schon der Gedanke erfüllte Euphemia mit Scham. Im Herzen hatte sie dem ihr zugesprochenen Siebentel vor langer, langer Zeit die Freiheit geschenkt.

Nachdem die Gaststätte am Peach Creek geschlossen war, traf

die Familie die Entscheidung, Euphemia aufs Rutersville College zu schicken, eine Internatsschule, die etwa einen Dreitageritt entfernt lag. Der Ort und die Schule waren nach dem verstorbenen Methodisten-Missionar Martin Ruter benannt, der seine Bildungsanstalt von Spendengeldern hatte erbauen lassen. Das Ziel dieser Schule bestand darin, jungen Menschen eine in sittlicher und körperlicher Hinsicht zuträgliche Umgebung zu bieten, fern von dem ›verderblichen Geist, dem Glücksspiel und den Verführungen der heutigen Zeit‹. Es gab fast sechzig Schüler; nur vier davon waren Mädchen aus Gonzales. Die jungen Damen sollten sowohl in gesellschaftlichen Umgangsformen als auch in all den Wissensgebieten und Fertigkeiten unterrichtet werden, die sie brauchten, um eine gute Frau und Mutter werden zu können. Zu diesen Fertigkeiten gehörten unter anderem Schönschreiben, Pflanzenkunde, Logik, Latein, Griechisch, Französisch und Rechnen.

Am ersten Tag, den Euphemia auf der Schule in Rutersville verbrachte, wo sie zu einer gebildeten Dame erzogen werden sollte, wurden zwei Jungen tot an der Straße aufgefunden, die von Matagorda über Bastrop nach Ector führte, nur ein paar Meilen von der Schule entfernt. Die Jungen waren von Indianern ermordet und verstümmelt worden: Man hatte sie skalpiert, ihnen die Hände abgehackt und die Herzen aus der Brust geschnitten. Am Abend dieses Tages – dem einsamsten Abend ihres bisherigen Lebens – saß Euphemia auf ihrem Zimmer, umgeben von Büchern, die ihr eine ›gründliche humanistische Bildung‹ verschaffen sollten, wie die Lehrer es nannten. Auf dem Tisch neben ihrem Bett lag eine riesige Schwarte, eine Ausgabe von Plutarchs ›Parallelbiographien‹. Während die Suche nach den Schlächtern der Schuljungen draußen vor Euphemias Fenster fortgeführt wurde, schmökerte sie im Zustand wachsender Verzweiflung in dem Wälzer, um die Namen dieser fünfzig altehrwürdigen Griechen und Römer herauszufinden, deren Leben Plutarch beschrieben und verglichen hatte. Wo mochten sie jetzt alle sein, fragte Euphemia sich. Wo steckten dieser Fabius und dieser Perikles? Wo trieben sich Lysander und Alexander und Bartlett McClure herum? Wo steckten Little Johnny und Sarahs namenloses kleines Töchterchen? Wo war John Ashby, und wo waren ihre Mutter und der Plünderer, *ihr* Plünderer, den sie einst auf dem Weg nach San Jacinto erschossen hatten? Euphemia wußte, daß die Erinnerung an all diese Leben mit der Zeit verblassen und unscharf werden würde. Aber die Parallelbiographien des Plutarch würde sie in Erinnerung behalten, so gut es ging. Schließlich war das erforderlich, wenn sie eine gute Frau und Mutter werden wollte. So saß Euphemia allein in einem Raum voll Ironie, allein mit dem Tod und mit Plutarch. Nie im Leben war sie so allein gewesen! Am liebsten hätte sie sich auf Sarazens Rücken geschwungen und wäre davongeritten. Aber wohin? fragte sie sich. Und außerdem war es dunkel, und sie hatte Angst vor den Indianern, die ihren Schulkameraden die Hände abgehackt und die Herzen aus der Brust geschnitten hatten.

Euphemia war es nie leichtgefallen, sich gleichaltrige Freunde zu machen. In Gesellschaft von Erwachsenen hatte sie sich immer wohler gefühlt als in der Gesellschaft von Kindern. Die arme Matilda Lockhart war die einzige Ausnahme gewesen; ihr hatte Euphemia die tiefsten Geheimnisse ihres Herzens anvertraut. Die Jungen an dieser Schule hingegen waren seltsame Wesen, wie von einem anderen Planeten; sie wiesen nur eine gewisse biologische Verwandtschaft mit richtigen Jungen auf, wie ihre Brüder Travis und William es waren. Die Jungen an dieser Schule hatten Stimmen, die ganz eigenartig zwischen mehreren Oktaven hin und her schwankten, lange, staksige Beine wie neugeborene Fohlen und Hände so groß wie Kuchenteller. Euphemia konnte sich nicht vorstellen, mit einer dieser Kreaturen auch nur ein Wort zu wechseln, und sie brachte es schnell zur Meisterschaft, wenn es galt, ihnen auf den Fluren, im Hof oder sonstwo aus dem Weg zu gehen.

Nach wenigen Tagen stellte sie fest, daß auch die anderen Mädchen an dieser Schule sich einsam fühlten und unter Heimweh litten. Sie stammten allesamt aus kleinen Orten der umliegenden Landstriche. Als die Wochen ins Land zogen, erkannte Euphemia zu ihrem

Erstaunen, daß sie mit den Rutersville-Mädchen vieles gemeinsam hatte. Bislang hatte sie ihr Leben als etwas Einzigartiges betrachtet; sie war der Überzeugung gewesen, daß kaum ein Mensch auf Erden solchen Kummer und Schmerz hatte erdulden müssen wie sie. Jetzt aber mußte sie erkennen, daß andere Bewohner des Grenzlandes genausoviel vom Leben und vom Tod gesehen hatten. Euphemia freundete sich mit den Mädchen an, wenngleich es eine ziemlich oberflächliche Freundschaft war. Die einzige wirklich enge Freundschaft schloß Euphemia mit einer Rutersville-Lehrerin namens Annie Forbes Franklin. Euphemia fühlte sich zu ihr hingezogen, weil Annie Franklin paradoxerweise das Gegenteil jenes Frauentyps verkörperte, den die Schule aus den Mädchen formen sollte. Kurz gesagt, Annie Forbes Franklin war keine gewöhnliche Frau.

Annie Franklin war Euphemia zum erstenmal bei den Feierlichkeiten anläßlich des San-Jacinto-Tages am 21. April aufgefallen. Es war der höchste Feiertag in Texas. An der Schule von Rutersville wurde der San-Jacinto-Tag mit einem Bankett, einer Parade, der Verlesung patriotischer Schriften, der Ehrung von Veteranen und einer Veranstaltung des Rutersville-Debattierklubs begangen. Annie Franklin war eine der Schirmherrinnen des Debattierklubs, dessen Veranstaltung jedoch keine Diskussion im eigentlichen Sinne war; vielmehr hatten Mitglieder des Klubs eine Reihe patriotischer Reden vorbereitet, in denen es darum ging, ob erneut gegen Mexiko Krieg geführt werden sollte. Und in diesen bewegten, gefährlichen Tagen, da Santa Anna wieder an der Macht war und die Kriegsfurien ihr schauerliches Geheul ertönen ließen, kam gerade dieser Veranstaltung am San-Jacinto-Tag eine ganz besondere Bedeutung zu.

Auf der großen Rasenfläche neben dem Schulgebäude, auf der sonst die Jungen gegen eine Phantomarmee Santa Annas marschierten und mit Holzgewehren zackige Exerzierübungen vollführten, war eine hölzerne Plattform errichtet worden. Der hintere Teil der Plattform war mit patriotischem Dekor geschmückt, darunter die ramponierten Überreste einer Flagge, die von einer Freiwilligen-einheit aus Georgia nach Texas mitgebracht worden war und die einst über der Festung von Goliad geflattert hatte. Gekrönt wurde die Plattform vom Lone Star, der Flagge von Texas, einem riesigen Banner, welches die jungen Damen der Rutersville-Schule genäht hatten, darunter Euphemia, die mächtig stolz war, als sie sah, wie herrlich das Banner im Wind wogte. Familien aus der ganzen Umgegend waren gekommen, um den texanischen Unabhängigkeitstag an der Schule in Rutersville zu feiern, und eine Menge von fast einhundert Zuhörern hatte sich versammelt, um sich die Reden der Mitglieder des Debattierklubs anzuhören.

Euphemia war zuerst erstaunt, dann fasziniert gewesen, eine Frau auf der Plattform zu erblicken. Denn politische Meinungsäußerung gehörte – anders als Schönschreiben und Plutarch und das Nähen von Flaggen – nicht zu dem, was man als notwendiges Repertoire guter Ehefrauen und Mütter betrachtete. Da Annie Franklin ihre Ansichten mit so glühender Leidenschaft vertrat, hatte sie ihre Rolle als Schirmherrin des Debattierklubs vorübergehend aufgegeben und beteiligte sich aktiv an dessen Darbietungen.

Annie Franklin hatte rotes Haar, das sich jedem Zähmungsversuch durch Nadeln widersetzte und statt dessen wie das Lone-Star-Banner wild im Wind flatterte. Ihre Haut war fast so weiß wie Don Josés Reitmantel. Als sie sich erhob, um vor die Zuhörer zu treten, ging sie mit schwungvollen, federnden Schritten zum Podium, beinahe, als würde sie tanzen. Und als sie mit ihrer Rede begann, stellte Euphemia zu ihrer Verwunderung fest, daß Annies Stimme, ohne angestrengt zu wirken, eine derartige Lautstärke besaß, daß selbst die Zuhörer in der letzten Reihe sie problemlos verstehen konnten. Euphemia war von dieser wunderbaren Frau gefesselt, die so selbstsicher und wortgewandt auftrat. Erst als die stimmgewaltige Lehrerin ihre einführenden Worte beendet hatte, erkannte Euphemia, daß ihr alter Freund Juan Seguin im Mittelpunkt von Annie Franklins Rede stehen sollte.

Annie erzählte von Juans schrecklichem Leidensweg: wie sein Haus angegriffen worden war; wie man seinen Grund und Boden verwüstet hatte; wie man ihm sein Vieh geraubt und wie in der Dunkelheit der Nacht Vigilanten die Frau seines Bruders ermordet hatten. Seguin blieb keine andere Wahl als die Flucht. Er setzte sich mit seiner Familie nach Mexiko ab, wo er prompt verhaftet wurde. Als Seguin schließlich nach Texas zurückkehrte, glaubten einige Leute, ihn in der Uniform eines jener mexikanischen Soldaten gesehen zu haben, die in Texas einmarschiert waren und mehrere Städte erobert hatten. Aber stimmten diese Geschichten über Juan Seguin wirklich? Und wenn – mußte man dann nicht Verständnis für ihn aufbringen? War er tatsächlich ein Verräter? Viele Neueinwanderer betrachteten ihn bereits als ›Benedict Arnold der Republik Texas‹. Nicht aber Annie Franklin.

»Kein Mann in Texas hat mehr für die Verteidigung der Freiheit aller Texaner getan als Juan Seguin«, rief Annie Franklin mit ihrer festen, klaren Stimme. »Trotzdem wurde er in seinem Heimatland zu einem Fremden gemacht – weil er Mexikaner ist! Er wurde von Haus und Hof vertrieben! Und um das Leben seiner Frau und seiner Kinder zu retten, ist er nach Mexiko geflüchtet. Doch als er nach Mexiko kam – ein Land, gegen das er während der Revolution gekämpft hatte –, wurde er sogleich verhaftet und ins Gefängnis geworfen. Seine Familie war ohne jede Unterstützung und bettelarm. Die mexikanischen Behörden boten Juan Seguin eine Möglichkeit an, dieser schrecklichen Zwangslage zu entrinnen. Entweder stellte er sich in den Dienst Mexikos, oder man würde ihn an die Texaner ausliefern, die ihn hinrichten und seine Familie dem Hungertod preisgeben würden. Was blieb Juan Seguin anderes übrig, als das Angebot der Mexikaner anzunehmen? Er mußte schließlich etwas tun, um das Leben seiner Familie und das eigene zu retten! Doch wie er sich auch entscheiden mochte – jede Entscheidung war schrecklich.«

Dann las Annie Franklin einen Brief vor, den Sam Houston an Juans Vater, den alten Erasmos Seguin, geschrieben hatte: »›Ich hoffe inständig, werter Herr‹«, las Annie mit ihrer klaren, glockenhellen Stimme, »›daß Sie auch nicht einen Augenblick davon ausgehen, daß ich Colonel John N. Seguin öffentlich brandmarken werde, solange ich nicht umfassendste Kenntnis darüber erlangt habe, was den Grund seiner Abwesenheit betrifft. Ich verlasse mich auf sein Ehrgefühl, seinen Mut und seine Ritterlichkeit. Er ist ein wahrer texanischer Patriot.‹«

Annie Franklins Rede rührte die Menge, die bereits vom patriotischen Geist des San-Jacinto-Tages entflammt war. Aber die meisten hatten genug von Mexiko und Santa Anna, und viele waren auch mit Sam Houston nicht allzu glücklich, dessen Bemühungen darauf abzielten, einen dauerhaften Frieden mit dem Erzfeind zu erreichen, statt Krieg gegen ihn zu führen. Als Annie Franklin mit ihrer Rede fortfuhr, versuchten boshafte Zwischenrufer sie niederzubrüllen. Einer dieser Störenfriede, ein gut gekleideter Gentleman, stand direkt neben Euphemia. »Seguin ist ein Verräter«, rief der Mann. »Er gehört aufgehängt!« Euphemia zitterte vor Zorn. Sie hatte den Brief gelesen, den Juan Seguin im Dezember 1835 geschrieben und in dem er vor einer mexikanischen Invasion gewarnt hatte. Ancilo Vergara und Andres Barcona hatten diesen Brief nach Peach Creek gebracht. *Wäre dieser Brief nicht gewesen*, dachte Euphemia, *würde dieser aufgeblasene Dummkopf neben mir jetzt vielleicht auf mexikanischem Boden stehen.*

Sie überlegte, was Sarah wohl getan hätte, wenn so ein großmäuliger Trottel neben ihr gestanden und seinen Unsinn in die Welt hinausgeblökt hätte. Wenn Sarah eines nicht ausstehen konnte, dann waren es solche Dummköpfe.

Ungeachtet der Zwischenrufe fuhr Annie Franklin mit ihrer Rede fort. »Ich bin sicher«, sagte sie, »daß Juan Seguin ein Spion Sam Houstons gewesen ist. Und er steht immer noch in Texas' Diensten. Zeigen Sie mir einen Menschen, den großen Ben McCulloch eingeschlossen, der behaupten kann, gesehen zu haben, wie Juan Seguin die Hand gegen Texas erhob. Niemand bezweifelt, daß Seguin mit General Adrian Woll und Vasquez zusammen geritten ist – aber in texanischen Diensten, nicht in mexikanischen! Juan Seguin hat niemanden getötet. Er hat keinem Menschen ein Leid zugefügt. Seguin ist ein ebenso großer Patriot wie jeder Texas Ranger, der jemals für unsere geliebte Republik gekämpft hat!«

Der Mann neben Euphemia geiferte vor Zorn. »Wenn Sie keine Frau wären ...« Er war zu wütend, als daß er den Satz hätte zu Ende führen können.

»Wenn Sie ein Mann wären«, erwiderte Annie Franklin, »würde ich mir Ihre Meinung vielleicht anhören.«

Euphemia blickte dem boshaften Zwischenrufer ins Gesicht. Über seiner eleganten Seidenschleife zuckte es vor Ärger, und sein Gesicht war blutrot angelaufen, so daß es beinahe die gleiche Farbe hatte wie sein Samtmantel, der nach der neuesten New Yorker Mode geschnitten war, wie Euphemia vermutete. Während der Mann auf seine Füße starrte, die in Gebilden steckten, die Euphemia an Ballettschuhe erinnerten, wurde ihr schlagartig bewußt, daß die Neueinwanderer aus dem Osten stets die lautesten Schreihälse waren, wenn es galt, eine patriotische Gesinnung zu bekunden. Echte Texaner hingegen betrachteten den Patriotismus als etwas Selbstverständliches, und sie lebten und handelten nach ihren Überzeugungen, statt sie bloß öffentlich zur Schau zu stellen. Euphemia versuchte, das Gewicht ihres Exemplars von Plutarchs ›Parallelbiographien‹ zu schätzen; die Schwarte mochte um die sechs Pfund wiegen. Dann schätzte sie die Dicke der Ballettschuhe des Zwischenrufers; sie wären vermutlich nur um weniges dicker als Papier. Schließlich zielte Euphemia und ließ alle neunundvierzig Leben des Plutarch – von Aemilius bis zu Themistokles – auf die Zehen des Störenfrieds fallen.

Die nächsten Augenblicke waren ein ziemliches Chaos aus Geschrei und Bewegung: hüpfender Samt und ein schrilles, schreckliches Geheul, wie Euphemia es zum letztenmal beim Angriff der Comanchen auf das Haus am Peach Creek gehört hatte. Vom Podium aus blickte Annie Franklin Euphemia an und verbeugte sich leicht; es war eine Geste der Dankbarkeit und der Anerkennung angesichts Euphemias standhafter Einstellung zu Wahrheit, Gerechtigkeit und echtem Patriotismus. Euphemia hatte nicht nur eine Freundin fürs Leben gewonnen, sondern auch mit einem Schlag die Bedeutung und Aktualität antiker Klassiker für das politische Tagesgeschehen entdeckt. Obwohl dieser Anschlag Euphemias erster und einziger Ausflug in die Welt der Guerillataktik blieb, führte er ihr dennoch vor Augen, daß eine Ehefrau und Mutter nicht notwendigerweise eine passive gesellschaftliche Rolle spielen mußte, wenngleich man sie auf der Schule des verblichenen Missionars Ruter so gewissenhaft auf eben diese Rolle vorbereitete.

Euphemia verbrachte ein sehr glückliches Jahr auf der Schule in Rutersville. Es war weniger der Unterricht, der ihr soviel Freude machte, als die Stunden, die sie gemeinsam mit Annie Franklin verbrachte, sei es auf ihrer Stube oder bei ausgedehnten Spaziergängen über das Schulgelände oder den Fluß entlang, der gleich hinter der Schule vorüberzog. Annie und Euphemia sprachen über ihre Gedanken und das Leben und die Philosophie und darüber, warum die Menschen so waren, wie sie waren. Annie stellte des öfteren die Frage, warum Wahrheit und Politik so wenig miteinander zu tun hatten und aus welchem Grund viele Menschen sich so verstockt verhielten, wenn Themen wie die Sklaverei zur Sprache kamen. Zum erstenmal hörte Euphemia, wie eine Frau in Frage stellte, daß die Männer sich das Recht nahmen, in der menschlichen Gemeinschaft das alleinige Sagen zu haben. Zwar hatte auch Sarah über das Elend der Frauen geschimpft, doch niemals hatte sie den Männern die Schuld an dieser Misere gegeben. Annie hingegen behauptete, daß die Männer alles tun würden, um ihre Machtposition zu behaupten. »Man kann niemals darauf setzen«, sagte sie, »daß jemand, der die absolute Macht besitzt, sie freiwillig hergibt. Nicht einmal einen kleinen Teil. Wenn die Frauen Freiheit wollen, müssen sie sich diese Freiheit stehlen, wenn die Männer gerade mal nicht hingucken.«

Mit den anderen Schülern ging Annie sehr streng und ernst und reserviert um. Sie hatte keinerlei Scheu, ihre oft extremen Meinungen zu äußern; aber sie war zu vorsichtig, als daß sie den Schülern gegenüber ihre Gedanken und Gefühle preisgegeben hätte. In Euphemias Gesellschaft jedoch schien Annie sich zu entspannen und sich zu öffnen, ja, die Hand nach einer Seele auszustrecken, die aus dem gleichen Stoff gemacht war wie die ihre. Lange Zeit war Euphemia sich über ihre Freundschaft nicht so recht im klaren. Immerhin bestand zwischen ihr und Annie ein großer Altersunterschied. Doch nachdem Euphemia und Annie sich zwei, drei Monate kannten, fiel es ihr leichter, sich von dieser faszinierenden Frau, diesem verwandten Geist, dieser jungen Mutter, die sie nie gehabt hatte, lieben zu lassen und diese Liebe zu erwidern.

Als Sarah aus Kentucky zurückkehrte und die Gaststätte am Peach Creek wieder geöffnet wurde, machte es Euphemia nichts aus, von der Schule abzugehen. Doch es fiel ihr schrecklich schwer, auch von Annie Abschied nehmen zu müssen. Sie schworen sich, einander niemals zu vergessen; dann trennten sie sich unter Tränen.

Euphemia war zu der Ansicht gelangt, daß man das Glücklichsein mit einer Art Pendel vergleichen konnte. Erst schwang es auf einen zu – hell und strahlend und wunderschön; aber wenn man danach griff und es festhalten wollte, schlug es zur anderen Seite aus. Doch in den Jahren nach Rutersville schien es Euphemia zu gelingen, das Pendel länger auf ihrer Seite halten zu können als je zuvor. Sie war traurig darüber, daß Juan Seguins Ehre beschmutzt worden war und daß Don José Navarro noch immer in einem mexikanischen Kerker schmachtete; dennoch brachen für Euphemia nun Jahre an, die sie später zu den glücklichsten ihres Lebens zählte.

Bald nahm das Leben am Peach Creek seinen gewohnten Gang. Wieder rollten Kutschen vor das Haus, die Gäste für die Nacht brachten. Andere Reisende kamen zu Pferd. Tagsüber kümmerten sich Sarah, Fannie und Euphemia um die Bedürfnisse ihrer Gäste; an den Abenden saßen sie auf der Veranda vor dem Haus, um die kühle Brise zu genießen, den guten Whiskey zu trinken, den Sarah aus Kentucky mitgebracht hatte, und sich in langen, oft leidenschaftlich geführten politischen Diskussionen zu ergehen. Manchmal machten Kongreßabgeordnete in der Gaststätte Station, wenn sie nach

Austin, zum Sitz der Regierung, unterwegs waren oder von dort kamen. Einer dieser Gäste war ein erst kürzlich gewählter Kongreßabgeordneter aus Gonzales, ein Mann namens Charles Braches.

Braches hatte in Preußen das Licht der Welt erblickt. Er war Gelehrter und Musiker und ein Mann von beinahe magnetischer persönlicher Anziehungskraft. Er hatte ein langes Gesicht, das von der breiten Stirn bis zum spitzen Kinn schmäler wurde, und dunkle, tiefliegende Augen. Er war hochgewachsen und schlank wie eine Weide. Doch das auffallendste körperliche Merkmal an ihm waren nach Euphemias Ansicht seine Hände. Sie waren riesig, mit langen Fingern, und wenn Braches redete, bewegte er die Hände mit großer Anmut. Nie zuvor hatte Euphemia derart ausdrucksvolle Hände gesehen. Manchmal hatte sie den Eindruck, daß diese Hände eine eigene Sprache besaßen und weiterredeten, wenn Braches' Stimme längst verstummt war. Charles Braches war Rektor einer Schule für Literatur und Musik in Mississippi gewesen, bevor er nach Texas gekommen war. Euphemia erinnerte sich, ihn schon einmal gesehen zu haben. Er war unter jenen Männern gewesen, die nach der Schlacht am Plum Creek mit Bartlett nach Hause gekommen waren. Schon damals war Euphemia von dem Gedanken fasziniert gewesen, daß ein Gelehrter aus einem fernen, fremden Land, der klassische Musik studiert und gelehrt hatte, ausgerechnet im texanischen Gonzales gestrandet war. Diesmal war es Sarah, die sich von Braches fasziniert zeigte, wenn dieser seine Zuhörer mit Geschichten über eine Welt fesselte, die weit jenseits der Hügel und Prärien von Texas lag. An den milden texanischen Abenden, auf der breiten Veranda vor dem Haus am Peach Creek, war es Braches' seltsame melodische Stimme, die einen Zauber um ihn wob. An einem dieser Abende erzählte er seinen Zuhörern von der ›Glasharmonika‹.

»Jedes Schulkind weiß, daß Benjamin Franklin Drucker, Zeitungsverleger und Staatsmann gewesen ist«, begann Braches. »Aber wir in Europa kennen ihn außerdem als den Erfinder der Glasharmonika. Sie besteht aus vierundzwanzig gläsernen Schüsseln unterschiedlicher Größe. Diese Schüsseln werden an einer langen Spindel befestigt und über einen mit Wasser gefüllten Trog gehängt. Beim Spielen des Instruments werden die Schüsseln durch einen Pedalmechanismus ein kleines Stück in den Trog getaucht, so daß die Ränder angefeuchtet werden. Gleichzeitig werden die Schüsseln durch den Mechanismus in eine Drehbewegung versetzt. Um die Harmonika spielen zu können, braucht man nur noch die angefeuchteten Ränder der rotierenden Schüsseln zu berühren, und schon erklingt ein Ton. Franklins Erfindung war in Europa höchst erfolgreich. Mozart, Beethoven und Haydn haben Kompositionen für die Glasharmonika geschrieben.«

»Ich kann mir einfach nicht vorstellen, daß es so etwas gibt«, sagte Sarah. »Das ist bestimmt nur ein Märchen.«

Braches tat so, als wäre er von Sarahs Skepsis ein bißchen verletzt. »Dann wird uns wohl nichts anderes übrig bleiben, als die Glasharmonika neu zu erfinden«, sagte er. »Immerhin müssen wir den Ruf eines Mannes wie Benjamin Franklin verteidigen.« Euphemia und Tildy wurden losgeschickt, Gläser, Schüsseln und andere Behältnisse sowie verschiedene Geräte aus der Küche und der Scheune zu holen. Dann begann die Montage einer Franklinschen Glasharmonika. Nachdem Gallonen von Wasser verschüttet worden waren und alle Beteiligten von Herzen gelacht hatten – selbst als eine von Sarahs Salatschüsseln zu Bruch ging –, wurde schließlich ein primitives Instrument fertiggestellt. Sodann drehte der frisch gewählte Kongreßabgeordnete aus Gonzales zum großen Erstaunen aller Anwesenden die Gläser und Schüsseln, wobei er sie wieder und wieder kurz ins Wasser tauchte, und die Klänge einer Sonate von Bach erfüllten die Abendluft.

Neben einigen Wagenladungen Möbel und sieben weiteren Sklaven hatte Sarah in Kentucky mehrere gute Pferde gekauft und nach Peach Creek mitgebracht. Euphemias Tage waren ausgefüllt: Sie mußte sich um die Pferde kümmern und unternahm mit Sarazen weite Ausritte in das umliegende Land. Und wenn sie nach Peach Creek zurückkehrte, konnte sie oft beobachten, wie unter Sarahs Anleitung irgendeine Verbesserung am Haus oder auf dem Grundstück vorgenommen wurde. Eine Kombination aus Garten und Obstgarten wurde angelegt, mit Quitten und Granatapfel- und Pflaumenbäumen und Rosenbeeten und rosafarbener Myrte und gelbem Jasmin bepflanzt und mit einem weißen Zaun umschlossen. Getreide- und Baumwollfelder, die brachgelegen hatten, seit Bartlett ums Leben gekommen war, breiteten sich bald wieder grün und golden um das Haus herum aus. Nie war Sarah sich lebendiger vorgekommen.

Eines Tages, als Euphemia und Sarazen vom Hügel am Woman Hollerin' Creek nach Hause geritten kamen, stand ein großer Frachtwagen vor der Eingangstür. Sarah erteilte den Sklaven Anweisungen, während diese vorsichtig ein wunderschönes Klavier aus Rosenholz von der Ladefläche hoben. Mit dem Schiff war es den Colorado hinauf bis nach La Grange transportiert worden, und von dort mit dem Planwagen über Land bis nach Peach Creek. Euphemia kannte jedoch nur einen Menschen, der ein solches Instrument spielen konnte. Offensichtlich war es nur noch eine Frage der Zeit, bis die Klänge der Musik Mozarts und Beethovens und Haydns über den Hof bis unter die alten Eichen schwebten, unter denen Sam Houston seine Reise nach San Jacinto begonnen hatte.

Charles war von allem und jedem fasziniert, was Gott den Menschen auf der Erde beschert hatte. Für Euphemias Brüder, Travis und William, waren die Erläuterungen ihres neuen Freundes über sogenannte ›Flugmaschinen‹ von besonderem Interesse. Auf einer Reise nach England hatte Braches Sir George Cayley kennengelernt, einen Grafen aus Yorkshire, der fast sein ganzes Leben und einen großen Teil seines Vermögens in die Entwicklung einer Maschine investiert hatte, die er selbst als ›Ornithopter‹ bezeichnete, als ›Schwingenflügler‹. »Der ursprüngliche Entwurf«, erklärte Braches, »stammt von Leonardo da Vinci.« Dann versuchte Braches, mit weit zur Seite ausgestreckten wedelnden Armen und gespreizten Beinen das ungefähre Aussehen des Schwingenflüglers zu verdeutlichen. »Einige dieser Geräte wurden schon gebaut und sind wirklich und wahrhaftig mit einem Menschen durch die Luft geflogen. Für gewöhnlich war Sir Georges Kutscher derjenige, der die Kontrollinstrumente der Flugmaschine bediente. Einmal, nachdem er in diesem Gerät einen Steilhang hinunter geflogen und äußerst unsanft gelandet war, stieg der Kutscher aus den Trümmern, schlug den Staub aus seiner Kleidung und stampfte wütend zu seinem Herrn zurück. ›Sir George‹, sagte er. ›Ich möchte eine Erklärung abgeben. Ich bin von Ihnen als Kutscher eingestellt worden und nicht als Flieger.‹«

Sarah und Charles Braches verbrachten immer mehr Zeit miteinander, für gewöhnlich in Gesellschaft der Kinder, da Sarah großen Wert darauf legte, daß Charles mit seinen wundervollen Geschichten ihre Aufmerksamkeit auf sich zog. Doch Euphemia fiel auf, daß die beiden immer öfter nach Gelegenheiten suchten, ungestört und allein sein zu können. Euphemia erkannte, daß Sarah und Charles mehr als nur Freunde geworden waren. Und sie hörte nur ein einziges Mal, daß die beiden einige zornige Worte wechselten, als Charles sich einverstanden erklärte, den Jungen beim Bau einer Flugmaschine zu helfen, mit der sie vom Dach der Scheune aus starten wollten. Sarah erklärte, daß »die Jungen mit Federn zur Welt gekommen wären, hätte Gott den Wunsch gehabt, sie fliegen zu lassen«.

Sieben Jahre nach dem Runaway Scrape, am texanischen Unabhängigkeitstag, traten die Witwe McClure und der Kongreßabgeordnete Charles Braches in den Stand der Ehe. Man schrieb den 2. März des Jahres 1843 – jenen Jahres, da Sir George Cayley den Helikopter erfand. Im gleichen Jahr betrat ein anderer Bekannter von Charles Braches die politische Bühne. Sein Name war Jefferson Davis.

Nach Sarahs und Charles' Heirat wurde Euphemia eingeladen, eine Zeitlang im Haus von Jane Isabella und Henry McCulloch am Mill Creek in der Nähe von Seguin zu wohnen. Es war jedoch weniger eine Einladung als der offensichtliche Versuch, den Frischvermählten ein bißchen Zeit für traute Zweisamkeit zu gönnen, was Euphemia durchaus verstehen konnte; dennoch konnte sie nichts dagegen tun, daß sie sich wieder einmal wie eine Waise fühlte, die herumgereicht wurde, wie es den anderen gerade in den Kram paßte. In diesem Sommer ritt sie oft mit Sarazen aus, hing ihren Träumen nach und wünschte sich mit Annie Franklin über die Gedanken und Gefühle reden zu können, die Tag und Nacht ihre ständigen Begleiter waren.

Manchmal war sie erstaunt darüber, wie sehr sie Bartlett vermißte. Sie dachte an ihre gemeinsamen Ausritte und daran, daß er wie ein Vater zu ihr gewesen war. Offensichtlich waren die Männer in ihrem Leben dazu verurteilt, plötzlich zu verschwinden, wie Figuren in einem Roman, wenn der Schriftsteller feststellt, daß sie im Grunde genommen überflüssig sind.

Diesen Sommer behielt Euphemia als ›Fannies Sommer‹ in Erinnerung. Euphemia hatte schon seit längerer Zeit gespürt, daß sie in eine Nebenrolle gedrängt wurde, wenn es um ihre Schwestern Fannie und Jane Isabella ging. Jetzt, wo Jane Isabella verheiratet war und ihren ungewohnten häuslichen Pflichten als Gattin eines Ranchers und Texas Rangers nachkommen mußte, verbrachte Euphemia mehr Zeit mit Fannie, die diesen Sommer ebenfalls im Hause der McCullochs verbrachte.

Am Big Hill lag die große Ranch des wohlhabenden Roderick

Gelhorn – wie Charles Braches ein deutscher Einwanderer, der vor mehreren Jahren nach Texas gekommen war. Gelhorn war ein großer Mann mit blondem Haar und klaren blauen Augen. Seine herben, kantigen Gesichtszüge hätten aus Stein gemeißelt sein können. Henry McCulloch behauptete, daß Gelhorn in seiner deutschen Heimat ein ›von Gelhorn‹ gewesen sei, ein Adeliger und Kavallerieoffizier, der gegen seine Offizierskameraden rebelliert und sich sein Familienerbe genommen habe und nach Amerika gesegelt sei. Hier habe er das Adelsprädikat ›von‹ abgelegt, um in der Neuen Welt ein neues Leben anzufangen. Gelhorn und Henry McCulloch wurden gute Freunde. Bald darauf – und zu jedermanns größtem Erstaunen – verliebte sich der gutaussehende Junggeselle und Ex-Adelige Gelhorn in eine von John Ashbys Töchtern.

An einem dieser Sommertage ritten die McCullochs, Fannie und Euphemia zur Gelhorn-Ranch. Wie immer war Euphemia von Gelhorn aufs höchste beeindruckt. Sie fand ihn ausgesprochen männlich und anziehend, und sein Akzent ließ sie an den Prinzen aus einem Märchen denken. Außerdem war seine Vergangenheit – seine Familie, seine Heimat und sein Aufstand gegen die Offizierskameraden seines Regiments – irgendwie romantisch-geheimnisvoll. Nachdem er seine Ranch gegründet hatte, war Gelhorn einmal nach Deutschland zurückgekehrt, um seine Familie zu besuchen. Als er die Straße zum elterlichen Gut hinuntertrabte, kamen Angehörige der königlichen Familie vorübergeritten und erteilten Gelhorn den Befehl, abzusitzen, beiseite zu treten und seinen Hut vor ihnen zu ziehen. Gelhorn weigerte sich. Er sagte, er sei jetzt Amerikaner und würde vor niemandem den Hut ziehen. Und nun bewirtete dieser ehemalige Offizier, Edelmann und Rebell seine Freunde in einem Haus in der texanischen Wildnis und spielte auf einem kostbaren, mit kunstvollen Schnitzereien verzierten Flügel aus Österreich eine Klaviersonate von Mozart. Doch das Bemerkenswerteste an diesem Besuch war die Tatsache, daß der Gastgeber kaum den Blick von Fannie Ashby nehmen konnte.

Zuerst glaubte Euphemia, sich geirrt zu haben, was diese Beobachtung betraf. Doch als die Nachmittagsstunden vorüberzogen und der Abend hereinbrach, wurde das Interesse Gelhorns an Fannie offensichtlich. Wie, fragte Euphemia sich mit einem gewissen Gefühl der Eifersucht, kann sich ein so wohlhabender, gutaussehender und eleganter Mann zu einem derart plumpen, unansehnlichen Mädchen hingezogen fühlen, das alles andere als eine Schönheit ist?

Nach der Ernte im Herbst rückte die Zeit heran, da Euphemia wieder in die Schule mußte. Sie flehte Sarah an, sie zurück nach Rutersville und zu Annie Franklin zu schicken, doch Sarah hielt es für besser, daß Euphemia eine Lehranstalt besuchte, die nicht so weit entfernt lag. Sie entschied sich für die Schule in Seguin, die von einem methodistischen Wanderprediger gegründet worden war und in dem Ruf stand, eine der besten Schulen von ganz Texas zu sein, besser sogar als die großen Schulen in San Antonio. Jane Isabella nahm es in die Hand, dafür zu sorgen, daß Euphemia unter der Woche im Hause von Dr. Joseph Johnson beköstigt und untergebracht wurde. Johnson war Arzt, oberster Verwaltungsbeamter des Guadalupe County und Rektor der Schule; letzteres jedoch nur in seiner freien Zeit.

Obwohl Euphemia es selbst nicht genau erklären konnte, fühlte sie sich in der kleinen Schule – bestehend aus einem Fachwerkhaus mit drei Klassenzimmern – sehr wohl, und sie mochte auch ihre Lehrerin, Mrs. Elizabeth Ann Thompson. Die Schule war wie eine Insel, die man von der wirklichen Welt losgerissen hatte; ein Ort, an dem ein Mädchen sich eine Zeitlang verstecken und in einem Land verweilen konnte, das sicherer und behaglicher war als die rauhe Welt des Westens mit seinen Wäldern und Prärien. Wenngleich ein gewaltiger Unterschied zwischen der Schule in Seguin und der in Rutersville bestand, hatte Mrs. Thompson, die Lehrerin, irgend etwas an sich, das Euphemia gefiel. So ging sie jeden Morgen frohen Mutes das kurze Stück Wegs vom Haus Dr. Johnsons bis zur Schule.

Im Unterschied zu Annie Franklin in Rutersville, gehörte Mrs.

Thompson zu jenen Frauen, die man auf den ersten Blick als Lehrerin erkannte. Sie war Absolventin des berühmten Georgia Female College, der ersten Hochschule, die ausschließlich für weibliche Studenten gegründet worden war, und sie war die erste Lehrerin im Guadalupe County. Doch was Euphemia noch mehr beeindruckte, war die riesige Palette von Mrs. Thompsons Aktivitäten. Neben ihrem Beruf als Lehrerin war sie Hausfrau, zog ihre sieben Kinder groß und leitete die Thompsonsche Baumwollplantage, wenn ihr Ehemann, ein Wanderprediger, durch die Lande zog, um die Frohe Botschaft zu verkünden. Natürlich arbeiteten auf der Plantage sehr viele Sklaven, doch es war beachtlich, welche Mengen Baumwolle unter Mrs. Thompsons Leitung gepflückt und zu der äußerst einträglichen Thompsonschen Baumwollmühle verfrachtet wurden. Und zu allem Überfluß mußte Mrs. Thompson auch noch auf die angeblich tausend Rinder achten, die auf den familieneigenen Weiden grasten. Euphemia konnte nur staunen, wie Mrs. Thompson das alles unter einen Hut brachte und die Zeit fand, sich um die Sklaven, die Plantage, die Baumwollmühle, den Haushalt, die Kinder, das Vieh und ihren Mann zu kümmern und dann auch noch die Energie aufbrachte, den Unterricht in ein Abenteuer zu verwandeln.

So hatte Euphemia es Mrs. Thompson und ihrem Astronomie-Unterricht zu verdanken, daß sie sich zum erstenmal des Zaubers eines nächtlichen Sternenhimmels bewußt wurde. Einmal las Mrs. Thompson der Klasse einen Abschnitt aus einem Werk des römischen Dichters Ovid vor: »Obwohl alle Tiere auf Erden mit gesenktem Gesicht umhergehen und ihre Blicke immer nur zu Boden richten«, zitierte Mrs. Thompson, »hat Gott dem Menschen den aufrechten Gang gegeben und ihm die Fähigkeit verliehen, den Blick himmelwärts zu richten.« Seit jenem Tag richtete Euphemia spät am Abend, wenn alle Einwohner der kleinen Stadt Seguin schliefen, oft den Blick zu der funkelnden Pracht des Sternenhimmels empor und fragte sich, warum eine derart gefühlsbetonte Frau wie Mrs. Thompson, die sich dem Zauber der Natur so sehr öffnete, menschliche Wesen als Sklaven hielt und sie auf ihrer Plantage Baumwolle pflanzen und pflücken ließ, ohne sie zu bezahlen. Es erschien Euphemia fast so ungerecht wie die Tatsache, daß Gott Sarazen so erschaffen hatte, daß er nur unter erheblichen Schwierigkeiten den Kopf so hoch zu heben vermochte, um einen Blick zu den Sternen richten zu können.

So sehr Euphemia der Unterricht in Seguin und ihre Wochentage in dieser kultivierten kleinen Stadt am Guadalupe River auch gefielen – die Wochenenden waren für sie das Schönste. Wenn der Unterricht am Freitagnachmittag endete, packte sie ihre Tasche, sattelte Sarazen und ritt über die Prärie zum Haus ihrer Schwester Jane Isabella am Mill Creek.

Und bei einem dieser freitäglichen Ritte geschah es, daß sie erst einer tödlichen Bestie und dann dem jüngsten der Rowdy-King-Brüder Auge in Auge gegenüberstand.

Es war ein herrlicher Apriltag; ein Tag voll goldenem Sonnenlicht und himmlischer Düfte, schön wie der erste Tag der Schöpfung. Die Wiesen waren übersät mit wilden Blumen, und die Wolken zogen über den Himmel wie Pilger in weißen Umhängen. Die ›Straße‹ von Seguin nach Mill Creek war überhaupt keine Straße; es war nur ein markierter Weg, der sich den Konturen der Hügel anpaßte, sich an Bachläufen entlangschlängelte und Wildpfaden folgte, welche sich die Tiere in Jahrhunderten auf ihrem Weg hinunter zu den Wasserstellen gebahnt hatten. Euphemia hatte Seguin etwa fünf Meilen hinter sich gelassen und war nicht mehr weit vom Anwesen der Familie Beard entfernt, als sie das Geräusch vernahm.

Zuerst glaubte sie, die Schreie eines Kindes auf einem Felsvorsprung über dem Bear Creek gehört zu haben, ein dünnes Winseln, aus Schmerz oder schrecklichem Kummer geboren. Dann aber wurde aus dem Winseln ein plötzlich anschwellender entsetzlicher Schrei, und Sarazen machte einen Satz zur Seite, als der Puma sich vom Felssims herab auf Roß und Reiterin stürzte. Die Bewegungen, die Schreie, die Zeit – alles verschmolz binnen eines Augenblicks zu einem wirbelnden Ganzen. Euphemia wurde von grellem Entsetzen gepackt. Sie war wie gelähmt. Eine Ewigkeit schien vergangen zu sein, bis sie zu sich kam und feststellte, daß sie am Boden lag und zusah, wie eine kleine Spinne zwischen zwei Grashalmen ihr Netz wob. Sie spürte, daß sie sich einen Arm unter dem Leib eingeklemmt hatte – und ein rasender Schmerz, wie brennende Säure, durchflutete sie von Kopf bis Fuß. Der Schmerz war so schrecklich, daß es ihr gleichgültig wurde, wo der Puma sich befand, und sie schloß die Augen und wartete auf den tödlichen Biß. Als sie den heißen Atem des Raubtiers im Nacken spürte, sein tiefes Atmen hörte und die Berührung seines feuchten Mauls wahrnahm, fing sie an zu schreien, bis Schmerz und Angst sie in Bewußtlosigkeit versinken ließen, indes Sarazen sie unermüdlich mit seiner warmen Schnauze im Nacken stupste.

Die nächste Stunde war eine Aneinanderreihung wirrer Träume. In einem dieser Träume wurde Euphemia in den starken Armen eines Fremden einen Hang hinaufgetragen. Oder waren es die Arme ihres Vaters? Oder der Geist von Bartlett McClure? Jedenfalls lag Euphemia wie ein Kind in den Armen eines Mannes und hatte das Gesicht an seine Brust gedrückt. Der Mann roch nach Leder und Feuerholz. Euphemia schlug die Augen gerade lange genug auf, um das Gesicht des Unbekannten sehen zu können. Sie stellte fest, daß es gar nicht ihr Vater war, sondern ein junger Mann, vielleicht fünfundzwanzig Jahre alt, mit blauen Augen und Haar, das so hell wie Maisfasern war. Dann erwachte sie im Beard-Haus, in einem Bett. Alle Beards standen um das Bett herum, und Dr. Johnson rollte gerade die Ärmel seines Hemds herunter. Der junge Mann mit den blauen Augen – sie sind so blau wie die Saphirbrosche, die Jane Isabella so gern trägt, dachte Euphemia benommen – strich ihr das Haar aus der Stirn.

»Wer bist du?« fragte Euphemia mit Flüsterstimme.

»William«, erwiderte der junge Mann. »William King.«

»Hast du den Puma erlegt?« fragte Euphemia. Ihre Schmerzen waren nicht mehr so schlimm wie zuvor. Sie fühlte sich sogar eigenartig leicht und beschwingt, als würde sie in warmem Wasser treiben – oder in Williams strahlenden blauen Augen.

»Du mußt ihn verscheucht haben«, sagte William. »Aber du hast dir den Arm gebrochen. Dr. Johnson hat ihn geschient. Wenn der Knochen erst verheilt ist, dann ist dein Arm so gut wie neu.«

Dr. Johnson warf einen Blick auf die Uhr. »Die Beards haben sich bereit erklärt, dich eine Weile hierzubehalten, damit du dich erholen kannst. In ein, zwei Tagen komme ich wieder her und bringe dich nach Hause, falls du dich dazu imstande fühlst.«

Euphemia fragte sich, wo wohl ihr Zuhause war. Peach Creek? Nein. Genausowenig wie Mill Creek oder Seguin oder Beard's Mill. *Vielleicht werde ich für den Rest meines Lebens von einer Familie zur anderen herumgereicht.* Bei diesem Gedanken traten ihr Tränen in die Augen, und sie fing an zu weinen. *Warum fühle ich mich so leer? Liegt es an den Schmerzen, an der Angst vor dem Puma oder daran, daß ich allein unter Fremden bin?* Oder lag es daran, daß sie den Mann getroffen hatte, von dem sie so lange geträumt und in den sie sich in ihrer Phantasie schon verliebt hatte? Jetzt aber waren ihre Schmerzen so stark, daß sie ihn nicht einmal anlächeln oder sich bei ihm bedanken konnte, falls er sie tatsächlich vor dem Puma gerettet hatte. Und sie *wollte* daran glauben, daß er ihr Retter war.

Endlich war sie der großen Liebe ihres Lebens begegnet. Da stand er, nach Leder und Feuerholz riechend, und strich ihr eine Locke aus der Stirn; er berührte sie wirklich und wahrhaftig, nicht nur im Traum, wie sonst immer. Und sie konnte nichts anderes tun, als wie ein Kind zu weinen. »Ich möchte nach Hause«, sagte sie. »Bitte, bringt mich nach Hause.«

Euphemia blieb drei Tage bei den Beards. Den ganzen ersten Tag verbrachte sie im Bett, den Kopf auf dem Kissen, und blickte aus dem Fenster zum Capote Creek. An jedem der drei Tage machte William King ihr seine Aufwartung. Und an jedem Morgen, schon in der Dämmerung, begann Euphemia die Minuten zu zählen, bis sie das Hufgetrappel seines Pferdes und die Worte vernahm, die William den Beards zur Begrüßung zurief. Es kam ihr beinahe so vor, als würde sie auf den Heiligen Abend und das Läuten der Kirchenglocken um Mitternacht warten. Am Morgen des dritten Tages, bevor William zu Besuch kam, fragte Euphemia Mrs. Beard nach dem Puma.

»Was ist eigentlich mit dem Puma geschehen? Und wie hat William mich gefunden?«

»William«, sagte sie versonnen. »Weißt du, hier in der Gegend gibt es zwei Williams. William King und meinen Sohn, William Beard. Sie sind gute Freunde und waren eine Zeitlang zusammen bei den Texas Rangers.« Mrs. Beard machte sich plötzlich über das Bett her und schüttelte so heftig die Kissen auf, daß winzige Federn, Elfenflügeln gleich, im Sonnenlicht umhertanzten. Dann hielt sie inne, ließ die Arme sinken und schien von einem Augenblick zum anderen irgendwie kleiner und älter zu werden. »Mein Sohn sitzt im Gefängnis. In Mexiko. Im Santiago-Gefängnis«, sagte sie mit einem Seufzer; dann hellte ihre Miene sich wieder auf. »Aber du wolltest ja wissen, was mit dem Puma geschehen ist. Er muß dir aufgelauert haben und sprang dich an, und du bist zu Boden gestürzt. William King war gerade hier bei uns, um sich nach unserem Sohn zu erkundigen. Er hat dich schreien hören und ist zu der Wiese hinuntergerannt, wo die wilden Blumen wachsen. Dort hat er dich auf dem Boden liegen sehen, neben deinem Pferd. Und dann sah er den Puma. Diese Biester treiben sich ständig hier herum und versuchen, an unsere Schweine heranzukommen. Na ja, William hat den Puma erschossen und dich dann hier herauf zum Haus getragen. Wahrscheinlich hätte dich der Puma aufgefressen, wäre William nicht zufällig bei uns gewesen.«

Am zweiten Tag trugen William und Mrs. Beard Euphemia auf die Veranda vor dem Haus, wo die beiden jungen Leute dann ziemlich lange ungestört unter sich waren. Sie betrachteten die einzeln stehenden Eichen in der weiten Prärielandschaft und schauten hinaus auf die Felder und Wiesen von Texas. Sie redeten nur wenig; manchmal sprachen sie lange Zeit kein Wort, doch Euphemia fühlte sich so wohl wie lange nicht mehr. Sie konnte ja spüren, daß William bei ihr war, auch ohne daß er etwas sagte. *Und vielleicht*, dachte sie, *kannst du seine Gedanken hören, wenn du's mal versuchst.* »Wie schön es hier ist«, sagte Euphemia. Sie hatte es einfach so dahergesagt und war ein wenig überrascht, welch tiefe Gefühle diese schlichten Worte ausdrückten. »Ich glaube, es gibt nichts Schöneres auf der Welt.«

William wandte Euphemia das Gesicht zu und blickte ihr tief in die Augen. »Euphemia«, sagte er. »Ich habe noch nie etwas Hübscheres gesehen als das, was ich in diesem Moment sehe.« Er schaute Euphemia noch eine Weile an, lächelte schüchtern und blickte dann wieder über die weite Landschaft. Euphemia wurde plötzlich heiß und kalt; sie spürte, daß sie Herzklopfen hatte, und sie hoffte inständig, daß William das heftige Trommeln nicht hören konnte. Sie wünschte sich, den vergangenen Augenblick noch einmal erleben und ihn genauer unter die Lupe nehmen zu können. Wie hatte sein Gesicht ausgesehen, als er diese Worte sagte? Wie hatte seine Stimme sich angehört? Wie hatten seine Lippen sich bewegt? *Stimmt es wirklich, daß ich hübsch bin? Daß ich schön bin, hat er ja nicht gesagt. Und hätte er's gesagt, dann hätte ich gewußt, daß er lügt.* Jane Isabella war schön. Annie Franklin und Sarah waren schön. Aber sie und hübsch? Euphemia konnte sich nicht erinnern, daß sie schon einmal jemand als hübsch bezeichnet hatte. Sie war das häßliche Entlein, die wandernde Waise, das Findelkind, die traurige, geheimnisvolle Fremde, die ihr Mauerblümchendasein im Schatten der anderen fristete. Dann aber mußte sie daran denken, wie die Geschichte vom häßlichen Entlein endete. Es verwandelte sich in einen Schwan. Bei diesem Gedanken keimte Hoffnung in Euphemia auf. *Was für ein Glück*, dachte sie, *daß der Puma mich angefallen hat und daß ich mir den Arm gebrochen habe.*

Nach einer Weile, als Euphemia Williams Kompliment sorgfältig in ihrem Herzen verschlossen hatte, erkundigte sie sich nach William, dem Sohn der Beards, und William King erzählte ihr die Geschichte des Mier-Feldzuges.

»Es war am ersten Weihnachtstag«, begann er. »Ungefähr zweihundert Texaner standen unter dem Befehl von Colonel Fisher. Er führte seine Männer gegen eine Streitmacht von dreitausend Mexikanern. In der Nähe von Mier, einer kleinen Stadt am Rio Grande, kam es zur Schlacht. Sie dauerte siebzehn Stunden. Man behauptet, es sei das blutigste Gefecht seit der Schlacht um den Alamo gewesen. Überall lagen Leichen und Sterbende. Schließlich traten die Texaner vor, die noch am Leben waren, und legten ihre Waffen nieder. William Beard war einer von ihnen.«

Euphemia erinnerte sich an Mrs. Beards offensichtliche Trauer, als sie von ihrem Sohn gesprochen hatte. »Mrs. Beard hat gesagt, William sitzt im Gefängnis.« Wieder einmal mußte Euphemia an Don José denken, der noch immer in einem Kerker Santa Annas schmachtete.

»Ich glaube nicht, daß er im Gefängnis ist. Weißt du, es gibt da eine Sache, die Santa Anna als ›Diezmo‹ bezeichnet. Es bedeutet, daß jeder zehnte Gefangene hingerichtet wird. In Mier haben die Mexikaner hundertsiebenundsechzig Gefangene gemacht. Also mußten siebzehn Mann sterben. Die Mexikaner ließen eine Schüssel mit hundertsiebenundsechzig Bohnen füllen. Siebzehn Bohnen waren schwarz. Die Männer, die eine schwarze Bohne aus der Schüssel nahmen, wurden erschossen.«

»Und William Beard?«

»Er hat einen Brief darüber geschrieben. Hat berichtet, wie tapfer die Männer gewesen sind. Daß sie einen völlig furchtlosen Eindruck gemacht haben, als die Schüssel herumgereicht wurde, aus der sie die Bohnen nehmen mußten. Die Männer haben sich so sorglos verhalten, als würden die Essensrationen verteilt.«

Euphemia schwieg und wartete. Sie konnte Williams Trauer über den verlorenen Freund spüren. Nach einer Pause berichtete er weiter.

»Er hat in dem Brief nicht geschrieben, welche Farbe die Bohne hatte, die er aus der Schüssel genommen hat«, sagte William. »Aber er ist nicht nach Hause gekommen. Ich weiß nicht, was mit ihm geschehen ist. Aber ich glaube, er ist tot.« Dann zog William einen Brief aus der Brusttasche. »William Beard und ich hatten einen gemeinsamen Freund mit Namen Robert Dunham. Er hat sich der texanischen Armee angeschlossen und ist zusammen mit deinem Schwager Henry McCulloch gegen Santa Annas Truppen gezogen.« William faltete den Brief auseinander und las:

»›Liebe Mutter. Ich schreibe Dir diese Zeilen unter den schrecklichsten Seelenqualen, die ein Sohn je erleiden mußte, der von seiner Mutter Abschied nimmt. In einer halben Stunde wird mein Leidensweg auf Erden zu Ende sein, denn das Schicksal hat es so gewollt, daß ich durch die Hände der Mexikaner sterben soll, weil unser letzter Fluchtversuch aus‹ – und hier steht ein Wort, das ich nicht entziffern kann – ›gescheitert ist, worauf Santa Anna befohlen hat, daß jeder zehnte Texaner erschossen werden soll. Wir mußten Lose ziehen, und ich gehöre zu den Unglücklichen. Mehr kann ich Dir nicht sagen; mir fehlt die Kraft. Ich hoffe, ich sterbe tapfer und aufrecht. Gott segne Euch alle, und ich bete dafür, daß er mir in dieser meiner letzten Stunde meine Sünden verzeiht.‹ Es folgen noch ein paar Zeilen, die ich nicht entziffern kann. Dann hat er den Brief mit den Worten unterschrieben: ›Dein Dich liebender Sohn R. H. Dunham.‹«

Euphemia liefen Tränen über die Wangen, und sie hob den unverletzten Arm und wischte sie mit dem Ärmel fort. »Es tut mir so leid«, sagte sie. »Es ist furchtbar, und es tut mir schrecklich leid, was mit deinem Freund geschehen ist.«

»Der Brief ist erst vor kurzem angekommen. Er hat ihn an mich geschickt«, sagte William, »und mich gebeten, ihn seiner Ma zu bringen.«

William faltete den Brief wieder zusammen und schob ihn in die Brusttasche zurück. Euphemia spürte, wie ihre Hand zu der seinen hingezogen wurde wie ein Vogel zu seinem Nest. Und als sie Williams Hand hielt, erschien es ihr wie die natürlichste Sache der Welt. Ihr war, als würden sie sich schon ihr Leben lang kennen.

»Deine Hand ist ganz naß«, sagte William.

»Von meinen Tränen«, erwiderte Euphemia. »Ich muß immerzu

an die Mutter deines Freundes denken. Kinder sollten niemals eher sterben als ihre Eltern.«

»Ich muß den Brief noch heute zu seiner Mutter bringen.«

»Bleib noch ein bißchen hier.«

Und wieder hüllte Stille sie ein wie eine weiche Decke. William streichelte Euphemias Hand, ertastete die Konturen ihrer Finger, spürte ihren kräftigen Puls und hielt dann ihre Hand ganz fest. »Ich hätte bei ihnen bleiben müssen«, sagte William schließlich, und seine Stimme war leise und ausdruckslos. »Ich bin mit den Rangers geritten, als Vasquez in San Antonio einmarschiert ist. Doch ich bin nicht weiter nach Süden gezogen, bis nach Mier. Aber ich hätte bei meinen Freunden bleiben müssen. Ich hätte auch ein Los aus der Schüssel ziehen müssen.«

»Dann wärst du jetzt nicht hier, und ich wäre von einem Puma getötet worden. Wir hätten uns nie kennengelernt.«

Wieder schaute er Euphemia ins Gesicht, und erneut fühlte sie sich von dem sanften blauen Licht seiner Augen gefangen. »Wir hätten uns bestimmt kennengelernt«, sagte er. »Ganz gleich, was geschehen wäre. Es hätte gar nicht anders sein können. Manche Dinge kann nichts und niemand aufhalten.«

In diesem Augenblick wußte Euphemia, daß sie verliebt war und daß es die Liebe wirklich gab, auch wenn sie nicht frei von Kummer und Sorgen war. Euphemia Texas Ashby war sechzehn Jahre alt.

Im Jahre 1845 wurde die Lone-Star-Flagge der alten Republik für immer gesenkt, und Texas wurde ein Bundesstaat der Union. Sam Houston hatte Lamar aus dem Amt verdrängt und gerade seine zweite Amtsperiode als Präsident verbracht. Houston hatte für den Anschluß von Texas an die Vereinigten Staaten gekämpft, eine Politik, die sein alter Waffengefährte Andrew Jackson gefordert hatte. Die Staaten im Süden und im Westen sprachen sich ebenfalls für einen Anschluß von Texas an die Union aus, die Staaten im Norden jedoch wehrten sich dagegen – hauptsächlich deshalb, weil mit Texas ein weiterer Sklavenstaat in die Union aufgenommen würde. Für sie war Texas nichts als ›eine armselige Wildnis‹. Sarah und Charles Braches hatten sich für den Anschluß ausgesprochen. Wie Houston waren sie der Meinung, daß Mexiko ein unabhängiges Texas niemals in Frieden lassen würde und daß der Anschluß an die Vereinigten Staaten die einzige Überlebenschance für Texas war.

Am 19. Februar 1846 ließ Anson Jones, der Houston inzwischen als texanischer Präsident abgelöst hatte, die Lone-Star-Flagge am Kapitol in Austin einholen. »Die Republik besteht nicht mehr«, verkündete er, während den texanischen Veteranen die Tränen über die Wangen liefen. Zwei Wochen später wäre die Republik Texas zehn Jahre alt geworden. Bald darauf wurde Abraham Lincoln in den Kongreß der Vereinigten Staaten gewählt, und Major Robert E. Lee zog mit seinem Heer gegen Mexiko, wo er bei Chapultepec verwundet wurde. Es war das Jahr, in dem Andrew Jackson starb. Die Weiße Taube, José Antonio Navarro, kehrte im Triumph nach Texas und in Euphemias Leben zurück. Sie betrachtete es als verrückte Ironie des Schicksals, daß Navarro der einzige gebürtige Texaner war, der an der Versammlung teilnahm, auf welcher der Anschluß von Texas an die Vereinigten Staaten vertraglich besiegelt wurde.

José Antonios Rückkehr war der Anlaß für eine riesige *fiesta* auf der *estancia* der Navarros. Auf der Gästeliste waren fast alle Leute vertreten, die Euphemia kannte, darunter zu ihrer großen Freude auch Annie Franklin und die drei Rowdy-King-Boys, einschließlich des jüngsten. Seit jenem Frühlingstag, als William King Euphemia vor dem Puma gerettet hatte, war ihre Freundschaft und Liebe noch gewachsen. Sie verbrachten fast jedes Wochenende gemeinsam auf der McCulloch-Ranch und trafen sich die Woche über im Haus Dr. Johnsons in Seguin. Euphemia wurde weiterhin von Mrs. Thompson unterrichtet. Getreulich schrieb sie Sarah Briefe, und Sarah schrieb ihr ebenso getreulich zurück, wobei sich in Sarahs Briefen eine zunehmende Kultiviertheit und wachsender Wohlstand spiegelten. Natürlich waren auch Sarah und Charles

Braches unter den Gästen des *fandango*, der zur Feier der Heimkehr Don Josés veranstaltet wurde.

Don José hatte sichtlich an Gewicht verloren, und unter seinen Augen, die tief in den Höhlen lagen, waren dunkle Schatten. Dessen ungeachtet fand Euphemia ihn so gutaussehend wie zuvor, als er in seinem weißen Umhang die Gäste begrüßte, während er gleichzeitig das Auspacken von Kisten beaufsichtigte, in denen sich Klassiker der Weltliteratur befanden, die er in den Buchhandlungen von New Orleans erworben hatte.

Jeder war begierig zu erfahren, wie es der Weißen Taube gelungen war, aus dem Kerker zu fliehen, in dem er vier Jahre lang geschmachtet hatte und von Santa Anna gefoltert worden war. Dahingehende Fragen beantwortete Navarro jedoch nur mit einem Lächeln, und dem beharrlichen Drängen der Neugierigen wich er mit der für ihn typischen Höflichkeit und Eleganz aus. Er verriet nur soviel, daß er mit einem Schiff zuerst nach Kuba und von dort aus nach New Orleans geflüchtet war. Euphemia gelangte zu der Ansicht, daß man einem Gentleman, der ganz in Weiß gekleidet war, der nur Schimmel ritt und mindestens drei Sprachen fließend beherrschte, ein bißchen Geheimniskrämerei durchaus nachsehen konnte. Da sich Don José jedes Kommentars über die Umstände seiner Flucht enthielt, blieb es nicht aus, daß bald die wildesten Spekulationen aufkamen – in ungefähr so vielen Versionen, wie Gäste gekommen waren. Von all diesen wundersamen, phantastischen oder schlichtweg verrückten Gerüchten, die auf dem Fest kursierten – darunter die, daß Don José Santa Anna bei einem Duell schwer verwundet habe –, erschien Euphemia jene Version am glaubhaftesten, die Annie Franklin beisteuerte.

»Navarro war Santa Anna auf Gedeih und Verderb ausgeliefert«, sagte Annie. »Zuerst hat der Diktator versucht, Navarro dazu zu bringen, Texas abzuschwören. Wahrscheinlich hat er ihm alle möglichen Anreize geboten. Aber Don José hat sie zurückgewiesen. Er ist Patriot geblieben, obwohl es normalerweise den Tod bedeutet hätte.«

»Santa Anna hatte ihn doch schon zum Tode verurteilt«, sagte Euphemia. »Warum ist das Urteil nie vollstreckt worden?«

»Weil Santa Anna damit einen Märtyrer geschaffen hätte. Das aber konnte der Diktator sich nicht leisten. Andererseits konnte er Don José nicht auf freien Fuß setzen. Ich glaube, die Familie Navarro hat irgend etwas über Santa Anna gewußt – etwas so Abscheuliches, daß es ihn Kopf und Kragen gekostet hätte, wäre es öffentlich bekannt geworden.«

»Margarita Garza Navarro wußte irgend etwas«, erinnerte Euphemia sich plötzlich. »Aber sie wollte nicht mit der Sprache heraus. Es muß irgend etwas sein, das vor langer Zeit geschehen ist. Es hatte etwas mit einer ... na ja, schrecklichen Indiskretion zu tun.«

»Jedenfalls«, fuhr Annie fort, »glaube ich, daß Santa Anna Don José die Flucht ermöglicht hat. Er hat José absichtlich entkommen lassen und darauf gesetzt, sich damit das Schweigen der Familien Garza und Navarro zu erkaufen, ohne den Anschein zu erwecken, Don José in irgendeiner Weise nachgegeben zu haben. Jede andere Erklärung ergibt für mich keinen Sinn.«

Euphemia ließ den Blick über die Gäste schweifen, von denen sie die meisten kannte, und beobachtete mit Verwunderung den seltsamen Auftritt einer kleinen, streng dreinblickenden jungen Frau, die sie nie zuvor gesehen hatte. Die Frau leerte unentwegt den Inhalt von Schnapsgläsern in einen großen Topf aus Ton, der in einer Ecke des Salons stand. Sie wartete stets, bis ein ahnungsloser Gast sein Glas abgestellt hatte, um sich sodann darauf zu stürzen, den Schnaps in den tönernen Topf zu gießen und das Glas dann leer an seinen Platz zurückzustellen. Als Euphemia sich bei Annie Franklin nach dem Grund für dieses ungewöhnliche Verhalten erkundigte, lachte Annie nur, nahm Euphemia bei der Hand und führte sie durch das Zimmer, um sie mit Ann Penn Ireland bekannt zu machen.

Ann Penn Ireland war, wie Annie Franklin, politische Aktivistin – in einer Zeit, in der politische Betätigungen jeglicher Art bei

Damen aus dem Süden als ›unweiblich‹ und ›unpassend‹ betrachtet wurden. Ann Penn Ireland war sehr klein und hatte dunkles Haar, das exakt in der Mitte gescheitelt war. Sie hatte irgend etwas von einem Vogel an sich, und ihre Bewegungen waren hektisch und nervös. »Sie würden nicht glauben, was sich in Europa und im Osten abspielt«, sagte sie, nachdem sie ein weiteres Schnapsglas seines Inhalts beraubt und erklärt hatte, daß sie durch das Leeren der Gläser von Schnapstrinkern ihrer Überzeugung Ausdruck verleihen wolle, daß Abstinenz eine unabdingbare Notwendigkeit sei. Noch in späteren Jahren, als ihr Mann Gouverneur von Texas geworden war, schickte sie mehrere Kisten Wein, die anläßlich eines Staatsbanketts bestellt worden waren, wenige Stunden vor Beginn des Banketts an den Lieferanten zurück.

»Die Frauen gehen mit ihrer Reformpolitik jetzt auf die Straße«, fuhr Ann Penn Ireland fort. »Sie setzen sich für das Wahlrecht der Frau und die Aufhebung diskriminierender Gesetze ein.«

Später am Abend bat William Euphemia um einen Tanz. Sie mußte daran denken, wie sie vor vielen Jahren mit Williams älterem Bruder getanzt hatte, als sie noch ein Kind gewesen war. Jetzt, als Frau, tanzte sie mit William Quadrillen, Walzer und Ländler. Die Musik war ein seltsames Mosaik aus Klängen, Melodien und Rhythmen sowohl der alten wie auch der Neuen Welt. Erst entlockten die begnadeten Hände von Charles Braches dem wundervollen Klavier der Navarros Beethovensche Klänge; im nächsten Augenblick spielten die Rowdy King Boys mit ihren Fiedeln und Banjos und mit Hilfe von Waschbrettern und alten Bratpfannen ein lärmendes Potpourri aus alten texanischen Volksliedern; und schließlich schluchzten die Saiten von Margarita Navarros Gitarre andalusische Melodien von romantischer Schwermut. Euphemia und William tanzten den ganzen Abend; als der erste fahle Lichtschimmer durch die nach Osten gelegenen Fenster fiel, bewegten sie sich noch immer im Rhythmus der Musik und ihres Herzschlags.

Draußen war die Luft frisch und kühl, und Euphemia konnte

sehen, wie Navarros große Pferdeherde auf einem Land graste, das James Bowie vor vielen Jahren vermessen hatte, bevor er am Alamo gefallen war. Die Stuten und ihre Fohlen waren Nachkommen spanischer Pferde, die franziskanische Padres einst in die Neue Welt mitgebracht hatten. Die Tiere waren langsam dahinziehende Silhouetten am allmählich heller werdenden Horizont. »Später möchte ich sehr gern Pferde züchten«, sagte Euphemia. »Es muß wunderbar sein.«

»Es wäre ein schönes Leben«, pflichtete William ihr bei. »Und einträglich dazu. Solange es das Böse auf der Welt gibt, braucht man gute Pferde.«

Euphemia drehte sich zum Fenster um und beschirmte mit der Hand die Augen gegen die ersten feurigen Strahlen der aufgehenden Sonne, die über Williams Schulter fielen. »Was haben Pferde mit dem Bösen zu tun?«

»Denk doch nur an Santa Anna oder die Comanchen. Sie sind das Böse, und solange es sie gibt, wird es Kriege geben, und solange es Kriege gibt, werden Soldaten auf Schlachtfelder reiten und vom Pferderücken aus kämpfen. Und meist siegen die Soldaten mit den besseren Pferden. So ist es nun mal. Nur deshalb konnten Dschingis Khan und Alexander der Große die Welt erobern. Sie hatten die besseren Pferde.«

»Ich will nicht, daß meine Pferde in den Krieg ziehen«, sagte Euphemia.

»Ein alter Mann hat mir einmal erklärt, wie man wilde Mustangs fängt«, fuhr William fort, während er beobachtete, wie die Fohlen auf ihren langen Beinen über den Hügel staksten. »Da draußen gibt es Tausende von Mustangs, die jedermann einfangen darf. Wenn sie auf freiem Gelände sind, kann man sie mit einem Lasso erwischen. Aber wenn sie in die Wälder flüchten, muß man sie mit einer Kugel verletzen. Ein guter Schütze kann einen Mustang zu Boden schleudern, indem er ihm eine Kugel dicht unter die Mähne schießt, in der Mitte des Halses. Die Wunde verheilt schnell, und schon hat man ein prächtiges Pferd.«

Euphemia wandte sich ab. »Das ist scheußlich!«

»Na ja, ich hab' ja nicht gesagt, daß ich es auch so machen würde.« In Williams blauen Augen lag ein Lachen. »Der Alte hat mir nur erzählt, daß die Wildpferdjäger auf diese Weise ihre Mustangs fangen.«

»Eines Tages werde ich Pferde haben. Die schönsten Pferde von ganz Texas. Sarazen ist erst der Anfang.«

»Oh, du brauchst aber viel mehr als nur einen Zuchthengst«, sagte William. »Du brauchst eine Ranch, ein Stück Land, Geräte. Und wahrscheinlich einen Mann.«

»Du weißt ganz genau, daß es hier in der Stadt drei Frauen gibt, die eine eigene Viehzucht besitzen«, erwiderte Euphemia ein wenig verärgert. »Mit ordnungsgemäß eingetragenem Brandzeichen und allem. Eine von ihnen ist zufällig deine Mutter. Traust du mir etwa nicht zu, allein eine Pferderanch zu leiten?« Jetzt redete Euphemia sich in Wut. »Und Sklaven brauche ich nicht! Ich brauche nicht mal einen Mann! Und was das Stück Land angeht – das hab' ich schon. Sogar auf meinen Namen eingetragen.«

»Tja, dann wird eines Tages wohl mal jemand einen guten Fang mit dir machen«, sagte William. »Bei deinem großen Grundbesitz. Mit deinen vielen Pferden. Mit deiner großen Klappe.« William lächelte. Jedenfalls hatte Euphemia den Eindruck, daß er lächelte, denn sie wurde von der Sonne geblendet, und deshalb sah sie auch nicht, wie er sich zu ihr vorbeugte und sie küßte; sie spürte nur seine warmen Lippen auf den ihren. »Eins steht fest«, sagte er, als er sich von ihr löste. »Wer dich bekommt, ist ein Glückspilz.« Und Euphemia glaubte noch Tage später, die Berührung seiner Lippen zu spüren.

In den Jahren, als Euphemia in Seguin zur Schule ging, erteilte Williams Mutter, Granny Rachel Boyd, eine fromme Methodistin, unter den Eichen am Walnut Branch in Seguin den Sonntagsschulunterricht. Granny Boyd war eine kräftige, lautstarke, aber aufrichtige Frau, deren Äußerungen die Kraft von Gesetzen besaßen.

Granny Boyds Sonntagsschule war nicht annähernd so aufregend wie die Gebetsstunden, die Euphemia hin und wieder auf der Lichtung im Eichenwald in der Nähe von Peach Creek besucht hatte. Diese Gebetsstunden begannen am Donnerstag und endeten mit einem explosionsartigen Ausbruch religiöser Inbrunst und Hysterie am Sonntag. Euphemia erinnerte sich an Lagerfeuer und Fackeln, an Kinder, die auf Pritschen schliefen, auf harten Bänken aus grob gehauenen Balken, ohne sich der Hysterie bewußt zu sein und ohne das Geschrei zu hören, den Gesang der Hymnen, die nicht enden wollenden Halleluja-Rufe und die Warnungen vor Höllenfeuer und ewiger Verdammnis. Euphemia konnte sich erinnern, wie die kleine Matilda Lockhart das dramatische Spektakel dieser seltsamen, unbegreiflichen Nächte der Geheimnisse, der göttlichen Herrlichkeit und des Schreckens geliebt hatte. Diese Gebetsstunden waren Theater, schlicht und einfach Theater. Hin und wieder fing jemand aus der Menge zu wimmern und zu stöhnen an, sich zu schütteln und am ganzen Körper zu zucken und das Gesicht gräßlich zu verzerren. Die Leute sagten, Gott hätte sie berührt; aber wenn das stimmte, mußte die Berührung Gottes höchst unangenehm sein. Euphemia hatte vielmehr den Eindruck, daß diese Leute entweder von Dämonen heimgesucht oder von Skorpionen oder ähnlichem Getier gebissen worden waren. Und was die Hölle betraf – die beeindruckte Euphemia nicht im geringsten. Sie war ja schon einmal dort gewesen, als Little Johnny auf dem Weg nach San Jacinto in ihren Armen gestorben war, und später noch einmal, als sie gehört hatte, daß Matilda Lockhart sich eines Tages mit Schmerzen ins Bett gelegt hatte und nicht mehr aufgestanden war, bis sie starb.

Granny Boyd führte einen permanenten Werbefeldzug für die Errichtung einer neuen Kirche. »Wie kann eine Stadt ohne Kirche wachsen und gedeihen?« sagte sie immer, um dann, mit einem Augenzwinkern, die Hauptschuld daran den Texas Rangers in die Schuhe zu schieben. »Ich schwöre, daß es in dieser Stadt mehr Texas Rangers gibt als Mäuse auf den Speichern. Gerade als wir die ersten Fortschritte gemacht haben, sind unsere Männer losgezogen, um Jagd auf Indianer und Gesetzlose zu machen, echte und eingebildete.«

Ungeachtet der beinahe ständigen Abwesenheit der männlichen Bürger, die in Sachen Comanchen- und Banditenjagd unterwegs waren, wuchs die kleine Stadt. Bald wurde ein Gerichtsgebäude erbaut, so daß die Angehörigen des Bezirksgerichts sich nicht mehr mit Granny Boyds Sonntagsschülern um den Platz unter den Eichen streiten mußten. Und es wurden nicht einfach Blockhäuser, sondern solide, schöne Wohnhäuser aus Stein und Zement gebaut, in neugriechischem Stil. Wenn Euphemia vom Hause Dr. Johnsons zur Schule ging, kam sie an Neill und Baxters Schmiede und mehreren Einzelhandelsgeschäften vorbei, in denen Samt, Seide und Satin, Schleifen und Spitzen verkauft wurden. Es gab sogar ein Postamt: ein Baumhaus mit einer Leiter, die jeden Abend von Caledonia Baxter, der Postmeisterin, weggezogen wurde. Auf den Straßen konnte man zwischen den Pferden und Frachtwagen schon einige wenige Kutschen sehen.

Schließlich setzte Granny Boyd sich durch, und am Market Square wurde eine Methodistenkirche gebaut. Zuerst war die Gemeinde noch zu klein, als daß sie sich einen fest angestellten Geistlichen hätte leisten können. Deshalb griff man auf die Dienste von Wanderpredigern aus den verschiedenen protestantischen Konfessionen zurück. Einmal hatte Granny Boyd Euphemia ermahnt, sich nach Einbruch der Dunkelheit unbedingt von jedem Prediger fernzuhalten, »weil ihre Hände genauso umherwandern wie sie selbst«. Seitdem hatte Euphemia nie wieder einen geistlichen Herrn in der gleichen Weise anschauen können, wie sie es vor Granny Boyds Ermahnung gekonnt hatte.

Die Kirche wurde zum Mittelpunkt des Gemeindelebens. Nicht nur die Methodisten trafen sich in dem neuen Fachwerkgebäude; auch Baptisten, Presbyterianer und Episkopisten füllten das Gotteshaus, um dem jeweiligen Prediger zu lauschen, der nach Seguin gekommen war. Hier, am Market Square, befanden sich außerdem das politische Forum der Stadt sowie das Zentrum der Wohlfahrtseinrichtungen. Während die Männer darüber diskutierten, ob Kalifornien als sklavenfreier Staat oder als Sklavenhalterstaat in die Union aufgenommen werden sollte, berieten die Frauen sich darüber, auf welche Weise sie am besten die Gebote der Heiligen Schrift befolgen konnten, wenn sie sich der Witwen, Waisen und Fremden annahmen.

Zum erstenmal erlebte Euphemia jene innere Festigkeit, die Sarah immer erstrebt hatte: eine Gemeinschaft, die von einem Gemeinschafts*gefühl* erfüllt war, das viel mehr umfaßte als die bloße Notwendigkeit des Zusammenhalts, um in der Wildnis überleben zu können. Vor allem in der Kirche begannen die Einwohner von Seguin, sich mit Dingen zu beschäftigen, die das Leben in einer *wahren* Gemeinschaft erst ausmachen. Man blickte in die Zukunft, nicht nur bis zum nächsten Tag. Bei den Gottesdiensten im Eichenhain am Peach Creek, an denen Euphemia zusammen mit Matilda Lockhart teilgenommen hatte, war alles nur auf die Gegenwart und das Seelenheil des einzelnen gerichtet gewesen. Wer aber konnte schon sagen, wo der Tod lauerte und wann der Sensenmann auf seinem schwarzen Pferd angaloppiert kam? In Seguin jedoch blickte die Gemeinschaft über das Gegenwärtige und Persönliche hinaus. Und Seguin hatte reichlich Zeit, zu wachsen und zu gedeihen und jene städtischen und sozialen Einrichtungen zu schaffen, die es ermöglichen würden, daß die Stadt sowohl einen materiellen als auch einen kulturellen und geistigen Aufschwung nahm.

Als die Männer der Stadt die Kirche bauten, wurde sie zuerst ohne den Zaun errichtet, der Tiere daran hindern sollte, das Kirchengrundstück oder gar das Gotteshaus selbst zu betreten; daher kam es hin und wieder vor, daß frei umherlaufende Schweine sich im Schatten des Gebäudes versammelten, um Schutz vor der sengenden Sonne zu finden.

Eines Sonntags, als Euphemia in der Kirche dem Wanderprediger lauschte und versuchte, nicht an seine Hände zu denken, hatte sie das Gefühl, William Kings Gedanken hören zu können. Sie blickte zu jener Seite des Kircheninnern hinüber, auf der die Männer saßen, getrennt von den Frauen. William schaute sie an, und er war schön wie ein Ritter aus einem Märchen; sein goldenes Haar war in der Mitte gescheitelt, und in seinen Augen leuchtete ein azurblaues Licht. Irgendwie wußte Euphemia, daß er in diesem Moment daran dachte, sie zu heiraten. Es kam ihr unglaublich vor, aber sie wußte es mit absoluter Gewißheit. William fragte sie in Gedanken, ob sie seine Frau werden wolle. Es war so sicher wie das Amen in der Kirche. Die Frage schwebte unsichtbar durch die Luft, von seinem Herzen direkt in das ihre.

Euphemia wurde plötzlich ganz seltsam zumute. Ihre Haut fing zu jucken an, und sie hatte das unstillbare Bedürfnis, sich zu kratzen. Ob das die Liebe war? Euphemia spürte eine seltsame Spannung unter den Besuchern des Gottesdienstes und blickte sich um. Ringsum sah sie, wie eingefroren, wie versteinert, angespannte Mienen auf den Gesichtern der Gemeindemitglieder, als diese auf den Kirchenbänken hin und her ruckten. Plötzlich hörte sie irgendwo zwischen den Kirchenbänken das zufriedene Grunzen eines Schweines, das von einem anderen Schwein beantwortet wurde, und ihr wurde klar, daß die ganze Kirche mit Flöhen verpestet war, die von den ungebetenen borstigen Gästen des Gottesdienstes mit in die Kirche gebracht worden waren. Nach einer Ewigkeit endete der Sermon des Predigers, und augenblicklich stürzten die Gläubigen von den Bänken, um schnellstmöglich aus der Kirche in die Abgeschiedenheit ihrer Häuser zu gelangen und zu baden. Später, als William Euphemia und Granny Boyd dabei half, den Fußboden und die Wände der Kirche mit heißer Seifenlauge zu schrubben und anschließend unter den Bohlen Schwefel zu verbrennen, den sie in Tiegel gefüllt hatten, sagte Euphemia schlicht: »Ja«, und William wußte, welche Frage sie damit beantwortet hatte.

Im Jahre 1850 – dem Jahr, als Jefferson Davis zum erstenmal die Loslösung der Südstaaten von der Union forderte –, wurden Euphemia Texas Ashby und William King in der erst kürzlich desinfizierten Methodistenkirche im texanischen Seguin getraut. Alle, die Euphemia mochte, waren bei der Hochzeit dabei. Sämtliche Ashby-Mädchen waren gekommen – Sarah, Fannie, Jane Isabella, sogar Mary, die den Argusaugen des alten Mr. Smothers dieses eine Mal offensichtlich entkommen war. Granny Boyd saß auf ihrem angestammten Platz in der vordersten Bank, auf jener Seite der Kirche, die den weiblichen Gemeindemitgliedern vorbehalten war. Tildy saß hinten in dem abgetrennten Bereich, der für die Neger reserviert war.

Als Euphemia am Arm ihres Bruders Travis in die Kirche schritt, mußte sie an all jene Menschen denken, die nicht hier waren. Doch als sie in Williams Augen blickte, ging dieser Moment der Trauer vorüber. Er stand am Altar, schön wie ein Gott oder wie eine Skulptur von der Hand Michelangelos. Euphemia mußte daran denken, daß sie diesen Mann schon viel länger liebte, als sie ihn kannte; vielleicht hatte sie William schon geliebt, als sie noch gar nicht geboren war.

Die Trauung wurde von Reverend Young aus San Antonio vorgenommen. Er trug einen riesigen schwarzen Gehrock und sprach mit starkem deutschem Akzent. Erst kürzlich hatte er seinen Namen von ›Jung‹ in ›Young‹ geändert, so wie Gelhorn das ›von‹ abgelegt hatte, und aus dem gleichen Grunde.

»Werrr gibt diese Frrau ihrrem Gatten zurrr Ehe?« fragte Reverend Young mit rollendem ›r‹. Euphemia konnte nichts dagegen tun, sie mußte auf Youngs Hände starren.

»Ich«, sagte Travis.

»Und ich«, sagte Sarah mit ihrer festen, klaren Stimme, und Euphemia spürte, wie ein Gefühl des Stolzes auf ihre große Schwester sie durchströmte, die so lange die Mutterrolle für sie übernommen hatte.

Nachdem die Eheversprechen getauscht worden waren, ließ Reverend Young sich in einer unbestimmbaren Predigt über die ›Liebe als die Frrrucht des Geistes‹ aus und dann, endlich, führten Euphemia und William als Mr. und Mrs. King die Prozession an, die zu Henry und Mahalia Kings Haus führte, in dem das Hochzeitsfest vorbereitet worden war. William hatte einen jungen Stier geschlachtet, den Henry und John Rhodes zur Feier des Tages auf dem Spieß gebraten hatten. Granny Boyd und Mahalia hatten dazu Kartoffeln, Bohnen und Kohl gekocht, und Tildy hatte den Hochzeitskuchen gebacken.

Mit einer so kleinen Verzögerung, wie die Höflichkeit sie gerade noch erlaubte, bewerkstelligte William seine und Euphemias Flucht von den Festivitäten. Er brachte seine junge Frau in das kleine Zwei-Zimmer-Blockhaus, das er über den Quellen am King Branch gebaut hatte. Endlich, mit achtzehn Jahren, war Euphemia Texas nach Hause gekommen.

In den ersten Monaten wohnten Euphemia und William im kleinen Blockhaus auf dem Hügel über den Quellen. Es war eine Zeit wie aus einer schönen alten Geschichte. Aber vielleicht war das Pendel des Schicksals, das für Euphemia so oft nach jener Seite ausgeschlagen hatte, wo Schmerz und Kummer wohnen, ja wirklich aus seiner Aufhängung gefallen und am Boden zerschmettert, so daß es nicht mehr zu reparieren war. Euphemia war über die Maßen glücklich, und ihr Leben war so wunderbar wie ein Roman.

Jeden Morgen stand sie mit dem ersten Licht des Tages auf, wenn Spottdrosseln und Kardinalsvögel gerade erst mit ihren morgendlichen Symphonien begannen. Sie ging zum Pferch, in dem die Pferde untergebracht waren, um Sarazen und die zwei in Kentucky gezogenen Stuten zu füttern, die William mit in die Ehe gebracht hatte. Dann blieb Euphemia stets eine Zeitlang stehen und beobachtete, wie die Erde versank, um die Sonne zu enthüllen – eine wissenschaftliche Betrachtungsweise des Tagesanbruchs, die sie von Mrs. Thompson und Mr. Galilei übernommen hatte. Wenn es heller wurde, sammelte sie Eier für das Frühstück ein. Granny Boyd hatte Euphemia zur Hochzeit drei Legehennen und einen Hahn geschenkt. »Auf diese Weise kannst du dir immer Eiergeld verdienen«, hatte Granny gesagt, als wüßte sie nicht, daß Euphemia eine wohlhabende Frau war, die das Eiergeld nicht unbedingt brauchte. Nach dem gemeinsamen Frühstück mit William, umgeben von Vogelgezwitscher, den fröhlichen Unterhaltungen von Pferden und Hühnern und dem würzigen Duft von Erde und Gras, machte Euphemia sich daran, ihr Tagewerk zu planen.

Wie man einen Haushalt führen mußte, hatte sie zum Teil von Sarah gelernt; aber Sarah hatte Sklaven, so daß sie sich mehr mit Reiten und Schießen als mit Kochen und Putzen beschäftigen konnte. Euphemia bekam jedoch etwas Hilfe von Tildy, die eine Art Hochzeitsgeschenk ihrer Schwestern und Brüder gewesen war und die in einer kleinen Behausung hinter der Blockhütte wohnte; aber auch Tildy hatte keine Mutter gehabt, und alles, was sie über Hausarbeit wußte, hatte sie von Sarah am Peach Creek gelernt. *Wie lernt man, Frau und Mutter zu sein*, fragte sich Euphemia, *wenn man nie eine Mutter gehabt hat?* Sie lächelte, als sie daran denken mußte, daß die Lehrer in Rutersville der Meinung gewesen waren, das Studium des Plutarch könne einem Mädchen helfen, Putzen und Backen und Flicken zu lernen. Konnte man lernen, eine Hühnersuppe zu kochen, Seife herzustellen oder Maisbrei aus altem getrocknetem Mais zu bereiten, wenn man die häuslichen Szenen in den Dramen Shakespeares dahingehend studiert hatte? Schließlich war es Granny Boyd, die Euphemia unter ihre Fittiche nahm und ihr half, Ordnung in das drohende Chaos ihres täglichen Lebens zu bringen. »Glücklichsein bringt alles auf die Reihe«, lautete einer von Granny Boyds Lieblingssprüchen.

Zur leisen Überraschung Granny Boyds und der meisten Einwohner Seguins ging William King, der jüngste und wildeste der Rowdy King Boys, das Eheleben mit standhafter und aufrichtiger Entschlossenheit an. Es war eine Facette seiner Persönlichkeit, die sich bislang jedermanns Blicken entzogen hatte. Sogar Williams Heldentat in der Schlacht von Salado, als er und sein Bruder John dem mexikanischen General Vasquez eine seiner Kanonen unter der Nase weggestohlen hatten, war eher ein derber Scherz als ein ernsthaft gemeinter militärischer Handstreich gewesen, wie William Freunden anvertraute. Williams bisher unbekanntes reiferes Auftreten war auf den Einfluß Euphemias zurückzuführen, des kleinen hübschen Mädchens, das so selten lächelte.

William King wurde zum ersten Steuereinschätzer und -eintreiber des Guadalupe County gewählt. Er wurde aktives Mitglied in der neu gegründeten Freimaurerloge der Stadt sowie in der erst kürzlich ins Leben gerufenen Organisation namens ›Söhne der Mäßigung‹, die Ziele verfolgte, welche in krassem Gegensatz zu der Lebensführung stand, die William als Junggeselle praktiziert hatte. Für Summen, die zwischen einem und mehreren hundert Dollar lagen, begann William, Grundbesitz in und um Seguin aufzukaufen. Sein Bruder John, der erste Bürgermeister der Stadt, bemerkte im Scherz, daß William durchaus zuzutrauen sei, »die ganze Stadt aufzukaufen, wenn er so weitermacht«.

Eines Morgens, als William gefrühstückt hatte und Euphemia den Tisch abzuräumen begann, brachte er jenes Thema zur Sprache, vor dem Euphemia sich gefürchtet hatte, seit William im großen Stil Land aufkaufte. »Wenn wir einträglich wirtschaften und wettbewerbsfähig bleiben wollen«, sagte er, »kommen wir nicht daran vorbei, uns Sklaven anzuschaffen.«

Euphemia legte die gefalteten Hände in den Schoß und blickte William in die Augen. »In mein Haus und auf meinen Grund und Boden kommen mir keine Sklaven!«

»Ich will ja keine Sklaven kaufen«, erwiderte William. »Ich möchte dir nur den Vorschlag machen, Sklavenarbeit zu mieten. Das ist ein Unterschied, Phemie.«

»Aber kein großer. Es ist eine Frage der Moral. Es ist einfach nicht recht.«

»Du weißt, daß ich Sklaven niemals mißhandeln würde«, sagte William. »Im Gegenteil. Bei uns wären sie wahrscheinlich besser dran als bei ihren jetzigen Eigentümern.«

»Das glaub' ich dir gern, William«, sagte Euphemia leise, um dann jedoch mit fester Stimme hinzuzufügen: »Aber trotzdem will ich mit Sklaverei nichts zu tun haben.«

Sie wußte, daß William sich schwierigen Problemen ausgesetzt sah, was die Sklaverei betraf. Von Seguins 986 Einwohnern waren ungefähr ein Drittel Sklaven. Euphemia kannte diese Zahl, weil William die Liste der Volkszählung von 1850 mit unterzeichnet hatte, nach der es in Seguin 301 Sklaven gab. Wie in den meisten texanischen Orten besaßen nur etwa ein Drittel der weißen Bevölkerung Sklaven; aber diese Weißen waren jene Einwohner, in deren Händen die wirtschaftliche, soziale und politische Macht konzentriert war. Falls William – der ja ein einflußreicher Mann in Seguin war – sich keine Sklaven hielt, würde der Verdacht auf ihn fallen, daß er zu den Abolitionisten zählte, den Verfechtern der Sklavenbefreiungsidee. Selbst wenn William, sei es durch Wort oder Tat, auch nur in den Hauch des Verdachts geriet, dem System der Sklaverei ablehnend gegenüberzustehen und ihr durch seinen Einfluß entgegenzuarbeiten, konnte es seinen politischen und wirtschaftlichen Ruin bedeuten.

»Es muß doch eine andere Möglichkeit geben«, sagte Euphemia.

»Es gibt ein paar Weiße in der Stadt, die bezahlte Farmarbeit übernehmen würden«, erwiderte William. »Die meisten sind Neueinwanderer. Aber der Monatslohn für einen Farmarbeiter beträgt ungefähr neunzehn Dollar. Das sind mehr als zweihundert Dollar im Jahr. Und diese Leute würden nie und nimmer so hart und so lange arbeiten wie ein gemieteter Sklave.«

»Aber was die Sklaverei betrifft, sind wir einer Meinung, nicht wahr?«

»Ich würde keinen aus Afrika eingeschifften Sklaven kaufen«, sagte William. »Ebensowenig würde ich auf einer Versteigerung einen Sklaven erwerben. Aber die Sklaven, von denen ich rede, sind bereits hier! Sie brauchen jemanden, der sie gut ernährt, sich um sie kümmert, wenn sie krank sind, der ihnen ein Dach über dem Kopf gibt. Diese Leute sind schon hier, Phemie! Ich kann sie nun mal nicht nach Afrika zurückzaubern.«

»Manche Dinge sind richtig, und manche sind falsch. Und manchmal kennen wir den Unterschied.«

William erhob sich, trat hinter Euphemias Stuhl und legte ihr sanft die Hände auf die Schultern. »Ich hoffe, du bist mir nicht böse, aber ich muß dich etwas fragen.« Seine Finger bewegten sich auf ihren Schultern wie bei einer Massage; als wollte er im voraus Euphemias Zornesausbruch beschwichtigen, der – das war ihm klar – unausweichlich kommen mußte. »Was ist mit Tildy?« sagte er. »Sie ist eine Sklavin.«

William spürte, wie Euphemias Schultermuskeln sich unter seinen Händen spannten. »Tildy gehört zur Familie.«

»Sie ist deine Sklavin, Phemie. Du und deine Schwestern, ihr habt sie von eurem Vater geerbt wie einen toten Vermögensgegenstand. Sie haust in einer winzigen Hütte. Sie kümmert sich um die Wäsche und die Gartenarbeit und wird sich später vielleicht um unsere Kinder kümmern. Wenn ich das richtig sehe, besitzt du mehr Sklaven als ich.«

Euphemia spürte, wie sie in sich zusammensackte. Wie schmerzhaft die Wahrheit doch sein konnte! Wie schwer es war, ein ehrliches Leben zu führen. Sie stand auf, machte sich aus Williams Händen frei und ging aus dem Haus. Sie schwang sich auf Sarazen und ritt fort, so weit sie konnte, bis sie einen schmerzhaften Druck im Leib spürte. Sie fragte sich, ob dieser Schmerz bedeutete, daß sie ein Kind bekam, oder ob er nur darauf zurückzuführen war, daß sie sich schämte. Den Schmerz der Scham kannte sie; aber was den Schmerz einer werdenden Mutter betraf, mußte sie Granny Boyd fragen. Doch zuerst einmal wollte sie zum Gerichtsgebäude, um die Papiere für Tildys Freilassung zu besorgen.

»Warum möchten Sie dieses Mädchen freilassen?« fragte der Anwalt. »Was soll sie denn tun? Wohin soll sie gehen?«

»Sie hat ein wenig Geld gespart. Sie könnte sich ein kleines Haus kaufen. Oder ich werde ihr die Hütte schenken, in der sie zur Zeit wohnt. Sie kann gut mit Pferden umgehen. Sie kann Fohlen großziehen.«

»Aber ich verstehe immer noch nicht, warum Sie das Mädchen freilassen möchten.«

»Das ist eine Gewissensfrage.«

»Es ist aber auch eine juristische Frage. Einen Sklaven freizulassen verstößt gegen das Gesetz.« Der Rechtsanwalt raschelte mit seinen Papieren, doch Euphemia lauschte den Hammerschlägen der

Zimmerleute, die dabei waren, ein Gebäude zu errichten, in dem eine neue Zeitung gedruckt werden sollte – eine republikanisch orientierte Zeitung als Gegenstimme zum pro-demokratischen *Texas Mercury*. Euphemia hatte im *Mercury* einen Leitartikel gelesen, in dem gegen die wachsende Zahl freigelassener Neger gewettert wurde, die aus Louisiana nach Texas kamen. In dem Artikel wurde dazu aufgerufen, diese Neger wieder zu versklaven und auf den Märkten zu verkaufen, falls sie Texas nicht verließen. Doch Euphemia hielt diesen Aufruf für die alleinige Meinung des böswilligen Zeitungsherausgebers; sie glaubte nicht, daß die Gesetze des Staates Texas so etwas erlaubten. Dann las der Anwalt ihr jenen Absatz aus den Stadtstatuten von Seguin vor, in dem Schwarzen – gleich, ob sie Freie oder Sklaven waren – verboten wurde, Eigentum zu erwerben.

»Selbst wenn es *nicht* gegen die Gesetze des Staates Texas verstoßen würde, Sklaven freizulassen, würde es dennoch einen Gesetzesverstoß bedeuten, wenn Sie es diesem Mädchen erlaubten, in Seguin Eigentum zu erwerben. Ich würde Ihnen raten«, sagte der Anwalt hilfsbereit, »eine entsprechende Klausel in Ihr Testament einzufügen. Mit Ihrem Tod wäre die Freilassung der Sklavin rechtmäßig, als Lohn für treue Dienste und gehorsame Pflichterfüllung. Dann könnte sie hingehen, wo immer es ihr gefällt. In Texas dürfte sie zwar nicht bleiben, sie müßte den Staat verlassen. Sie könnte sogar nach Liberia gehen.« Für einen Moment herrschte Schweigen. »Ich möchte hinzufügen«, fuhr der Anwalt schließlich fort, »daß der grundsätzliche Gedanke, der Ihrem Wunsch zugrunde liegt, den meisten Ihrer Nachbarn sehr mißfallen dürfte. Die Praxis der Freilassung könnte sich nachteilig für diejenigen erweisen, die die Einrichtungen unseres Gemeinwesens schätzen und achten. Außerdem würde man den Sklaven selbst einen schlechten Dienst erweisen, denn sie sind von Natur aus nicht für die Freiheit geeignet und können folglich nicht damit umgehen.«

Euphemia stand auf. *Sarah würde diesen Dummkopf auf der Stelle über den Haufen schießen*, dachte sie. »Danke für Ihre Ratschläge«, sagte sie zu dem Anwalt. »Aber es wäre mir lieber, wenn Sie jetzt die Papiere zusammenstellen würden. Ich will, daß Tildy freigelassen wird. Tun Sie mir den Gefallen, und lassen Sie sich eine Möglichkeit einfallen.« Dann, als sie schon zur Tür ging, fügte sie hinzu: »Es gibt andere Anwälte in dieser Stadt, die mir für gutes Geld helfen werden, falls Sie meine Angelegenheiten nicht regeln können.« *Solange du eine Sklavenhalterin bist*, dachte sie, *kannst du auch eine Erpresserin sein*. Wie hatte Granny Boyd gesagt? Glücklichsein bringt alles auf die Reihe.

Euphemia wartete noch einige Tage, bis sie mit Granny Boyd über ihre Schwangerschaft sprach. In ihrem Leib wuchs tatsächlich neues Leben heran, und sie wollte dieses Wunder noch eine Weile als ihr ganz persönliches Geheimnis bewahren, um es in stillen Stunden allein und ungestört genießen zu können. Manchmal, wenn Euphemia mit William auf der Veranda saß und den abendlichen Geräuschen lauschte, schämte sie sich, daß sie ihm noch nichts von dem Geschenk erzählt hatte, das sie sich ja gegenseitig machten. Und beim Frühstück, wenn William wieder einmal über Sam Houstons Weigerung schimpfte, die Ansichten der Sezessionisten zu übernehmen, die sich für eine Loslösung von Texas aus der Union aussprachen, nickte Euphemia bloß, während sie in Wirklichkeit über Namen für das Kind nachdachte und von Strampelhöschen träumte und von Händchen, die so winzig waren, daß sie nicht einmal den Finger eines Erwachsenen umfassen konnten.

Eines Morgens, als Euphemia sich vorzustellen versuchte, wie es sich anfühlen mochte, ein Kind an ihrer Brust zu haben, beendete William seinen politischen Monolog mitten im Satz. »Euphemia«, sagte er, und ihr wurde plötzlich klar, daß er sie hatte lächeln sehen, was ja höchst selten der Fall war, »Sam Houston kann man alle möglichen Eigenschaften zusprechen, aber komisch ist er nicht.«

Als die Tage ins Land zogen und Euphemia sich bei dem Gedanken, Mutter zu werden, allmählich wohlzufühlen begann, wurde sie sich gleichzeitig einer wachsenden Besorgnis bewußt, die sich irgendwo tief in ihrem Innern regte. Die Erkenntnis, daß ihr bald eine Geburt bevorstand, störte zunehmend die stille Beschaulichkeit ihrer Träumereien. Jene schreckliche, stürmische Nacht, als Little Johnny starb und Sarah eine Fehlgeburt erlitt, hatte sich unauslöschlich in ihr Gedächtnis eingebrannt. Wie seltsam, daß Geburt und Tod in unmittelbar angrenzenden Räumen ihres Geistes wohnten. Euphemia hatte die Frauen von einem »Meer aus Schmerz« und »unerträglichem Leiden« reden hören. Bei einer Nähstunde in Granny Boyds Haus hatte sie eine Frau sagen hören, daß sie »an die Pforte des Todes geklopft« habe, als sie ihren Sohn zur Welt gebracht habe. Eine andere Frau erzählte, ihr Baby hätte sie beinahe umgebracht, als sie es »ins Leben zerrte«. *Wie kann etwas so wundervoll Weiches und unglaublich Kleines und Zerbrechliches so viel Schmerz bereiten*, hatte Euphemia sich damals gefragt.

Als sie sich mehr und mehr dem gewohnten Lebensrhythmus der Frauen in dieser kleinen Stadt anpaßte, wurde offensichtlich, daß viele von ihnen praktisch ihr ganzes Leben damit verbrachten, Kinder auszutragen, Kinder zur Welt zu bringen und Kinder großzuziehen. Es gab Frauen in Seguin, die sieben und mehr Kinder hatten. Immer wiederkehrende, beinahe permanente Schwangerschaften, Entbindungen und Erholungen. Was für einen gewaltigen Tribut mußte dies von den Frauen fordern, von ihrer Zeit, ihrer Kraft, ihren Körpern, ihrer Energie und ihren Träumen. *Frau und Mutter zu sein hat auch seine Schattenseiten*, dachte Euphemia. Es war ein gefahrvoller, kräftezehrender, furchterregender, schmerzlicher und nicht selten tödlicher Beruf.

Nachdem sie William von ihrer Schwangerschaft erzählt hatte, vertraute Euphemia auch Jane Isabella ihr Geheimnis an. Jane Isabella wiederum erzählte es prompt in ganz Seguin herum. Als Euphemias Geheimnis erst einmal gelüftet war, verwandelte sich das kleine Haus oberhalb des King Branch regelrecht zum Zentrum allgemeiner Umsorgung und gemeinsamer Vorbereitungen auf das bevorstehende Ereignis. Sarah und Charles Braches brachten eine ganze Wagenladung Babykleidung und Spielzeug aus Peach Creek.

William war außer sich vor Glück, ständig auf den Beinen und eifrig bemüht, Euphemia ihre Niederkunft so angenehm wie möglich zu machen. Als er immer nachdrücklicher darauf beharrte, daß Euphemia in der Nähe des Hauses bleiben und körperlichen Anstrengungen, Wind, Regen und sonstigen Gefahren aus dem Weg gehen sollte, die draußen in der feindlichen Welt lauern mochten, fragte Euphemia sich, ob Schwangerschaft mit Gefangenschaft gleichzusetzen sei.

Als Euphemias Zeit heranrückte, entbrannte zwischen Granny Boyd und William ein Streit über die Frage, ob ein Arzt oder eine Hebamme die Entbindung vornehmen sollte. Granny Boyd betrachtete sich selbstverständlich als sehr viel qualifizierter als jeder Arzt der Welt. »Woher soll Dr. Johnson wissen, wie es ist, wenn man ein Kind bekommt? Nur eine Frau kann nachempfinden, was eine andere Frau erduldet hat oder erdulden muß. Bei mir und meiner Mutter und der Mutter meiner Mutter war eine Hebamme dabei, und eine Hebamme genügt auch für Euphemia.« William hielt dagegen, daß moderne Ärzte Möglichkeiten hätten, die Geburt zu kontrollieren und für Mutter und Kind sicherer zu machen – neue Methoden der Zangengeburt, um die Entbindung zu beschleunigen, und Chloroform, um den Schmerz zu lindern. »Warum sollten wir Euphemia diese Mittel verweigern?« fragte er. Doch Granny Boyd ließ sich nicht beirren. »Das Wochenbett ist die Welt der Frau, und wir können gut darauf verzichten, daß irgendein männlicher Stümper uns mit seinen Instrumenten und seiner Überheblichkeit im Weg steht.«

Doch einmal, als Granny Boyd mit kirchlichen Dingen beschäftigt war, schlich William sich zu Dr. Johnson und ließ ihn zu Euphemia kommen und sie untersuchen. Dr. Johnson bat William, das Zimmer zu verlassen, und Euphemia stellte erheitert – aber auch erleichtert – fest, daß Dr. Johnson ihren Unterleib untersuchte, indem er ihr unter den Rock griff, behutsam tastete und dabei den Blick starr auf irgendeinen Punkt am Horizont richtete. Für Euphemia war es offensichtlich, daß die Welt weibliche Ärzte brauchte. Aber es war sehr unwahrscheinlich, daß es jemals welche gab; denn wenn man andauernd schwanger war, hatte man keine Zeit, Medizin zu studieren.

Eines frühen Morgens im Jahre 1851 hörte Euphemia die Regenkrähe. Wenngleich sie wußte, daß die Regenkrähe unsichtbar war – oder zumindest die Kunst beherrschte, sich den Blicken der Menschen zu entziehen –, zog sie sich an und ging nach draußen, um festzustellen, ob sie den sagenhaften Vogel, der das Wetter mit so untrüglicher Sicherheit vorhersagen konnte, irgendwo zu erblicken vermochte. Obwohl der Himmel klar und tiefblau war, wußte Euphemia, daß ein Sturm aufkommen würde, noch bevor dieser Tag zu Ende ging. Es brauchte nicht unbedingt eine Regenkrähe, um das Wetter vorherzusagen. Man konnte es zum Beispiel am Klang der Eulenschreie erkennen oder am Gequake der Laubfrösche, oder man achtete darauf, ob die Schnecken bis in die Spitzen der Grashalme hinaufkrochen, um dadurch der Gefahr zu entgehen, bei starken Regenfällen vom Wasser hinweggespült zu werden.

Euphemia folgte dem Ruf der Regenkrähe bis hinunter zum Ufer des Guadalupe River. Bis auf die Regenkrähe herrschte vollkommene Stille. Offensichtlich waren die anderen Wetterpropheten, die Frösche und die Eulen, anderer Meinung als die Krähe. Euphemia erinnerte sich mit Schaudern daran, daß Tildy ihr einmal erzählt hatte, die Regenkrähe sei so zuverlässig bei ihren Vorhersagen, daß sie sich nur in einer Sache irren könne: Manchmal vermöge sie den Unterschied zwischen den Schatten des Sturms und den Schatten des Todes nicht zu erkennen.

Euphemia war immer noch am Ufer des Flusses, als die Wehen einsetzten.

Die Frauen versammelten sich im Haus. Dr. Johnson wurde nicht gerufen. Mit ihren starken, harten Händen rieb Granny Boyd Euphemias Hüften, den Unterleib und die Oberschenkel mit Olivenöl ein; dann fühlte Euphemia sich in einem düsteren, beunruhigenden Gehäuse aus Schmerz eingeschlossen und verharrte in einem Schwebezustand zwischen Freude und Angst.

Sie gaben dem Kind den Namen Mary Jane King. Es lebte ein paar Monate; dann starb es. Das Pendel hatte mit schrecklicher Wucht zur anderen Seite hin ausgeschlagen.

Nach dem Tod ihres Babys träumte Euphemia monatelang von ihrer Mutter; es waren Alpträume von grausamer und bitterer Deutlichkeit. In ihren Träumen sah Euphemia, wie sie geboren und ihre Mutter von den Engeln Gottes in den Himmel geführt wurde. Oft wachte sie auf und fragte sich, warum die Rollen nun vertauscht worden waren und sie, die Erwachsene, am Leben geblieben war und ihr Kind hatte sterben müssen. Sie fragte sich, ob Gott die Sünden seiner Kinder auch dadurch bestrafte, indem er manchen von ihnen ein längeres Leben schenkte als den Menschen, die sie liebten. Euphemia vermutete, daß Gott sie wegen irgendeines längst vergessenen Verstoßes gegen seine Gebote bestraft hatte. Gott hatte ja Gründe für all sein Tun; dennoch konnte Euphemia sich nicht erinnern, jemals eine Sünde begangen zu haben, die eine so schreckliche Strafe rechtfertigte. Gewiß, einmal hatte sie für einen Augenblick den Entschluß gefaßt, einen Menschen zu töten – damals, als die Comanchen gedroht hatten, Sarah zu ermorden, bevor Tarantula sie dann rettete. War der bloße Entschluß, einen Menschen zu töten, eine genauso schlimme Sünde wie die Tat als solche? Und außerdem – war es überhaupt eine Sünde, wenn man jemanden tötete, der das Leben eines geliebten Menschen bedrohte? Euphemia betete zu Gott, ihr jene Sünde zu verzeihen, an die sie sich nicht mehr erinnern konnte.

Als die Monate vergingen und der schreckliche Schmerz und der Kummer allmählich verblaßten, wurde ihr klar, daß Gottes Wege wirklich unerforschlich waren und daß der Tod ihres Töchterchens ein Teil der Ordnung der Natur gewesen war, etwa so, wie eine Rose welkt oder ein Stern erlischt.

Die nächsten Jahre brachten neues Leben in ihr Haus an der Court Street. Zuerst wurde George, dann William junior, dann Henry geboren. Vor der Geburt eines jeden Kindes betete Euphemia beinahe unablässig um die Vergebung aller Sünden, die sie begangen haben mochte, und daß sie den Tod so vieler geliebter Menschen erlebt hatte, selbst aber noch am Leben war. Sie haßte sich dieser düsteren Gefühle wegen und versuchte, »die Räume ihres Geistes mit fröhlichen Gedanken auszustatten«, wie Matilda ihr einst geraten hatte. Dann aber mußte sie daran denken, daß Matilda tot war, und sie versank wieder in tiefe Trauer. Doch als die Stunde der Geburt kam und sich ihre Familie mit ihrer unendlichen Liebe und ihren starken Händen um Euphemia versammelte, kamen die Kinder zur Welt, ohne daß die Todesengel erschienen und sie fortholten wie damals die kleine Mary Jane.

Als George, ihr Ältester, ihr zum erstenmal in die Arme gelegt wurde und sie sah, wie wunderschön er war, fing sie zu weinen an. Sie weinte vor Freude und aus Dankbarkeit, und es flossen so viele Tränen, daß Tildy sagte, es sei ein Wunder, daß im Zimmer kein Regenbogen zu sehen sei.

Euphemia hätte niemals erwartet, daß sie so viel Liebe empfinden konnte. Sie drückte jedes der winzigen, warmen Lebewesen zärtlich an ihre Brust und fragte sich, ob es ein Glücksgefühl geben konnte, das größer war als jener Augenblick, da Mutter und Kind zum erstenmal vereint waren. Sie bewunderte und bestaunte die Schönheit Gottes herrlichster Geschenke und war zugleich erschrocken über deren Verletzlichkeit.

Deshalb ging Euphemia mit jedem ihrer Kinder in der ersten Zeit überängstlich um. Beim leisesten Geräusch in der Nacht erwachte sie und hielt das Baby fest in den Armen. Sie wollte alles für die Kinder selbst tun und verscheuchte Tildy oder Granny Boyd, wenn diese ihre Hilfe anboten, die Kleinen zu halten, zu baden, in den Armen zu wiegen oder zu füttern. Es war nur auf Euphemias Erschöpfung zurückzuführen, daß sie es schließlich immerhin ihren engsten Familienangehörigen erlaubte, ihr bei den Kindern zu helfen. Erst wenn jeder ihrer Sprößlinge ungefähr sechs Monate alt war, ließ Euphemia sich dazu bewegen, sich wie eine vernünftige Mutter aufzuführen, die ein normales Verhalten an den Tag legte, was die Bedürfnisse der Kleinen anging.

Als Henry Kings Frau Mahalia starb, adoptierten William und Euphemia die dreijährige Tochter Kittie. Das Haus war nun erfüllt vom fröhlichen Lärm der Kinder, und Euphemia verschwand in einem Labyrinth aus häuslichen Arbeiten und mütterlichen Pflichten. Sie stand um fünf Uhr morgens auf und ging erst lange nach Einbruch der Dunkelheit zu Bett. Sie war Ehefrau, Mutter, Lehrerin, Hausfrau, Rancherin, Buchhalterin, Hausmädchen, Kindermädchen, Wäscherin, Näherin, Köchin, Gärtnerin, Melkerin, Feldarbeiterin, Wasserträgerin und Holzhackerin. In diesen Jahren wurde sie außerdem zu einer der besten und anerkanntesten Pferdezüchterinnen des Guadalupe County.

Seit Bartlett McClure Euphemia den Hengst Sarazen geschenkt hatte, war es ihr Traum gewesen, edle Pferde zu züchten. Sarazen stand nun in der Blüte seiner Jahre, und Euphemia brachte ihn mit Hilfe Tildys mit einigen der prächtigen spanischen Stuten der Navarros zusammen. Don José Navarro hatte eine Anzahl Paso Finos gezüchtet – Nachkommen jener andalusischen Pferde, welche die Konquistadoren mit in die Neue Welt gebracht hatten. Diese prachtvollen Tiere waren für ihre elegante, geschmeidige Gangart berühmt. Außerdem hatte Don José mit Kreuzungen zwischen den wilden Mustangs aus den texanischen Ebenen und den reinblütigen Andalusiern experimentiert. Das Ergebnis war ein Pferd, das – wenn auch nur über relativ kurze Distanzen – phantastische Geschwindigkeiten erreichte.

Solange sie sich erinnern konnte, hatte Euphemia es genossen, Sarazen so schnell zu reiten, wie seine Beine und sein Herz es zuließen. Sie hatte davon geträumt, an einigen der Pferderennen teilzunehmen, die in vielen Städten des ganzen Staates immer weitere Verbreitung fanden. In Texas gab es zwei Pferde, die den Ruf hatten, über die Viertelmeile schneller zu sein als jedes englische

Vollblut und jeder Araber. Das eine Pferd hieß Steel Dust, das andere Old Shiloh. Euphemia schwor sich, eines Tages auch ein solches Tier zu besitzen – und daß es das berühmteste Rennpferd von ganz Texas werden würde. Doch vorerst begann sie, eine kleine Herde zu züchten, die aus Söhnen und Töchtern von Williams Stuten aus Kentucky sowie Sarazen, den spanischen Pferden Don José Navarros und den wilden Mustangs bestand, die über die Weiten der Prärie zogen. Im Jahre 1854 führte die Red River Telegraph Company den Telegraphen in Texas ein, und schon bald erzählten sich die Leute, Euphemias Pferde wären so schnell, daß sie jede Telegraphenmeldung überholen könnten, selbst wenn diese Meldung per Expreß, bergab und mit Rückenwind geschickt würde.

Euphemias wache Stunden waren so sehr mit den Kindern, dem Haushalt und den Pferden ausgefüllt, daß die Zeit – Tage, Wochen, Monate – wie im Fluge verging. *Wo ist mein Leben geblieben*, fragte Euphemia sich. *Bin ich noch dasselbe kleine Mädchen, das an dem Tag, als Sam Houston nach Peach Creek kam, wilde Blumen gepflückt hat?*

Es war Ann Penn Ireland, die überall die Nachricht verbreitete, daß Sam Houstons Seele endlich errettet worden sei. Am 19. November 1854, kurz nach der Geburt seines Sohnes Andrew Jackson Houston, war der Held von San Jacinto in den Rocky Creek in der Nähe von Independence in Texas gewatet, um sich von Reverend Rufus C. Burleson taufen zu lassen. Euphemia konnte sich selbst nicht erklären, warum sie so erleichtert darüber war; beinahe so, als wäre sie auf irgendeine geheimnisvolle Art und Weise für Sam Houstons viele Sünden verantwortlich gewesen.

In gefährlicher Nähe zum Abgrund sündhaften Klatsches und Tratsches hatten Ann Penn Ireland und Euphemia sich ausgiebig über die Sünden und die Errettung Sam Houstons unterhalten. Sie hatten den Schleier des Geheimnisses zu lüften versucht, der über Houstons Heirat mit der wunderschönen Eliza Allan lag, und hatten über die tragischen Nachwirkungen dieser Ehe geredet. Sam

Houston war Gouverneur von Tennessee gewesen – mit den besten Aussichten, Präsident der Vereinigten Staaten zu werden –, als seine Braut geradewegs aus dem Ehebett zurück in die Arme ihres Vaters geflüchtet war. Sam Houston hatte sein Gouverneursamt niedergelegt und die zivilisierte Welt verlassen, um ein langes Exil in den Wäldern anzutreten. Nie hatte er einer Menschenseele anvertraut, was zwischen ihm und Eliza vorgefallen war. Gerüchten zufolge hatte Houston, aus Gründen, über die man lieber nicht sprechen sollte, ein offenes, eiterndes Geschwür gehabt, so daß Eliza es »nicht ertragen konnte, wenn er in seiner Nacktheit zu ihr kam«. Ann Penn Ireland äußerte die Vermutung, daß dieses Geschwür irgend etwas mit dem »Dämon Alkohol« zu tun hatte – dem übermäßigen Trinken, das für Ann die schlimmste aller Sünden war. Euphemia zog eine der romantischeren Versionen vor: Eliza hatte sich in einen anderen Mann verliebt und war ihrem Gatten untreu geworden, wenn auch nur im Geiste.

»Und dann?« fragte Ann.

»Na ja, dann hat sie ihm von diesem anderen Mann erzählt, und Sam Houston wurde wütend. Vielleicht sogar rasend vor Zorn, so daß . . ., tja.«

»So daß was?« Ann Penn Ireland mochte keine Geschichten mit offenem Ende.

»So daß Eliza es mit der Angst bekam und davongelaufen ist.«

Ann, die einmal behauptet hatte, ihre Treue gelte »der demokratischen Partei, dem methodistischen Glauben und der Familie Penn, und zwar in dieser Reihenfolge«, gehörte nicht zu den Frauen, die sich auf lange Diskussionen einlassen. »Houston hat bestimmt getrunken«, sagte sie. »Und wenn er's nicht getan hat, dann hat er auf jeden Fall daran *gedacht* zu trinken, was eine noch größere Sünde ist als das Trinken selbst, weil es dem Trinken vorausgeht. Denn wenn ein Mensch gar nicht erst an das Trinken denkt, fängt er auch schließlich nicht damit an.«

Statt sich über Anns eigenartige Logik den Kopf zu zerbrechen, fragte Euphemia sich, warum sie sich Sam Houston so sehr verbunden fühlte. Schließlich hatte sie den Mann als kleines Mädchen nur ein paarmal zu Gesicht bekommen. Vielleicht lag es daran, daß Houstons Leben ein ständiges Auf und Ab gewesen war, durch tiefe Täler und über höchste Höhen. Außerdem betrachtete sie Houston als eine Art Verkörperung der texanischen Geschichte. Es war nahezu unmöglich, an Texas zu denken, ohne dabei die überragende Gestalt des Generals vor Augen zu haben, der die Unabhängigkeit dieses Staates errungen hatte; des texanischen Präsidenten, der die Republik in die Union geführt hatte. Er stand für alles, was die Texaner gewesen waren und sein konnten.

Nach der Geburt ihres dritten Kindes fing Euphemia selbst zu sündigen an; ihre Gedanken schweiften in gefährliche Richtungen. Sie warf einen langen, kritischen Blick auf ihr bisheriges Leben und stellte fest, daß sie endlich mehr davon erwartete; sie wünschte sich irgend etwas, das über die alltägliche, endlose Plackerei hinausreichte. Sie dachte an Matilda Lockharts Traum, Ballerina zu werden. Abends las Euphemia im *Gonzales Inquirer* und dem *Christian Advocate*, oder sie schmökerte in der *Washington Union* oder der *New Orleans Picayune*. Sie las über die Weltausstellung in Paris. Und über eine mutige Frau namens Florence Nightingale, die Menschenleben rettete an einem Ort mit Namen Krim. Jenseits des Guadalupe River lag eine Welt voller Wunder; eine Welt, in der Menschen ein bewegtes, abenteuerliches Leben führten, voll tieferem Sinn und höherer Bedeutung.

Euphemia stellte fest, daß es schwierig war, mit Fannie oder Jane Isabella über diese Dinge zu reden. Irgendwie spürte sie, daß die beiden nicht begriffen, worauf sie hinauswollte. Euphemias Leben und das ihrer Schwestern war zu unterschiedlich verlaufen. Euphemia überlegte, ob sie Sarah schreiben sollte, fürchtete aber, daß diese starke Frau die Sehnsüchte ihrer kleinen Schwester als Schwäche auslegen würde, die, wie Unkraut im Garten, mit Stumpf und Stiel ausgerissen werden mußte. Und Ann Penn Ireland war zwar eine enge und gute Freundin geworden; aber sie war eine Frau der

Tat und nahm sich nur selten Zeit, die komplizierteren Geheimnisse zu erforschen, die sich unter der Oberfläche aller Dinge verbargen. Deshalb schrieb Euphemia an Annie Franklin. In ihrem ersten Brief betonte sie, wie sehr sie ihre Gespräche vermisse und wie sehnlichst sie sich wünsche, jemanden zu haben, mit dem sie reden könne. Dann wartete Euphemia voll gespannter Erwartung auf Annies Antwortbrief. Ein solcher Brief kam nie. Dafür kam Annie Franklin.

Annie zog nach Seguin, um dort an der neu eröffneten Mädchenschule zu unterrichten. Sie wohnte im Haus der Johnsons, und natürlich war Euphemia ein ständiger Gast. Drei Tage lang unterhielten sich Euphemia und ihre einstige Lehrerin, während Granny Boyd auf die Kinder aufpaßte. Manchmal gingen sie zum Ufer des Guadalupe River hinunter oder spazierten den King Branch entlang, den kleinen Bach, der hinter dem Blockhaus der Kings vorüberplätscherte und nach den Rowdy King Boys benannt worden war. Annie gegenüber verlieh Euphemia ihrem Gefühl Ausdruck, daß das Leben ihr mehr zu bieten haben müsse, als Frau und Mutter und Hausfrau zu sein.

»Wenn uns das Leben schon geschenkt wird«, sagte sie, »dürfen wir dann nicht soviel erleben, wie wir nur können? Sollten wir dann nicht Erfahrungen zusammentragen, wie manche Leute Schmetterlinge sammeln?«

Annie Franklin hörte ihr mit der gleichen Geduld und demselben Verständnis zu, die Euphemia schon immer so sehr an ihr geschätzt hatte.

»Das Leben ist wie ein Korb, der gefüllt werden muß«, fuhr Euphemia fort. »Man stelle sich vor, daß wir einst auf dem Totenbett liegen, und der Korb ist noch so gut wie leer. Das wäre doch eine schreckliche Sünde, nicht wahr? Gott hat jedem von uns einen Korb geflochten, aber wir benutzen ihn kaum. Wäre ich an Gottes Stelle, wäre ich furchtbar wütend darüber.«

»Dann mach deinen Korb voll«, sagte Annie Franklin. »Werde politisch aktiv. Ich weiß, daß du die Sklaverei haßt. Kämpfe dagegen. Oder schließ dich Ann Penn Ireland an auf ihrem Feldzug gegen den Dämon Alkohol. Oder hilf mir bei meinem Kampf für die Rechte der Frauen.«

Als Annie Franklin sie verließ, war Euphemia von neuer Entschlossenheit beseelt, gegen Mißstände ins Feld zu ziehen. Sie gelobte, sich an den Kämpfen zu beteiligen, die zur Zeit auf der politischen Bühne ausgefochten wurden. Doch wenn sie dann ihre Kinder im Schlaf betrachtete, wurde sie von einer solchen Liebe, einem so überwältigenden Gefühl innerer Zufriedenheit erfüllt, daß sie den Hunger ihres Geistes eine Zeitlang vergaß.

Sam Houston kam im Juli 1857 nach Seguin, und zwar im Rahmen seines Wahlkampfs um das Gouverneursamt von Texas. Auch Euphemia ging zum Haus der Hollamons, das auf einem Hügel über dem Guadalupe stand. Unter den Eichen und Ulmen dieses großen Anwesens hielt Houston eine flammende Rede. Der alte General trug einen Anzug aus Leinen, hinter ihm hing Spanisches Moos wie ein dunkler Schleier von den Bäumen, und Euphemia konnte spüren, daß etwas zu Ende ging. Sie war entsetzt, daß Sam Houston so alt wirkte. Er war noch immer stattlich, doch sein Haar war weiß geworden, seine Augen lagen in tiefen, dunklen Höhlen, und sein festes, kantiges Kinn war nun von einem Bart bedeckt. Euphemia fiel auf, daß Houston sich auf einen langen Stock stützte, vermutlich um den Schmerz zu lindern, den ihm seine alten Verletzungen beim Gehen verursachten.

Doch am meisten erstaunte es Euphemia, daß der große Sam Houston bei seiner Rede auf dem Hollamon-Anwesen gezwungen wurde, sich zu verteidigen. Er wurde als Verräter und Feigling beschimpft, und irgend jemand behauptete sogar, daß er vor der Schlacht von San Jacinto Opium genommen habe. Euphemia war noch mehr verärgert, ja, wutentbrannt, als sie feststellte, daß boshafte Zwischenrufer aus der Menge sogar versuchten, den alten General niederzubrüllen. *Wie ist es nur möglich*, fragte sie sich, *daß dieser große Mann so respektlos behandelt wird?* Er war ein Feldherr und Staatsmann, der es beinahe bis zum Präsidenten der Vereinigten Staaten gebracht hatte; der Mann, der die glorreiche texanische Armee befehligt hatte; er war der Vater der texanischen Unabhängigkeit und zweimal Präsident der Republik gewesen. Er hatte zwei volle Amtsperioden als Senator des amerikanischen Bundesstaates Texas gedient und bewarb sich jetzt um das Amt des Gouverneurs. Es mochte ja sein, daß es ein paar unrühmliche Dinge in seinem Leben gegeben hatte: daß er in Tennessee in Ungnade gefallen war, zum Beispiel; oder die Jahre, die er bei den Indianern verbracht hatte; oder seine Trinkerei. Daß er Opium genommen haben sollte, war jedoch nichts weiter als eine üble Verleumdung, eine Erfindung seiner politischen Gegner; das war Euphemia klar. Und die verrückte Idee, Sam Houston sei ein Feigling und Verräter, rührte nur daher, daß Houston sich der in den Südstaaten immer lauter erhobenen Forderung widersetzte, Texas aus der Union herauszulösen. Nein, Sam Houston war ein großer und ein guter Mann, und niemand konnte Euphemia etwas anderes weismachen.

Einige Zuhörer aus dem Nachbarort San Marcos – Gäste der Hollamons – schienen von Houstons Auftritt nicht im geringsten beeindruckt zu sein. Euphemia erkannte Dr. Woods, dessen Frau Georgia und deren wunderschöne Töchter, die mit jedem Mann zu flirten schienen, der sich in ihrem Blickfeld befand. Sie machten einen so kultivierten und selbstsicheren Eindruck, als wären sie in großen Wohlstand hineingeboren worden. Die Woods lebten noch nicht allzu lange in Texas und hatten die schlimmen Zeiten in diesem Staat nicht miterleben müssen; sie waren erst nach den schweren Tagen der texanischen Revolution aus Mississippi gekommen, mit all ihrem Tafelsilber und einer ganzen Karawane von Sklaven. Doch erst Sam Houston hatte das Land erobert, das die Woods nun ihr eigen nannten. Jetzt aber schien nur die Tatsache, daß sie als Gäste der Hollamons zur Zurückhaltung verpflichtet waren, sie von ähnlich boshaften Zwischenrufen abzuhalten, wie Euphemia sie schon gehört hatte. *Und das alles nur*, dachte sie, *weil Sam Houston die Union retten möchte.*

Euphemia Texas dachte daran, wie sie Sam Houston das erste Mal unter den Eichen am Peach Creek gesehen hatte, als er wie ein König auf seinem großen weißen Pferd herangeritten kam. Jetzt schien er am Ende seiner Regentschaft angelangt; sein Banner war zerfetzt, und in seinem blaukarierten Anzug sah er beinahe lächerlich aus. Aus Houston war ein zorniger alter Mann geworden, der auf seinem San-Jacinto-Bein durch die Welt humpelte und mit Lügnern und Verleumdern haderte; ein Kandidat ohne Partei, ohne Organisation und ohne Geld für den Wahlkampf.

Wieder beschimpfte ihn jemand aus der Zuhörermenge als Verräter. Wieder spürte Euphemia, wie ihr Gesicht vor Wut rot anlief. Humpelnd trat Houston ein paar Schritte nach vorn und blickte düster auf die Menge. Urplötzlich schien er größer zu werden; eine hoch aufragende Gestalt, die zornig einen großen Knüttel schüttelte. »Sam Houston ein Verräter an Texas!« brüllte er. Seine Stimme hallte wie Donnergrollen. »Ist das der Lohn dafür, daß ich in der Schlacht am Horseshoe mein Leben für Texas aufs Spiel gesetzt habe und von einem Kugelhagel überschüttet wurde? Ist das der Lohn dafür, daß mich ein feindlicher Schütze in der Schlacht von San Jacinto am Bein verwundet und zum Krüppel geschossen hat? Ist das euer Dank, daß ich nun, im Alter, als Verräter beschimpft werde?« Es war ein Augenblick, den Euphemia nie vergessen würde. Die Menge verstummte, als wäre sie beschämt, und alte Soldaten wischten sich Tränen aus den Augen.

Old Sam hätte es beinahe geschafft; er unterlag bei den Wahlen mit einem Rückstand von nur etwa dreitausend Stimmen. Seine lange politische Karriere schien zu Ende zu sein. Er ging zurück nach Washington, um sein Amt als Senator von Texas weiterzuführen und seinen Kampf um die Bewahrung der Union fortzusetzen. In einer Rede vor dem Senat sagte er: »Ich habe die Wahl verloren. Doch ich bin den Bewohnern meines Staates von Herzen dankbar; die Texaner haben mich nicht verleugnet, indem sie meinen Gegner gewählt haben – sie haben nur einen anderen vorgezogen.«

Am Ende seiner Rede faßte er seine Meinung über den Süden und die Union zusammen. »Müßte ich den Süden nicht lieben? O doch, meine Herren! Ich schätze und ehre jedes mannhafte Gefühl, das dem Süden entgegengebracht wird. Und solange ich dort lebe, bin ich entschlossen, dafür zu sorgen, daß keines der brüderlichen Bande durchtrennt wird, die den Süden mit der Union verknüpfen.«

Nun, am Vorabend des Bürgerkrieges, wurde in den texanischen Städten und Dörfern so viel und so leidenschaftlich wie nie zuvor über Politik diskutiert. Und aus den vielen politischen Strömungen, die sich in den Jahren nach Sam Houstons Besuch in Seguin überall in Texas gebildet hatten, kristallisierte sich unter anderem eine seltsame und beängstigende Organisation heraus, deren Anhänger sich als ›Ritter der Goldenen Runde‹ bezeichneten. Diese Organisation verbreitete sich in Windeseile über den ganzen Süden und Texas hinweg – bis in Euphemias Wohnstube in Seguin.

Eines Abends hörte Euphemia während des Essens zufällig, wie ihr Mann mit Ben und Henry McCulloch über die Organisation ihrer ›Burg‹ diskutierte. Als Euphemia sich nach dieser ›Burg‹ erkundigte, wurden die Männer plötzlich seltsam verschwiegen und geheimnistuerisch. Später erklärte ihr Ann Penn Ireland, daß diese ›Burgen‹ lokale Gruppen der ›Ritter der Goldenen Runde‹ seien, und daß diese Organisation für die Loslösung des Südens von der Union und für die Beibehaltung der Sklaverei eintrete; ein brillanter, ehrgeiziger Schriftsteller namens George Bickley habe die ›Ritter der Goldenen Runde‹ gegründet.

»Der Mann hat anscheinend Schwierigkeiten mit der Wirklichkeit«, sagte Ann. »Er hat einfach verschiedene Ideen übernommen – die Monroe-Doktrin, zum Beispiel, den Föderalismus-Gedanken und die Expansionspolitik – und alles zu einem ›Manifest-des-Südens‹-Eintopf zusammengerührt. Es geht ihm darum, das System der Sklaverei auszuweiten, indem man sich nicht nur von der Union loslöst, sondern eine neue Konföderation bildet, eine riesige ›Goldenen Runde‹, die unter anderem Kuba und Mexiko umfassen soll. Der Mann ist total verrückt. Aber er gewinnt neue Anhänger zu Tausenden.«

»Wie kann jemand so einem Menschen auf den Leim gehen?« Euphemia spürte einen Stich der Enttäuschung – oder war es Verlegenheit? –, als ihr klar wurde, daß auch William King und Ben McCulloch Gefolgsleute dieses »total verrückten« Mannes geworden sein mußten.

»Ich glaube, die Leute sind es leid, sich von den Politikern aus dem Norden vorschreiben zu lassen, wie sie ihr Leben zu führen haben. Das Problem des Föderalismus gibt es wirklich. Wieviel Macht soll, kann und darf man den einzelnen Unionsstaaten geben? Und dieses politische Problem wird durch die Sklaverei zusätzlich zu einer wirtschaftlichen Frage. Das alte gesellschaftliche und ökonomische System im Süden kann ohne die Sklaverei nicht bestehen bleiben. Und in Texas appelliert Bickley an unsere romantischen Sehnsüchte nach den guten alten Zeiten, als es noch die Republik Texas gab. Bickley erfindet einen neuen Staat und eine neue Geschichte, mit den gleichen Methoden, wie er sie beim Schreiben seiner Romane anwendet. Für ihn sind wir bloß erfundene Gestalten, die in seiner wirren Phantasie existieren«, schloß Ann.

Ein paar Tage später faßte Euphemia sich ein Herz und stellte William zur Rede, was die ›Burg‹ der ›Ritter der Goldenen Runde‹ in Seguin betraf.

»Es ist ein Mittel zum Zweck«, begann William. Er kannte Euphemias Einstellung zur Sklaverei sehr genau und wählte seine Worte mit Bedacht. »Die Abtrennung der Südstaaten von der Union ist die einzige Möglichkeit, die Spannungen zwischen dem Norden und dem Süden zu lösen. Davon bin ich fest überzeugt. Wir dürfen uns nicht länger der Arroganz des Nordens unterwerfen und uns seiner Willkür ausliefern. Die Welt im Norden ist anders als unsere. Warum sollten Menschen mit so gegensätzlichen politischen Ansichten und so unterschiedlicher Geschichte und Kultur gezwungen werden, in einem Staat zu leben, der für beide

Seiten nicht tragbar ist? Wir müssen unseren eigenen Weg beschreiten. Jeder Staat muß unabhängig sein und sein Geschick selbst bestimmen dürfen. Die Ritter der Goldenen Runde wollen lediglich für eine stärkere öffentliche Unterstützung der Loslösung von der Union sorgen.«

»Aber Bickley ist der Ansicht, daß dieser neue Staat – diese neue Goldene Runde – Mexiko einschließen soll. Doch Mexiko ist ein Gegner der Sklaverei. Du bist doch nicht etwa der Meinung, daß Mexiko nur deshalb erobert werden sollte, um auch dort die Sklaverei einführen zu können?«

»Natürlich nicht!«

»Möchtest du einen Krieg mit dem Norden?«

»Um die Abtrennung der Südstaaten zu ermöglichen, würde ich einen Krieg als letztes Mittel in Kauf nehmen.«

Euphemia lauschte den Geräuschen des Spätnachmittagsverkehrs, der sich über die Court Street bewegte. Inzwischen waren statt der schweren alten Frachtwagen der vergangenen Jahre Zweispänner und Kutschen in der Stadt unterwegs, elegante, kunstvolle Gefährte, leicht und schön. Die Fahrer hatten es eilig, vor Einbruch der Dunkelheit zu Hause zu sein, wie das gedämpfte Hufgetrappel der Zugpferde verriet. Wie sehr die Stadt gewachsen war, und wie sehr sie sich verändert hatte.

»Weißt du«, sagte Euphemia schließlich, »ich glaube, eigentlich wollen die Männer den Krieg. Ja, tief in ihrem Innern lieben sie ihn sogar. Irgend etwas in ihrem Blut, irgendein Urinstinkt bewirkt, daß die Männer den Krieg brauchen.«

William blickte von seinen Papieren auf. Es waren Briefe, die er an die ›Burgen‹ in New Braunfels und La Grange und San Antonio schrieb. »Mag sein«, sagte er – wie immer, dachte Euphemia, wenn er im Unrecht ist.

»Ich habe es alles schon einmal erlebt«, sagte sie leise. »Ich habe es am Peach Creek erlebt. Ich habe es im Krieg gegen Santa Anna erlebt und im Krieg gegen die Comanchen. Und zur Zeit erlebe ich es wieder. Bald werden wieder Soldaten und Uniformen zu sehen sein, mit spiegelblank polierten Knöpfen. Bald wird man wieder Fahnen und Flaggen schwenken. Bald wird es wieder Paraden geben, bei denen Mädchen tränenreich Abschied von jungen Männern nehmen. Und bald wird man wieder Reden über Tapferkeit und Vaterlandsliebe und Opferbereitschaft halten. Ich weiß es nicht, aber vielleicht lieben auch Frauen den Krieg. Wir zwingen euch diese Liebe auf, nehme ich an.«

William schrieb weiter an seinen Briefen. Euphemia konnte das Kratzen des Federkiels hören. »William«, sagte sie, »hör mir zu.« Das leise Schaben der Feder verstummte, und im Licht der Lampe konnte Euphemia das Blau in den Augen ihres Mannes sehen. »Ich liebe dich, William, und ich werde dich bis zur Stunde meines Todes lieben. Aber eins möchte ich klarstellen. Falls du in den Krieg ziehst, werde ich nicht weinen. Ich werde nicht einmal Abschied von dir nehmen.« Sie stand auf, trat an seinen Schreibtisch und küßte ihn auf die Stirn. »Solltest du gehen, werde ich dir nicht auf Wiedersehen sagen. Ich habe zuviel Leid und Tod gesehen.« Als Euphemia Texas das Haus verließ, knallte sie die Tür so laut hinter sich zu, daß irgend etwas Gläsernes zu Boden fiel und klirrend zersprang. Euphemia erkannte das Geräusch wieder: So hörte es sich an, wenn ein Pfeil mit einer Feuersteinspitze eine Fensterscheibe durchschlug.

Auf der westlichen Seite des Gerichtsgebäudes von Seguin errichtete man eine Tribüne für die allerschönsten Töchter der Konföderation. Genau wie Euphemia es vorhergesagt hatte, spielte eine Blaskapelle den ›Dixie‹ und ›Bonnie Blue Flag‹, während die D-Kompanie, die sich aus den jungen Männern Seguins und der Umgebung zusammensetzte, unter den kritischen Blicken der Offiziere vorübermarschierte, um dann stillzustehen und von Miss Mattie Jefferson die Flagge entgegenzunehmen, mit der die Kompanie aufs Schlachtfeld ziehen sollte. Die Flagge war von den Damen aus Seguin aus den Resten von Kleiderstoffen genäht worden. Es war ein bewegender Augenblick, und wider Willen war auch Euphemia ergriffen – besonders, als die jungen Mädchen das Lied ›When This Cruel War Is Over‹ anstimmten. *Wie seltsam es doch ist*, dachte Euphemia, *vom Ende eines Krieges zu singen, der gerade erst angefangen hat.*

An diesem Tag stand Euphemia bereits zum zweitenmal am Gerichtsgebäude und beobachtete, wie konföderierte Soldaten aus der Stadt marschierten. Travis Ashby, ihr Bruder, hatte die erste Kompanie aufgestellt und war ins Feld gezogen. Auch Travis' Einheit hatte eine Flagge bekommen; Miss Lou Scoggins hatte sie den Soldaten gegeben. Nachdem das Banner überreicht worden war und Captain Ashby es zackig entgegengenommen hatte, war die Kompanie nach San Antonio marschiert, wo die jungen Soldaten ausgebildet werden sollten. Jetzt, als Euphemia den Jubelrufen lauschte und sah, wie die Schulmädchen die Arme ausstreckten, um ihre tapferen Soldaten beim Vorbeimarsch zu berühren, fragte sie sich: *Ob die Männer auch dann noch Krieg spielen würden, wenn die Frauen sich weigerten, an diesem Spiel teilzunehmen?*

William King und andere Mitglieder der Seguiner ›Burg‹ der Ritter der Goldenen Runde waren erst vor kurzem aus San Antonio zurückgekehrt, wo sie das Waffenarsenal der Unionsarmee erobert hatten. Das Scharmützel mit den Nordstaatlern hatte ein paar Monate vor den Schüssen der konföderierten Armee auf Fort Sumter stattgefunden, jenem Bombardement, das allgemein als Beginn des Krieges betrachtet wurde. Doch die Seguiner ›Ritter‹ behaupteten steif und fest, die Beschießung Fort Sumters sei das zweite Gefecht im Krieg zwischen den Nord- und Südstaaten gewesen, das Scharmützel in San Antonio hingegen das erste: Ben McCulloch und eine Freiwilligen-Einheit waren nach San Antonio marschiert, um die Kapitulation Generalmajor David Twiggs zu erzwingen und der Union dadurch den Zugriff auf die Waffen, die Munition und die Vorräte unmöglich zu machen, die in der ›Stadt des Alamo‹ gelagert waren. Das Hauptquartier der Unionsarmee in San Antonio war zum Schauplatz eines unglaublichen Chaos geworden. McCullochs Freiwillige, auf deren Umhängen die roten Abzeichen ihrer Bruderschaft leuchteten, waren durch die Straßen gestürmt, hatten in die Luft geschossen und waren inmitten der teils neugierigen, teils belustigten Einwohner der Stadt in wilder Unordnung ziellos in die verschiedensten Richtungen marschiert und geritten. Doch die eingeschüchterte Unionseinheit hatte ihre Waffen McCulloch und dessen Rittern übergeben; dann waren die Nordstaatler abgezogen, ohne auch nur einen Schuß abzugeben. Doch einer der Ritter, ein Mann zu Pferde, hatte seine Doppelflinte fallen lassen; als die Waffe auf den Boden prallte, entlud sich ein Schuß und verwundete sieben Männer sowie zwei Pferde.

Während dieses seltsamen Geschehens kam ein junger Offizier namens Robert E. Lee, der ins texanische Grenzland abkommandiert worden war, durch San Antonio. Er war auf dem Weg nach Washington, nachdem Präsident Lincoln ihn dorthin zurückbeordert hatte. Robert war der Sohn von Henry Lee, dem berühmten ›Light-Horse Harry‹, einem Helden des Revolutionskrieges. Colonel Robert E. Lee hatte unter General Winfield Scott im Krieg zwischen den Vereinigten Staaten und Mexiko gekämpft, nachdem Texas der Union beigetreten war. Winfield Scott hatte den jungen Colonel als das ›größte militärische Genie Amerikas‹ bezeichnet. Als Lee in San Antonio eintraf, war er beim Anblick von McCullochs disziplinlosem Haufen entsetzt. Mit Tränen in den Augen soll er gesagt haben: »Sind wir so schnell so tief gesunken?«

Euphemia erfuhr, daß Robert E. Lee und Sam Houston enge Freunde waren, die sich beide gegen eine Spaltung der Vereinigten Staaten aussprachen. Lee hatte erklärt, es könne kein größeres Unheil für das Land geben als den Zerfall der Union, für deren Verteidigung er so viele Jahre gekämpft habe. »Sezession ist nichts anderes als Revolution«, sagte er. Doch seine Treue zu seinem Heimatstaat Virginia war unverbrüchlich. Was Virginia auch unternehmen würde – es konnte sich der vollen Unterstützung Lees sicher sein. Als Robert E. Lee San Antonio nach dem Alamo-Debakel verließ, hörte William King ihn sagen: »Wenn ich nach Hause komme, gibt es einen Soldaten weniger auf der Welt. Ich werde meinen Dienst quittieren und Mais anbauen.«

Als Lee in Washington eintraf, bot Lincoln ihm einen Kommandeursposten an der Front an – in der Armee der Vereinigten Staaten. Aus Gewissensgründen wies Lee dieses Angebot zurück und schloß sich den Konföderierten an.

Bald waren die Männer aus dem Guadalupe County erneut in den Krieg gezogen – an Orte mit Namen wie Etham's Landing und Seven Pines, Gaines Mill und Manassas. Nachdem William King seine Angelegenheiten geregelt hatte, folgte auch er den McCullochs in den Krieg gegen die Union, so, wie er ihnen einst in den Kampf gegen die Comanchen gefolgt war. Wieder einmal blieb es Euphemia und Tildy überlassen, sich um die Farm und die Pferde, die Kinder und das Land zu kümmern.

Als die Monate vergingen und der Krieg an Heftigkeit zunahm, wurde jeder Tag zu einem Überlebenskampf. Und als es an der Heimatfront zu einem bedrohlichen Tiefpunkt kam, bezahlte Euphemia das Schulgeld für ihre Jungen in Form von Eiern, Butter und Speck; es waren Zahlungsmittel, die weit mehr Wert besaßen als die Dollars der Konföderation. Euphemia mußte daran denken, wie sie, Sarah und Tildy sich während der Comanchenkriege um die männerlose Siedlerstätte am Peach Creek gekümmert hatten. Das Gefühl des *déjà vu* war so stark, daß Euphemia beinahe damit rechnete, jeden Augenblick Comanchen die Court Street heraufreiten zu sehen, die Federbetten und Kleiderstoffe mit den Pferden hinter sich her schleiften. Doch das einzig Schreckliche, was die Court Street heraufkam, war die Postkutsche, wenn sie plötzlich aus einer Senke hinter dem Bach auftauchte und die Briefe der Männer in die Stadt brachte. Zeit und Leben schienen zu erstarren, wie auf ewig in Bernstein gefangen, wenn die Frauen darauf warteten, das Horn des Postkutschers zu hören, das die Stille zerriß, um Nachricht von den Lebenden und Kunde von den Toten zu bringen.

Nachdem William Euphemia seine Entscheidung mitgeteilt hatte, in den Krieg zu ziehen, war sie zuerst wütend gewesen, hatte sich dann aber ihrer Wut geschämt. William hatte sie an jenen Tag erinnert, als sie sich nach der gefährlichen Begegnung mit dem Puma zum erstenmal getroffen und er ihr vom Tod seines Freundes erzählt hatte. »Ich kann mich nicht schon wieder drücken, wie damals beim Mier-Feldzug«, hatte William gesagt. »Ich kann nicht zulassen, daß immer nur meine Freunde in den Kriegen für mich kämpfen.«

Wie Frauen es seit dem ersten von Männern geführten Krieg immer schon getan haben, half Euphemia ihrem Mann auch diesmal, die Sachen zu packen, die er brauchte; sie hatte Knöpfe an seine Uniform genäht und ihn mit soviel Liebe überschüttet, wie sie nur konnte. Denn wer konnte schon sagen, wie lange er fortblieb und ob er überhaupt heimkehrte. Und Euphemia hielt sich nicht an ihre Drohung, William kein Lebewohl zu sagen. Es war ein tränenreicher Abschied, und sie war überrascht, daß es ihr tatsächlich körperlichen Schmerz bereitete, als sie William schließlich fortreiten sah; er wirkte wie ein kleiner Junge, der irgendeinen geheimnisvollen, bösen Streich im Schilde führt.

In stillen Nächten, wenn die Pferde ruhig waren und der Himmel in seiner Sternenpracht funkelte, versuchte Euphemia manchmal, durch die Kraft ihres Geistes zu William zu gelangen. Sie richtete dann ihre Gedanken dorthin, wo er sein mußte, und lauschte in der tiefen Stille der Nacht auf seine Erwiderung. Doch nur der Wind, der im Gras flüsterte, gab ihr Antwort oder eine Eule auf nächtlicher Jagd. Manchmal jedoch kamen Williams Gedanken zu ihr geflogen; da war sie ganz sicher. Freudig nahm Euphemia alles in sich auf, was sie zu hören glaubte; sie ließ sich ganz darin versinken wie in einen stillen Teich. Es wurden keine Worte gewechselt; es war nur ein Sich-bewußt-sein, daß sie zusammen waren und sich über weite Fernen hinweg berührten. »Gott behüte dich, Liebster«, sagte Euphemia dann und ließ sich in dem Strom dahintreiben, der ihr das Gefühl vermittelte, William nahe zu sein.

Eines Nachts, als sie wieder einmal über viele Meilen hinweg mit William sprach, begannen die Sterne einer nach dem anderen zu verblassen, als würde ein dunkler Schleier vor den Himmel gezogen. Ein kalter Wind peitschte Staub und Baumwollfetzen über die Felder. Große, schwere Regentropfen zerplatzten auf der Veranda. Einen schrecklichen Augenblick lang glaubte Euphemia, William wäre irgend etwas zugestoßen; aber dann besann sie sich und stand auf, um die Fensterläden zum Schutz gegen den aufkommenden Sturm zu schließen.

Grelle Blitze zuckten auf und durchstießen die Wolken. Wahre Sturzbäche schütteten auf das Dach herab und erfüllten die Nacht mit einem gewaltigen Orchester. Der Wind heulte, und Euphemia konnte wirklich und wahrhaftig spüren, wie das Haus von den Böen gerüttelt und geschüttelt wurde. Plötzlich vernahm sie einen

Laut, der alle anderen Geräusche des Unwetters übertönte – das Donnern, Stöhnen und Ächzen, das der Fluß von sich gab, wenn die Wassermassen ihn über die Ufer treten ließ. Tildy kam mit einem Schwall eisigen Wassers und einer flackernden Laterne ins Haus gestürzt. »Die Pferde!« rief sie, und Euphemia zog sich hastig an und folgte ihr hinaus in das tobende Unwetter. Sie wußte, daß es jetzt keinen William gab, der ihr helfen konnte. Wenn sie die Pferde retten wollte, mußten sie und Tildy es allein schaffen.

Die Bäche waren zu reißenden kleinen Flüssen angeschwollen und überfluteten das Feld, auf dem sich der Pferch für die Pferde befand. Euphemia konnte die Augen der Tiere sehen – weiß und voller Furcht. Sie wieherten schrill und preschten im Kreis das Gatter entlang über den schlammigen Boden. Euphemia wußte, daß die Pferde ihren gewohnten Platz niemals verließen, so daß sie ertrinken würden, falls es ihr und Tildy nicht gelang, sie in Sicherheit zu bringen. Der Gedanke, ihre Pferde zu verlieren, erfüllte Euphemia mit Entsetzen – und verlieh ihr ungeahnte Kräfte. Sie raffte ihre Röcke zusammen und band sie an der Hüfte zu einem Knoten fest. Mit erhobenen Armen, die Laternen hoch über den Kopf gereckt, wateten Euphemia und Tildy in die schlammigen Fluten. Sie wußten beide, falls es ihnen gelänge, die alte Stute zu fangen, würden die Pferde ihnen vielleicht folgen.

Sie riefen die Pferde mit Namen, doch der Wind riß ihre Rufe mit sich fort. Es regnete so heftig, daß man kaum erkennen konnte, wo sich die Grenze zwischen Regenflut und festem Boden befand. Die Kraft der Wassermassen zerrte so wild an Euphemias Beinen, daß sie hinabgezogen wurde. Die Laterne erlosch, und Euphemia spürte, wie sie fiel und auf die von Panik ergriffenen Pferde zustürzte. Schmerzhaft prallte sie gegen einen Baum, klammerte sich am Stamm fest und zog sich in die Höhe. Falls sie sich nicht festhalten konnte, war sie verloren.

Im Stakkato der Blitze sah sie, wie Tildy sich zu ihr herüberkämpfte. Sie hielt die alte Stute an der Mähne gepackt und zerrte das Tier hinter sich her. Als Tildy und die Stute nahe genug heran waren, griff Euphemia nach der Mähne des Pferdes, und dann kämpften die beiden Frauen und das Tier sich den Hang hinauf, wo die Strömung nicht so stark und der Schlamm nicht so tief war. Ein rascher Blick über die Schulter zeigte Euphemia, daß die anderen Pferde ihnen folgten.

Erschöpft und zitternd vor Kälte, saßen sie dann bei den Pferden, redeten auf sie ein und streichelten und tätschelten sie die ganze Nacht hindurch. Im ersten Tageslicht war das Unwetter vorübergezogen. Schulter an Schulter sahen Euphemia und Tildy zu, wie der Morgen anbrach.

Daß die konföderierte Armee ihre Pferde beschlagnahmen könnte, zählte zu den größten Ängsten Euphemias in den Kriegsjahren. Schon jetzt war sie gezwungen, hin und wieder ein Pferd zu verkaufen, um an Bargeld zu kommen. Aber wenn die Soldaten ihre Pferde brauchten, um jene Tiere zu ersetzen, die auf dem Schlachtfeld ihr Leben gelassen hatten – welche Möglichkeiten blieben ihr dann? Sie konnte die Herausgabe der Pferde ja schwerlich verweigern, wenn ein gutes Tier über Leben oder Tod eines Soldaten entschied. Doch der bloße Gedanke, daß man ihr vielleicht alles wegnehmen würde, wofür sie gearbeitet hatte, versetzte Euphemia in Zorn. Sie mußte daran denken, wie sie William vor langer Zeit gesagt hatte: »Ich will nicht, daß meine Pferde in den Krieg ziehen.« Sie überlegte sogar, ob sie die Tiere vor der Armee verstecken sollte. Doch eine Pferdeherde läßt sich nicht so leicht verstecken.

Eines Tages brachte die Postkutsche einen Brief von Sarahs Sohn Joel, in dem er mitteilte, daß sein Onkel Roderick Gelhorn, der als Offizier bei den Texas Rangers diente, bei Shiloh verwundet worden war. »Es steht schlecht um ihn«, schrieb Joel, »und die Wunde kann vielleicht seinen Tod bedeuten.« Fannie wartete in schrecklicher Sorge auf weitere Nachrichten, und Euphemia leistete ihr Gesellschaft, so oft es ging. Wochen später kam Roderick Gelhorn mit der Postkutsche nach Hause. Er hatte zwar die Verwundung überlebt und blieb nun von den feindlichen Gewehren verschont, war aber zum Opfer eines unerklärlichen und immer wiederkehrenden Fiebers geworden, das ihn für den Rest seines Lebens plagte.

Im Januar 1863 schrieb Travis einen Brief an seine Schwester Euphemia, den sie besonders bewegend fand. Zu der Zeit dienten Travis und Joel gemeinsam bei Terrys Texas Rangers in Tennessee. »Es war ganz seltsam«, schrieb Travis. »Wir ritten am hellichten Tag in die Stadt ein. Der Feind war verschwunden, hatte die Häuser und Geschäfte aber nicht geplündert. Da der Winter bevorstand, nutzten wir die Möglichkeit, uns warme Kleidung zu beschaffen. Irgend etwas an Shelbyville erinnerte mich an Gonzales. Die Leute hier haben sogar einen Akzent ähnlich wie bei uns zu Hause.«

Etwa einen Monat später brachte die Postkutsche den Brief eines anderen Soldaten, der unter Terrys Texas Rangers diente. »Am Donnerstag haben wir die Nachhut des Feindes angegriffen. Dabei wurden 120 Frachtwagen der Yankees zerstört und eine weitere feindliche Kanone erbeutet. Unsere Verluste bei den Kämpfen, die sechs Tage gedauert haben, werden auf etwa siebentausend Mann geschätzt. Wir tragen jetzt die blauen Uniformen der Yankeesoldaten, die wir gefangengenommen haben. Aber zu meinem Bedauern muß ich Ihnen mitteilen, daß Lieutenant Joel McClure am ersten Weihnachtstag gefallen ist.«

Roderick Gelhorn brachte Fannie, Euphemia und Jane Isabella mit der Kutsche nach Peach Creek zu Joels Mutter Sarah. Als sie dort anlangten, hatten sich bereits viele Freunde und Nachbarn in Sarahs großem Haus eingefunden. Vier Tage war das Haus voller Menschen; doch es herrschte eine bedrückende Stille, während Sarah mit der schrecklichen Nachricht fertigzuwerden versuchte, daß ihr Sohn tot war. Über die Jahre hinweg hatte Sarah sieben Kinder verloren, und es erstaunte Euphemia, daß Sarah nicht einfach aufgab, sich zu Bett legte und vor Kummer starb, sondern daß sie immer noch die Kraft zum Weiterleben fand. Drei Tage, nachdem die Nachricht von Joels Tod eingetroffen war, schockierte Sarah ihre Schwestern damit, daß sie sich ihre Pfeife anzündete und verkündete, daß Joel noch lebe. »Wäre er tot, würde ich's spüren.

Ich spür's aber nicht.« Es stimmte Euphemia traurig, daß Sarah sich offenbar doch nicht mit der düsteren Wahrheit abfinden konnte.

Fünf Tage, nachdem die Kunde von Joels Tod gekommen war, brachte der Postkutschenfahrer die Nachricht, daß Joel zwar schlimm verwundet worden sei, aber noch lebe. Sein Onkel Roderick Gelhorn machte sofort einen Wagen reisefertig und begab sich auf die lange Fahrt an die Front, um dort die Suche nach Joel aufzunehmen und ihn nach Hause zu holen.

Derweil verkündete das Horn des Postkutschenfahrers wieder und wieder die Namen der Toten. Ignatius Johnson. James Whitehead. Andrew Erskine. William Davis. James Butler. George Longstreet. Es war noch gar nicht so lange her, daß die jungen Männer aus Seguin strahlend an der Tribüne mit den schönsten Mädchen der Konföderation vorübermarschiert waren und mit solchem Stolz die Flagge der Südstaaten entgegengenommen hatten, die von den Damen der Stadt genäht worden war. Nun lagen so viele von ihnen unter der Erde, wie die Helden vom Alamo und die Märtyrer von Goliad.

Dann, bei Pea Ridge, fiel auch General Ben McCulloch, jener Mann, der eine von Houstons beiden ›Zwillingsschwestern‹ bei San Jacinto abgefeuert hatte. *Der Tod schreibt eine grausame, aber deutliche Schrift*, dachte Euphemia.

Zu Beginn des Frühlings, als die ersten Kornblumen davon kündeten, daß es immer noch Leben und Schönheit auf der Welt gab, kehrte Roderick Gelhorn nach Peach Creek zurück. Sarah beobachtete, wie die Sklaven Joel aus dem Wagen hoben und ins Haus trugen. Er lebte noch lange genug, um seiner Mutter Lebewohl zu sagen. »Jetzt ist Joel wirklich tot«, sagte Sarah. Diesmal hatte sie es mit eigenen Augen gesehen. Von ihren neun Kindern hatte sie acht verloren.

Zwei weitere entbehrungsreiche Jahre zogen ins Land, bis die Postkutsche endlich die Nachricht brachte, daß keine jungen Männer mehr in kalter, fremder Erde zu Grabe getragen werden mußten. Lee hatte bei Appomattox kapituliert. Doch der alte Texas Ranger

Rip Ford kämpfte nach Kriegsende mit einer Kompanie aus halbwüchsigen Jungen und alten Männern noch gut einen Monat im Süden von Texas gegen die Yankees. Als Rip Ford von der Kapitulation bei Appomattox erfuhr, weigerte er sich dennoch, den Kampf einzustellen. Aber schließlich konnte man ihn dazu überreden, ein paar Höflichkeitsfloskeln mit dem Feind auszutauschen und dann zu verschwinden.

Der Bürgerkrieg war vorüber. Für Euphemia war es blanker Hohn, daß ein so langer, brutaler und blutiger Krieg durch den Austausch von Höflichkeiten beendet worden war.

Als der Krieg zu Ende und William sicher nach Hause zurückgekehrt war, wurde Seguin dem Militärkommando von Generalmajor J. J. Reynolds unterstellt, und an der Live Oak Street wurde eine Garnison der Unionsarmee errichtet. Während der ›Rekonstruktionsjahre‹, die der Neuordnung der politischen Verhältnisse in den Südstaaten dienen sollten, regierte General Reynolds die Stadt. Er ernannte die städtischen Beamten, warf die Sympathisanten der Konföderation aus sämtlichen Ämtern, ließ die Konföderiertendollars vernichten, beschlagnahmte konföderiertes Eigentum an Grund und Boden und entschied sämtliche Wahlen auf Bezirks- und Ortsebene in seinem Sinne. Außerdem ließ er eine drückend hohe Eigentumssteuer erheben – unter dem Vorwand, die Gelder für die ›Durchführung gesetzlicher Reformen‹ zu benötigen. William und Euphemia konnten die Steuern für ihr Land nicht aufbringen. Euphemia hatte ihre Pferde zwar vor dem Unwetter und dem Krieg bewahrt; nun aber mußte sie viele Tiere an den Steuereintreiber der Yankees abtreten.

Immer wieder flammten Haß und Spannungen zwischen den Einwohnern von Seguin und der Garnison der Yankeesoldaten auf. Schon die Existenz dieses Militärlagers war Salz auf die Wunden der konföderierten Veteranen. Die Besatzer aus dem Norden waren wütend darüber, daß das Leben ihrer besiegten Feinde allmählich wieder seinen gewohnten Lauf nahm, während sie, die Sieger, immer noch fern ihrer Heimat Dienst tun mußten. Immerhin blieb

Seguin weitgehend von dem gesetzlosen Chaos verschont, das in den Nachkriegsjahren in so mancher texanischen Stadt tobte. Hier gab es keine Banden entwurzelter und verzweifelter Kriegsveteranen, die ihren Lohn für vier Jahre Dienst forderten, keine wütenden Menschenmassen, die Läden und Verpflegungsstellen plünderten. Die Gerüchte, daß San Antonio, Houston und andere Städte von den Unionssoldaten geplündert und niedergebrannt worden seien, drangen nur selten bis nach Seguin.

Nur noch achtzehn Mann der D-Kompanie aus Seguin waren in Appomattox dabei gewesen, als Lee kapituliert und seinen Degen dem Feind ausgehändigt hatte. Für diese jungen Männer und andere Einwohner Seguins war der Krieg noch lange nicht zu Ende; er würde erst nach ihrem Tod enden. Gelegentlich verhöhnten Jungen aus der Stadt die Yankeesoldaten, worauf sie verfolgt und verprügelt wurden, falls man sie zu fassen bekam. Ein alter Neger, Sol Jefferson, ein Freund und Angelgefährte von Euphemias Söhnen, wurde als Strafe dafür, daß er sich einem Offizier der Besatzungsarmee gegenüber ›frech benommen‹ hatte, zwölf Stunden an den Daumen aufgehängt.

Da die Garnison der Yankees ziemlich nahe bei ihrem Haus lag, fürchtete Euphemia um die Sicherheit ihrer Kinder. Um zur Schule zu kommen, mußten sie an den Soldaten vorbei. Deshalb ließen Euphemia und William sich einen Plan einfallen, mit dem sie zwei Ziele zugleich zu erreichen suchten. William brachte die Kinder aus der Stadt und damit aus der Gefahrenzone. Dann ging es nach Süden bis zum Wild Horse Desert, wo William und die Jungen Pferde jagen und fangen wollten, um jene Tiere zu ersetzen, die der Steuereintreiber der Yankees ihnen weggenommen hatte. Euphemia ermahnte William, die Pferde nicht durch einen Schuß in den Hals zu verletzen – jene Fangmethode der Mustangjäger, die William ihr vor vielen Jahren einmal geschildert hatte. Ungefähr zu dieser Zeit, als William und die Jungen in Südtexas auf Mustangfang waren, bekam Euphemia die Gelegenheit, einen Sohn eines der berühmtesten Pferde von Texas zu erwerben.

Unweit von Seguin wohnte ein alter Indianerkämpfer und Texas Ranger namens William Fleming. Als er aus dem Bürgerkrieg in die Heimat zurückgekehrt war, hatte er einen Hengst gekauft, den zwei Frauen aus dieser Gegend vor den Yankees und dem gefürchteten Steuereintreiber von Gouverneur Davis versteckt gehalten hatten. Um das Pferd vor unerwünschten Blicken zu verbergen, hatte Fleming es in einem Dickicht angekettet. Das Tier hatte so lange an der Kette gelegen, daß seine Beine verletzt und entzündet waren und es kaum noch laufen, geschweige denn rennen konnte. Doch es stellte sich heraus, daß der Vater des Hengstes, den Billy Fleming gekauft hatte, der legendäre Shiloh war, und daß die Mutter eine Tochter des berühmten Steel Dust war. Der Hengst hieß ›Old Billy‹ und war das größte und schnellste jener außergewöhnlichen Pferde, für die sich zur damaligen Zeit die Bezeichnung ›Quarterhorse‹ einbürgerte, weil diese Tiere auf der Viertelmeilen-Rennstrecke ein phantastisches Tempo gehen konnten. Old Billy zeugte in den folgenden Jahren viele hervorragende Rennpferde.

Eines Abends, in der Dunkelheit, als General Reynolds und die Yankeesoldaten schliefen, ritten Euphemia und Tildy mit Sarazen und Euphemias spanischer Lieblingsstute zu William Flemings Hütte. Dort wurde die Stute zu Old Billy gebracht, der die schöne Spanierin mit Begeisterung zur Braut nahm. Monate später erblickte ein Hengstfohlen das Licht der Welt. Sie nannten es ›Tänzer‹ – nach dem Pferd, auf dem Maggie Bowles beim Runaway Scrape den Brazos River durchschwommen hatte. Tänzer stammte aus einer so legendären Zucht, daß Euphemia eigentlich sicher sein konnte, endlich das schnellste und beste Pferd in ganz Texas zu besitzen.

In den Nachwirren des Krieges wurde Euphemia wieder in die erregende und rätselhafte Welt der Politik hineingezogen. Der Ehemann ihrer Freundin Ann Penn Ireland, John, war auf lokalpolitischer Ebene äußerst aktiv; viele prophezeiten ihm eine glänzende politische Zukunft. Ann, Euphemia und Annie Franklin trafen sich häufig zu gemeinsamen Nähstunden oder zum Baumwollkrempeln, wobei sie über die besorgniserregenden politischen Zustände im Nachkriegstexas diskutierten. Die Spannungen, die der Krieg hinterlassen hatte, beschränkten sich nicht nur auf die Einwohner der besetzten Städte im Süden und die siegreichen Nordstaatler. Als die grauenhaften Erinnerungen an die Schlachten allmählich verblaßten, begannen die heimgekehrten Veteranen der konföderierten Armee und ihre Familien sich in verschiedene Lager aufzuspalten, die ihrer jeweiligen politischen Einstellung vor dem Krieg entsprachen. So gab es jene, die – wie Sam Houston – für die Beibehaltung der Union gestimmt hatten; andere wiederum – wie Henry McCulloch und William King – waren Sezessionisten gewesen und hatten sich für die Eigenständigkeit der Südstaaten ausgesprochen.

Die Spaltungen und Feindseligkeiten gingen so tief, daß Ann Penn Ireland prophezeite, daß sie die Basis der texanischen Politik bilden würden, bis ›der Jüngste Tag anbricht oder ein Presbyterianer Gouverneur wird‹. Im Jahre 1866 versammelten sich Delegierte aus dem ganzen Staat in Austin, darunter auch John Ireland. Sie wollten den Versuch unternehmen, einem Wiedereintritt von Texas in die Union den Weg zu ebnen. Vorrangig jedoch drehten die Gespräche sich um Themen wie die Abschaffung der Sklaverei, das Wahlrecht für freigelassene Sklaven und das Recht der Einzelstaaten, sich aus der Union zu lösen. Außerdem wurde über das öffentliche Schulwesen diskutiert und die Notwendigkeit, die wirtschaftliche Genesung von den Auswirkungen des Krieges zu beschleunigen.

Erst die ›Versammlung zu Fragen des Wiederaufbaus‹ im Jahre 1868 erregte die besondere Aufmerksamkeit Euphemias, Annie Franklins, Ann Penn Irelands und anderer politisch interessierter Frauen der Stadt. Auf dieser Versammlung wurde der Antrag gestellt, in der neuen Verfassung des Staates Texas das Wahlrecht für Frauen zu verankern. Die Frauenrechtsbewegung, die durch den Bürgerkrieg ins Stocken gekommen war, gewann im ganzen Staat wieder an politischer Bedeutung. Susan B. Anthonys Bemühungen, eine sämtliche Bundesstaaten umfassende ›Gesellschaft für Gleichberechtigung‹ zu organisieren, um die Rechte sowohl farbiger als auch weißer Frauen zu fördern, waren in den Städten und Gemeinden von ganz Texas wohlbekannt. Doch im gesamten ›Lone Star State‹ schien es – oberflächlich betrachtet – keine einzige organisierte Frauenrechtsbewegung zu geben. Unter der Oberfläche jedoch, in den Wohnzimmern und Salons von Seguin und Austin und San Antonio, wurde unaufdringlich, aber beharrlich für die Rechte der Frauen geworben. Die Zeiten des Schweigens und der Untätigkeit der Frau auf der politischen Bühne waren vorbei. Als John Ireland und die anderen Delegierten im Jahre 1868 erneut in Austin zusammentraten, hatten einige von ihnen einen Verfassungszusatz entworfen, in dem beiden Geschlechtern das Wahlrecht gewährt wurde.

Der entsprechende Antrag wurde von T. H. Mundine aus dem Burleson County eingebracht. Nach einem erfolglosen Versuch, die Entscheidung über den Gesetzesentwurf zurückzustellen, wurde er dem Ausschuß für staatliche Angelegenheiten vorgelegt. Der Bericht dieses Ausschusses sprach sich deutlich für das Frauenwahlrecht aus und zollte den weiblichen Tugenden glühenden und beredten Tribut. An einer Stelle des Berichts hieß es: »Als das Blut unseres Heilands auf dem Berge Golgatha vergossen wurde, hat sie (die Frau) am längsten unter dem Kreuze verweilt und war als erste an der Grabesstätte unseres auferstandenen Herrn.« Euphemia meinte, daß es an der ›bombastischen‹ Sprache liegen könne, daß der Gesetzesentwurf beim ersten Anlauf gescheitert war. Und Ann Penn Ireland fügte hinzu: »Es fällt den Kerlen eben nicht leicht, für ein Gesetz zu stimmen, bei dem sie sich in ihrer Haut nicht wohl fühlen.«

Eines Abends, nachdem John Ireland, William und die anderen Männer das Zimmer nach einem gemeinsamen Essen verlassen hatten, nutzte Annie Franklin die Gelegenheit, die in einem Minderheitenbericht des Ausschusses zusammengefaßten Argumente der Gegner des Frauenwahlrechts laut vorzulesen. Die Frauen warteten deshalb, bis die Herren der Schöpfung gegangen waren, damit diese nicht das schallende Gelächter vernehmen konnten, das stets zu hören war, wenn Frauen diesen Bericht vorlasen. Als Annie Franklin sicher war, daß die Männer sich außer Hörweite befanden, begann sie mit tiefer, sonorer Stimme: ». . . daß wir dem Frauenwahlrecht ablehnend gegenüberstehen . . ., weil wir der unerschütterlichen Überzeugung sind, daß die Frau, in Anbetracht ihrer gesamten körperlich-geistigen Beschaffenheit, nicht für die aktive Teilnahme an den Regierungsgeschäften dieses Staates geeignet ist und daß ihre natürliche Bescheidenheit sowie ihre geschlechtsbedingte emotionale Empfindsamkeit jede *wahre Frau* davon abhalten wird, an dem lärmenden und geschäftigen Treiben teilzunehmen, wie es an Wahltagen entsteht . . . Des weiteren lehnen wir das Frauenwahlrecht auch deshalb ab, weil wir der Überzeugung sind, daß schon der gesunde Menschenverstand jede *wahre Frau* im Lande erkennen lassen wird, daß es eine direkte und unverhohlene Beleidigung ihres Geschlechts darstellt, ihr das Wahlrecht zu gewähren; denn dies würde den trügerischen Anschein erwecken, die Frauen wären dermaßen unweiblich, dieses Privileg tatsächlich zu begehren.«

Die ›wahren‹ Frauen lachten und redeten und redeten und lachten, bis sie spät am Abend von ihren teils verdutzten, teils verärgerten Ehegatten nach Hause gebracht wurden. Die Gespräche der Männer waren – bei Whiskey und Zigarren – nicht annähernd so erheiternd gewesen. Die fröhliche Stimmung ihrer Frauen war für die Herren der Schöpfung besonders verwunderlich, weil man im ganzen Guadalupe County wußte, daß Ann Penn Ireland kaum jemals lachte und Euphemia Texas King kaum jemals lächelte.

Wie die Jahre ins Land zogen, wurde Euphemia das Leben in der kleinen Stadt Seguin mehr und mehr so bequem wie ein alter Mantel. Die Zeiten der Unzufriedenheit mit ihrem Leben schienen hinter ihr zu liegen – jene Jahre, als sie sich nach neuen Horizonten jenseits der Ufer des Guadalupe gesehnt hatte. Jetzt hatte sie nicht mehr den Wunsch, wie Florence Nightingale loszueilen, um die Krim oder die Welt zu retten, zumal es in Seguin mehr als genug zu retten gebe, wie sie zu Ann Penn Ireland zu sagen pflegte.

Einmal, als sie durch die Stadt spazierte, sich die warme Sonne ins Gesicht scheinen ließ und dem Lachen der spielenden Kinder lauschte, wurde ihr mit leichtem Erschrecken klar, daß die Pionierzeiten vorbei waren, was sie einerseits mit Wehmut, andererseits mit Erleichterung erfüllte. Hier, in Seguin, war eine vollkommen andere Welt als das wilde, weite Texas, das sie in ihren Kinderjahren erlebt hatte. *Wo ist Tarantula*, fragte sie sich. *Wo sind die Hornisten aus Santa Annas Armee? Wo ist Jean-Baptiste Beauchamps, der zaudernde Zimmermann?* Es schien erst einen Augenblick her zu sein, daß Euphemias Welt noch voller Gefahr und Tod und Gewalt gewesen war. Jetzt war das wilde Grenzland trotz des schrecklichen Bürgerkrieges – vielleicht auch auf eine seltsam verquere Weise gerade deshalb – so geworden, wie Sarah es sich immer gewünscht hatte: eine zivilisierte Welt. Euphemia und ihre Freundinnen, die sich nun ›Wahre Frauen‹ nannten, redeten oft über die trügerische Natur der sogenannten Zivilisation.

»In den alten Zeiten«, erklärte Euphemia Texas, »als Seguin noch so etwas wie eine Oase in der Wildnis gewesen ist, war es leichter, den Menschen ihre Fehler zu verzeihen oder einfach darüber hinwegzusehen. Wenn man ums Überleben kämpfen muß, hat man keine Zeit, auf solche Feinheiten wie Recht und Ordnung und Wahrheit zu achten. Aber je zivilisierter wir werden, um so weniger Geduld habe ich mit Ungerechtigkeiten und Ignoranz und Dummköpfen.«

»Heutzutage ist es so gut wie unmöglich, Dummheit einfach so hinzunehmen«, fügte Ann Penn Ireland hinzu – als ob sie das jemals getan hätte.

Eines kann über die ›Wahren Frauen‹ in den Jahren der ›Rekonstruktionszeit‹ gesagt werden: Sie nahmen Dummheit nicht einfach hin. Als die Besatzungsmacht den Versuch unternahm, die methodistisch-episkopale Kirche des Südens mit der methodistischen Kirche des Nordens wieder zu vereinen, führten Ann Penn Ireland und die anderen ›Wahren Frauen‹ einen Feldzug für den Bau einer neuen Kirche. »Mir ist eine Lichtung in einem Eichenwald in den Südstaaten lieber als die schönste Yankeekirche der Welt«, sagte Ann Penn all denen, die ihr zuzuhören gewillt waren. Die neue Kirche war eine Art Trotzreaktion; die treibende Kraft war William King, der Vorsitzende des Kirchenausschusses. Doch das Herz dieser Rebellion waren die Frauen von Seguin, die sich mit Dummheit einfach nicht abfinden wollten. Die ›Wahren Frauen‹ spendeten ihr Eiergeld und veranstalteten Dinnerpartys, um die Mittel für den Bau des neuen Kirchengebäudes aufzubringen. In späteren Jahren bekämpften sie die ausschließlich von Männern beherrschte Führungsclique der methodistischen Kirche, indem sie bei einem verwegenen mitternächtlichen Treffen trotzig eine ›Frauen-Missionsgesellschaft‹ gründeten.

Euphemia und die ›Wahren Frauen‹ setzten sich außerdem für die Farbigen ein; ihr Ziel bestand darin, die Lebensbedingungen der ehemaligen Sklaven zu verbessern. Als Reverend Leonard Isley, ein baptistischer Missionar aus Bangor in Maine, auf dem Vinegar Hill im westlichen Teil der Stadt eine Schule für freigelassene Sklaven gründete, halfen die ›Wahren Frauen‹ ihm, so gut sie konnten; unter anderem sammelten sie gebrauchte Bücher für die Schulbibliothek.

Im Lauf der Jahre hatte Euphemia sich die Achtung der farbigen Einwohner der Stadt erworben. Daß sie die Sklaverei ablehnte, war nicht nur unter ihren Freundinnen bekannt; jeder Neger in Seguin wußte davon. Schon bevor Texas ein unabhängiger Staat geworden war, hatte die mexikanische Regierung einigen freien Negerfamilien Landbesitz in der Gegend um Seguin zugesprochen. Repressive Gesetze der Republik und des späteren amerikanischen Bundesstaates Texas engten die Freiheit dieser Familien jedoch stark ein. Neger durften kein Eigentum besitzen, ja, ohne einen weißen Fürsprecher durften sie nicht einmal Waren kaufen oder verkaufen.

Nachdem Euphemia schon bei dem Versuch, die Freilassung Tildys zu erwirken, mit den einschlägigen Gesetzen Bekanntschaft gemacht hatte, schenkte sie den gesetzlichen Bestimmungen nun mehr Beachtung. Sie beschloß, sich für die farbigen Farmer einzusetzen, die sich in der Nähe des King-Landes niedergelassen hatten, und bürgte für diese Menschen, wenn sie Vieh kauften oder verkauften. Sie war froh, den Farbigen, die noch weniger Rechte besaßen als Frauen, wenigstens diese eine Hilfe erweisen zu können.

Während der ›Rekonstruktionsjahre‹ zeigte Euphemia ihren gerade erst befreiten farbigen Nachbarn zudem, wie man Farmland erwerben konnte, indem man sich auf das Heimstättengesetz berief. Sie las alle einschlägigen Gesetzestexte, um sicherzugehen, daß ihre Schützlinge nicht reingelegt werden konnten. Sie und William verbürgten sich sogar für die Kredite, welche die Farbigen bei der Anschaffung von Geräten, Saatgut und dergleichen aufnehmen mußten, bis die ersten Ernten Gewinn abwarfen und die Rechnungen beglichen werden konnten.

Während sie den schwarzen Familien beim Aufbau einer Existenz half, hörte Euphemia manchmal das Getuschel derjenigen, die der Meinung waren, daß die weißen Einwohner Seguins unter sich bleiben sollten. Doch weil Euphemia aus einer alteingesessenen texanischen Familie stammte, wurde Kritik nur verschleiert und indirekt laut, und Euphemia folgte unbeirrt dem Ruf ihres Gewissens.

Sie war froh, daß Sam Houston die schreckliche Zeit der ›Rekonstruktionsjahre‹ nicht mehr erleben mußte. Er war 1863 gestorben; vielleicht aus Trauer um seine Union, als er zusehen mußte, wie die konföderierten Truppen an seinem Haus in Huntsville vorübermarschierten.

Nun wurden die Texaner von den derben, oft betrunkenen Soldaten aus dem Norden regiert, die mit korrupten Politikern unter einer Decke steckten, welche ihre Ämter der Vetternwirtschaft zu verdanken hatten. Da William für die Sache der Konföderierten eingetreten war, wurde ihm das Wahlrecht aberkannt. Es erfüllte ihn mit Bitterkeit und Zorn, daß schwarze Analphabeten, Neueinwanderer aus ganz Europa, Tagediebe und politische Abenteurer vor den Wahllokalen anstanden, um ›Politikern‹ ihre Stimmen zu geben, deren Name nicht einmal die Tinte auf dem Papier des Wahlzettels wert war.

Doch William King und den meisten anderen Texanern war es am wichtigsten, die Yankees erst einmal loszuwerden. Solange die Unionssoldaten Garnisonen in den texanischen Städten und Gemeinden besaßen, würde ihre verhaßte Präsenz jeden Versuch der Texaner zunichte machen, ihr Land eigenverantwortlich zu regieren und alle Bemühungen des Wiederaufbaus ihrer Institutionen, ihrer Städte und ihres Lebens behindern. Doch die Männer aus Seguin waren ohnehin politisch hoffnungslos zerstritten. Die alten Ressentiments zwischen Unionisten und Sezessionisten waren so stark und lebendig wie vor dem Krieg. Nachbarn waren durch Mauern aus Vorurteilen voneinander getrennt. Viele Texaner standen auf der konservativ-republikanischen Seite dieser Mauer; die anderen auf der liberal-demokratischen Seite.

Sollten die ›Rekonstruktionsjahre‹, ja, der Krieg jemals enden und wollten die Texaner das Ziel erreichen, sich wieder in Eigenverantwortung zu regieren, mußte irgend jemand die Mauern niederreißen, welche die Nachbarn voneinander trennten. Und die einzige wirkungsvolle politische Reform, mit der dieses Ziel vielleicht zu erreichen war, schien in einer Verschmelzung zu bestehen, einem Bündnis zwischen den konservativen Republikanern und den liberalen Demokraten in Texas. In Seguin, wo Euphemia sich auf die Feier ihres vierzigsten Geburtstags vorbereitete, begann man, an dieser Allianz bisheriger politischer Gegner zu schmieden. Und die ›Wahren Frauen‹ schürten das Feuer.

Eines Tages bekam Euphemia die Nachricht, daß ihre Freundin Elizabeth Douglass schwer krank sei. Euphemia und Ann Penn Ireland verbrachten einen ganzen Tag damit, das Essen für die Douglass-Familie zu bereiten. Zur Abendbrotzeit trugen sie dann die Suppenterrine und das Geschirr die wenigen Querstraßen bis zum Haus der Douglass. Nach dem Essen wollten sie die ganze Nacht hindurch an Elizabeths Bett sitzen, sich um die Kinder kümmern und den Haushalt versorgen.

Als Euphemia und Ann Penn Ireland ins Haus der Douglass kamen, stellten sie fest, daß bereits eine andere Freundin Elizabeths dort war, Polly Gordon. Die Stimmung im Krankenzimmer, die normalerweise herzlich und voller Wärme gewesen wäre, schlug in Eiseskälte um. Polly Gordons Ehemann war konservativer Republikaner. Obwohl er – aus Gewissensgründen – in der konföderierten Armee gedient hatte, hatte er gegen die Sezession gestimmt. William King und John Ireland hingegen waren liberale Demokraten und hatten sich vehement für die Loslösung der Südstaaten aus der Union ausgesprochen.

Und nun trafen die Frauen dieser politischen Gegner zusammen, um eine kranke Nachbarin zu pflegen. Elizabeth hatte Schüttelfrost und Fieber, doch Dr. Johnson war zur Zeit in einem anderen Bezirk und nicht zu erreichen. Unter den gegebenen Umständen war es für die Frauen selbstverständlich, aller Gegnerschaft zum Trotz an einem Strang zu ziehen und der gemeinsamen Freundin zu helfen. In unbehaglichem Schweigen tränkte Ann Penn Ireland ein Handtuch in eiskaltem Wasser und legte es Elizabeth um den Hals. Euphemia suchte in der Küche nach der großmundigen Flasche Chinin; dann kochte sie Wasser in einem Kessel. Polly Gordon suchte Decken und Bettwäsche zusammen, mit denen Elizabeth später zugedeckt werden sollte, so daß sie ihr Fieber ausschwitzte. Alles lief in frostiger Atmosphäre ab; die Frauen redeten kein Wort und wichen den Blicken der anderen aus, und die Stimmung im Zimmer war bedrückend. In der Stille der Nacht, als Polly und Euphemia zu beiden Seiten von Elizabeths Bett wachten und dafür sorgten, daß die Umschläge kalt und feucht blieben, trafen sich ihre Blicke, und sie schauten sich an.

»Das muß endlich aufhören«, sagte Euphemia. »Was ist bloß aus uns geworden? Es ist an der Zeit, daß wir die Zäune niederreißen.«

Sie stand auf, ging um das Bett herum und legte Polly die Hand auf die Schulter. Die beiden Frauen schauten auf die kranke Freundin hinunter und beobachteten für einen Augenblick, wie sie gegen das Fieber ankämpfte. »Dieser Krieg muß endlich beendet werden«, sagte Euphemia. Polly Gordon nahm Euphemias Rechte, die auf ihrer Schulter lag, mit beiden Händen.

Als sie am nächsten Tag nach Hause kam, stellte Euphemia William vor ein Ultimatum. »Es wird Zeit, daß ihr Männer endlich mit euren Grabenkämpfen aufhört! Wir haben den Krieg verloren; jetzt dürfen wir nicht auch noch unsere Freunde verlieren. Ihr Männer konntet diesen verrückten Krieg ja nicht schnell genug anfangen, so versessen wart ihr darauf. Warum habt ihr jetzt nicht genug Verstand, ihm ein Ende zu machen?« Die ›Wahren Frauen‹ verbreiteten diese Botschaft überall in Seguin. Polly, Ann Penn Ireland, Euphemia und die Ehefrauen und Töchter der Männer von Seguin redeten von Sonnenaufgang bis Sonnenuntergang auf ihre Gatten und Väter ein, um sie davon zu überzeugen, daß man zu einem Kompromiß gelangen mußte. Allmählich, Schritt um Schritt, ging in dieser kleinen Stadt eine Veränderung vor. Und bald verkündeten die einflußreichsten Männer Seguins, zwischen denen eine bisher unüberbrückbare Kluft bestanden hatte, eine Deklaration, die, auf der ersten ›Vereinigungsversammlung‹ verfaßt, in die Geschichte eingehen sollte: Es war ein Bündnis zwischen den konservativen Republikanern und den liberalen Demokraten, das dazu dienen sollte, eine gesetzmäßige politische Ordnung in Texas zu schaffen. Diese erste Versammlung fand in Seguin statt. Die Rowdy King Boys nahmen daran teil, wie auch Henry McCulloch und John Ireland. Es war eine Volksbewegung, deren Ziel es war, Stabilität und Ordnung zu schaffen, und die sich bald über den ganzen Staat ausbreitete.

1870 fand in Austin eine Vereinigungsversammlung statt, die den ganzen Staat Texas umfaßte, und der erste Versuch wurde unternommen, mit vereinten Kräften eine neue texanische Verfassung zu schaffen. Doch es sollten noch vier Jahre vergehen, bis die Rekonstruktionsjahre endeten. 1874, neun schmerzliche Jahre nach der Kapitulation der Südstaaten bei Appomattox, war endlich auch der Krieg auf politischer Ebene zu Ende. Und der Geist, der diese Friedensbewegung hervorgebracht und vorangetrieben hatte, war von einer kleinen Gruppe Frauen entfacht worden, die sich in einer kleinen Stadt am Guadalupe River um das Bett einer kranken Freundin versammelt hatten.

Zum erstenmal in ihren nunmehr dreiundvierzig Lebensjahren erfuhr Euphemia Texas King, wie ein Leben in einer Welt ohne Krieg aussah.

Eines Morgens im Herbst, als Euphemia auf Tänzer durch die Dunstschwaden ritt, die vom Guadalupe River aufstiegen, hörte sie das Dröhnen eines Vorschlaghammers auf Stahl und gutturale Flüche, die von Fremden ausgestoßen wurden. Dann sah sie schwere Frachtwagen, in schreiend bunten Farben bemalt, auf einer Wiese stehen, in deren Mitte ein Zelt errichtet wurde. Noch sah es wie ein riesiges zerfleddertes Blatt aus, das aus einem Stück erdfarbenem Tuch geschnitten war. Die Wagen trugen die Aufschrift: ›John Boothway's Wild West Show‹. Euphemia hatte schon von solchen Zirkusunternehmen gehört, die von Stadt zu Stadt zogen und die Legenden und Lügen über den ›wahren Westen‹ in den Osten brachten. Die vielleicht berühmteste dieser Zirkustruppen war ein paar Jahre zuvor von Buffalo Bill Cody gegründet worden; in seiner Show traten Scharfschützen, Seiltänzer, wilde Indianer und wunderschöne mexikanische Senoritas in gewagten Kostümen auf.

John Boothways Wildwestshow war eine kleine, traurige Version der großen Zirkusunternehmen, die in den Städten im Osten so beliebt geworden waren. Euphemia sah zu, wie das alte Zelt sich langsam erhob. Sie vermutete, daß viele von den Arbeitern gleichzeitig als Stars in der Manege auftraten. Plakate versprachen täglich zwei ›großartige und vollständige Veranstaltungen‹; mochte es regnen oder die Sonne scheinen. Außerdem wurde auf diesen Plakaten die ›Verteidigung des Alamo‹, eine ›Schießerei der Texas Rangers‹, ein ›phantastischer Kunstreiter‹, der jeden anderen Mann an Reit- und Schießkünsten übertraf und ein ›grausamer Überfall durch den letzten großen Häuptling der Comanchen‹ angekündigt. Während Euphemia den Arbeitern zuschaute, die mit der Zeltplane, den Wagen und den Tieren zu kämpfen hatten, kam sie sich plötzlich sehr alt vor. *Ich bin schon ein Teil der Geschichte*, dachte sie. *Das Leben, das ich führe, wird bereits Legende.*

Am Nachmittag ritt Euphemia noch einmal mit Tänzer zur Wiese hinaus. Ein kalter Wind wehte über den Fluß und die Ufer, und von der Haupttribüne drangen die Klänge von Musik an Euphemias Ohren; es war die gleiche Art von Blasmusik, mit deren Begleitung die jungen Männer von Seguin in den Krieg geschickt worden waren. Nun begrüßte diese Musik Kinder und Träumer und eine neue Generation von Menschen, die sich ihr Leben lang fragen würden, ob ihre Vorväter und ›die alten Zeiten‹ wirklich so gewesen sein mochten, wie sie es im Zirkus zu sehen bekamen. Eine ansehnliche Menschenmenge hatte sich versammelt. Es waren zwar nicht annähernd so viele Leute gekommen wie letzten Sonntag in Mill Creek, um sich Reverend Andrew Jackson Potters Predigt anzuhören; aber dabei mußte man berücksichtigen, daß Andrew Jackson Potter sehr viel unterhaltsamer sein konnte als sämtliche Wildwestshows zusammen. Euphemia wußte selbst nicht so recht, warum sie beschlossen hatte, die Vorstellung zu besuchen, und warum sie allein hatte gehen wollen, ohne Williams Begleitung. Vielleicht wollte sie auch dem Kind in den Räumen ihres Geistes unbeobachtet etwas Gutes tun.

Und dann wurde ihr Leben unter diesem alten, zerlumpten, erdfarbenen Zelt vor ihr ausgebreitet. Die Kapelle schmetterte ihre mißtönende Blasmusik in den Nachmittagshimmel; die Stimme des Ansagers dröhnte über die Wiese hinweg und hob und senkte sich, während die wunderbaren Begebenheiten des alten Wilden Westens, die Euphemia miterlebt hatte, an diesem Herbstnachmittag an ihr vorüberzogen. Sie sah die Witwen vom Alamo und hörte die

Klänge der Trompeten Santa Annas, und Sarah sprang auf ihrem Pferd über die Schlucht und drehte sich um und lachte die Comanchen aus, die sie verfolgten. Euphemia sah das entstellte Gesicht Matilda Lockharts; das Blut des Plünderers, der Little Johnny gepackt hielt, strömte an ihren Augen vorüber, und sie spürte das warme Blut von Colonel Reuben Ross auf ihrem Schoß. Es war ein Karneval der Gewalt und der Gefahr, des Wagemuts und des Todes. Und dann, als großes Finale, wurde der Comanchenhäuptling umzingelt und von den Texas Rangers getötet. Der Häuptling starb einen langsamen, kunst- und qualvollen, tausendfach geübten Tod, und die Vorstellung war zu Ende. Euphemia bemerkte, daß sie weinte.

Am nächsten Morgen ritt sie noch einmal zur Wiese hinaus. Sie erlebte eine Umkehr der Ereignisse, die sie vor ein paar Tagen beobachtet hatte, denn nun wurde das Zelt langsam heruntergelassen, und die Wagen wurden für die Weiterreise beladen. Tänzers Atem bildete kleine weiße Wolken in der kalten Morgenluft. Euphemia wartete, bis die Wagen und Pferde an ihr vorüberzogen. Zuerst kamen die Reiter; anders als in der Manege sahen sie im Licht des Tages sehr sterblich und gewöhnlich aus. Dann folgten die Wagen; das trockene Laub raschelte unter den großen Rädern. Und dann kam der letzte große Krieger der Comanchen.

Tarantula ging zu Fuß; sein riesiger Körper war vom Alter gebeugt, und die großen, tiefliegenden Augen in seinem narbigen Gesicht schienen nach innen zu blicken. Euphemia konnte spüren, daß die gewaltige Kraft seiner Persönlichkeit geschwunden war. Seine mächtigen Arme, die einst Macht über Leben und Tod derjenigen besaßen, die Euphemia geliebt hatte, baumelten kraftlos von seinen Schultern, wie totes Fleisch. Auch Tarantula erschien im Licht der Zeit sterblich und gewöhnlich. Euphemia stieß Tänzer leicht die Absätze in die Weichen, und das Pferd trabte los.

Euphemia spürte die erstaunten, neugierigen Blicke der Zirkusleute auf sich ruhen, als sie Tarantula in den Weg ritt. Der alte Häuptling blieb stehen. Langsam hob er den Kopf und schaute

Euphemia ins Gesicht. Nach Sekunden der Verwunderung trat ein Schimmer des Wiedererkennens in die Augen des Kriegers. »Tapferes Squawkind«, sagte er.

Die Zirkusleute sahen zu, wie Euphemia sich aus dem Sattel schwang und Tarantula die Zügel des Pferdes reichte. »Du solltest nicht zu Fuß gehen«, sagte sie. »Nimm das Pferd.« Dann drehte sie sich zu den Zirkusleuten und den wenigen Stadtbewohnern um, die zuschauten. »Ich habe ihm das Pferd geschenkt«, sagte sie. »Ihr alle habt's gesehen.« Damit wandte sie sich ab und ging davon, zurück in die stillen, friedlichen Straßen von Seguin.

IDELLA

Es hatte zu regnen begonnen. Ich konnte jeden Tropfen einzeln hören, wie er seine Melodie auf dem Blechdach von Idellas Behausung spielte. Eine zweite Kerze war heruntergebrannt und hatte dem Schloß aus Wachs, das auf dem Tisch neben dem Ellbogen der alten Frau langsam heranwuchs, neue Türmchen und Giebel hinzugefügt. Idella schien zu schlafen. Sie atmete kaum merklich und schien mit der Dunkelheit, dem Fluß und dem gewundenen Lauf der Zeit zu verschmelzen. Draußen nahm der Guadalupe schweigend das Geschenk des Regens entgegen, und ich wunderte mich, daß eine so ruhige Nacht plötzlich so voller lebendiger Erinnerungen war. Ich konnte Euphemia und Sam Houston und die Rowdy King Boys und Tildy spüren; sie standen draußen am Fenster, und sie waren so gegenwärtig und wirklich wie der Regen selbst. Doch als ich mich umdrehte und einen Blick zum Fenster warf, sah ich nur Schatten.

Ich schaute auf Idellas bewegungslose Gestalt und fragte mich, ob sie wirklich die Macht besaß, mit den Toten zu sprechen. Die alte Frau hatte die Augen noch immer geschlossen.

»Wo sind sie jetzt?« fragte ich. Es war die gleiche Frage, die Euphemia vor so langer Zeit gestellt hatte – eine Frage, die ich nur an Idella richten konnte, und auch nur an einem Abend wie diesem, der erfüllt war von Geistern und Regen und Kerzenlicht.

Idella schlug die Augen auf, und sie waren klar und funkelnd wie die Augen eines Kindes. »Sie sind alle hier, meine Kleine. Euphemia, Tildy, Tarantula und all die anderen. Sie schauen uns zu; schließlich wollen sie wissen, wie diese Sache hier ausgeht.« Idella lächelte; dann seufzte sie. Ich konnte erkennen, wie schrecklich müde die alte Frau war. »Es ist spät«, sagte sie schließlich. »Vielleicht sollten Sie jetzt nach Hause fahren. Sie fürchten sich ja nicht vor dem Fluß wie manche anderen Leute.« Plötzlich lachte sie, und ihr Lachen paßte genau zu der Melodie des Regens auf dem Blechdach. »Oh, das weiß ich, weil ich Sie abends schon unten am Fluß hab' stehen sehen. Zigarren geraucht haben Sie, wie ein Mann.«

Wieder schloß Idella die Augen und schien durch den grauen Schleier der Jahre nach innen zu blicken. Schließlich sagte sie: »Ich sehe Sie und Mary Telva Fischer und Faye Blumenberg und Anne Baer und das Parker-Mädchen, wie ihr die Autoschlüssel aus der Handtasche von Mary Ann Fritz' Mutter nehmt und euch in euren Nachthemden von der Schlummerparty davonschleicht. Es ist ein Abend, so dunkel wie dieser. Ihr schiebt das Auto ganz leise die Auffahrt bis zur Straße hinunter; deshalb kann Mrs. Fritz es nicht hören. Dann laßt ihr den Motor an und fahrt die Milam Street entlang, schnell, sehr schnell, und dann über staubige Landstraßen, und schließlich am Friedhof vorbei und hinunter zum Fluß. Ihr geht ans Ufer, im Nachthemd. Ihr habt eine Heidenangst. Aber ihr seid ja noch so jung, so frisch, so voller kindlicher Unschuld.«

Ich konnte es nicht fassen, daß das schlimme Geheimnis um Mrs. Fritz' Autoschlüssel enthüllt worden war. »Idella, woher wissen Sie . . .?«

»Ich weiß alles, was in dieser Gegend geschieht, meine Kleine. Vor der alten Idella und Peachtree und Pink Rosebud und Softshoe Willie gibt's in diesem Teil von Texas nur wenige Geheimnisse, und zwar nur die, die Gott für sich behalten möchte. Und was die betrifft, machen wir auch schon Fortschritte.«

»Aber Pink Rosebud, Peachtree und die anderen sind schon seit langer Zeit tot.«

»Sind sie nicht, meine Kleine. Alles, was jemals hier auf Erden wandelte, ist in irgendeiner Form noch hier. Und alles, was jemals sein wird, ist jetzt schon da. Nichts geht für immer; es verändert sich nur. Euphemia ist in diesem Augenblick so lebendig wie ein Stern oder eine Rose oder der Fluß.«

Auf der Veranda ihres Hauses verabschiedete ich mich von Idella; der Regen fiel vom Dach wie ein Vorhang aus Spitze. Sie winkte mir zu und rief dann einen Namen, den ich seit zwanzig Jahren nicht mehr gehört hatte. »Gute Nacht, Queenie!« Und ich hörte ihr Lachen wie Glockengeläut im Tempel der abendlichen Dunkelheit.

Es war ein warmer Abend. Ich ging am Fluß entlang, und der Regen schien die Jahre fortzuspülen; ich fühlte mich gereinigt und lebendig und so frisch wie an jenem Tag, als man mich zur Königin des größten Volksfests dieser Gegend gewählt hatte, des Guadalupe County Fair. Idella hatte sich an den Spitznamen erinnert, den ich diesem Ereignis zu verdanken habe. Es gab viele Frauen Mitte der Fünfzig – Lady Bird Johnson, zum Beispiel, oder Königin Elizabeth II. –, doch nur wenigen Berühmtheiten wurde eine so hohe Ehre zuteil, wie die Wahl zur Königin des Guadalupe County Fair sie bedeutet. Ich hatte mich vor allem deshalb an dem Wettbewerb beteiligt, um meiner Mutter eine Freude zu machen. Natürlich hatte ich mir keine Siegeschance ausgerechnet, denn ich war damals gerade sechzehn Jahre alt gewesen, und meine königlichen Vorgängerinnen hatten allesamt bereits die High-School hinter sich oder sogar an einer Universität studiert. Doch als ich an jenem längst vergangenen Septemberabend in einem grünen Seidenkleid und mit Stöckelschuhen auf der Bühne stand, die man in der Mitte des Rodeo-Stadions errichtet hatte, wurde ich zu meiner größten Verwunderung zur jüngsten Königin in der Geschichte des Guadalupe County Fair gewählt. Eine Woche regierte ich über das Rodeo und überreichte Leuten das blaue Band, die siegreiche Zuchtschweine oder -schafe ausgestellt hatten, deren Zitronenbaiser preisgekrönt worden waren und dergleichen mehr. Nachdem mir am Abend der Wahl das Blumengebinde der Königin überreicht worden war und ich mit einem Rodeo-Stierreiter, dessen Stiefel genauso hohe Absätze aufwiesen wie meine Schuhe, den Ehrentanz hinter mich gebracht hatte, verließen wir den Festplatz in einem Konvoi roter Ranch-Lieferwagen, um Bebop zu tanzen, Zigarren zu rauchen und hinter der White-House-Imbißhalle auf dem Parkplatz Lone-Star-Bier aus der Flasche zu trinken.

Es war an einem solchen Abend, als Jackie Schmidt und Peggy Parker und die anderen »wahren« Frauen unserer Generation den großen Guadalupe-County-Traktorenfrevel veranstalteten, wie er manchmal noch heute genannt wird. In einer kleinen texanischen Stadt wie Seguin gibt es männliche Symbole im Überfluß – Gewehrhalterungen in den Führerhäusern von Lieferwagen, zum Beispiel. Die Symbole werden stolz und unverhohlen zur Schau gestellt und sind so zahlreich, daß man ihnen buchstäblich auf Schritt und Tritt begegnet. In Texas gibt es bestimmte Dinge, die eine so unantastbare, alleinige, geheiligte Domäne der Männer sind, daß sie einem Tempel gleichen, zu dem Frauen der Zugang verwehrt ist. Doch nichts ist dem texanischen Mann so heilig wie die exklusiven Produkte von Firmen wie John Deere, International Harvester, Ferguson oder des Traktorenwerks der Ford Motor Company. Der Traktor ist ein heiliges männliches Symbol; vom Fließband bis zum Schrottplatz bleibt er zumeist unbefleckt von der Berührung durch Frauenhände. In unserer Jugendzeit aber machten wir Mädchen eine seltsame Beobachtung, was Männer und Traktoren betraf: Kein Mann, ob Farmer oder Rancher, zog jemals die Zündschlüssel von seinem geliebten Ford oder John Deere ab. Wenn er mit dem Pflügen oder Eggen fertig war, stellte er einfach den Motor ab, ließ den Traktor auf dem Acker stehen und ging zu Fuß nach Hause.

In Texas stehen viele schöne, teure Traktoren unbeaufsichtigt auf den Feldern, und die Schlüssel baumeln noch im Zündschloß. Niemals würde ein Mann so tief sinken, einem Geschlechtsgenossen seinen Traktor zu stehlen. Es wäre ein so verabscheuungswürdiges Verbrechen, daß man es vermutlich ohne Gerichtsverhandlung durch Hängen ahnden würde, so wie den Pferdediebstahl im Wilden Westen. Doch daß in der Dunkelheit der Nacht einmal Mädchen daherkommen und die Traktoren von den Feldern fahren und am

Ufer des Flusses verstecken könnten, hätten die Farmer und Rancher des Guadalupe County sich vermutlich nicht einmal in ihren kühnsten Träumen vorstellen können. Aber genau das taten die »wahren Frauen« aus Seguin in einer Serie nächtlicher Überfälle. Das Verschwinden der Traktoren stellte Polizeichef Willie Hoffman und die Männer aus Seguin monatelang vor ein Rätsel. Jeder Junge aus der Stadt wurde zur Vernehmung aufs Präsidium geschafft, und jeder legte einen Unschuldseid ab. Eine Zeitlang konzentrierten sich die Nachforschungen auf Peachtree. Niemals wäre es den Männern in den Sinn gekommen, daß Mädchen für den großen Traktorenfrevel verantwortlich sein könnten. Bald darauf besuchten die Übeltäterinnen wieder die Colleges; die Traktoren blieben unbehelligt auf den Äckern stehen; Peachtree kehrte in seine Behausung am Flußufer zurück, und der Fall wurde zu den Akten gelegt.

Am nächsten Abend fuhr ich noch einmal hinaus zu Idella. Wieder empfing sie mich auf der Veranda ihres alten Hauses am Ufer des Guadalupe, und wir gingen hinein, um ein weiteres Gespräch mit den Geistern der Toten zu führen. Idella hatte versprochen, mir von dem Mord an dem Yankee zu erzählen, und von meiner Urgroßmutter Georgia Virginia Lawshe Woods und deren Töchtern Cherokee und Sweet, und von dem Krieg, der niemals enden wollte, und von Captain und Reverend Andrew Jackson Potter, der in einer Hand stets die Heilige Schrift trug und in der anderen seinen Sechsschüsser.

Meine Urgroßmutter Georgia verbrachte den größten Teil ihres Erwachsenenlebens in San Marcos, einer Stadt im texanischen Hügelland, die nur wenig mehr als fünfzehn Meilen von Seguin entfernt liegt. Obwohl Georgia und Euphemia sich mehrmals begegneten, sollten sie zu ihren Lebzeiten nicht mehr erfahren, daß ihrer beider Blutlinien sich in zukünftigen Generationen vermischen würden. Als ich mir über das Verhältnis dieser beiden Matriarchinnen klarzuwerden versuchte, war die Erkenntnis, daß sie erst nach ihrem Tod und durch meine Geburt zu Verwandten geworden waren, geradezu überwältigend. Ihr verwandtschaftliches Verhältnis war allein durch mich, meine Kinder und meine Enkel zustande gekommen.

»Woher kennen Sie Georgia?«

»Jeder kannte Georgia. Sie war eine schöne Frau. Reich. Und so gerissen, wie man nur sein kann. Damals, im Bürgerkrieg, hat sie die Yankees reingelegt und wurde während der Baumwollblockade noch reicher, als sie's ohnehin schon war.«

»Und stimmt die Geschichte? Hat Georgia wirklich den Yankee getötet?«

»Wir werden sehen, meine Kleine. Wir müssen schauen und sehen.«

Immer wenn ich meinen Kindern Georgias Geschichte erzähle, treiben sie mich zur Eile an, damit ich zu jener Stelle komme, wo von dem Yankee-Captain und dessen Tod berichtet wird. Doch von allen Menschen, die in Georgias Leben eine Rolle gespielt haben, fasziniert mich die Königin der Tuckabatchees am meisten. Ich habe mich immer gefragt, ob es stimmt, daß diese Indianerin und Georgias Großvater Liebende waren und daß deshalb Indianerblut in unseren Adern fließt. Viele Frauen in meiner Familie tragen den Namen Cherokee. Schaut man sich die alten Fotos an, fällt es nicht schwer, sich Georgia als indianische Prinzessin vorzustellen. Ich habe Verwandte, die bis zum heutigen Tag behaupten, daß diese Geschichte der Wahrheit entspricht; andere hingegen weigern sich, auch nur über Georgia zu reden, weil die Geschichte über Benjamin Hawkins' Liaison mit einer Indianerin wahr sein *könnte.* Ich fragte Idella nach der Königin der Tuckabatchees.

»Das ist sehr lange her, Queenie. Fern in der Zeit. Zu fern, als daß man es noch deutlich sehen könnte.«

Für einen Augenblick schaute Idella auf den dunklen Fluß hinaus; dann schloß sie die Augen. Im Halbdunkel konnte ich spüren, wie sich im Zimmer unsichtbare Kräfte sammelten. »Also gut, meine Kleine. Dann will ich Ihnen jetzt von Georgia Lawshe Woods erzählen.«

TEIL ZWEI

GEORGIA LAWSHE WOODS

Georgia Virginia Lawshe sah den Stein geflogen kommen, doch es schien schrecklich lange zu dauern, bis er sie an der Stirn traf. Sie hatte also reichlich Zeit sich zu fragen, warum denn ein neunjähriges Mädchen von einer Menschenmenge gesteinigt werden sollte.

Sie war an diesem Tag des Jahres 1836 eine Straße entlanggegangen, die zwischen ihrem Elternhaus am Flint River und der Stadt Francisville in Georgia verlief. Da sah sie, wie ein schwerer Frachtwagen, von zwei Ochsen gezogen und mit Möbeln und Bettzeug beladen, in Richtung Fähre rumpelte. Ein Mann lenkte das Gespann; neben ihm saß eine Frau, die einen Säugling im Arm hielt. Hier und da, zwischen dem Durcheinander aus Hausrat und Möbeln, konnte Georgia auf der Ladefläche die anderen Kinder der Familie sehen, die sie als die McGregors erkannte. Orin McGregor und seine Familie hatten lange Zeit am Flint River gelebt; schon seit jenen Tagen, als Georgias Großvater, Benjamin Hawkins, noch Indianeragent beim Volk der Creeks gewesen war. Orin McGregors Mutter war eine reinblütige Creek-Indianerin gewesen; sein Vater stammte aus dem schottischen Hochland. Die McGregors hatten im Süden der großen Farm, die Georgias Vater gehörte, ihr Land bebaut, und sie waren gute Nachbarn gewesen. Nun aber sah es so aus, als hätte das Gerücht sich bewahrheitet, das Georgia schon seit einigen Wochen gehört hatte: Die McGregors wurden aus der Stadt vertrieben. Die Ackerböden waren tief und schwer und fruchtbar, und es gab zu viele »zivilisierte« Menschen, die dieses Land besitzen wollten, so daß die »Wilden« der neuen Gesellschaftsordnung weichen mußten.

Als die McGregors näher kamen, konnte Georgia die Sklaven sehen, die hinter dem Wagen her trotteten. Den Sklaven der McGregors folgte eine lärmende Gruppe aus der Stadt. Es waren Männer mit vorgehaltenen Gewehren und Burschen mit Steinen in den Händen und mit Stöcken, die sie in den Sümpfen und an den Flußufern geschnitten hatten. Georgia konnte die Bedrohung deutlich spüren, die von der Menge ausging. Sie vermutete, daß die meisten dieser Männer den Tag in jenem Wirtshaus in Francisville verbracht hatten, über dem ein Schild mit der Aufschrift »Keine Hunde, Schweine und Indianer« hing.

Als der Wagen vorüberfuhr, schlug Georgia die Augen nieder. Sie spürte, daß sie irgendwie in die Intimsphäre der McGregors eindringen würde, wenn sie ihnen in die Gesichter schaute, auf denen sich gewiß diese schreckliche Demütigung und ihr Zorn und ihre Hilflosigkeit spiegelten. Georgia stand an der Straße, den Kopf gesenkt, und schämte sich dafür, was ihren Freunden, den McGregors, angetan wurde. Erst als das Geräusch der Wagenräder leiser wurde, hob Georgia den Kopf.

In diesem Moment sah sie den Stein geflogen kommen; er drehte sich langsam um die eigene Achse, wie ein winziger toter Planet. Sie stürzte plötzlich zu Boden und saß sekundenlang benommen im Staub. Sie spürte kaum Schmerz, doch ihr Kopf fühlte sich riesengroß und schwer an. Sie streckte den Arm aus und strich sich über die Stirn. Als sie die Hand zurückzog, war sie rot von Blut. Sie versuchte, wieder einen klaren Blick zu bekommen, doch Tränen und ein seltsamer grauer Nebel verschleierten ihre Augen. Dann hörte sie, wie die Burschen näher kamen und wieder und wieder dasselbe Wort riefen: »Squawkind! Squawkind!« Plötzlich spürte Georgia, wie sie von kräftigen Armen hochgehoben und fortgetragen wurde. »Du hast eins von deinen dreckigen kleinen Squawbälgern vergessen, McGregor!« Gelächter ertönte. Trotz ihrer Benommenheit war Georgia erstaunt, wie deutlich sie das Lachen ihrer Angreifer hören konnte; es klang wie das heisere Krächzen häßlicher Vögel. Dann hörte sie McGregor flüstern: »Diese Schweine!«

Er legte Georgia auf den Wagen, kletterte auf den Bock und fuhr in Richtung Fluß, fort vom Gelächter und den Steinen.

Die McGregors setzten Georgia zu Hause ab und fuhren weiter nach Westen, einer ungewissen Zukunft entgegen. Cherokee Lawshe schnappte sich ihre Tochter und brachte sie schleunigst ins Haus. Als Cherokee die Wunde auswusch und einen Verband auflegte, beobachtete Georgia die Mutter ganz genau. Sie fragte sich, ob das Gerede in der Stadt der Wahrheit entsprach. War die Mutter ihrer Mutter wirklich eine Indianerfrau vom Stamm der Creeks gewesen? Diese sagenhafte Großmutter hatte sogar einen Namen. Die Leute erzählten, man habe sie »Königin der Tuckabatchee« genannt. Jetzt blickte Georgia ihre Mutter an und fragte sich, ob so die Tochter einer Königin aussah.

Cherokee hatte langes, schimmerndes schwarzes Haar und hohe Wangenknochen; ihre Haut war von einem warmen Kupferton, und in ihren Bewegungen vermischte sich Anmut mit irgend etwas Wildem, Ungezähmtem. Nur die erstaunlich blauen Augen paßten nicht in dieses Bild. Aber natürlich hatte Benjamin Hawkins auch blaue Augen gehabt. Warum hätte Großvater meiner Mutter den Namen Cherokee geben sollen, wäre sie nicht die Tochter einer indianischen Königin, fragte sich Georgia. Sie wußte, daß Benjamin Hawkins fast zwanzig Jahre bei den Indianern in der Wildnis gelebt hatte. Er war ein Mann leidenschaftlicher Gefühle gewesen, ein enger Freund Thomas Jeffersons, ein weltlich gesinnter Mann, der in Princeton studiert und fließend mehrere romanische Sprachen gesprochen hatte. George Washington hatte ihn zum Indianeragenten für sämtliche Stämme ernannt, die südlich des Ohio River lebten. Benjamin Hawkins war in Erfüllung seiner Pflicht hinaus in die Wildnis gezogen – und aus Liebe dort geblieben: Er hatte seine indianische Frau und das ganze Volk der Creeks lieben gelernt. Sechzehn Jahre lang tat er, was in seiner Macht stand, um diese Menschen zu schützen. Und wenn er dieses Indianervolk tatsächlich so liebte, war es doch ganz natürlich, daß er mit einer Indianerin ein Kind hatte. So jedenfalls erzählten es die Leute in der Stadt.

Cherokee Lawshe war Indianerin. Und das Land der Lawshes war sehr groß und fruchtbar.

Insgeheim hatte Georgia gehofft, die Leute würden die Wahrheit sagen, als sie zum erstenmal das Getuschel über ihre Mutter gehört hatte. Es war ein wunderbar romantischer Gedanke, die Enkelin einer Königin zu sein. Jetzt aber blickte Georgia auf das Spiegelbild ihres verbundenen Gesichts im Fenster und verglich sich – wieder einmal – mit ihrer Mutter. Sie hatte die gleichen, weit auseinanderstehenden blauen Hawkins-Augen, die hohen Wangenknochen und das glatte schwarze Haar. Georgia starrte auf ihr Spiegelbild und auf den grünlichen Bluterguß, der sich dicht unter dem Verband über ihrem Auge ausbreitete. Zum erstenmal spürte sie den Schock, als sie an den Vorfall auf der Straße nach Francisville dachte. Im Fensterglas spiegelte sich eine kleine, dunkle, traurige indianische Prinzessin, die zu weinen anfing.

»Ganz ruhig, mein Schatz«, sagte ihre Mutter und nahm sie in die Arme. »Es ist alles vorbei.« Georgia drückte ihr Gesicht an die trostspendende Brust der Mutter und dachte daran, daß die Leute die Königin der Tuckabatchees als »vollbusig« bezeichnet hatten. Sie hob ihr Gesicht, bis sie das Spiegelbild der Mutter im Fensterglas sehen konnte. »Wer bist du, Mom?« fragte sie und wischte sich mit dem Handrücken die Tränen aus den Augen. »Und wer bin ich?«

Georgia spielte vor ihrem Elternhaus. Ihr Vater, Captain Lewis Lawshe, hatte es gebaut, nachdem er vor ungefähr zwanzig Jahren aus den Indianerkriegen zurückgekehrt war, in denen er zusammen mit Andrew Jackson gekämpft hatte. Das Haus stand auf der Kuppe eines kleinen Hügels, ein Stück von der Straße entfernt. Es war ein niedriges weißes Gebäude, das ringsum eine breite Veranda besaß. Manchmal stellte Georgia sich vor, die Veranda wäre das Deck eines großen Segelschiffes, das über ein endloses grünes Meer dahinfuhr, und sie wäre auf der Reise in ein fernes fremdes Land, wie Siam oder gar Texas. Wenn Georgia und ihre Freundin Joanna

Troutman auf dieser Veranda träumten und spielten, schlugen sie oft Kurs nach dem fernen, sagenhaften Texas ein. Georgia war von Texas fasziniert, und irgendwie wußte sie, daß sie eines Tages dorthin gehen würde. Ihr Vetter Joseph Hawkins war mit einem Freund namens Stephen Austin nach Texas gegangen und mit märchenhaften Geschichten zurückgekehrt; zum Beispiel, wie Stephen Austin den Schoner *Lively* erworben hatte, mit dem er und Joseph die texanische Küste hinauf und hinunter gesegelt waren und Geräte, Saatgut und Lebensmittel an Farmer und Siedler verkauft hatten. Und Vetter Joseph hatte davon berichtet, Hunderte Morgen Land gekauft zu haben, um eines Tages an einem Ort namens Matagorda Bay eine Plantage anzulegen. Joseph versuchte, Georgias Vater zu überreden, ebenfalls Land in dieser Gegend zu erwerben, der die Zukunft gehörte, wie Joseph behauptete. Doch Captain Lawshe gab zur Antwort, daß sie in Georgia genug Land, Baumwollfelder und Wälder besäßen.

Von der Straße am Fuß des Hügels, auf dem das Haus stand, ging ein Pfad ab, der zum Flint River verlief. Der Pfad führte über ein Feld, auf dem das Gras so hoch stand, daß Georgia und Joanna sich geheime Tunnels durch den dichten Bewuchs wühlen konnten, in denen sie vor der Welt vollkommen verborgen waren. Nun ging Georgia über dieses Feld und auf eine Anhöhe, von der sie auf den Fluß hinunterblicken konnte. Ein mit Baumwolle beladenes Dampfboot fuhr nach Süden; sein Ziel war der Golf von Mexiko. Die Zwillingsschornsteine des Dampfers bliesen Ruß und Asche in einen Himmel, der so blau war wie Cherokees Augen. Am gegenüberliegenden Ufer des Flusses verlief die Straße nach New Orleans, auf der die McGregors gefahren waren, bevor sie sich irgendwo in Alabama nach Westen gewandt hatten.

Der Gedanke an die McGregors erinnerte Georgia an den dumpfen Schmerz über ihrem Auge. Sie lief zu der kleinen Hütte über dem Fluß, in der Josiah und Tobe wohnten – und wo Georgia ein für allemal herausfinden wollte, wer sie wirklich war.

Josiah wartete auf Georgia, als er sah, daß sie näher kam. Josiah war sehr groß und sehr schwarz und kam Georgia so alt wie die Erde vor. Vor langer Zeit war er Sklave von Benjamin Hawkins gewesen, als die Familie noch in North Carolina gelebt hatte. Josiah war schon als Junge nach Georgia gekommen, und er war mit Benjamin Hawkins in der Wildnis gewesen, bis der alte Indianeragent gestorben war. Nun war Josiah Cherokees Sklave; aber er nahm eine Sonderstellung ein. Obwohl er weder von Cherokee noch von deren Vater freigelassen worden war, wohnte er nicht auf dem Anwesen der Lawshes wie die anderen Sklaven, sondern in jener kleinen Hütte, die er neben dem Grab von Benjamin Hawkins über dem Fluß gebaut hatte. Der alte Mann hatte die Aufgabe, sich um das Grab zu kümmern und dafür zu sorgen, daß die Ruhe des Toten nicht von seinen alten Gegnern gestört wurde, die ihn überlebt hatten. Josiah bewohnte die Hütte zusammen mit einer Creek-Frau namens Tobe.

Als Tobe hörte, wie Josiah dem Mädchen einen Gruß zurief, kam sie aus der Hütte. Sie war eine kleine, freundliche alte Frau, die sich langsam bewegte und bedächtig redete, und ihre Augen blickten verträumt und traurig. In der Sprache der Creek bedeutete ihr Name in etwa: »Frau, die etwas verloren hat«. Als Georgia die alte Indianerin einmal gefragt hatte, was sie denn verloren habe, hatte sie nur geheimnisvoll gelächelt. »Wenn ich's finde, sag' ich's dir.« Georgia stellte fest, daß Tobe oft in Rätseln redete; aber sie mochte die alte Frau sehr und fühlte sich am wohlsten, wenn sie und Tobe und Josiah allein auf der Veranda der kleinen Hütte über dem Fluß zusammensaßen.

Georgia fragte sich oft, ob die beiden einander liebten, der alte schwarze Sklave und die Frau vom Stamm der Creeks. Sie waren beide sehr still und sehr sanftmütig; sogar ihre Stimmen waren leise. Georgia war sicher, daß die beiden alten Leute alles über ihren Großvater, ihre Familie und die Königin der Tuckabatchees wußten. Manchmal meinte sie, Tobe müßte eigentlich »Frau, die weiß« heißen; denn sie schien sehr viel über die Gebräuche ihres Volkes und über das Land zu wissen.

»Es stimmt«, sagte Josiah. »Die Königin der Tuckabatchees war eine wunderschöne Frau. Ich war dabei, als sie zu Mr. Benjamin kam. Er lag mit Rheuma im Bett, und ich habe ihm aus Ciceros Werken vorgelesen. Ich mußte oft eines der Bücher aus seiner Bibliothek holen und ihm daraus vorlesen, besonders, wenn er krank oder zu müde war, es selbst zu tun. Ich las also gerade Cicero, als diese Indianerin plötzlich an seinem Bett erschien.« Georgia hatte die kleine Bibliothek mit Klassikern in Josiahs Hütte gesehen; es waren Bücher, die sein Herr ihm bei seinem Tod hinterlassen hatte. »Genaugenommen war sie keine Königin. Aber sie war eine ganz besondere Frau und bei ihrem Volk hoch geachtet. Wollte man sie beschreiben, gäbe es in der englischen Sprache kein Wort, das ihr Äußeres und ihr Auftreten angemessener wiedergeben könnte als das Wort ›Königin‹.«

»Die Tuckabatchees waren die Hüter mächtiger Dinge«, sagte Tobe. »Die Hüter der sieben heiligen Schalen, die ihnen vom Herrn des Atems in einer Zeit vor der Zeit gegeben wurden.«

»Herr des Atems?«

»Das ist der Geist, den ihr als Gott bezeichnet.«

Josiah blickte zu Benjamin Hawkins' Grab hinauf; dann sagte er: »Es war schon etwas Besonderes ... Eine Verbindung zwischen zwei außergewöhnlichen Menschen aus zwei ganz verschiedenen Welten. Die Frau sagte, sie wäre stolz, wenn er sie in sein Haus und sein Bett brächte. Wenn er eine zweite Frau in sein Haus oder sein Bett nehmen würde, sagte sie, würd's ihr zwar nicht gefallen, aber sie würde ihm nicht widersprechen. Ich kann mich erinnern, daß sie gesagt hat, sie würde diese zweite Frau zwar nicht gern haben, aber sie würde ihm, deinem Großvater, vergeben.«

Georgia bemerkte, daß Josiah bei der Erinnerung ebenso lächelte wie Tobe.

»Ihr nehmt mich auf den Arm«, sagte Georgia und lächelte nun ebenfalls.

»Nein, Kleine«, sagte Tobe. »Wir nehmen dich nicht auf den Arm.«

»Aber das Leben ist schon eine seltsame Sache«, sagte Josiah. »Und es waren damals seltsame Zeiten.«

Nach einer Pause fuhr er fort: »Ich weiß, daß Mr. Benjamin sich zu der Indianerin hingezogen fühlte. Die beiden waren oft zusammen. Einmal bat er mich sogar, ihnen etwas aus einem seiner Bücher vorzutragen. Ein Sonett.« Bei der Erinnerung erhellte sich Josiahs Gesicht, und er lachte. »Du mußt wissen, daß dein Großvater ein Staatsmann gewesen ist. Er war ein meisterlicher Verhandlungsführer. Und mir kam es so vor, daß er seine Liebesgeschichte mit der Creek-Frau genauso handhabte, wie er einen Vertrag gehandhabt hätte. Einmal habe ich zufällig mit angehört, als die beiden über die Erziehung ihrer Kinder diskutierten. Sie bestand darauf, die Kinder auf indianische Art zu erziehen; dann wäre ihr Bruder für die Kinder verantwortlich gewesen. Doch dein Großvater hat darauf bestanden, die Erziehung seiner Kinder selbst in die Hand zu nehmen. Dieses Problem wurde niemals gelöst, und deshalb wurden die beiden niemals getraut.«

»Aber Großvater hat doch geheiratet«, sagte Georgia.

»Ja«, erwiderte Josiah. »Ich war dabei. Er war schon sehr alt und glaubte, bald sterben zu müssen. Er hat Miss Lavinia Downs geheiratet.«

»Dann war Großvater gar nicht verheiratet, als meine Mutter geboren wurde?«

»Nein. War er nicht.«

»Nicht in christlichem Sinne«, fügte Tobe hinzu. »Er war auf indianische Weise verheiratet, nach indianischem Verständnis. Und das ist für den Herrn des Atems etwas genauso Heiliges wie die Ehe für euren Gott.«

»Als er glaubte, sterben zu müssen, ließ er einen aus der Herrnhuter Brüdergemeinde kommen und bat ihn, eine christliche Feier zu halten. Es gab damals auch einen Sklaven mit Namen Philemon. Mr. Benjamin hatte ihn genauso unterrichtet wie mich. Philemon hat den anderen Sklaven immer die Predigten gehalten. Aber die Herrnhuter waren wütend darüber, denn sie wollten die alleinigen

Boten Gottes sein. Auch Mr. Benjamin war wütend, ja, außer sich vor Wut, denn er hatte viele Jahre auf Philemons Ausbildung verwandt, und jetzt schien das alles umsonst gewesen zu sein, wegen so einer Narretei. So ähnlich hat Mr. Benjamin es jedenfalls damals ausgedrückt. Was die Religion betraf, war er kein geduldiger Mensch.«

»Wenn der Tod vor der Tür steht«, sagte Tobe, »flucht man nicht auf das Türschloß.«

»Tja, dann haben wir uns alle um Mr. Benjamins Bett versammelt, und der Herrnhuter hat die Worte gesprochen, mit denen Miss Lavinia und Mr. Benjamin vor Gott zu Mann und Frau wurden.«

»Und dann ist Großvater gestorben?«

»Nein. Er wurde gesund. Aber ich glaube, er hat sich mehr dafür geschämt, als daß es ihn mit Dankbarkeit erfüllte.«

»Erzähl mir von Lavinia.«

Josiah antwortete nicht sofort. Er blickte hinaus auf den Fluß. »Ja, er war ein großer Mann, dein Großvater. Er gehörte zu jenen Menschen, die das angeborene Talent besitzen, sich bei Versammlungen hervorzutun, wo Gedanken und Ideen diskutiert und ausgetauscht werden. Er war ein Mann, der die Gesellschaft liebte, den Klang von Stimmen, die freundschaftliche Auseinandersetzung mit anderen Menschen. Vielleicht hätte er sein Leben zusammen mit seinen Freunden James Madison und Jefferson verbringen sollen. Er hat sogar die Kinder nach diesen beiden Freunden benannt. Deinem Onkel hat er den Namen Madison gegeben und deiner Tante den Namen Jeffersonia. Aber er ist nicht bei seinen Freunden geblieben, sondern hierher gekommen und allein in die Wildnis gezogen, wo er sechzehn Jahre verbracht hat, nur in Gesellschaft von Soldaten und Sklaven und Indianern. Er liebte es, Menschen zu lehren. Ich glaube, das ist einer der Gründe dafür, daß er so gern Gesprächspartner hatte, die genug Wissen und Bildung besaßen, um mit ihm diskutieren zu können. Deshalb hat dein Großvater mich lesen und schreiben gelehrt und mir beigebracht, so korrekt zu sprechen, wie du es jetzt hörst. Dein Großvater hat versucht, den Creeks die Zivilisation zu bringen, indem er sie lehrte, so zu leben und zu denken wie er selbst. Ich glaube, das alles hat er nur getan, weil er sich sehr einsam gefühlt hat.«

»Und was ist mit Lavinia?«

»Sie hat den Haushalt geführt. Die Wäsche gewaschen.«

»Mein Volk nannte sie ›Frau, die weiß bemalt ist‹«, sagte Tobe. »Weil sie wie eine Sklavin war, ohne eine Sklavin zu sein.«

»Wurde Jeffersonia geboren, nachdem mein Großvater und Lavinia Downs geheiratet hatten?«

»Ja.«

»Aber meine Mutter wurde schon viele Jahre vor dieser Hochzeit geboren, nicht wahr?«

»Das stimmt.«

Georgia blickte dem alten Neger fest in die Augen. »Warum sieht meine Tante Jeffersonia dann wie eine weiß bemalte Frau aus, und meine Mutter Cherokee wie die Königin der Tuckabatchees? Und warum werfen die Leute mit Steinen nach mir und nennen mich Squawkind?«

»Das Leben ist eine seltsame Sache«, sagte Tobe.

»Bitte, sprich nicht in Rätseln.«

»Du bist die Tochter von Cherokee Lawshe. Sie ist die Tochter von Benjamin Hawkins, einem der größten Männer, die je über die Erde gewandelt sind.«

Josiah nickte.

»Wir haben ihn ›Mann, der von vier Stämmen geliebt wird‹ genannt«, fuhr Tobe fort. »Du kannst stolz auf dein Blut sein. Du trägst den Namen dieses Landes. Sei stolz auf deinen Namen – Georgia, Tochter der Cherokee, Enkelin jenes Mannes, der den Stamm der Creek gerettet hätte, wäre ihm vom Herrn des Atems Zeit genug gegeben worden. Ich glaube, damit ist genug gesagt.«

»Aber das ist keine Antwort. Ich verstehe das alles nicht.« Georgia suchte den Blick der alten Indianerin.

Tobe hob die Hand. »Die Antwort«, sagte sie, »liegt in deinem

Namen, deinem Blut und deinem Herzen.« Dann fing die alte Frau zu singen an, und Old Josiah streckte den Arm aus und nahm Georgias Hand. »Würden Sie mir diesen Tanz gewähren, Miss Georgia?« Er zog sie auf die Füße und lachte, bis ihre Verwirrung schwand, und dann tanzten sie zu einer alten, unmelodischen heidnischen Hymne auf der Veranda über dem Fluß, der alte Neger und das weiße Mädchen, nicht weit vom Grab Benjamin Hawkins' entfernt, Georgias Großvater.

Captain Lewis Lawshe wartete bereits auf der Veranda, als Georgia nach Hause kam. Er war ein kleiner, aber muskulöser Mann, und seine straffe, aufrechte Körperhaltung ließ ihn größer erscheinen, als er wirklich war. Oft war Georgia erschrocken, wenn sie ihren Vater neben einem hochgewachsenen Mann stehen sah. Selbst aus der Entfernung konnte sie sehen, wie sein dünnes blondes Haar im Wind flatterte und wie er es sich immer wieder mit der Hand aus der Stirn strich – eine Angewohnheit, die er sogar im Innern des Hauses praktizierte, wo gar kein Wind wehte. Jetzt schritt er unruhig auf und ab, und Georgia wußte, ihr stand Ärger bevor. Doch eine Woge des Stolzes durchflutete sie, als sie an die Worte Josiahs und Tobes dachte, und sie rannte auf die Veranda und warf sich in die Arme des Vaters. Er drückte sie an sich und gab ihr einen Kuß. Dann verdüsterte sich sein Gesicht; er runzelte die Stirn, daß die Augenbrauen sich fast berührten. Georgia wußte, daß er wieder einmal streng auszusehen versuchte. Sie konnte nicht verstehen, weshalb andere Leute ihren Vater als herrisch und streitlustig bezeichneten. In ihrer Gegenwart war er stets liebevoll und zärtlich.

»Wir haben uns Sorgen gemacht«, sagte er. In seinen smaragdgrünen Augen konnte Georgia ihr Spiegelbild sehen. »Es ist gefährlich, dort draußen wie ein wildes Kaninchen herumzulaufen. Versprich mir, daß du unseren Grund und Boden nie wieder allein verläßt. Wir haben Sklaven genug, daß dich einer von ihnen begleiten kann. Das nächste Mal fragst du Mose oder Jack. Versprich es mir, jetzt sofort.« Wieder drückte er Georgia an sich; dann gingen sie ins Haus. Offenbar war ihm nicht aufgefallen, daß Georgia das verlangte Versprechen gar nicht gegeben hatte.

Nachdem das Geschirr vom Abendessen abgeräumt war, folgte Cherokee ihrem Mann in dessen Arbeitszimmer, wo er genüßlich eine Pfeife rauchte und einen Sherry trank. Georgia war erstaunt, daß ihre Mutter die Tür hinter sich schloß, denn zu dieser Stunde war das Arbeitszimmer normalerweise das alleinige Refugium ihres Vaters. Es war ungewöhnlich, daß die abendliche Ruhe des Captains gestört wurde. Am Tisch war nur wenig gesprochen worden, und Georgia spürte, daß bestimmte Dinge zwischen ihren Eltern ungesagt geblieben waren; Dinge, die sie lieber in der Abgeschiedenheit des Arbeitszimmers besprechen und vor den Ohren der Tochter geheimhalten wollten. *Nichts da*, dachte Georgia, *es gibt mir hier schon zu viele Geheimnisse.* Sie ging über den Korridor bis zum Arbeitszimmer und machte es sich neben der Tür bequem, wo sie dem Gespräch lauschen konnte.

»Ich finde, wir sollten abwarten«, hörte Georgia ihre Mutter sagen. »Das alles wird vorübergehen.«

»Es wird nicht vorübergehen. Es wird noch viel schlimmer. Jetzt geschehen all jene Dinge, die dein Vater sein Leben lang verhindern wollte. Der Pöbel nimmt das Land in Besitz. Die Creek-Familien werden von ihrem Grund und Boden vertrieben. Ihre Häuser werden angezündet. Ihr Vieh wird gestohlen. Ihre Ernte wird vernichtet. Und das alles geschieht nach Recht und Gesetz! Familien wie die McGregors werden verjagt und gezwungen, sich im Westen eine neue Heimat zu suchen.«

Hinter der Tür trat ein langes Schweigen ein. Georgia versuchte, sich die Reaktion ihrer Mutter vorzustellen. Was mochte jetzt wohl in diesem dunklen Gesicht, dessen Kupferton warm leuchtete, geschrieben stehen?

»Und nun schlagen die Creeks zurück. In Alabama, genau jenseits des Chattahoochee, sammeln sich Krieger. Die ersten Überfälle auf weiße Siedler sind bereits verübt worden. Und viele andere

Creeks, die sich zum Kampf entschlossen haben, sind nach Süden gezogen, um sich den Seminolen anzuschließen. Du weißt, daß Andrew Jackson nicht eher ruhen wird, bis jeder Indianer aus Georgia verschwunden ist – und zwar so oder so.«

»Dann möchtest du unseren Besitz verkaufen?«

»Ich möchte ihn lieber jetzt verkaufen, als daß er mir später gestohlen wird.«

»Gestohlen? Das ist unmöglich!«

»Sieh dir an, was mit Georgia geschehen ist.«

Wieder breitete sich Stille hinter der Tür aus. Georgia wußte, daß ihre Mutter nicht weinte; sie hatte Cherokee noch nie weinen sehen und konnte es sich auch jetzt nicht vorstellen.

»Mein Vater war der Meinung, die Creeks gerettet zu haben«, brach Cherokee schließlich das Schweigen. »Ich bin froh, daß er nicht mehr miterleben muß, wie sehr er sich geirrt hat. Er glaubte, den Creeks die Zivilisation bringen zu können, so daß sie zu einem Teil der Vereinigten Staaten würden. Er wollte sie lehren, wie man Äcker bestellt; er wollte Farmer und Schmiede und Zimmerleute aus ihnen machen. Sie sollten so leben und denken wie die Weißen. Mein Vater war der Überzeugung, daß die Creeks sich ändern müßten, um zu überleben.«

»Dein Vater *hat* sie vieles gelehrt, Cherokee. Aber er hat die Schlechtigkeit und den Haß seiner eigenen Rasse unterschätzt.«

»Er hat den Kriegern die Waffen fortgenommen und ihnen statt dessen Pflüge und Bücher gegeben. Er hat ihnen ihre Lebensweise genommen; er hat die Wurzeln herausgerissen, die sie in Hunderten von Jahren in dieses Land getrieben haben. Er hat ihnen sogar ihre Namen genommen. Nun sind sie machtlos. Die Creeks, die meinem Vater gefolgt sind, werden von ihrem Land vertrieben. Nun werden vielleicht diejenigen, die sich ihm widersetzt haben, die Sieger sein!«

»Nein. Alle Indianer, die gegen die Weißen ins Feld ziehen, wird man vernichten. Das hat dein Vater die ganze Zeit gewußt.«

»Du würdest also Haus und Hof verkaufen.«

»Und nach Westen ziehen. Neues Land erwerben. In Mississippi, vielleicht sogar in Texas. Was ich hier erleben muß, beschämt mich. Laß uns einen neuen Anfang machen.«

Georgia verließ das Haus und trat hinaus auf die Veranda. Sie stand an Deck ihres Schiffes und blickte in die abendliche Dunkelheit – dorthin, wo in weiter Ferne Texas liegen mußte. Nach einer Weile hatte sie das Gefühl, das Haus würde langsam schwanken, knarren und stöhnen wie ein Schiff auf dem nächtlichen Meer.

Im Jahre 1836 erfuhren die Menschen in Georgia, daß Texas im Krieg gegen Santa Anna und die mexikanischen Armeen Hilfe brauchte. In Macon wurden mehr als 3000 Dollar gesammelt, um Freiwillige aus Georgia auszurüsten, die sich dem Freiheitskampf der Texaner anschließen wollten. Eines Abends – Georgia Lawshe verbrachte gerade ein paar Tage bei ihrer Freundin Joanna Troutman – begegneten ihr einige dieser gutaussehenden jungen Freiwilligen. Joannas Vater gehörte die Troutman Inn in Knoxville in Georgia; die Schänke lag einen Stundenritt vom Farmhaus der Lawshes entfernt. Joanna war siebzehn Jahre alt und verliebte sich unsterblich in einen schneidigen jungen Leutnant namens Hugh McCloud, der gerade seinen Abschluß an der Militärakademie in West Point gemacht hatte. McCloud und die anderen jungen Männer drängten sich in der Schankstube und füllten sie mit Leben und überschwenglicher, ansteckender Abenteuerlust.

»Ach, könnte ich doch mit ihnen gehen«, sagte Georgia.

»Eine gute Idee! Wir brennen nach Texas durch und kämpfen mit den Soldaten gegen Santa Anna.«

»Wir schließen uns Vaters altem Freund Sam Houston an.«

»*Du* kannst dich von mir aus General Houston anschließen. Ich werde meinen Leutnant Hugh McCloud heiraten.«

»Vielleicht könnten wir uns als Soldaten verkleiden. Du wirst Trommlerin und ich Flaggenträgerin.«

»Und welche Flagge wirst du tragen? Das Sternenbanner?«

»Nicht, wenn ich in der texanischen Armee kämpfe. Dann muß

ich natürlich die Flagge der Texaner tragen. Aber ich weiß nicht mal, ob die überhaupt eine haben.«

»Wenn nicht, lassen wir uns selbst eine Flagge einfallen«, sagte Georgia, und die Mädchen machten sich daran, die erste Flagge zu entwerfen, unter der die Texaner im Krieg gegen Mexiko ins Feld ziehen sollten.

Joanna zeichnete für das Aussehen verantwortlich: ein einzelner blauer Stern auf weißem Grund. Dann wurde das gute Stück aus den Resten von Joannas alten seidenen Nachthemden und Unterröcken genäht. Auf einer Seite der Flagge wurden die Worte »Freiheit oder Tod« eingestickt, auf der anderen der Spruch: *Ubi libertas habitat, ibi nostra patria est* – »Wo die Freiheit wohnt, da ist unsere Heimat«.

An jenem Morgen, als Leutnant McCloud und die jungen Freiwilligen sich auf den Weg nach Texas machten, traten sie vor dem Abritt auf dem Platz vor der Schänke an. Die neue Flagge wurde präsentiert; bewegende Reden wurden gehalten, und die Soldaten ritten davon. Joanna Troutmans Unterwäsche flatterte an der Spitze des Zuges im Morgenwind.

Drei Tage, nachdem Lieutenant McCloud und seine Einheit nach Texas aufgebrochen waren, schickte Georgias Vater seinen Sklaven Josiah los, das Mädchen auf dem Heimweg von Knoxville zur elterlichen Farm zu begleiten. Der Captain und Cherokee hatten ihrer Tochter jedoch die Erlaubnis erteilt, ein paar Tage bei Josiah und Tobe in deren Hütte am Fluß zu verbringen, statt sofort nach Hause zu kommen, was Georgia mit überschwenglicher Freude erfüllte.

Am ersten Abend nach ihrer Rückkehr aus Knoxville entfachten sie vor der Hütte ein Lagerfeuer, und Tobe erzählte die alten Geschichten ihres Volkes. Sie berichtete, daß die Bären einst Hüter des Feuers gewesen seien, doch einmal hätten sie es so weit niederbrennen lassen, daß es beinahe erloschen sei, worauf der Herr des Atems den Bären das Feuer fortgenommen und es den

Creeks in Obhut gegeben habe. »Jetzt ist das Feuer wieder heruntergebrannt«, sagte Tobe. »Man hat es uns Indianern fortgenommen und dem weißen Mann gegeben.«

Später am Abend, nachdem sie lange Zeit schweigend dagesessen hatten, fragte Tobe Georgia: »Möchtest du Josiah und mich morgen früh zum heiligsten Ort der Creeks begleiten? Du wirst dort etwas zu sehen bekommen, was du dein Leben lang nicht mehr vergißt. Aber du darfst niemandem erzählen, was wir dir zeigen werden.«

»Wenn es ein so großes Geheimnis ist, warum wollt ihr es mir zeigen?« fragte Georgia. »Warum darf gerade ich es sehen?«

»Wegen deines Blutes«, erwiderte Tobe.

Kurz nach Sonnenaufgang, als das Funkeln und Glänzen des Himmels im Osten zu verblassen begann, brachen Josiah, Tobe und Georgia zu ihrer Reise auf. Sie fuhren mit Josiahs altem Karren, der von einem Maultier gezogen wurde. Der Karren schwankte leicht, und die Räder machten so gut wie kein Geräusch. Tobe sang eines ihrer unmelodischen Lieder. Georgia lächelte Josiah an, und der alte Mann sagte: »Heute ist ein sehr schöner Tag zum Leben.«

Sie folgten dem Lauf des Ocmulgee River; zuerst durch einen Ulmenwald, der sich am Ufer des Flusses ausbreitete, dann durch große Kiefernhaine am Fuß der Hügel entlang. Von irgendwo her, tief aus dem Wald, konnte Georgia das Geräusch einer Axt hören, mit der Feuerholz für die Dampfkessel der Flußschiffe geschlagen wurde. Dann sah sie plötzlich in einiger Entfernung einen vertrauten Anblick zwischen den Bäumen auftauchen; es war der Wachtturm von Fort Hawkins, das nach ihrem Großvater benannt war.

»Da bin ich schon gewesen«, sagte sie. »Viele Male. Was ist daran so geheimnisvoll?«

»Du hast es mit den Augen gesehen«, sagte Tobe, als sie an dem verlassenen Fort vorüberkamen. »Aber hast du es wirklich erkannt?«

Der Weg führte an einen Ort, der Georgia wie ein Zauberreich aus Blättern, Sonnenlicht und Stille erschien. Doch wenn sie genau hinhörte, konnte sie einen leisen Laut vernehmen, der an das Summen von Bienen erinnerte; das Geräusch schwoll an und verebbte wieder in dem leichten Wind, der hohl zwischen den steilen Erdwällen sang, die sich wie riesige stumpfe Kegel zu beiden Seiten des Weges erhoben.

»Was ist das für ein Geräusch?« fragte Georgia.

»Das ist die Stimme der Alten. Die Stimme unserer Ahnen, die lange vor uns in dieses Land gekommen sind«, sagte Tobe. »Sie halten Rat. Sie beschließen, was getan werden muß.«

Georgia kam es vor, als wäre sie in eine andere Welt eingetreten. Die Erdwälle erhoben sich bald wie Säulen rings um sie her; sie waren so stofflich wie die Erde selbst und schienen dennoch irgendwie von Geist und Traum geformt zu sein. Es war wie in einer Kirche; nur daß diese Kirche sich unter freiem Himmel befand. Seit sie Fort Hawkins passiert hatten, waren sie keiner Menschenseele mehr begegnet; dennoch spürte Georgia überall Leben um sich herum. Sie fragte sich, warum sie das alles jetzt erst fühlte; denn sie hatte diese seltsam geformten Wälle vom Fort aus schon des öfteren betrachtet. Es war, wie Tobe gesagt hatte: Sie hatte sie nur mit den Augen gesehen.

»Was ist das für ein Ort?« fragte Georgia leise. »Es ist wunderschön hier.«

»Das ist der Ort unserer frühesten Erinnerungen. Vor vielleicht hundert Lebenszeiten kamen unsere ersten Ahnen hierher. Sie kamen aus dem Westen, und als sie diesen Ort des Überflusses fanden, blieben sie. Sie bauten Dörfer und errichteten Tempel. Zweitausend Jahre lang fingen sie den Stör in den Wassern des Ocmulgee und jagten das Wild in den Wäldern. Hier lebten sie, hier starben sie, und hier, zu unseren Füßen, wurden sie begraben.«

»Was ist aus ihnen geworden?« fragte Georgia.

»Wir Creeks sind aus ihnen hervorgegangen. Und weil wir hier sind, sind auch sie immer noch hier. Ihr Blut fließt durch unsere Herzen.«

Sie drangen immer weiter in die Täler zwischen den steilen Wällen ein. Dann, plötzlich, trat ihnen ein Indianer in den Weg, der eine Flinte in den Händen hielt. Er nickte Tobe zu; dann trat er zur Seite. Die alte Indianerin führte die anderen zu einer Öffnung in der Wand eines der steilen Hügel. Josiah holte eine Satteltasche vom Wagen und nahm Georgia bei der Hand. Sie traten in die Öffnung und gelangten in einen niedrigen, von Menschenhand gegrabenen Stollen, der in das Innere des Hügels führte. Es war kalt hier drinnen und dunkel, und Georgia hielt Josiahs Hand fester. Schließlich sahen sie ein Stück voraus ein trübes Licht, das immer heller wurde, je tiefer sie in den Schoß der Erde eindrangen.

Der Gang mündete schließlich in eine große Grotte, in deren Mitte ein Feuer brannte, an dem etwa zwanzig Personen saßen; die meisten von ihnen waren Männer, doch Georgia sah auch einige ältere Frauen darunter. Sie trugen farbenprächtige zeremonielle Kattunkleidung, lange, bunte Schärpen aus gefärbter Wolle und Troddeln aus gesponnenem Baumwollstoff. In den Glasperlen, die in ihre Stirnbänder eingewebt waren, brach sich funkelnd das Licht des Feuers.

Als Tobe, Josiah und Georgia die Grotte betraten, verstummten die Gespräche des Rates. Tobe nahm Georgia bei den Schultern und schob sie vor sich. »Sie ist eine von uns«, sagte die alte Frau. »Sie ist das Kind von Istechote lige Osetat Chemis te Chango.« Die anderen rückten am Feuer ein Stück zur Seite, so daß die Ankömmlinge Platz nehmen konnten.

Dann redeten die Indianer lange Zeit in der Sprache der Creeks. Josiah flüsterte Georgia zu, daß es die Stammesältesten der Tuckabatchees wären und daß sie eine Ratssitzung hielten, um zu entscheiden, ob sie hier bleiben oder die lange, beschwerliche Reise in den Westen, nach Oklahoma, antreten sollten. Schließlich hob ein älterer Mann die Hand. Josiah übersetzte, was er sagte: »Wir, die wir alle dasselbe Feuer schüren und mit derselben Zunge reden, werden unseren letzten schwarzen Trunk in diesem Lande nehmen, die Schalen unserer Ahnen reiben und unseren Marsch in die

Fremde beginnen. Wir werden das alte Feuer austreten und es nicht eher wieder entfachen, bis wir an den Mississippi gelangen, wo wir das Feuer nie mehr löschen werden.«

Dann öffnete Tobe die Satteltasche, die Josiah für sie getragen hatte. Sie nahm die sieben heiligen Schalen der Tuckabatchees heraus. Die Schalen waren aus dünnen Kupfer- und Messingstreifen gehämmert; die größte maß gut einen halben Meter im Durchmesser. Diese Schalen seien älter, flüsterte Josiah Georgia zu, als alles andere im Himmel und auf Erden. Tobe ging mit den Schalen um das Feuer herum zum Häuptling, der die Gefäße mit vorsichtigem, beinahe zärtlichem Griff entgegennahm, als wären sie aus Glas und könnten bei der leisesten unbedachten Bewegung zerbrechen. »Tobe hat die heiligen Schalen versteckt gehalten«, fuhr Josiah im Flüsterton fort.

Als die Schalen im Kreis herumgereicht und von allen gerieben worden waren, wurden Gefäße mit einem schwarzen Getränk gereicht. Der Häuptling nahm einen Schluck und stimmte das Lied vom schwarzen Trunk an; es war ein auf- und abschwellender Ton, den er mit hoher, schwankender Stimme ausstieß und der so lange währte, wie Luft in seinen Lungen war. Dann wurden die Gefäße mit dem schwarzen Trunk dreimal im Kreis herumgereicht. Schließlich löschte Tobe das heilige Feuer, und ein zweitausend Jahre altes Band zwischen diesen Menschen und dem Himmel und der Erde dieses Landes war für immer zerschnitten.

Im Mai 1836 kam die Nachricht, daß die Texaner, mit Unterstützung der Freiwilligen aus Georgia, die mexikanischen Truppen unter General Santa Anna unweit eines zu plötzlicher Berühmtheit gelangten Ortes namens San Jacinto geschlagen hatten. Captain Lawshes alter Waffengefährte Sam Houston war der siegreiche General gewesen. Houston hatte in einem persönlichen Brief an Joanna Troutman seinen Dank für ihre Unterstützung zum Ausdruck gebracht. Er schrieb, Joannas Flagge habe über dem Fort La Bahia in Goliad geflattert. Nachdem die Flagge bei einem Sturm zerrissen worden sei, hätten die Freiwilligen aus Georgia im Laufe der Zeit immer wieder Fetzen der Flagge gefunden und sie eingesammelt.

Zusammen mit dem Brief schickte Houston, als Zeichen seiner Wertschätzung, eine Kaffeekanne aus Silber, die im Besitz des besiegten Santa Anna gewesen war. »Kennst du das Geheimnis Santa Annas? Weißt du, wo er an dem Nachmittag war, bevor die Schlacht von San Jacinto ausbrach?« fragte Joanna ihre Freundin, kurz nachdem sie Houstons Geschenk erhalten hatte. »Man erzählt sich, daß General Santa Anna mit einer wunderschönen Frau in seinem Zelt gewesen sei, einer texanischen Patriotin, die sich freiwillig dazu hergegeben habe, mit Santa Anna zu ...« Joanna beugte sich vor und flüsterte Georgia etwas ins Ohr, worauf diese zusammenzuckte und dann in lautes Gelächter ausbrach. »Das gibt's doch gar nicht!«

»Doch! Sie haben! In seinem Zelt. Den ganzen Nachmittag. Das hat Santa Anna so müde gemacht, daß er nicht mehr kämpfen konnte.« Beide Mädchen kicherten. »Stell dir mal vor«, sagte Joanna. »Ich werde in die Geschichte eingehen. Ich habe die Kanne, aus der die schöne texanische Patriotin dem General Santa Anna in dessen verrufenem Zelt Kaffee eingeschenkt hat.«

»Und deine Unterröcke haben über den Schlachtfeldern geflattert, auf denen Texas sich die Freiheit erkämpft hat«, fügte Georgia hinzu, und die beiden Mädchen brachen in schallendes Gelächter aus.

Im Sommer hatte Captain Lawshe die Verwirklichung seiner Pläne für eine Übersiedlung nach Westen in Angriff genommen. Ihm war zu Ohren gekommen, daß in Water Valley in Mississippi eine Plantage zum Verkauf stand, und er hatte nach zahlungskräftigen Interessenten für seinen Grundbesitz in Georgia Ausschau gehalten. Bis Ende des Jahres 1836 waren mehr als vierzehntausend Creeks aus dem Staat vertrieben worden, und gierige Siedler strömten wie eine Flutwelle über die Ländereien hinweg, die im Besitz dieser Indianer gewesen waren. Die meisten Creeks waren friedlich davongezogen, doch einige hatte man von ihrem Grund und Boden verjagen müssen. Man hatte sie aus ihren Häusern gezerrt und geschlagen, und sie wurden in primitiven Lagern zusammengepfercht, in denen unmenschliche Bedingungen herrschten, so daß viele Indianer durch Hunger und Krankheiten starben. Die Überlebenden wurden gezwungen, nach Westen zu ziehen. Sie nahmen die gleiche Route, die von den Stämmen der Cherokees bereits »Der Weg, auf dem wir weinten« genannt wurde.

Als offensichtlich wurde, daß sie nach Westen ziehen würden, beschloß Cherokee, den alten Josiah in die Freiheit zu entlassen. »Josiah soll seinen Lebensabend zusammen mit Tobe verbringen«, sagte sie. »Er kann in seinen Büchern lesen und sich um das Grab meines Vaters kümmern.« Captain Lawshe erklärte sich mit der Entscheidung seiner Frau einverstanden.

Georgia bettelte darum, Josiah die Nachricht überbringen zu dürfen, und zu ihrer großen Freude waren ihre Eltern damit einverstanden. Überglücklich in Gedanken an ihren alten Freund und voller Bewunderung für ihre Mutter, flog sie wie ein Pfeil den Pfad durch die Felder entlang, bis zu der Anhöhe, wo Josiahs Häuschen über dem Fluß trohnte.

Als sie schließlich allein in dem hohen Gras war, in dem sie und Joanna ihre verborgenen Städte gebaut hatten, nistete sich Trauer in ihrem Herzen ein wie ein schwarzer Vogel. Georgia wurde klar, daß sie den alten Josiah nach seiner Freilassung nie mehr wiedersehen würde. Ihre Eltern und sie würden nach Mississippi ziehen – Tobe und Josiah aber würden hierbleiben. In einem Augenblick schrecklicher Verzweiflung wäre sie beinahe zum Haus der Eltern zurückgerannt und hätte ihre Mutter angefleht, es sich noch einmal zu überlegen. Dann aber brannte ihr Gesicht vor Scham, denn ihr wurde klar, daß sie ihrem Freund Josiah damit seinen sehnlichsten Wunsch verwehren würde: ein freier Mann zu sein. Halb von Freude und halb von Kummer erfüllt, stieg Georgia die Anhöhe hinauf, auf der Josiahs Hütte stand – und blieb abrupt stehen, als sie Reiter herangaloppieren sah. Sie fragte sich, warum die Männer es so eilig hatten.

Es waren fünf, wie Georgia kurz darauf erkannte. Fremde. Rasch sprang Georgia vom Pfad ins hohe Gras, so daß sie nicht entdeckt werden konnte. Dann bewegte sie sich leise voran, bis sie zum Stall hinter Josiahs Hütte gelangte. Jetzt konnte sie die Fremden deutlich erkennen. Sie standen vor der Tür der Hütte und riefen mit rauher Stimme, daß Josiah herauskommen solle. Georgia spürte eine seltsame Spannung in der Luft, eine Atmosphäre drohenden Unheils.

Dann erschien Josiah in der Tür der Hütte. Er war so groß, daß er sich bücken mußte, um ins Freie zu gelangen. *Es wird schon alles gutgehen*, dachte Georgia. *Josiah ist so groß und stark wie ein Baum.*

Plötzlich hörte sie ein Geräusch, als würden zwei Bretter aneinander geschlagen, und Josiah stürzte zu Boden und blieb regungslos liegen. Zwei Reiter stiegen von den Pferden und traten Josiah in den Leib. Er rührte sich nicht, und die beiden Männer gingen in die Hütte und zerrten Tobe an den Haaren heraus. Als die alte Frau ihren Gefährten am Boden liegen sah, versuchte sie, sich von den Männern freizumachen, um zu ihm zu eilen, doch die Männer waren zu stark. Alles lief in gespenstischer Stille ab. Es gab keine Schreie, keine Zurufe, keine Flüche; es wurde kein einziges Wort gesprochen. Die Männer verrichteten ihr schreckliches Werk mit mörderischer Zielstrebigkeit, als hätten sie sich vorher genau überlegt, was sie tun wollten. In Georgia stieg ein quälender, beinahe überwältigender Schmerz auf, als sie miterleben mußte, was die Männer taten. Sie fühlte sich benommen und seltsam leicht, doch sie zwang sich, das Dunkel des Entsetzens und der Verzweiflung nicht über sich zusammenschlagen zu lassen.

Die Männer zerrten Tobe zu einem Baum. Einer legte ihr einen Strick um den Hals; ein anderer warf das lose Ende des Strickes über einen Ast. Tobe wehrte sich nicht mehr. Sie stand gerade aufgerichtet und vollkommen regungslos da, während die Männer das Seil strafften. Plötzlich glaubte Georgia gesehen zu haben, daß

Josiah sich bewegt hatte. Oder war es nur Einbildung gewesen? Er lag jetzt wieder regungslos am Boden. Georgia betete, daß ein Wunder geschehen möge. Sie betete, daß der Ast zerbrechen oder daß ein Blitz die Reiter erschlagen oder daß Gott selbst dieses Grauen nicht länger mit ansehen und mit schrecklichem Zorn über die Mörder kommen möge. Doch nun war das Seil gestrafft, und die Männer zerrten Tobe in die Höhe, und Georgia schrie und brüllte, während Tobes Körper zuckte und sie mit den Beinen strampelte, bis die Bewegungen erlahmten. Als Georgias Schreie erklangen, wirbelten die Reiter herum und kamen zur Scheune herüber.

Georgia schrie immer noch, als Josiah sich unbemerkt erhob. Ein gewaltiger Schlag mit dem mächtigen Arm brach einem der Reiter das Genick; mit der freien Hand packte Josiah das Gewehr des Toten. Dann schoß er auf den Mann, der das Seil festhielt, und Tobes Leichnam fiel zu Boden. Mehr sah Georgia nicht, denn eine gnädige Dunkelheit hüllte sie endlich ein.

Josiah hob das Grab für Tobe nur wenige Schritte neben der letzten Ruhestätte seines alten Herrn aus. »Er wird sie beschützen«, sagte Josiah, nachdem er die Stelle ausgesucht hatte. Georgia hätte ihm gern beim Graben geholfen, doch sie fühlte sich so müde wie nie zuvor. Sie hatte das Gefühl, als würden schwere Steine sie in dieselbe Erde drücken, in der Tobe nun für immer schlief. Als Josiah fertig war, legte er die Schaufel zu Boden und setzte sich neben Georgia.

Lange Zeit schwiegen sie, und dann fiel Georgia wieder ein, weshalb sie zur Hütte gekommen war.

»Meine Mutter hat gesagt, du bist jetzt ein freier Mann. Sie hat die Papiere vorbereitet.«

Josiah seufzte, die Augen auf Tobes Grab gerichtet. »Freiheit«, sagte er. »Ich bin also ein freier Mann. Aber was soll ich jetzt noch mit der Freiheit anfangen?« Georgia lehnte den Kopf an Josiahs Schulter und ergriff mit beiden Händen seinen gewaltigen Arm.

»Wohin wirst du gehen?«

»Nach Süden vielleicht. Einige Creeks haben sich den Seminolen angeschlossen. Da ich jetzt ein freier Mann bin, habe ich wohl das Recht, mit ihnen um *ihre* Freiheit zu kämpfen.«

»Ich wollte, ich wäre tot«, murmelte Georgia, ohne sich der Bedeutung dieser Worte bewußt zu sein.

Josiah blickte sie streng an. »Sag nie wieder, daß du nicht mehr leben möchtest! Du bist ohnehin in großer Gefahr! Die Männer, die Tobe ermordet haben, würden auch dich töten, wenn sie wüßten, daß indianisches Blut in deinen Adern fließt. Mehr als alles andere mußt du dir wünschen, am Leben zu bleiben. Halte dich immer in der Nähe des Captains. Dein Vater weiß, was bei Gefahr zu tun ist.«

Josiah löste Georgias Hände von seinem Arm, erhob sich, nahm die Schaufel vom Boden und ging langsam zu jener Stelle am Fluß, wo er die fünf Weißen beerdigen wollte, die er bei seiner ersten Tat als freier Mann getötet hatte.

In dem Jahr, als der große Seminolenhäuptling Osceola starb, machten sich in Georgia zwei Gruppen von Amerikanern zu einer langen Reise in den unerschlossenen Westen auf.

Die erste Gruppe waren die Cherokee-Familien, die man von ihrem fruchtbaren Ackerland um New Echota, Springplace und Red Clay verjagt und mit Bajonetten in Lager getrieben hatte. Dann wurden sie und die wenigen Creeks, die übriggeblieben waren, auf Hunderten von Frachtwagen zusammengepfercht. Ein Horn erschallte, und der riesige Zug rollte an. Es gab keine Decken auf den Wagen, keinen Schutz vor Schnee und Sturm und Kälte. Viertausend Männer, Frauen und Kinder starben im Winter 1838 auf diesem Treck nach Westen.

Wenige Monate später brach die zweite Gruppe auf. Es war ein Treck, der aus dem Bibb County in Georgia über den eisenroten Lehm Alabamas bis in die dichten Kiefernwälder im Nordwesten von Mississippi rollte; die erste Woge eines weiteren Siedlerstroms nach Westen.

Die Gräber der Cherokee-Kinder, die das Ufer des Tennessee River säumten, hinterließen auf dieser beschwerlichen Reise den tiefsten Eindruck auf Georgia. Auch der Anblick der verlassenen Farmen im nördlichen Alabama, wo Bodenspekulanten und ganz gewöhnliche Diebe das Hab und Gut von Amerikanern beiseite schafften, die vom Kongreß sämtlicher Rechte beraubt worden waren, prägte sich unauslöschlich in ihr Gedächtnis ein. Im Vertrag von New Echota, den der Kongreß im Jahre 1836 ratifiziert hatte, war die Vertreibung aller Cherokee-Indianer beschlossen worden, und Georgia konnte auf der Reise nach Westen beobachten, wie die Cherokees planmäßig von ihren Ländereien vertrieben wurden.

Als die Lawshe-Familie und ihr großer Troß aus Sklaven durch Alabama zogen, sah Georgia zwei weiße Männer in teuren dunklen Anzügen auf einem Wagen, der mit Möbeln und Hausrat beladen war – dem Beutegut der beiden Männer. Der Wagen raste dahin, als säßen den Fahrern Gespenster im Nacken. Als er an den Lawshes vorüberjagte, schlingerte und schwankte er, so daß ein Gemälde von der Ladefläche fiel und wie die Schwinge eines Vogels zu Boden segelte. Ein Indianermädchen in Georgias Alter blickte von dem Bild, das nun auf der Straße lag. Es hielt einen weißen Vogel zärtlich in den Händen, doch fest genug, daß er nicht davonfliegen konnte. Für Georgia war es das schönste Gemälde, das sie je gesehen hatte. Sie fragte ihre Mutter, ob sie sich das Bild mit dem Mädchen und dem Vogel nehmen dürfe, und die Lawshes hielten an und legten das Gemälde auf ihren Wagen. Es war kunstvoll gerahmt; oben am Rahmen befand sich eine kleine Kupferplatte, in die der Titel des Gemäldes eingraviert war: »Kind mit Vogel«. Georgia fragte sich, wo das Mädchen auf dem Bild jetzt sein mochte und ob es inzwischen erwachsen war und vielleicht sogar irgendwo weit vor ihnen den »Weg der Tränen« ging.

In der Nähe des vierhundert Morgen großen Grundbesitzes, den Captain Lewis Lawshe und Cherokee von dem Verkaufserlös ihres Erbes erworben hatte, befand sich eine kleine Ortschaft mit Namen Water Valley, die im Süden des Yocono River lag, an der Postkutschenlinie von Nashville, Tennessee, nach Jackson, Mississippi. Das Land der Lawshes und die Gemeinde Water Valley lagen im erst kürzlich geschaffenen Distrikt Yalobusha in Mississippi; diese Gegend war einst die Heimat von Choctaw- und Chickasaw-Indianern gewesen. In den Verträgen von Dancing Rabbit Creek aus dem Jahre 1830 und Pontotoc aus dem Jahre 1832 hatten die Indianer diese Ländereien – ihre letzten in Mississippi – an die Weißen abgetreten. Nach dem Abzug der Indianer begann der Zustrom der Siedler auf das Land zwischen den beiden Flüssen Yocono und

Yalobusha. Die Orte Water Valley und Coffeeville, Oakland und Washington wurden in dem waldreichen Gebiet gegründet. Wo einst die friedliche Stille des Waldes geherrscht hatte, erklangen nun Hammerschläge und Räderrollen; Häuser und Saloons, Läden und Kirchen wurden gebaut.

Sämtliche Flüsse, Bäche und Seen in der Gegend um Water Valley trugen indianische Namen. Georgia mußte daran denken, auf welche Weise man die Choctaws und Chickasaws vertrieben hatte; nur die Namen der Gewässer hatten sie hinterlassen. *Sie sind alles, was von den Indianern geblieben ist*, ging es Georgia durch den Kopf.

Während ihr neues Haus errichtet wurde, wohnten die Lawshes im Hotel von Mr. D. J. Mathews in der kleinen Stadt Washington, zwei Meilen nördlich von Water Valley. Jeden Morgen ritt Georgia zur Baustelle des Hauses, die sich auf einer kleinen Erhebung befand, von deren Kuppe aus man über die umliegenden Wälder und Weiden bis zum fernen Yocono River blicken konnte. Die Hügelkuppe erinnerte an jene Stelle, an der Josiahs und Tobes Hütte über dem Flint River gestanden hatte, und die Erinnerung an ihre alten Freunde war in den ersten Wochen in Mississippi Georgias ständiger Begleiter.

Die Arbeiten am Haus gingen schnell voran; mit seinem flachen Dach und den rundum verlaufenden Veranden mit ihren weißen Säulen war es ein beinahe identisches Abbild des alten Hauses der Lawshes in Georgia. Von den Verandatüren gelangte man ins Innere, so daß man bei geöffneten Läden aus allen Himmelsrichtungen frischen Wind in die Zimmer lassen konnte – die vier heiligen Winde der vertriebenen Choctaws und Chickasaws. Georgia stellte fest, daß man von den Veranden den blutroten Sonnenaufgang und -untergang beobachten konnte; und der Nachthimmel in Mississippi war eine schimmernde Pracht aus Sternen und fernen silbernen Welten. Die Sklaven bauten ihre eigenen kleinen Hütten am Hügelhang. Wenn Georgia diese Behausungen sah, erschienen sie ihr wie Küken, deren Henne das große Herrenhaus auf der

Hügelkuppe war. Manche Sklaven wohnten in primitiven Baracken in der Stadt und wurden von den Lawshes an andere Siedler ausgeliehen; zumeist mußten sie Dickicht niederhauen und die dichten Wälder roden, um Platz für weitere Farmen und Häuser zu schaffen.

Bald wurde auf der neuen Plantage der Lawshes die erste Ernte eingebracht, und die Baumwollballen wurden mit Frachtwagen zu Mose Perrys Fähre über den Yocono River und von dort nach Chickasaw Bluffs transportiert, von wo aus sie den Mississippi hinunter nach New Orleans verschifft wurden.

Für Georgia war mit der Übersiedlung nach Water Valley eine neue Seite im Buch ihres Lebens aufgeschlagen worden. Das alte Leben hatte mit Tobes Ermordung geendet; das neue Leben war ein noch weißes, unbeschriebenes Blatt, auf dem sie eintragen konnte, was immer sie wollte. Sie betrachtete das Leben in Mississippi als Zwischenstation, wo man frische Pferde vor die Kutsche spannte, bevor sie weiter nach Westen rollte. Denn Georgia war fest entschlossen, eines Tages in die ferne Republik Texas aufzubrechen, um dort ihr Leben selbst in die Hand zu nehmen.

Die ersten Freundschaften schloß Georgia an Mrs. Judith Bryants Mädchenschule und auch mit einigen Schülern von Mr. F. A. Browns Jungenschule. Doch was die Freiheiten anging, die man jungen Mädchen einräumen durfte, waren die Eltern ihrer neuen Freundinnen leider anderer Ansicht als Lewis und Cherokee Lawshe. Georgia durfte gehen, wohin sie wollte, während ihre Freundinnen beinahe wie Gefangene behandelt wurden, zumindest wie junge Hausangestellte, denen diese Freiheiten erst mit dem Erreichen des Erwachsenenalters eingeräumt wurden.

Die Eltern von Georgias Freundinnen erkannten rasch, daß dieses temperamentvolle, dunkelhäutige Mädchen ein recht unkonventionelles Leben führte, das so gut wie keinen festen Regeln und Beschränkungen unterworfen war. Hätte Georgia keine so ausgezeichneten Manieren und nicht eine geradezu ansteckende Lebensfreude besessen, hätte mancher Städter seinen Kindern wohl den

Umgang mit ihr verboten. Statt dessen aber war sie bald – wenn auch nicht ganz ohne Besorgnis der Eltern – in den Häusern ihrer Freundinnen willkommen.

Mit vierzehn Jahren galt Georgia allgemein als das hübscheste und beliebteste Mädchen von Water Valley. Im Herbst dieses Jahres, im Cherokeemonat der »Schwarzen Schmetterlinge«, war Georgia zum Abendessen bei den McKies eingeladen, die eine Plantage am Swann Lake besaßen. Alle Freundinnen und Freunde Georgias waren gekommen und trugen ihre neueste und eleganteste Garderobe. Georgia konnte die Blicke der jungen Männer spüren, die jede ihrer Bewegungen verfolgten. Plötzlich kam aus der Gruppe von Schwänen, die den Garten des McKieschen Herrenhauses zierten, eine krächzende, flatternde weiße Erscheinung hervorgeschossen. Sie jagte direkt auf Georgia zu, die sich entsetzt herumwarf und mit wehenden Röcken die Flucht ergriff – das schönste Mädchen von Water Valley wurde von einer bösartigen Gans verfolgt. Georgia stürzte unglücklich, wobei sie sich den Knöchel verrenkte, ihr Kleid mit grünen Grasflecken verschandelte und sich ganz entsetzlich schämte. Ein Arzt kam herbei und drückte ihren Knöchel sanft mit beiden Händen, worauf der Schmerz erst allmählich, dann völlig verschwand. Es war die reinste Zauberei. Georgia verliebte sich auf der Stelle in diesen starken, freundlichen Mann mit den wundersam heilenden Händen. Er hieß Dr. Peter Cavanaugh Woods, und er hielt ihren Knöchel so lange fest und blickte ihr so tief in die Augen, daß sogar Georgia errötete.

Sie hatten sich ineinander verliebt, und jedermann in Water Valley betrachtete Georgia und den jungen Arzt als Traumpaar, wie für einander geschaffen. Doch Georgia selbst war erstaunt, denn sie und Peter schienen vollkommen gegensätzliche Menschen zu sein. *Wie*, fragte sie sich, *kann unsere Liebe Bestand haben, wo wir doch so verschieden sind?* Peter war ein angesehener Arzt und einer der maßgeblichen Männer der Stadt; Georgia hingegen war ein Mädchen von vierzehn Jahren. Peter war geduldig, leise und zurückhaltend; Georgia war sprunghaft, temperamentvoll und unberechenbar. Peter war ein von Vernunft und Logik bestimmter Mensch; Georgia ließ sich von ihren Gefühlen, Launen und dem Zufall leiten. Doch jedesmal, wenn sie zusammen waren, spürte Georgia eine magische Kraft, die sie zueinander zog.

Eines Tages erzählte Peter ihr von einem seiner größten Träume. Georgia konnte ihre Freude kaum fassen, als sie erfuhr, daß Peter immer schon nach Texas hatte gehen wollen. Und dann fragte er sie, ob sie ihn heiraten wolle. Sie sagte auf der Stelle ja.

Dr. Peter Cavanaugh Woods und Georgia Virginia Lawshe heirateten im Jahr darauf. Georgia war gerade fünfzehn. Es war die größte Hochzeit, die je im Yalobusha County gefeiert wurde, wenn man dem *Herald Water Valley Democrat* glauben durfte. Viele von Peters Familienangehörigen waren gekommen, darunter seine Mutter und sein Bruder, Captain Pinckney Davidson Woods, ein wohlhabender Kaufmann. Doch der aufregendste Gast war Georgias Onkel, Madison Hawkins, Cherokees Bruder, der den langen Weg von North Carolina gekommen war, um bei der Hochzeit seiner Lieblingsnichte dabei zu sein.

Madison war für Georgia immer schon ein Geheimnis gewesen. Er war ein Mann, der hin und wieder wie aus dem Nichts bei ihren Eltern erschienen war, um ein paar Tage darauf genauso rasch und spurlos zu verschwinden. Doch immer, wenn er sich bei den Lawshes aufhielt, hatte er das Haus mit Lachen, Frohsinn und einem Hauch von Abenteuer erfüllt; eine Atmosphäre, die noch Monate nach Madisons Verschwinden zu spüren war. Georgia liebte ihren rätselhaften, lebensfrohen Onkel, und es gab niemanden – von Peter selbstverständlich abgesehen –, mit dem sie lieber zusammen war. Madison hatte nie geheiratet; er wohnte allein in der prächtigen Villa auf der Plantage der Familie in North Carolina, in der auch Benjamin Hawkins gewohnt hatte, bevor er Indianeragent geworden war. Georgia konnte sich nicht erklären, warum ein Mann, der so gern in Gesellschaft anderer Menschen war, ein so einsames Leben führte und warum er nie eine Frau gefunden hatte, die sein Leben und sein Lachen mit ihm teilte. Wie schon sein

Vater Benjamin hatte Madison Hawkins rotes Haar, Sommersprossen und funkelnde wasserblaue Augen. Doch anders als sein Vater war er ziemlich korpulent, mit einem runden, beinahe kindlichen Gesicht. Für einen so schweren Mann bewegte er sich mit erstaunlicher Eleganz und Leichtfüßigkeit. Seine Kleidung war zwar teuer, aber stets zerknittert und aus der Mode. Und wenngleich Madison sonst immer guter Laune zu sein schien, glaubte Georgia diesmal einen seltsam gehetzten Ausdruck in seinem Gesicht zu erkennen. Sie fragte sich, ob Madison krank sei, denn es kam vor, daß er mitten in seinem dröhnenden Lachen plötzlich heftig zu husten anfing. Georgia warf dann stets einen raschen Blick auf Peter und sah für einen kurzen Moment die Besorgnis in seinen Augen.

Doch das faszinierendste Geheimnis, das Onkel Madison mit nach Water Valley brachte, waren die zwei schönen Sklavenfrauen und der kleine Junge, die in Madisons Gefolge angereist waren. Die ältere der beiden Frauen war von tiefschwarzer Hautfarbe und Ende Dreißig; sie hieß Mahalia Hawkins. Die andere war in Georgias Alter; ein wunderschönes Mädchen mit kaffeebrauner Haut, das den Namen Martha Benny trug. Der kleine Junge wurde Jim gerufen. Als Georgia ihren Onkel fragte, warum das schöne Mädchen Martha Benny hieße, erwiderte er, ihr Name sei in Wirklichkeit Martha Benjamin, nach Benjamin Hawkins. Georgia wurde rot vor Zorn, daß ein Sklavenmädchen den Namen ihres Großvaters trug. Doch das Verdächtigste an Martha Benny war die Farbe ihrer Augen. Sie waren blau.

Mahalia und Martha Benny wohnten längere Zeit im großen Haus der Lawshes, denn die Hochzeitsfeiern zogen sich ein paar Wochen dahin. Die beiden schwarzen Frauen halfen bei den vielen Parties, Empfängen und Feierlichkeiten, die in diesem Jahr der Mittelpunkt des gesellschaftlichen Lebens in Water Valley waren.

Georgia ließ die Frage nach der Herkunft von Marthas blauen Augen nicht mehr los. Vielleicht war Madison gar nicht der eiserne Junggeselle, als der er sich ausgab? War es möglich, daß dieses Negermädchen eine Kusine ersten Grades war? Bei jeder Gelegenheit betrachtete Georgia Martha Benny heimlich, um sich dann selbst im Spiegel anzuschauen. Sie erkannte, daß es, ungeachtet der Hautfarbe, unübersehbare Ähnlichkeiten zwischen ihr und diesem Mädchen gab. Georgias Haut war heller, bronzefarben, während Martha Bennys Haut einen stumpfen goldfarbenen Ton aufwies. Sie hatten beide feine, regelmäßige Gesichtszüge, wenngleich Martha Benny insgesamt größer und ein wenig üppiger gebaut war. Georgias schwarzes Haar war glatt, während Martha Benny das typische Kraushaar der Neger hatte.

Nach Ende der Hochzeitsfeierlichkeiten zogen Georgia und Peter in einen hellen neuen Bungalow am Rande der Stadt um. Das Haus war groß genug, daß Peter an der einen Seite seine Arztpraxis unterbringen konnte, während auf der anderen Seite Georgia die Alleinherrscherin war. Der Bungalow war das Hochzeitsgeschenk Captain Lawshes. Er hatte den Jungvermählten außerdem dreißig Sklaven geschenkt, die zwar weiterhin auf der Plantage wohnten, dem Paar aber zur ständigen Verfügung stehen sollten, sobald Peters Praxis florierte und die beiden sich ein größeres, schöneres Haus in den Hügeln über dem Tal bauen konnten. Sowohl Peter als auch Georgia wußten, daß dieses Herrenhaus in Water Valley nie gebaut werden würde; denn es war für sie nur noch eine Frage der Zeit, bis sie nach Texas übersiedelten, ein Geheimnis, das beide sorgfältig hüteten. Georgia wußte, daß der Captain und Cherokee verletzt sein würden, wenn sie erfuhren, daß ihre Tochter und ihr Schwiegersohn fortziehen wollten – fort von der Familie und von Water Valley. Deshalb war es eine der größten Sorgen in Georgias Leben, ihrer Mutter eines Tages sagen zu müssen, daß sie fortging. Doch diese Sorge hätte Georgia sich sparen können.

An einem Frühlingsmorgen, einige Wochen nach der Heirat Georgias und Peters, starb Cherokee Lawshe bei einer Fehlgeburt. Sie wurde auf dem Friedhof der Familie beigesetzt, der sich hinter dem Haus auf der Hügelkuppe befand. Georgia hatte die gleiche Trauer wie jetzt schon einmal verspürt – ein bohrender Schmerz, der sich in lodernden Zorn verwandelte. Genauso, wie sie damals die Mörder Tobes gehaßt hatte, richtete ihre Wut sich nun gegen ihren Vater.

»Es läuft im Grunde auf Mord hinaus«, sagte sie zu Peter, der vergeblich versucht hatte, Cherokees Leben zu retten. »Es ist niederträchtig und rücksichtslos, eine Frau zu schwängern, die so alt war wie meine Mutter. Da hätte er sie ebensogut mit einem Gewehr erschießen können. In beiden Fällen blutet eine Frau sich zu Tode.«

Auf der Beerdigung war Georgia nicht fähig, ihren Vater anzuschauen. Jedesmal, wenn ihre Blicke sich trafen, wandte sie den Kopf zur Seite. Georgia gab Lewis Lawshe die Schuld am Tod ihrer Mutter.

In den Monaten nach Cherokees Tod verebbte Georgias Zorn, doch sie blieb von einer solchen Trauer erfüllt, daß es sie auch körperlich schwächte. Eines Nachts, als sie schlaflos neben Peter im Bett lag, spürte sie, wie er sich bewegte.

»Bist du wach?« flüsterte sie.

»Hmmm«, sagte er.

»Ich weiß nicht, was mit mir los ist, Peter.«

Peter drehte sich um und schaute sie an. »Ist irgendwas nicht in Ordnung? Was fehlt dir denn?«

»Das ist es ja gerade. Ich weiß es nicht. Ich habe immer gedacht, mit jedem Schicksalsschlag fertig werden zu können. Aber der Tod meiner Mutter drückt mich nieder. Ja, ich habe wirklich das Gefühl, das Gewicht der Erde zu spüren, die auf Mutters Grab liegt. Es ist beinahe so, als läge ich dort begraben, und nicht sie.«

»Das ist der Kummer. Du hast sie sehr geliebt und mußt den Schmerz erst überwinden.«

»Und wie lange dauert das, Peter? Ich möchte, daß dieser Schmerz verschwindet.«

»Er wird verschwinden, sobald du dich mit dem Grund für deine Trauer abgefunden hast.«

»Also mit dem Tod meiner Mutter.«

»Ich glaube eher, daß dein Vater der Grund für deine Trauer ist«, sagte Peter.

Gegen Mitternacht, als Georgia den regelmäßigen Atemzügen ihres Mannes lauschte, glaubte sie zum erstenmal den Schmerz zu spüren, unter dem ihr Vater leiden mußte. Sie erinnerte sich, wie sehr ihr Vater seine Frau geliebt hatte; Georgia hatte es ungezählte Male miterlebt und rief sich nun all die geheimen Botschaften der gegenseitigen Liebe und Bewunderung ins Gedächtnis, die ihre Eltern ausgetauscht hatten, sei es durch Gesten, Blicke oder Worte. Sie mußte daran denken, wie zärtlich und rücksichtsvoll ihre Eltern zueinander gewesen waren, wie sie sich in schweren Zeiten gegenseitig Kraft gegeben und Mut zugesprochen hatten. Sie dachte an die Liebe, die sie für Peter empfand, und erinnerte sich daran, welch hilflosen, verlorenen Eindruck ihr Vater an jenem Abend gemacht hatte, als Cherokee gestorben war. Was für ein schrecklicher Schmerz mußte es gewesen sein, daß er einen so starken Mann wie ihren Vater niederringen konnte.

Beim ersten Tageslicht schlüpfte Georgia aus dem Bett, zog sich an, sattelte ihr Pferd und ritt zum Haus der Lawshes auf dem Hügel über dem Tal. Mose brauchte eine ganze Weile, um den Captain zu wecken. Während Georgia im Salon wartete, ließ sie den Blick durch die langen Korridore und das große Wohnzimmer der Villa schweifen, und ihr wurde klar, wie einsam ihr Vater sich nun fühlen mußte, jetzt, da in den vielen Zimmern, die einst so voller Lachen, Leben und Liebe gewesen waren, eine solche Stille herrschte. Dann kam der Captain in den Salon, noch ein wenig zerzaust und schlaftrunken.

»Armer Papa«, sagte Georgia und spürte bei seinem Anblick eine längst vergessen geglaubte innere Ruhe und Leichtigkeit. Das Gewicht der Erde, die auf ihrer Mutter Grab lag, war plötzlich von ihr genommen. Sie spürte nur noch die Umarmung des Vaters und ihre heißen Tränen, denen sie endlich freien Lauf lassen konnte.

Auch wenn Georgia ihrem Vater nicht mehr die Schuld am Tod Cherokees gab, stieg immer noch ein seltsamer Zorn in ihr auf, wenn sie an die Gefahren dachte, die eine Geburt für Frauen mit sich brachte. Sie war oft dabei gewesen, wenn Peter die Kinder seiner Patientinnen entbunden hatte, und einmal war sie ihm sogar als Krankenschwester zur Hand gegangen, als er einen Kaiserschnitt hatte vornehmen müssen. Sie war fasziniert und gleichermaßen erstaunt darüber, wie schmerzhaft und blutig so ein »freudiges« Ereignis doch ablief. Und wie seltsam, daß ein so schmerzhafter Vorgang erst durch einen Akt höchster Lust verursacht wurde.

Bei anderen Gelegenheiten aber – für gewöhnlich in der Nacht, wenn sie und Peter zusammen waren – wurde Georgia sich einer gewissen Scheinheiligkeit bewußt, was ihre Einstellung gegenüber den »Gefahren« des Geschlechtsverkehrs betraf. Genauso, wie sie ihr bisheriges Leben voller Schwung, Neugier und Hingabe geführt hatte, stürzte sie sich nun in die Erforschung der Möglichkeiten, die sich im Ehebett boten. Georgia hatte gelauscht, wenn manche Frauen mit Flüsterstimmen darüber geklagt hatten, daß die sexuellen Aspekte der Ehe wohl eher als lästige Pflichtübung denn als gegenseitiges lustvolles Geben und Nehmen zu betrachten seien. In der ersten Zeit schien Peter beinahe so etwas wie Gewissensbisse zu haben, wenn er seine sexuellen Bedürfnisse deutlich machte, und Georgia war gleichermaßen überrascht und belustigt, daß ihr Mann sich bei einer Sache, die Onkel Madison als »unglaublich vergnüglich« bezeichnet hatte, so schüchtern und förmlich verhielt. Sie machte sich einen Spaß daraus, Peter im Bett in Verlegenheit zu bringen, wenn nicht sogar zu schockieren, und dann seine Reaktion auszukosten.

Georgia gelangte zu der Ansicht, daß sie eine ziemlich schamlose Frau war, und sie fragte sich häufig, ob auch andere Leute im Ehebett jene Dinge trieben, die sie sich einfallen ließ, oder ob sie und Peter völliges Neuland betreten hatten, so wie Kolumbus, als er Amerika entdeckte. Doch sobald die Leidenschaft verebbt war, stieg wieder der beängstigende Gedanke in Georgia auf, daß

Schmerz und Tod der Preis für dieses lustvolle Vergnügen sein konnten. *Bestimmt gibt es irgendeine Möglichkeit, den Schmerz zu vermeiden*, dachte sie. Und manchmal fragte sie sich, ob die Gefahren und die Möglichkeit des Todes auf irgendeine seltsame Art und Weise vielleicht sogar mit Lust und Leidenschaft zusammenhingen. Sie gelangte aber zu der Ansicht, daß Gott sich auf einen solchen Handel niemals eingelassen hätte. Es wäre zu grausam gewesen.

Als Georgia Lawshe Woods achtzehn Jahre alt wurde – es kam ihr so vor, als wäre die Geschichte mit der boshaften Gans erst vor ein, zwei Tagen passiert –, war sie bereits Mutter von vier Kindern, die an ihren Rockschößen zerrten und den gewohnten Alltagsablauf durcheinanderbrachten. Nach dem Tod Cherokees hatte Georgia zuerst ihre jüngere Schwester, Lovie, bei sich aufgenommen. Dann hatte sie – als Strafe für ihre sexuellen Ausschweifungen und ihre zügellose Leidenschaft, wie sie vermutete – in weniger als drei Jahren drei Kinder zur Welt gebracht. Das erste, ein Junge, bekam den Namen Pinckney, nach Peters Bruder, Pinckney Davidson Woods. Das zweite, ein Mädchen, nannten sie Cherokee, nach Georgias Mutter, und das dritte, wieder ein Mädchen, bekam zwar den Namen seiner Mutter, Georgia, wurde aber nur Little Sweet gerufen. Alle drei Schwangerschaften und die Geburten waren ohne Komplikationen verlaufen; dennoch mußte Georgia ständig an das undankbare Schicksal denken, eine Frau zu sein. »Wir beide sind daran beteiligt, du und ich«, sagte sie nach der Geburt Cherokees zu Peter, »aber ich muß es ausbaden. Ich werde dick und unförmig, und ich muß unter Schmerzen das Kind zur Welt bringen. Du aber reichst als stolzer Vater Zigarren herum und nimmst die Glückwünsche der Leute entgegen, als hättest du das alles allein getan. Es gibt keine Gerechtigkeit auf der Welt.«

Als die kleine Cherokee sechs Monate alt war und Georgia sich immer noch mit ihrer neuen, ungewohnten Rolle als allzu junger Mutter herumplagte, trat erneut die Ungerechtigkeit dieser Welt in ihr Leben, diesmal in Gestalt von Onkel Madison. Und wieder einmal erschien Madison wie aus dem Nichts, so wie man es von ihm gewöhnt war.

»Ich weiß, ich komme zu einer unchristlich frühen Zeit«, sagte er, »aber wir sind zu einem wundervollen Abenteuer unterwegs, und da wollte ich unbedingt vorbeischauen.« Georgia blickte auf die Straße, auf der Madison seinen Zweispänner abgestellt hatte. Dahinter stand ein Wagen, vor den ein Maultier gespannt war, und auf dem Mahalia, Martha Benny und Jim saßen. Sie waren herausgeputzt, als wären sie auf dem Weg zur Kirche, besonders Jim, der wie ein Miniatur-Gentleman gekleidet war und so schick aussah, daß er auf einer Audienz der englischen Königin hätte erscheinen können. »Komm schnell«, sagte Onkel Madison. »Wir wollen Monsieur Louis Daguerre unsere Aufwartung machen.«

Der Louis-Daguerre-Fotosalon war nicht annähernd so groß, wie sein Name vermuten ließ. Statt dessen handelte es sich um ein kleines, unordentliches Zimmer im hinteren Teil eines Ladens in der Stadt, der einem glühenden Verehrer des französischen Erfinders Daguerre gehörte, dessen Experimente die neue Wissenschaft und Kunst der Fotografie hervorgebracht hatten.

»Es ist ein erstaunlicher Vorgang«, erklärte Madison, nachdem er Georgia den Fotografen vorgestellt hatte, der seinen Besuchern nun mit übertriebenen Gesten zeigte, wie diese »Camera obscura« einen flüchtigen Augenblick der Zeit festhalten und auf eine Platte aus Metall bannen konnte, um ihn für immer zu bewahren. »Es ist wie das Auge Gottes«, sagte der Fotograf, und dann begannen die Hawkins, die schwarzen wie die weißen, einer nach dem anderen für ihre Portraits zu posieren.

»Und was soll das alles?« fragte Georgia, als sie fertig waren. Irgend etwas an Madisons Aufregung wirkte unecht und gekünstelt, als würde er auf der Bühne stehen und sich selbst spielen. Mahalia und Martha Benny redeten und bewegten sich derart mechanisch, als hätte ihnen vorher jemand gesagt, was sie tun sollten. Ihre Gesichter waren leer; allenfalls spiegelte sich ein Ausdruck der Resignation darin wider. Nur Jimmy machte einen munteren Eindruck. Wie immer hatte er einen Heidenspaß.

»Ich wollte nur ein Bild, mehr nicht«, beantwortete Onkel Madison Georgias Frage. »Eine Erinnerung an die drei.«

»Gehen sie denn fort?«

Madison gab keine Antwort. Er drehte sich um, sprach kurz mit dem Fotografen und dankte ihm für seine Dienste; dann führte er seinen Anhang zurück zum Zweispänner und zum Maultierwagen.

»Madison«, sagte Georgia, in deren Innern eine Alarmglocke anschlug, »was hat das alles zu bedeuten?«

»Die Frage ist nicht leicht zu beantworten, Georgia. Hab Geduld mit mir. Ich werde dir auf der Fahrt alles erzählen.«

Sie fuhren aus der Stadt und eine Straße entlang, von der aus man über das Tal blicken konnte. Es war noch immer früher Morgen, und noch hatte die Sonne die Nebelschleier nicht vertrieben, die über dem Flußbett und den toten sumpfigen Nebenarmen schwebten, in denen Röhricht wuchs. *So muß die Erde aussehen, wenn man vom Himmel auf sie hinunterblickt*, ging es Georgia durch den Kopf. Unter ihnen breitete sich eine luftige perlgraue Wolkendecke aus. Jedes Blatt, jeder Grashalm war von winzigen Prismen aus Tau bedeckt, und die ganze Welt schimmerte silbern. Der Wind, dem der Zugang ins Tal durch die Hügel verwehrt war, zupfte an ihrer Kleidung, als sie in größere Höhen gelangten, und Georgia zog sich den Kragen zum Schutz gegen die Kühle enger um den Hals. Sie warf einen Blick über die Schulter und überzeugte sich davon, daß der Maultierwagen ihrem Zweispänner folgte.

Madison hustete. Das Geräusch lenkte Georgias Blicke auf ihren Onkel, und sie fragte sich, ob sie ihn all die Jahre falsch eingeschätzt habe. Sie hatte Madison stets für einen zutiefst glücklichen Menschen gehalten, der mit sich und dem Schicksal in Frieden lebte. Nur ein einziges Mal hatte sie flüchtig einen ernsten Charakterzug an ihm festgestellt: Sie hatte Madison von Cherokees Tod erzählt und daß die Erinnerung an die Mutter sie manchmal so schmerzhaft und plötzlich überkomme, daß sie sich »einfach hinlegen und sterben« wolle, so sehr plage sie dieser Kummer. Zu ihrem Erstaunen war Onkel Madison wütend geworden, statt sie zu trösten. »Das ist verrückt«, hatte er gesagt. »Du bist eine Hawkins, und du solltest dich wie eine Hawkins benehmen. Bei Schmerz und Kummer zeigt man keine Schwäche. Das ist so schändlich, als wäre man ein Dieb. Wir müssen aus dem Leben, das Gott uns geschenkt hat, stets das Beste machen. Wenn wir feige sind, wenn wir Angst haben, veruntreuen wir, was Gott uns geschenkt hat.«

Georgia hatte sich damals gefragt, ebenso wie jetzt, welchen geheimen Herausforderungen dieser Mann sich gestellt hatte, welches verborgene Leid er hatte ertragen müssen. Sie erkannte nun, daß Madison all die Jahre nur eine Maske getragen hatte, damit andere Menschen die Qualen nicht sehen konnten, die in seinem Innern tobten. Jetzt, als Madison auf der Straße hoch über dem silbernen Tal die Kutsche anhielt, erkannte Georgia, daß er nun seine Maske endlich abnehmen würde.

»Ich gehe zurück nach North Carolina. Zurück nach Hause. Ich wollte die Fotos gern haben, damit ich sie nach dort mitnehmen kann. Um mich an die drei erinnern zu können. Drei Menschen, die ich sehr liebe.«

Georgias Gedanken wirbelten im Kreis. »Ich verstehe nicht, was du damit sagen willst.«

»Ich habe bereits die erforderlichen Papiere unterschrieben. Jetzt kann ich sie dir geben, Mahalia, Martha Benny und Jim.«

»Sie mir geben? Warum?«

»Weil ich bald sterben werde!« stieß Madison beinahe wütend hervor. »Peter weiß über alles Bescheid. Ich hatte dir das eigentlich gar nicht sagen wollen. Ich wollte ohne irgendwelche Gefühlsausbrüche von hier verschwinden.« Er seufzte. »Tut mir leid, daß ich so grob geworden bin.«

»Nein, mir tut es leid.« Georgia war zu verwirrt, als daß ihr die Unbeholfenheit ihrer Worte aufgefallen wäre. Madison fing an zu lachen; dann aber wurde sein Lachen von einem krampfartigen

Hustenanfall unterbrochen. Georgia wartete; ihre Gedanken wurden hin und her gerissen zwischen der Bestürzung über Madisons tödliche Krankheit und der Sorge um die Sklaven, die er ihr geschenkt hatte. Wieder warf sie einen Blick über die Schulter. Die drei saßen regungslos auf dem Wagen. Sie wußten wohl, daß über ihr zukünftiges Schicksal geredet wurde.

»Onkel Madison ...« Sie stockte. »Ich weiß nicht, wie ich es sagen soll. Das mit den dreien ... gefällt mir nicht. Warum gibst du sie mir?«

»Weil du der einzige Mensch bist, bei dem ich mich voll und ganz darauf verlassen kann, daß er sie gut behandelt. Ich habe in dir immer schon die besten Eigenschaften meines Vaters erkannt. Mir kommt es vor allem darauf an, daß Mahalia, Martha und Jim nicht getrennt werden. Du und Peter, ihr werdet dafür sorgen, das weiß ich.«

»Warum läßt du sie nicht frei? Meine Mutter hat Josiah damals die Freiheit gegeben.«

»Freilassen? Zwei Frauen und einen kleinen Jungen? Wohin sollten sie denn gehen? Wovon sollten sie leben? Man würde sie nur wieder in die Sklaverei verkaufen. Für Josiah war die Freiheit ein Geschenk. Meiner kleinen Familie gegenüber wäre sie eine Grausamkeit.«

»Und wenn du ihnen Geld und ein Stück Land schenkst?«

»Würde man es ihnen wegnehmen.«

Georgia erkannte nun, daß sie das Unaussprechliche ansprechen mußte. »Mahalia ist die Mutter deiner Kinder Martha Benny und Jim, nicht wahr, Onkel Madison? Mahalia mag ja eine Sklavin sein, aber deine Kinder sollten frei sein!«

»Es gibt kein entsprechendes Gesetz im Süden. Wenn ein freier Mann und eine Sklavin Kinder haben, gelten diese Kinder vor dem Gesetz nicht als freie Menschen wie der weiße Vater, sondern als Sklaven wie die schwarze Mutter. Man würde Martha Benny und Jim einfangen wie wilde Tiere und sie auf irgendeinem Sklavenmarkt versteigern.«

»Es muß doch eine andere Möglichkeit geben! Ich weiß, es hört sich gefühllos und egoistisch an, aber ich habe schon mehr als genug am Hals. Ich habe meine drei Kinder und Lovie. Es ist nicht recht, daß du mir jetzt auch noch die Verantwortung für drei weitere Menschen zuschiebst.« Georgia spürte, wie ihre Wangen sich röteten, und sie bemerkte, daß sie die Stimme gehoben hatte. »Du lieber Himmel«, sagte sie leise. »Hoffentlich können die drei mich nicht hören.« Wieder warf sie einen kurzen Blick auf den Wagen. Mahalia, Martha Benny und Jim saßen regungslos da und schienen den Nebelschwaden nachzuschauen, die von der Sonne vertrieben wurden.

»Du hast doch bereits jede Menge Sklaven. Was machen drei mehr da schon aus?«

»Sie sind keine gewöhnlichen Sklaven. Sie gehören zur Familie!« sagte Georgia. »Und du selbst hast gesagt, daß sie dir sehr viel bedeuten!« Plötzlich glaubte Georgia, einen Ausweg aus dieser Zwangslage zu erkennen. »Was ist, wenn du sie mir schenkst, und ich lasse sie dann frei?«

»Das kannst du nicht, weil es gegen das Gesetz verstoßen würde. Außerdem müßte Peter zustimmen, und das wird er nicht.«

»Warum sollte Peter etwas dagegen haben?«

»Weil er weiß, daß der Teufel, den man kennt, nicht so schlimm ist wie der Teufel, den man nicht kennt. Wenn sie Sklaven bleiben, kann den dreien nichts geschehen. Und vor allem bleiben sie zusammen.«

»Heißt das, ich kann deshalb keine Sklaven freilassen, weil ich eine Frau bin? Und weil Mahalia deine Frau ist, können deine Kinder keine freien Menschen sein? Da muß ich mich wirklich fragen, wer in diesem Land ein Sklave ist und wer nicht. Das ist doch ungerecht!«

Nach kurzem Schweigen erwiderte Madison: »Das stimmt. Es ist ungerecht. Aber so geht's oft im Leben. Auch der Tod ist manchmal ungerecht.«

Georgia sah zu Madison hinüber. Er schaute ins Tal, und sie

folgte seinem Blick. Der Silberschleier hatte sich inzwischen aufgelöst, und nun sah es dort unten kalt und schmuddelig aus. Georgia schaute zum Wagen, in dem Mahalia und Jim auf irgend etwas zu warten schienen. Sie waren so ruhig und geduldig, als würden sie voll und ganz darauf vertrauen, daß Madison und Georgia die richtige Entscheidung über ihr zukünftiges Leben trafen. Für einen Augenblick konnte Georgia den Schmerz nachempfinden, den Mahalia verspüren mußte. *Sie hat bestimmt schon erfahren, daß Madison sterben muß*, dachte sie.

»Ich nehme an, damit ist alles gesagt und getan.« Georgias Stimme war leise und ausdruckslos, wie tot. »Alles andere zählt nicht mehr.«

»Doch, etwas zählt noch«, erwiderte Madison. »Die Liebe zählt. Alles Menschliche zählt.«

»Wann reist du ab?«

»Sobald die Angelegenheiten Mahalias und der Kinder geregelt sind.«

Georgia mußte an einen Ausspruch denken, den Josiah oft benutzt hatte: »Sein Leben zu leben ist wirklich eine merkwürdige Angelegenheit.«

Onkel Madison schnalzte mit der Zunge, und Zweispänner und Maultierwagen wendeten und fuhren die Straße am Hang entlang ins Tal und zurück nach Hause.

Die Kinder wuchsen so schnell heran wie kleine Wölfe. Oft wurde Georgia von ihren Mutterpflichten so sehr in Anspruch genommen, daß sie dazu neigte, nach dem Motto zu handeln, lieber gar nichts zu tun als das Falsche. »Immerhin«, sagte sie, »habe ich die Hauptarbeit geleistet. Ich habe jedes der Kinder neun Monate im Leib getragen. Ich habe die Wehen bekommen. Ich habe sie zur Welt gebracht. Jetzt ist mal jemand anders an der Reihe, sich um die Kinder zu kümmern.« Sie versuchte, sich daran zu erinnern, wie ihre Mutter diese Rolle ausgefüllt hatte; aber es wollte ihr nicht recht gelingen. Cherokee war zwar immer für sie dagewesen – geheimnisvoll, schön und voller Liebe –, aber dennoch seltsam fern und unbeteiligt. Demnach muß ich mich selbst großgezogen haben, dachte Georgia. Sie gelangte zu der Ansicht, daß sie sich, dessen ungeachtet, ziemlich gut entwickelt habe. Also sind die besten Eltern diejenigen, sagte sie sich, die es mit der Erziehung der Kinder nicht übertreiben. Andererseits konnte man sich nichts Schöneres vorstellen, als den Kleinen beim Spielen zuzuschauen oder sie zu betrachten, wenn sie in ihren Bettchen lagen; diese kleinen Wesen, die als ein Teil von ihr selbst in ihrem Leib gewachsen waren.

Georgia erzählte Martha Benny, wie sie über diese Dinge dachte. Und dann sagte die junge Sklavin etwas, das bisher noch niemand ausgesprochen hatte, obwohl jeder – auch Georgia – wußte, daß es der Wahrheit entsprach: »Sie haben die Kinder zur Welt gebracht, und Sie sollten sich mehr um sie kümmern, als Sie's bis jetzt getan haben. Sie sind die Mutter, also sollten Sie sich auch wie eine Mutter benehmen.« Anfangs war Georgia ein wenig beleidigt, obwohl Martha Benny stets dazu neigte, kein Blatt vor den Mund zu nehmen. Aber Georgia hatte rasch gemerkt, daß Martha es nicht böse oder gar gehässig meinte, wenn sie die junge, unerfahrene und manchmal sogar widerwillige Mutter dann und wann zurechtwies.

Nach und nach lernte Georgia Lawshe Woods, unter Anleitung Martha Bennys und besonders Mahalias, wie eine Frau ihren Kindern eine gute Mutter war. Einige der langwierigeren Aufgaben – sich um Little Sweet zu kümmern, wenn sie weinte, oder sie zu säubern – übertrug Georgia dennoch dem »Mütterkomitee«, wie sie es nannte: Martha Benny und Mahalia und sogar Lovie, die zu einem kräftigen jungen Mädchen herangewachsen war, das eine besondere Begabung zeigte, mit Kindern umzugehen.

Zu jenen Aufgaben, die Georgia nicht aus der Hand gab, zählte die Erziehung der Kinder zur Disziplin. Sie machte allen deutlich, daß es ihr allein vorbehalten war, die Kinder zu bestrafen, sollten sie irgend etwas so Schlimmes anstellen, daß es die Benutzung des

Stockes oder des Gürtels rechtfertigte. Diese Arbeitsteilung erwies sich jedoch als ein Geschenk des Himmels für die Kinder, die schnell erkannten, daß sie sich praktisch alles erlauben konnten, ohne Hiebe befürchten zu müssen. Es nahm solche Formen an, daß Martha Benny oder Mahalia, wenn ihnen der Kragen platzte, Pinckney, Cherokee, Little Sweet und Jimmy insgeheim eine Tracht Prügel verpaßten.

Es gab Zeiten, da Georgia sich über ihre Gefühle gegenüber den Familienmitgliedern klarzuwerden versuchte. Natürlich war ihre Liebe zu Peter in den letzten Jahren unermeßlich größer geworden. Der bloße Gedanke an ihn, ihren Liebhaber und Ehemann, erfüllte sie mit Erregung und Stolz. Außerdem reifte in Georgias Herz und Verstand eine bisher unbekannte Empfindung heran, was ihren Mann betraf: Wenn sie ihm jetzt bei der Arbeit zuschaute, betrachtete sie ihn mit anderen Augen – mit den Augen seiner Patienten, die ihm ihr Vertrauen schenkten und ihre Gesundheit, ja, ihr Leben in seine Hände legten. Georgias Achtung vor ihrem Mann wuchs im gleichen Maße wie ihre Liebe. Sie erkannte, daß die Gefühle, die sie Peter an ihrem Hochzeitstag entgegengebracht hatte, nur eine von vielen Facetten eines funkelnden Brillanten gewesen war.

Die Woods waren jetzt zu neunt, denn Georgia betrachtete Mahalia, Martha und Jim inzwischen als untrennbaren Teil ihrer Familie, und sie liebte jeden von ihnen. Mahalia gab der Familie Halt; sie war ein unerschütterliches Fundament der Ruhe und Sicherheit. Doch des öfteren spiegelte sich Trauer in ihren Augen, und hin und wieder stieß sie tiefe, wehmütige Seufzer aus – wenn die Erinnerungen an ihr Leben mit Madison in ihr aufstiegen, wie Georgia vermutete. Martha Benny hingegen wurde für sie so etwas wie eine Schwester; Georgia konnte sogar einen Hauch von Rivalität spüren, wenn es um die Kinder oder den Haushalt ging. Martha Benny redete nach wie vor, wie ihr der Schnabel gewachsen war, und manchmal funkelten ihre blauen Augen dabei zornig. Als die Monate ins Land zogen, fühlte Georgia sich immer stärker zu der schönen, dunkelhäutigen Tochter Madisons und Mahalias hingezogen.

Little Jim, Martha Bennys kleiner Bruder, war ein wahrer Sonnenschein. Er benahm sich wie ein vollendeter kleiner Gentleman, war immer piekfein gekleidet und stets gehorsam, wodurch er den anderen Kindern ein gutes Beispiel gab. »Jim ist nur deshalb so, weil ich ihm die Flausen austreibe, wenn er sich nicht benimmt«, erklärte Martha Benny jedesmal, wenn Little Jim gelobt wurde. »Aber wie ich das mache, braucht ihr nicht zu wissen.«

Als Lovie und Jim zehn Jahre alt waren und Pinckney und Cherokee auf eigene Faust ihre ersten Streifzüge durch die Gegend machten, nahm in Georgias und Peters Gedanken und Gesprächen ihr alter Traum von Texas wieder mehr und mehr Gestalt an. Peters Arztpraxis hatte floriert, und mit seinen Ersparnissen und dem Erlös für Georgias Erbe konnte dieser Traum nun bald in Erfüllung gehen. Eines Morgens stieg Georgia den Hügel hinauf zum Grab ihrer Mutter und tat das, wovor sie sich zu Lebzeiten Cherokee Lawshes so schrecklich gefürchtet hatte: Sie kniete sich neben das Grab der Mutter und sagte ihr Lebewohl.

Sie kamen durch den Wald wie eine Gartenparty auf Reisen oder eine Jagdgesellschaft, die unsichtbaren Füchsen nachstellte: ein Treck aus eleganten Einspännern mit Klappdach, schmucken, offenen Zweispännern und geschlossenen vierrädrigen Kutschen aus den besten Werkstätten des Landes, die von Pferden aus edelster Zucht gezogen wurden. Frauen und Kinder und Hausdiener saßen in den Kutschen; Georgias Gefährt war eine Kalesche mit üppig gepolsterten Sitzen und zierlichen Rädern aus Hickory. Andere Reisende saßen in Kutschen, die aus den Stellmacher-Werkstätten der Brüder Studebaker stammten. Die Herren – auf der Flucht vor ausgelaugten Böden und verfallenden Anwesen und voller Träume von jungfräulichen Ländereien und prächtigen neuen Herrenhäusern – saßen wie Dragoner auf ihren Vollblütern, während ein kleines Heer von Sklaven zwischen den Frachtwagen marschierte oder die Ochsen im Gespann führte und sich abmühte, die Wagen mit Truhen voller Porzellan und Tafelsilber und ledergebundenen Werken von Cicero und Shakespeare und Byron sicher durch die unwegsame Wildnis zu lenken.

Sechs Familien zogen in diesem ungewöhnlichen Treck aus dem Vorkriegssüden nach Texas: die Moores, Cox, Bridges, McKies, Donalsons und Woods. Einschließlich der Sklaven waren es insgesamt fast dreihundert Personen. Die Familien hatten in der Gemeinde Water Valley in Mississippi ein Leben in Reichtum und Muße geführt. Jetzt zogen sie durch die grünen, wilden, einsamen Weiten des Landes wie eine phantastische Karawane aus einem Märchenbuch.

Es war Mittag. Gluthitze schimmerte in der Luft, als die Kolonne auf der Kuppe einer Erhebung hielt, wo Ulmen einen feierlichen Bogen über dem Weg bildeten. Tief unten – in jener Richtung, in der in weiter Ferne Texas lag – schienen die Täler in der Hitze zu dampfen, und für einen Augenblick überkam Georgia ein ganz seltsames Gefühl. Sie mußte an die Picknicks auf dem sorgsam gepflegten Rasen im beschaulichen Water Valley denken, und nun fragte sie sich, ob es vielleicht ein Fehler gewesen war, die Unbeschwertheit und Sorglosigkeit und das zivilisierte Leben zugunsten der unbekannten Härten und Unwägbarkeiten des Grenzlandes aufgegeben zu haben. Sie blickte hinüber zu ihrem jüngsten Kind, Little Sweet. Wie so oft lag das kleine Mädchen in Mahalias sanfter, aber fester Umarmung und war mit sich und der Welt im Frieden.

Ist es wirklich richtig, ein so kleines Kind mit in die Wildnis zu nehmen? fragte Georgia sich. Doch rasch, mit geübter Selbstdisziplin, verscheuchte sie diesen beunruhigenden Gedanken, bevor er zu voller, beängstigender Größe heranwachsen konnte. Sie stieg aus dem Wagen, um zu ihren anderen Kindern hinüberzugehen. Martha Benny hatte auf einem Bett aus Kiefernnadeln eine karierte Tischdecke ausgebreitet und bereitete das Mittagessen. Die älteren Kinder – Pinckney, Jim und Cherokee – stritten sich, wie immer. Und wie immer stand Lovie, die fünf Jahre älter war als ihre Geschwister, im Mittelpunkt des turbulenten Geschehens. Lovie hatte Pinckney einen Kiefernzapfen unter den Hosenbund geschoben und rannte nun davon, verfolgt von den anderen und einem Hagel aus Kiefernzapfen. Georgia schüttelte den Kopf. »Ich hoffe, diese Nervensägen rennen gleich den ganzen Weg bis nach Texas«, sagte sie und ließ sich auf die Tischdecke und den weichen kühlen Boden sinken.

»Sie sollten die Kinder losschicken, eine Rute zu holen«, sagte Martha Benny. »Und dann sollten Sie diese Rute nehmen und ihnen damit den Hintern versohlen.«

»Was ich tun sollte, weiß ich selber«, erwiderte Georgia gereizt. Doch Martha Benny lächelte, und als Georgia ihr in die blauen Augen blickte, hatte sie wieder einmal das seltsame Gefühl, in einen Spiegel zu schauen. »Sei mir nicht böse«, sagte sie. »Die Hitze macht mir zu schaffen, und der Weg dort oben sieht sehr lang und beschwerlich aus.«

»Ja, aber Sie sollten die Kinder wirklich nicht so unbeaufsichtigt herumlaufen lassen«, erwiderte Martha Benny.

Georgia beobachtete, wie Martha Wasser in Zinnbecher goß, und sie fragte sich einmal mehr, wie das seltsame Verhältnis zwischen ihr und dieser jungen Frau eigentlich beschaffen sei. Martha war zugleich ihre Sklavin, ihre beste Freundin und ihre Kusine ersten Grades. Es gab eine starke Bindung zwischen ihnen, sowohl persönlich als auch familiär; dennoch hatten die beiden Frauen all die Monate, die sie sich nun schon kannten, weder über ihre verwandtschaftlichen Beziehungen noch über die Gefühle, die sie füreinander empfanden, auch nur ein Wort gesprochen. Seit Madisons Tod waren Georgia und Martha Benny ständige Gefährtinnen gewesen, hatten ungezählte Stunden miteinander verbracht. Das Leben der einen hatte das Leben der anderen beeinflußt und mitgeformt. Beide hatten die blauen Hawkins-Augen; ihre Art zu reden war ähnlich, sogar ihre Stimmen ähnelten sich, ihre Gesten. Und trotzdem bestand noch immer eine Kluft zwischen ihnen, wie sie zwischen zwei jungen Frauen größer kaum sein konnte. Georgia wußte seit langem, daß es keinen Graben auf Erden gab, der so schmal und doch so unüberwindlich war wie der zwischen dem weißen Herrn und seinem schwarzen Sklaven.

Die Kinder kamen zurück. Ihre Kleidung war mit grünen und braunen Flecken von Ahornblättern gesprenkelt; die Gesichter waren gerötet; ihr Atem ging keuchend, und sie waren hungrig, erschöpft und aufgekratzt zugleich von ihrer ewigen Suche nach Streit. »Wascht euch erst mal die Gesichter im Bach. Und du, Master Pinckney, reibst dein Hemd im Wasser aus. Du auch, Jim. Du siehst ja wie eine Vogelscheuche aus.« Martha Benny jagte die Kinder mit energischen Gesten fort.

»Da hätten sie besser gleich in den Bach springen können«, sagte Georgia.

Martha Benny lachte. Er klang wie eine Melodie von hölzernen Glöckchen, weich und samten. »Das tun sie sowieso, so sicher wie das Amen in der Kirche.« Sie hatte recht. Und als die Kinder zurückkamen, naß bis auf die Haut, hieß Georgia sie eine Rute holen. Es war ein so untypisches Ansinnen, daß Georgia selbst zu lachen anfing, als sie die Gesichter der Kinder sah. Und damit hatte das Thema Prügelstrafe sich wieder einmal von selbst erledigt.

An diesem Abend schlugen die Familien in einem Pappelhain am Ufer eines klaren Flusses ihr Lager auf. Der Mond stand als blasse Sichel, einem türkischen Krummschwert ähnlich, dicht über dem Horizont. Der Sternenhimmel war überwältigend. Eine solche Pracht hatte Georgia noch nie im Leben gesehen. Nach dem Abendessen – es gab Wildbret und Maisbrot – erzählten die Männer sich Geschichten, während sie die kleinen Schäden behoben, welche die heutige Tagesetappe den Pferden, Kutschen und Geschirren zugefügt hatte. Martha Benny, Georgia und die Kinder saßen am Feuer und schauten dem Tanz der Flammen in der Dunkelheit zu. Auf der gegenüberliegenden Seite des Lagerfeuers sang Mahalia ein Wiegenlied für Little Sweet, die noch eine Zeitlang brabbelte und dann einschlief.

»Warum müssen wir eigentlich nach Texas gehen?« fragte Pinckney.

»Wir müssen nicht«, erwiderte Georgia. »Wir haben beschlossen, zu gehen. In Texas werden wir sehr reiche Leute sein, und wir werden in einem wunderschönen großen Haus wohnen und viel, viel Land besitzen.«

»Aber wir sind doch schon reich. Und ein schönes Haus und viel Land haben wir auch.«

»In Texas«, sagte Georgia, »ist alles noch viel schöner und größer. In Texas wächst die Baumwolle so hoch, daß sie einem Mann bis zur Schulter reicht. Außerdem ist es ein Abenteuer, nach Texas zu gehen – ein Abenteuer, das spannender ist als die spannendste Geschichte in euren Büchern. Und diese Geschichte ist noch lange nicht zu Ende. Wir müssen nach Texas, wenn wir erfahren wollen, wie sie ausgeht.«

Nach einer Weile begann die Dunkelheit auf Georgias Stimmung zu drücken. Ihr wurde die vollkommene Isolation bewußt, der sie ausgesetzt waren. Sie waren nicht nur räumlich isoliert – eine Handvoll menschlicher Wesen, die einsam und allein mitten im Nirgendwo um ein Feuer saßen –, sondern auch zeitlich. Für einen Augenblick keimte in Georgia die Sorge auf, daß diese Reise nach Texas das Ende war, daß sie einen Bruch in der langen Geschichte ihrer Familie darstellte, die bis zu Admiral John Hawkins zurückreichte, der gegen die spanische Armada gekämpft hatte. Georgia fragte sich, ob die Kinder ihr familiäres historisches Erbe vergessen würden, wenn sie in Texas ein neues Kapitel in ihrem Leben aufschlugen.

Vielleicht schaffst du es nicht, den Kindern Benehmen beizubringen, sagte sie sich. *Aber du kannst ihnen zumindest klarmachen, wer sie sind.*

Und Georgia erzählte den Kindern, daß ihr Urgroßvater, Benjamin Hawkins, Senator gewesen war, bevor er als Abgesandter Washingtons und Jeffersons ins wilde Grenzland gezogen war, um dort mitzuhelfen, die Spannungen zwischen den Siedlern und den Cherokee- und Creek-Indianern zu lösen. Georgia erzählte, wie Benjamin Hawkins den Rest seines Lebens damit verbracht hatte, gegen jene Leute zu kämpfen, die den Indianern ihr Land fortnehmen wollten; wie er schließlich beschlossen hatte, selbst das Leben eines Indianers zu führen, und wie er bis zu seinem Tod beim Stamme der Creeks gelebt hatte.

Georgia erzählte den Kindern, daß Benjamin Hawkins seiner Freundschaft mit den Indianern wegen von vielen Menschen in seiner Heimat gehaßt worden war. Sie erzählte ihnen, daß einige Leute, darunter Andrew Jackson, ihren Urgroßvater als »den Feind« betrachtet hätten. Nur Thomas Jefferson habe sich stets auf seine Seite gestellt, und Jefferson sei es auch gewesen, der die Behandlung der Indianer durch die Weißen in einem Brief an Ben

Hawkins als die »Hauptursache für die Schande, die dem amerikanischen Charakter entsteht« bezeichnet habe.

»Hat Urgroßvater eine Indianerin geheiratet?« fragte Cherokee. »Bin ich eine Indianerin?« Die anderen Kinder beugten sich gespannt vor.

»Er hat lange Zeit allein gelebt«, erwiderte Georgia. »Eines Tages, als er krank wurde, ist eine Indianerin zu ihm gekommen und hat ihn gepflegt. Sie war die Königin der Tuckabatchees. Sie hat ihn gefragt, ob er mit ihr zusammen leben und ihr Mann sein möchte.«

»Und hat er sie geheiratet?« Es war offensichtlich, daß Cherokee sich aus tiefster Seele ein »Ja« als Antwort erhoffte.

»Nein«, antwortete Georgia nach einem Augenblick des Zögerns, denn sie glaubte, irgendwo in der Dunkelheit den Klang von Tobes Trommel gehört zu haben. »Die Frau, die euer Urgroßvater geheiratet hat, war keine Indianerin. Sie hieß Lavinia Downs. Ein schöner Name. Und die beiden haben ihren Kindern die Namen jener Menschen gegeben, die euer Urgroßvater am meisten geliebt hat: James Madison Hawkins, Jeffersonia Hawkins – nach Thomas Jefferson –, Muskogee Hawkins, nach einem alten Namen für den Stamm der Creeks, und Cherokee Hawkins, nach dem Stamm der Cherokees. Sie war eure Großmutter. Aber das ist eine andere Geschichte.«

»Ich hab' meinen Namen auch wegen dem Präsident James Madison«, verkündete Little Jim. »In unserer Familie gibt's 'ne Menge berühmte Leute.«

»Ich werde dir zeigen, wie berühmt du bist«, sagte Martha Benny, packte Jimmy und die anderen Kinder und schaffte es unter enormem Einsatz körperlicher Kraft und Gewaltandrohungen, sie in ihre primitiven Betten aus Decken und Kiefernnadeln zu bekommen. Georgia gab Lovie, Cherokee, Pinckney und Jim einen Gutenachtkuß. Dann küßte sie Little Sweet, die bereits in der hölzernen Wiege schlief, die Josiah einst geschnitzt hatte, als Georgia zur Welt kam.

Sie ging zu einem der anderen Feuer, an dem Peter saß und sich mit mehreren Männern darüber unterhielt, welche Strecke nach Westen sie am nächsten Morgen einschlagen sollten. Georgia blieb hinter Peter stehen und legte ihm die Hände auf die Schultern. Wieder einmal fiel ihr auf, wie breit und kräftig diese Schultern waren. Bei Georgias Berührung drehte Peter sich um, entschuldigte sich bei den anderen Männern, und sie gingen hinaus aus dem Feuerschein. Peter nahm Georgias Hand; dann suchten sie sich einen Platz, an dem sie allein sein konnten.

»Massierst du mir den Nacken?« fragte Peter, und Georgia nickte und begann, seine Schulter- und Nackenmuskeln zu massieren, wie sie es oft in Water Valley getan hatte, wenn Peter nach einem langen Arbeitstag in der Praxis müde und abgespannt war – wobei diese Massagen zumeist die erste Etappe auf dem Weg zu leidenschaftlichen Stunden im Ehebett gewesen waren. Heute abend jedoch, während sie ihm Schultern und Nacken knetete, fragte Georgia ihren Mann, wie ihr Leben in Texas wohl aussehen mochte. Auch das war ein Spiel, das beide spielten, seit sie entdeckt hatten, daß sie den gleichen Traum träumten – einen Traum, der den Namen Texas trug.

»Wir werden in einer großen Villa wohnen, inmitten von Rasenflächen und Obstgärten. Jedes Kind bekommt sein eigenes Pony, und alle werden es in Texas zu etwas bringen. Sie werden Ärzte und Generäle und berühmte Künstler sein. Und du und ich werden hundert Jahre alt und bekommen für jedes Lebensjahr einen Enkel. Das macht zweihundert Stück. Das reicht für eine Woods-Dynastie, deren Namen man in der ganzen zivilisierten Welt mit Ehrfurcht und Achtung aussprechen wird.«

»Hast du jemals Angst gehabt?«

»Hast du denn Angst?« Er drehte sich um; in seinem Blick lag Besorgnis.

»Weißt du, wir haben immer über Texas gesprochen, als wäre es eine Art Märchenland. Aber wir haben uns nie Gedanken darüber gemacht, wie es dort wirklich aussieht. Vielleicht gibt es in Texas sogar Schlangen.«

»Es tut dir nicht leid, daß wir fortgezogen sind.«

Georgia war sich nicht sicher, ob es eine Feststellung oder eine Frage war. »Nicht in tausend Jahren«, sagte sie, beugte sich vor und küßte Peter. Leidenschaft stieg in ihnen auf, und diesmal stand ihr Ehebett unter freiem Himmel.

Als die Familien langsam weiter nach Westen zogen, stellte Georgia erstaunt fest, wie viele Menschen sich entlang ihrer Reiseroute niedergelassen hatten. Sie hatte damit gerechnet, eine menschenleere Wildnis vorzufinden, riesige, unberührte Wälder und Prärien. Doch da und dort, zumeist an einem Weg, auf dem Pferde und Wagen tiefe Spuren und Rillen hinterlassen hatten, lagen Siedlerstätten, kleine Ortschaften und sogar Städte, wo die Auswanderer Kartoffeln, Getreide, Rindfleisch, Futter für die Tiere und Baumwollstoff kaufen konnten, aus dem Georgia ein Häubchen nähen wollte. In gewisser Weise fühlte sie sich um ihre romantischen Vorstellungen betrogen, was den Westen betraf, denn sie hatte ein unberührtes Paradies erwartet, das sie als erste Menschen betraten. Statt dessen hatten sich hier Siedler niedergelassen, die ein ganz normales Leben führten – hier, in Ultima Thule, dem unbekannten Land jenseits der letzten Grenze. Wenn sie ihr Lager an einem Fluß aufschlugen und die Männer Zelte errichteten und Jagd auf Rehe, Hirsche und wilde Truthähne machten, erschien sogar in dieser Abgeschiedenheit hin und wieder ein Siedler und bot ihnen Speck, Käse oder frisch gebackene Plätzchen zum Verkauf an. Georgia wunderte sich, daß viele von diesen Leuten Einwanderer waren, Deutsche oder Iren oder Holländer. Aber dann lächelte sie; schließlich waren ja auch die Woods einst Einwanderer gewesen.

Eines Abends, als sie in einem leerstehenden Blockhaus in einem Eichenwäldchen lagerten, kam ein Treck aus elf Wagen herangerollt. Die Fremden machten halt, um den Lagerplatz, das frische Wasser und den Mondschein mit den Woods und den anderen zu teilen. Georgia kam es vor, als wäre ganz Amerika in Richtung Westen unterwegs; die Männer redeten sogar davon, daß sie zu lange gewartet hätten, um in Texas noch Anspruch auf ein jungfräuliches, großes Stück fruchtbares Land erheben zu können. An diesem Abend wurde im Blockhaus Musik gemacht und getanzt, und Georgia spürte ein so starkes Gemeinschaftsgefühl mit den Fremden, wie sie es niemals erwartet hätte; denn die Leute, die ihr Lager teilten, stammten aus einer ganz anderen Welt als die Woods und die anderen Familien aus Mississippi. Die Sprache und das Auftreten dieser Leute waren derb und rauh – es waren Kleinbauern und Ladenbesitzer, Böttcher und Schmiede und Zimmerleute. Sie vereinten all jene Fertigkeiten, die neue Städte hervorbringen und das Fundament für ein neues Leben in Reichtum und Überfluß legen würden. Mit diesen Menschen wäre Georgia in der vornehmen Abgeschiedenheit des alten Südstaatenadels niemals zusammengekommen. Doch wie die Stunden verrannen und der Mond hinter einer dunklen Wolkenbank verschwand, fühlte Georgia sich diesen Leuten, die ihr Leben für einen Traum in die Waagschale warfen, auf irgendeine Weise verwandt. Das ganze Bild – das Tanzen, die selbstgenähte, derbe Kleidung, die geröteten Gesichter dieser guten, starken Menschen, die eigenartige, sinnliche Nähe zueinander unter dem dunklen Umhang der Nacht – dies alles erinnerte sie an ein Gemälde Pieter Breughels, das einen Tanz auf einer Bauernhochzeit zeigte. Sie kam sich wie ein Mädchen vom Lande vor, wie eine Bäuerin, frei von den Konventionen ihrer gesellschaftlichen Klasse. Für einen Augenblick wünschte sie sich, ihre Schuhe abzustreifen und barfuß auf dem Fußboden tanzen zu können, doch schon der Gedanke trieb ihr die Röte ins Gesicht, und sie ergriff die Hand ihres Mannes. Zu ihrem Erstaunen zog er sie in die Höhe und wirbelte mit ihr im Kreis herum, mitten in die tanzende Menge hinein. Die Musik des Kotillon, einer eigentümlichen Mischung aus Walzer und Ländler, erfüllte die Nacht, und die Herzen der Sklaven, Bauern und Edelleute schlugen im gleichen Takt.

Als eine Tanzpause eingelegt wurde, ging Georgia zu dem Zelt, in dem die Kinder schliefen. Sie war ein wenig überrascht, daß sie tatsächlich in ihren Betten lagen und schlummerten, statt durch die nächtliche Wildnis zu streifen. Die Kinder hatten sie schon des öfteren hereingelegt, und es konnte sein, daß sie ihr auch jetzt etwas vormachten und losrannten, um irgendwelchen Unfug zu treiben, sobald ihre Mutter verschwunden war. Diesmal waren sie jedoch viel zu erschöpft; da war Georgia sicher.

Beruhigt wandte sie sich um und ging zum Blockhaus zurück, so daß sie nicht sehen konnte, wie die Kinder die Decken zur Seite schlugen, angezogen aus dem Zelt schlüpften und in der Dunkelheit verschwanden, um Jagd auf Leuchtkäfer zu machen. Georgia gesellte sich wieder zu Peter Cavanaugh Woods, ihrem Mann, dessen Berührungen sie in Nächten wie dieser auf so besondere Weise erregten.

Für einen Augenblick blieb Georgia am Rand des Lichtkreises stehen, den die Öllampen warfen. Sie beobachtete, wie ihr Mann in der Menge umherging, und wieder einmal hatte sie den Eindruck, daß er die anderen Männer überragte. Weniger durch seine Körpergröße, wenngleich er hochgewachsen, stark und muskulös war; es kam Georgia eher so vor, als besäße er irgendeine unerklärliche Aura, die seine physische Präsenz verstärkte. Sie hatte ihn jahrelang bei der Arbeit mit seinen Patienten beobachten können, und in den Augen dieser Menschen hatte sie die Achtung gesehen, die sie Peter entgegenbrachten. Manchmal war sie ihm in der Praxis zur Hand gegangen, besonders, wenn er Kinder behandelt hatte oder deren Mütter, die oft mehr Trost und Zuspruch als die Kleinen brauchten. Peter konnte wunderbar mit Menschen umgehen und deren Ängste und Sorgen zerstreuen. Oft war aus seiner Praxis fröhliches Lachen erklungen, und Georgia wußte, daß dieser Frohsinn nicht nur ein Wesenszug ihres Mannes war, sondern zu seinen Heilmethoden gehörte. Doch am meisten liebte sie ihn, wenn sie an seiner Seite war und ihm half, gegen die Gefahren zu kämpfen, welche die Bewohner Water Valleys so oft heimgesucht hatten. Sie bestaunte das Wunder der Heilung und trauerte mit ihrem Mann, wenn ein Kampf verloren wurde. Peter konnte gebrochene Knochen richten, Fieber senken und Prellungen und Schürfwunden kurieren, welche die Männer sich jeden Samstagabend in den Saloons gegenseitig zufügten, und sie verspürte einen beinahe sündhaften Stolz, daß ein solcher Mann sein Leben mit ihr teilte.

An diesem Abend, nachdem die Musik verstummt war, der Tanz geendet hatte und die Öllampen gelöscht worden waren, lagen Georgia und Peter eng aneinandergeschmiegt unter den Sternen. Nie hatte Georgia sich lebendiger, erfüllter und sicherer gefühlt. Sie kam sich vor wie Eva, die erste Frau auf Erden.

Was auch in Texas geschehen mag, dachte sie, *an diesen Augenblick werde ich mich erinnern, solange ich lebe. Dieser Augenblick soll das Zaubermittel sein, das ich stets bei mir tragen werde, um das Böse fernzuhalten.*

Nach einer Weile schlief sie ein und träumte von Kindern, die Vögel in den Händen hielten.

Noch bevor sie eines Sonntags den Arkansas River erreichten, begann es zu regnen. Sie hatten eine Meile von Little Rock entfernt ihr Lager aufgeschlagen, um die Gebote des Sonntags zu beachten, und sie waren gerade im Gebet versunken, als die ersten dicken Tropfen vom Himmel fielen. Die Betenden eilten in den Schutz ihrer Zelte oder Wagen oder unter den Baldachin, den die Kronen der Bäume bildeten, die den Lagerplatz säumten. Zuerst war Georgia die Abkühlung und Frische willkommen, die der Regen brachte. Es war ein kräftiger Schauer, ohne Sturm, Blitz, Donner und Gefahren, und lange Zeit ließen Georgia und Martha Benny die Kinder in den Pfützen und Rinnsalen spielen, die durch den heftigen Regen entstanden waren.

Bei Einbruch der Dunkelheit goß es noch immer in Strömen. Das Prasseln des Regens war ein dumpfes, monotones, einschläferndes Geräusch, das auch in der Morgendämmerung noch nicht verstummt war. Die Männer entschieden sich dennoch für die Weiterfahrt; denn der Bach in der Nähe des Lagerplatzes schwoll ständig an und drohte über die Ufer zu treten. Die durchnäßte

Karawane zog auf die Straße, auf der die schmalen Räder der Kutschen und Gespanne tief im Schlamm versanken. Sklaven und Herren, Pferde und Ochsen zogen die Wagen wieder von der Straße herunter auf höheres Gelände. Noch nie hatte Georgia solche Schlammassen gesehen. Alles, was sie berührte, war mit einer dünnen öligen Schicht überzogen, die von der Kleidung aufgesogen wurde und sich auf der Haut, in den Haaren und den Augen festsetzte.

Als der Treck sich dem Fluß näherte, rutschte die Kutsche der Donalsons plötzlich zur Seite weg und in den Schlamm hinein; dann schlitterte sie langsam einen Hang hinunter. Die Pferde tänzelten und stolperten bei dem vergeblichen Versuch, die Kutsche zum Stehen zu bringen; immer schneller rutschte das Gefährt in die Tiefe, kippte schließlich um und überschlug sich mehrmals. Als Georgia durch den Regen rannte, um den Donalsons zu helfen, kamen diese ihr wie Teerbabies vor, die sich aus dem Schlamm unter der umgestürzten Kutsche freizuwühlen versuchten. Plötzlich rutschte Georgia aus, stürzte und versank buchstäblich unter einer weichen Decke aus breiiger Erde. Sie war eher überrascht, im Schlamm begraben zu sein, als daß sie sich ängstigte, ersticken zu müssen. Denn sie wußte ja, daß sie jeden Augenblick Peters helfende Hände spüren würde – und da packten sie auch schon zu und faßten ihre Schultern, und mit seiner gewaltigen Kraft zog Peter Georgia aus dem Schlamm. Dann lag sie in seinen Armen, die Augen fest geschlossen, frierend und zitternd, und er wischte ihr die lehmige Erde aus dem Gesicht und drückte sie an sich. »Du bist nie schöner gewesen als jetzt«, sagte er und küßte im prasselnden Regen ihre nassen Lippen.

Als der Treck den Arkansas River erreichte, hatte es seit fast einer Woche ununterbrochen geregnet. Der Fluß war ein angeschwollener, träge wogender, trüber Morast aus dickflüssigem braunem Wasser. Bäume, Wurzeln und Unmengen von Bauholz, Gerümpel und Trümmern trieben auf den schlammigen Fluten; sie kamen von den Anlegestellen stromaufwärts und wurden den Fluß hinunter in Richtung Fort Smith, Skullyville, French Jack's und Black Rock gespült. Kutschen und Fuhrwagen drängten sich in wirrem Durcheinander am Ostufer des Arkansas. Alles wartete darauf, daß der Pegel des Flusses sank. Heerscharen von Sklaven drängten sich zwischen Flußschiffern und Schauerleuten und Handlangern und Prostituierten aus New Orleans, die ihr Glück bei den Soldaten in Port Gibson versuchen wollten. Am Landungssteg war ein Gewirr aus flachen indianischen Booten, Pirogen und Leichtern mit Rohlederseilen an den wenigen Bäumen und Büschen festgebunden, die vor den Heizkesseln der Flußdampfer verschont geblieben waren. Ein alter Heckraddampfer, der Ruß und Asche aus seinem Schornstein spuckte, zerrte an den Seilen, mit denen er am Ufersteg vertäut war; jeder verfügbare Platz auf dem Schiff war von aufgestapelten Kisten und Säcken, Pulverfässern und Einwandererfamilien belegt, die bis auf die Haut durchnäßt waren.

Georgia, Peter und die Kinder eilten mit den anderen über den Plankenlaufsteg an Bord des Heckraddampfers *Andrew Jackson*, eines Veteranen, der seit fünfzig Jahren auf den Flüssen im Westen unterwegs war. Der Kapitän, Bigelow Pennywaite, war ein Veteran wie sein Schiff, nur daß Pennywaite vermutlich noch mehr Jahre auf dem Wasser verbracht hatte. Er erinnerte ein wenig an einen Bankier, der Pleite gemacht hatte. Sein Schmerbauch war so gewaltig, daß seine abgetragene schwarze Weste ihn kaum bedeckte. Der Kapitän trug über seinem dichten weißen Haarschopf eine blaue Seemannsmütze, die aus historischer Vorzeit zu stammen schien. Seines strubbeligen Vollbarts wegen war von seinem Gesicht so gut wie nichts zu sehen, bis auf die Augen, die rot waren vor Kummer, Müdigkeit oder Whiskey.

»Ist noch gar nicht so lange her, da haben wir Plankenboote voller Cherokees und Creeks ins Schlepp genommen und bis nach Port Gibson raufgezogen«, erzählte Kapitän Pennywaite, als die Woods das Ruderhaus des Schiffes besichtigten. »Wir haben die Roten zu je dreihundert Leuten in die Plankenboote geladen, und dann hab' ich drei von den Dingern an meinem Schiff vertäut. Neunhundert Indianer auf einen Schlag. Es war Winter, und der Fluß führte nur wenig Wasser, und überall guckten Klippen und Felsen raus. Aber ich hab' einfach Volldampf auf die Kessel von meinem alten Mädchen geben lassen, und da ist es über die Felsen und Sandbänke gesprungen, wie 'n flacher Stein über einen Teich hüpft.«

Georgia fragte sich, ob die McGregors oder die überlebenden Tuckabatchees vielleicht auch an Bord von Kapitän Pennywaites schrecklichem Dampfer gewesen waren – oder gar in einem der Plankenboote, die er ins Schlepptau genommen hatte. Waren die Creeks mit ihren heiligen Schalen und ihrem tiefen Kummer diesen Leidensweg gegangen? Einmal hatte ihr Vater Georgia von einem solchen Dampfer erzählt, der *Monmouth*, auf dem Creek-Familien wie Sträflinge transportiert worden waren. Das Schiff war auf dem Mississippi gesunken, wobei fast dreihundert Menschen ums Leben gekommen waren. Viele von ihnen waren bei der Explosion der Dampfkessel verbrüht worden.

Die letzten Kutschen und Wagen wurden aufs Schiff gefahren und festgezurrt; dann wurde der Laufsteg der *Andrew Jackson* klappernd an Bord gezogen. Es goß immer noch in Strömen; der Regen überzog die Uferkulisse und die Wasseroberfläche mit einer silbergrauen Patina. Plötzlich erbebte das Schiff, die Lampen im Ruderhaus schwankten, Pferde wieherten, und die Decksplanken schienen zum Leben zu erwachen, so laut knarrten und ächzten sie. Dann donnerte und zischte es im Innern der Kessel, wo das Feuer geschürt wurde. Über den Lärm und das Durcheinander hinweg schrie ein Kind vor Angst. Die Rufe von Flußschiffern ertönten. Die Schiffsglocke wurde geläutet; die Heckschaufeln begannen sich langsam zu drehen, und die alte *Andrew Jackson* trieb von der Anlegestelle weg. Die Decksgehilfen riefen: »Halt dich tapfer, Miss Lucy!«, und der Dampfer begann seine Schlacht mit einem Fluß, den Hochwasser und Schlamm in eine unberechenbare Bestie verwandelt hatten.

Georgia umklammerte Peters Arm, als der Fluß das Schiff erst an das eine, dann ans andere Ufer zu werfen drohte. Gemeinsam mit Mahalia und Martha Benny bemühte sie sich, die Kinder in ihrer Nähe zu halten, doch der Druck der Leiber, die Bewegungen des Dampfers und die Neugier der Kinder, die möglichst alles sehen und hören wollten, riß die Familie immer wieder auseinander. Mahalia hielt Little Sweet in den Armen; das Kind schlief, selbst inmitten dieses allgemeinen Chaos. Als die älteren Kinder wieder einmal losrannten, um sich irgend etwas anzuschauen, rief Georgia sie zurück und drohte ihnen mit der mystischen Rute; danach gab sie es auf und schickte Martha Benny, die Kinder einzufangen, nachdem sie erneut verschwunden waren. Der Dampfer wurde nun quer über den Strom getrieben; Bug und Heck wiesen zu den Ufern, und es ging beängstigend schnell flußabwärts in Richtung Mississippi. Schließlich aber siegte die Kraft der Schaufelräder; der Bug schwenkte langsam flußaufwärts in Fahrtrichtung, und die *Andrew Jackson* stemmte sich gegen die reißende Strömung. Ein Rütteln durchlief das alte Dampfschiff; dann kämpfte es sich langsam voran und gewann an Geschwindigkeit. »Die Kessel können einem Druck von fünf Kilo pro Quadratzentimeter standhalten«, rief Kapitän Pennywaite. »Dann stehen die Nadeln auf einhundert. Aber schaut euch mal die Anzeige an. Einhundertachtzig! Nicht mehr lange, und es knallt. Na ja, die meisten von diesen alten Kähnen fliegen sowieso irgendwann mal in die Luft. Und um ehrlich zu sein – lieber explodiere ich, als daß ich ersaufe.«

Der Kapitän, der seine Rolle als Prophet des Untergangs zu genießen schien, wies anschließend auf die *wirklichen* Gefahren hin: Der schwierigste Teil der kurzen Reise sei das Anlegen am Westufer. »Da oben gibt's schreckliche Felsen«, brüllte Pennywaite gegen den Lärm der Kessel und des Flusses an, »und die Anlegestelle liegt stromauf hinter diesen Felsen. Darum müssen wir erst ein Stück an der Anlegestelle vorbeifahren, das Schaufelrad abstellen und vollen Druck auf die Kessel geben, während wir uns rückwärts stromab treiben lassen. Dann geben wir volle Kraft aufs Schaufelrad und versuchen, die Anlegestelle zu erreichen. Anders geht's nicht, sonst würden wir an den Felsen zerschellen. Ich weiß gar nicht, warum die Leute den Ort ›Little Rock‹ nennen. Die Felsen sind nämlich alles andere als klein. Die können unser Schiff wie 'ne Melone aufschlitzen.«

Als Georgia auf den tobenden Fluß und die erschreckten Pferde und die Sklaven auf dem Unterdeck schaute, die sich ängstlich zusammengekauert hatten, überkam sie ein Gefühl der Unwirklichkeit. *Was mache ich hier eigentlich?* fragte sie sich. *Wie, in Gottes Namen, bin ich in diese schreckliche Sache reingeraten? Warum lasse ich zu, daß ich beinahe im Schlamm ersticke und jetzt auf dem klapprigen Schiff eines hundert Jahre alten wahnsinnigen Dampferkapitäns über einen mörderischen Fluß fahre? Du lieber Himmel, ich könnte warm, trocken und sicher im Haus meines Vaters sitzen!*

Sie versuchte, diesen schrecklichen Alptraum durch schiere Willenskraft zu verscheuchen. Schweigend, aber inbrünstig betete sie: *Lieber Gott, mach, daß das alles nur ein Alptraum ist.* Sie betete darum, aufzuwachen und festzustellen, daß sie im Musikzimmer ihres Hauses in Water Valley am Klavier saß und spielte, während Martha Benny ihr Plätzchen und Komplimente und ein Glas kalte Limonade servierte. Während Georgia betete, packte sie Dr. Peter Cavanaugh Woods' Hand fester. Nachdem sie sich durch einen raschen Blick davon überzeugt hatte, daß die Kinder oben am Ruderhaus waren, schloß sie die Augen. Wenn Gebete nicht helfen konnten – Peter konnte es bestimmt.

Der Kapitän verlangte mit brüllender Stimme noch mehr Druck, als schließlich das Anlegemanöver in Angriff genommen wurde und das Schiff mit dem Heck voran auf die Felsen zugetrieben wurde. Das riesige Schaufelrad stand jetzt still, verharrte wie in Lauerstellung, und der Kapitän wartete, bis voller Druck auf den Kesseln war, um das Rad ein letztes Mal in Bewegung zu setzen – für den alles entscheidenden Endspurt stromauf bis zur Anlegestelle.

Georgia beobachtete, wie die Nadel des Dampfdruckanzeigers

stieg und stieg. Dann, plötzlich, fiel ihr auf, daß die Kinder nirgends zu sehen waren. Sie rannte zum Ruderhaus, dorthin, wo sie die Kinder zuletzt gesehen hatte, und hielt vergeblich nach ihnen Ausschau. Sie rief nach Martha Benny und suchte verzweifelt in der durchnäßten Menschenmenge, die sich an Deck drängte. Plötzlich sah sie die Kinder: Lovie, Pinckney, Jim und Cherokee kletterten zusammen mit einigen fremden Spielgefährten auf den Hebebaum des Flußdampfers. Sofort rannte Georgia zum Ruderhaus zurück und rief den Kindern zu, herunterzukommen, doch der Wind riß ihr die Worte von den Lippen. Peter kam aus dem Ruderhaus gestürmt und wühlte sich durch die Menschenmenge an Deck zu den Kindern hinüber. Für Georgia schien die Zeit stillzustehen. Die Geräusche von Dampf und Eisen, die Rufe und Schreie und das Rauschen des Wassers drangen nur noch gedämpft an ihre Ohren; die ganze Welt schien zu flüstern. Die Kinder saßen jetzt rittlings auf dem Ladebaum, wie auf einem riesigen Schaukelpferd; ihre Silhouetten zeichneten sich scharf vor dem Hintergrund des Flusses ab. Peter drängte sich zwischen den scheuenden Pferden hindurch; dann stieß und kämpfte er sich einen Weg durch die zusammengekauerten Gruppen der Sklaven. Es sah aus, als würde er durch Fässer aus Regen und Fleisch schwimmen.

In diesem Augenblick sah Georgia, wie ein Junge von dem wippenden Ladebaum fiel. Zuerst wurde er in die Höhe geschleudert; dann stürzte er wie ein Stein ins Wasser. Nach wenigen Augenblicken kam er an die Oberfläche; sein Kopf schien auf den Wellen des Mahlstroms zu hüpfen. Ein Arm war in die Höhe gereckt; mit dem anderen klammerte er sich an einem Floß aus Trümmerstücken und abgerissenen Ästen fest. Die Strömung riß das Kind und den Dampfer mit annähernd gleicher Geschwindigkeit stromabwärts. Doch langsam wurde der Junge in Richtung Heck getrieben.

Georgia wollte gar nicht daran denken, wessen Kind es sein mochte; ob es eins der ihren war und wenn, welches. Ihr Verstand weigerte sich, dem Jungen einen Namen zu geben, der es inzwischen irgendwie geschafft hatte, ein Blatt des Schaufelrades zu packen. Wie durch ein Wunder gelang es dem Jungen, sich an dem großen hölzernen Blatt aus dem Wasser zu ziehen.

Georgia stürmte zurück ins Ruderhaus. »Ein kleiner Junge hängt am Schaufelrad!« rief sie.

»Ich weiß«, sagte der Kapitän und zeigte auf die Felsen, die rasch näher kamen. »Gott weiß, daß ich es weiß.«

Georgia starrte auf die zackigen Felsen, die vor ihnen aus dem Wasser ragten; dann fuhr sie herum und blickte auf den Jungen, der an dem noch stillstehenden Blatt des Schaufelrades hing. Ganz kurz verspürte sie ein Gefühl schwindelerregender Erleichterung, als sie erkannte, daß der Junge keines ihrer Kinder war; doch dieses Hochgefühl wich schlagartig eisigem Entsetzen, als ihr klar wurde, was nun unweigerlich geschehen würde. Mit einem gewaltigen Ausbruch von Dampf und Donnergrollen nahmen die riesigen Kolbenstangen ihre Arbeit auf; das Schaufelrad begann sich zu drehen, und der Junge wurde unter Wasser getaucht. Nach der ersten Umdrehung hing er immer noch am Schaufelblatt. Nach der zweiten war er verschwunden.

Irgendwo an der Straße zwischen dem Arkansas und dem Red River begann Georgia wieder einmal darüber nachzugrübeln, ob diese Reise überhaupt Sinn hatte. Vielleicht war die Übersiedlung nach Texas ein Fehler gewesen, ein schrecklicher Irrtum. Sie alle hatten sich von ihren romantisch verklärten Vorstellungen blenden lassen, vom Mythos einer vornehmen und gebildeten Gesellschaft in einem grausamen, wilden Land. Alles, was sie bis jetzt gesehen hatten, waren Schlamm und schäbige kleine Häuser am Straßenrand gewesen und Wolken von Moskitos, Regen und Sturm. Und Abend für Abend gab es gekochten Kohl. »Ich würde ein Jahr meines Lebens geben, wenn ich nur einmal wieder wie ein normaler Mensch an einem Tisch sitzen und etwas Leckeres essen könnte.« Georgia und Martha Benny hatten gerade die Wäsche der ganzen Familie im Bach gewaschen, und nun reinigte Georgia ihre Beine vom Schlamm, in dem sie am Ufer gekniet hatte. »Und schau dir mal mein Haar an. Es ist so verfilzt, daß ich es nicht mehr kämmen kann. Na ja, wenigstens die Kletten werden sich darüber freuen. Aus mir ist ein botanisches Wunder geworden. Jede erdenkliche Art von Kletten und Gräsern wächst unter meinem Häubchen.«

»Und obendrein sehen Sie so schwarz wie eine Brombeere aus«, sagte Martha Benny. »Die Leute werden sich noch fragen, wer hier eigentlich die Herrin ist.«

»Was macht das schon aus. Wir schuften beide wie die Tiere und sind so schmutzig und abgerissen, daß es viel schlimmer nicht mehr kommen kann. Meine Sachen stinken, als hätte ein Bär sie beim Winterschlaf getragen.«

Martha Bennys melodisches Lachen hob Georgias Stimmung; aber sie spürte auch, wie ihre Entschlossenheit wuchs, dieser Sache ein Ende zu bereiten. Sie würde Peter vor vollendete Tatsachen stellen. Sie würde darauf bestehen, daß sie sofort umkehrten und zurück nach Mississippi fuhren. Es war ganz offensichtlich, daß sie einen Fehler begangen hatten; aber der konnte leicht wiedergutgemacht werden. Die Logik und der gesunde Menschenverstand waren auf ihrer Seite; deshalb würde Peter gewiß einsehen, daß sie recht hatte und dieser seltsamen, unglückseligen Odyssee ein Ende machen. Außerdem hatten Peter und ihr Vater immer schon getan, was sie, Georgia, wollte. Und der Hauptgrund dafür war, daß die beiden früher oder später immer hatten einsehen müssen, daß Georgia recht hatte.

Sie wartete auf den richtigen Zeitpunkt, um Peter mit der Wahrheit zu konfrontieren. Der geeignete Moment kam am Ende eines anstrengenden Tages, als eines ihrer Pferde sich in den Speichen eines Kutschenrades an der Hinterhand verletzte. Das Tier war verängstigt und hatte Schmerzen; es trat mit den Hufen nach Peter, als dieser die Schwere der Verletzung untersuchen wollte. Es hatte seit mehr als einer Woche nicht geregnet, und jedesmal, wenn das Tier mit einem Huf aufstampfte, wölkte Staub auf und setzte sich in Peters Bart und Augen fest. Georgia beobachtete, wie Peter sich abmühte, und sie hatte tiefes Mitgefühl mit diesem guten Mann, den sie liebte. Es war traurig, daß ein Arzt mit seinen Fähigkeiten sich nun mit störrischen Pferden herumplagen mußte.

Als sie in ihr Zelt zurückkehrten, sah Georgia, daß Peters Arm verletzt war. Offensichtlich hatte ein Pferdehuf ihn getroffen. Sie wusch die Schramme mit Wasser aus, das sie über dem Feuer erhitzt hatte. Peter blickte ihr in die Augen und lächelte, und Georgia erkannte, daß nun der Zeitpunkt gekommen war, ihn und sich selbst vor einem vergeudeten Leben zu retten.

»Peter«, sagte sie. »Wir sollten umkehren. Ich möchte zurück nach Hause, nach Water Valley.«

Er schwieg längere Zeit. »Das kann nicht dein Ernst sein«, sagte er schließlich. Er lächelte immer noch, doch der Ausdruck seiner Augen hatte sich verändert.

»Doch, ich meine es ernst.« Sie sagte es ganz beiläufig, damit es ihn nicht so schmerzte. »Es wird Zeit, daß wir Vernunft annehmen. Wenn du erst einmal gründlich darüber nachgedacht hast, wirst du mir zustimmen, daß es das beste für unsere Familie ist, für die Kinder. Es ist das beste für uns alle.«

»So?« sagte er. »Tja.« Und dann pfiff er eine mißtönende Melodie durch die zusammengepreßten Zähne.

»Du bist müde«, sagte sie und küßte ihn auf die Wange. »Wir reden morgen früh darüber.«

»Wir können jetzt darüber reden, wenn du möchtest«, erwiderte er. »Vielleicht ist jetzt genau die richtige Zeit dafür.«

»Also gut. Aber eigentlich gibt es nicht viel zu sagen.«

»Genau. Wir kehren nicht um.«

»Wir kehren nicht um?« Georgia konnte es nicht fassen.

»So ist es«, sagte Peter, erhob sich und gab ihr einen Kuß. »Und damit laß uns das Thema ein für allemal beenden. Einverstanden?«

Am nächsten Tag hatte Georgia quälende Kopfschmerzen. Sie lag im Wagen und litt Höllenqualen. Peter legte ihr die Hand auf die Stirn, fühlte ihren Puls und sagte: »Du wirst es überleben. Ich gebe dir mein Ehrenwort.« Dann zog der Treck weiter, und Georgia wurde zu allem Überfluß in ihrem behelfsmäßigen Bett auf dem Wagen kräftig durchgeschüttelt und hin und her geworfen wie ein Gepäckstück. Sie war ganz sicher, daß Peter sich diesmal geirrt hatte und daß ihre Krankheit, wenn vielleicht auch nicht tödlich, so doch schrecklich kräftezehrend war. Ganz bestimmt dürftest du nicht reisen, dachte sie. Und *so* schon gar nicht! Und dann rief sie nach Martha Benny.

»Wenn wir nicht sofort anhalten, sterbe ich«, sagte sie. »Wenn wir nicht auf der Stelle kehrtmachen und nach Water Valley zurückfahren, werden die Kinder Waisen sein, bevor wir in Texas sind ... diesem gräßlichen Land.«

Martha Benny nahm Georgias Hand. »Machen Sie die Augen auf, und schauen Sie mich an!« sagte sie. Georgia gehorchte; ihre Lider wurden von der stählernen Härte in Martha Bennys Stimme regelrecht aufgestemmt. »Missis«, fuhr die junge Sklavin fort, »Sie wissen so gut wie ich, daß Sie gesund wie ein Pferd sind. Sie sind die zäheste Frau, die ich kenne. Also, raus aus dem Bett! Kümmern Sie sich um Ihre Kinder und um Ihren netten Mann. Vielleicht sind Sie mit diesem Unfug bei Ihrem Papa in Mississippi durchgekommen, aber in Texas wird das nichts. Setzen Sie sich jetzt hin, damit ich Ihnen erst einmal die Kletten und die lieben kleinen Tierchen aus den Haaren zupfen kann.«

Georgia kochte vor Zorn. Sie redete kein Wort mit Peter, bis sie den Red River überquert hatten und tief in die Kiefernwälder im Osten von Texas vorgedrungen waren. Und sie sprach auch nicht mit Martha Benny – ihrer Sklavin, besten Freundin und Kusine ersten Grades –, bis sie an Dallas vorübergezogen waren.

Als Georgia das Land am Colorado River zum erstenmal erblickte, das sie und die Familie zu ihrer neuen Heimat machen wollten, kam es ihr so vor, als wären sie irgendwie im Kreis gereist und nach Water Valley zurückgekehrt. Die Wiesen und der Hochwald erinnerten Georgia an das Land ihres Vaters, an den Ausblick von der hinteren Veranda seines Hauses, auf der sie viele wundervolle Stunden damit verbracht hatte, über das Tal hinweg in die Ferne zu schauen und den blaßblauen Dunst zu beobachten, der geisterhaft zwischen den Fichten schwebte. Hier waren die Bäume nicht so groß – Pfahleichen, Ulmen und Schwarzeichen –, doch am Ufer des Flusses waren sie so üppig, wie Georgia es nie zuvor gesehen hatte; voller Leben in smaragd- und jadefarbenem Blätterkleid und allen nur erdenklichen Grüntönen, für die es im Farbspektrum gar keinen Namen gab. Auf den Zweigen saßen Singvögel; Ranken und Efeu hingen von den hohen Ästen herab, und eine Begonienart hatte Blätter so groß wie Tischplatten. Von den Kuppen der Hügel konnte man über die Prärie schauen – ein wogendes grünes Meer aus Gras, das sich bis zum Horizont erstreckte. Eine so unermeßliche Weite hatte Georgia nie zuvor gesehen. Es war beinahe ein Schock, als sie sich beim Anblick dieser Landschaft plötzlich frei von körperlichen Beschränkungen fühlte. Über diese unberührte Prärie zu wandern, dachte sie bei sich, muß einem Menschen das wundervollste Gefühl von Freiheit vermitteln.

Von Anfang an verliebte Georgia sich in Bastrop, die kleine Stadt am Fluß; ein beschaulicher, jedoch aufstrebender Ort am linken Ufer der blaugrünen Wasser des Colorado. Holzfälleräxte und Sägen, die sich durch das berühmte Kiefernholz von Bastrop fraßen, erfüllten mit ihren Geräuschen die reine, würzige Luft. Entlang der Church, der Chestnut und der Spring Street und der Anlegestelle am Flußufer, wo die Dampfschiffe und Baumwollflöße mit Ballen beladen wurden, um sie nach Matagorda zu transportieren, und entlang der alten El Camino Real in Richtung Austin waren die Zimmerleute eifrig bei der Arbeit; sie errichteten Wohnhäuser und Kirchen, Läden und Ställe und sogar ein schönes Hotel, um jenen Menschen Behaglichkeit bieten zu können, die hierher in den Westen kamen, um ihren Anteil an den fruchtbaren Böden zu erwerben.

Einer der Gründe, warum Georgia die kleine Stadt so gefiel, waren deren Bürgersinn und erfrischendes Selbstbewußtsein. In der einzigen Zeitung der Stadt, der *Colorado Reveille*, las Georgia, daß Bastrop ein Ort sei, in dem es »die frommsten Priester, die tüchtigsten Ärzte, die fleißigsten Handwerker, die freundlichsten Schankwirte, die sympathischsten Faulenzer, die ehrenwertesten Anwälte, die größten, stärksten Männer und die wohlgenährtesten, gesündesten Kleinkinder« des ganzen Staates gebe. Und was die schönen Frauen betreffe, so stellten sie alle anderen in den Schatten, bei Gott! Der kleine Ort am Colorado war dermaßen kultiviert, daß der Rat der Stadt einen Erlaß verabschiedet hatte, der es sogar unter Strafe stellte, wenn »irgendeine Person oder ein Sklave tagsüber nackt im Fluß baden sollte«.

Vor allem aber waren es die riesigen Weiten der Prärie, welche die Siedler aus Mississippi und Tennessee und Georgia nach Bastrop zogen. Die Böden waren leicht und fruchtbar, so daß sie sogar mit Pflügen aus Holz beackert werden konnten. Draußen vor der Stadt, hinter der Sägemühle, an der das Holz für die Gebäude der wachsenden Ansiedlung gesägt und zugeschnitten wurde, befand sich das Land, das Peter und Georgias Vater erworben hatten. Ihr Besitz umfaßte viertausend Morgen und versprach eine so reiche Baumwollernte hervorzubringen, daß die zu erwartende Größe der Ballen die Vorstellungskraft sprengte. Dieses Land war ein einziges

Versprechen, und Georgia sah sich bereits als Bewohnerin eines riesigen Herrenhauses, das sich wie ein Tempel aus Alabaster aus den Feldern und Wiesen erhob.

Doch war ihr klar, daß sie und Peter noch jahrelang auf ein solches Haus warten mußten. Zuerst einmal war ihr Zuhause ein altes, geflicktes Zelt, das ihnen schon auf der Reise als Unterkunft gedient hatte. Sie würden in diesem Zelt wohnen, bis ihr Blockhaus fertig war; dann würden sie in diesem Blockhaus wohnen, bis die Baumwollernte soviel Gewinn abgeworfen hatte, daß sie die Woods-Villa bauen konnten, die Georgia in ihren Träumen bereits errichtet hatte. Vom ersten Tag an war sie von Ungeduld und Unrast erfüllt. So schnell wie möglich wollte sie das Leben in Wohlstand und Luxus führen, das dieses Land ihnen versprach; es konnte ihr gar nicht schnell genug gehen, so daß sie sich mit der ihr eigenen Entschlossenheit daranmachte, sich um ihre primitive Behausung und die Äcker zu kümmern.

Die Woods-Familie war noch keine Stunde in Bastrop, als Peter zu einem Kind gerufen wurde, das an Fieber erkrankt war. Er packte seine Arzttasche, machte sich zu Pferd auf den Weg und ließ das behelfsmäßige Lager seiner Familie in wirrer Unordnung zurück. Kisten und Kästen und Gepäckstücke, Webmaschinen und Farmgeräte waren bereits abgeladen; das Zelt stand erst zur Hälfte, und die Plane flatterte wild im Nordwind, der immer stärker und bitterkalt wurde.

Ein Lager mußte aufgeschlagen, ein Haus erbaut, eine Plantage geschaffen werden – und Peter war verschwunden. Natürlich wußte Georgia, daß der Arztberuf hohe Forderungen stellte; und besonders in den Städten im Grenzland waren gute Ärzte Mangelware. Doch als sie inmitten des Chaos stand, auf das sich ihre strahlende Zukunft gründen sollte, und ihren Gatten davonreiten sah, erkannte sie mit niederschmetternder Deutlichkeit, wie ihr Leben in nächster Zukunft aussehen würde. Falls jemals ein Lager aufgeschlagen und ein Haus erbaut und eine Plantage geschaffen werden sollten, stand jetzt schon eines fest: Dr. Peter Cavanaugh

Woods würde all diese Aufgaben ganz bestimmt nicht in Angriff nehmen.

Georgia schlenderte zwischen ihren Habseligkeiten hindurch und zog ihren Umhang zum Schutz gegen den eisigen Wind straffer um die Schultern. Dann blickte sie seufzend zu den Kindern hinüber, die ein Maultier mit Steinen bewarfen. Sie rief Martha Benny zu sich und fragte: »Wer weiß hier, wie man ein Haus baut?«

Als der strenge texanische Winter Einzug hielt, schafften sie Bretter von der Sägemühle heran und sammelten Steine, um das Fundament des Hauses zu legen. Unter den Sklaven war ein Mann namens Ed Tom, den Georgia schon als kleines Mädchen gekannt hatte. Ed Tom hatte für Captain Lawshe als Zimmermann gearbeitet und verstand etwas vom Hausbau. »Zuerst müssen Sie sich das Haus vorstellen, und dann bauen Sie's«, erklärte Ed Tom. Weder Georgia noch Martha Benny erhoben Einwände gegen diese einleuchtende Strategie. Unter Ed Toms Anleitung wuchs das Haus allmählich heran.

Ed Tom war ein schlanker, drahtiger Mann von durchschnittlicher Größe, doch von außergewöhnlicher Körperkraft. Er hatte eine hellbraune Haut und kluge nachtschwarze Augen unter dichten Brauen. Seine Stimme war leise, und trotz seiner gewaltigen Kraft waren seine Bewegungen von anmutiger Gewandtheit. Georgia verließ sich immer mehr auf Ed Tom und betrachtete ihn bald als unersetzlichen Helfer bei der Erschaffung ihrer neuen Welt in der Wildnis. Martha Benny verbrachte mehr und mehr Zeit mit Ed Tom, und es war offensichtlich, daß auch Ed Tom sehr gern mit ihr zusammen war. Doch so sehr Georgia Ed Toms Fähigkeiten und seinen Einfallsreichtum schätzte – irgend etwas an diesem Mann bereitete ihr Unbehagen. *Vielleicht habe ich ihn schon in einem anderen Leben gekannt*, dachte sie. *Vielleicht war er in jenem anderen Leben mein Herr und ich seine Sklavin, die ihm sein Haus gebaut hat und die Geliebte seines Vetters ersten Grades war.*

Als der Winter strenger und die Schwielen an Georgias Händen dicker wurden, wurde Peter noch immer ständig an die Betten kranker Kinder gerufen. Im Januar starben zwei von ihnen an den Pocken; sie wurden in der »Stadt der Toten« hoch über dem Fluß begraben. Es war das Jahr der großen Cholera-Epidemie am Brazos, und jede neue Fieberwelle sorgte für Furcht und Schrecken.

Ende Januar fiel Georgia auf, daß ihre Kinder einen Geruch verströmten, den sie nur als abscheulich bezeichnen konnte. Bisher hatte sie die Kinder den Winter über kaum zu Gesicht bekommen; Georgia hatte jeden Tag, vom Morgengrauen bis fast um Mitternacht, gearbeitet und versucht, Ordnung in ihre ständig wachsende Zeltstadt zu bringen, und sie war davon ausgegangen, daß Martha Benny ein wachsames Auge auf die Kinder hielt. Zu Anfang hatte Georgia versucht, ihre Sprößlinge dazu zu bringen, Ed Tom beim Bau des Hauses zu helfen, doch Cherokee hatte sich geweigert und behauptet, daß ihr Urgroßvater Benjamin Hawkins wirklich und wahrhaftig die Königin der Tuckabatchee geheiratet habe, und als Urenkelin einer Königin sollte sie, Cherokee, nicht zu körperlicher Arbeit herangezogen werden. Pinckney und Jim weigerten sich gewöhnlich, beim Hausbau zu helfen, und zwar mit der Begründung, sie wären »Gentlemen-Pflanzer«. Sie schlugen die Zeit mit Faulenzen tot, rauchten Zigaretten aus Farnkraut und verstießen an wärmeren Tagen gegen die Stadtverordnung, die das Nacktbaden im Colorado River untersagte. Unter den Kindern ging das Gerücht, daß auch Cherokee mehr als einmal gegen diese Verordnung verstoßen habe. Georgia hatte versucht, ihre älteste Tochter Lovie als Aufpasserin Cherokees zu gewinnen; Lovie erklärte sich zwar einverstanden, vergaß aber schon bald ihre Aufgabe und stromerte statt dessen durch die Stadt und das Umland, genauso, wie ihre Mutter es einst getan hatte.

Unter den Kindern schien – von Little Sweet einmal abgesehen – nur Jim die gottgegebene Pflicht älterer Geschwister, auf die jüngeren aufpassen zu müssen, halbwegs zu befolgen. Doch auch Jim war abenteuerlustig und wurde von den anderen oft vom rechten Weg geführt. Gab man Jim den Auftrag, sich eine Stunde um Haus,

Herd und Familie zu kümmern, schlich er sich öfter bereits nach wenigen Minuten davon, um sich auf eine abenteuerliche Odyssee zwischen den Zelten, am Fluß oder in der Stadt zu begeben.

Eines Abends, als die Familie den Zelteingang zum Schutz gegen den kalten Winterwind verschloß, sah Georgia, daß Cherokee einen kleinen roten Beutel aus Flanell an einer Schnur um den Hals trug. Als Georgia die Hand danach ausstreckte, erkannte sie, daß dieser Beutel die Quelle des widerlichen Geruchs war, den ihre Kinder verströmten – was Georgia zwar seit längerem vermutete, sich aber nicht hatte eingestehen wollen.

»Was ist das, um Himmels willen?« fragte sie.

»Zum größten Teil Pferdehaar und getrocknete Kuhfladen und Vogelknochen und Blut«, erwiderte Cherokee. »Und Erde aus den Gräbern oben auf dem Hügel. Wir haben's von Martha Benny bekommen. Es hält uns Krankheiten vom Leib, sagt sie.«

Als Georgia ihren Mann bedrängte, Martha Benny wegen dieses gotteslästerlichen Voodoo-Zaubers zur Rede zu stellen, mußte sie zu ihrem Entsetzen feststellen, daß Peter, der studierte Arzt und Heilkundige, statt dessen aufmerksam Martha Bennys Darlegungen über die richtige Behandlung der kranken Kinder von Bastrop lauschte, deren Zahl noch immer stieg. Sie erklärte Peter, daß eine Centmünze, an einer Kordel um den Hals getragen, vor Magenverstimmung schütze, und Hasenpfoten, auf die gleiche Weise getragen, einem Erkältungen und Fieber vom Leibe hielten. »Und da ist noch eine Sache«, erklärte Martha Benny. »Man soll einen frisch abgeschnittenen Stock vor das Haus in den Boden stecken, um das Böse fernzuhalten. Aber damit müssen wir natürlich noch warten, denn wir haben ja noch kein Haus.«

Martha Benny erwärmte sich zusehends für die Diskussionen über die Heilkunst, die sich zwischen ihr und Peter entwickelten. »Es gibt noch eine andere Möglichkeit, das Übel zu vertreiben und bösen Zauber abzuwehren«, erklärte sie. »Man muß Butter essen, die am ersten Mai gemacht wurde und mit Eigelb und Salpeter vermischt ist.«

Da Peter keine Anstalten machte, Martha Benny ihrer Hexenkünste wegen zurechtzuweisen, fühlte Georgia sich dazu aufgerufen. »Dieses heidnische Brimborium kann dich geradewegs in die Hölle führen, Martha Benny!« warnte sie.

»Ich würde einem guten Zauberer genauso vertrauen wie den meisten Ärzten, die ich kenne«, erwiderte Martha Benny. »Nehmen wir einmal an, ein Sklave hat sich geschnitten. Dann kommt der Zauberer und reibt eine Salbe und Melasse und Spinnweben auf die Wunde, damit sie nicht mehr blutet. Ich hab' gesehen, wie ein Arzt zu einem Mann gekommen ist, den eine Klapperschlange gebissen hatte. Der Arzt hat ein Küken geschlachtet, ihm den Leib aufgerissen und es auf die Bißwunde gelegt. Als das tote Küken sich grün verfärbte, hat der Doktor noch eins geschlachtet, und dann noch eins, bis der Mann sich besser fühlte. Manche Ärzte nehmen bei Schlangenbissen auch zerstampfte Blätter von der Spitzklette und Milch. Fragen Sie Doktor Peter. Zwischen dem, was Ärzte und Zauberer tun, gibt es kaum einen Unterschied.«

Georgia faßte auf der Stelle den Entschluß, Martha Benny zu einer Erweckungsversammlung mitzunehmen, in der Hoffnung, das Blut des Lammes würde sie von ihrem Voodoo-Aberglauben reinwaschen.

Noch nie hatte Georgia einen so langen Winter erlebt. Wenngleich Ed Tom das Haus fertiggestellt hatte, bevor die schlimmste Kälte hereinbrach, war es im Innern kaum wärmer, als es im Zelt gewesen war. Das »Haus« bestand im wesentlichen aus zwei zugigen kleinen Kammern, die durch einen Flur ohne Tür getrennt wurden; an der Vorderseite der Behausung befand sich eine Veranda. Wenn der Wind durch den Flur fegte, gab er Geräusche von sich, die an eine gräßlich verstimmte, aber mit leidenschaftlicher Begeisterung gespielte Orgel erinnerten. Der Kamin bestand aus vier in den Boden gerammten Pfählen, die eine von innen und außen mit Lehm verkleidete Holzkonstruktion trugen. Georgia wußte nicht so recht, was sie von dem Ding halten sollte; ständig war sie hin und her gerissen zwischen dem Gefühl der Behaglichkeit, die das prasselnde Feuer vermittelte, und der Angst, der behelfsmäßige Kamin könnte in Flammen aufgehen und dabei das ganze Haus in Brand setzen.

Um das Haus herum standen die Baracken der Sklaven: winzige Blockhütten, bei denen die Fugen zwischen den Holzbohlen mit Lehm zugeschmiert waren. In besonders kalten Nächten, wenn der Wind durch die Ritzen von Georgias Haus fuhr, machte sie sich um die Kinder Sorgen, die in den zugigen, schäbigen Baracken untergebracht waren. Als sie den Vorschlag machte, die erkrankten Sklavenkinder aus den Baracken ins Haupthaus zu verlegen, erklärte Martha Benny, die Baracken wären sehr viel wetterfester als das große Haus. »Dort, wo es warm ist, wird's den Kindern viel besser ergehen«, sagte sie. Georgia hatte mit dem Gedanken gespielt, Martha Benny ihr Blockhaus zu überlassen, sobald die Woods-Villa fertig war. Nun aber fragte sie sich, ob Martha dieses Geschenk überhaupt annehmen würde.

Nicht weit vom Haus entfernt befand sich ein Waldstück mit Namen »Lost Pines«, das sich bis in die Prärie hinein erstreckte. Die Bäume wuchsen dort auf sanften Hügeln, die sich – vollkommen unerwartet – aus der ebenen Prärie erhoben und das seltsame Überbleibsel eines einstmals viel größeren Waldes waren. Um der Arbeit, den Sorgen und ihren bisweilen düsteren Stimmungen zu entgehen, spazierte Georgia hin und wieder nach Lost Pines hinaus, verweilte ein paar Stunden in dem Waldstück und lauschte dem Wind, der zwischen den Bäumen flüsterte. Auch Georgia kam sich zunehmend wie ein Überbleibsel vor, wie eine verlorene Seele in einer feindlichen, fremden Welt. »Für das Leben hier bin ich nicht geschaffen«, sagte sie laut in der Einsamkeit des Waldes. »Dafür bin ich einfach nicht geschaffen.« Sie betrachtete ihre schwieligen, geröteten Handflächen. »Noch bevor ich fünfundzwanzig bin, werde ich eine alte Frau sein.« Dann ging sie über die Prärie, fort von den Lost Pines und zurück zu dem Land, wo ihre Zukunft wartete.

Einmal in diesem Winter, als Georgia über den scheinbar endlosen Grasteppich ging, erlebte sie erneut das Gefühl schier grenzenloser Freiheit – wie damals, als sie zum erstenmal die Prärie erblickt hatte. Sie kam sich seltsam leicht vor; es war ein Gefühl, als könnte sie sich mühelos in die Lüfte erheben, wenn sie sich nur fest genug darauf konzentrierte. Sie war nicht das Mädchen auf dem Cherokee-Gemälde, das sie vor so langer Zeit auf dem Weg der Tränen gefunden hatte, sondern der weiße Vogel, den das Mädchen in den Händen hielt – so behutsam, daß er jederzeit die Möglichkeit hatte, davonzufliegen und die grenzenlose Freiheit auszukosten. Vielleicht konnte sie sich tatsächlich in die Lüfte erheben, wenn sie sich nur ganz darauf konzentrierte; genauso, wie Ed Tom ein Haus bauen konnte, indem er es sich zuerst vorstellte und den Gedanken dann in die Tat umsetzte.

Auf dem Heimweg von Lost Pines, als Georgia sich gerade vorstellte, wie es wäre, über die Prärie hinwegzufliegen, blieb sie plötzlich stehen, um auf ein höchst seltsames Bild zu starren. Dort, vor ihr, lag die verwilderte, häßliche Ruine einer menschlichen Ansiedlung: primitive Lehmmauern; verwittertes Holz; fadenscheiniger Zeltstoff. Vielleicht war es ein verlassenes Zigeunerlager. Oder der verwesende Leichnam eines uralten Dorfes, das Hunnen oder Vandalen geplündert hatten. Rauchsäulen kräuselten sich wie Schlangen in die Höhe und verpesteten die Luft. Schlammige Pfade zernarbten das Antlitz der Prärie. Die Ansammlung lehmbrauner Zelte sah wie ein Haufen schmutziger Wäsche aus. Zwischen diesen Zelten liefen Hühner und Schweine umher. Georgia sah Kinder, verwahrlost und schmutzig, die durch eine kalte, farblose Welt rannten; der Boden war karg und unfruchtbar wie eine alte Jungfer. Schwarzhäutige Menschen bewegten sich auf unbestimmbaren, ziellosen Wegen durch diese geisterhafte Ansiedlung und riefen sich Worte zu, die vom Wind fortgerissen wurden.

Doch es war keine Ruinenstadt und kein Zigeunerlager: Georgia blickte auf ihr neues Zuhause in Texas, und zum erstenmal erkannte sie, wie primitiv und häßlich und behelfsmäßig es war. Selbst Beduinen haben schönere Stätten, dachte sie. Ein Gefühl so bitterer Enttäuschung überkam sie, daß es an Verzweiflung grenzte. Sie hatte so hart geschuftet! War das der Lohn für diese Plackerei? Dieses erbärmliche Rattennest? Das Herrenhaus, das für sie und ihre Familie gebaut wurde, war eine Verhöhnung dieser Menschen, eine Beleidigung der göttlichen Schöpfung. Georgia begann zu weinen und schlug sich mit den Fäusten auf Brust, Arme und Gesicht.

Als sie nach Hause kam, legte sie sich ins Bett und weigerte sich aufzustehen, selbst als Martha Benny sie beschimpfte und ihr berichtete, daß auf einer Plantage am Brazos sechzehn Sklaven an der Cholera gestorben seien; auf einer anderen gar dreiunddreißig. »Was sind Ihre armseligen kleinen Sorgen im Vergleich dazu?« sagte Martha Benny.

Georgias Kinder wußten bereits aus Erfahrung, daß einer »petite malaise« ihrer Mutter – obwohl sie kräftezehrend war – stets eine rasche, fast blitzartige Genesung folgte. An einem Tag konnte man glauben, Georgia stünde schon mit einem Bein im Grab; am nächsten Tag war sie ein wirbelnder Derwisch voller Energie und Entschlossenheit. Deshalb gingen die Kinder ihren gewohnten Beschäftigungen nach und machten sich kaum Sorgen um ihre Mutter. Nur Jim war zutiefst beunruhigt, kam immer wieder an Georgias Bett und betrachtete sie mit sorgenvollen, mitleidigen Augen. Peter hingegen schenkte seiner Frau nicht die geringste Beachtung, wenn sie mit einem ihrer Anfälle von Selbstmitleid und Gereiztheit darniederlag. »Miss Georgia«, sagte er einmal zu Ed Tom, »ist die einzige Frau, die mir bei einer schwierigen Operation zur Hand gehen kann, ohne mit der Wimper zu zucken, aber wegen jeder Nichtigkeit krank vor Schwäche und Kopfweh wird.«

Sobald sie sich erholt hatte, verlor Georgia kein Wort über ihre Krankheitsanfälle, und sie wollte auch nicht von irgend jemandem deshalb bedauert werden. Statt dessen stürzte sie sich wieder mit solchem Schwung in die Arbeit, daß die anderen nur staunen konnten. Die Frage, woher sie ihre Energie nahm, stellte sich längst niemand mehr.

Mit Vogelgezwitscher, Wildblumen und allenthalben wiedererwachendem Leben hielt der Frühling im Land am Colorado Einzug. Fast von einem Tag auf den anderen schien der Winter alle Kraft zu verlieren, und die Prärie, die Wiesen und Wälder wurden von einer Flut aus Farben überschwemmt. Martha Benny beschrieb es mit den Worten: »Als wäre der liebe Gott über eine Wolke gestolpert und hätte einen Regenbogen fallen lassen.« Die Luft wurde warm und würzig, und in den stillen Morgenstunden konnte man die fernen, rauhen Schreie der Wildgänse hören, wenn sie auf ihrer geheimnisvollen Wanderung gen Norden am Himmel vorüberzogen.

Dann konnten sie die Gänse sehen. Hoch über den Lost Pines und der Stadt der Toten bewegten sie sich wie eine einzige, riesige Schwinge im Morgenlicht. Und wenn Georgia aus dem Bett stieg und aus der Tür trat, um den Sonnenaufgang zu beobachten, waren Ed Tom und die anderen bereits dabei, die Äcker zu pflügen und sie für die Frühjahrspflanzung vorzubereiten. Es war ein Anblick, der Georgia mit heftiger Erregung erfüllte. So manchen frühen Morgen ging sie hinaus auf die Felder, um den fruchtbaren, dunklen Boden zu betrachten, sich niederzuknien, mit eigenen Händen die vom Winterfrost noch kalte Erde zu berühren und über das unsichtbare neue Leben, das unter ihren Händen hervorzudrängen schien, zu staunen.

Als die Wunder der Natur sich entfalteten und die ersten kleinen grünen Schößlinge in den geometrisch angelegten Reihen der Baumwollpflanzen erschienen, wurden sogar die Kinder von der Erregung über diese erste Baumwollernte in Texas erfaßt. Pinckney und Jim, die des Lebens als »Gentlemen-Pflanzer« müde geworden waren und beschlossen hatten, sich ihr Vermögen durch den Fang wilder texanischer Mustangs zu erwerben, wandten ihr Interesse nun wieder dem Baumwollanbau zu. Georgia vermutete jedoch, daß Pinckneys gute Laune weniger auf das wiedererwachte Interesse am Baumwollanbau als vielmehr darauf zurückzuführen war, daß bald die Sommerferien begannen. Doch Martha Benny wies

Georgia darauf hin, daß Pinckney ja ohnehin kaum zur Schule gehe; insofern würden die bevorstehenden Sommerferien eine nur unwesentliche Änderung seines gewohnten Tagesablaufs bedeuten.

In diesem ersten Frühling in Texas nutzte Georgia jede sich bietende Gelegenheit, Pinckney für die Organisation und Leitung der Baumwollplantage zu interessieren. »Eines Tages«, sagte sie, »wird dies hier dein Land sein, und du wirst es irgendwann deinen Kindern vererben. In deinen Adern fließt das Blut von Captain Lawshe.« An einem Nachmittag, als Georgia, Martha Benny und Cherokee Baumwolle krempelten und Pinckney den alten Colt-Revolver reinigte, den sein Großvater ihm geschenkt hatte, erzählte Georgia den Kindern von Captain Lewis Lawshe, dem Kriegshelden und einem der erfolgreichsten Baumwollpflanzer im ganzen Süden.

»Ihr kennt Senator Sam Houston«, begann Georgia.

»Jeder kennt Senator Sam Houston«, erwiderte Cherokee. »Er ist der Held von San Jacinto. Er hat Santa Anna besiegt und Texas die Freiheit gegeben.«

»Genau. Überdies war er ein sehr guter Freund eures Großvaters. Vor langer Zeit, während der Kriege gegen die Creek-Indianer, haben Captain Lawshe, Davey Crockett und Sam Houston zusammen mit Andrew Jackson, den man Old Hickory nannte, in der Armee gedient.« Dann erzählte Georgia den Kindern von der Schlacht am Horseshoe Bend und wie entschlossen Major General Andrew Jackson gewesen sei, die »Red Sticks« zu vernichten, eine Streitmacht von ungefähr viertausend Kriegern, die meisten davon Creeks. »Old Hickory war kurz zuvor bei einem Duell verwundet worden und mußte deshalb einen Arm in einer Schlinge tragen, doch an einer Biegung des Tallapoosa River führte er seine Truppen gegen achthundert Red Sticks in die Schlacht. Die Medizinmänner der Creeks hatten ihren Kriegern gesagt, der Große Geist habe ihnen den Sieg versprochen. Das Zeichen sei eine Wolke, die am Himmel erscheinen werde.« Georgia erzählte, daß die Creeks wild und entschlossen von ihren gut befestigten Stellungen aus gekämpft hätten, und am frühen Nachmittag sei eine Wolke am Himmel erschienen, woraufhin Crockett und Sam Houston und Lewis Lawshe den Angriff auf die Festung der Red Sticks eröffnet hätten. Sam Houston sei von zwei Musketenkugeln getroffen worden, und Lewis Lawshe habe den Verwundeten vom Schlachtfeld in Sicherheit gebracht.

»Dein Großvater ist ein Mann aus Eisen«, sagte Georgia zu Pinckney. »Und sein Blut fließt in deinen Adern.«

»Und was ist mit den Red Sticks geschehen?« wollte Cherokee wissen. »Hatten ihre Medizinmänner sich geirrt?«

Georgia seufzte. »Es war die letzte Schlacht in den Kriegen gegen die Creeks«, erwiderte sie. »Als Sieger hat Andrew Jackson dreiundzwanzig Millionen Morgen Creek-Land in den Besitz der Vereinigten Staaten gebracht – einen großen Teil des heutigen Georgia und Alabama.«

»Irgendwie ist das komisch«, sagte Jim. »Ein Urgroßvater kämpft darum, die Indianer zu retten, und ein Großvater kämpft darum, sie zu vernichten. Einer war der Feind Andrew Jacksons, und der andere hat Seite an Seite mit ihm gefochten.«

»Mein Vater hat nicht dafür gekämpft, die Indianer zu vernichten«, sagte Georgia, die über Jims Worte kein bißchen beleidigt war; denn der Junge hatte genau jene Gedanken in Worte gekleidet, die ihr selbst oft durch den Kopf gegangen waren und ihr zu schaffen gemacht hatten. »Er hat nur seinem Land gedient. Genauso wie Sam Houston und Davey Crockett.«

»Hört sich eher so an, als hätte Opa sein Land zusammengestohlen«, sagte Pinckney. »Kein Wunder, daß der alte Knacker so reich ist. Er hat den Creeks und den Cherokees ihr ganzes Land weggenommen.«

Georgia war dermaßen fassungslos, daß sie nicht wußte, was sie sagen oder tun sollte.

»Sie sollten dem Jungen kräftig den Hintern versohlen«, sagte Martha Benny.

»Ich glaube eher, daß dich mal jemand verdreschen sollte, du

Nigg ...« Pinckney wurden die Worte von Georgias Hand abgeschnitten, die mit einem gewehrschußähnlichen Knall seine Wange traf. Georgia spürte den Schmerz bis in das Innerste ihrer Seele.

»Ich glaube, wir sollten jetzt anfangen«, sagte Martha Benny und begann, die Baumwolle zu krempeln, damit später Hemden für die Sklavenkinder daraus gewebt werden konnten.

Bald waren die Baumwollsetzlinge etwa zehn Zentimeter hoch, und die Helfer gingen über die Felder, um das Gras und Unkraut zu jäten, das zwischen den Reihen zu sprießen begann. Peter verbrachte weiterhin den größten Teil seiner Zeit bei Patienten, von denen die Mehrzahl Kinder waren. »Es muß einen ganz bestimmten Grund für diese fiebrigen Erkrankungen geben«, sagte er sich. Selbst wenn er zu Hause war, schweiften seine Gedanken in weite Fernen und suchten eine Antwort auf das tödliche Geheimnis, das der Grund für so viele traurige Prozessionen zur Stadt der Toten war.

Ende Mai wußten sowohl Georgia als auch Martha Benny, daß nicht nur auf den Feldern neues Leben heranreifte. Die beiden Frauen spielten ein geheimes Spiel, bei dem sie einfallsreiche Wetten darauf abschlossen, wessen Kind zuerst das Licht der Welt erblicken würde. Jeden Tag sprachen sie über die Veränderungen, die mit ihren Körpern und ihren Stimmungen vor sich gingen. Und beide erkannten staunend, daß sie vollkommen ungezwungen miteinander umgehen konnten, wenn sie sich über Themen unterhielten, über die feine Leute normalerweise nicht redeten; es kamen Dinge zur Sprache, die so intim waren, daß Georgia selbst mit Peter nur sehr ungern darüber gesprochen hätte. »Gut, daß ich nie zu den feinen Leuten gehört habe«, erklärte Martha Benny lachend.

Hin und wieder spürte Georgia, wie eine düstere Stimmung in ihr aufstieg; für gewöhnlich gingen diese Depressionen mit Schuldgefühlen einher, die sie Pinckney gegenüber empfand, seit sie ihm die Ohrfeige verpaßt hatte. Georgia wurde das Gefühl nicht los, daß in ihrer Familie irgendein geheimnisvoller Charakterzug von einer Generation auf die andere weitervererbt wurde. Vielleicht waren die Stimmungsumschwünge, die ihr zu schaffen machten, auf irgendeinen genetischen Krieg zwischen dem Guten und dem Bösen zurückzuführen, zwischen der Großherzigkeit eines Benjamin Hawkins und dem schroffen, kompromißlosen Egoismus eines Lewis Lawshe. Doch stets schreckte Georgia vor diesem Gedanken zurück, so, wie sie vor einer Schlange oder Spinne zurückschreckte. Denn wenn sie diesen Gedanken zu Ende führte, mußte sie zu dem Ergebnis gelangen, daß ihr Vater ein schlechter Mensch war. Aber Georgia verehrte ihren Vater. Gewiß, er war ein harter, strenger und eigensinniger Mann. Aber er liebte sie; das wußte Georgia. Er hatte ihr das Leben mit Geschenken und Großzügigkeiten versüßt, vom Tag ihrer Geburt an; er hatte ihr alles gegeben, was ihr Herz begehrte. Er hatte ihr dreißig Sklaven und Tausende Morgen bestes Land als Mitgift geschenkt. Da konnte man ihn schwerlich einen selbstsüchtigen Egoisten schimpfen. Vielleicht besaß das Kind, das in ihrem Leib heranwuchs, die Güte und Großzügigkeit von Benjamin Hawkins – und vielleicht auch seinen rebellischen Geist und seine Abenteuerlust. Cherokee war mit diesem Hawkinsschen Erbe beschenkt worden, und nun betete Georgia, daß ihr Ungeborenes die gleichen Eigenschaften besitzen möge.

Immer wenn Georgia und Martha Benny unter sich waren und über die Kinder redeten, die sie unter dem Herzen trugen, vergaß Georgia vollkommen ihre Rolle als Herrin, wie auch Martha Benny ihren Status als Sklavin vergaß; es wurde ihnen nicht einmal bewußt, daß sich eine weiße und eine schwarze Frau gegenübersaßen. Vielmehr fühlten beide sich als verwandte Seelen, als enge Freundinnen, die sich intime Geheimnisse anvertrauen konnten. Der Vater von Martha Bennys Kind war Ed Tom. Als Georgia fragte, ob die beiden heiraten wollten, wandte Martha Benny den Kopf zur Seite und schwieg eine Zeitlang. Als sie Georgia wieder anschaute, standen ihr Tränen in den Augen. »Ich liebe Ed Tom und möchte ihn heiraten. Aber er sagt, es ist nicht gut, wenn wir uns zu eng binden, weil wir ja immer damit rechnen müssen, auseinandergerissen und an einen anderen Herrn verkauft zu werden. Er möchte keine Familie gründen, die eines Tages getrennt werden könnte.«

»Solange ich lebe, wird niemand euch trennen! Das schwöre ich!« Der bloße Gedanke, Martha Benny zu verkaufen, machte Georgia krank. »Außerdem habe ich Onkel Madison versprochen, daß ihr zusammenbleibt.«

»Aber da gibt es manches, was Sie nicht wissen«, sagte Martha Benny.

»Ich glaube, ich weiß, was du meinst.«

»Nicht alles. Manches über Ed Tom können Sie gar nicht wissen.« Martha Benny ließ ihren Tränen jetzt freien Lauf. »Tut mir leid«, sagte sie. »Aber das ist mein erstes Kind. Ich glaube, ich habe Angst davor, Ed Tom zu sehr zu lieben, und ich weiß ja nicht, was die Zukunft uns bringen wird.«

Georgia nahm Martha Bennys Hand. »Die Zukunft wird dir und Ed Tom ein wunderschönes Baby bescheren. Dein Kind und mein Kind werden gemeinsam aufwachsen. Vielleicht werden's zwei hübsche Mädchen. Sie werden zusammen spielen, zusammen lachen. Und du und ich werden eine herrliche Zeit verbringen und miterleben, wie die beiden zu jungen Damen heranwachsen.«

Für einen Augenblick lächelte Martha Benny angesichts dieses gemeinsamen Traums; dann aber schwand ihr Lächeln. »Das geht nicht. Irgendwann müssen die Kinder ihre vorherbestimmten Wege einschlagen. Ihr Kind wird weiß, und meins wird schwarz. Das eine wird einen Weg voller Sonne und Blumen beschreiten, das andere eine Straße voller Dunkelheit und Elend.«

Es dauerte einen Augenblick, bevor Georgia den Sinn dieser Worte begriff, und die Erkenntnis traf ihr Herz wie ein Hammerschlag. Sie fühlte sich vollkommen hilflos, war nicht imstande, irgendeinen Einwand vorzubringen; denn Martha Benny hatte die Wahrheit gesagt. Für einen Moment war Georgia wütend auf Martha, weil sie laut ausgesprochen hatte, was man bisher immer unter dem Mantel des Schweigens verborgen hatte. Dann aber schämte sie sich ihrer Wut; und schließlich kam sie sich schrecklich hilflos vor. »Es tut mir sehr leid, Martha Benny.« Mehr wußte sie nicht zu sagen.

Die Tage wurden heiß, drückend und schwül. Unter der sengenden Sonne schien die Luft zum Greifen dick zu sein, und die Stunden zogen sich langsam und träge dahin. Und in der kleinen Stadt hielt das Kindersterben an.

Eines Tages saß Georgia auf der Veranda vor dem Haus am Webstuhl. Wieder einmal kam ihr der Nachmittag wie ein endlos langes, monotones Lied vor. Kurz entschlossen erhob sie sich, um Kühlung für Körper und Geist zu suchen, bevor sie in der drückenden Hitze wie Butter dahinschmolzen. Sie stieg von der Veranda und ging zum Fluß hinunter. Eine Zeitlang schlenderte sie im Schatten der Weiden am Ufer entlang, doch der Schatten brachte keine Erleichterung von der Hitze; er war nur ein anderer Farbton des Sonnenlichts. Georgia zog sich die Schuhe aus, ging ans Ufer und trat ein paar Schritte ins seichte Wasser. Es war nicht kalt, nicht einmal kühl, doch seine Bewegungen auf der Haut und die Geräusche des Flusses linderten, ja, vertrieben die schreckliche Hitze. Bis auf das Rauschen des Wassers war kein Laut zu hören; es war vollkommen still, und der Fluß gehörte Georgia ganz allein. Kurz entschlossen entkleidete sie sich bis auf die Unterwäsche und ließ sich langsam ins Wasser gleiten. Es war himmlisch. Sie wurde zu einem Teil des Colorado; sie wurde gewichtslos, und wieder einmal überkam sie jenes seltsame Gefühl der Leichtigkeit und Freiheit. Es strömte um sie herum, drang in sie ein und erfüllte ihr Inneres, als wären sie und der Fluß eins geworden. Plötzlich stieg ein so ungeheuerlicher Gedanke in ihr auf, daß sie spüren konnte, wie sie heftig errötete. *Warum sollte ich nicht auch mal gegen die Stadtverordnung verstoßen?*

Georgia blickte sich aufmerksam um; sie wollte ganz sicher sein, daß niemand sie beobachtete. Dann zog sie ihre Unterwäsche aus und hängte sie sorgfältig an einen Ast. Georgia Virginia

Lawshe Woods hatte beschlossen, gegen die Verordnung der Stadt Bastrop zu verstoßen und am hellichten Tag nackt im Colorado zu baden.

Es war ein letzter symbolischer Akt der Rebellion; das wußte Georgia. Das hübscheste Mädchen von Water Valley in Mississippi würde ein letztes Mal seine Freiheit genießen, ungeachtet aller Konventionen. *Morgen werde ich von Sonnenaufgang bis Sonnenuntergang arbeiten. Ich werde müde sein und voller Sorgen, und ich werde mich den Verantwortungen stellen, die ich meiner Familie gegenüber habe, der Plantage und einer endlosen Prozession von Kindern. Aber heute bin ich noch einmal das schönste und begehrenswerteste Mädchen von ganz Mississippi. Und es ist heller Tag, und ich bade nackt in einem Fluß in Texas.*

Sie war bis zum Hals im träge dahinfließenden Colorado untergetaucht, in Träumen versunken, das Gesicht gerötet. *Das ist wieder einer jener Augenblicke, an die du dich dein Leben lang erinnern wirst*, dachte sie, als plötzlich irgend etwas zuerst ihre Hüften, dann ihre Brüste streichelte. Es schien sich an ihr festhalten zu wollen; es klebte wie nasses Laub an ihrer Haut. Ein eisiger Schauer durchrieselte Georgias Körper. Sie streckte die Hand aus, um das Laub abzustreifen. Als sie die Hand aus dem Wasser hob, erkannte sie, daß sie den Unterarm eines Menschen hielt; die Haut hing in Fetzen herab, und die bleichen Knochen waren zu sehen. Dann sah sie den Rest des Körpers. Es war ein Mann mit leuchtendrotem Haar. Mehr konnte sie nicht erkennen; die Leiche war bereits so stark verwest, daß sie kaum mehr an einen Menschen erinnerte. Georgia gab einen Laut von sich, der eher ein tiefes, gutturales Knurren als ein Schrei war; ein instinkthaftes Ur-Geräusch, das aus den Tiefen ihres Unterleibes drang. Sie stürzte aus dem Wasser und warf sich in den Ufersand, rieb den Sand auf jene Stellen ihres Körpers, die das tote Fleisch des Mannes berührt hatten; sie rieb und rieb, bis die Haut rot und rauh wurde. Dann zog sie sich hastig an, rannte nach Hause, nahm ein Bad und scheuerte die wunden Stellen so lange, bis sie beinahe zu bluten anfingen.

Es war nicht der erste Leichnam, der aus Richtung Bastrop den Colorado hinuntergetrieben war. Der Fluß trug die Abfälle und Abwässer der Stadt Austin und anderer Orte weiter im Norden mit sich. Peter hatte sich bereits die Frage gestellt, ob eine Verbindung zwischen der Verschmutzung des Flußwassers und den Fieberepidemien bestand, die nach wie vor unter den Kindern wüteten. Als der heiße Sommer ins Land zog und die Baumwollpflanzen zu sprießen und zu blühen anfingen, starben zwei weitere Kinder der Woods-Sklaven. An einem Tag waren sie noch wohlauf, am nächsten mußten sie sich übergeben. Fieber und Muskelkrämpfe traten auf, und die Kinder konnten kein Wasser mehr halten. Peter eilte in ihre Zelte und tat, was er konnte, das Leben der Kinder zu retten; er hielt sie warm und flößte ihnen Salzlösungen ein. Doch viel zu schnell verloren die kleinen Körper an Flüssigkeit und trockneten aus. Entsetzt beobachtete Georgia, wie die Körper der Kinder zu schrumpfen schienen; ihre Gesichter wurden ausgezehrt, die Haut wurde trocken und verschrumpelt, die Augen lagen tief in den Höhlen, und die Gliedmaßen wurden kalt. »Und das Schrecklichste daran ist«, sagte Peter später zu Georgia, »daß sie bis zum Ende bei klarem Verstand waren.«

Peter war immer fester davon überzeugt, daß die wiederholten Ausbrüche von Cholera, die unter den Kindern wüteten – mittlerweile auch unter den Erwachsenen –, tatsächlich mit der Verschmutzung des Flusses zu tun hatten. Als Medizinstudent hatte er von der großen Choleraepidemie in Indien gelesen, über die ein portugiesischer Arzt vor fast drei Jahrhunderten berichtet hatte. Viele der Opfer hatten regelmäßig im Ganges gebadet, der den Menschen gleichzeitig das Trinkwasser geliefert und als Kloake für die Abwässer gedient hatte. *Könnte es sein*, fragte Peter sich, *daß wir hier und jetzt, in der heutigen Zeit, die gleichen Zustände haben?*

Zur Mitte des Sommers stiegen die Temperaturen noch immer, und die Stadt war in eine schwülheiße Dunstglocke gehüllt. Die hohen Bäume am Flußufer hielten den Wind ab, so daß er nicht bis Bastrop gelangte. Die Luft schien zu kochen und zu wabern, und das Atmen fiel schwer. Ende Juli ermahnte Peter die Einwohner der Stadt, sich vom Fluß fernzuhalten. Er forderte jeden auf, sein Wasser zum Trinken, Kochen, Waschen und Baden nur noch aus Brunnen und Quellen zu holen, auf gar keinen Fall aus dem Fluß.

Am ersten August, einige Wochen, bevor Georgia ihr Kind erwartete und die Baumwollernte begann, machte Peter den Vorschlag, Bastrop zu verlassen. »Dieser Ort ist vergiftet«, erklärte er. »Wir sollten darüber nachdenken, alles zu verkaufen und woandershin zu ziehen.«

Georgia war fassungslos. Hartnäckig bestand sie darauf, in Bastrop zu bleiben. Sie erinnerte Peter an den Schwur, den sie beide geleistet hatten, als sie miterleben mußten, wie die Creek-Familien von ihrem Grund und Boden vertrieben worden waren. »Wir haben zu hart gearbeitet, als daß wir jetzt alles aufgeben könnten«, sagte sie. »Geh auf die Felder und sieh dich um. Es ist dort so, als würde man im Schnee stehen. Überall um dich herum sind wunderschöne weiße Schneebälle, so weit das Auge reicht. Und sie sind voller Leben. Wenn du dieses Leben der Baumwolle spüren könntest, würdest du diesen Ort niemals verlassen.«

Peter legte Georgia die Hand auf den hochschwangeren Leib. »Um *dieses* Leben mache ich mir Sorgen«, sagte er. »Um das Kind.«

Wieder einmal spürte Georgia die geheimnisvolle Kraft, die in Peters Berührung lag, und sie drückte seine Hand unter ihrem Kleid fester an ihren Leib. »Ich mache mir überhaupt keine Sorgen«, erwiderte sie. »Zufällig bin ich mit dem besten Arzt der Welt verheiratet.«

»Es gibt Dinge, gegen die auch der beste Arzt machtlos ist.«

»Mein Arzt kann alles!«

»Er kann seine Familie vor der Gefahr in Sicherheit bringen.«

»Oder er kann gegen diese Gefahr kämpfen. Entweder du läufst fort, oder du kämpfst. Und bei euch Woods liegt es nicht in der Familie, vor irgend etwas fortzulaufen.«

»Ich meine es ernst, Georgia.«

Sie konnte die Entschlossenheit in seiner Stimme hören und

blickte ihm in die Augen. Es waren müde Augen. Tag und Nacht hatte er sich um seine Patienten gekümmert, und er war mit den Kräften am Ende. »Ich werde tun, was du sagst, Peter. Aber, bitte, die Ernte steht so kurz bevor. Wenn wir jetzt fortgehen, sind wir ruiniert. Laß uns noch warten, bis diese Ernte eingebracht ist. Dann sehen wir weiter, ja?«

Peter wandte sich um und ging davon, ohne ein Wort zu sagen.

Eines Morgens stieg Georgia aus dem Bett und trat auf die Veranda vor dem Haus. Es war noch dunkel, doch sie konnte Martha Bennys schattenhafte Gestalt erkennen; in ihren blauen Hawkins-Augen spiegelte sich das Licht des Morgensterns. Hinter Martha, in den Unterkünften der Sklaven, sang eine Frau. Schon zu dieser frühen Stunde war es warm; kein Lüftchen regte sich. Die Kardinalsvögel und Amseln, die für gewöhnlich mit ihrem Gesang den Beginn des neuen Tages ankündigten, schwiegen noch.

Georgia ging zu Martha Benny hinüber. Noch als sie zwei, drei Meter von ihr entfernt war, konnte sie die Hitze spüren, die Marthas Körper ausstrahlte. Nur ein paar Meter, dachte Georgia, und doch könnten es genausogut viele Meilen sein. Am liebsten hätte sie die Freundin umarmt und an sich gedrückt. Doch sie konnte nur unter dem Morgenstern stehen bleiben, einem wunderschönen Kirchenlied lauschen, das von einer Sklavenfrau gesungen wurde, und auf Ed Tom warten, der den Arbeitstrupp hinaus auf die Felder führen sollte.

»Ja«, sagte Georgia, »sieht so aus, als würde heute ein schöner Tag.«

»Ja, Ma'am. Ein schöner Tag zum Baumwollpflücken«, erwiderte Martha Benny.

Für einen Augenblick standen sie sich schweigend gegenüber. Dann lächelte Martha Benny und fügte hinzu: »Sieht so aus, als hätten wir's endlich zu einer richtigen Plantage gebracht.«

»Ja«, sagte Georgia. »Das stimmt.«

Während eine Gruppe Sklaven mit ihren langen Baumwollsäkken auf die Felder zog, machten andere, darunter viele ausgeliehene Hilfskräfte, die Maultiergespanne und die Wagen bereit, welche die Baumwolle zur Entkernungsmaschine transportierten. An der Entkernungsmaschine wurden Körbe, aus den Zweigen des Seifenbaums geflochten, und Waagen zum Abwiegen der Baumwolle vorbereitet. Georgia konnte die Energie spüren, die das Haus und die Felder durchdrang. Heute war der erste Tag der Ernte. Sie hatte Martha Benny angewiesen, zur Feier dieses Tages etwas Besonderes zu backen: Pfundkuchen mit Karamelsauce und Pflaumenkuchen mit wilden Pflaumen.

Als die Ernte in vollem Gang war, kam Captain Lewis Lawshe nach Bastrop. Er hatte Georgia geschrieben, daß er sich in Texas aufhielte, um Land für ihre Schwester Lovie zu kaufen; auf seiner Reise komme er durch Bastrop und werde ihr und Peter einen Besuch abstatten. Als Georgia hörte, daß ihr Vater eingetroffen war, eilte sie in die Stadt und fiel ihm um den Hals. Erstaunt stellte sie fest, daß er irgendwie kleiner geworden zu sein schien. Er entsprach ganz und gar nicht mehr dem gutaussehenden, energischen Mann, den Georgia in Erinnerung hatte, wenngleich er in seinem schwarzen Gehrock, dem Rüschenhemd, der Weste aus leuchtend rotem Satin und dem Filzhut mit der breiten Krempe immer noch ziemlich schmuck aussah. Er war alt geworden, und doch kam sich Georgia wieder wie ein kleines Mädchen vor, als sie gemeinsam zum Haus ritten.

»Warte nur, Papa, bis du mein Land siehst. So eine Baumwolle hast du noch nie zu Gesicht bekommen.« Georgia konnte seinen Stolz und seine Freude spüren, als sie ihm erzählte, wie sie aus der öden Prärielandschaft eine blühende Plantage geschaffen hatten. Wie seltsam, dachte sie, daß ich immer noch die Anerkennung dieses kleinen alten Mannes brauche. Als sie an Lost Pines vorüberkamen, konnten sie in der Ferne die Sklaven sehen, die sich über die weißen Felder bewegten. Sie sahen wie Bündel alter Kleidungsstücke aus, die jemand über das Land verstreut hatte.

»Am Abend und am Morgen des dritten Tages«, deklamierte

Captain Lawshe, »schuf Gott die Erde.« Georgia erkannte den professoralen Tonfall wieder, den ihr Vater immer dann anschlug, wenn er ein kleines Stück seiner Weisheit weitergeben wollte. »Den Menschen aber hat der Herr erst am sechsten Tag erschaffen. Weißt du, ich war immer schon der Meinung, das Land ist wichtiger als der Mensch. Man soll sich um das Land kümmern, sich die Erde untertan machen, wie Gott uns geheißen. Und die Menschen sollen sich um sich selbst kümmern.« Georgia hörte diese Theorie nicht zum erstenmal. »Und noch etwas habe ich in den vergangenen gut sechs Jahren gelernt«, fuhr Captain Lawshe fort. »Das Land bedeutet alles. Ein Mensch ohne Land gilt weniger als ein wildes Tier. Es gibt zwei Arten von Menschen auf der Erde. Die einen sind die Herren, und die anderen sind die Sklaven. Und den einzigen Unterschied zwischen dem Herrn und dem Sklaven macht das Land aus. Wenn man sein Land verliert, verliert man seine Freiheit. Das hat nicht Gott gesagt«, fügte er hinzu, »sondern Captain Lewis Lawshe.«

Während ihr Vater zu Besuch war, fiel Georgia auf, daß zwischen ihm und Ed Tom eine enge Bindung bestand. Georgia wußte, daß Ed Tom Eigentum ihres Vaters gewesen war, bevor sie ihn als Mitgift geschenkt bekommen hatte. Sie kannte und mochte Ed Tom, solange sie denken konnte. Dennoch hatten Georgias Gefühle diesem Mann gegenüber irgend etwas Beunruhigendes, das sie sich nicht erklären konnte, irgend etwas Unbestimmtes, Geheimnisvolles. Als jetzt ihr Vater zu Besuch war, stellte Georgia fest, daß eine Veränderung mit Ed Tom vor sich ging. Er brachte dem alten Plantagenbesitzer soviel Achtung entgegen, wie sie sich nur entweder auf Furcht oder auf Liebe gründet. Einmal sah Georgia den Captain und seinen einstigen Sklaven am Fluß spazierengehen. Sie hatten die Köpfe zusammengesteckt, und Captain Lawshe hatte Ed Tom eine Hand auf die Schulter gelegt. Georgia fragte sich, ob er sich auf Ed Tom stützen mußte oder ob es ein Zeichen der Zuneigung war. Später, am Abend dieses Tages, hörte sie zufällig ein Gespräch zwischen Martha Benny und Mahalia mit.

»Sie hat ihn sehr gern gehabt«, sagte Mahalia. »Aber sie war sein Eigentum.«

»Er war ein guter Mann, nicht wahr?« fragte Martha Benny. »Und ein einsamer Mann.«

»Ihr blieb nichts anderes übrig, als seine Frau zu sein und das Kind von ihm zu bekommen.«

Georgia trat hinaus auf die Veranda. Die beiden Frauen senkten die Köpfe und betrachteten verlegen ihre Hände.

»Von wem sprecht ihr?« fragte Georgia.

»Nur über eine Frau, die Mr. Harwood gehörte«, sagte Mahalia. »Und die dann Ärger mit ihrem Mann bekam.«

Obwohl Captain Lawshe unumwunden zugab, daß Georgia beim Aufbau der Plantage und der ersten Baumwollernte eine bemerkenswerte Leistung vollbracht hatte, bot er dennoch seinen Rat und seine Hilfe an. Zuerst flammten Widerstand und Rebellion in Georgia auf, doch sie erkannte rasch, daß sie die Kenntnisse ihres Vaters gut gebrauchen konnte. Er war eine reiche Quelle des Wissens um die komplizierte Kunst der Baumwollpflanzerei in all ihren Belangen; vom Anpflanzen bis hin zum Verkauf. Georgia und Ed Tom waren wißbegierige, fleißige Schüler. Captain Lawshe lehrte sie, wie man die Baumwolle genau abwiegen konnte; wie man die größtmögliche Menge berechnen konnte, um das Fassungsvermögen eines Frachtwagens voll auszuschöpfen; wie man die Anzahl der benötigten Wagen abschätzen konnte; wie man die besten Flößer und deren Mannschaften für sich gewinnen konnte; auf welche Weise man ein Floß beladen mußte; wie viele Männer man brauchte, um die Baumwolle auf dem Weg zu ihrem Bestimmungsort zu schützen, und wie man die Baumwolle auf den Märkten in den Küstenstädten zum höchsten Preis verkaufen konnte. Schließlich saßen sie über der Karte, um den günstigsten Transportweg für Georgias Baumwollfrachtwagen zu bestimmen.

Georgia liebte diese gemeinsamen Gesprächsrunden mit ihrem Vater und Ed Tom. Captain Lawshe war zwar ein bißchen schwülstig, doch wie immer konnte Georgia – und vielleicht zum erstenmal in vollem Umfang – seinen scharfen Verstand und seinen Kampfgeist unter der ruhigen Oberfläche erkennen. Kein Wunder, dachte sie, daß dieser alte Mann in Georgia und Mississippi ein so erfolgreicher Pflanzer gewesen ist. Nach jedem Gespräch war Georgia in Hochstimmung und voller Tatendrang. Sie spürte, daß der Captain sie und Ed Tom zu Kampfgefährten gemacht hatte, die sich einem großen Auftrag stellen sollten. Es waren nicht bloß Gespräche, es waren Einsatzbesprechungen. Schon bald nannte Georgia ihren Vater »Captain Papa«, und sie erkannte, daß ihm diese Anrede gefiel. Nie zuvor hatte sie ihn mehr geliebt.

Bald darauf rollten die Wagen, die unter der Last ihrer Ladungen ächzten, von der Woods-Plantage hinunter zu den Anlegestellen. Starke Arme wuchteten die schweren Ballen auf die Flöße, auf denen sie bis zur Mündung des Colorado reisten, wo sie erneut auf Wagen verladen und nach Matagorda transportiert wurden. Einige Flöße bestanden nur aus zusammengebundenen Baumstämmen und konnten allenfalls drei oder vier Ballen tragen. Die Flachboote hatten ein weit größeres Fassungsvermögen; doch man mußte stets darauf achten, sie nicht zu schwer zu beladen, da die Boote andernfalls kaum mehr zu steuern waren, was angesichts der Sandbänke und anderer Hindernisse, die sich flußabwärts von Bastrop befanden, gefährlich werden konnte. Gemeinsam mit Reverend Cummings, der den Transport begleiten sollte, wurde Ed Tom die Verantwortung für die »Flotte« übertragen; zudem bekam er von Captain Lawshe ein Empfehlungsschreiben, das er einem Aufkäufer in Matagorda überreichen sollte.

Schließlich waren sämtliche Flöße und Flachboote und Flußkähne beladen, und Sklaven setzten mit Hilfe langer Flößerstangen die Boote in Bewegung, die Georgias ganze Zukunft trugen. Langsam strebten sie zur Flußmitte, wurden von der Strömung erfaßt und bewegten sich träge flußabwärts. Ed Tom, der sich auf dem größten Boot befand, einem Kielboot, verließ als letzter die Anlegestelle. Georgia und Captain Lawshe hatten neben Ed Tom am Ruder gestanden, während dieser das Ablegen der Flöße und

Boote beaufsichtigt und sie eingewiesen hatte. Bevor Ed Tom ablegte, schüttelten er und Captain Lawshe sich die Hände; dann wandte der Captain sich um und trat ans Ufer. Einen langen Augenblick blieb Georgia neben Ed Tom an der Ruderpinne stehen. In seinen Augen konnte sie ihr Spiegelbild sehen, und als sie sich in den dunklen Pupillen Ed Toms betrachtete, war sie von einem solchen Stolz auf diesen Mann erfüllt, daß es sie beinahe überwältigte. Rasch wandte sie sich ab und schaute zu ihrem Vater hinüber, der an der Anlegestelle auf sie wartete.

»Geben Sie auf sich acht«, sagte Ed Tom.

»Gott behüte dich, mein Freund«, sagte Georgia und trat ans Ufer.

Am Abend des 9. September 1853 wurden der Familie Woods zwei Söhne geboren. Der eine bekam den Namen Lewis Lawshe, nach Georgias Vater; der andere, Martha Bennys Sohn, erhielt den Namen Lee. Binnen zweier Wochen erkrankten die beiden Säuglinge am Fieber. Peter versuchte alles, das Leben der Jungen zu retten. Martha Benny steckte einen frisch abgeschnittenen Stock vor dem Haus in den Boden und trug ständig eine Zwiebel in der Tasche. Zuerst lehnte Peter es ab, die zwei kleinen Beutel voller Teufelsdreck an sich zu nehmen, die Martha Benny genäht hatte. Dann aber, als Martha nicht hinschaute, nahm er die Beutel doch und legte sie auf das Kopfkissen seines winzigen Sohnes, wobei er ein Stoßgebet zum Himmel schickte, daß Gott ihm verzeihen möge. Der kleine Lee überlebte die Cholera; der kleine Lewis fiel ihr zum Opfer. Weder Wissenschaft noch Zauberei hatten ihm das Leben retten können.

Georgia bat darum, daß ihr kleiner Sohn in den Lost Pines bestattet wurde. Nach einem kurzen Trauergottesdienst wurde der winzige Leichnam ins Grab gesenkt. Georgia beobachtete, wie die Erde den Sarg ihres Sohnes bedeckte, wie sie ihn wieder in sich aufnahm; dann wandte sie sich um und ging über die Prärie zurück in Richtung Bastrop, begleitet von Martha Benny und Peter. Unterwegs spürte sie, wie eine tiefe Erschöpfung sich in ihr ausbreitete, bis ins Innerste ihrer Seele. Es lag nicht nur an der Trauer um ihren verstorbenen zweiten Sohn, dieses fiebrige Bündel, das sie kaum gekannt hatte. Welchen Grund konnte es noch geben, daß sie plötzlich so schrecklich erschöpft war? Sind es Schuldgefühle, fragte sie sich. Schließlich hatte sie im verpesteten Fluß gebadet. Hätte sie die Warnung Peters beachtet, wäre ihr Sohn vielleicht noch am Leben und läge jetzt in ihren Armen. Georgia versuchte, gar nicht erst daran zu denken – an gar nichts zu denken.

Nach der Beerdigung des Babys brachten Peter und Martha Benny Georgia ins Haus und legten sie ins Bett. Es war offensichtlich, daß sie mit den Kräften am Ende war. Doch am Morgen, als Peter erwachte, war Georgia fort. Peter und die anderen suchten sie überall, riefen nach ihr und fanden sie schließlich draußen auf dem Baumwollfeld. Sie hatte ein Maultier vor einen Pflug gespannt und zog eine tiefe Furche durch die abgeernteten Baumwollpflanzen, als würde sie den Boden für die Aussaat von Winterweizen pflügen. Peter und die anderen mußten Georgia gewaltsam vom Pflug losreißen und vom Feld herunterzerren. Binnen weniger Tage gab die Familie das Haus, die Baumwollmaschinen und all die schäbigen Sklavenbaracken auf. Sie verließen Bastrop und den Colorado River für immer.

Seit sie Bastrop verlassen hatten und in das Städtchen San Marcos im Hügelland von Texas gezogen waren, war Georgia in einem Meer von Trauer versunken, einem Abgrund tiefer Verzweiflung. Tagelang ging sie wie eine Schlafwandlerin durchs Leben und reagierte auf die Worte und Gesten der anderen mit kaum merklichen Lebensäußerungen. Vielleicht hätte sie sich ins Bett gelegt und wäre in völlige Apathie verfallen, doch als die Tage vorüberzogen, bildete sich allmählich eine harte Schale aus Zorn, die sich um ihren Kummer legte, und Georgia verspürte den drängenden Wunsch, sich jetzt erst recht gegen das Schicksal zur Wehr zu setzen.

Reverend Kerr, ein Wanderprediger, der die kleine Methodistengemeinde von San Marcos gegründet hatte, saß oft mit Georgia zusammen oder spazierte mit ihr über die sanften grünen Hügel am Fluß. Er redete über das Leben und darüber, wie Hiob den Tag seiner Geburt verflucht hatte, weil »sein Kummer schwerer war als aller Sand der Meere«. Georgia hörte sich die altvertraute Geschichte über Hiobs Schicksal und seine Verzweiflung an, die ihm alle Freude am Leben geraubt hatte. Sie versuchte, zu beten und Gott Achtung und Demut zu zollen; doch ihr Zorn war zu groß.

»Ich kann einfach nicht beten«, vertraute sie Reverend Kerr an. »Ich liebe den Herrgott, und ich glaube an seine Macht, seine Liebe und seine Allgegenwart. Aber ich kann das alles einfach nicht spüren. Ich strecke die Hand danach aus, und es ist nichts da!«

Peter hatte den Landbesitz in Bastrop so schnell wie möglich verkauft und das Geld in neue Ländereien investiert, die sich zwischen dem Blanco und dem San Marcos River befanden. Hier war das Wasser frisch und klar und sauber, und die Böden waren schwer und fruchtbar und warm unter der texanischen Sonne. Oft ging Georgia am Ufer des San Marcos spazieren und versuchte, den Druck zu lindern, der auf ihrem Herzen lastete. Sie dachte an Onkel Madisons Bemerkung, daß man Gott hintergehe, wenn man sein Leben verschwendete. Verstandesmäßig konnte Georgia den Tod ihres Sohnes überwinden; das wußte sie, und sie versuchte es auch. Wenn sie morgens aufwachte, sagte sie laut: »Diesen Tag hat Gott erschaffen, und ich will dem Herrn Dank sagen und mich daran erfreuen.« Dann schwang sie sich aus dem Bett und stürzte sich voller Eifer in die Arbeit. Unablässig dachte sie darüber nach, was alles für den Aufbau der neuen Plantage getan werden mußte. Dann aber, gegen Mittag, erinnerte sie sich wieder an die mühsame Schufterei in Bastrop, an den Schmerz, den Schweiß und die Tränen, die sie alle dort vergossen und vergeudet hatten. Und schließlich erschien das Bild des kleinen Grabes in den Lost Pines vor ihrem geistigen Auge und ließ sie nicht los, und sie spürte, wie sie wieder tiefer und tiefer in das dunkle Meer aus Verzweiflung und Trauer hinabgezogen wurde, die ihren Körper und Geist lähmten. Oft war Martha Benny dabei, wenn Georgia versuchte, gegen diese düsteren Schatten der Vergangenheit anzukämpfen, und Martha tat, was sie konnte, um Georgia zu helfen, auf den Weg ins Licht zurückzufinden.

»Es dürfte nicht mehr lange dauern, bis Ed Tom mit dem Geld für die Baumwolle kommt«, sagte Martha Benny eines Tages. »Dann wird's uns wieder richtig gutgehen, wie in den alten Zeiten. Dann können Sie jedem Kind sein eigenes Pony kaufen.«

Manchmal dachte Georgia an Ed Tom und fragte sich, wie es ihm ergangen sein mochte. Sie hatte die Leute in der Stadt tuscheln hören; sie hatten sich hinter vorgehaltener Hand darüber lustig gemacht, daß Peter ein Vermögen aufs Spiel gesetzt habe, indem er seine Baumwolle einem Negersklaven anvertraut habe. »Er ist ein guter Arzt und ein netter Mann«, hörte Georgia einen Ladenbesitzer sagen. »Aber von Niggern versteht er nichts. Wie kann er damit rechnen, daß ein ungebildetes Schwarzfell seine Baumwolle zu einem guten Preis verkauft? Und falls der Nigger es tatsächlich schafft, dann schnappt er sich das Geld und verschwindet damit in den Norden.« Wutentbrannt, mit funkelnden Augen war Georgia auf den Mann zugegangen; dann aber war ihr klar geworden, daß er Ed Tom nicht kannte und deshalb nicht wissen konnte, daß sie und Peter ihm sogar ihr Leben anvertraut hätten. Zwar war Georgia sich nicht vollkommen sicher, wo genau Ed Toms Loyalität lag, doch ihr Vertrauen zu diesem Mann war so unerschütterlich wie die Wahrheit und so gewiß wie die Worte Gottes.

In dieser Zeit, da Georgia oft von düsteren Stimmungen geplagt wurde, hielten sich die Kinder – Sweet, Cherokee, Pinckney und Lovie – weitgehend von ihr fern. Doch Jim brachte Georgia jeden Nachmittag ein Glas Zuckerwasser. Und manchmal fand sie ein farbenprächtiges Blatt oder einen durchscheinenden, vom Fluß glatt geschliffenen Stein auf ihrem Bett oder ihrem Schreibtisch, und sie wußte, daß diese kleinen Geschenke von Jim stammten. Und wenn Peter von seinen Patientenbesuchen nach Hause kam, redete er mit Georgia des öfteren darüber, wie fruchtbar ihr neues Land sei, und er malte ihr in den leuchtendsten Farben aus, daß ihre Plantage schöner und größer würde als die in Bastrop, sobald Ed Tom und Reverend Cummings mit dem Erlös für die Baumwolle zurückgekehrt seien.

»Kannst du dich erinnern«, sagte Peter, »wie du dich vor langer Zeit gefragt hast, wie das Leben in Texas aussieht? Ich habe dir damals gesagt, daß wir die schönste Plantage des Staates aufbauen und daß aus unseren Kindern Präsidenten und Gelehrte und große Feldherren werden.«

»Aber nicht aus unserem kleinen Lewis«, sagte Georgia.

Peter nahm sie in die Arme. »Georgia, du mußt dich endlich davon freimachen. Das Leben geht weiter. Wir werden noch Kinder bekommen.«

»Nicht, wenn ich etwas dagegen tun kann«, erwiderte Georgia – und bedauerte augenblicklich ihre Worte. »Oh, Peter, es tut mir leid. Aber zur Zeit kann ich nicht einmal an Kinder denken.« Sie spürte, wie ihr die Tränen kamen, und wandte den Kopf zur Seite. Sie konnte sich nicht daran erinnern, Cherokee, ihre Mutter, jemals weinen gesehen zu haben, und die Tränen waren ihr peinlich.

Behutsam legte Peter die Finger an Georgias Kinn und drehte ihren Kopf sanft zu sich herum. »Ich würde alles geben, was ich habe, um dich glücklich zu machen«, sagte er. »Aber wie man Kummer heilen kann, weiß ich leider nicht. Ich kann dir nur zwei Medikamente verschreiben – die Zeit und die Liebe.«

Als Captain Lawshe vom Tod seines Enkels und der Aufgabe der Woods-Plantage in Bastrop erfuhr, schrieb er an Georgia: »Meine geliebte Tochter. Ich kann Dir gar nicht sagen, wie stolz ich auf mein kleines Mädchen bin. Als Du damals Water Valley unsicher gemacht hast, ohne Sorgen und ohne Verantwortung, hätte ich nie und nimmer damit gerechnet, daß Du Dein Schicksal später einmal so gut meistern würdest. In Deinem Innern fließt eine Quelle der Kraft und des Mutes, wie sie nur wenige Menschen besitzen. Wenn im Leben alles so verläuft, wie man es sich wünscht, dann ist es nicht schwer, stark und mutig zu sein. Aber es gibt nicht viele Menschen, die diese Eigenschaften an den Tag legen, wenn es den Anschein hat, als wollte das Schicksal immer wieder alles zerstören, was sie von Herzen lieben. Sei versichert, daß ich Dich liebe, stets an Dich denke und bei jedem Schritt auf dem Weg in Deine neue Zukunft bei Dir bin. Die blühenden, prächtigen Baumwollfelder, die Du mir letzten Monat gezeigt hast, können wieder erblühen. Trage dieses Bild in Deinem Herzen. Halte es Dir immer vor Augen, und dann setze das Bild in die Wirklichkeit um.« Der Brief war unterschrieben mit: »Dein Dich liebender Papa.«

Als Georgia den letzten Ratschlag ihres Vaters las, mußte sie lächeln. »Stelle Dir die Baumwollfelder vor, und dann setze dieses Bild in die Wirklichkeit um.« Es erinnerte Georgia an Ed Toms Philosophie, was den Bau eines Hauses betraf. »Stellen Sie sich Ihr Haus vor, und dann bauen Sie, was Sie sehen.« Wie seltsam, dachte

Georgia, daß zwei Männer, die so unterschiedlich sind wie Ed Tom und mein Vater, sich in vielen Dingen so sehr ähneln.

Old Mose war der erste, der Ed Tom erblickte, als dieser zusammen mit dem berühmt-berüchtigten Schürzenjäger, Glücksspieler und Trunkenbold Andrew Jackson Potter zwischen den immergrünen Eichen hindurch zum neuen Anwesen der Woods gefahren kam. Old Mose ließ das Bündel Anmachholz fallen, das er gerade aufgesammelt hatte, und rannte vor Ed Toms Planwagen her, wobei er aus Leibeskräften brüllte. Die Neuigkeit verbreitete sich wie ein Lauffeuer, und als Ed Toms Wagen in Sicht kam, hatte sich alles, was Beine hatte, draußen versammelt, um Ed Toms Rückkehr zu feiern. Die Neger stürzten sich auf den Wagen, als Ed Tom anhielt. Die Kinder tanzten herum und fragten aufgeregt, ob sie die Goldmünzen sehen dürften, mit denen Ed Toms Taschen bis zum Bersten gefüllt sein mußten, wie man allgemein annahm. Als Ed Tom Martha Benny sah, die den kleinen Lee in den Armen hielt, sprang er vom Wagenbock, hob die Frau mitsamt dem Kind in die Höhe und drehte sich mit ihnen wie beim Tanz im Kreis herum. Dann bildete sich eine Gasse inmitten der schwarzen Gestalten, als Georgia vortrat und zum Wagen ging. Ed Tom setzte Martha Benny und Little Lee zu Boden und beobachtete, wie Georgia näher kam. Die Sklaven verstummten.

»Miss Georgia«, sagte Ed Tom mit der kaum merklichen Andeutung einer Verbeugung.

»Ed Tom.«

»Tut mir leid, daß Ihr Junge gestorben ist. Man hat mir auf der Heimfahrt sein Grab gezeigt.«

»Du siehst gut aus.«

»Sie sehen auch gut aus, Miss Georgia.«

»Wie war deine Reise?«

»Lang. Ich hab' gar nicht gewußt, daß Matagorda so weit weg ist.«

»Was ist auf dem Wagen?« Georgia wies mit einer Kopfbewegung auf einen Gegenstand, der wie ein verhüllter Leichnam aussah.

»Das sind Teile Ihrer alten Baumwollentkernungsmaschine. Der Mann auf dem Bock ist Mister Andrew Jackson Potter. Ein Freund von mir, könnte man sagen. Er hat sich mir angeschlossen, als Reverend Cummings so krank wurde, daß er nicht weiterreisen konnte. Aber jetzt ist auch Mister Potter krank. Ich hoffe, Master Peter kann ihn heute abend untersuchen.«

»Was hast du sonst noch auf dem Wagen, Ed Tom?«

Georgia blickte zu Mose hinüber, denn der alte Neger hatte diese Frage gestellt. Sie spürte, wie sich Spannung unter den Sklaven ausbreitete. Die Schwarzen hörten dem Gespräch zwischen Ed Tom und Georgia mit großer Aufmerksamkeit zu; ihre Köpfe schwenkten in perfektem Gleichtakt zwischen dem einen und dem anderen Sprecher hin und her. Auch Georgia spürte, wie die Spannung von ihr Besitz ergriff. Doch dieser Augenblick gehörte Ed Tom, der die Risiken und Strapazen der beschwerlichen, langen Reise auf sich genommen hatte. Georgia schwieg und überließ es ihm, über den Erfolg oder Mißerfolg seiner Mission zu berichten.

»Kommen Sie und schauen Sie«, sagte Ed Tom schließlich und bedeutete Georgia, ihm zu folgen. Er ging zum Wagen und nahm ein Brett herunter, das unter dem Fahrersitz gelegen hatte. Ein Geheimfach kam zum Vorschein, das unter einem doppelten Boden verborgen gewesen war. Ed Tom griff in das Fach hinein und zog mit ziemlicher Kraftanstrengung mehrere große Jutesäcke hervor. Dann stieg er auf die Ladefläche des Wagens, hob einen der schweren Säcke in die Höhe und schüttete dessen Inhalt in einen Waschzuber. Georgia hörte ein Geräusch, wie sie es nie zuvor vernommen hatte. Als würden die Sporen von tausend Reitern gleichzeitig klirren. Das Sonnenlicht blitzte und funkelte auf Strömen aus Silber; die Menge stöhnte auf vor Staunen, und für Georgia wurde die düstere Welt mit einem Schlag heller. Das Sonnenlicht, das sich auf den Silbermünzen spiegelte, tanzte auf den schwarzen Gesichtern der Sklaven. Dann zog Ed Tom einen weiteren Sack aus dem versteckten Fach. Der zweite Sack enthielt Papiergeld und Schuldverschreibungen.

»Das sind Tausende von Dollar«, sagte Ed Tom, als er schließlich vom Wagen sprang.

Georgia wünschte sich mehr als alles andere auf der Welt, den lieben Freund zu umarmen und ihm zu sagen, wie stolz sie auf ihn sei und wie sehr sie Gott dafür danke, daß er heil und gesund nach Hause gekommen sei. Statt dessen aber machte sie eine kurze, steife Verbeugung und sagte: »Schön, daß du wieder zu Hause bist, Ed Tom. Ich bin froh und zufrieden. Sehr zufrieden.«

An diesem Abend, nachdem Andrew Jackson Potter nach einer guten Mahlzeit schlafen gegangen war, erzählte Ed Tom Peter und Georgia von den Abenteuern, die er auf seiner Reise erlebt hatte. Obwohl die Preise für Baumwolle seit Beginn der fünfziger Jahre gefallen waren, hatte Captain Lewis Lawshes Makler in Matagorda die Baumwolle nach Liverpool verkauft und dabei einen Spitzenpreis erzielt. Nach Abzug der Transportkosten, sonstiger Ausgaben und der Provision für den Makler war Ed Tom mit einer so riesigen Summe nach Bastrop zurückgekehrt, wie er es in seinen kühnsten Träumen nicht erwartet hätte. Doch als er in die Gegend der Lost Pines gekommen war, hatte er feststellen müssen, daß die alte Plantage der Woods den Besitzer gewechselt hatte, und einer der fremden Sklaven hatte ihm das frische kleine Grab unter den Bäumen gezeigt.

»Die Leute dort haben mir erzählt, was geschehen ist und daß Sie hierher gezogen sind. Da hab' ich die Entkernungsmaschine gekauft und auseinandergenommen. Ich dachte, wir könnten sie hier wieder gebrauchen. Dann hab' ich mich mit Mister Andrew zusammengetan, damit er mir half, das Ding den weiten Weg bis hierher zu schaffen.«

Georgia konnte sich daran erinnern, Andrew Jackson Potter in Bastrop gesehen zu haben. Allerdings war er auch nicht zu übersehen gewesen. Potter war ein kleiner, unordentlicher, aber gutaussehender Mann von übelstem Ruf. Er war beinahe jedes Verbrechens angeklagt worden, dessen ein Mensch sich schuldig machen konnte. Nüchternheit und Enthaltsamkeit waren nicht gerade seine Stärken, doch jeder in Bastrop hatte gewußt, daß Andy Potter viel zu sorglos und redselig war, als daß er ein wirklicher Ganove hätte sein können. Allerdings war er ein Opfer seiner unbezähmbaren Leidenschaft für jede Art von Glücksspiel geworden. Nur sehr selten, und immer nur für sehr kurze Zeit, hatte Andrew Jackson Potter Geld in den Taschen. Er konnte der Versuchung einfach nicht widerstehen, sein Geld zu verwetten oder zu verspielen – oder das Geld anderer Leute, falls sich die Gelegenheit dazu bot.

»Ich hätte eigentlich erwartet, daß du dir einen seriöseren Reisebegleiter suchst«, sagte Georgia.

»Nun ja, Ma'am, Mister Andrew ist ein mächtig guter Kutscher. Das Pferd oder Maultier, das ihm nicht früher oder später gehorcht, muß erst noch geboren werden.«

»Du hast dich also mit Mister Potter zusammen auf den Weg hierher nach San Marcos gemacht.«

»Ja, und es lief alles sehr gut, bis wir an den Colorado gekommen sind. Wir sind zuerst nach Westen gefahren, über die Hochprärie, durch Indianerhirse und Bartgras, das so hoch stand wie die Räder unseres Wagens. Wir sind an Bächen vorübergekommen, die so klar waren, daß man die Fische auf dem Grund sehen konnte. Manchmal haben wir Wachteln aufgespürt und manchmal Kraniche, die so groß waren, daß ihr Flügelschlag sich wie der Klang von Trommeln anhörte. Dann haben wir einen Abstecher zu Sam Ealy Johnsons Haus gemacht. Eigentlich ist es bloß ein kleines Blockhaus, krumm und schief, das er an einer unmöglichen Stelle gebaut hat. Überall laufen Rinder herum. Aber einige schöne Pferde hat er dort, und es gibt ein paar Dattelpflaumenbäume und einen Bach, den Onion Creek. Sam Ealy sagte, im Sommer wachsen am ganzen Bachufer Brombeeren. Wir haben bei Mister Sam übernachtet. Na ja, und dann kamen die Indianer.«

Georgia warf Peter einen raschen Blick zu. Auch er schien von

Ed Toms Geschichte gleichermaßen gefesselt wie erheitert zu sein. Was Georgia betraf, so war sie nicht nur von Ed Toms erzählerischem Talent fasziniert; sie interessierte sich besonders für die Kleinigkeiten, die ihm unterwegs aufgefallen waren. Die Brombeeren, zum Beispiel, oder die Schatten der Fische. Es kam ihr so vor, als würde sie Ed Toms Abenteuer miterleben; als hätte sie neben ihm auf dem Kutschbock gesessen, während er zu Sam Ealy Johnsons Hütte gefahren war, und als wäre sie bei ihm gewesen, als die Indianer erschienen waren.

»Nun denn«, fuhr Ed Tom fort. »Mister Sam ist ein großer, hagerer Mann mit Segelohren. Und Sie haben ja gesehen, daß Mister Andrew kaum größer ist als Sie, Miss Georgia.« Er kicherte. »Die beiden waren vielleicht ein Gespann.«

»Und dann sind Indianer aufgetaucht?«

»Oh, ja, Miss. Das war so. Ich war in einem Stall geblieben, um dort die Nacht zu verbringen, während Mister Andrew die Einladung von Mister Sam angenommen hatte, mit ihm im Blockhaus zu schlafen. Sie haben sehr viel getrunken. Mister Sam hat einen selbstgebrannten Schnaps, den er ›Mamas Muli‹ nennt. Er brennt ihn aus Brombeeren, wilden Pflaumen und Mohnblumen. Um Mitternacht hab' ich die beiden in der Hütte immer noch lärmen hören. Sie haben getrunken und Karten gespielt . . . um Miss Georgias Baumwollgeld. Oh, nicht, daß Sie mich jetzt falsch verstehen. Ich hab' die Säcke mit dem Geld immer genau im Auge behalten. Aber die beiden Kerle waren im siebenten Himmel und glaubten, all das Silber würde ihnen gehören. Wahrscheinlich sind die beiden in ihrem ganzen Leben nicht glücklicher gewesen als an dem Abend, als sie endlich mal ums *große Geld* Karten spielen und dabei immer mehr von ›Mamas Muli‹ trinken konnten.

Irgendwann nach Mitternacht bin ich eingeschlafen, wurde dann aber plötzlich geweckt. Ich schwöre, der Mann im Mond, der hat mich wachgemacht! Ich habe klar und deutlich seine Stimme gehört. Sie sagte: ›Steh auf, Ed Tom. Da draußen schleichen Comanchen rum.‹ Und als ich die Augen aufschlug, da sah ich, daß tatsächlich zwei Indianer im Mondlicht ankamen. Einer war angezogen und bewaffnet wie ein spanischer Grande, während der andere so gut wie gar nichts anhatte. Er war über und über mit Narben bedeckt und hatte einen gewaltigen Zylinder auf dem Kopf. Die beiden waren riesengroß. Später hat Mister Sam uns die Namen gesagt. Der eine Comanche sei Iron Jacket gewesen, sagte er, und der andere Tarantula. Also, die beiden kamen zur Hütte. Ich hielt mich in den Schatten versteckt und bin vom Stall rüber zur Hütte gekrochen, um Mister Sam und Mister Andrew zu warnen. Die beiden schliefen. Zwischen ihnen lag 'ne leere Flasche ›Mamas Muli‹. Aber als ich ihnen von den beiden Comanchen erzählt habe, sind sie schlagartig aufgewacht, wie Lazarus von den Toten. Dann hat Mister Sam hundert mexikanische Pesos darauf gesetzt, daß die Comanchen es auf die Pferde abgesehen haben. Mister Andrew hielt die Wette. Er hat sogar um hundert Dollar erhöht ... von Ihrem Baumwollgeld, Miss Georgia.«

Georgia und Peter tauschten ungeduldige Blicke. »Schweif bitte nicht ab, Ed Tom«, sagte Georgia. »Erzähl uns nur, was geschehen ist.«

»Tja, also, während Mister Sam und Mister Andrew auf Teufel komm raus gewettet haben und immer wieder die Summen erhöhten, machten Tarantula und Iron Jacket sich mit drei von Mister Sams besten Pferden davon. Mister Sam hat gesagt, eins der Tiere hätte ihn mehr gekostet, als Captain Lawshe für mich bezahlt hat. Natürlich wußte er nicht, wieviel ich gekostet habe. Mister Sam wollte damit wahrscheinlich nur deutlich machen, wie wertvoll die Pferde gewesen sind, und ...«

»Ed Tom!«

»Ich komme sofort zur Sache, Miss Georgia.«

»Das hoffe ich«, seufzte Georgia.

»Als die Comanchen mit den Gäulen verschwunden waren, hat Mister Andrew darauf gewettet, daß sie diese Pferdediebe schnappen würden. Da hat Mister Sam wieder die Wette gehalten und um hundert Dollar erhöht. Dann haben wir uns auf die Verfolgung von

Iron Jacket und Tarantula gemacht. Wir haben sie drei Tage lang gejagt.«

»Und wo war das Silber die ganze Zeit?« fragte Georgia.

»Auf Mister Sams Tisch.«

»Ihr habt mein Geld einfach auf dem Tisch liegen lassen? Abertausende Silberdollar? Geldscheine und Schuldverschreibungen? Du lieber Himmel, Ed Tom, was hast du dir dabei gedacht?«

»Um die Wahrheit zu sagen, Miss Georgia, ich war der Meinung, das Silber und die Scheine wären auf dem Tisch von Mister Sam Ealy Johnson sicherer aufgehoben als in den Taschen von Mister Andrew Jackson Potter.«

»Gott sei unser aller Seelen gnädig! Ich kann es einfach nicht fassen!«

»Na ja, teilweise hab' ich mit der Geschichte ein wenig übertrieben. Aber das kann ja nichts schaden. Schon ein kleines bißchen Farbe macht jeden Garten um ein Vielfaches schöner und bunter. Letzten Endes kommt es ja nur darauf an, wie eine Geschichte ausgeht. Und das Ende meiner Geschichte haben Sie heute in den Säcken gesehen, die ich mitgebracht habe. Nicht wahr, Ma'am?«

So wie Andrew Jackson Potter mit Ed Tom auf dem Anwesen der Woods erschienen war, schien er mehr tot als lebendig. Zuerst ging die allgemeine Vermutung dahin, daß Mr. Potter wieder einmal sinnlos betrunken gewesen sei oder noch immer unter den Nachwirkungen von »Mamas Muli« zu leiden habe. Dann aber stieg sein Fieber; er bekam Schüttelfrost und Kopfschmerzen und litt unter Anfällen von Fieberwahn. Peter erkannte, daß sein Patient an Typhus erkrankt war. Andrew Jackson Potters Haut wurde beängstigend heiß; seine Augen schienen von einem inneren Licht erleuchtet zu werden, und er magerte ab, als würde ein Feuer in seinem Innern sein Fleisch verzehren.

Georgia beobachtete vom Türeingang aus, wie ihr Mann Mr. Potters Körper gründlich wusch und ihm kalte Packungen auflegte. Aus Gründen, die sie sich selbst nicht erklären konnte, war Georgia vom Kampf dieses Fremden gegen den Tod fasziniert. Einmal konnte sie der Versuchung nicht widerstehen, an sein Krankenbett zu treten und Andrew Jackson Potter die Hand auf die Stirn zu legen – um sie rasch wieder zurückzuziehen; sie hatte das Gefühl, eine Kerzenflamme berührt zu haben.

»Der Begriff ›Typhus‹ stammt aus dem Griechischen. Die Krankheit ist nach dem sagenhaften Ungeheuer Typhon benannt«, erklärte Peter. »Es hatte hundert Köpfe, die Feuer und Rauch ausstießen. Typhon erhob sich gegen die olympischen Götter, um den Tod der Giganten, seiner Brüder, zu rächen.« Georgia mußte daran denken, wie glühend heiß Potters Stirn sich angefühlt hatte, und sie glaubte zu verstehen, warum die Menschen in früheren Zeiten feuerspeienden Drachen die Schuld an solchen Krankheiten gegeben hatten.

In der dritten Woche begann das Fieber zu sinken, doch Andrew Jackson Potters Puls war immer noch schwach. »Das ist der normale Krankheitsverlauf«, sagte Peter. »Falls er diese Woche überlebt, wird er gesund.«

Als die vierte Woche begann, verbrachte Georgia immer mehr Zeit im Krankenzimmer. Anstelle von Peter wusch nun sie Potter mit kaltem Wasser und machte ihm Umschläge. Es war eine Aufgabe, die sie bei den Patienten ihres Mannes schon viele Male übernommen hatte. Sie fütterte den Kranken mit fetter, heißer Fleischbrühe, die ihn beim Kampf gegen das Ungeheuer unterstützen sollte, das in seinem Blut wütete, wie Peter es ausgedrückt hatte.

Während der Stunden im Krankenzimmer erlebte Georgia häufig, wie Andrew Jackson Potter kurz erwachte, um sofort wieder das Bewußtsein zu verlieren. »Er führt Krieg gegen das Ungeheuer in seinem Blut«, hatte Peter gesagt, und Georgia fragte sich, wie es eigentlich um ihren Krieg gegen die himmlischen Mächte bestellt sei, den Tod ihres Sohnes zu rächen. Als sie wieder einmal die Brust des Kranken wusch, kam Martha Benny ins Zimmer und bedachte Georgia mit einem Blick, in dem unverkennbar Mißbilligung lag.

Georgia war erstaunt und beschämt zugleich. Sie kam sich vor, als hätte Martha Benny sie bei irgend etwas Unanständigem erwischt – beim Nacktbaden im Colorado, zum Beispiel. Georgia errötete und zog die Hand mit dem Tuch weg.

Als die Tage ins Land gingen, vertrieb Georgia sich die Zeit damit, ihren Mann mit diesem Fremden zu vergleichen, der so plötzlich bei ihnen hereingeschneit war. Beide waren gutaussehende Männer. Peter war schlank und elegant und besaß eine Aura der Autorität. Andrew Jackson Potter hingegen, obwohl schwer krank, war die Verkörperung einer gezügelten, schlummernden Kraft; er war ein untersetzter Mann von gewaltiger Physis und besaß einen Körper wie aus Stahl und Hartholz. Peter war der Archetyp des kultivierten, wohlhabenden Mannes, ehrenwert und allseits geachtet – eine feste Größe in jeder Gemeinschaft. Andrew Jackson Potter hingegen war ein Trunkenbold, ein Prasser, Spieler und Schürzenjäger, der in den Tag hinein lebte; ein Mann, dessen innere Kraft ungestüm nach außen drängte, wobei sie nur auf eigene Interessen gerichtet war. Dennoch besaß er eine Unschuld, die man schwer in Worte kleiden konnte; Georgia kam er wie ein Kind vor, das sich stets nach Streichen und Unfug sehnte, die aber nicht bestraft werden sollten. Sie gelangte zu der Überzeugung, daß man sich in diesem Mann leicht täuschen konnte; daß er irgend etwas Kostbares in sich trug, das es wert war, geschützt und bewahrt zu werden. Falls er überlebte, wollte sie sich seiner annehmen, seine Seele retten und ihn zur Herde der Schäfchen Gottes zurückführen. Zwar war sie sich über ihre Motive nicht recht im klaren; doch die Aussicht, diese Aufgabe möglicherweise übernehmen zu können, erfüllte sie mit wachsender Erregung. Falls es ihr gelang, Andrew Jackson Potter auf den rechten Weg zurückzuführen, wäre dies Rache genug an den himmlischen Mächten.

Mit all der Leidenschaft und Energie, die Georgia schon immer an den Tag gelegt hatte, wenn sie ein bestimmtes Ziel erreichen wollte, machte sie sich an die gewaltige Aufgabe, Mr. Andrew Jackson Potters verlorene Seele zu retten. Jetzt, da er auf dem Weg der Besserung war, wollte sie für seine Seele das tun, was Peter für Andy Potters Körper getan hatte. Und während sie langsam, Stück um Stück, die Festungsmauern von Mr. Potters Unglauben niederriß, kehrte ihr eigener Glaube an Gott zurück. Nach langer Zeit vermochte sie wieder zu beten. »Lieber Gott«, begann sie. »Danke für das Leben und für Texas und für die Tage, die uns noch bleiben. Und mach, daß der Heilige Geist in die Seele dieses armen Sünders zurückkehrt, der krank in unserem Bette liegt. Amen.«

Georgias Gesicht bekam wieder eine gesunde Farbe; ihr alter Schwung kehrte zurück, und mit wiedererwachtem Interesse machte sie sich daran, das Land für die Frühjahrspflanzung auf der neuen Baumwollplantage vorzubereiten.

Kaum war Andrew Jackson Potter soweit genesen, daß er aufrecht im Bett sitzen konnte, las Georgia ihm regelmäßig aus der Bibel vor. Sie begann mit jenen Abschnitten, in denen von Mäßigung, Selbstzucht und Unterdrückung der fleischlichen Lüste die Rede war. »Liebe Brüder«, so las sie aus dem ersten Brief des Petrus vor, »ich ermahne Euch als Fremdlinge und Pilgrime: Enthaltet Euch von den fleischlichen Lüsten, welche wider die Seele streiten ...« Dann fuhr sie mit den Ermahnungen gegen die Lüsternheit, übermäßiges Trinken, Essen, Zechgelage und andere Laster fort. Je inniger Georgia ihn auf diese fleischlichen Lüste aufmerksam machte, desto mehr vermißte Andrew Jackson Potter diese. Als Georgia bis zum zweiten Brief des Petrus vorgedrungen war, in dem der Heilige von Gottes Versprechen redet, einen neuen Himmel und eine neue Erde zu schaffen, hatte Potter sich unsterblich verliebt. Für den Rest seines Lebens – und sogar, nachdem er geheiratet hatte – galten seiner Träume immer dieser wunderschönen, seltsamen Frau, die sowohl in den Himmel wie auf die Erde gehörte.

»Was haben Sie mit mir vor, Georgia?« fragte er.

»Ich werde Sie zurück auf den Pfad der Tugend führen und Ihre Seele erretten«, erwiderte sie so beiläufig, als wäre ihm bereits ein Platz im Himmel reserviert.

»Ich fürchte, da ist nichts mehr zu machen. Sie verschwenden nur Ihre kostbare Zeit.«

»Jede Seele kann geläutert werden«, sagte sie. »Davon bin ich fest überzeugt. Ihr sündhaftes Herz kann genauso errettet werden wie das jedes anderen Menschen. Da halte ich jede Wette.«

»Sie würden darauf wetten?« fragte Andrew Jackson Potter mit schlagartig erwachtem Interesse. »Wieviel setzen Sie denn?« Andrew Jackson Potter hatte schon auf Hunderte von Pferden gesetzt, aber noch nie auf eine Seele. Der Gedanke faszinierte ihn.

»Das Glücksspiel ist zwar sündhaft«, sagte Georgia, »aber es ist keine allzu schlimme Sünde. Also gut. Ich wette ein Pferd darauf, daß ich Ihre Seele erretten kann. Falls der Teufel den Sieg davonträgt, dürfen Sie sich das beste Tier aus unserer Herde aussuchen.«

»Und wenn Sie verlieren?«

»Dann schenke ich Ihnen das Pferd. Sollte ich aber gewinnen, schenke ich Ihnen das Paradies«, erwiderte Georgia zweideutig und lief rot an; denn als sie den lüsternen Ausdruck auf Andrew Jackson Potters Gesicht sah, wurde ihr klar, daß sie sich genau diese Reaktion erhofft hatte. Sie schickte ein Stoßgebet gen Himmel und bat um Vergebung, diese arme, sündige Seele mit versteckten Andeutungen und falschen Versprechungen gelockt zu haben.

An diesem Abend stand Georgia lange Zeit neben dem Ehebett, während ihr Gatte schlief. Von draußen, aus der Dunkelheit, konnte sie ein ganzes Konzert von Lauten hören. Ein leichter Wind wehte durch das geöffnete Fenster und trug den schweren, würzigen Geruch der Erde ins Zimmer. All ihre Sinne schienen auf das Höchste gespannt, und sie spürte, wie das Leben in sie zurückkehrte. Es war ein Gefühl, als würde sie sich verändern, sich wie ein Schmetterling aus einem Kokon befreien. Es war ein gleichermaßen sinnliches wie spirituelles Erlebnis. Sie war aufgewühlt, erregt, und aus dieser Erregung wurden sowohl Schuld als auch Euphorie geboren. Sie kniete am Fuß des Bettes nieder und dankte Gott für diesen Tag. Dann erhob sie sich, zog sich aus, legte sich neben ihren

Mann, kuschelte sich an ihn und küßte zum erstenmal seit langer Zeit seine Lippen.

Um die Mitte der fünfziger Jahre wuchs und gedieh die Woods-Plantage zwischen dem Blanco und dem San Marcos River. In jedem Frühjahr schien die Baumwolle förmlich aus dem fruchtbaren Boden heraus zu bersten, und Arbeitstrupps mit Hacken zogen über die Felder, um zu jäten und die Böden zu lockern, bis die Blüten verdorrten und die Samenkapseln sich bildeten. Dann ließ man die Pflanzen in Ruhe reifen, bis schließlich mit der Baumwollernte begonnen werden konnte. Georgia hatte es im Gespür, wann die Baumwolle zu blühen anfing. Mit der ersten Blüte ging sie hinaus auf die Felder, um Gott zu preisen und ihm für das kurze, zerbrechliche Leben der Blüten Dank zu sagen. Wie seltsam, dachte sie, daß Gott etwas so Schönes erschafft, um es noch am gleichen Tag verwelken und vergehen zu lassen. Als sie Martha Benny von dieser Beobachtung erzählte, erinnerte die junge Sklavin sie daran, daß alle Dinge bereits in dem Augenblick, da sie auf Erden erscheinen, zu sterben beginnen. Georgia beschimpfte Martha ihrer »düsteren« Geisteshaltung wegen, die aber zweifellos auf ihre mangelnde Frömmigkeit und ihre Gleichgültigkeit gegenüber dem Evangelium zurückzuführen war.

Im Jahre 1852 brachte Georgia Peter Junior zur Welt, einen Jungen, der so schön und gesund war wie das texanische Hügelland selbst. Für einige Wochen schien die Arbeit auf der Plantage nur mit halber Kraft voranzugehen, so überschwenglich wurde die Geburt das neuen Woods-Sprößlings gefeiert. Die Krippe, die Josiah vor langer Zeit für Georgia geschnitzt hatte, wurde für Little Peter wieder in Dienst gestellt. Und Mahalia war selig, daß das »Mütterkomitee« endlich wieder in Aktion treten durfte. Das zweifelhafte Privileg, auf Lovie, Sweet, Cherokee, Pinckney und Jim aufpassen zu dürfen, wurde nun Martha Benny übertragen. In Wahrheit ließen die Kinder sich viel zu selten blicken, als daß man auf sie hätte aufpassen können. Lovie war mittlerweile eine junge

Frau geworden und verbrachte viel Zeit mit ihren Freundinnen in der Stadt. Und Cherokee, Pinckney und Jim liefen so frei herum wie die Mustangs im Wild Horse Desert im Süden des Landes. Nur Jim blieb in der ersten Zeit nach Little Peters Geburt ständig im Haus; er beobachtete, wie Mahalia sich um den Säugling kümmerte, und fragte immer wieder, ob er helfen könne. Er war derart hartnäckig, daß Mahalia ihm schließlich die Aufgabe übertrug, auf Peter aufzupassen, wenn er schlief, ihn zu bewachen und vor Kobolden zu beschützen. Immer, wenn Peter sein Nickerchen machte, blieb Jim standhaft auf seinem Posten, und sobald der Kleine zu schreien oder zu weinen anfing, legte Jim ein unglaubliches Talent an den Tag, Peter mit seinem riesigen Repertoire an Grimassen und Tanzschritten zum Schweigen zu bringen.

In dem Jahr, als die Woods nach San Marcos übersiedelten, war das Land von einer Dürre heimgesucht worden. Wochenlang war der texanische Himmel so leer gewesen wie ein frisch gespülter Porzellanteller. Obwohl die Quellen im Hügelland den Flüssen so viel Wasser zuführten, daß ihr Pegel nicht bedrohlich sank, begannen die Felder zu vertrocknen, und Staubteufel tanzten wie träge Derwische in der drückend heißen Sommerluft. Georgia erinnerte sich, wie ihr Großvater Benjamin Hawkins die Indianer gelehrt hatte, ihr Land zu bewässern, und sie erteilte Ed Tom den Auftrag, Gräben ziehen zu lassen, um die Felder mit Wasser aus dem Blanco River zu versorgen. Eine Zeitlang machten sich einige Nachbarn ob dieser Bewässerungskanäle über die Woods-Plantage lustig. Man nannte sie »Venedig von Texas«, und die Gräben wurden häufig als »Miss Georgias Mokassinschlangenfarm« bezeichnet. Doch der Erfolg gab Georgia recht; denn die Ländereien der Woods erwiesen sich als weitaus ergiebiger als die anderer Baumwollfarmer. Georgia erfüllte es mit tiefer Genugtuung und Freude, daß eine Idee ihres Großvaters nicht nur in ihrer Generation für Wohlstand sorgen würde, sondern auch noch für Little Peter und dessen Enkel.

Als die Jahre ins Land zogen, kauften Georgia und Peter mehr und mehr Grund und Boden hinzu. Bald waren sie Besitzer von fünftausend Morgen bewirtschaftetem Land; ihre Plantage gehörte zu den wohlhabendsten der ganzen Gegend. Außer Baumwolle bauten sie Weizen, Gerste, Roggen und anderes Getreide an; sie hielten sich sogar eine kleine Rinderherde, welche sie von Sam Ealy Johnson erwarben, der einen der ersten großen Viehtrecks in den Norden nach Texas geführt hatte. Obwohl Georgia immer noch von Tagesanbruch bis zum Einbruch der Dämmerung im Haus und auf den Feldern arbeitete, fand sie dennoch Zeit, mit den Frauen der Kirchengemeinde zusammenzuarbeiten und Freundschaften mit ihren Nachbarn zu schließen. Zu diesen Nachbarn zählte Sarah Burleson, die anmutige Witwe des alten General Burleson, des ehemaligen Vizepräsidenten der Republik Texas, sowie die Familien Malone, Dixon, Caperton und House; außerdem bestand die alte Freundschaft zu den McKies und den Cox fort, die beim Treck aus Mississippi zusammen mit den Woods in dieses Land gekommen waren.

Als Georgia immer mehr Ackerland mit Baumwolle bepflanzen ließ, konnten die Arbeit auf den Feldern und das Einbringen der Ernte bald nicht mehr von ihren gut dreißig Sklaven bewältigt werden. Es wurde offensichtlich, daß weitere Sklaven gekauft werden mußten, falls die Plantage auch in Zukunft wachsen sollte. Dann erschien eines Morgens – wie eine Erhörung von Georgias Gebeten – eine seltsame Prozession auf der Straße.

Angeführt vom alten Captain Lawshe, dessen weißer Bart im Wind flatterte, kam eine Kompanie Neger heranmarschiert. Der Captain sah wie ein Prophet aus dem alten Testament aus, der seine Gefolgschaft ins Gelobte Land führte. Er hatte nicht geschrieben, daß er käme; er tauchte an diesem Frühlingsmorgen des Jahres 1858 ganz plötzlich auf, mit fast vierzig Männern, Frauen und Kindern, zu Fuß und auf Ochsenkarren; die Kinder tanzten über die Wildblumenwiesen, die so weich und dicht und üppig waren wie ein Orientteppich.

Als die Reisenden näher kamen und die verschiedenen Gesichter erkennbar wurden, fiel Georgia eine seltsame Stille auf. Sie sah, daß ihre Familie, ihre Sklaven, ihre Freunde die Arbeit unterbrochen hatten. Ein alter Mann hatte sich auf den Stiel seiner Hacke gestützt; eine Frau hatte den Zinnkrug fallen lassen, den sie ins Haus bringen wollte; ein Schmied stand vor den rotglühenden Kohlen seiner Esse und hatte den Hammer auf den Amboß gelegt. Die beiden Gruppen – die texanischen Sklaven und jene, die gerade aus Mississippi eintrafen – wurden wie von unsichtbaren Fäden langsam zueinander hingezogen. Es war wie ein uralter, ritueller Tanz, von unhörbaren Symphonien begleitet. Erst jetzt erinnerte Georgia sich daran, daß hier und jetzt Familien wieder zueinander fanden: Väter und Mütter, Kinder und Onkel und Geliebte, die lange Zeit getrennt gewesen waren. Als Georgia, Peter und die anderen aus Mississippi fortzogen, hatte Captain Lawshe jene Sklaven, die er seiner Tochter geschenkt und mit auf den Weg gegeben hatte, aus der Gemeinschaft der anderen herausgerissen, ohne groß darüber nachzudenken, daß dabei alte familiäre Bande zwischen diesen Menschen zerrissen wurden. Jetzt fanden sie nach Jahren der Trennung wieder zusammen.

Georgia sah, wie neben dem Kühlhaus über der Quelle eine junge Frau mit Namen Liza einen der Neuankömmlinge umarmte. Der Mann beugte sich nieder, um zu einem Kind zu sprechen, das sich an Lizas Rockschöße klammerte. Das Kind fürchtete sich vor dem Fremden und wich zurück. War es das Kind dieses Mannes? Waren Liza und ihr Mann getrennt worden, als Captain Lawshe seiner Tochter die Aussteuer in Form von Menschen geschenkt hatte? Eine alte Frau, an deren Namen Georgia sich nicht erinnern konnte, trat auf Old Mose zu, und dann gingen die beiden alten Leute gemeinsam zu den Behausungen der Sklaven am Rande der Felder hinüber. Wie stand diese Frau zu Old Mose? Waren die beiden in jungen Jahren Geliebte gewesen? Oder war sie Old Moses Schwester? Georgia verspürte ein heißes Gefühl der Scham, als ihr klar wurde, wie wenig sie über diese Menschen gewußt hatte, die so viele Jahre lang Teil ihres Lebens gewesen waren. Dann lag sie in den Armen ihres Vaters.

»Bald wird es Krieg geben«, sagte der alte Captain. »Droben im Norden sind die Abolitionisten in Aufruhr. Sie brennen auf den Krieg. Sie wollen die Sklaven befreien. Ich habe mir gedacht, daß unsere Leute hier in Texas sicherer sind.«

Nachdem Captain Lawshe nach Mississippi zurückgekehrt war, machte Georgia sich wieder daran, ihre Plantage weiter zu vergrößern. Mit Hilfe von Martha Benny, Ed Tom und dem Schmied Ulysses Cephas nahm sie den Plan in Angriff, ein Dorf für ihre wachsende Sklavenschar zu errichten. Andrew Jackson Potter schaffte Kiefernholz aus Bastrop heran, und mit zusätzlichen Stämmen aus der Sägemühle der Burlesons wurden hinter dem Haus und an den Feldern mehrere Reihen von Baracken für die Sklaven errichtet. Georgia beteiligte sich häufig an der Arbeit, rührte in riesigen Tiegeln Wasser und Erde zu Mörtel an, um die Ritzen zwischen den Holzbohlen zu verfugen, und half, die Hütten wohnlich zu gestalten.

Auch Georgia und sämtliche Frauen, die sie kannte, wurden in die politischen Auseinandersetzungen verwickelt, die über der Frage der Sklaverei entbrannten. Die Leitartikel der Zeitungen beschäftigten sich vornehmlich mit Sam Houstons oder Stephen Douglas' neuesten Reden, die gelobt oder verrissen wurden. Doch nur selten wurde die Sklaverei in den texanischen Zeitungen als moralische Frage behandelt. Auch Georgia hatte die Sklaverei stets als etwas Selbstverständliches betrachtet, das es seit langer Zeit gab. Schließlich hatte es in der Menschheitsgeschichte immer schon eine führende gesellschaftliche Klasse gegeben, die den anderen durch Intelligenz, Wohlstand und Charakterstärke überlegen und dazu bestimmt gewesen war, für den Fortschritt der Zivilisation zu sorgen. Durch die Gnade Gottes gehörte sie ihrer Herkunft wegen dieser führenden Klasse an. Sie hatte die Afrikaner nicht an die Küsten Amerikas gebracht; dennoch trug sie bereitwillig die Verantwortung und Pflicht, sich um diese Menschen zu kümmern, denen es an den Fähigkeiten mangelte, für ihr eigenes Wohl zu sorgen. In Georgias Augen waren die Neger wie Kinder. Sie brauchten eine führende Hand; sie brauchten Schutz und Pflege, wenn sie krank waren; sie brauchten Trost und Zuspruch, wenn sie Angst hatten. Doch manchmal verspürte Georgia unbestimmte Gewissensbisse und dunkle Vorahnungen, zum Beispiel, wenn sie Martha Benny in die Augen schaute. Oder wenn sie die unbändige Freude der Familien sah, die wieder vereint waren, nachdem Captain Lawshe seine Sklaven nach Texas gebracht hatte. Wie konnte es nur geschehen, fragte Georgia sich, daß du den Trennungsschmerz dieser Menschen nie beachtet hast? Und immer, wenn sie von düsteren Vorahnungen befallen wurde, betete sie: »Lieber Gott, hilf mir, für diese Menschen zu sorgen, und mach, daß sie hier glücklich und sicher sind und dir und diesem Land treu ergeben bleiben.«

Eines Abends, als die McKies, die Houses und Sarah Burleson zum Dinner bei den Woods zu Gast waren, wandten die Gespräche sich der Frage zu, ob ein Krieg ausbrechen könne. »Ich habe einfach keine Zeit, Krieg zu führen«, sagte Georgia. »Außerdem ist der Krieg nichts anderes als eine Flucht der Menschen vor den Problemen des Friedens, und das größte dieser Probleme ist die Langeweile. Aber in Texas können wir uns ja nicht über Langeweile beklagen, und deshalb bin ich der Überzeugung, daß wir hier keinen Krieg brauchen.«

»Und wie sieht es mit dem moralischen Aspekt aus?« sagte Andrew Jackson Potter. »Haben Sie schon von dem neuen Buch gehört, daß diese Miss Stowe geschrieben hat? ›Onkel Toms Hütte‹?«

Du bist mir der Richtige, über Fragen der Moral zu diskutieren, hätte Georgia beinahe gesagt, konnte sich aber gerade noch zurückhalten. »Die Sklaverei ist eine wirtschaftliche Frage, keine moralische«, erwiderte sie statt dessen. »Ist der Krieg moralischer als die Sklaverei? Ich sehe keine besonderen Tugenden darin, einen Landsmann zu töten.« Georgia haßte solche Gespräche, die es erforderlich machten, Argumente vorzubringen, hinter denen sich ihre wahre Meinung versteckte. Und das größte Problem bestand darin, daß sie sich über ihre wirklichen Ansichten gar nicht im klaren war. Aber sie hatte ja auch, weiß Gott, andere Sorgen. Sie trug die

Verantwortung für fast einhundert Kinder, und fünf davon waren weiß, verzogen und ungehorsam. Sie mußte sich um eine Plantage kümmern, um mehr als hundert Pferde – und um zwei gute Männer; den einen liebte sie, und den anderen wollte sie erretten. Wie konnten diese Fremden – noch dazu Yankees! – es wagen, ihr Leben womöglich noch komplizierter zu machen, als es ohnehin schon war?

Was die Yankees und den Norden ganz allgemein betraf, konnte Georgia sich kein genaues Bild machen. »Der Norden« war für sie ein abstrakter Begriff; ein Ort, an dem Mittie Bulloch Roosevelt lebte, eine gute Freundin der Familie. Georgia dachte an Mitties letzten Brief. Die Absenderadresse auf dem Umschlag war wie eine Nachricht aus dem Lager des Feindes gewesen: »New York City, East, Zwanzigste Straße, Nr. 28.« Wie hatte das Schicksal ein Mädchen aus Georgia an einen so schrecklichen, fremdartigen Ort verschlagen können? In ihrem Brief berichtete Mittie von ihrem erst kürzlich geborenen Sohn Theodore.

Das arme kleine Balg hat keine Chance, es im Leben zu etwas zu bringen, ging es Georgia durch den Kopf. *Es ist als Yankee geboren, im Sodom und Gomorrah der Neuen Welt.*

In jenem Jahr, als der kleine Theodore Roosevelt das Licht der Welt erblickte, war Senator Sam Houston, der sich als Kandidat der Jackson-Fraktion der demokratischen Partei um das Gouverneursamt bewarb, auf einer Wahlkampfreise durch Texas. Sein Gegenspieler war Hardin R. Runnels, der zur Calhoun-Fraktion der Demokraten zählte und heftig gegen Houstons Treue zu den Vereinigten Staaten wetterte. Runnels war erklärter Sezessionist, der sich für die Loslösung von Texas aus dem Staatenbund einsetzte. Weder Georgia noch Peter räumten Houston Chancen ein, die Wahl zu gewinnen. Fast alle Zeitungen waren gegen ihn. Sogar der Parteivorstand der Demokraten hatte Houston als »schurkischen Verräter« gebrandmarkt.

An einem Julitag unternahm die Woods-Familie eine Pilgerfahrt nach Lockhart, wo Sam Houston in einem Hain in der Nähe von

Story Springs eine Rede hielt. Es herrschte eine solche Treibhaushitze, wie man sie nur an einem Julinachmittag in Texas erleben kann; dennoch trug Houston einen langen Staubmantel. Die Schnürsenkel seiner Schuhe baumelten lose herab, und sein Hemd stand offen. Er machte auf Georgia den Eindruck, als hätte er den ganzen bisherigen Sommer ein und dieselben Sachen getragen. Sie war zutiefst verwundert, daß der alte Freund ihres Vaters, der Held von Texas, in einem derart schlampigen Aufzug erschien. Doch als er redete und sich gegen die Vorwürfe zur Wehr setzte, ein »schurkischer Verräter« zu sein, schien er die gesamte Waldlichtung mit seiner Stimme und der Kraft seiner Persönlichkeit zu erfüllen. »Sam Houston ein Verräter an Texas?« rief er mit Donnerstimme. »Ich? Der Mann, der seine Heimat verteidigt und ihre Scholle mit seinem Blut getränkt hat? Ist das der Lohn dafür, daß ich am Horseshoe meine Brust den Kugeln des Feindes darbot? Daß ich am San Jacinto mitten in das Feuer der Mexikaner ritt? Ist das mein Lohn, daß man mich nun, im Alter, einen Verräter schimpft?«

Georgia spürte, wie eine Woge der Sympathie über die Zuhörer hinwegbrandete. Auch sie war von Houstons Leidenschaft, seinem Zorn und seiner Enttäuschung berührt, und während sie den alten Mann betrachtete, überkamen sie tiefe Trauer und Mitleid. Doch sie wußte, neue Zeiten waren angebrochen, die neue Gefahren mit sich brachten, und vielleicht war Houstons Zeit einfach vorüber. Indem er sich für den Erhalt der Union einsetzte, bekämpfte er jene Welt, die Verwirklichung jener Träume, die Georgia unter Mühen und Plagen geschaffen hatte, mit bloßen Händen und im Schweiße ihres Angesichts. »Ich werde nicht zulassen, daß diese Welt von Fremden oder einem alten Mann zertreten wird, der immer noch die Kanonen am San Jacinto donnern hört«, hatte Georgia einmal zu Sarah Burleson gesagt. Zudem war durch Zeitungsberichte allgemein bekannt, daß Houston ein Gegner der Sklaverei war. Allerdings weniger aus moralischen Gründen; Houston sah vielmehr die Gefahr, daß die Sklaverei den inneren Zusammenhalt der Union auszuhöhlen drohte.

»Für einen Mann, der Sklavenarbeit ablehnt«, hörte Georgia Martha Benny später zu Ed Tom sagen, »hat Mr. Sam seltsame Gewohnheiten. Ich hab' mir zusammen mit Miss Georgia seine Rede angehört. Er hat auf die Sklavenhalter geschimpft, während seine eigenen Sklaven neben seinem Zweispänner auf ihn gewartet haben. Er kämpft gegen die Sklaverei, hat aber selbst ungefähr fünfzehn Schwarze. Ich fürchte, ich werde niemals die Politik der Weißen verstehen.«

Eines Nachmittags, bei einer anderen politischen Versammlung, entdeckte Sam Houston Georgia und ging nach seiner Rede zu ihr. Er fragte sie, wie es um die Gesundheit ihres Vaters bestellt sei und ob Captain Lawshe sein Leben in Mississippi nicht aufgeben und Texaner werden wolle. Houston nahm Georgias Arm, und sie schlenderten zu einer Gruppe Frauen hinüber, die Georgia bereits bei anderen Versammlungen aufgefallen waren. Houston stellte Georgia einer kleinen, ernsten Frau mit dem bemerkenswerten Namen Euphemia Texas Ashby King vor. Wie Houston behauptete, züchtete Euphemia die besten Pferde des Staates.

Sam Houston nahm beide Frauen am Arm, die eine links, die andere rechts. »Sie, meine Damen«, sagte er, »schätze ich ganz besonders. Ich kenne Sie beide, seit Sie in der Wiege gelegen haben.« Georgia fragte sich, welche Beziehung zwischen der dunklen, hübschen, schweigsamen Frau und dem alten General bestehen mochte, doch Houston war in redseliger Stimmung, und Georgia bekam nicht die Gelegenheit, ihn danach zu fragen.

Im Jahre 1859 überfiel John Brown Harpers Ferry, wodurch der Norden und der Süden unausweichlich in den Krieg getrieben wurden. Horace Greeley bezeichnete Browns Überfall als »Akt eines Wahnsinnigen«, wohingegen Ralph Waldo Emerson von der »Tat eines Heiligen« sprach. In diesem Jahr unternahm auch Georgia einen letzten Frontalangriff auf die Munitionslager von Andrew Jackson Potters Unglauben.

Inzwischen waren einige Jahre vergangen, seit Andy Potter ins Leben der Woods-Familie getreten war, und über all die Jahre hinweg war er auf dem »Pfad der Gottlosigkeit und Verderbtheit« gewandelt. Später schrieb Potter, daß er in dieser Zeit ein »moralisches Wrack, ein Rädelsführer in Sachen Sünde« gewesen sei. An den Sonntagen konnte man ihn häufig inmitten der verachteten Meute gotteslästerlicher Prasser und Zecher beobachten, bei Whiskey, Glücksspiel und Schlägereien. An jenen Sonntagnachmittagen aber, wenn die gottesfürchtigen Menschen der Gegend sich beim Pferderennen trafen, wo ihre Vollblüter an den Start gingen – dann war diesen Leuten Andy Potter gut genug, ihn um Rat zu fragen, wenn sie unbedingt beweisen wollten, daß ihr Pferd schneller war als das der Nachbarn. Und ob nüchtern oder betrunken, ob gutgelaunt oder unglücklich und voller Schuldgefühle seines lasterhaften Lebens und seiner sündhaften Leidenschaften wegen – Andrew Jackson Potter war ein Pferdekenner mit außergewöhnlichen Fähigkeiten.

In San Marcos hatten die Woods es zu Wohlstand und Einfluß gebracht. Georgia und Peter waren der Mittelpunkt einer Gesellschaftsschicht geworden, die tief in den traditionellen Wertvorstellungen der alten Südstaaten verwurzelt war. Dies aber hatte zur Folge, daß neugierige Nachbarn hinter vorgehaltener Hand über zwei »Geheimnisse« der Woods wilde Vermutungen anstellten. Zum einen ging es um Pinckney, Sweet und Cherokee. Sie waren hübsche Kinder; Cherokee und Sweet versprachen so schön wie ihre Mutter zu werden. Doch es waren wilde, ungestüme Kinder. Wie, fragten sich die braven Leute aus San Marcos, kamen zwei so vornehme, wohlsituierte und gebildete Eltern an derart schlecht erzogene, unbändige Sprößlinge?

Das zweite Geheimnis hatte mit Andrew Jackson Potter zu tun. Warum hatten Georgia und Peter sich dieses menschlichen Wracks angenommen? Warum pflegten sie Umgang mit diesem verabscheuungswürdigen Trinker und Spieler? Und warum hatte Georgia das offensichtliche Verlangen, gerade aus Potter einen besseren Menschen zu machen, wo es bei ihren Kindern nicht minder angebracht gewesen wäre? Andy Potter war häufiger Gast der

Woods; er gehörte beinahe schon zur Familie. Oft schaute er auf einen Sprung bei den Woods vorbei, um sich von Georgia aus der Bibel vorlesen zu lassen. Sowohl Peter als auch Georgia waren gern in Andy Potters Gesellschaft; sie erfreuten sich an seinen haarsträubenden Geschichten, seiner raschen Auffassungsgabe und seiner originellen Ausdrucksweise. Georgia konnte nur staunen, wie gut Andy Potter mit der Sprache umgehen konnte. »Wenn er so gut schreiben könnte, wie er reden kann«, pflegte sie zu sagen, »hätte er das Zeug, ein zweiter Longfellow zu werden.«

Martha Benny betrachtete die Freundschaft zwischen Georgia und Andrew Jackson Potter als etwas Gefährliches. Martha traute Potter nicht, und sie schalt Georgia oft ihres »verführerischen Benehmens« wegen, wie sie es nannte. »Merken Sie denn nicht, was Sie diesem armen Mann antun?«

»Ich versuche nur, einen besseren Menschen aus Mister Potter zu machen«, erwiderte Georgia. »Außerdem geht's dich nichts an, was ich tue.«

»Passen Sie bloß auf, daß Sie Ihren guten Ruf nicht verlieren, bevor Sie die Seele dieses Mannes gerettet haben. Es ist nicht das Spirituelle, es sind die Spirituosen, die diesem armen Kerl zu schaffen machen.«

»Martha Benny!« Georgia war ehrlich wütend. »Du könntest ein bißchen mehr christliche Nächstenliebe gebrauchen. Ich mache erste Fortschritte bei Mr. Potter. Ich weiß, daß er sich ändert.«

Martha Benny schüttelte den Kopf. »Natürlich wird der Kerl sich ändern. Vielleicht läßt er sich unten im Fluß taufen. Er würde sogar vom Kirchturm springen, wenn Sie ihn darum bitten. Aber er hat's nicht darauf abgesehen, daß seine Seele errettet wird; er hat es auf das kleine Mädchen vom alten Captain Lawshe abgesehen.«

Später, als Georgia sich beruhigt hatte und ihre Gefühle nüchtern, mit Sinn und Verstand unter die Lupe nahm, erkannte sie, daß in Martha Bennys Warnung ein Körnchen Wahrheit stecken mochte. Ihre Freundschaft zu Andy Potter war tatsächlich wie ein Balanceakt auf einem schmalen, gefährlichen Grat. Denn dieser

Mann gab ihr das Gefühl, attraktiv und begehrenswert zu sein. Gewiß, Georgia liebte ihren Mann von Herzen, und es war unvorstellbar für sie, Peter untreu zu werden. Und dennoch ... dem einst hübschesten Mädchen von Water Valley gefiel es ganz einfach, Andy Potters begehrliche Blicke zu spüren und zu wissen, daß sie den Herzschlag dieses Mannes durch ein Lächeln oder eine Geste in schwindelerregende Höhen treiben könnte. Außerdem war es faszinierend, Andrew Jackson Potter zuzuhören, wenn er von seiner fremdartigen, gefährlichen, von Leidenschaften bestimmten Welt erzählte. Georgia konnte die Erregung und die Gefahren so unmittelbar miterleben, als wäre sie dabei. Wenn sie Andy Potter lauschte, wurde sie aus ihrer behüteten, sicheren, wohlgeordneten Welt herausgerissen und in ein wildes, abenteuerliches Leben entführt, das von sinnlichen Reizen und Nervenkitzel bestimmt wurde, von Glücksspiel, schnellen Rennpferden, Huren und Hasardeuren – und sie konnte dennoch in ihre Welt zurückkehren, ohne daß ihre Tugendhaftigkeit Schaden genommen hätte. Vielleicht hatte Martha Benny recht. Sie spielte ein gefährliches Spiel. Und aus diesem Grunde versammelte sie an einem Frühlingsmorgen – ein paar Monate, nachdem John Brown in Virginia gehängt worden war – ihre Familie, ihre Sklaven sowie Andrew Jackson Potter, den »Rädelsführer in Sachen Sünde«, um sich; dann gingen sie alle zum Fluß hinunter, um an der großen Erweckungsfeier am San Marcos River teilzunehmen und, wie Georgia mit Nachdruck forderte, Gott um die Errettung ihrer aller Seelen zu bitten.

Es war ein sonniger Tag, und die Lichtung im Eichenhain erwies sich als ein Ort von außergewöhnlicher landschaftlicher Schönheit. So mochte die Erde in den Anfangstagen der Schöpfung ausgesehen haben, bevor der Sündenfall das Paradies zerstörte. Der Fluß war vollkommen unbewegt und schimmerte wie ein riesiger silberner Spiegel im Sonnenlicht. Hohe Eichen warfen kühlende Schatten über den Versammlungsplatz. Auf der einen Seite der Lichtung breitete sich ein farbenprächtiger Teppich von blauen Binsenlilien und Flammenblumen und wilden Petunien aus, auf dem die Kutschen und Zweispänner, die Droschken und Zelte jener Besucher standen, die aus weitem Umkreis hierher gekommen waren, um den Gebeten und Gesängen zu lauschen. Hier und da saßen Leute um kleine Lagerfeuer und teilten sich Brot, Käse und Fleisch. Andere waren damit beschäftigt, eine Kanzel aus Ästen und Weidengeflecht zu errichten, und Georgia wies Ed Tom und Ulysses an, dem Prediger zu helfen, die Tretorgel, die aus der Kirche in der Stadt herbeigeschafft worden war, zum Fluß hinunter zu tragen. Bald war die Luft von frommen Gesängen und der wohlklingenden Stimme des Predigers erfüllt, der in dieser natürlichen Kathedrale das Wort Gottes verkündete.

Als der Abend anbrach, waren die Versammelten noch immer im gemeinsamen Gebet versunken. Bald leuchteten die Lagerfeuer wie Katzenaugen in der Dunkelheit, und der Flammenschein tanzte auf dem Laub der Bäume. Georgia konnte spüren, wie die Heiligen vorüberschritten; sie wußte, daß der Geist Gottes sich über den Fluß bewegte. Ihre Aufmerksamkeit wurde auf ein riesiges Feuer gelenkt, das am Rand der Lichtung loderte, dort, wo die wilden Pflaumen und Persimonen wuchsen, und sie konnte die Silhouetten der Neger sehen, die vor dem Feuer tanzten und Schreie ausstießen und zu den Klängen von Fiedel und Banjo sangen. Sie veranstalteten einen »Schütteltanz-Wettbewerb«, wie Georgia von Martha Benny erfahren hatte, bei dem die Teilnehmer mit einem Glas Wasser auf dem Kopf so wild wie möglich tanzen mußten; Sieger waren diejenigen, die am wenigsten Wasser aus den Gläsern verschüttet hatten. Dann versammelten die Neger sich um ihren farbigen Prediger, um alte Gospelsongs zu singen. Georgia konnte Martha Benny unter den Negern ausmachen; sie sang mit ihnen, und ihr Körper war in ständiger Bewegung.

Später schilderte Martha Benny, was an jenem Abend am Lagerfeuer der Neger geschehen war, als der Prediger den Gospelsong »Im neuen Jerusalem, im Heiligen Jahr« gesungen hatte. »So etwas Unglaubliches ist mir noch nie passiert«, erzählte Martha Benny, und ihre blauen Augen schimmerten vor Entzücken. »Auf einmal wurde mir ganz schwindlig, und da hab' ich mich auf den Boden gelegt, und als ich dalag, hat die Sünde sich in einen schweren weißen Schleier verwandelt und sich auf mich draufgelegt wie eine Decke und mich fest auf die Erde gepreßt, bis ich keine Luft mehr kriegte. Da hab' ich den lieben Gott um Hilfe gerufen. Er muß mich wohl gehört haben, obwohl ich eine schändliche Sünderin bin, denn von einem Augenblick zum anderen bekam ich wieder Luft und hab' zu schreien angefangen und mich am ganzen Körper geschüttelt, und dann hab' ich ein weißes Licht gesehen, und ich konnte hundert Glocken läuten hören.« Sie hielt inne und drückte Georgia irgend etwas Schweres in die Hand. »Ich hab' mich nie so gut gefühlt wie in dem Augenblick, als der Satan aus mir rausgefahren ist«, fuhr Martha Benny fort. »Ich hab' Ihnen diesen Talisman aus Magnetstein gemacht, um die bösen Kräfte des Teufels fernzuhalten.«

Die Erweckungsfeier dauerte eine Woche. Sämtliche großen Prediger der Gegend beteiligten sich an diesem ununterbrochenen, Tag und Nacht währenden Gottesdienst, den gemeinsamen Gebeten, Gesängen und Mahlzeiten. Keiner der Teilnehmer verließ die Lichtung am Fluß; außer, wenn er sein Vieh füttern oder sich um Familienangehörige kümmern mußte, die zu krank waren, als daß man sie in ihren Betten hinunter zum Fluß hätte tragen können. Am letzten Tag des Erweckungsfestes war der San Marcos River mit jenen gefüllt, die getauft werden wollten. Ihre Hemden und Kleider wogten wie riesige bunte Seerosen auf der Wasseroberfläche, und für einen Augenblick glaubte Georgia wirklich und wahrhaftig sehen zu können, wie die Sünden der Täuflinge vom Wasser aus den Körpern herausgespült und stromabwärts getrieben wurden wie Blut aus einer Wunde. Und an diesem letzten Tag wurde auch die Seele Andrew Jackson Potters – des Trinkers, Gotteslästerers, Spielers, Schürzenjägers und selbsternannten Rädelsführers in Sachen Sünde – im Blut des Lammes reingewaschen.

Später am Abend, als Old Mose den Pferden für die Heimfahrt das Geschirr anlegte, erzählte der frisch bekehrte Ex-Säufer seiner

Gönnerin Georgia voller Begeisterung, was geschehen war. »Ehrlich gesagt, bin ich zuerst aus den niedrigsten Beweggründen mit zu dieser Feier gegangen«, gab er zu. »Ein paar von meinen alten Kumpels haben mir erzählt, sie wären auf einer solchen Erwekkungsfeier bekehrt worden. Also hab' ich mir gedacht, geh mal hin und sieh dich um, ob du nicht ein paar von den Jungs triffst. Dann kannst du sie vielleicht wieder zurückbekehren, indem du ihnen einen kleinen Whiskey und eine flotte Runde Poker anbietest. Aber ich habe keinen alten Bekannten gesehen, darum habe ich gleich dem ersten Prediger zugehört. Und wissen Sie was? Ich hatte das Gefühl, er würde nur mich, mich ganz allein mit seinen dunklen, scharfen Augen anschauen. Und seine durchdringende Stimme hat mir wie das warnende Krachen von Blitzen in den Ohren geklungen. Und Blitzschlag um Blitzschlag hallte durch mein Inneres, kündete von einem fernen Unwetter und ließ meine sündige Seele erbeben.«

Während Potter von seiner Bekehrung erzählte, redete er sich mehr und mehr in Begeisterung, und seine Sprache wurde immer blumiger. Georgia erkannte, daß sie Zeugin der ersten Predigt von Reverend Andrew Jackson Potter wurde. Martha Benny stand einige Schritte entfernt, hörte zu und betrachtete den einstigen Sünder mit offensichtlichem Mißtrauen. Georgia entging dies nicht, und sie beschloß, Martha Benny gehörig die Meinung zu sagen, falls sie an der Aufrichtigkeit der Worte dieses nun endlich frommen Mannes zweifeln sollte.

»Mein Herz wurde vom kalten Stahl der geheiligten Wahrheit durchbohrt«, fuhr Potter fort. »Und dann versammelten sich die kühnen Streiter Israels in Gottes funkelnden Rüstungen und bildeten eine schimmernde Wehr vor mir, während ich den schwersten Kampf meines Lebens focht. Denn das Gewicht der vielen Jahre, die ich in Laster und Sünde verbracht habe, drückte auf meiner Seele, die sich in Qualen wand. Jawohl, so stand ich dort, ein Gefangener, der tausend Tränen weinte. Und dann trat ich vor und reichte dem Prediger meine zitternde Hand, und siehe da, die

Streiter des Herrn bildeten eine Gasse, und die Himmel öffneten sich und gossen ihre Schätze der Glückseligkeit geradewegs in mein reuiges Herz, und mein Inneres wurde von himmlischer Kraft durchdrungen.«

Plötzlich packte Andrew Jackson Potter seine Gönnerin, zerrte sie mit einem Ruck zu sich herüber und drückte sie an sich. Seine Lippen strichen über ihre Wange. »Ich spüre, daß mein ganzer Körper von der Liebe Jesu erfüllt ist«, sagte er, während Georgia verzweifelt versuchte, sich aus der Umklammerung des Bekehrten zu befreien. »Nie, *nie* habe ich eine solche Liebe verspürt!« rief Andrew Jackson Potter, dermaßen von Gefühlen überwältigt, daß seine Stimme schwankte. Martha Benny rollte mit ihren blauen Hawkins-Augen und richtete sie gen Himmel, während Georgia sich endlich aus der Umklammerung des einstigen Weiberhelden lösen konnte.

Viel später vertraute Martha Benny Georgia an, daß manche Männer drei- oder viermal getauft werden müßten, bis es funktioniere. »Männer haben sehr starke Triebe, und manchmal wissen sie selbst nicht, welche davon fleischlicher und welche geistiger Natur sind.«

»Amen«, sagte Georgia und dankte dem Herrn, daß sie weder ihre Tugendhaftigkeit noch ihr Pferd an Andrew Jackson Potter verloren hatte.

Eines Abends im Spätsommer des Jahres 1861, nachdem die Postkutsche der Great Northern die Nachricht vom triumphalen Sieg der Konföderierten in der Schlacht am Bull Run nach San Marcos gebracht hatte, versammelten sich die Einwohner vor dem erst kürzlich erweiterten Moon Hotel und feierten den Sieg bis tief in die Nacht. Als Georgia die jungen Leute beobachtete, die unter den großen Eichen im Fackelschein tanzten, mußte sie daran denken, daß Sam Houston unter eben diesen Bäumen seine Rede gehalten hatte, damals, im Jahre 1858, als er für das Gouverneursamt kandidierte. Seine Rede hatte fast vier Stunden gedauert – und das, so vermutete später jemand, war vielleicht der Grund für Houstons Niederlage gegen seinen Konkurrenten Hardin Runnels gewesen.

Der Grund für die Niederlage der Nordstaatler bei der Schlacht am Bull Run hingegen lag für Georgia klar auf der Hand. Sie war weder auf den Mut des Südstaatengenerals Stonewall Jackson zurückzuführen – der am Tag der Schlacht zwei Verwundungen und seinen Spitznamen »Stonewall« davongetragen hatte – noch auf die Heldentaten Beauregards oder Jeb Stuarts, wie die Zeitungen berichteten. Georgia war vielmehr der Überzeugung, daß der Norden die Schlacht am Bull Run aufgrund des Zorns von Captain Lewis Lawshe verloren hatte. Mit der Postkutsche der Great Northern war nämlich auch die Nachricht gekommen, daß die Plantage der Lawshes im Norden Mississippis von einem Trupp Unionssoldaten niedergebrannt worden war. Captain Lewis Lawshe schrieb: »Als ich am Abend zu Bett ging, war ich noch eine Viertelmillion Dollar schwer. Als ich am nächsten Morgen aufstand, wog ich keine fünfundzwanzig Cent mehr.« Er war so wütend gewesen, daß er der konföderierten Armee beitrat. Mit seinen einundsiebzig Jahren kämpfte er dermaßen verbissen gegen Sherman und McDowell, daß er deren besiegte Armeen bis nach Washington zurücktrieb und zu einer Legende wurde.

Pinckney, Jim, ihr gemeinsamer Freund George McGehee und alle anderen jungen Männer brannten darauf, sich dem Kampf anzuschließen. Der Triumph der Südstaaten am Bull Run war so schnell und vollständig gewesen, daß die jungen Burschen ihrer Sorge Ausdruck verliehen, der Krieg könne vorüber sein, bevor sie die Gelegenheit bekämen, daran teilzunehmen. Pinckney hatte von der Bitte gehört, die Stonewall Jackson an Jefferson Davis gerichtet hatte, den Präsidenten der Konföderation: »Geben Sie mir tausend ausgeruhte Männer, und ich bin morgen früh in Washington City.« Jeder junge Mann, der sich an diesem Abend vor dem Moon Hotel eingefunden hatte, wollte Stonewalls fünftausend Soldaten zugeteilt werden. Colonel Earl Van Dorn war zum konföderierten Oberbefehlshaber von Texas ernannt worden, und die Regimenter von McCulloch, Rip Ford und John Baylor zogen gegen die Yankees im Westen zu Felde. Andere Regimenter rückten nach Süden ab, um die texanischen Hafenstädte zu verteidigen und eine mögliche Invasion über den Golf von Texas zu verhindern. Es schien für einen jungen Mann sehr viele Möglichkeiten zu geben, gegen die Yankees zu kämpfen, auch wenn er nicht in Stonewall Jacksons Armee aufgenommen wurde.

Je länger Georgia den Gesprächen über den Krieg lauschte, desto deutlicher sah sie ihre Kinder in einem neuen, ganz anderen Licht. *Wo sind die Jahre geblieben*, fragte sich Georgia, *daß mein kleiner Pinckney nun schon alt genug ist, um Soldat werden zu können?* Er war zu einem stattlichen jungen Mann herangewachsen, fast so groß wie sein Vater, und hielt nun ein Mädchen in den Armen und drehte sich mit ihm im Licht der Fackeln im Kreis. In den Augen des Mädchens konnte Georgia erkennen, daß Pinckney ein Mann geworden war. Und da war auch die hübsche und temperamentvolle Cherokee, umringt von diesen Möchtegern-Kriegern. Sie erweckte in Georgia Erinnerungen an Water Valley, als sie das schönste Mädchen der Stadt gewesen war. Der junge George McGehee reichte Cherokee eine kleine Flasche, die sie an die Lippen hob. Es war bestimmt Wein aus Mustangtrauben, den die Kinder oft heimlich tranken, wie Martha Benny Georgia mit warnendem Unterton anvertraut hatte.

Plötzlich wurde Georgia bewußt, daß die Kinder gar keine Kinder mehr waren. Aber sie war nicht besonders traurig darüber; im Gegenteil. Sie fühlte sich erleichtert. Cherokee und George McGehee huschten in die Schatten. Georgia fing Martha Bennys Blick auf. Martha verdrehte die Augen und blickte gen Himmel, als wollte sie sagen: »Ich hab's Ihnen ja gesagt. Sie hätten die Kinder öfter mal verprügeln sollen.« Georgia war versucht, der alten Freundin die Zunge herauszustrecken, gelangte aber zu der Einsicht, daß eine Frau, die alt genug war, um die Mutter von Pinckney, Cherokee und Sweet zu sein, sich solche kindischen Gesten ersparen sollte.

Im darauffolgenden Frühjahr wurde das 32. Texanische Regiment aufgestellt, und Peter Cavanaugh Woods, Arzt und Plantagenbesitzer, wurde fortan nur noch der »Colonel-Doktor« genannt. Als die Hauptleute der zehn Freiwilligen-Kompanien sich versammelten, war der erste Tagesordnungspunkt die Wahl eines Regimentskommandeurs aus ihren Reihen. Unter ihnen befanden sich Veteranen der Indianerkriege und der Kriege gegen Mexiko, doch als schließlich die Wahlzettel ausgewertet wurden, stellte sich heraus, daß die meisten Stimmen auf den Colonel-Doktor entfallen waren.

Da das Regiment in Camp Clark ausgebildet wurde, das nur wenige Meilen von San Marcos entfernt war, konnte Georgia ihren Mann häufig besuchen und ihm mit Kaffee und Butter die letzten Neuigkeiten von zu Hause bringen. Eines Tages erschien Georgia mit ihrem stolzesten Besitz, dem großen Hengst Jesaja. »Bald wirst du Brigadegeneral sein«, sagte sie, »und ein General braucht ein prächtiges Pferd. General Sam Houston hatte Sarazen, und nun wird General Woods auf Jesaja reiten.« Peter fand es seltsam, daß ein Pferd mit Namen Jesaja in den Krieg ziehen sollte. Er könne sich beim besten Willen keinen friedlicheren Namen vorstellen, erklärte er Georgia.

An diesem Abend, als sie beide in Peters Zelt lagen und Georgia die heilenden Hände ihres Mannes, die sie so sehr liebte, auf ihre Brüste legte, erklärte Peter, daß sie sich nicht lieben sollten. »Ich glaube, dieser Krieg wird sehr lange dauern«, sagte er. »Und ich möchte dich nicht mit einem Kind allein lassen, das du vielleicht ohne mich großziehen mußt.«

»Pinckney meint, der Krieg ist in wenigen Monaten zu Ende. Du wirst rechtzeitig zurück sein, um das Baby zur Welt bringen zu können.«

»Ich möchte nicht, daß du noch ein Kind bekommst. Eine Geburt ist zu anstrengend und zu gefährlich für dich.«

Georgia drängte sich an ihn. »Ich möchte lieber mit dir schlafen und dafür sterben, als auf deine Umarmung und deine Berührung verzichten zu müssen.« Und dann liebten sie sich, in einem Zelt aus Segeltuch, inmitten von Soldaten, die bald in einen Krieg ziehen mußten, der sich endlos hinziehen würde.

Dann redeten sie die ganze Nacht hindurch bis zum Anbruch der Dämmerung. Georgia konnte spüren, wie Peters Stimmung in dieser Nacht immer deutlicher umschlug. Es schien, als würde er sich von einem Liebhaber in ein Kind verwandeln. Noch nie hatte Georgia ihn so besorgt und unsicher erlebt. Dann redete er über die schreckliche Schlacht, die der Arzt und der Soldat in seinem Innern ausfochten. »Ich habe einen Eid abgelegt, Leben zu retten und zu bewahren, so gut ich kann«, sagte er. »Und nun habe ich einen anderen Schwur geleistet: Männer in den Krieg zu führen, damit sie anderen das Leben nehmen. Wie soll ich das mit meinem Gewissen vereinbaren? Wie kann ich Arzt und Soldat zugleich sein? Zwei Seelen kämpfen in meiner Brust.« Es war ein moralischer Konflikt, unter dem Peter Tag und Nacht leiden sollte, den ganzen Krieg über.

Nachdem die Freiwilligen sich versammelt hatten, verlangte man von ihnen, sich selbst mit Pferden, Waffen und Ausrüstung zu versorgen. Die meisten waren gut beritten und hatten Zelte, Dekken, Kochgeschirr, Whiskey und Kartenspiele. Andere, die wenig besaßen, brachten nur ihr Leben in die konföderierte Armee ein. Dennoch verlangte die Südstaatenarmee – eine der größten Streitkräfte aller Zeiten – von ihren Angehörigen, daß sie für das Privileg, für den Süden sterben zu dürfen, bezahlen sollten. Falls ein Rekrut nichts besaß, mußte er sich das Geld für seine Ausrüstung irgendwie beschaffen, sobald er in die Truppe aufgenommen war.

An einem Sonntagmorgen, als Georgia ihrem Colonel-Doktor wieder einmal einen Besuch abstattete, schwankte eine seltsame Erscheinung auf das Zelt zu, in dem die Soldaten sich zum Gottesdienst versammelt hatten. Ein riesiges zottiges, hageres Tier mit verschlagenem Gesichtsausdruck, zornig funkelnden Augen und Beinen so groß wie Weidenbäume, kam aus dem Unterholz hervorgebrochen und trabte mit beinahe lächerlicher Anmut wankend und schaukelnd auf das Zelt zu. So ähnlich, dachte Georgia erschrocken, muß eins der Ungeheuer aus der Offenbarung des Johannes ausgesehen haben, von denen der Heilige auf der Insel Patmos geträumt hat. Auf dem Rücken der häßlichen Kreatur saß eine wohlgestalte junge Frau, die ein Gesangbuch an die Brust gedrückt hielt. An ihrer Seite ritt Andrew Jackson Potter auf einem Maultier. Er hielt eine arg abgegriffene Bibel und eine Ausgabe von John Wesleys *Disziplin* in den Händen. Unter seinem Gürtel steckte ein sechsschüssiger Revolver, der etwa so groß wie die Kanone von San Jacinto war. Georgia hatte erfahren, daß die elegante Dame aus Seguin stammte; sie hieß Pink Rosebud und war eine junge Frau von zweifelhaftem Ruf. Es war Andy Potters erklärtes Ziel, ihre Seele zu erretten. Er hatte Pink Rosebud dazu bewegen können, die sonntäglichen Gottesdienste zu besuchen – auf einem der Kamele, welche die Unionsarmee einige Jahre zuvor als Reittiere nach Texas gebracht und nach ihrem Abzug als »untauglich« zurückgelassen hatte. Georgia war außerdem zu Ohren gekommen, daß Reverend Potter – der einstige Spieler, Weiberheld und Rädelsführer in Sachen Sünde – ins geistliche Amt berufen worden war und seit einigen Monaten auf Erweckungsfeiern im Hinterland predigte. Jetzt war er der konföderierten Armee beigetreten.

Der Colonel-Doktor hatte einen Feldgeistlichen angefordert, und anfänglich befürchteten seine Männer, dieser könnte ihnen den Whiskey und die Spielkarten verbieten. Doch der Feldgeistliche – kein geringerer als Captain-Reverend Potter – dachte gar nicht daran, den Soldaten diese Vergnügungen zu rauben; vielleicht, weil sie die Erinnerungen daran weckten, welchen Spaß Schnaps und Kartenspiel bereiten konnten. Er ließ die Männer weiterhin diesen Lastern frönen, sofern es seinen seelsorgerischen Pflichten nicht ins Gehege kam. Georgia beobachtete, wie der Feldgeistliche sich einer Gruppe von Männern näherte, die um ein Feuer beim Kartenspiel beisammensaßen. Statt ihnen das Spielen zu verbieten, bat er sie, »an des Satans Stelle Gott den Herrn in ihrer Runde Platz nehmen zu lassen«, und kurz darauf erhoben sich fromme Hymnen aus den rauhen Soldatenkehlen.

Am 26. März 1862 erhielt das Regiment den Befehl, abzurücken und sein Lager am Salado River, unweit von San Antonio, zu beziehen. Der Auftrag des Regiments lautete, gefangene Nordstaatler zu bewachen, die den Konföderierten nach der Eroberung der Unionsgarnison in San Antonio durch Ben McCulloch und die Rowdy King Boys aus Seguin in die Hände gefallen waren. Als die Truppen sich zum Abritt bereitmachten, bat Pinckney Georgia inständig um die Erlaubnis, in die Armee eintreten und mit seinem Vater in den Krieg ziehen zu dürfen. Seit Tagen hatte Pinckney mit dem alten Revolver, den Captain Lawshe ihm einst geschenkt hatte, das Schießen geübt. Pinckney glaubte, es sei nur eine Frage der Zeit, bis seine Mutter dem Bitten und Betteln nachgab; deshalb packte er seine Siebensachen und suchte sich ein Pferd aus. Doch zu Martha Bennys großem Erstaunen ließ Georgia sich diesmal nicht beirren. »Pinckney Woods, das kommt gar nicht in Frage!«

sagte sie mit Schärfe in der Stimme. »Zwei Männer aus dieser Familie sind genug für die Konföderation. Ich brauche dich hier, zu Hause.«

An einem wunderschönen Frühlingsmorgen, als die wilden Pflaumen blühten, zog eine lange Prozession über ein Teilstück des alten Camino Real in Richtung San Antonio. Die Offiziere und Mannschaften der 32. texanischen Kavallerie ritten von ihrem Übungsgelände zum Haus von James T. Malone in Stringtown; von dort aus wollten sie auf die Schlachtfelder ziehen. An der Spitze der Kolonne ritt Colonel-Doktor Peter Woods; neben ihm trabten Nat Benton aus Seguin und der Captain-Reverend Andrew Jackson Potter, den riesigen Revolver zur linken Hand, die Bibel zu seiner rechten. Sallie McGehee und die Ogletree-Zwillinge, Emma und Ella, ritten ebenfalls an der Spitze des Zuges. Diesen drei Damen, wie die Männer in Uniformen gekleidet, war das Abschiedsessen zu verdanken, das unter den Ulmen vor dem Hause James T. Malones stattfinden sollte. Die Flagge der Konföderierten, die der »32. Woods« voranflatterte, war von den Damen aus dem Hays County genäht und dem Colonel-Doktor von Miss McGehee überreicht worden. Die Männer trugen allesamt grobe Baumwollkleidung, rindslederne Stiefel mit großen Sporen und hohe schwarze Filzhüte, die der texanische »Lone Star« zierte. Die Steigbügelriemen ihrer mexikanischen Sättel waren so kurz geschnallt, daß es aussah, als würden sie im Stehen reiten.

Zuerst verlief der Tag, an dem das 32. Regiment abritt, ungewöhnlich feierlich. Noch nie hatte Georgia eine so große Menschenmenge gesehen. Im Schatten der Ulmen auf dem Maloneschen Anwesen standen lange Tische, die sich unter der Last der Speisen bogen. Von den Bäumen hingen konföderierte Flaggen und patriotische Banner, noch farbenprächtiger als die Blüten der wilden Pflaumenbäume, die entlang des Camino Real leuchteten. Jeder Bewohner des Hayes und Guadalupe County schien nach Stringtown gekommen zu sein, um dem Regiment die gebührende Ehre zu erweisen.

Georgia war mächtig stolz auf ihren Mann, den Colonel-Doktor, wie er so an der Spitze des Regiments herangeritten kam. Die schöne Ella Dupree Rives Ogletree hatte mit ihrem Pferd zu Peter aufgeschlossen und ritt an seiner Seite, und Georgia stellte belustigt fest, daß sie eine weibliche Version der Uniform des Colonel-Doktors trug.

»Widerlich, diese Ella!« sagte Cherokee. »Sieh dir nur an, wie diese dumme Kuh Papa schöne Augen macht. Nicht zu fassen, daß sich ein so junges Mädchen einem so alten Mann regelrecht an den Hals wirft.«

»Dein Papa ist kein alter Mann!« rief Georgia voller Leidenschaft. »Und was macht es schon, wenn Miss Ella ihn anhimmelt!«

Doch als der Nachmittag voranschritt, wich die Fröhlichkeit, und manch einer machte sich wohl seine Gedanken über die dunklen Seiten des Krieges und was es bedeuten mochte, lange Zeit getrennt zu sein. Stille senkte sich allmählich über die Versammlung. Nur hier und da war noch Gelächter zu hören. Als wären alle Gäste plötzlich tief betroffen, während man zwischen den Tischen einherging, auf denen noch immer das kaum angerührte Abschiedsessen stand. Erst jetzt wurde auch Georgia sich plötzlich bewußt, welche Folgen der Krieg für ihre Familie hatte. Sie wollte alle um sich behalten, und sie fragte sich, wann sie je wieder vereint sein würden. Da war Cherokee, die gerade George McGehee einen Abschiedskuß gab. Da waren Lovie und der junge D. P. Hopkins, die sich händchenhaltend gegenüberstanden und sich tief in die Augen blickten. Und Little Sweet klammerte sich an ihren Vater, als wollte sie ihn auf diese Weise daran hindern, fortzureiten. Georgia wünschte sich, einen Augenblick mit Peter allein sein zu können, doch sie brachte es nicht übers Herz, Little Sweet wegzuschicken.

»Komm rasch wieder nach Hause«, flüsterte Georgia Peter ins Ohr. »Und gib auf dich acht, mein Schatz.« Dann formierten sich die Kompanien, und das Regiment rückte ab. Peter ritt davon. Georgia brach es fast das Herz, als sie sah, wie Jim auf sein Pferd stieg und sich dem Colonel-Doktor anschloß. Sie mußte an die glatten Flußkiesel denken, die Jim ihr als kleiner Junge gebracht hatte. Ihre Blicke trafen sich, und Jim lächelte Georgia zu und winkte mit seinem Hut. Georgia winkte zurück und wandte sich um, und dort stand Pinckney, die Satteltaschen gepackt. Er kam mit dem Pferd am Zügel auf Georgia zu, und in seinen Augen lag ein stummes Flehen.

»Bitte, Mutter«, sagte er. »Wenn Jim gehen darf, warum darf ich es dann nicht?«

»Weil ich nicht will, daß du stirbst!«

»Dann ist es dir also egal, ob Jim stirbt oder nicht?«

Beinahe hätte Georgia den Sohn zum zweitenmal in ihrem Leben geohrfeigt, doch sie war zu traurig, als daß sie die Kraft dazu aufgebracht hätte. »Mach, daß du nach Hause kommst, Sohn«, sagte sie so bestimmt, wie sie nur konnte. Und Pinckney gehorchte. Vielleicht, weil er sich dafür schämte, was er über Jim gesagt hatte, seinen besten Freund. Pinckney stieg auf sein Pferd, wendete das Tier und ritt in Richtung Elternhaus davon. Er hörte nicht mehr, wie die Soldaten den »Dixie« sangen, als das Regiment durch die teils bewundernd, teils sorgenvoll dreinblickenden Gruppen der Frauen trabte, durch Wolken aus Flaggen und Bändern, während die Blaskapelle spielte und Mädchen den jungen Männern mit Tränen in den Augen Kußhändchen zuwarfen. Und Pinckney sah nicht mehr, wie Jim an die Seite des Colonel-Doktors ritt, auf dem Weg in den Krieg, zu Ruhm und Ehre. Und er, Pinckney, mußte zu Hause bleiben und seiner Mutter bei den Wurmkuren der Pferde helfen.

Als die Kornblumen verblaßten, das zarte junge Grün der Baumwolle aus der Erde zu sprießen begann und die Frühlingsregen eine Ernte von zwanzig Scheffel Weizen pro Morgen versprachen, waren die Männer fort. Zuerst spürte Georgia die Einsamkeit gar nicht so sehr, denn sie steckte bis über beide Ohren in Arbeit: Sie mußte den Haushalt führen, die Plantage leiten, ihr Sklavendorf versorgen und sich um seine Bewohner kümmern – darunter um die vierzig neuen Sklaven, die Captain Lawshe in den Westen geschickt hatte, nachdem seine Plantage von den Yankees niedergebrannt worden war. Abends, wenn das Tagewerk getan war, veranstalteten Georgia und Martha Benny Betstunden sowohl für Kinder wie für Erwachsene, und Bibellesungen für die eigenen Kinder und die der Neger. Einige lernten die Verse auswendig; manche konnten bald Gedichte aufsagen. Besonders Ed Tom fesselte die Kinder geradezu, wenn er ihnen aus der Heiligen Schrift vorlas.

Die Tage wurden zu einer nicht enden wollenden Schlacht gegen Krankheiten, die Mensch und Tier mit schrecklicher Regelmäßigkeit befielen. Manchmal hatte Georgia den Eindruck, daß die Hälfte der Neger an Masern erkrankt war. Ständig kümmerte sie sich um die Kranken. Da Peter fort war, suchten die Sklaven Georgia auf, wenn sie ärztliche Hilfe brauchten. Schließlich war sie ja mit einem Doktor verheiratet; folglich mußte sie mit ihm das geheime Wissen um die Heilkunst geteilt haben. Georgia tat, was sie konnte, und sie wurde von furchtbaren Schuldgefühlen geplagt, wenn ihr Wissen nicht reichte. Manchmal blieb sie stundenlang bei einem kranken Kind und versuchte, das Fieber durch kalte Umschläge zu senken. Und wenn ein Kind starb, was leider ziemlich oft der Fall war, sah Georgia das völlige Nichtbegreifen in den Augen der Eltern. Ihre Herrin – diese kleine Frau, die ihrer aller Leben beherrschte, die den Mittelpunkt ihres Universums darstellte und in die sie so unendliches Vertrauen setzten – erwies sich plötzlich als genauso fehlbar und machtlos wie sie, die Sklaven, selbst. Georgia trauerte um jedes Kind, als wäre es ihr eigenes; sie sprach Gebete für die Eltern und flehte zu Gott, ihr Kraft zu geben. »Ich muß dem lieben Gott vertrauen, der alle Dinge zum Besten der Menschen tut«, schrieb sie an den Colonel-Doktor. Und spät nachts, allein in ihrem Bett, vermißte sie Peter unendlich.

Wenn Georgia nicht als Krankenpflegerin arbeitete, war sie häufig draußen auf den Feldern, um Ed Tom zu helfen, der sich um die Pferde kümmerte. Die Fohlen machten ihnen ständig Kummer, da sie unter Zecken- und Wurmbefall litten. Ed Tom benutzte Tabak gegen die Zecken und Whiskey gegen den Wurmbefall. »Wenn Sie die Würmer betrunken machen«, sagte er, »kommen sie raus, um 'nen klaren Kopf zu kriegen, und aus ist's mit ihnen.«

Wann immer sie Zeit hatten, halfen Georgia und Martha Benny den Frauen in Stringtown, Gewehrkugeln für das Regiment zu gießen. Sie schmolzen Blei über einem Feuer und ließen die silberne Flüssigkeit dann in rotglühende, langstielige Gußformen laufen. Sobald das Blei abgekühlt war, schüttelten die Frauen die Gußformen, und glatte runde Kugeln rollten heraus. Es war eine anstrengende Arbeit, doch sie gab Georgia das Gefühl, dem Krieg und Peter näher zu sein. Am Ende eines solchen Arbeitstages kam Georgia sich vor, als würde sie das Gewicht der ganzen Konföderation allein auf den Schultern tragen. Dann, tief in der Nacht, nahm sie ihre Feder und schrieb: »Mein geliebter Mann. Ich werde mich nie daran gewöhnen, daß Du von zu Hause fort bist. Wir alle vermissen Dich sehr. Es ist schrecklich, von den Menschen getrennt zu sein, die wir über alles in der Welt lieben.«

In den ersten Monaten des Krieges, als Captain Lawshe erfuhr, daß der Colonel-Doktor für unabsehbare Zeit von zu Hause fort war, stellte er trotz Georgias beharrlichem Widerstand einen Aufseher für die Woods-Plantage ein. Da viele Plantagenbesitzer in den Krieg gezogen waren, gab es nicht wenige Frauen, die sich in einer ähnlichen Situation wie Georgia befanden: Sie mußten ein Heer von Sklaven beaufsichtigen und dafür sorgen, daß die Arbeit auf den Feldern wie gewohnt weiterging. Die Männer befürchteten, daß die Sklaven aufsässig werden könnten und daß eine Frau nicht genug Autorität besaß, Disziplin und Ordnung aufrechtzuerhalten. Wenngleich Georgia zornig war und sich durch die väterliche Intervention gedemütigt fühlte, fügte sie sich wie eine brave Tochter, und der widerwärtige Emanuel Hawker wurde nach San Marcos entsandt.

Von Anfang an gab es Ärger. Emanuel Hawker war ein großer,

massiger, rotgesichtiger Mann mit barschem Auftreten und einer unverrückbaren Meinung, was seine »Verantwortlichkeiten« betraf, wie er es nannte. Captain Lawshe habe erklärt, stellte Hawker von vornherein fest, daß Georgia für den Haushalt verantwortlich sei und er für alles andere. Hawker war ein angeberischer Kerl; Georgia hätte ihn als Witzfigur betrachtet, wäre da nicht sein Hang zur Grausamkeit gewesen. Hawker war entschlossen, den Willen des alten Captain Lawshe mit allen Mitteln durchzusetzen.

Bis zu Hawkers Erscheinen hatten Georgia und Ed Tom die Plantage gemeinsam geleitet. Das Sklavendorf, das inzwischen die Ausmaße einer Kleinstadt angenommen hatte, wurde von Ed Tom geleitet. Er sorgte für Sauberkeit und Ordnung, teilte die Sklaven zur Arbeit ein, kümmerte sich um Probleme jeder Art oder spezielle Wünsche, die an ihn herangetragen wurden, und konnte im Dorf praktisch schalten und walten, wie er wollte. Ed Tom wurde von den Sklaven hoch geachtet, ja, geliebt. Mit Georgias Zustimmung erlaubte er bestimmten Sklaven sogar – Old Mose, zum Beispiel – in der Stadt Lohnarbeit zu verrichten.

Als Hawker erfuhr, daß Old Mose in der Stadt »eigenes Geld« verdiente wie ein weißer Mann, bekam er einen Wutanfall. Er ließ Old Mose zu sich kommen. »Wenn ich noch einmal höre, daß du von unseren Feldern abhaust«, sagte Hawker, »peitsche ich dir deinen schwarzen Balg so blutig, daß du wie eine Rothaut aussiehst!«

Old Mose beschwerte sich bei Ed Tom, der Hawker daraufhin zur Rede stellte. »Sir«, sagte Ed Tom, »der Colonel-Doktor hat einigen von uns erlaubt, Lohnarbeit anzunehmen. So ist es hier schon immer gewesen.«

»Siehst du hier irgendwo den Colonel-Doktor, Blackie?«

»Nein, Sir.«

»Siehst du Emanuel Hawker?«

»Ja, Sir.«

»Und in Zukunft geschieht hier nur das, was Emanuel Hawker bestimmt, Nigger. Und laß dir eins gesagt sein. Falls du mir irgendwelche Schwierigkeiten machst, dann wird es hier einen großmäuligen Nigger weniger geben, noch bevor du deinen feinen Colonel-Doktor wiedersiehst.«

Ed Tom beschloß, niemandem von dem Gespräch zu erzählen. Aber es kam Georgia dennoch zu Ohren.

»Hawker«, sagte sie, »sollten Sie es wagen, auf meinem Grund und Boden Hand an Ed Tom oder jemand anderen zu legen, schieße ich Sie über den Haufen!«

Zuerst war Hawker verblüfft; dann fing er an zu lachen. Es hörte sich an wie das Quietschen eines Schweins, und sein Gesicht wurde dermaßen rot, daß Georgia jeden Augenblick damit rechnete, Hawker würde der Schlag treffen. Für einen Moment hoffte sie sogar, daß dieser Mann tot umfiele. Doch ihr heißer Zorn kühlte sich rasch ab, als sie sich ihrer Machtlosigkeit bewußt wurde. Statt Hawker den Kopf zurechtzusetzen, hatte sie sich einfach nur dumm aufgeführt.

»Oho, kleine Lady«, prustete Hawker, als er sein häßliches Lachen halbwegs unter Kontrolle hatte, »Sie sind wirklich die Tochter Ihres Vaters, das steht fest.« Er wischte sich die Tränen aus den Augen, drehte sich um und stapfte davon. Georgia konnte noch einmal sein quiekendes Lachen hören, als er um eine Ecke der Scheune bog und verschwand.

Im Herbst 1862 überließen Georgia und Ed Tom Hawker die alleinige Leitung der Plantage, da sie sich auf die lange Überlandreise in die Gegend südlich des Wild Horse Desert machten, wo sie den Colonel-Doktor besuchen wollten. Das Woods-Regiment war in einen wilden Landstrich am Rio Grande entsandt worden, um die Grenze nach Mexiko zu bewachen. Von hier aus hatte der Colonel-Doktor Georgia einen Brief geschrieben, aus dem so viel Liebe und Einsamkeit sprachen, daß Georgia ihre Sachen packte, kaum daß sie den Brief zu Ende gelesen hatte. In diesem frühen Stadium des Krieges war es nicht ungewöhnlich, daß Offiziersfrauen ihre Männer in den Militärlagern besuchten. Georgia nahm

Ed Tom mit auf die Reise; zum einen, weil er ihr Sicherheit bieten konnte und zum anderen, weil sie ihn nicht mit Emanuel Hawker allein lassen wollte. Sie war sich selbst nicht ganz sicher, welchen von beiden Männern sie damit vor dem anderen schützen wollte.

Sie kamen an der großen Ranch der Kings vorüber und gelangten bald darauf in eine seltsame und gefährliche Gegend, die von Sanddünen und ausgetrockneten Flußbetten beherrscht wurde, über denen sich ein blasser, farbloser Himmel wölbte. Hin und wieder brach ein Wildschwein aus dem Gebüsch hervor, oder eine Klapperschlange huschte vor den heranrollenden Wagenrädern davon, und am Abend, als Georgia sich in ihrer Decke zusammengerollt hatte, lauschte sie ängstlich auf das leise Tappen von Taranteln. Tagelang sah sie kein Anzeichen menschlichen Lebens, nur hin und wieder die fernen Silhouetten von Reitern, die sich messerscharf vom Horizont abhoben. Sie fragte sich, wer diese einsamen Reiter sein mochten. Die Rede ging, daß diese Gegend der Unterschlupf von Dieben und Mördern sei, von gefährlichen Vagabunden aller Art, abtrünnigen Comanchen, umherstreunenden Banditen, bewaffneten Horden mexikanischer Revoluzzer und den verschiedensten Desperados beider Seiten der Grenze. Doch als die beiden Reisenden diese überaus gefährliche Welt betraten, fühlte Georgia sich verhältnismäßig sicher, denn sie und Ed Tom reisten in einem großen Baumwolltreck mit – einer schwerbewachten Kolonne riesiger Frachtwagen, die mit Baumwollballen beladen waren. Das Ziel des Trecks war die kleine Hafenstadt Bagdad in Mexiko unweit der Mündung des Rio Grande.

Der Colonel-Doktor und Andrew Jackson Potter trafen Georgia und Ed Tom in eben dieser Stadt. Während Georgia am Arm des Regimentskommandeurs und seines Feldgeistlichen durch die Stadt geleitet wurde, staunte sie über den Wald aus Schiffsmasten, der sich aus den braunen Fluten des Rio Grande erhob. Hunderte kleiner schneller Leichter wurden mit Baumwolle beladen, um sie zu den großen Schiffen zu bringen, die im tieferen Wasser hinter der Flußmündung warteten. Sobald diese großen Frachter ihre Ladungen aufgenommen hatten, stellten sie sich der Herausforderung des Yankee-Ausfuhrverbots, das über die Küstenstreifen vor Galveston, Sabine Pass und Indianola verhängt worden war. Als Georgia am Hafen von Bagdad entlangschlenderte, kam es ihr so vor, als würde sie eine Reise um die Erde und zurück unternehmen. Matrosen und Kaufleute aus aller Herren Länder drängten sich hier; Araber mit Turbanen, Spieler von den Mississippi-Flußdampfern und leichte Mädchen, Indianer und französische Flottenoffiziere, Indios und mexikanische *vaqueros*. Die Luft war von den verschiedensten Geräuschen und Tönen erfüllt: Gelächter, Rufe und Schreie in einem Dutzend verschiedener Sprachen; das Bimmeln von Schiffsglocken und das Rauschen des Wassers; das Rasseln von Ketten und das Schlagen von Tauen; das Rumpeln von Fässern und das Brüllen von Ochsen und Maultieren.

»Früher waren Städte wie diese Piratennester«, sagte Potter. »Nur waren die Schiffe damals mit Gold beladen. Heute werden im Baumwollhandel riesige Vermögen gemacht oder verloren.«

Andrew Jackson Potters Augen funkelten, als er über das Risiko sprach, das die Blockadebrecher eingingen. »Wenn ich kein Gottesmann wäre«, sagte er, »würde ich hier mein Glück machen.«

»Und wie würden Sie das anstellen?« fragte Georgia.

»Indem ich die Ausfuhrsperre der Yankees durchbreche.« Potter wies auf die Mündung des Rio Grande. »Dort draußen, hinter den letzten Sandbänken, patrouillieren die Kanonenboote der Yankees die texanische Küste auf und ab. Auf diese Weise versuchen sie, den Baumwollhandel zwischen den Plantagen in den Südstaaten und den europäischen Märkten zu unterbrechen. Je erfolgreicher die Yankee-Blockade ist, desto höher klettern die Baumwollpreise im Norden und in Europa, und um so größere Gewinne kann man erzielen.« Georgia konnte spüren, wie erregt der alte Spieler war, als er sich die Unsummen vorstellte, die wagemutige Blockadebrecher einstreichen konnten.

»Aber, aber, Reverend Potter«, spöttelte sie. »Ich habe fast den Eindruck, daß Sie in Versuchung geraten, Ihren Beruf zu wechseln.«

»Ich gebe zu, daß ich einst davon geträumt habe, hier auf Erden Schätze anzuhäufen. Aber das ist nichtig. Alles ist nichtig.« In seiner Stimme lag leise Wehmut, doch seine Augen funkelten begehrlich. »Was sind des Menschen irdische Güter im Vergleich zur himmlischen Glückseligkeit.«

»Aber wenn Sie kein so frommer Kirchenmann wären«, fragte Georgia, »wie würden Sie es dann anstellen? Wie würden Sie mit Baumwolle Ihr Vermögen verdienen?«

»Ich würde meine Baumwollballen auf Frachtwagen zum Rio Grande hinunter transportieren. In einem Treck wie demjenigen, dem Sie und Ed Tom sich angeschlossen hatten. Dann würde ich meine Baumwolle von einem cleveren Makler verkaufen lassen und den Gewinn in Gold anlegen. Von diesem Gold würde ich dann Rüstungswaren erwerben und an die Regierung der Konföderation verkaufen. So könnte ich an einer Baumwollernte gleich zweimal verdienen. Die meisten Schiffe hier in Bagdad sind mit Ballen beladen, die zu den Baumwollmühlen der Yankees transportiert werden sollen. Einige werden nach England verschifft. Jedenfalls – wenn es mir gelänge, mich an den Yankees vorbeizuschleichen, würde ich einen phantastischen Schnitt machen.«

Bei Anbruch der Dämmerung beobachteten Georgia, der Colonel-Doktor und Captain-Reverend Potter, wie ein kleiner, mit Baumwollballen beladener Leichter aus dem Hafen auslief. Auf jedem Ballen lag ein Scharfschütze. Georgia fragte die Männer, warum nicht auch die Woods-Plantage an der Baumwolle verdienen sollte, die durch die Yankee-Blockade geschmuggelt wurde.

»Es ist ein gefährliches Unterfangen«, sagte Potter und rückte seinen Gürtel zurecht, unter dem sein riesiger Revolver steckte. »Entweder werden Sie von Piraten erwischt oder von den Yankees. Außerdem bezeichnen manche Leute den Baumwollschmuggel als schändlichen Verrat.«

Der Colonel-Doktor pflichtete ihm bei. »Je mehr Geld die Plantagenbesitzer verdienen, desto größer werden die Ackerflächen, auf denen sie Baumwolle anpflanzen statt Getreide und Gemüse. Das ist einer der Gründe für die drohende Nahrungsmittelknappheit in den Südstaaten.«

»Es ist, als würde man mit dem Feind Handel treiben«, fuhr Potter fort. »Und darum ist es Verrat. Man steckt mit den Yankees unter eine Decke.«

»Ich könnte einen Vertrag mit Mittie Roosevelt abschließen«, sagte Georgia. »Sie ist ein Mädchen aus Georgia, das rein zufällig nach New York verschlagen wurde.«

»Die Hälfte der Schiffe, die du hier siehst, sind an New Yorker Händler vermietet«, erwiderte der Colonel-Doktor. »Man kann diese Leute doch nicht mit der Linken bekämpfen und ihnen gleichzeitig die Rechte zum Handschlag reichen.«

»Wem würde es denn schaden?« fragte Georgia. »Es hat nichts mit dem Krieg zu tun. Baumwolle ist schließlich kein Schießpulver. Es ist nichts weiter als Rohmaterial für Bekleidung. Für Strümpfe, Damenhüte und Mieder.«

Als die abendliche Dunkelheit sich über den Hafen von Bagdad senkte, hatte Georgia das Bedürfnis, ein wenig allein zu sein. *Wie seltsam*, dachte sie, *daß ich gerade jetzt diesen Wunsch habe, wo ich doch so lange allein gewesen bin.* Sie ging zu einem Türeingang, von dem aus sie den Holzsteg sehen konnte, der am Fluß entlang verlief und auf dem sich die ersten Nachtschwärmer eingefunden hatten. Eine seltsame Stille lag in der Luft, ein beinahe beunruhigender Kontrast zu dem fröhlichen und lärmenden Treiben, das tagsüber am Hafen herrschte. Die Dunkelheit war noch erfüllt von der Schwüle des Tages. Die Schiffe sahen wie schlafende Tiere aus, und fauchenden Drachen gleich stießen Dampfer Wolken aus Funken und Asche in einen mondlosen Himmel. Georgia schauderte. Im trüben Licht der Laternen auf dem Holzsteg schlenderten Huren entlang und gingen Arm in Arm mit betrunkenen Matrosen davon. Irgendwo in der Dunkelheit verschworen sich mexikanische Patrioten gegen Maximilian und dessen französische Armee, und Banditen mordeten aus Haß oder für Geld. Und in weiter Ferne metzelten die Armeen zweier Brudernationen sich voller Hingabe gegenseitig nieder, und Kinder starben an tödlichem Fieber. Im Morast des Hafens von Bagdad gediehen Täuschung und Betrug.

Die Welt, wie ich sie kannte, zerfällt in Stücke, dachte Georgia, *aber ich werde dafür sorgen, daß meine Familie nicht auch noch zerbricht.* Sie blickte hinaus in die Nacht und auf die verlorenen Menschen von Bagdad – und traf ihre Entscheidung. *Sollen die Männer im Krieg für den Erhalt unserer Welt kämpfen. Ich werde den Kampf auf meine Weise führen.*

Drei Tage lang wohnten Georgia und Peter allein in einem kleinen, abgelegenen Lehmziegelhaus über dem Fluß. Nie war Georgia zufriedener gewesen. Die Müdigkeit und Einsamkeit der letzten Monate fielen von ihr ab, und sie fühlte sich frei und jung und voller Leben. Sie erlebte eine Zeit der Liebe und des Friedens, bevor sie ihre Gedanken wieder auf jenen gefährlichen Pfad lenkte, den sie einschlagen wollte.

Nach ihrer Rückkehr nach San Marcos machte Georgia sich mit frischer Energie an die Arbeit und nahm die Leitung der Plantage wieder selbst in die Hand. Die Tage waren so lang und beschwerlich wie vor ihrer Reise an den Rio Grande; nun aber hatte sie ein Ziel vor Augen, das ihr jene Entschlossenheit und Kraft verlieh, die ihr in den Monaten zuvor gefehlt hatten, wie sie nun erkannte. Früher hatte sie nur auf Peters Rückkehr gewartet und die Probleme vor sich her zu schieben versucht, so gut sie es vermochte. Jetzt war sie entschlossen, ihrer aller Zukunft aktiv mitzugestalten. Und diese Zukunft würde »wundervoll« sein, wie sie Martha Benny und den Kindern versprach.

In dieser Zeit begann Georgia mit den Planungen für ein großes Herrenhaus, das die Hügel um San Marcos beherrschen und ihre Familie für die nächsten hundert Generationen aushalten sollte. Sie stellte sich ein riesiges weißes Gebäude vor, das sich aus duftenden Gärten voller Feigenbäume, Lavendel, Gebirgslorbeer und Minze erhob. Diese Woods-Villa sollte ihr Geschenk an den Colonel-Doktor sein. Ein Gebäudeflügel sollte ein kleines Krankenhaus beherbergen. Außerdem kaufte Georgia ein Grundstück in der

Stadt, auf dem sie eine Apotheke sowie ein Büro für die Arztpraxis ihres Mannes errichten wollte.

Ob das Herrenhaus jemals gebaut werden konnte, hing allerdings davon ab, ob die Woods-Plantage nach wie vor einträglich blieb. Die Pferdeherde umfaßte mittlerweile etwa 120 Tiere, die hervorragende Preise erzielten, wenn sie an die Quartiermeisterei der konföderierten Armee verkauft wurden. Viele Südstaatenoffiziere ritten auf Pferden, die von diesen texanischen Weiden stammten, in den Sieg oder in den Tod. Allerdings sank der Baumwollpreis auf den Weltmärkten rapide, weshalb Georgia die Anbaufläche erweiterte und Mittie Roosevelt den ersten zurückhaltenden Vorschlag unterbreitete, Verträge mit Händlern aus dem Norden abzuschließen. Mitties Antwort war positiv, so daß eine komplizierte Strategie für die Lieferung der Baumwolle ausgearbeitet wurde, die auch das Chartern der Schiffe und deren Doppelregistrierung sowohl unter der Nord- als auch der Südstaatenflagge mit einschloß.

Doch kurz bevor die Baumwollernte für die erste Lieferung in den Norden ins Haus stand, sah Georgia sich mit einem gewichtigen Problem konfrontiert. Sie hatte beschlossen, Ed Tom die Verantwortung für den ersten Treck zu übertragen; von seiner gemeinsamen Reise mit Georgia an den Rio Grande kannte Ed Tom die Route, die der Wagenzug nehmen mußte; er war in Bagdad gewesen und deshalb mit den Gefahren dieser Unternehmung vertraut. Wenn Ed Tom den ersten Treck erst ans Ziel gebracht hatte, konnte er weitere führen – einen nach dem anderen. Zudem hatte Georgia vollstes Vertrauen zu dem alten Freund, auch wenn sie sich an Ed Toms Leichtsinn erinnern konnte, als er vor einigen Jahren den Erlös für eine gesamte Baumwollernte auf Sam Ealy Johnsons Küchentisch hatte liegen lassen.

Eines Tages rief Georgia ihren Aufseher Hawker und Ed Tom zu sich und legte ihnen den Plan dar, die Baumwollernte dieses Jahres an Aufkäufer aus dem Norden zu liefern. Georgia war ziemlich erstaunt, daß Hawker gegen den grundsätzlichen Plan keine Einwände erhob. Doch als sie Hawker mitteilte, daß sie und Ed Tom die Verantwortung für das gesamte Unternehmen tragen würden, war er strikt dagegen.

»Falls Sie wirklich entschlossen sind, die Blockade zu durchbrechen, werde ich den Wagenzug selbst führen. Das ist nichts für eine weiße Frau und einen Nigger. Sie können einem nichtsnutzigen Schwarzen keine derart große Verantwortung übertragen. Könnte doch sein, daß er den Kram hinschmeißt und sich mit Ihrem Geld nach Norden aus dem Staub macht, ins gelobte Land der Nigger.«

Für einen Augenblick herrschte Totenstille im Zimmer. Georgia konnte nur das hölzerne Ticken der Uhr hören, die einst den Kaminsims in der Villa ihres Vaters in Water Valley geziert hatte. Sie warf Ed Tom einen raschen Blick zu, und wenn sie ihn nicht so gut gekannt hätte, wäre ihr das beinahe unmerkliche Lächeln, das sich in seinen Augenwinkeln eingenistet hatte, gar nicht aufgefallen. Dann schaute sie wieder Hawker an.

»Ed Tom«, sagte sie, ohne den Blick von Hawkers feistem Gesicht zu nehmen. »Geh auf die Nordweide, und sieh nach den Fohlen. Ich möchte mit Mister Hawker reden.«

Ed Tom wandte sich zum Gehen.

»Du bleibst hier, Nigger«, sagte Hawker. »Bleib hier, oder ich prügle dir den Teer aus deinem schwarzen Balg.«

Ed Tom blieb stehen.

Georgia steckte in einer Sackgasse. Kalte Wut packte sie. Der arme Ed Tom, ihr großer Freund, Martha Bennys Mann, wurde vor ihren Augen von diesem großmäuligen, aufgeblasenen Flegel gedemütigt. Mit gewaltiger Selbstbeherrschung sagte sie: »Vielleicht haben Sie recht, Mr. Hawker. Aber Sie werden Geld brauchen, um zusätzliche Ochsen für die Frachtwagen zu kaufen. Warten Sie hier, ich bringe Ihnen das Geld.« Georgia wandte sich um, ging rasch auf Pinckneys Zimmer, hob die Diele unter seinem Bett an, wo er seinen Revolver versteckt hatte, nahm die Waffe heraus, ging zurück zu Hawker und richtete die Mündung des Revolvers genau zwischen die Augen des Mannes, die sich so sehr weiteten, daß es einer Eule zur Ehre gereicht hätte. »Verschwinden Sie, Mr. Hawker.

Auf der Stelle! Sollten Sie jemals wieder einen Fuß auf meinen Grund und Boden setzen, werde ich Sie höchstpersönlich vor den Augen sämtlicher Neger auspeitschen.«

Hawker stand da wie zur Salzsäule erstarrt. Ihm brach der Schweiß aus; dann aber fing er zu lachen an. Die Uhr aus Water Valley tickte leise vor sich hin. Das Lächeln in Ed Toms Augenwinkeln war verschwunden. »Raus hier, du jämmerlicher Mistkerl«, sagte Georgia, und ihre Stimme war so ruhig wie die Mündung des Revolvers, die immer noch auf Hawkers Kopf gerichtet war.

Hawker verlagerte das Körpergewicht. Georgia packte die Waffe mit beiden Händen, wie sie es bei Sheriff Z. P. Bugg und Sam Ealy Johnson gesehen hatte, als die beiden Pinckney das Schießen gelehrt hatten. »Wir leben in schweren Zeiten, Hawker«, sagte sie. »Ich setze die Zukunft meiner Familie aufs Spiel, wenn ich durch die Yankee-Blockade zu schlüpfen versuche. Und Sie stehen mir dabei im Weg.« Dann drückte Georgia ab.

Der Schuß knallte nicht so laut, wie sie es eigentlich erwartet hatte. Später erinnerte sie sich vor allem daran, wie die Lampe hinter Hawker plötzlich explodierte, daß die Splitter durchs Zimmer flogen, und wie Hawkers Gesicht zu zittern anfing und sich verzerrte, und wie er sich umdrehte und mit schnellen Schritten das Zimmer, das Land der Woods und die »Verpflichtungen« gegenüber seinem alten Boß hinter sich ließ, dessen Tochter offenbar von allen guten Geistern verlassen war.

Georgia war von diesem Zusammenstoß körperlich und seelisch dermaßen erschöpft, daß sie sich zum erstenmal seit Jahren am liebsten einfach ins Bett verkrochen hätte. Aber dafür war jetzt keine Zeit. Sie schätzte, wie lange es dauern würde, ihre Baumwolle nach Mexiko zu bringen. Mit acht Frachtwagen, jeder von vier Ochsen gezogen und mit einem Fahrer auf dem Bock sowie einem Proviantwagen und einem ausreichenden Wasservorrat, begab sie sich auf ihren Treck nach Bagdad.

Im Dezember 1863, nachdem Georgia aus Bagdad zurückgekehrt war, zog auch ihr ältester Sohn in den Krieg. Georgias Widerstand war schließlich erlahmt. Sie schenkte Pinckney einen ihrer schönsten Rotfüchse, sorgte dafür, daß er »anständig bewaffnet, gekleidet, beschuht und behütet« war und schickte ihm seinen jüngsten Sklaven mit, der ihm auf dem langen Ritt zu seinem Regiment zu Diensten sein und für ihn kochen und waschen sollte. In einem Brief an den Colonel-Doktor schrieb Georgia: »Pinckney ist begeistert, in den Krieg ziehen zu dürfen. Das arme Kind. Er hat ja keine Ahnung, wie schwer der Dienst in der Armee ist. Ich kann Dir gar nicht sagen, wie sehr ich es bedauere, daß es notwendig geworden ist, so viele junge Burschen in die Armee aufzunehmen. Aber ich bin glücklich, daß Pinckney es frohen Mutes getan hat.«

Bisher hatte Georgia ganze Tage verbracht, ohne Pinckney zu Gesicht zu bekommen oder auch nur an ihn zu denken – jetzt aber wurde ihr seine Abwesenheit schmerzlich bewußt und hinterließ eine seltsame, unerwartete Leere in ihrem Innern. Es schien, als wäre ein Steinchen aus einem Mosaik herausgefallen, und irgendwie änderte sich nun der Ablauf des täglichen Lebens auf der Plantage. Mahalia saß am Spinnrad, Nancy am Webstuhl; Sol schusterte Schuhe; Leroy fuhr mit einer Wagenladung Salz davon; Ed Tom reparierte die Frachtwagen; Ulysses Cephas war an seiner Schmiedeesse beschäftigt; Martha Benny pflegte die kranken Kinder; Eddie Jones kümmerte sich um das Vieh und die Pferde; Sip und Leath machten die Rechen und Pflüge fertig; Cherokee und Sweet halfen, mehrere Soldaten zu pflegen, die sich von Verwundungen oder Krankheiten erholten, und kümmerten sich um Reverend Cummings, den Georgia in ihr Haus aufgenommen hatte, nachdem sie erfahren hatte, daß er an Schwindsucht erkrankt war und seine Tage gezählt waren.

Georgia war von Menschen umgeben, von Betriebsamkeit und vielerlei Aufgaben; dennoch war sie noch nie so allein gewesen. Und außer ihr wußte niemand, daß unter ihrem Herzen neues Leben heranwuchs. Sie vermutete, daß Gott auf diese Weise Ersatz für jene Jungen schuf, die im Krieg ihr Leben ließen. »Mein geliebter Mann«, schrieb sie, »Du kannst Dir nicht vorstellen, wie sehr ich Dich liebe und vermisse.« Georgia erkannte, daß der fehlende Stein im Mosaik nicht Pinckney oder Jim oder ihr Gatte war, sondern die Tatsache, daß sich kein Mann im Haus aufhielt. Sie lebte in einer Welt von Frauen und Kindern. Der kleine Peter war der »Hausherr«, und Georgia schrieb an den Colonel-Doktor: »Peter hat heute schwer geschuftet und den kleinen Negerkindern geholfen, die Vögel aus dem Weizenfeld zu verscheuchen.« Georgia vermißte das Lachen aus Männerkehlen, ihre Kartenspielrunden, ihre Angebereien, ihr maskulines Gehabe, ihre rührenden Sentimentalitäten und ihre manchmal seltsamen Ansichten. Sie mußte lächeln, als sie dachte: *Ich vermisse sie alle, nur den widerlichen Mr. Hawker nicht.*

Bevor das Regiment nach Norden zog, um beim Red-River-Feldzug gegen die Yankees zu kämpfen, bekam Georgia ein letztes Mal die Gelegenheit, den Colonel-Doktor in Südtexas zu besuchen. Als sie im Lager eintraf, stellte sie fest, daß das Regiment bereits in eine Auseinandersetzung hineingezogen worden war, die fast so gefährlich erschien wie die Kämpfe, in die andere Konföderierten-Einheiten weiter im Osten verstrickt waren. Wie Georgia bald erfuhr, hingen die Schwierigkeiten mit dem geheimnisvollen Massensterben der südtexanischen Schweine zusammen. Zivilisten, die in der Nähe des Militärlagers der 32. Texas-Kavallerie lebten, beklagten sich darüber, daß die Reitersoldaten »auf Schweine schießen, sich schlecht benehmen und Zäune als Feuerholz benutzen«. Die Männer des Colonel-Doktors wurden dieser Verbrechen beschuldigt; ihr Kommandeur wurde streng getadelt und erhielt den Befehl, das Schweinetöten und Zäuneverbrennen unverzüglich einzustellen. Colonel-Doktor Woods war über diesen Verweis seines Vorgesetzten, General Magruder, dermaßen erzürnt, daß er in einem Antwortbrief an den General schrieb, er betrachte diesen Befehl als außerordentlich empörend. »Ich bin der festen Überzeugung«, hieß es weiter, »daß Ihr unangemessener Befehl an mein

Regiment auf falschen Voraussetzungen beruht. Daher gehe ich davon aus, daß besagter Befehl sowie Ihr Verweis, der mich tief getroffen hat, irrtümlich ergangen sind und gewiß an eine andere Einheit gerichtet waren.«

Eines Morgens, als Georgia und Captain-Reverend Potter nach Brownsville fuhren, um dort Vorräte zu besorgen und die Post für die Kavalleristen abzuholen, wurden sie zufällig Zeugen eines Gesprächs zwischen zwei Soldaten aus Shays Regiment, einer Einheit, die unweit des Woods-Regiments ihr Lager aufgeschlagen hatte. Die beiden Männer sprachen über einen Artikel, der in der *Brownsville Flag* erschienen war und in dem die Männer des Colonel-Doktors des »mutwilligen und ungeheuerlichen Abschlachtens von Schweinen der Zivilbevölkerung« beschuldigt wurden.

»Da hat der Zeitungsmensch dem Woods-Regiment aber ganz schön eins übergebraten«, sagte der eine Soldat.

»Die haben's nicht besser verdient«, erwiderte der andere.

Nach einem einzigen, für einen Gottesmann bemerkenswerten Sprung vom Kutschbock stand Reverend Potter neben den Soldaten und riß dem einen die Zeitung aus der Hand. Ein kurzer Blick überzeugte ihn, daß der Colonel-Doktor tatsächlich verleumdet worden war und daß diese Ehrverletzung gerächt werden mußte. Ohne den verdutzen Soldaten auch nur ein Wort zu gönnen, faltete der Reverend die Zeitung zusammen, holte Georgia herbei und marschierte mit ihr zum Zeitungsbüro. Georgia wußte, daß der Verkünder des göttlichen Friedens nunmehr den Krieg erklären wollte.

Das Gespräch begann in freundlicher Atmosphäre. Der Zeitungsherausgeber hörte Potter aufmerksam zu, als dieser sein Anliegen vorbrachte. »Diese Männer sind fern von Haus und Hof«, sagte der Reverend, »um unsere Heimat zu verteidigen, und es ist nicht recht, ihnen falsche Beschuldigungen anzudichten.« Dann forderte er den Herausgeber auf, einen zweiten Artikel zu schreiben und die Geschichte aus der Sicht der Soldaten zu erzählen.

»Ich verstehe. Ich soll schreiben, daß die Männer Appetit auf

Schinken mit Ei hatten, nicht wahr? Daß sie die Schweine geschlachtet haben, weil sie sich einsam fühlten und Hunger und Heimweh hatten?«

»Natürlich nicht.«

»Aber Hochwürden!« sagte der Zeitungsherausgeber. »Ich kann doch die Wahrheit nicht verdrehen! Die Männer des Colonels haben die Schweine getötet! So sicher, wie unser Herrgott kleine grüne Äpfel wachsen läßt.«

Der Captain-Reverend erhob sich aus dem Stuhl. »Bezeichnest du mich als Lügner, mein Sohn?«

»Nein! Ich wollte damit nur sagen, daß die Leute des Colonels Zivilistenschweine getötet haben.«

»Zeig mir diese Schweine, Sohn. Wo sind die Beweisstücke?«

»Wie kann ich Ihnen die Beweisstücke zeigen?« Der Herausgeber war der Verzweiflung nahe. »Die Männer haben sie gegessen!«

An diesem Punkt der Diskussion beugte Captain-Reverend Andrew Jackson Potter sich über den Schreibtisch des Herausgebers und gab dem Mann – ohne daß Georgia ihn daran hindern konnte – eine Ohrfeige, zog seinen riesigen Revolver unter dem Gürtel hervor, forderte einen Widerruf und drohte dem armen Kerl, ihn sonst mitsamt seiner Druckerpresse in den Rio Grande zu werfen.

Ein paar Tage später flüchtete der Zeitungsmann nach Mexiko, Georgia kehrte nach San Marcos zurück, und die 32. texanische Kavallerie zog in die Schlacht am Red River, in deren Verlauf fast dreitausend konföderierte Soldaten getötet, verwundet oder als im Einsatz vermißt gemeldet wurden.

Das Jahr 1864 erlebte Georgia halb in der Realität, halb auf dem Papier. Auf der einen, der realen Ebene, ging die alltägliche Arbeit auf der Plantage weiter, mit all ihren Problemen und Beschwernissen. Im Februar starb eine Nachbarin Georgias, Mrs. Caperton, im Kindbett. Da ihr Mann im Krieg war und die Capertons den Säugling nicht versorgen konnten, nahm Georgia den kleinen Allis Caperton bei sich auf. Ihrem Mann schrieb sie: »Sicher wirst Du jetzt sagen, daß wir schon genug Kinder im Hause haben, aber ich stehe vor einem solchen Berg von Aufgaben, daß es auf dieses arme kleine, mutterlose Wurm auch nicht mehr ankommt.«

Auf der andere Ebene erlebte Georgia das Jahr durch den ständigen Briefwechsel mit ihrem Mann – einem nicht abreißenden Strom aus Tinte und Blut, Wünschen und Hoffnungen. Sie vertrauten einander ihre intimsten Gedanken und tiefsten Gefühle an. Georgia erkannte, daß ihr Mann den Krieg inzwischen mit Zorn und Widerwillen betrachtete und daß er es bereute, in den Krieg gezogen zu sein. Der Gedanke, menschliche Wesen zu töten oder ihren Tod zu verursachen, erfüllte ihn mit wachsender Abscheu. Es gab sogar Anzeichen, daß er seine Uniform ablegen und nach Hause zurückkehren wollte. »Aber ich möchte nicht, daß Du Deine soldatischen Pflichten aufgibst, um bei mir sein zu können. Lieber hoffe und bange und leide ich bis zum Tod, als den Yankees unterworfen zu sein. Denke stets daran, daß Dein Leben in der Hand unseres allwissenden himmlischen Vaters liegt, der sich in Seiner unendlichen Güte Deiner annehmen kann und wird. Er wird Dich eines Tages, wenn Er die Zeit für gekommen hält, gesund und sicher nach Hause geleiten.«

Als Georgia dem Colonel-Doktor schrieb, daß sie ein Kind erwartete, ließ sein Antwortbrief fast einen Monat auf sich warten. Er wurde Georgia von Colonel Ellisons Negersklaven überbracht. »Meine geliebte Frau«, schrieb Peter, »die Nachricht, daß Du ein Kind bekommen wirst, war für mich wie ein Frühlingstag im tiefsten Winter. Ich freue mich von ganzem Herzen und danke Gott für das neue Leben, daß er Deiner Obhut anvertraut hat. Ich kann Dir gar nicht sagen, wie sehr ich Dich liebe und bei Dir sein möchte. Versuche, Dir Deine Gesundheit zu bewahren, so gut Du nur kannst. Ich fürchte, Du hast mehr Arbeit, als in Deinem Zustand gut für Dich ist. Wie gern ich Dich besuchen würde! Ich bin dieses Krieges so unendlich müde. Welchen Preis kann all dieser Schrecken, dieses Leid und der Tod wert sein? Um wie vieles wertvoller wäre ich für den Schöpfer, könnte ich an Deiner Seite sein, wenn Du als Frau neues Leben schenkst, statt wie ich als Soldat Leben zu nehmen.«

Die Briefe ihres Mannes sowie die Berichte jener Soldaten, die unter seinem Befehl dienten, ließen erkennen, daß Peter ein ziemlich unorthodoxer Regimentskommandeur war. Häufig wurde er wegen »mangelnder militärischer Disziplin der Truppe« getadelt. Obwohl Peters Einheit sich einen legendären Ruf als Kampftruppe erworben hatte, redeten Offiziere und Mannschaften sich beim Vornamen an, und solche Feinheiten wie der korrekte militärische Gruß wurden nur selten verlangt. Wenn Peters Männer zu Hause gebraucht wurden, um ihre Felder zu pflügen oder ihren Familien zu helfen, ließ der Colonel-Doktor sie häufig in Urlaub gehen. Kavallerist Foster, Sohn eines methodistischen Geistlichen, schrieb: »Die Soldaten aus Colonel Woods' Regiment sind die glücksspielverrückteste, lasterhafteste Gruppe von Männern, die ich je gesehen habe.« Aber sie standen eisern zu ihrem Colonel-Doktor, und Peter war ihnen nicht minder verbunden. Einmal erhielt er die Order, seine Männer einen Angriff zu Fuß führen zu lassen. Peter verweigerte diesen Befehl. »Meine Leute sind Kavalleristen«, schrieb er. »Falls sie den Feind angreifen, dann nur auf dem Rücken eines Pferdes.« In einem anderen Brief machte der Colonel-Doktor seinem Zorn darüber Luft, daß mehrere Generäle seine Truppe inspizieren wollten. »Ich vermute«, schrieb er, »daß es einen ziemlichen Wirbel bei uns geben wird – viel Lärm um nichts.« Es überraschte Georgia nicht, daß dieser starke, gutherzige Mann von seinen Soldaten geliebt wurde. Jahre später sagte Andrew Jackson Potter: »Ich kenne nur wenige Männer, die als Christen in den Krieg zogen und als Christen heimgekehrt sind. Colonel Woods war einer von ihnen.«

Einige Wochen später wurde den Woods ein dritter Sohn geboren. Zwar standen Mahalia und Martha Benny Georgia als Hebammen zur Seite, doch es war das erste Mal, daß sie ein Kind ohne Peters heilende Hände zur Welt brachte. Sie gab dem kleinen Jungen den Vornamen Frank Lawshe.

Als die Monate ins Land zogen, konnten Georgia und Martha

Benny aus Peters Briefen sowie aus Zeitungsberichten über die Truppenbewegungen bruchstückhaft die Marschrichtung des 32. texanischen Kavallerieregiments entlang des Red-River-Tals rekonstruieren. Die Orte, an denen es zu Gefechten mit den Yankees kam, trugen so unverfängliche Namen wie Pleasant Hill, wo eintausend Yankees fielen; Blair's Landing, wo General Tom Green sein Leben ließ; Cane River, Monet's Ferry, McNutt's Hill und Yellow Bayou. Georgia versuchte, sich die Landstriche vorzustellen, wo ihr Mann dem Tod ins Auge blickte. Manchmal malte sie sich die Orte in ihrer Phantasie als idyllische Flecken aus, an denen die Leute bei schönem Wetter Picknicks machten, oder als Blumenwiesen mit Obstgärten, in denen Bienenzüchter ihre kleinen weißen Häuschen unter die blühenden Bäume gestellt hatten. Dann wieder sah sie diese Orte als tiefe, bodenlose Sümpfe vor ihrem geistigen Auge, voller Verwesung und Abscheulichkeiten, über die übelriechende Schwaden krochen, die aus dem Morast aufstiegen wie der Pestilenzatem von Dämonen.

Am Abend jenes Tages, an dem General Green gefallen war, schrieb Peter seiner Frau aus Blair's Landing. Der Brief spiegelte seine tiefe Verzweiflung, seine Unsicherheit und seine Trauer wider. »Wir ritten eine Sandbank am Fluß entlang, als wir ein Kanonenboot der Nordstaatler erblickten, das aufgelaufen war und nicht mehr freikam. Tom Green erteilte den Befehl, das Schiff zu erobern. Meine Männer und ich sollten das Boot einnehmen und über den Fluß hinweg angreifen, ins konzentrierte Feuer des Feindes hinein. Tom Green hatte sehr viel getrunken, und mir war klar, daß sein Befehl einem Selbstmord gleichkam. Ich wußte, daß es eine Falle des Feindes war. Der Angriff wäre viel zu riskant gewesen und hätte zu einem sinnlosen Gemetzel geführt. Deshalb verweigerte ich den Befehl. Unsere Pferde standen unter direktem feindlichem Beschuß. Tom Green brüllte uns an, wir sollten ihm gefälligst gehorchen, als er von einem Kanonier der Yankees niedergestreckt wurde. Jetzt werde ich mir mein Leben lang die Frage stellen, ob Tom Green – einer der tüchtigsten Soldaten, die Texas jemals hervorgebracht hat – noch am Leben wäre, hätte ich seinem Befehl gehorcht. Aber mich tröstet der Gedanke, daß durch die Befehlsverweigerung vielen Männern das Leben gerettet wurde. Habe ich das Recht, darüber zu entscheiden, wer leben und wer sterben soll?«

Pinckney schilderte in einem Brief an Sweet und Cherokee gräßliche Einzelheiten über den Tod General Greens. Eine Kartätsche war explodiert, und die Ladung hatte den Körper des Generals buchstäblich zerfetzt, so daß der Colonel-Doktor über und über mit dem Blut und Hirn General Greens bespritzt wurde. Der General war auf dem Pferderücken getroffen worden, und seine Überreste hingen am Sattelhorn fest. Als das entsetzte Tier sich herumwarf und davonpreschte, fielen immer wieder Körperteile des Generals zu Boden. Als der Colonel-Doktor die Zügel des Pferdes zu fassen bekam, war der Körper des Generals zum größten Teil verschwunden oder bedeckte Peter und dessen Pferd. Die sanftmütige Sweet, die schon bei der leisesten Andeutung jeglicher Art von Grausamkeit in Ohnmacht fiel, brach in Tränen aus. Zuerst glaubten alle, Sweet würde aus Mitleid für den Vater weinen, der diese furchtbaren Augenblicke in Blair's Landing hatte durchmachen müssen. Dann aber wischte Sweet die Tränen fort und sagte: »Die hundsgemeinen Yankees! Ich wünschte, sie wären alle tot!«

Im Frühling des Jahres 1864 schrieb der Colonel-Doktor seiner Frau, daß sich unter den Südstaatenarmeen im Trans-Mississippi-Abschnitt tiefe Mutlosigkeit ausbreite. »Ich befürchte, der Zivilbevölkerung zu Hause ergeht es nicht anders«, schrieb er. »Wir segeln nun über ein riesiges Meer der Ungewißheit, ohne Steuermann, und ich habe immer häufiger Angst, daß unser Anker verlorengeht. Falls das geschieht, ist unsere Niederlage besiegelt. Aber noch habe ich die Hoffnung nicht aufgegeben. Sollte diese Hoffnung mich jedoch trügen und die Yankees triumphieren, dann mußt Du vor dem Zugriff des Feindes retten, soviel Du nur kannst, vor allem Dich selbst.«

Dann kam ein Brief aus Yellow Bayou, den Z. P. Bugg geschrieben hatte. In dem Moment, als Georgia den Brief erhielt, breitete sich eisiges Entsetzen in ihr aus. Für einen Augenblick überlegte sie, ob sie den Umschlag gar nicht erst öffnen oder den Brief zerreißen und ungelesen fortwerfen sollte. Denn er konnte nur das Schlimmste bedeuten. Warum hatte Z. P. Bugg diesen Brief geschrieben? Warum nicht der Colonel-Doktor? Oder Pinckney? Sie riß den Umschlag auf, faltete den Brief auseinander und begann zu lesen.

»Zu meinem Bedauern muß ich Ihnen mitteilen, daß der Colonel-Doktor schwer verwundet wurde; aber es besteht die Hoffnung, daß er überlebt.« Dieser eine Satz löste in Georgia eine Flut von Gefühlen aus, so unterschiedlich und so tief, wie ein Mensch sie nur empfinden konnte. Sie legte den Brief zur Seite und holte tief Atem, um den Schwindelanfall niederzukämpfen, der ihr das Bewußtsein zu rauben drohte. Dann sammelte sie alle Kraft, die sie aufbringen konnte, um sich gegen den nächsten Schlag zu wappnen, und las weiter: »Wir waren in Yellow Bayou. Für einen Tag im Mai war es mächtig heiß. Die Yankees hatten Feuer gelegt, und der tote sumpfige Flußarm stand in Flammen.« Georgia sah das Schlachtfeld vor sich: Die Sonne brannte wie ein Glutofen vom weißen Himmel; Nebelschwaden stiegen aus dem toten Flußarm, und die Flammen fraßen sich prasselnd durch das Sumpfgras. Es war ein Bild wie das der Hölle in Dantes *Inferno*. »Der Colonel-Doktor ritt dem Regiment weit voraus, als er plötzlich von einer Kugel getroffen wurde. Doch er konnte sich im Sattel halten. Er spornte sein Pferd sogar zum Angriff an und trieb es zwischen die Reihen des Feindes. Dann erst sahen wir ihn, allein inmitten der Yankees. Wir eröffneten das Feuer und attackierten den Feind, und die Yankees mußten zurückweichen. Und immer noch hielt der Colonel-Doktor sich im Sattel. Wir hoben ihn herunter, legten ihn zu Boden und taten, was in unserer Macht stand, um die Blutung zu stillen. Ihr Gatte ruht jetzt und läßt Ihnen ausrichten, daß Sie sich keine Sorgen zu machen brauchen und daß er Sie liebt. Mit vorzüglicher Hochachtung, Z. P. Bugg.«

Georgia faltete den Brief zusammen und fragte sich, ob es eine gute oder eine schlechte Nachricht gewesen war. So viele Fragen standen noch offen; so viele Ängste waren geblieben. Doch sie wußte nun, daß Peter lebte. Etwas anderes war gar nicht möglich. Aber sie wußte auch, daß er Schmerzen hatte; Georgia konnte sie über die Meilen hinweg spüren, und sie zehrten an ihren Kräften.

In den nächsten fünf Tagen hörte sie kein weiteres Wort. Sie ging wie eine Schlafwandlerin durchs Leben, und der Schmerz von Peters Wunde machte ihr das Atmen schwer. Sie dachte darüber nach, ob sie nach Yellow Bayou reiten sollte, doch sie hatte Angst, jenen Brief zu verpassen, in dem ihr mitgeteilt wurde, daß Peters Wunde nur oberflächlich und daß er auf dem Weg der Besserung und guter Dinge sei. Am sechsten Tag kam ein offizieller Bericht, in dem zusammengefaßt wurde, was dem Colonel-Doktor in der Schlacht am Yellow Bayou widerfahren war. »Obgleich schwer verwundet, ritt Colonel Peter Woods eine heroische Attacke auf die feindliche Stellung. Der Anblick dieses einsamen Offiziers, der kühn sein Leben in den gierigen Rachen des Feindes warf, entflammte den Kampfesmut seiner Mannen. Sie folgten dem Beispiel ihres tapferen Befehlshabers und griffen den Feind an, und obwohl dieser in gewaltiger Überzahl war, trugen unsere wackeren Kavalleristen den Sieg davon.« In dem Bericht wurde außerdem erwähnt, daß die Kugel eines Yankees in Peters linke Hand eingedrungen war, den Unterarm durchschlagen hatte und am Ellbogen wieder ausgetreten war.

Am nächsten Tag traf ein Brief vom Colonel-Doktor persönlich ein. Er erwähnte seine Verwundung praktisch gar nicht; er schrieb nur, daß er »an der Hand verletzt« sei, daß es aber »nicht ganz so schlimm« wäre. Er vertraute Georgia an, daß sein »Angriff« in dem offiziellen Bericht ein bißchen zu überschwenglich dargestellt worden sei. »Die Kugel aus einer Muskete hatte meinen Jesaja so erschreckt«, schrieb er, »daß er verrückt spielte und zu meinem Entsetzen auf die feindlichen Linien zusprengte. Mir blieb nur die Möglichkeit, mich schmählich aus dem Sattel zu schwingen und der Lächerlichkeit preiszugeben oder den Angriff meines Pferdes mitzumachen. Ehrlich gesagt, werde ich wohl niemals wissen, ob ich den Angriff befohlen hätte, da mein Pferd mir diese Entscheidung abgenommen hat.«

Georgia wußte, daß der Krieg für ihren Mann vorüber war – sowohl der Krieg gegen den Feind als auch der Krieg gegen sich selbst. Der Kampf des Arztes gegen den Soldaten, des Heilers gegen den Zerstörer, war zu Ende. Peters linke heilende Hand war zertrümmert, und er würde nie wieder Soldat oder Chirurg sein können. Doch er würde aus dem Krieg heimkehren, und Georgia dankte Gott aus tiefstem Herzen dafür, das Leben dieses braven, guten Mannes bewahrt zu haben.

Es sollte noch fast ein Jahr dauern, bis der letzte Texaner, Colonel Rip, bei Brownsville vor den Yankees kapitulierte. Doch im Sommer 1864, als die Armeen des Nordstaatengenerals Sherman auf die Randbezirke der Stadt Atlanta vorrückten, brachten Jim Hawkins, Z. P. Bugg und Sam Ealy Johnson den Colonel-Doktor nach Hause. Weil die Pferde noch im Krieg gebraucht wurden, hatten sie die lange und langsame Reise mit Maultieren unternommen. Die Hitze war erdrückend. Um Peter vor der sengenden Sonne zu schützen, hatten die Männer ihn unter der Plane auf die Ladefläche des Wagens gelegt. Dann hatten Z. P. Bugg und Sam Ealy Johnson sich abwechselnd auf dem Wagenbock umgedreht und die Plane angehoben, um festzustellen, ob ihr alter Freund noch lebte. Sein Atem ging so flach, daß es manchmal mehrere Sekunden dauerte, bis sie sicher sein konnten, daß der Colonel-Doktor sich noch immer ans Leben klammerte. Obwohl man seine Wunde an der Front behandelt hatte, war sein linker Arm schrecklich angeschwollen und verfärbt. Später erzählte Sam Ealy Johnson, daß der Colonel-Doktor manchmal des Nachts, wenn die Kühle und die Dunkelheit ein wenig Erleichterung von der grellen, glühenden Sonne gebracht hatten und Peter aus der Bewußtlosigkeit oder dem Fieberwahn erwacht war, seinen Freunden Anweisungen erteilt hatte, wie die Amputation seines Arms vorgenommen werden mußte. Jeden Abend hatten sie sich die

Wunde angeschaut und sich auf den Eingriff vorbereitet. Und jeden Abend hatten sie beschlossen, noch einen weiteren Tag zu warten.

Schließlich hatten die kriegsmüden Soldaten den Blanco River überquert und waren auf dem Land der Woods angelangt. Old Mose erblickte sie als erster. Er läutete die Plantagen-Glocke, die einst im Turm von Fort Hawkins gebaumelt hatte und die Captain Lawshe von seiner verwüsteten Plantage in Mississippi hatte retten können. Die Glocke läutete und läutete und sang ihr Lied in die Sommerluft. Im Dorf der Sklaven, auf den Feldern und im Haus ruhte schlagartig die Arbeit, und aller Augen richteten sich nach Osten auf den heranrollenden Wagen. Georgia und die Kinder stürmten auf den Hof. Mahalia hob Little Frank hoch und nahm ihn in die Arme. »Jetzt lernst du deinen Papa kennen«, sagte sie, und dann folgten sie und Martha Benny Georgia hinaus ins Sonnenlicht.

Zuerst konnten sie den Colonel-Doktor nirgends entdecken. Georgia durchzuckte der schreckliche Gedanke, daß Peter auf dem Nachhauseweg gestorben sei. Als Jim ihr Gesicht sah, sagte er sofort: »Nein, nein, Miss Georgia. Er liegt hinten im Wagen. Es geht ihm schlecht, aber er macht's noch.« Georgia rannte zum Wagen und hob die Plane an – und da lag sie, die Erhörung all ihrer Gebete, die sie in den vielen vergangenen einsamen Monaten zum Himmel geschickt hatte. Sie stieg auf die Ladefläche und berührte Peters Gesicht. Es war heiß wie eine Schmiedeesse und vom Staub der Straße bedeckt.

Georgia beugte sich hinunter und küßte Peters Stirn. Er schlug die Augen auf. Für einen Moment starrte er durch sie hindurch auf irgendein fernes Schreckgespenst. Dann klärte sich sein Blick, und er schaute Georgia lange Zeit an, schien sich jede noch so kleine Einzelheit ihres Gesichts einprägen zu wollen, als würde er sie zum erstenmal sehen. »Wie wunderschön«, flüsterte er, und dann schloß er die Augen.

Georgias Geschenk an Peter Cavanaugh Woods war so gut wie fertig und stand wie ein Märchenschloß auf der Kuppe des höchsten Hügels am Rand von San Marcos. Georgias Baumwolltransporte an den Rio Grande und die heimlichen Geschäfte mit Mittie Roosevelt waren überaus erfolgreich gewesen. Wie Georgia es sich gewünscht hatte, war das Herrenhaus, das sie von den Gewinnen aus den Baumwollverkäufen hatte erbauen lassen, riesig, majestätisch und ganz in Weiß. Es zählte gewiß zu den schönsten und eindrucksvollsten Häusern in ganz Texas. In den folgenden Monaten teilte Georgia sich ihre Zeit so ein, daß sie zum einen dem Haus den letzten Schliff geben und zum anderen den Colonel-Doktor gesundpflegen konnte. Wenngleich er ihr Ratschläge für seine Behandlung gab, genoß Georgia diesen Rollentausch. Es erfüllte sie mit seltsamer Genugtuung, daß nach so vielen Jahren einmal sie der Arzt und Peter der Patient war. Allmählich kehrten seine Kräfte zurück. Doch sein linker Arm und die linke Hand waren weiterhin zu nichts zu gebrauchen. Little Sweet wurde Peters ständige Begleiterin, und die ganze Familie war erstaunt, wie sehr das Mädchen sich für den Krieg interessierte. Sobald Peter, Pinckney oder Jim die Nordstaatler auch nur erwähnten, wurde Sweet von wilder Wut auf die Yankees gepackt. Nachdem Martha Benny einmal eine von Sweets wüsten Schimpfkanonaden auf die »Yanks« miterlebt hatte, sagte sie zu Georgia, daß der Süden wahrscheinlich als Sieger aus dem Krieg hervorgegangen wäre, hätte Sweet mitkämpfen dürfen. »Ich hab' noch nie ein kleines Mädchen gesehen, das so wütend werden kann«, erklärte Martha Benny. »Sie hat sich wohl diese Reden von Gouverneur Murrah zu Herzen genommen, daß die Frauen den Krieg weiterführen sollen. Jemand sollte dem Mädchen mal sagen, daß der Krieg vorbei ist.«

Manchmal war Georgia schockiert darüber, wie unwirklich das Leben nach dem Krieg erschien. Nach all den unsäglichen Greueln, den Opfern und Schmerzen schien es so, als hätte sich im Grunde gar nichts geändert. Als sie die Sklaven zusammengerufen und ihnen tränenreich verkündet hatte, daß sie nun fortgehen könnten, falls sie wollten, verließen nur zwei junge Männer die Plantage. Alle anderen blieben. Mahalia saß am Webstuhl, Nancy am Spinnrad; Sol schusterte Schuhe; Leroy fuhr mit einer Wagenladung Salz davon; Ed Tom reparierte die Frachtwagen; und Ulysses Cephas war an seiner Schmiedeesse beschäftigt.

Nach Lees Kapitulation am 19. April 1865 vergingen noch zwei Monate, bevor die Yankees ihre Augen auf Texas richteten. Diese paar Wochen gehörten zu den schönsten in Georgias Leben; es war eine glückliche goldene Zeit. Die Familie war in Sicherheit. Peter lebte. Jim war wieder zu Hause. Pinckney war als Junge in den Krieg gezogen und als Mann heimgekehrt, den Georgia nicht nur liebte, sondern bewunderte. Cherokee war so ausgelassen und Little Sweet so anziehend geheimnisvoll wie eh und je.

»Da haben wir etwas Gutes auf die Beine gestellt«, sagte Martha Benny eines Abends zu Georgia, als sie die Mädchen beobachteten, die von Verehrern geradezu verfolgt wurden. »Wir haben prächtige Kinder großgezogen.«

»Du weißt sehr genau, daß *ich* sie großgezogen habe«, erwiderte Georgia. »Du hast immer nur herumgemeckert und deine blauen Augen verdreht.« Sie schauten sich an – und dann brachen beide in Gelächter aus, bis ihnen die Tränen über die Wangen liefen. Und zum erstenmal, seit sie sich kannten, berührten sich die Hände der beiden Frauen, und sie hielten einander fest.

»Schauen Sie sich das nur an«, sagte Martha Benny und blickte über die Wiesen und Felder zum Haus auf der Hügelkuppe über dem Fluß. »Ich kann Ihnen sagen – irgend jemand hier hat mächtig gute Arbeit geleistet.«

Am 19. Juni 1865 verbreitete sich in San Marcos wie ein Lauffeuer die Nachricht, daß ein gewisser General Gordon Granger in Galveston eingetroffen sei, um die Regierungsgewalt zu übernehmen, und daß Yankee-Truppen in Texas einmarschierten, um ihren Herrschaftsanspruch über die besiegten Konföderierten zu festigen. Einige Tage darauf kam eine Gruppe bewaffneter Unionssoldaten in die Stadt und den Hügel zum Haus der Woods hinaufgeritten, wo Georgia und Martha Benny gerade damit beschäftigt waren, Erbsen zu pflücken und Unkraut zu jäten. Old Mose erschien im Garten und kündigte einen gewissen Lieutenant Peterson an. Als Georgia von ihren Pflanzen aufblickte, mußte sie blinzeln, denn der Yankee-Offizier stand genau in der Sonne, und sie bemühte sich vergeblich, sein Gesicht zu erkennen. Sie wußte nicht recht, wie man einen einstigen Feind begrüßen sollte. Sie stand auf und hielt dem Yankee die Hand hin. Er beachtete die Geste gar nicht.

»Ich habe die Pflicht, Sie davon in Kenntnis zu setzen, daß dieses Haus als Hauptquartier für die Offiziere und Mannschaften ausgewählt wurde, die diese Stadt besetzen werden.« Seine schroffen und barschen Worte klangen in der Stille des Gartens nach. Georgia hob die Hand, um die Augen zu beschirmen und endlich das Gesicht jenes Mannes zu sehen, der solchen Unsinn redete. »Sie und Ihre Familien müssen das Haus unverzüglich räumen. Meine Vorgesetzten erlauben Ihnen, in den Gebäuden auf dem hinteren Teil des Grundstücks zu wohnen.«

»Da liegt bestimmt ein Irrtum vor. Mein Mann wird ...«

»Was Ihr Gatte tut, interessiert mich nicht.«

Georgia war ein Stück zur Seite getreten, so daß sie jetzt das Gesicht des Offiziers sehen konnte. »Junger Mann ...«

»Mrs. Woods, Sie haben den Befehl, das Haus bis Freitag zu räumen. Andernfalls müssen wir Gewalt anwenden. Das wäre alles. Guten Tag.« Lieutenant Peterson wandte sich um und verschwand im Sonnenlicht. Georgia fragte sich, ob er eine Fata Morgana gewesen sei.

Martha Benny legte Georgia die Hand auf den Arm. »Was können wir tun, in Gottes Namen?« sagte sie. Georgia konnte wahrhaftig spüren, wie Marthas Hand zitterte.

»Ich weiß es nicht«, erwiderte Georgia. »Aber irgendwas wird uns schon einfallen. Das steht fest.« *Wie schnell das Leben sich ändern kann*, dachte sie und spürte, wie ihr anfänglicher Schock sich in Zorn verwandelte. Martha Benny sank inmitten ihrer Erbsen und Bohnen auf die Knie. »Steh auf«, sagte Georgia – nicht besonders höflich. »Wir müssen jetzt kühlen Kopf behalten.« Plötzlich erinnerte sie sich an den Schwur, den sie geleistet hatte, nachdem Tobe erhängt worden war und Josiah einsam und allein fortgezogen war. »Hol Pinckney und Jim«, sagte sie. »Solange ich lebe, werde ich mich den Yankees nicht unterwerfen, das schwöre ich.«

Von der Kuppe ihres Hügels aus beobachteten Georgia und ihre Familie, wie die Unionsarmee und die Staatspolizei in die Stadt einmarschierten. Georgia war wie betäubt und noch zu wütend gewesen, als daß sie hätte mithelfen können, die Möbel zusammenzupacken und das Tafelsilber zu vergraben. Jetzt schaute sie zu, wie die Truppen sich den Hügel hinaufbewegten wie dreiste Diebe, die ihr das Leben stehlen wollten. Niemand rührte sich. Ihre Tritte klangen dumpf, und dumpf schallten ihre Trommeln, als spielten sie zum Totentanz. Plötzlich, als der Trupp auf der Anhöhe vor dem Haus erschien, peitschte ein Schuß auf. Die heranrückenden Soldaten warfen sich in den Sträuchern zu beiden Seiten des Weges in Deckung. Georgia konnte das verbrannte Schießpulver riechen; es war ein Geruch wie damals, als sie auf Emanuel Hawker gefeuert hatte. Sie blickte zum hohen Vorbau des Hauses hinauf und sah, wie Little Sweet dort oben die Flinte nachlud, um einen weiteren Schuß auf die Yankees abzufeuern. Der Krieg war vorüber. – Der Krieg hatte gerade erst begonnen.

Im Frühling 1869, in jenem Jahr, als Ulysses S. Grant das Amt des Präsidenten antrat, machte Georgia Lawshe Woods die Entdeckung, daß das Böse auf Erden tatsächlich existierte. Es war das Triumvirat aus Yankeeoffizieren, das sich im Hause der Woods auf dem Hügel eingenistet hatte und Georgia so schlimm zusetzte, daß sie es nicht mehr ertragen konnte.

Der erste Offizier dieses Triumvirats war Lieutenant Hamilton C. Peterson, jener schändliche Kerl, mit dem Georgia im Garten aneinandergeraten war, kurz bevor Little Sweet auf den heranrükkenden Yankeetrupp geschossen hatte. Peterson war ein boshafter, verderbter Mensch, der als gemeiner Soldat in der Unionsarmee gedient hatte, bis man ihn vor ein paar Monaten der Besatzungsarmee zugeteilt hatte. Er war hochgewachsen, knochig und linkisch; in seiner ganzen Haltung lag ein seltsames Ungleichgewicht, als wäre die eine Hälfte seines Körpers schwerer als die andere. Seine Wangen waren unter dem Jochbein eingefallen, als müßte das Fleisch dort Hohlräume ausfüllen, die verlorene Backenzähne hinterlassen hatten. Seine Stimme war laut, schrill und näselnd, und wenn er redete, knallten seine Worte wie Pistolenschüsse, und der Speichel spritzte ihm von den Lippen. Sein Status als Offizier und Gentleman war ein Widerspruch in sich, denn Lieutenant Peterson war lärmend, unhöflich und widerwärtig. Er stand in dem Ruf, gewalttätig zu sein, und war für seinen übermäßigen Alkoholkonsum bekannt. In der Stadt und unter den Negern ging die Rede, daß Peterson in Prairie Lea zwei Jungen getötet habe, die von ihren Yankee-Nachbarn des Schweinediebstahls beschuldigt worden waren. Als die Jungen sich weigerten, auf den Befehl Petersons hin aus dem Haus zu kommen, hatte er es anzünden lassen, so daß die beiden bei lebendigem Leib verbrannt waren. Natürlich war Peterson bei diesem Vorfall betrunken gewesen. Man hatte ihn angeklagt und Nachforschungen angestellt; schließlich aber war der Fall zu den Akten gelegt worden, da sich keine Zeugen fanden, die gegen Peterson aussagen wollten.

Der zweite Offizier war Morris Norwood, ein ehemaliger Sklave von der Norwood-Plantage in San Marcos. Wie dieser einstige Erntehelfer, der nicht einmal lesen und schreiben konnte, es bis zum Offizier der Staatspolizei gebracht hatte, war Georgia und Martha Benny ein Rätsel. »Er ist ein mächtig verbitterter Mann«, sagte Martha Benny zu Georgia. »Jetzt, wo er's zu was gebracht hat, trampelt er auf jedem herum, der unter ihm steht. Ich weiß nicht, wer ihn am meisten haßt, die Weißen oder die Schwarzen.«

Doch der mit Sicherheit widerlichste Offizier, der sich in Georgias Haus breitgemacht hatte, war Captain George Haller. Er war Offizier der Unionsarmee und preußischer Söldner, und bei Gesprächen erzählte Captain Haller voller Stolz von seiner Ahnenreihe, die sich bis zum Deutschritterorden im zwölften Jahrhundert zurückverfolgen ließe. Er war der neue und unumschränkte Herr in Georgias Welt. Hallers Garnison – Militär und Staatspolizei – war nun in ihrem geliebten Herrenhaus auf dem Hügel untergebracht, und die Besatzer hausten wie die Vandalen: Sie beschmutzten das Bettzeug und die Tischdecken, zerkratzten das Eichenparkett, kritzelten Sprüche an die Wände der Zimmer und Flure, lümmelten dreist auf dem Rasen herum und kippten ihre Abfälle in Georgias Rosenbeete, und das alles mit Duldung ihrer Vorgesetzten.

Anfangs hatte Georgia sich über diese Schändung ihres Hauses beklagt, doch Captain Haller erwiderte nur: »Aber was erwarten Sie denn, meine liebe Mrs. Woods? Sie müssen sich immer vor Augen halten, daß Texas ein von uns eroberter Staat ist. Was wir hier tun, ist nicht nur unser gutes Recht, es ist auch der Preis, den Sie für das Leid bezahlen müssen, daß Sie und Ihresgleichen uns gebracht haben.« Haller war von einer schmierigen Freundlichkeit;

anmaßend und überheblich. Er war ein kräftiger, gutgebauter Mann; dennoch mangelte es ihm auf seltsame Weise an Würde und Anmut. Nur der Ausdruck der Verachtung in den Augen und Mundwinkeln – und gewiß auch in seiner Seele – schien echt und natürlich an diesem Mann zu sein.

Eines Nachmittags – die Yankees wohnten bereits seit anderthalb Jahren in Georgias Haus – wurde Georgia von Morris Norwood in Hallers Büro bestellt. Der Negerpolizist war an die Tür des alten Sklavenhauses gekommen, in dem Georgia nun mit ihren Kindern, Martha Benny und Ed Tom wohnte. Als Georgia zur Tür ging, hörte sie, wie Norwood Martha Benny verhöhnte.

»Du machst ja ganz schön auf vornehm«, stichelte er. »Kommst dir vielleicht schon wie deine weiße Herrin vor? Tja, du bist aber nicht weiß. Aber so richtig schwarz siehst du auch nicht aus. Ich sollte dir mal die Haut abziehen und gucken, welche Farbe du von innen hast.«

Als Norwood Georgia zu Haller führte, wurde sie in ihrem einstigen Salon empfangen. Sie sah, daß sich auf Hallers Wange eine große Schramme befand, und sie fragte sich, ob die Wunde von einem Duell stammen mochte oder ob Haller sie sich als Teil seiner lächerlichen Maskerade selbst zugefügt hatte. Haller nahm Georgia beim Arm und führte sie zu einem Sessel. Seine Berührung war ihr unangenehm; sie verursachte Georgia das Gefühl einer Vertrautheit, die undenkbar und grotesk zugleich war.

»Ich habe mir gedacht, wir sollten uns einmal zusammensetzen«, sagte Haller mit seinem schleimigen Lächeln. »Sagen Sie mal, stellen Sie sich nicht manchmal die Frage, warum ich den verbrecherischen Angriff Ihrer Familie auf meine Männer nicht bestraft habe?«

Wieder einmal drehten Georgias Gedanken sich wild im Kreise, und ihr Herz klopfte heftig. »Aber das war vor anderthalb Jahren«, sagte sie. »Damals war noch Krieg. Ich verstehe wirklich nicht, warum Sie immer wieder auf einer Sache herumreiten, die vor so langer Zeit geschehen ist.« Obwohl Georgia sicher war, daß die Offiziere nicht wußten, daß Little Sweet die Schüsse auf die heranrückenden Yankees abgefeuert hatte, jagte es ihr immer wieder Angst ein, wenn dieser Vorfall zur Sprache kam. Nachdem die Schüsse gefallen waren, hatte Jim sich Little Sweet und deren Flinte geschnappt und beide im alten Sklavendorf versteckt. Als die Familie den Yankees zum Verhör vorgeführt wurde, hatte Georgia fest damit gerechnet, daß Little Sweet ein Geständnis ablegen würde. Doch das Mädchen hatte so kühl dagesessen wie ein abgebrühter Juwelendieb und keine Miene verzogen. Sweet wäre so ziemlich die letzte gewesen, die man für eine Mörderin gehalten hätte. Die Frage, wer auf Hallers Männer geschossen hatte, blieb unbeantwortet. Achtzehn Monate war das Geheimnis nun schon gewahrt worden. Doch seit Haller im Haus der Woods wohnte, hatte er immer wieder Andeutungen gemacht, den Täter zu kennen, und dieses vorgebliche Wissen benutzte er, um die Familie ständig durch schändliche Drohungen zu bestrafen.

»Bestimmt haben Sie sich schon gefragt«, sagte er, »warum wir Little Sweet nicht ins Gefängnis gesteckt haben.«

»Das ist lächerlich!«

»O nein. Wir wissen nämlich, daß das Mädchen von der Veranda aus meine Männer beschossen hat.«

»Das vermuten Sie nur. Woher wollen Sie wissen, daß ich es nicht war? Es hätte jeder sein können. Ein Fremder.«

»Das glaube ich nicht. Ich glaube vielmehr, daß es Ihre Little Sweet gewesen ist. Hier zählt ohnehin nur eines: was *ich* glaube. Wenn ich sage, das Mädchen ist eine Verbrecherin, dann stimmt das.« Haller erhob sich und schritt vor Georgias Sessel im Salon auf und ab. Sie spürte, wie der Haß auf diesen Mann wie Galle in ihr aufstieg. »Nun werden Sie sich gewiß fragen, warum das Mädchen dann noch im Schoß seiner Familie ruht, nicht wahr?« Georgia fiel auf, wie Haller das Wort »Schoß« betonte, und als seine Augen diesem Wort folgten, kam sie sich durch die Berührung seines Blickes besudelt vor.

»Little Sweet wußte, was sie tat«, fuhr er fort. »Außerdem war der Krieg vorüber. Ihre Schüsse sind deshalb als versuchter Mord zu werten. Ein sehr schweres Verbrechen, das eine sehr schwere Strafe nach sich zieht. Dennoch habe ich Verständnis für Ihre Lage. Sweet ist ein braves Mädchen, das sich dieses eine Mal dumm benommen hat. Ich achte ihren Kampfgeist. Ja, ich muß sogar zugeben, daß ich die Frauen der Südstaaten bewunderc. So viel Schönhcit, so viel Anmut wird an dermaßen wertlose, undankbare Männer verschwendet. Aus diesem Grunde habe ich die Aufgabe übernommen, Ihr Beschützer zu sein. Wir leben in gefährlichen Zeiten, und es gibt viele gefährliche und einsame Männer. Nun, meine Gnädigste, ich brauche Ihnen wohl nicht zu sagen, daß Lieutenant Peterson und Officer Norwood große Bewunderer Ihrer Töchter sind. Und natürlich auch von Ihnen, wie ich hinzufügen möchte. Und die beiden sind leidenschaftliche Männer, die seit langer Zeit von ihren Familien getrennt sind. Aber solange ich hier bin, können Sie und Ihre Töchter sich in Sicherheit fühlen. Ich hätte da allerdings eine Bitte an Sie. Wissen Sie, Ihre Tochter Cherokee ist mir ganz besonders ans Herz gewachsen. Ehrlich gesagt, ich muß Tag und Nacht an sie denken. Vielleicht könnten Sie mal ein Wort mit Ihr reden. Immerhin bin ich ein Mann von Rang und Ansehen, und sie könnte gewiß eine schlechtere Wahl treffen.«

Er knallte tatsächlich die Hacken zusammen und verbeugte sich in der Hüfte. Dann nahm er Georgias Hand, und zitternd vor Scham und Wut erhob sie sich aus dem Sessel, der einst ihr gehört hatte. Sie riß die Hand aus der seinen und setzte gerade zu einer heftigen Erwiderung an, als Haller ihr einen Finger auf die Lippen legte.

»Sagen Sie nichts«, schnarrte er, und plötzlich war sein Gesicht eine steinerne Maske. »Sagen Sie nichts, das Sie später vielleicht bereuen müssen. Wir leben in gefährlichen Zeiten. Im Wald streichen Tiger umher, und nur ich kann sie zurückhalten.«

Er nahm den Finger von Georgias Lippen und ließ die Hand sinken, daß sie den Rundungen ihrer Brüste folgte. Seine steinerne Miene verwandelte sich in eine spöttische Maske. »Guten Tag,

Georgia«, sagte er und benutzte zum erstenmal ihren Vornamen. Dort, wo sein Finger Georgia berührt hatte, lag der Geschmack von Schwefel auf ihren Lippen.

Nach dieser schrecklichen Begegnung mit Haller fragte Georgia sich eine Zeitlang, ob sie sich vielleicht geirrt hatte, was seine Anspielungen und Berührungen betraf. Sie hatte sich ihm ausgeliefert gefühlt, machtlos und furchtbar verletzlich. Jedes Wort von ihm, jede Geste schien eine unverhüllte sexuelle Andeutung zu besitzen. Jedesmal, wenn sie ihm auf dem Hof oder in der Stadt begegnete, führte er sich auf, als wären sie beide bereits Geliebte. Er zog Georgia mit Blicken aus, langsam und genüßlich, bis sie nackt vor ihm stand. Manchmal, am hellichten Tag, kam es ihr so vor, als hätte ihre Angst diesen Angreifer erschaffen, als würde sie sich seine sexuellen Andeutungen und Gesten nur einbilden, als wäre er nichts weiter als ein Sinnbild der – allerdings sehr realen – Vergewaltigung ihrer Welt. Doch wenn sie des Nachts an Haller dachte, erinnerte sie sich genau an seine Berührungen, an die Gier in seinem Blick, und oft hörte sie die trunkenen Stimmen Petersons und der anderen Soldaten im Haus und erkannte, wie allein und hilflos sie war.

An wen konnte sie sich wenden? Der Colonel-Doktor war in Austin, um an der Ausarbeitung der neuen Verfassung des Staates mitzuwirken. Pinckney und Jim waren mit Sam Ealy Johnson beim Rindertreiben draußen im Hügelland. Andrew Jackson Potter war unterwegs, um Seelen zu retten.

Georgia selbst hatte Peter ermutigt, in Austin zu bleiben. »Es ist wichtig, daß du in der Hauptstadt einen guten Kampf lieferst«, hatte sie zu ihm gesagt. »Jetzt wird der Krieg in der Politik ausgefochten, und nur in Austin kann der Sieg errungen werden.« Von den Männern der Familie waren nur noch die beiden Jungen Peter und Frank zu Hause.

In der Nacht schreckte Georgia häufig aus dem Schlaf, von einem spitzen Pfeil plötzlicher Furcht getroffen, und wenn sie dann aus dem Fenster schaute, stand dort Haller im Mondlicht und beobachtete das Haus. Jede Nacht stand er dort auf seinem Späh-posten. Und jede Nacht schlüpfte Georgia aus dem Bett und bewegte sich durch die Schatten dorthin, wo Cheyenne und Sweet schliefen; und dann hielt sie Wache bei den Mädchen, als würde sie damit rechnen, daß Haller jeden Augenblick durch die Tür herein-gestürmt kam. Georgia erkannte, daß Haller nicht bloß ein Sinnbild war. Er war aus Fleisch und Blut, schlecht und verderbt. Sie hatte Angst um sich selbst, doch die Angst um ihre Töchter Cherokee und Sweet war um vieles größer. Es war eine ganz neue Erfahrung für Georgia; denn sie konnte sich nicht erinnern, jemals Angst gehabt zu haben. Und als sie versuchte, die Natur dieser Angst genauer zu ergründen, stellte sie zu ihrem Erstaunen und ihrer Bestürzung fest, daß sie sich nicht nur fürchtete – sie schämte sich auch. Sie schämte sich wegen ihrer Machtlosigkeit. Es war beinahe so, als würde sie sich zu einem emotionalen Krüppel entwickeln, gelähmt, hilflos und nicht fähig, einen vernünftigen Gedanken zu fassen oder vernunftbestimmt zu handeln. Haller hatte sie vollkommen in der Hand. Was, wenn er ihr oder den Mädchen Gewalt antat? Bei wem konnte sie dann Hilfe erbitten? Bei den texanischen Behörden? Die gab es nicht mehr. Sie lebte zu einer Zeit und an einem Ort, wo man eine solche Tat stillschweigend dulden, wenn nicht sogar mit Beifall bedenken würde.

Während der Rekonstruktionsjahre, als die Yankees von General Shermans fünftem Militärbereichskommando in San Marcos das Szepter schwangen und der Feind sich in Georgias Haus eingenistet hatte, war Texas ein Hexenkessel, ein politisches und soziales Chaos. Die ländlichen Gegenden waren unregiert und unregierbar. Theoretisch herrschte in Texas eine Militärregierung. Doch es war eher eine Strafaktion als ein Regieren und Verwalten auf der Grundlage gesetzlicher Bestimmungen; als läge der Süden auf der Folterbank der Yankees und würde Stück um Stück zerfleischt, und die einzige Möglichkeit, dem gräßlichen Verstümmeln ein Ende zu machen, bestünde darin, daß Texas Teile seiner Seele verkaufte.

Die Spannungen zwischen der Zivilbevölkerung und den Soldaten waren brisant und lösten sich immer wieder in kurzen, explosiven Ausbrüchen der Gewalt zwischen den Städtern und der Besatzungsmacht. Die Yankeesoldaten, ganz gleich ob Offiziere oder Mannschaften, ob weiß oder schwarz, schienen es geradezu darauf anzulegen, die texanische Bevölkerung zu demütigen, insbesondere die einstigen Plantagenbesitzer. Hin und wieder lauerten desillusionierte texanische Patrioten, rachsüchtige Verrückte oder die Söhne von Plantagenbesitzern Yankeesoldaten auf und töteten sie. Die alten Rechte, die das Leben der Schwarzen und Weißen geregelt hatten, gab es nicht mehr. Tausende ehemaliger Sklaven durchstreiften Texas, orientierungslos, heimatlos, ohne Arbeit, voller Zorn und tief enttäuscht von der bitteren Erkenntnis, daß es ihnen als freie Menschen in diesen ersten Jahren nach Kriegsende schlechter erging als zuvor. Die sozialen und wirtschaftlichen Spannungen wurden durch diese Freigelassenen noch verschlimmert. In dem Bemühen, die politische Macht zu erhalten, wurde eine groteske Koalition aus korrupten Unionsoffizieren, politischen Abenteurern, republikanerfreundlichen weißen Südstaatlern und ehemaligen Sklaven gebildet. Einflußreichen Bürgern der untergegangenen Konföderation, wie dem Colonel-Doktor, wurde das Wahlrecht verweigert, wohingegen ihre einstigen Farmhelfer mit Frachtwagen zu den Wahllokalen gekarrt wurden. Es waren, wie Captain Haller gesagt hatte, gefährliche, chaotische, gewalttätige Zeiten.

Da die Woods das schönste und größte Haus in der Gegend besaßen, war es für die Besatzer eine Selbstverständlichkeit gewesen, dort ihr Hauptquartier einzurichten. Und so demütigten und bestraften Haller und seiner Männer Georgia und ihre Familie für die angeblichen Verbrechen der Konföderation.

Eines Abends, als der Frühling des Jahres 1869 allmählich in den Sommer überging, nahm Georgia den kleinen Frank mit hinaus auf den Hof. Es war sehr heiß; kein Lüftchen regte sich, und im Haus herrschte eine wahre Backofenhitze. Draußen, auf dem Hügel über der Stadt und dem Fluß, war es kühler. Soeben ging über dem

Schornstein des großen Hauses der Abendstern auf. Georgia und Frank sahen die Soldaten auf der Veranda sitzen und Karten spielen. Plötzlich stand einer der Männer, offenbar einer der Verlierer des Kartenspiels, fluchend auf und urinierte über das Geländer in den Garten. Georgia konnte den Blick einfach nicht von dem Mann nehmen. Was er tat, war widerlich und faszinierend zugleich, so, als würde sie einen Vandalen beobachten, der das Gemälde eines alten Meisters mit einem Messer zerschlitzt. Es war nicht die Pöbelhaftigkeit als solche, die Georgia am meisten schockierte, sondern die absolute Schändung, die sein Tun ausdrückte. In diesem Augenblick hörte sie Captain Hallers Stimme aus der Dunkelheit.

»Georgia.« Es war weder eine Frage noch eine Feststellung; es war nur ein Laut aus den Schatten. »Hören Sie die Tiger im Wald?«

Georgia nahm den Blick von dem Mann auf der Veranda, hob Little Frank auf, drückte ihn an die Brust und wirbelte herum. Doch sie rannte nicht zurück ins Haus, sondern ging mit ruhigen Schritten. Hinter sich konnte sie Hallers Gelächter hören.

Je mehr Tage und Nächte vergingen, desto stärker wurde Georgias Beschützerinstinkt, was ihre Kinder betraf. Cherokee war achtzehn und stand in der vollen Blüte ihrer Schönheit; sie war eine attraktive, dunkelhäutige junge Frau geworden, deren Lächeln ein Zimmer mit Wärme erfüllen konnte. Sie war fröhlich, lachte gern und oft und war von einnehmender Respektlosigkeit, und ihre blauen Hawkins-Augen waren voller Leben. Little Sweet war nicht minder anziehend, wenngleich ernster und in sich gekehrter. Manchmal war sie tagelang düsterer Stimmung, und oft brach sie aus nicht erkennbaren Gründen in Tränen aus. Ihre Wutanfälle waren so explosiv und heftig wie eh und je, um dann von einem Augenblick zum anderen zu enden. Martha Benny behauptete, in den Seelen beider Mädchen wären verschiedene Teufelchen zu Hause; der von Cherokee sei ein fröhlicher Dämon, der von Sweet jedoch ein finsterer Geselle. Seltsamerweise machte Georgia sich jedoch mehr Sorgen um Sweet als um Cherokee, die eine Aura der

Unverletzlichkeit besaß, während Sweet ein Geheimnis war, wie ein wunderschönes, aber unvollendetes Gemälde.

Der kleine Frank entwickelte allmählich die gleiche wilde Ausgelassenheit, die schon seine älteren Brüder besessen hatten. Georgia und Martha Benny hatten alle Hände voll zu tun, Frank von den Soldaten mit ihren schönen Uniformen und Gewehren fernzuhalten. Seit der Colonel-Doktor in Austin war, betrachtete Peter Junior sich als Herr im Hause. Doch nie war er laut oder aufsässig. Er erinnerte Georgia mehr an den Colonel-Doktor als Pinckney. Sie konnte schon jetzt erkennen, daß aus ihm später ein starker, aber sanfter Mann werden würde, und sie hoffte, daß von der Plantage und der Pferdeherde noch etwas für ihn übrig blieb, wenn diese schreckliche Zeit erst vorüber war.

Ende Mai bekam Georgia einen unerwarteten Brief von Pinckney. Es war eine seltene Freude und noch dazu erheiternd, denn Pinckneys Handschrift, seine Ausdrucksweise und seine Rechtschreibung spiegelten nur recht dürftige Kenntnisse der Schreibkunst wider. Als Georgia den Brief betrachtete, überkamen sie leichte Schuldgefühle, weil sie Pinckney nicht gezwungen hatte, regelmäßiger zur Schule zu gehen. Doch es gelang ihr schließlich, Pinckneys seltsamen Hieroglyphen wundervolle Geschichten über den Aufbau seiner eigenen Ranch zu entnehmen. Es waren Geschichten über Entbehrungen und Freuden, tobende Flüsse, Stampeden, plötzliche Gewalt und die Schönheit der Landschaft des Westens. Es war ein langer, romantischer Brief. Trotz der Rechtschreibfehler fand Georgia ihn wunderbar ausdrucksvoll und so schön, daß sie ihn wieder und wieder las, und sie fühlte sich Pinckney näher als je zuvor, obwohl er Hunderte von Meilen entfernt war.

Eines Abends, als Georgia, angeregt durch Pinckneys Brief, ihren Kindern Geschichten über den Wilden Westen erzählte, erschien plötzlich Morris Norwood. Als Martha Benny die Tür öffnete, drängte er sie zur Seite, stampfte durchs Zimmer zu Georgia hinüber und blieb dicht vor ihr stehen. Er ragte bedrohlich vor ihr auf; eine finstere und beängstigende Präsenz, die das kleine Haus nahezu ausfüllte. Ohne ein Wort zu sagen, dreist und überheblich, stand er da, als würde sein Eindringen keiner Erklärung bedürfen.

Georgia schickte die Kinder ins andere Zimmer. »Ich wüßte nicht, daß jemand Sie hergebeten hätte, Officer Norwood.«

»Ich gehe, wohin ich will«, erwiderte er. »Ich brauche keine Einladung. Weder von Ihnen noch von Ihrer hochnäsigen weißen Niggerin.« Er schaute Martha Benny an und zwinkerte ihr zu. »Ich soll Ihnen eine Nachricht vom Captain überbringen.« Norwood flegelte sich in einen von Georgias kostbaren Sesseln, die sie aus dem Herrenhaus gerettet hatte. »Der Captain sagt, er weiß, wer auf uns geschossen hat, als wir hierher gekommen sind, und er will Ihnen ein Geschäft vorschlagen. Ich soll Ihnen ausrichten, daß er Sie um Mitternacht auf seinem Zimmer erwartet, um sich ein bißchen mit Ihnen zu unterhalten. Ich hab' den Captain gefragt, warum er Sie wirklich nach dort oben bestellt hat. Weil es mal Ihr Schlafzimmer gewesen ist, hat er geantwortet, und weil Sie sich vielleicht mal wieder in Ihr altes Bett legen möchten. Der Captain hat gesagt ...«

»Verschwinden Sie, und richten Sie Ihrem Captain aus, daß er mir seine Nachrichten gefälligst selbst überbringen soll.« Georgia zitterte vor Wut. Die Szene kam ihr wie ein Alptraum vor. Norwoods Andeutungen waren über alle Maßen abscheulich. Georgia schoß der Gedanke durch den Kopf, daß sie den Sessel verbrennen sollte, in dem dieser widerliche Kerl saß, obwohl er ein Erinnerungsstück an Water Valley war.

»Ich kann mir nicht vorstellen, daß Sie den Captain zum Narren halten möchten. Sie wissen doch, was er mal in Vicksburg getan hat, oder nicht? Dort hat er ohne Federlesens ein paar Zivilisten getötet, die ihn zum Narren gehalten haben.«

»Ich werde darauf achten, daß ich Ihren Captain nicht zum Narren halte.« Georgias Stimme klang monoton und unbeteiligt. Sie schickte Martha Benny, um nach den Kindern zu sehen.

»Sie wissen genau, was der Captain von Ihnen will. Das gleiche, was ich mit Ihrer weißen Niggerin machen könnte.«

»Vielen Dank für Ihren wirklich freundlichen Besuch, Officer Norwood.« Georgia erhob sich. Ihr fiel eine Zentnerlast vom Herzen, als auch Norwood aufstand. »Grüßen Sie Ihren Captain von mir und sagen Sie ihm, daß ich komme.«

»Ich hoffe, Sie beide werden viel Spaß miteinander haben«, erwiderte Norwood und ging zur Tür. »Ich werde ihm ausrichten, daß Sie seine Einladung mit Freuden annehmen.«

Als Morris Norwood gegangen war, lehnte Georgia sich mit dem Rücken an die Tür und schloß die Augen. Am liebsten hätte sie das Haus niedergebrannt. Sie nahm alle Kraft zusammen, um nicht in Tränen auszubrechen, und fragte sich: *Wie, um alles in der Welt, konnte Papas kleines Mädchen aus Water Valley in eine solche Lage geraten?*

Am letzten Abend im Mai, als es auf Mitternacht zuging und die vertrauten Sterne am Himmel funkelten, holte Georgia zum zweitenmal Pinckneys alten Revolver unter dem Bett hervor, wo der Junge die Waffe vor den Yankees versteckt hatte. Aus Norwoods Worten war unmißverständlich hervorgegangen, daß Haller etwas Unsägliches von ihr fordern wollte – als Gegenleistung dafür, daß er das Geheimnis um Little Sweet auch weiterhin wahrte. *Er wird etwas ganz anderes bekommen*, schwor Georgia sich, als sie Pinckneys Revolver in der Hand hielt.

Im Haus war es still. Cherokee und Sweet verbrachten die Nacht bei Sarah Burleson. Peter Junior und Frank schliefen. Martha Benny, wachsam wie immer, war auf ihrem Zimmer neben dem der beiden Jungen.

Georgia hatte erwartet, der Revolver würde sich in ihrer Hand kalt anfühlen, doch der Stahl war beinahe heiß, als hätten die Schicksalsgöttinnen ihn aus gegebenem Anlaß erwärmt. Georgia betrachtete die Waffe und fragte sich, ob sie wohl die Kraft besaß, Haller zu erschießen. Sie stellte sich vor, wie sie den Abzug betätigte, so wie damals, als sie Emanuel Hawker mit einem Warnschuß fortgejagt hatte. Nie und nimmer hätte sie Hawker getötet. Aber Captain Haller würde sie töten; das wußte sie. Schon daß er sie zwang, auf ihr altes Schlafzimmer zu kommen, war Grund genug. Himmel, wenn der Colonel-Doktor oder Pinckney von Norwoods Nachricht gehört hätten, wären sowohl Haller als auch Norwood jetzt schon tot.

Ja, sie hätte die Kraft, Haller zu erschießen, falls er sie oder die Kinder bedrohte. Aber was dann? Die Yankees würden über sie und ihre Familie herfallen und alles und jeden vernichten, den sie liebte. Die Soldaten würden sie allesamt aufhängen. Georgia sah ein, daß sie eine andere Waffe benutzen mußte, um Little Sweet zu retten. Etwas anderes. Sie legte den Revolver zurück in sein Versteck, erhob sich und ging durch die Dunkelheit zu dem Haus hinüber, das sie für ihren Mann hatte erbauen lassen.

Zu ihrem Erstaunen und zu ihrer anfänglichen Erleichterung gab Haller sich ausgesprochen geschäftsmäßig. Er machte keine sexuellen Anspielungen wie bei ihrer letzten Begegnung, und weder seine Hände noch seine Augen ließen auf dahingehende Absichten schließen. Statt dessen kam er ohne Umschweife zur Sache. Georgia brauchte nur die ersten paar Worte zu hören, als sie schon bereute, Pinckneys alten Revolver nicht mitgenommen zu haben. Es war unfaßbar und abstoßend, was dieser Mann nun mit leiser Stimme von ihr verlangte.

»Ich will Cherokee«, sagte er. »Ich habe ihr den Hof gemacht, aber sie beachtet mich nicht einmal. Mein Vorschlag ist ganz einfach. Sie geben mir Cherokee, und ich lasse Ihnen Sweet. Sobald Cherokee in meinem Bett liegt, bleibt Sweet in Freiheit. Mein Wort darauf.«

Für einen Augenblick starrte Georgia den Captain fassungslos an. Das Herz schlug ihr bis zum Hals, als sie nach einer angemessenen Erwiderung suchte. Doch es gab keine Worte dafür. Sie stand auf, ging zu dem wartenden Haller hinüber, trat näher an ihn heran, ganz nahe – und spuckte ihm ins Gesicht. Dann fiel die Lähmung von ihr ab; ihr heißer Zorn entlud sich, und sie schlug auf Haller ein, so fest sie konnte. Zuerst hob der Captain nur schützend die Arme und wich zurück; dann wehrte er ihre Schläge ab und packte erst den einen Arm, dann den anderen. Er schleuderte Georgia aufs Bett, und sie versuchte verzweifelt, das Gesicht von ihm abzuwenden.

Plötzlich ließ Haller von ihr ab, richtete sich auf, rückte seine Uniform zurecht und wischte sich das Blut von den Lippen. »Ich mag Ihre Familie«, sagte er. »Wenn ich eine Zeitlang mit Cherokee zusammen war, wird sie mich lieben lernen, und wir werden heiraten. Und dann sind Sie meine Schwiegermutter.« Er fing an zu lachen. Es hörte sich wie das Kläffen eines kleines Hundes an. Schließlich wandte er sich um und ging aus dem Zimmer. Nie im Leben war Georgia den Tränen so nahe gewesen. Plötzlich wurde ihr speiübel, und sie konnte keinen Laut mehr von sich geben.

Einige Wochen darauf wurde der kleine Frank angeschossen, als er vor dem Haus spielte. Georgia hörte den Schuß genau in dem Augenblick, als sie feststellte, daß Frank das Haus verlassen hatte. Es war beinahe so, als hätte Georgia gewußt, was geschehen würde, bevor es geschah. Frank lag wie eine kleine Vogelscheuche auf dem Rasen, und auf seiner Brust erblühte eine blutrote Blume.

Georgia und Martha Benny trugen den kleinen Jungen ins Haus. Als sie feststellten, daß die Wunde nur oberflächlich war, wurde Georgia von einer gewaltigen Woge der Erleichterung durchflutet. Mit einer Kompresse stillte sie die Blutung, legte Frank einen Verband an und fiel dann auf die Knie. In einer innigen, leidenschaftlichen Litanei aus Schluchzern und Gebeten sprach sie zu Gott. Später am Abend, als Frank friedlich schlief, kleidete Martha Benny in Worte, was alle dachten: »Wie, in Gottes Namen«, sagte sie, »kann ein kleiner Junge vor einem Haus angeschossen werden, das von der Staatspolizei wie eine Festung bewacht wird?«

Am nächsten Tag kam Captain Haller, um Nachforschungen anzustellen. Als Georgia die Tür öffnete und ihn vor sich stehen sah, stieg wieder Übelkeit in ihr auf, doch sie täuschte Höflichkeit vor. Nachdem Haller sich den Jungen angeschaut und eine flüchtige

Suche nach der Kugel stattgefunden hatte, erklärte der Captain, er werde einen ausführlichen Bericht verfassen. Bevor er ging, blickte er Georgia zum erstenmal fest ins Gesicht. »Eine schreckliche Sache«, sagte er. »So schreckliche Dinge scheinen Ihrer Familie öfters zuzustoßen.«

Als es an diesem Abend dunkel wurde, beschloß Georgia, im Haus keine Lampe anzuzünden. *Könnte ja sein*, dachte sie, *daß derjenige wiederkommt, der auf Frank geschossen hat. Wenn er durch die Fenster schauen kann und die Lampen brennen, wären wir lebende Zielscheiben. Ob es Haller gewesen ist?* fragte sie sich. *Ich muß mir etwas einfallen lassen.* Für einen Augenblick drohte die Erkenntnis ihrer Hilflosigkeit Georgia zu überwältigen; dann aber riß sie sich zusammen und gewann ihre Entschlossenheit zurück. Doch ihr wollte kein Plan einfallen, mit dem sie ihre Entschlossenheit in die Tat hätte umsetzen können. So warteten Georgia, Martha Benny, Frank, Peter Junior und Sweet auf Cherokees Heimkehr. Sie war unten in der Stadt, wo sie in der Methodistenkirche das Melodiumspiel lernte. Das Klavier der Familie war von den Yankees beschlagnahmt worden; manchmal konnten sie es tief in der Nacht spielen hören, wenn es Stimmen begleitete, die trunken und unmelodisch und voll Whiskey und Sentimentalität waren. Die Zeit verrann. Martha Benny ging in die Stadt, um Cherokee zu holen, kam aber mit der Nachricht zurück, daß das Mädchen sich bereits auf den Nachhauseweg gemacht habe. Cherokee war schon eine Stunde überfällig. Dann zwei. Georgia lauschte vergeblich auf die Schritte des Mädchens. Lähmende Angst stieg in ihr auf, und als sie Martha Bennys Blick begegnete, erkannte sie, daß auch die alte Freundin spürte, daß irgend etwas Schreckliches geschehen war. Sie schickten die Kinder zu Bett; dann warteten sie in einem Zimmer, das sich allmählich mit Entsetzen füllte.

»Hier geht etwas Böses um, nicht wahr?« Martha Benny schauderte. »Ich kann es spüren«, fügte sie hinzu und rückte in der Dunkelheit näher an Georgia heran.

»Haller«, flüsterte Georgia.

»Wir haben schon sehr viel Schlimmes durchgemacht«, sagte Martha Benny. »Mit Gottes Hilfe können wir auch das hier überstehen.«

Drei Stunden nach Einbruch der Dunkelheit kam Cherokee nach Hause. Zuerst hörten Georgia und Martha Benny Schritte hinter dem Haus; dann wurde von außen ein Fenster geöffnet. Sie fanden Cherokee im Licht ihrer Lampen. Das Gesicht des Mädchens war zerschunden. Ihr Kleid war vom Ausschnitt bis zu den Hüften zerrissen. Als die beiden Frauen erschienen, versuchte Cherokee zuerst, durch das Fenster wieder nach draußen in die Nacht zu fliehen. Dann aber liefen ihr die Tränen über die Wangen, und die drei Frauen lagen sich in den Armen und trösteten einander.

Dann redeten sie miteinander in dem stillen Haus bis zum Anbruch der Morgendämmerung. Cherokee erzählte, daß sie Haller schon mehrere Male getroffen habe. Bei der ersten Begegnung habe Haller ihr anzügliche Angebote gemacht. Falls sie irgend jemandem auch nur ein Wort davon sagen sollte, hatte er erklärt, würde er überall herumerzählen, daß Cherokee eins von jenen Mädchen sei, die sich mit Soldaten einließen. Als sie sich geweigert habe, Haller zu treffen, drohte er ihr, den Leuten zu erzählen, daß sie beide bereits Geliebte seien. Jedesmal, wenn sie sich begegneten, sei er unverschämter mit ihr umgegangen.

»Warum hast du uns nichts davon gesagt?« sagte Georgia. »Wir hätten etwas unternehmen können.«

»Was denn?« fragte Cherokee. »Ihn der Polizei melden? Er *ist* die Polizei!«

»Uns wäre schon irgend etwas eingefallen«, sagte Georgia, doch sie wußte, daß es nur leere Worte waren.

»Ich habe mich schrecklich geschämt«, sagte Cherokee. »Er ist widerlich. Ich hatte solche Angst.« Wieder liefen ihr Tränen über die Wangen. »Und heute abend hat er mich zu Boden geworfen und mein Kleid zerrissen und mich beinahe . . . «

»Jetzt ist alles wieder gut, Kleines.«

»Er war so stark.«

»Ich weiß.«

»Er hat mir gesagt, ich soll dir von den Tigern im Wald erzählen. Was hat das zu bedeuten?«

Und Georgia berichtete von Hallers unsittlichem Antrag und seinem Angebot, Little Sweets Freiheit gegen Cherokee einzutauschen. Sie erzählte, daß sie mit dem Gedanken gespielt habe, Haller zu töten, sich dann aber dagegen entschieden habe. Georgia beschloß, den beiden zu verschweigen, daß Haller auf seinem Zimmer versucht hatte, sie zu vergewaltigen – und bei der Erinnerung daran wurde ihr deutlich, wie schwierig es dann erst für Cherokee sein mußte, von ihrem demütigenden Erlebnis zu berichten.

»Und was nun?« fragte Martha Benny.

»Wir lassen uns nicht unterkriegen«, erwiderte Georgia. »Wenn's sein muß, spucken wir dem Kerl ins Gesicht. Ansonsten leben wir unser Leben und lassen diesen armen, schwachen, jämmerlichen Mann das seine leben, falls er dazu fähig ist.«

»Was ist mit Sweet?«

»Sie bleibt im Haus und läßt sich nicht blicken«, sagte Georgia. »Sag Cyphus Bescheid. Er soll zu Pinckney und Jim reiten. Es wird Zeit, daß die beiden nach Hause kommen. Ich bin es satt, immer nur das Opfer zu sein.«

Während Georgia auf Pinckney und Jim wartete, betete sie um Vergebung. *Was bin ich für eine Mutter*, fragte sie sich, *daß ich mit meinen Kindern einen Mordplan schmiede?* Doch eine Stimme in ihrem Innern antwortete: *Welche Mutter läßt zu, daß ihre Kinder vergewaltigt und ins Gefängnis geworfen werden?* Ihre Qual wuchs und wuchs und wand sich wie eine giftige Natter in ihrem Herzen. Wieder einmal überlegte Georgia, ob sie Haller töten sollte. Aber wie konnte sie das bewerkstelligen, ohne ihre Familie der Rache der Yankees auszuliefern? Haller war körperlich zu stark, als daß sie ihn mit bloßen Händen oder mit einem Messer hätte töten können, und einen Revolverschuß würde man hören.

Georgia wußte, daß sie in dem Augenblick Hallers Todesurteil gefällt hatte, als sich entschloß, Pinckney holen zu lassen. Ihre Mordwaffe waren die drei schlichten Worte »Komm nach Hause!« gewesen. Pinckney hatte erlebt, wie General Green gefallen war, und wurde vom Haß auf die Yankees geradezu verzehrt. Wenn er von der Sache mit Haller erfuhr, würde er vor Wut schäumen. Und hatte Haller den Tod nicht verdient? Seine Seele war rettungslos verloren; das war gewiß. Und er war ein feindlicher Soldat. Doch Jesus hatte auch gesagt, man solle seine Feinde lieben, und eins der zehn Gebote verlangte kategorisch: »Du sollst nicht töten!« Daran gab es nichts zu deuteln. Und so trauerte Georgia um den Tod ihrer Unschuld und betete um Vergebung – und daß Pinckney schnellstmöglich aus dem Hügelland nach Hause käme.

Eines Nachts, Anfang Juli, wurde Georgia vom Ruf einer Eule geweckt. Sie ging ans Fenster, zog die Vorhänge zur Seite, und da stand Haller im Licht des Vollmonds und beobachtete das Haus, wartend, lauernd. *Schaut er mir genau in die Augen?* Vielleicht war es nur Einbildung, doch Georgia glaubte zu sehen, daß Haller sich verbeugte wie bei ihrer ersten Begegnung. Sie blieb am Fenster stehen, lauschte dem Ruf der Eule und spürte, wie eine für diese Jahreszeit ungewöhnlich kühle Brise mit ihrem Haar spielte und die Vorhänge bewegte. Leise ging sie auf Pinckneys Zimmer und holte den Revolver aus seinem Versteck, warf einen Blick auf die schlafenden Kinder und nickte Martha Benny zu. Dann huschte sie durch die Hintertür nach draußen in die Dunkelheit.

Sorgsam darauf bedacht, stets in Deckung des Hauses zu bleiben, so daß Haller sie nicht sehen konnte, schlich Georgia zu den Ställen hinüber. Das Licht des Mondes brach wie ein silberner Speer durch eine Wolkenlücke, und Georgia schritt schneller aus. Das Gras auf der Wiese streichelte ihre Knöchel, und ihre Schritte waren leiser als ein Flüstern. Die Ställe waren fast eine Meile vom Haus entfernt, und schon bald konnte Georgia die trunkenen Gesänge der Soldaten nicht mehr hören. Schließlich gelangt sie ans Ziel, öffnete die

Tür und trat in den Stall. Der Geruch von Pferden und frischem Heu lag in der Luft. Georgia spähte zum Dachboden hinauf, wo Pinckney, Jim und George McGehee in den samtenen Schatten warteten. Dann huschte sie in eine Pferdebox, von der aus sie den Pfad im Auge behalten konnte, der zum Haus führte. Sie blickte diesen Pfad hinunter – und sah Cherokee.

Das Mädchen trug ein weites weißes Nachthemd, und für einen Augenblick glaubte Georgia, ein hübsches Gespenst käme händchenhaltend mit Haller durch Wind und Schatten und Mondlicht den Pfad zum Stall herauf. Gezackte Wolken zogen am Mond vorüber, und die Nacht hatte eine seltsame lilablaue Farbe, wie das Meer beim Sonnenuntergang. Die Szenerie war so unwirklich, daß Georgia sich für einen Moment fragte, ob sie das alles nur träumte, doch der Ruf der Eule riß sie wieder in die Wirklichkeit zurück.

Schließlich gelangten Cherokee und Haller an die Stalltür. Nachdem sie ihm irgend etwas ins Ohr geflüstert hatte, huschte Cherokee ins Innere des Stalles; das Nachthemd bauschte sich über ihren nackten Füßen und Schenkeln. Nach kurzem Zögern folgte Haller dem Mädchen, und dann standen Cherokee und der Captain in einer Lache aus Mondlicht, das durch die offene Stalltür fiel. Cherokee hatte die Arme vor der Brust verschränkt, hielt den Kopf gesenkt und schaute zur Seite. Haller streckte die Hände nach ihr aus und beugte sich nieder, um sie zu küssen, doch sie stieß ihn zurück und begann, ihr Nachthemd aufzuknöpfen. »Du solltest dich auch ausziehen«, sagte sie mit Flüsterstimme.

Haller öffnete die Schnalle seines Gürtels; dann hielt er inne. Er schien in die Dunkelheit zu lauschen.

»Stimmt was nicht?«

»Die Pferde«, sagte Haller. Er ging zu einer der Boxen und warf einen Blick hinein. *Jetzt sieht er, daß die Pferde gesattelt sind!* erkannte Georgia in einem Augenblick lähmenden Entsetzens. Da wirbelte Haller auch schon herum und riß seinen Revolver aus dem Holster, und dann erfüllten Blitz und Donner den Stall. Es war ein betäubendes, alles verschlingendes Krachen, das den Boden, den

Stall und die Seele erbeben ließ. Im Mondlicht sah Georgia, wie Haller herumwirbelte; dann streckte er den Arm nach Cherokee aus, riß das Mädchen an sich heran und hielt es als lebenden Schild gegen die Schützen in der Dunkelheit vor sich. Georgia sah, wie sich auf Cherokees weißem Nachthemd dunkle Flecken ausbreiteten, und sie betete zu Gott, es möge Hallers Blut sein. Plötzlich brachen die Schüsse ab; das schrille Wiehern der Pferde verstummte, und drückende Stille breitete sich im Stall aus.

Georgia konnte Hallers schweren, keuchenden Atem vernehmen. Es hörte sich wie ein geplatzter Blasebalg an. Haller war getroffen. Er schwankte und hustete und fiel nur deshalb nicht um, weil er sich auf Cherokees Schultern stützte. Haller spähte in die Dunkelheit. Offensichtlich wollte er die Kugeln, die noch in der Trommel seiner Waffe steckten, nicht durch wilde, ungezielte Schüsse vergeuden. Er wandte Georgia den Rücken zu. Vorsichtig bewegte sie sich vorwärts, bis sie dicht hinter ihm stand. Dann trat sie zur Seite, preßte ihm die Mündung des Revolvers auf den Leib und drückte ab.

Die Szene glich einem Gemälde, einem dunklen alten Ölgemälde voller Schatten und Licht und unergründlicher Geheimnisse. Jim Hawkins, Pinckney Woods und George McGehee standen über der am Boden liegenden Gestalt von Captain George Haller. Georgia hatte die jungen Männer genauso dastehen sehen, als sie noch Kinder gewesen und mit erlegten Kaninchen oder Wildschweinen oder Rehen von der Jagd zurückgekehrt waren. Wie damals waren auch jetzt ihre Gesichter ernst und ganz durchdrungen von der Unbegreiflichkeit des Todes. Cherokee stand ein paar Schritte entfernt; eine zarte weiße Wolke in der Dunkelheit. Sie hatte die Arme um den Körper geschlungen, als würde sie frieren. Ihr Nachthemd war mit Hallers Blut getränkt. Der Captain lag auf dem Boden, die Augen weit aufgerissen, als wäre er soeben aus einem Alptraum erwacht. Pinckney hob seinen Revolver und richtete ihn auf Hallers Kopf. »Nein«, sagte Georgia. »Er ist jetzt tot genug. Es ist vorbei.«

Georgia nahm den Blick von der Leiche und schaute in die starren Gesichter ihrer Kinder. Und bis zum Ende ihrer Tage würde sie eines von diesem seltsamen, düsteren Familienporträt in Erinnerung behalten: den Ausdruck der Augen. Sie konnte spüren, wie die Blicke der Kinder sich bis auf den Grund ihrer Seele brannten. Selbst die toten Augen Hallers blickten sie mit einer Vertrautheit an, die sie im Leben nie hätten zeigen können. Doch eines wußte Georgia: Was in diesem Stall geschehen war, war nicht deshalb geschehen, weil es gerecht oder richtig, sondern weil es notwendig gewesen war. Bestimmt wußte der Herrgott, daß er beim fünften Gebot auch einmal eine Ausnahme machen mußte. Und falls nicht, war es immer noch besser, daß er seinen Zorn gegen sie, Georgia, richtete, statt gegen ihre Kinder.

Und nun warteten die Kinder darauf, daß ihre Mutter ihnen sagte, was getan werden mußte. Am Ende des Pfades, auf dem Hügel, stand das Haus, in dem sich ein kleines Heer feindlicher Soldaten eingenistet hatte. Doch jetzt hatte Georgia Lawshe Woods das Sagen – zerschunden an Leib und Seele und vielleicht verdammt in alle Ewigkeit.

»Holt die Pferde«, sagte sie. »Wir haben nicht viel Zeit.« Sie schickte George McGehee den langen Pfad zum Haus hinunter. Er sollte sich davon überzeugen, daß die Schüsse nicht gehört worden waren. Dann half sie Pinckney und Jim, Hallers Leichnam auf eines der gesattelten Tiere zu heben und Hände und Beine des Toten unter dem Pferdeleib zusammenzubinden. Wie Cherokee waren nun auch Pinckney und Jim mit Hallers Blut bedeckt. Georgia schickte Cherokee, saubere Kleidung zu holen. Nachdem die jungen Männer sich umgezogen hatten, ritten sie, Hallers Pferd am Zügel, durch die Nacht, zu einem geheimen Ort am Flußufer, wo Georgia bereits eine Stelle für Hallers Grab ausgesucht hatte. Georgia bedeckte die Blutflecken auf dem Boden mit Sand, während Cherokee und Martha Benny sich im Stall umsahen, um sicherzugehen, daß Haller keine Blutspuren an den Wänden hinterlassen hatte. Als sie sich überzeugt hatten, daß es nichts mehr gab, was auf den nächtlichen

Vorfall hätte hindeuten können, kehrten sie zum Haus zurück. Georgia legte Pinckneys alten Revolver wieder in sein Versteck; dann ging sie nach draußen, um für ihr Seelenheil zu beten.

Gegen Morgen jagte ein starker Sturm die Wolken über den allmählich aufhellenden Himmel in Richtung Norden. Vorsichtig darauf bedacht, aus dem Sichtfeld des großen Hauses zu bleiben, trafen sich Georgia, Martha Benny und die Mädchen in einem Hain aus Feigenbäumen, den Georgia angelegt hatte, kurz nachdem sie aus Bastrop hierher gezogen waren. Sie hatte ihn im Gedenken an das Baby gepflanzt, das sie vor so langer Zeit verloren hatte und das in den Lost Pines begraben war. Vom Herrenhaus klangen die grölenden Stimmen der Nordstaatler und das weiche, melodische Lachen des Negerpolizisten herüber. Für einen Augenblick standen die Frauen schweigend da und blickten zum Stall; dann schauten sie sich an. Es war Zeit, Cherokee und Sweet auf Wiedersehen zu sagen. Nur wenige Worte wurden noch gewechselt, denn die Fluchtpläne waren bereits einige Tage zuvor ausgearbeitet worden. Cherokee und Sweet sollten zusammen mit Ed Tom zurück nach Water Valley reiten. Sobald Pinckney, Jim und George McGehee die Leiche Hallers beseitigt hatten, würde Jim Hawkins gemeinsam mit dem kleinen Peter auf Captain James Blairs Plantage in der Nähe von Goliad fliehen. Pinckney und George McGehee würden sich ins Hügelland begeben. Da Georgia wußte, daß zur Zeit nichts so kostbar war wie Pferde, teilte sie die Herde unter den Kindern auf.

Als der neue Tag anbrach, umarmte sie ihre beiden Töchter. »Und nun beeilt euch«, sagte sie. »Es wird Zeit.« Dann flüsterte sie Ed Tom zu: »Paß auf meine Kleinen auf.« Und dann waren sie fort.

In den nächsten Tagen wurden wegen des spurlosen Verschwindens von Captain Haller intensive Nachforschungen angestellt. Lieutenant Peterson und Staatspolizist Morris Norwood leiteten die Aktion. Es verging kaum ein Tag, ohne daß die Woods-Plantage unter ihrer Aufsicht nicht bis in den letzten Winkel durchsucht worden wäre. Martha Benny und Georgia wurden stundenlang verhört. Einmal kam Martha von einer dieser Vernehmungen mit blutender Nase zurück, und Georgia entdeckte blaue Flecke und Prellungen auf dem Rücken der Freundin. Tags darauf ließ Georgia Martha Benny von Old Mose in Sicherheit bringen.

»Nur für kurze Zeit«, sagte Georgia, als Old Mose auf den Bock des Wagens kletterte, der ihn und Martha Benny zurück nach Water Valley bringen sollte. »Ich kann mir nicht vorstellen, daß wir lange getrennt bleiben.« Sie rief sich jenen längst vergangenen Tag ins Gedächtnis, als Onkel Madison mit Martha Benny, Mahalia und Jim in Water Valley erschienen war. »Ich hätte nie gedacht, daß ich euch einmal so sehr lieben würde.«

Nun war Georgia die einzige Verschwörerin, die sich noch in Reichweite von Peterson und Norwood befand. Sie wußte, daß die beiden Yankees die Wahrheit kannten; sie konnte es in ihren Augen erkennen und an der Art und Weise, wie Peterson und Norwood sie anschauten, wenn sie Little Frank zur Schule brachte. Obwohl Georgia so vorsichtig wie möglich gehandelt hatte, war es nur eine Frage der Zeit, bis die Yankees sie festnehmen und fortschaffen würden. Manchmal fragte sie sich, warum sie nicht schon längst verhaftet worden war. Noch an dem Abend, als Georgia den Captain erschossen hatte, hatte sie gemeinsam mit Martha Benny die blutbefleckten Kleidungsstücke Pinckneys und George McGehees verbrannt und sogar das Pferd gewaschen und gestriegelt, das den blutigen Leichnam Hallers zum Fluß getragen hatte. Selbst Pinckneys alten Revolver hatte Georgia an einer tiefen Stelle in den San Marcos River geworfen. Sämtliche Beweisstücke waren verschwunden. Doch jedesmal, wenn die Polizei an die Tür klopfte oder wenn Georgia Norwood oder Peterson in der Stadt begegnete, spürte sie, wie der Schatten des Galgens über sie fiel.

Als Haller sich nicht zum Dienst meldete, hegten die Behörden sofort den Verdacht, daß er eines gewaltsamen Todes gestorben sei. Es war allgemein bekannt, wie brutal er die Bevölkerung behandelt hatte, besonders die konföderierten Veteranen. So lag die Vermutung nahe, daß Haller aus Rache für irgendeine Greueltat ermordet worden war. Derartige Racheakte waren in den Rekonstruktionsjahren nichts Ungewöhnliches. Die Yankees schickten drei Kompanien los, um Hallers Leiche zu suchen und seine Mörder zu ergreifen. 10 000 Dollar Belohnung wurden ausgesetzt, und die Staatspolizei ließ neunhundert Kopien des Fahndungsbriefes verteilen. Bei der Befragung der freigelassenen Sklaven gab man sich besondere Mühe; die Yankees gingen davon aus, daß insbesondere die Schwarzen daran interessiert waren, den oder die Mörder hängen zu sehen, die ja vermutlich zu jenen zählten, welche die Neger einst versklavt hatten. Norwoods Polizisten und Soldaten zogen von Haus zu Haus, lasen den Freigelassenen den Fahndungsbefehl mit der 10 000-Dollar-Kopfprämie vor und versprachen eine Belohnung für jeden Hinweis, der zur Ergreifung der Täter führte.

Am 14. Juli 1869 las Georgia im *Austin Republican* folgenden Artikel: »In Milam und anderen benachbarten Ortschaften wurden in letzter Zeit eine Vielzahl von Morden und Greueltaten an den Freigelassenen begangen. Captain George Haller, Besatzungsoffizier der Vereinigten Staaten, erhielt Anfang Juni den Befehl, sich nach Milam zu begeben, um diesen Verbrechen auf den Grund zu gehen und die Banditen und Mörder ihrer gerechten Strafe zuzuführen. Unglücklicherweise lehnte Captain Haller die ihm angebotene Eskorte ab und begab sich allein auf die Reise. Seither fehlt jede Spur von ihm. Ein anderer Offizier, der daraufhin nach Milam geschickt wurde, konnte nichts über Captain Hallers Schicksal in Erfahrung bringen. Inzwischen wurde eine Truppeneinheit in das Krisengebiet entsandt. Der Verdacht liegt nahe, daß Captain Haller ermordet wurde. Solche Morde sind eine Schande für Texas und bringen den ganzen Staat in Verruf, und zwar so lange, bis die Einwohner endlich selbst Jagd auf diese abscheulichen Mordbanditen machen. Wer einen Verbrecher deckt oder ihm Unterschlupf gewährt, ist eine Schande für den Staat.«

Georgia ließ die Zeitung sinken und stieß einen Seufzer der Erleichterung aus. *Was für ein Glück*, dachte sie, *daß wir gewartet und Haller erst an dem Abend in die Falle gelockt haben, als er den Befehl bekommen hatte, nach Milam zu reiten.* Auf diese Weise war sein Verschwinden für ein paar Tage offiziell gar nicht zur Kenntnis genommen worden, so daß Georgia und ihre Mitverschwörer reichlich Zeit gehabt hatten, die Leiche verschwinden zu lassen. Alles sprach dafür, daß Haller erst ermordet wurde, als er schon viele Meilen von San Marcos entfernt war. Zwar behaupteten Peterson und Norwood steif und fest, der Captain wäre noch in San Marcos getötet worden, doch sie hatten keinen Beweis dafür, außer vielleicht dem, daß Haller sich nicht ordnungsgemäß von ihnen verabschiedet hatte. Georgia erhob sich, trat ans Fenster und beobachtete – wiederum mit Erleichterung –, daß die Polizisten und Soldaten sich keine besondere Mühe gaben. Aber sie wußte, daß noch viel Zeit vergehen würde, bis die Polizei ihre »Jagd auf die abscheulichen Mordbanditen« einstellen würde.

Eines Morgens, Georgia hatte gerade von Tobe und Josiah und der langen Reise geträumt, die ihre Familie von Fort Hawkins aus hinter sich gebracht hatte, hörte sie ein Geräusch an der Tür, und ihr Herz erstarrte zu Stein. Sie wußte, daß Peterson oder Norwood gekommen waren, um sie fortzubringen. Sie wußte, daß ihr Leben zu Ende war, und sie konnte schon die kalte, moderige Luft des Kerkers riechen und das Klirren der stählernen Gitter hören. Die Tür wurde geöffnet, mit einem Schlag wurde die Welt hell und schön, und Georgia lag überglücklich und dankbar in den göttlichen Armen ihres Colonel-Doktors.

Später, als sie schließlich allein waren, tauschten sie die ganze Nacht hindurch Erinnerungen aus. »Kannst du dich noch an den Treck aus Bauern und Handwerkern erinnern, den wir auf der Reise hierher getroffen haben?«

»Wir haben mit den Leuten getanzt.«

»Barfuß.«

»Und dann lagen wir unter den Sternen und haben uns geliebt.«

»Ich kann mich erinnern. Ich war Eva, und du warst der erste Mann auf Erden.«

»Für mich bist du noch schöner geworden als damals«, sagte

Peter und bat sie, mit ihm zu tanzen, und dann tanzten sie in dem kleinen, primitiven Haus zu einer Musik, die nur noch in ihrer Erinnerung lebte. Und später liebten sie sich, und beiden waren wieder jung und glücklich und voller Leben.

An einem Tag des Frühjahrs 1871 beobachtete Georgia, wie der letzte Yankeesoldat ihr Haus verließ und den Hügel hinunter und aus ihrem Leben hinaus marschierte. Langsam, beinahe ängstlich stieg sie die breite Treppe zur Veranda hinauf und ging durch die Eingangstür. Das Eichenparkett der Fußböden war schmutzig und zerkratzt; die Gardinen und Vorhänge hingen in Fetzen herunter. Im Haus herrschte ein Chaos, als hätte sich eine Horde Verrückter darin ausgetobt. In den Zimmern lagen Berge leerer Kisten, ausrangierter Maschinen- und Ausrüstungsteile und schmutziger Kleidung. Auf einige Wände waren Nachrichten und kurze, obszöne Gedichte und Sprüche gekritzelt, und Namen und Daten waren in die Holzvertäfelung und die Möbel eingeritzt. Georgia ging durch die leeren Zimmer und gelangte zu der Ansicht, daß es ohnehin an der Zeit war, das Haus zu renovieren. Sie war die gedeckten, tristen Farben leid geworden, das Ebenholz und Creme und Weiß der Vorkriegszeit. Während sie sich die Zimmer neu möbliert in neuen Farben vorstellte – kräftige, lebhafte Farben, freundliche, helle Zimmer –, schritt sie schneller aus, und als sie an die großen Hochzeitsfeiern dachte, die in nicht allzu ferner Zukunft in diesem Haus gefeiert würden, wurde sie ganz aufgeregt. Bald würden Lovie, Cherokee und Sweet zurückkehren, und das Haus würde von Liebe und Leben und Kinderlachen erfüllt sein. Georgia eilte in ein Hinterzimmer, in dem Feldbetten und Munitionskisten standen, öffnete hastig das Fenster und rief zwei-, dreimal Martha Bennys Namen. Erst dann fiel ihr ein, daß Martha Benny fort war. Für einen Augenblick wurde Georgia von einer riesigen, geradezu überwältigenden Woge der Sehnsucht und Trauer überflutet. Das große leere Haus schien sich um sie herum zu drehen, und sie mußte sich am Fenstersims festhalten, um nicht zu Boden zu stürzen. Georgia wartete, bis der Schwindelanfall vorüber war; dann straffte sie die Schultern und machte sich auf die Suche nach einem Besen. Später ging sie hinaus in den Garten, um frische Blumen für das Wohnzimmer zu pflücken.

Als der Sommer ins Land zog, waren die Renovierungsarbeiten am Haus so weit abgeschlossen, daß es fast wieder in altem Glanz erstrahlte. Den einstigen Sklaven hatte Georgia eigene Parzellen geschenkt, und die Freigelassenen ernteten ihre ersten Feldfrüchte. Auf Georgias Ländereien bildeten die Baumwoll-, Weizen- und Gerstenfelder riesige geometrische Muster auf dem Erdboden. Bald kamen die Kinder nach Hause, und die Familie würde nach dem langen Alptraum des Bürgerkriegs und des seltsamen Krieges nach dem Krieg endlich wieder vereint sein.

An einem Tag im August – Georgia war gerade in der Vorhalle, die eine neue Tapete mit Blumenmuster bekam – sah sie Peter mit Reverend Andrew Jackson Potter am Arm nach Hause kommen. Zuerst hatte sie die Befürchtung, der alte Sünder wäre betrunken; dann aber erkannte sie, daß er von Krankheit geschwächt war. Sie eilte zu ihm und half ihrem Mann, Andy Potter in ein Gästeschlafzimmer zu tragen.

»Lungentuberkulose«, sagte Peter. »Ziemlich ernst. Aber ich glaube, wenn er genug Ruhe bekommt, wird er wieder gesund.«

Georgia machte sich mit Feuereifer daran, den einstigen »Rädelsführer in Sachen Sünde« zu pflegen und zu hegen. Sie las ihm aus der Bibel vor, beaufsichtigte die Zubereitung seiner Mahlzeiten und kühlte seine Stirn mit feuchten Tüchern, als seine Hustenanfälle schlimmer wurden. Nach wenigen Tagen hatte Potter sich so weit erholt, daß er aus der Heiligen Schrift zitieren und seine Lügenmärchen erzählen konnte.

Und Georgia saß wieder an seinem Bett wie vor vielen Jahren, und lauschte den haarsträubenden, fesselnden Geschichten Andrew Jackson Potters, die er mit dem ihm eigenen blumigen und derben Vokabular zu würzen wußte. *Ich könnte ihm immer und ewig zuhören*, dachte sie. Manchmal, wenn Andy Potter vor Erschöpfung eine Zeitlang innehielt, wünschte Georgia sich, ihm von Captain Haller und dessen Grab am Fluß erzählen zu können. Es wäre eine Art Beichte gewesen, eine Läuterung von der schrecklichen Schuld, die sie auf sich geladen hatte. Doch Georgia beichtete nicht. Nicht, während sie Reverend Andrew Jackson Potter gesundpflegte. Nicht, als er sich so weit erholt hatte, daß er sein geistliches Amt wieder antreten konnte. Nicht einmal Monate später, als sie an jenem späten Nachmittag leichtes Fieber bekam, immer mehr an Gewicht verlor und hellrotes Blut auf ihrem Taschentuch entdeckte.

Georgia wußte, daß sie sterben mußte. Sie war auf den Tod beinahe genauso wütend, wie sie es auf die Yankees gewesen war. Außerdem war sie zornig, daß sie so jung sterben sollte, und als die Menschen zu ihr kamen, von denen sie geliebt wurde, hatte sie den Wunsch, sich für ihr schroffes, ja, unwürdiges Benehmen zu entschuldigen. Georgias großes Haus füllte sich rasch mit ihren Familienmitgliedern. Der alte Captain Lawshe wurde aus Water Valley herbeigerufen; er brachte Lovie, Cherokee und Little Sweet mit. Jim Hawkins kam mit Peter Junior von Captain Blairs Plantage und blieb fortan ständig an Georgias Bett. Ihre Kinder, die nach Captain Hallers Tod in alle Winde zerstreut worden waren, wurden in Georgias letzten Stunden wieder vereint. Sie mußte an die Geschichte denken, die Josiah ihr über den alten Benjamin Hawkins erzählt hatte. Auch Benjamin hatte alle seine Familienmitglieder und Freunde an sein Totenbett gerufen, war dann aber, nachdem er ihnen Lebewohl gesagt hatte, auf wundersame Weise genesen.

Vielleicht, dachte Georgia, *komme ja auch ich, wie damals Großvater, mit dem Leben davon und darf noch erleben, wie meine Töchter heiraten*. Dann aber spürte sie, wie das Leben aus ihrem Körper wich.

Die letzten drei Menschen, die Georgia sah, waren Martha Benny, ihre Kusine und Freundin; Ed Tom, ihr alter Gefährte und Halbbruder; und Peter Cavanaugh Woods, ihr Ehemann und

Geliebter. Martha Bennys blaue Hawkins-Augen schwammen in Tränen, und sogar diese Tränen sahen blau aus, als sie auf die Laken tropften. Georgia küßte die verkrüppelte Hand ihres Mannes. Dann mußte sie an das Gemälde denken, das sie vor langer Zeit, als sie noch sehr, sehr jung gewesen war, auf dem Weg der Tränen gesehen hatte: das Bild mit dem jungen Indianermädchen, das einen weißen Vogel zärtlich in beiden Händen hielt, als hätte es Angst, das Tier zu verletzen, und auch Angst, es nicht fest genug zu halten, so daß es davonfliegen könnte. Georgia Lawshe Woods, Enkelin von Benjamin Hawkins, dachte ganz fest an dieses schöne junge Mädchen und wurde eins mit ihm. Langsam öffnete es die Hände, und der weiße Vogel war frei.

IDELLA

Als Idellas Geschichte mit dem Tod Georgias endete, sah ich im Licht der Kerzen Tränen in den Augen der alten Frau schimmern. Irgendwie hatte ich erwartet, ein Medium wäre – gleichsam per definitionem – gefühlsmäßig von jenen getrennt, mit denen es in der seltsamen Welt der Geister Kontakt aufnahm. Doch da saß Idella, eine schwarze Wahrsagerin, Nachfahrin von Sklaven, und weinte bei der Erinnerung an den Tod meiner Urgroßmutter. Sie machte einen erschöpften Eindruck, als hätte sie beim Erzählen einen Teil ihres Selbst gegeben und wäre nun gänzlich leer. Ihr Atem ging flach, und sie saß mir im Kerzenlicht vollkommen regungslos gegenüber. Ich mußte daran denken, daß ich mich in Idellas Gesellschaft manchmal ganz unerwartet unbehaglich gefühlt hatte. Irgendwie kam ich mir unwürdig vor, so, wie es einem Pilger ergehen mag, wenn ihm in den Bergen die Vision einer heiligen Wesenheit erscheint. Ich hatte das beinahe überwältigende Verlangen, Idella zu danken und ihr zu zeigen, daß ich an ihre Kräfte glaubte. Doch gleichzeitig hatte ich Angst, daß Idella mit ihrem zweiten Gesicht schreckliche Dinge in meiner Seele erblicken könnte, die ich selbst noch nie gesehen hatte. Aber war nicht genau das der wichtigste Grund für meinen Besuch? Schließlich hatte ich Idella gebeten, Geheimes, Verborgenes aufzuspüren. Da konnte ich schlecht von ihr erwarten, nur das zu enthüllen, was ich sehen *wollte*.

Ich fragte Idella, was sie den Leuten sagte, in deren baldiger Zukunft sie den Tod sah.

Idella hob den Blick und lächelte. »Wir alle müssen sterben, meine Kleine. Manche halt ein bißchen früher als die anderen.«

»Wenn ich morgen sterben müßte, würden Sie es mir dann sagen?«

»Sie würden es auch so wissen.«

»Aber wenn es etwas Unerwartetes wäre? Ein Unfall, zum Beispiel?«

Idella zuckte leicht zusammen und stieß dann einen langen Seufzer aus, der die Kerzenflamme tanzen ließ. »Ich bin bloß eine alte Frau, die beide Enden der Zeit sehen kann. Machen Sie nicht mehr daraus, als es ist.«

»Woher kannten Sie die Geschichte von Captain Haller?«

»Nichts ist so leicht zu erfahren wie ein gewaltsamer Tod; denn niemand sonst erzählt seine Geschichte so gern wie ein Ermordeter. Man kann ihn kaum zum Schweigen bringen. Er macht ein solches Spektakel in der Welt der Geister, daß es sehr schwierig ist, die leiseren Dinge zu hören.« Sie schwieg für einen Moment, blickte mir in die Augen und entdeckte offenbar einen Hauch von Mißtrauen darin. »Außerdem haben ein paar Leute die Geschichte immer schon gekannt.« Sie wies mit einem Kopfnicken auf jene Stelle am Ufer des Flusses, an der einst ein Haus von übelstem Ruf gestanden hatte – das Haus Pink Rosebuds. »Haller hat ziemlich viel Zeit da drüben bei Pink Rosebud verbracht, mit einem Mädchen namens Precious Honey Child. Manchmal, wenn Haller angetrunken war, hat er ihr von Miss Cherokee erzählt. Die Mädchen da drüben wußten alle, daß er hinter Miss Cherokee her war. Sie wußten aber auch, wie Ihre Familie dazu stand.«

»War Ed Tom Captain Lawshes Sohn?«

»Ich hab' versprochen, über gewisse Dinge nichts zu erzählen.«

»Wem haben Sie das versprochen?«

»Leuten, die tot sind. Ein Versprechen, das man jemandem gibt, der auf der anderen Seite lebt, ist heilig.«

Unsere Familie wußte schon lange, daß Georgia und Martha Benny Kusinen gewesen waren. Bei meinen Nachforschungen hatte ich Totenscheine entdeckt, aus denen hervorging, daß Madison Hawkins, Georgias Onkel, Marthas und Jims Vater war. Ob es sich bei Ed Tom um Captain Lawshes Sohn handelte, ließ sich nicht so leicht zurückverfolgen. Man munkelte zwar davon, doch es war eines jener Familiengeheimnisse, denen man einfach nicht auf den Grund gehen konnte. Als Georgia starb, waren – ebenso wie bei vielen anderen Beerdigungen älterer Familienmitglieder – die vorderen Reihen den Familienangehörigen vorbehalten, und unter diesen Trauergästen befanden sich stets weißhäutige wie schwarzhäutige Menschen, mochte der Verstorbene ein Weißer oder ein Farbiger gewesen sein. Diese gemeinsame, gegenseitige Achtung den Verstorbenen gegenüber ist seit drei Generationen bei uns üblich. Es ist eine Tradition, eine stillschweigende und selbstverständliche Achtung vor einer Blutsverwandtschaft, die seit mehr als einem Jahrhundert besteht. Wie nahe wir uns doch immer waren, Martha Bennys Familie und die meine, trotz dieser so abgrundtiefen Kluft zwischen uns.

Ich bedrängte Idella weiter, mir die Quelle ihres Wissens zu nennen, und sie erzählte mir von Softfoot Willie. Jedes Kind im mittleren Texas, das schon einmal um Mitternacht Schatten über die Wände seines Schlafzimmers hat huschen sehen, war davon überzeugt, Softfoot Willie gesehen zu haben, der gekommen ist, das Haus zu plündern. Doch in unserer Gegend hatten wir immer das Gefühl, daß Softfoot Willie eine gütige Wesenheit war, vor allem deshalb, weil er nie jemandem weh tat und alles, was er mitgehen ließ, wieder zurückbrachte. Euphemias Tochter Annie sagte einmal, Softfoot Willie wäre mit Robin Hood zu vergleichen, nur mit dem Unterschied, daß Softfoot nicht nur von den Reichen nehme, sondern den Reichen auch wieder zurückgebe – was, laut Annie, im Vergleich zu den Republikanern eine Verbesserung darstelle, weil diese von den Armen nähmen, ohne zurückzugeben.

Idella fuhr mit ihrer Geschichte über Softfoot Willie fort. »Wissen Sie noch«, fragte sie, »wie ich Ihnen mal erzählt habe, daß die Sheriffs immer zu mir kamen? In diesem Zimmer hab' ich mit ihnen zusammen gesessen. Tja, wenn die Sheriffs einen Verdächtigen gesucht haben oder wissen wollten, wer wem was angetan hat, hab' ich ihnen geholfen, so gut ich konnte. Auf diese Weise haben sie über die Jahre hinweg eine ganze Menge Ganoven geschnappt. Aber Softfoot Willie haben sie nie erwischt, und der Hauptgrund dafür ist, daß ich ihnen nie von Willie erzählt hab'.«

»Haben Sie ihn gekannt?«

»Seit ich ein Kind war. Er wurde in derselben kleinen Siedlung geboren wie ich, zwischen hier und San Marcos. Ich hab' ihn deshalb nie an die Sheriffs verpfiffen, weil wir unter einer Decke steckten, Softfoot Willie und ich. Ich nehme an, über die Jahre hinweg hat er so ziemlich alle reichen Leute von San Marcos beklaut. Dann hat Willie seine Beute versteckt und mir gesagt, wo sie zu finden ist. Wenn die Sheriffs zu mir kamen, bin ich in Trance versunken und hab' ihnen gesagt, wo sie das Zeug finden können.«

»Idella!« Ich war wie vom Donner gerührt. »Das ist ja ...«

»Nein, ist es nicht, meine Kleine. Willie und ich haben niemanden übers Ohr gehauen. Jeder hat sein Zeug zurückgekriegt. Auf diese Weise sind die Leute mit der Geisterwelt in Berührung gekommen, und das haben sie natürlich überall herumerzählt. Wir hatten alle was davon. Die Leute haben ihren Kram zurückbekommen; die Sheriffs wurden wiedergewählt; ich hab' ein bißchen mehr Geld verdient, so daß ich mich über Wasser halten konnte; und auch der alte Softfoot Willie hat ein Stück vom Kuchen abgekriegt.«

Ich war schrecklich desillusioniert, und vermutlich war das auch deutlich zu sehen.

»Ich hab' Ihnen das erzählt, meine Kleine, damit Sie nicht mehr in mir sehen, als ich bin. Hin und wieder muß ich sogar mir selbst die Geschichte von Softfoot Willie erzählen, damit ich mir nicht zuviel darauf einbilde, daß ich ein paar Dinge sehen kann, die andere Leute nicht sehen können. Einige Dinge weiß ich, andere nicht. Manchmal kann man den Unterschied zwischen dem, was wirklich ist und was nicht, gar nicht erkennen. Manchmal kann man nicht einmal den Unterschied erkennen zwischen dem, was tot ist und was nicht. Oder was Vergangenheit ist und was Zukunft.

Oder was in einem drin ist und was außerhalb ist und nur in einem drin zu sein scheint. Alles auf der Welt ist eins. Fleisch und Geist, Vergangenheit und Zukunft; alles ist vermischt und zusammengerührt, wie ein einziger Teig aus Gottes Hand, der sich durch die Ewigkeit zieht.«

Ich fragte Idella, ob sie die Wahrsagerei von den Zigeunern gelernt habe.

»Aber, mein Schatz!« Idella lachte. »Glauben Sie vielleicht, dem Adler wird das Fliegen von einem Spatzen beigebracht?«

Fünf Tage lang fuhr ich jeden Abend zu Idella hinaus, um mir die Geschichte über meine Urgroßmutter Bettie anzuhören. Wenn ich bei der alten Frau am Tisch saß, konnte ich vom Fenster aus das Haus an der Court Street sehen, in dem Bettie King den größten Teil ihres Lebens verbracht hat, in dem heute meine Mutter wohnt und in dem ich meine Kindheit zugebracht habe. Früher war es ein prächtiges Haus, das an der Straße lag, die aus der Stadt führte. Doch mittlerweile war es vom Häusermeer Seguins verschluckt worden, und mit seinen weißen Säulen und dem Blumengarten schien es immer kleiner zu werden. Auf dem einst weiten Land, den Wiesen und Feldern, haben sich heute die Vororte ausgebreitet. Nur die alte, von Wind und Wetter gezeichnete Scheune steht noch immer, teilweise hinter Nesselbäumen versteckt. Direkt am Fuß des Hügels darunter, am King Branch, steht das Haus, in dem Euphemia Texas ihre letzten Lebensjahre verbracht hat.

Ich fragte Idella, ob sie Betties Haus einen Besuch abstatten wolle. Dann könnten wir gemeinsam Kartons mit alten Fotos aus Bettie Kings Leben durchsehen, und vielleicht würde Idella dabei die Anwesenheit jener Frau spüren, die so lange in den Zimmern dieses Hauses gewohnt hatte.

Idella erwiderte, sie habe den größten Teil ihres Lebens in Sichtweite des King-Hauses verbracht, und außerdem habe sie meine Urgroßmutter gut gekannt. »Ich glaub' nicht, daß die Wände Bettie King hindern können. Ich nehme an, sie ist überall da draußen genauso lebendig wie in den Zimmern des Hauses dort drüben.«

Was Idella gesagt hatte, hörte sich seltsam an; dann aber fiel mir ein, was der alte Abraham Lincoln Miller mir an einem späten Nachmittag einmal erzählt hatte, als ich noch ein kleines Mädchen war. Ich war draußen neben dem Haus und schaute Abe zu, der einen Rosenstrauch beschnitt. In der Ferne tobte ein Unwetter über der Prärie, und hin und wieder konnten wir eine Lichtader im Gewölk aufzucken sehen und das dumpfe Rollen des Donners hören.

»Kennst du die Geschichte von Miss Bettie?« fragte Abe.

»Nein.«

»Miss Bettie hatte schreckliche Angst vor Gewittern. Immer, wenn's blitzte und donnerte, ist sie in das Schlafzimmer ganz hinten im Haus geflüchtet, in dem du jetzt schläfst. Sie hat sich in einer Ecke versteckt und gebetet. Hörst du den Donner dort hinten? Also, wenn ein Gewitter kommt und du schaust in der Ecke deines Zimmers nach, dann siehst du Miss Betties Geist dort kauern und den Herrgott anflehen, daß das Unwetter vorüberzieht.«

Natürlich rannte ich ins Haus zu meiner Mutter, die gerade Geschirr spülte. Ich erzählte ihr, daß Abe gesagt hatte, Uroma King wäre ein Gespenst, und daß ich sie bei Gewitter in der Ecke meines Schlafzimmers sehen könnte. O weh! Diese Gespenstergeschichte hat meine Mutter ganz schön wütend gemacht. »Ich hoffe«, sagte sie, »du bekommst Oma wirklich zu Gesicht, denn sie war der netteste Mensch auf der Welt. Wenn du sie mal in der Schlafzimmerecke stehen siehst, dann sag ihr, wer du bist.«

Nun war ich wieder in Idellas Haus. Es war dunkel, und bald würde ich einen Geist kennenlernen, den ich als kleines Mädchen vergeblich in den Ecken meines Schlafzimmers und in den Winkeln meines Geistes gesucht hatte. »Geben Sie mir die Hand«, sagte Idella, »und ich werde Ihnen von einer lieben und netten Frau erzählen.«

Es ist unmöglich, ging es mir durch den Kopf, daß Idella Bettie Kings Geheimnis kennt. Woher soll sie von der Schreckensnacht und den Wölfen und den toten Kindern wissen? Doch als es still wurde im Haus und Idella die Augen schloß, als die Kerzenflammen ihr gespenstisches Licht auf den Wänden tanzen ließen und Idellas melodische Stimme sich über das Geräusch eines in der Ferne vorüberfahrenden Zuges erhob, da begann die alte Frau genau mit dieser Schreckensnacht.

TEIL DREI

BETTIE MOSS KING

Am 8. September 1875 beobachtete der Kapitän des alten Klippers *Mary Celeste*, der in Richtung Tanger unterwegs war, einen seltsamen silbernen Ring um den Mond, der soeben über Dakar und den Riffen vor Kap Verde aufging. Der Kapitän trug in sein Logbuch ein, daß der vorherrschende Südwind nach Südost gedreht habe und das Barometer falle. Gegen Morgen wurde der Wellengang stärker, und die Segel blähten sich in einer auffrischenden Brise.

Am nächsten Tag hatte der Passat das tropische Tiefgebiet nach Westen getrieben. Ein riesiges Rad aus Wolken, ungefähr zweihundert Meilen im Durchmesser, begann sich um einen Kern aufsteigender warmer Luft zu drehen. Langsam zog dieses Wolkenrad nach Westen; als es den vierzigsten Grad westlicher Breite überquert hatte, wurde es schneller und schneller und bewegte sich in Richtung Barbados und der Windward-Inseln. Die gewaltige rotierende Säule aus warmer Luft ragte zwölf Kilometer in den Himmel und saugte Scharen von Regenwolken in das Zentrum des Sturmes. Inzwischen waren die Wellen fast zehn Meter hoch und jagten mit schäumenden Gischtkronen dem Festland zu. Ein Orkan wurde geboren, der mit Sturm- und Wassergewalt durch die Karibik tobte, Bäume entwurzelte und auf Jamaika mit gewaltigen Flutwellen und Sturmböen von einhundertachtzig Stundenkilometern ganze Städte zerstörte. Inzwischen wurde der Orkan »Huracan« genannt, so wie der Sturmgott auf den Westindischen Inseln.

Der Hurrikan peitschte durch die Bucht von Galveston in Texas; dann jagte er über den Brazos und den San Bernard River hinweg und fuhr in die seichten braunen Wasser der Bucht von Matagorda.

Am frühen Morgen des 16. September fing es in der aufstrebenden texanischen Hafenstadt Indianola zu nieseln an. Gegen Mittag fiel ein sintflutartiger Regen, und die Luft war dermaßen mit Feuchtigkeit gesättigt, daß den Menschen das Atmen schwer wurde. Gewaltige Brecher überschwemmten die Straßen, und schließlich begannen riesige Brandungswogen und vernichtende Sturmböen die Stadt zu zerfleischen; Gebäude um Gebäude, Dach um Dach, Haus um Haus, Traum um Traum, und die Menschen wurden vom tobenden Meer davongerissen und verschlungen.

Dann wandte der gefräßige Hurrikan sich nach Norden und zog eine Schneise der Vernichtung durch die Küstengebiete der Prärie; der Sturm entwurzelte uralte Zypressen in den Flußniederungen und spie eine Unmenge Tornados aus, die wie mystische Schlangen aus schwarzen Wolkennestern herabfuhren.

Am Guadalupe River, unweit der Stadt Seguin, beobachtete ein kleines Mädchen mit Namen Bettie Moss das tobende Unwetter. Die Luft war schwer und feucht, und grelle Blitze tauchten die sturmgepeitschte Landschaft in schwefelgelbes Licht. Das Donnergrollen hörte sich wie eine Stampede texanischer Longhornrinder an, und das Haus schien sich im Würgegriff einer monströsen Hand zu krümmen. Bettie Moss beobachtete, wie sich die Windungen einer spiralförmigen Wolke blitzschnell entrollten und aus der Düsternis hervorzuckten. Dann fuhr diese schreckliche Zunge zur Erde herunter und leckte über ein Waldstück, und Bäume zersplitterten und wirbelten durch die Luft und wurden vom grauen Schlund des Sturms verschlungen. Nun schien die Wolkenzunge zu verharren, zu lauern und nach neuer Nahrung Ausschau zu halten, auf die sie sich mit vernichtender Wut stürzen konnte. Plötzlich sah Bettie, daß dieses schwarze Wolkenungeheuer näher kam, eine wabernde, wogende Düsternis, und in einem Augenblick schrecklicher Gewißheit erkannte das kleine Mädchen, daß der Sturm auch sie verschlingen würde.

Ihr Vater zerrte sie vom Fenster weg, und dann eilten beide zu Betties Mutter und ihren Brüdern und Schwestern, die sich in einer

Ecke des Schlafzimmers im östlichen Teil des Hauses zusammengekauert hatten, so weit als möglich von den Fenstern entfernt. Sie hielten einander fest, und dann fuhr auch schon eine heulende Bö über das Haus hinweg, die Bettie den Atem raubte. Sie klammerte sich mit aller Kraft an den Eltern fest, und dennoch schien es, als würde der Sturm sie davonschleudern und gegen die Wand schmettern. Um sie herum erklang ein schauriges Jaulen, das Geschrei von Kindern, das Klirren von Glas, das Splittern von Holz und ein Donnern wie von einer Herde Longhorn-Rinder auf dem Dach des Hauses.

Bei Einbruch der Dunkelheit war es am Guadalupe River so still wie in einer Gruft. Das schreckliche Unwetter war über die Moss-Farm hinweg nach Norden gezogen, um dort zu verenden. Betties Familie kroch aus dem Haus und schaute sich um. Eine vollkommen andere Welt bot sich ihren Augen dar. In der zunehmenden Dunkelheit konnten sie eine Schneise erkennen, die in den Wald geschlagen war. Der Tornado mußte direkt auf ihr Haus zu gejagt sein und alles ringsum vernichtet haben. Dann war er nach Westen abgeschwenkt und hatte auf seinem Weg Getreidefelder verwüstet und Zäune, Viehpferche, Bäume und die kleine Scheune fortgerissen, in der Old Mule, das Maultier, gestanden hatte. Bettie stellte sich vor, wie der Sturm ihren Freund Old Mule gefressen, sich dann zufrieden grinsend zur Seite gewandt und seine Reise nach Westen fortgesetzt hatte, wo einige Meilen entfernt die Braddocks wohnten.

Nachdem Leonard Moss festgestellt hatte, daß alle überlebt hatten, unverletzt waren und das Haus noch stand, senkte er den Kopf und dankte Gott, daß seine Familie verschont geblieben war. Dann besah er sich den schrecklichen Schaden, den der Sturm angerichtet hatte, und sein Blick folgte dem Pfad der Verwüstung, der nach Westen führte. »Wir sollten nachsehen, was bei den Braddocks los ist«, sagte er. »Ich habe ein ungutes Gefühl.«

»Ich nehme an, du möchtest nicht auf Old Mule zu den Braddocks reiten«, sagte Mollie. »Das hat der Sturm nämlich schon getan. Aber du solltest Bettie mitnehmen. Ich weiß zwar nicht, was du bei den Braddocks findest, aber vier Augen sehen auf jeden Fall mehr als zwei. Und es könnte ja sein, daß du dich um Mrs. Braddock kümmern mußt. Dann kann Bettie dir zur Hand gehen. Ich bleibe mit den jüngeren Kindern hier und versuche, das Haus wieder bewohnbar zu machen, bis ihr zurück seid.« Leonard und Nuge wurden hinunter zur Blockhütte geschickt, in der die alte Ursie seit ihrer Freilassung wohnte. Den Kindern wurde aufgetragen, Ursie zu fragen, ob sie ihr helfen könnten, und ihr auszurichten, daß die Familie wohlauf sei.

Bettie schaute in die Richtung, in die der Sturm davongezogen war und wo die Braddocks wohnten. Sie wünschte sich, zu Hause bleiben und sich ins Bett verkriechen zu können, um die gräßlichen Geräusche zu vergessen, mit denen der Sturm über das Haus hinweggebraust war.

Leonard Moss holte eine Laterne, seine Flinte und eine Axt. Mollie packte Brot und Käse, Zündhölzer, ein Messer und trockene Wäsche zum Wechseln für ihren Mann und Bettie in einen Sack; dann gab sie beiden einen Abschiedskuß und sagte: »Paßt auf wegen der Schlangen.«

Inzwischen war es dunkle Nacht geworden. Die Laterne warf ihr Licht auf den stellenweise fast völlig überschwemmten Pfad; Inseln aus Gras ragten aus einem schier endlosen Meer. Bettie beobachtete ihren Schatten und wünschte sich, er wäre so groß wie der ihres Vaters. Leonard Moss schien sich leichtfüßig über den schlammigen Boden zu bewegen, während Bettie Mühe hatte, mit ihm Schritt zu halten. Sie hatte Angst, ihren Vater und den Lichtkreis, den die Laterne warf, aus den Augen zu verlieren, so daß sie vielleicht für immer und ewig in der Nacht verlorenging. Bettie war schon oft bei den Braddocks gewesen, aber noch nie in der Dunkelheit. Erstaunt stellte sie fest, daß ihr Vater offensichtlich Augen besaß, mit denen er auch in der Nacht sehen konnte, wie eine Katze oder Eule. *Wirklich*, dachte Bettie, *Väter haben viele geheimnisvolle Kräfte, die gewöhnliche Menschen nicht besitzen. Vielleicht liegt es daran, daß der liebe Gott die Männer zuerst gemacht hat.* Die Kinder hatte er offensichtlich zuletzt gemacht, und das war eben der Grund dafür, daß Kinder im Dunkeln nichts sehen konnten und daß sie sich selbst dann noch fürchteten, wenn die Mutter ihnen sagte, daß es nichts zu fürchten gab.

Plötzlich stellte Bettie fest, daß sie wieder ein Stück zurückgefallen war, und ihr Herz machte einen wilden Hüpfer und klopfte ihr bis zum Hals. Sie lief, so schnell sie konnte, um ihren Vater einzuholen, und diesmal packte sie einen Hemdsärmel von Papa Leonard und hielt sich daran fest.

So zogen Vater und Tochter über die Wiesen und Weiden bis in den Wald. Die immergrünen Eichen ragten wie knorrige alte Riesen zu allen Seiten auf. Hin und wieder erschienen im Licht der Laterne tiefe weiße Kerben an den Stämmen, wo der Sturm Äste abgerissen hatte. Sie kamen an einem verkohlten Baum vorüber, der vom Blitz in Brand gesetzt worden war und trotz der Nässe noch glühte und rauchte. In weiter Ferne, irgendwo zwischen den Bäumen, schlugen die Blitze immer noch Wunden in den finsteren Himmel. Einmal, als der Pfad durch den Wald schmaler wurde, hörten sie plötzlich den Schrei einer Eule. Noch bevor Bettie erkannte, daß es kein Dämon und auch kein Verrückter mit einer Axt gewesen war, zerrte sie vor Schreck so heftig an des Vaters Hemdsärmel, daß sie ihn beinahe zu Boden gerissen hätte. »Das Unwetter hat die Tiere verrückt gemacht«, erklärte Leonard Moss seiner Tochter. »Der Sturm hat ihre Behausungen zerstört, wie er's beinahe auch mit unserer getan hätte.«

Nach einem Fußmarsch, der Stunden gedauert zu haben schien, hörten sie die ersten Wölfe. Die feuchte, schwere Luft dämpfte das Geheul – ein schauerlicher Chor, der vom dumpfen, fernen Rollen des Donners begleitet wurde.

Ein paar hundert Meter vom Haus der Braddocks entfernt stießen sie auf ein verbogenes Bettgestell. Ein Stück weiter lagen ein Waschzuber und der Küchentisch. Der Tisch war in einwandfreiem Zustand – wenn man davon absah, daß eine Gabel sich so tief ins

Holz gebohrt hatte, daß die Zinken auf der Unterseite herausschauten. Wieder hörten sie die Wölfe; diesmal näher als zuvor. Schließlich bewegten Vater und Tochter sich vorsichtig durch eine Ruine aus zerschmetterten Brettern und zerfleddertem Bettzeug – als wäre ein wütender Riese mit Axt und Zuschlaghammer über die Siedlerstätte hergefallen. Es gab nichts mehr, was auch nur annähernd an ein Haus erinnert hätte. Und als sie die drei Kinder fanden, hatten die kleinen schwarzverkohlten Gestalten kaum noch Ähnlichkeit mit Nathan, Reba und Grace Braddock. Ihre Körper waren zerschmettert und zerfetzt und lagen wie achtlos fortgeworfene Puppen zwischen den Trümmern. Während Bettie die Laterne in die Höhe hielt, schaute Leonard Moss sich jedes der Kinder an, um festzustellen, ob noch Leben in ihnen war; doch schon der bloße Anblick ließ dieses Unterfangen überflüssig erscheinen. Schließlich bettete Leonard die Körper nebeneinander und legte die einzige Decke darüber, die der Sturm übriggelassen hatte. Dann setzten Vater und Tochter in den Trümmern die Suche nach Minerva und Milton Braddock fort. Bald darauf fanden sie die beiden in der Nähe des Fundaments ihres zerstörten Hauses; sie lagen Arm in Arm unter einem großen Berg zerborstener Bretter. Milton Braddock war tot. Seine Frau atmete noch, war aber bewußtlos.

Leonard Moss stellte die Laterne auf die Erde und bedeutete Bettie, ihm zu helfen, die Bretter beiseite zu räumen. Die schweren Regenfälle hatten den Boden in einen einzigen Morast verwandelt; es war so glitschig, daß man unmöglich festen Stand halten konnte. Die Bretter ließen sich nicht bewegen. Leonard Moss packte Mrs. Braddocks Arme, um sie unter dem Stapel hervorzuziehen, doch ihr toter Mann hielt sie so fest umklammert, daß es sich als unmöglich erwies. Leonard mußte Milton Braddocks Griff mit Gewalt lösen, bevor er die Frau befreien konnte. Bettie fragte sich, ob es nicht besser wäre, Mrs. Braddock in den Armen ihres Mannes schlafen zu lassen, so daß ihr die schreckliche Erkenntnis erspart blieb, daß ihre ganze Familie vom Sturm getötet worden war.

Dann waren die drei lebenden Menschen allein in dem Licht, das die Laterne mitten in diese Finsternis warf. Die verletzte Frau, der erschöpfte Mann, das verängstigte Kind. »Ich muß Hilfe holen, Bettie«, sagte Leonard Moss. »Wir dürfen Mrs. Braddock nicht sterben lassen.« Er spähte in die Dunkelheit, in der sich die Wölfe versammelten. »Wir dürfen sie nicht den Wölfen überlassen.«

Bettie half ihrem Vater, aus Trümmerstücken ein großes Feuer zu entfachen; dann schleiften sie Mrs. Braddock und deren tote Familie in den kleinen Kreis aus Licht und Wärme, den die Flammen warfen. Bettie war wie betäubt vor Entsetzen. Die Leichen waren allesamt steif und verstümmelt, und als Mrs. Braddock heftiger atmete, liefen dünne Blutfäden aus ihren Mundwinkeln. Bettie zitterte vor Angst. »Sie stirbt sowieso«, schluchzte sie, und kaum hatte sie diese Worte gesagt, schämte sie sich dafür. »Kann Mutter nicht auf sie aufpassen?« fragte sie dann, doch sie wußte, wie die Antwort lauten würde.

»Die Zeit reicht nicht, Mutter zu holen. Außerdem muß sie bei den Kleinen bleiben. Du mußt hierbleiben und auf Mrs. Braddock aufpassen, Bettie. Halte das Feuer in Gang. Die Wölfe wagen sich nicht heran, solange die Flammen hoch genug schlagen.« Er kniete sich neben seine Tochter, umarmte sie und küßte sie auf die Wange und den Handrücken. »Dir passiert schon nichts. Ich bleibe nicht lange fort. Du bist ein mutiges Mädchen, und ich weiß, daß du diese wichtige Aufgabe schaffen kannst.«

Dann war ihr Vater fort, von der Nacht verschluckt. Bettie war allein mit den starren, toten Körpern von Nathan, Reba, Grace und deren Vater. Mrs. Braddock stöhnte, und die Vorstellung, daß sie erwachen und ihre tote Familie erblicken könnte, machte Betties Angst nur noch schlimmer und ließ ihre Gedanken wie wilde Derwische kreisen. Und was, wenn die Toten erwachten? Wenn ihre Geister aus dem toten Fleisch stiegen, das am Feuer lag? Wenn der Sturm wieder aufzog? Und was war mit den Wölfen? Bettie hatte einmal die Schafherde der Braddocks gesehen, nachdem Wölfe ein Festmahl unter den Tieren gehalten hatten, und sie versuchte, nicht in die Dunkelheit zu blicken, aus der die Augen der Wölfe im Licht des Feuers leuchteten.

Es mochten fünf Minuten vergangen sein – oder eine ganze Ewigkeit –, seit Papa Leonard Bettie allein gelassen hatte, als der Himmel wieder seine Schleusen öffnete und es zu regnen anfing. Bettie konnte das leise Zischen hören, wenn die Tropfen auf den glühenden Holzscheiten des Lagerfeuers verpufften. Obwohl es ein warmer Regen war, spürte Bettie, wie die wiedererwachte Furcht in ihrem Innern Eiseskälte ausbreitete. Du lieber Gott, wenn der Regen nun das Feuer löschte! Sie konnte bereits erkennen, daß der Lichtkreis kleiner war als zu dem Zeitpunkt, da ihr Vater sich auf den Weg gemacht hatte. Sie mußte das Feuer anfachen, irgendwie.

Plötzlich fiel Bettie der eingestürzte Kamin des zerstörten Hauses ein, dort, wo sie die kleine Grace gefunden hatten. Dach und Wände waren verschwunden, doch Bettie konnte sich erinnern, neben dem Kamin einen Stapel Brennholz gesehen zu haben. Die Scheite waren noch trocken gewesen; außerdem war das Holz bereits gehackt, so daß sie es tragen konnte. Bettie zündete die Laterne an und bewegte sich vom Lagerfeuer fort. Doch aus dem Lichtkreis zu treten war so, als würde man von einer Klippe in einen Abgrund springen. Als Bettie sich langsam jener Stelle näherte, an der sie das trockene Kaminholz wußte, konnte sie deutlich sehen, wie die Wölfe im Schutz der Dunkelheit näher heranschlichen. Bettie schlug mit der Laterne nach ihnen und sah, wie die vordersten Angreifer zurücksprangen; dann starrten sie das Mädchen wieder mit ihren funkelnden Raubtieraugen an. Bettie fand das trockene Holz neben dem zerstörten Kamin. Es war ein ausreichender Vorrat, sofern es ihr gelang, das Holz zum Feuer zu bringen. Der Regen fiel jetzt stärker, und die Wölfe hatten begonnen, die Hausruine zu umkreisen.

Bettie wußte, daß sie eine Entscheidung treffen mußte. Wenn sie weiterhin die Laterne mit sich trug, würde es eine Ewigkeit dauern, bis sie genug Holz herangeschafft hatte, um das Feuer die Nacht über in Gang zu halten. Doch wenn sie die Laterne zu Boden stellte und beide Hände frei hatte, besaß sie keinen Schutz vor den Wölfen mehr. Bettie drehte den Docht, so hoch es ging, um so viel Licht wie möglich zu erhalten; dann stellte sie die Laterne auf den Schutthaufen des zerstörten Kamins. Jetzt mußte sie nur ein paar Meter Dunkelheit zwischen den Lichtkreisen des Feuers und der Laterne durchqueren – ein schmaler Streifen Nacht, der von den Wölfen beherrscht wurde.

Bettie machte sich daran, das Holz durch Regen und Finsternis zu tragen, von einer Insel der Sicherheit zur anderen. Zuerst hielten die Wölfe Abstand; sie beobachteten, warteten, schlichen lauernd umher. Doch schon bald wagten sie sich wieder näher heran. Bettie konnte ihr zotteliges graues Fell sehen, ihre boshaft funkelnden Augen, ihre blitzenden Fänge. Als Bettie diesmal aus dem Laternenlicht trat, ging sie langsam und bedächtig zum Feuer, als wollte sie den Wölfen zeigen, daß sie Herrin der Lage war. Doch mit jeder Reise zwischen Laterne und Lagerfeuer schrumpften Betties Entschlossenheit und ihr Mut, und sie schritt schneller und schneller aus, bis sie schließlich in panischer Hast zum Feuer rannte. Die Wölfe knurrten und jaulten und näherten sich mehr und mehr. Doch nach und nach, als Bettie immer mehr Scheite ins Feuer legte, besiegten die Flammen den Regen und schlugen wieder höher aus. Schließlich ließ das erschöpfte Mädchen sich neben den toten Braddock-Kindern zu Boden sinken, um wieder zu Atem zu kommen. Die Toten lagen auf dem Rücken, und der Regen hatte ihre Gesichter sauber gewaschen und das Haar nach hinten gespült. Es sah aus, als hätten die Kinder sich fürs Abendessen gewaschen und nicht, um ins Grab gelegt zu werden. Mrs. Braddock hatte sich schon seit langer Zeit nicht mehr bewegt und keinen Laut von sich gegeben. Bettie war sicher, daß die Frau gestorben war.

Das Mädchen beschloß, ein letztes Mal Holz zu holen. Sie ging zum Rand des Lichtkreises, den die Flammen warfen; dann rannte sie mit wild klopfendem Herzen und halb ohnmächtig vor Angst durch die Dunkelheit zum Kamin. Als sie die Hand nach den letzten Holzscheiten ausstreckte, die Mr. Braddock gehackt hatte, bemerkte sie erstaunt, daß der Boden um sie herum sich im Licht der Laterne bewegte. Es sah aus, als würde sich unter der Erdoberfläche irgend etwas drehen und winden. Bettie beugte sich mit der Laterne nieder. Ihr wurde übel, als sie voller Entsetzen erkannte, daß sie inmitten einer sich ringelnden Masse von Schlangenleibern stand, die der Sturm und die Nässe aus ihren unterirdischen Höhlen getrieben hatten. Von Panik und Grauen erfüllt, ließ sie die Holzscheite fallen und sprang zur Seite, fort von den Schlangen. Sofort schnappte einer der Wölfe nach ihr und riß einen Fetzen Stoff aus ihrem Kleid. Bettie schrie auf und sprang wieder vor, packte die Laterne und ließ sie durch die Luft sausen, als wieder ein Wolf nach ihr schnappte. Die Laterne krachte auf den Rücken des Wolfs und zerbrach, und ein stechender Schmerz durchfuhr Betties Arm. Ein lautes Heulen erfüllte die Luft, als das brennende Öl über das Fell des getroffenen Wolfs spritzte und das Tier plötzlich in Flammen gehüllt war. Es jagte davon, und das verwirrte, verängstige Rudel zerstreute sich. Das brennende Öl hatte auch einen schmalen Pfad durch die Leiber der Schlangen geschlagen, und Bettie stürzte jetzt in den Schutz des Lagerfeuers, wobei sie jedesmal, wenn sie einen der weichen, sich windenden Schlangenleiber unter ihren Füßen spürte, vor Ekel aufschrie.

Die Stunden vergingen. Jede Minute dauerte ein Leben lang. Das kleine Mädchen lauschte dem Heulen der Wölfe und erschauderte jedesmal, wenn sie an die wimmelnden, feucht glänzenden Schlangenleiber dachte, die sie im Licht der Laterne gesehen hatte. Eine Ewigkeit schien vergangen zu sein, bis sie in der Ferne das Licht von Laternen sah und vertraute Stimmen durch die Nacht riefen.

Wie lieb sie Bettie waren, diese Stimmen, und die Schatten, die sich in der Dunkelheit bewegten! Da waren der untersetzte Agustin Flavio, ein Mexikaner, der auf der Farm ihres Vaters arbeitete; der hochgewachsene, knochige Moses Miller von der Negerfamilie, die das Land im Süden der Moss-Farm bewirtschaftete; sein Sohn, Betties junger Freund Abe Miller; und die vertraute Gestalt ihres Vaters. Bettie sah, wie ihr Vater seine Flinte hob. Es knallte, ein

Wolf heulte auf, und das Rudel verschwand in der Dunkelheit. Dann lag Bettie leise schluchzend in den Armen ihres Vaters. Agustin und Moses legten die Leichen auf einen Karren. »Miz Braddocks Körper ist noch warm«, sagte Agustin, als er die Frau behutsam neben die Leiche ihres Mannes legte. Leonard Moss trat das Feuer aus, und die Gruppe machte sich auf den Heimweg und zog über die regennassen Felder. Abe hielt sich dicht bei Bettie, und sie war froh und dankbar, den Freund in ihrer Nähe zu spüren.

In der Schwärze der Nacht hatte sie sich gänzlich vergessen gefühlt. Jetzt war sie wieder zu einer Gestalt am Rande des Dramas geworden; eine Figur, die nur kurze Zeit im Mittelpunkt des Geschehens gestanden hatte und die nun, da die Frauen die Toten wuschen und aufbahrten, wieder in den Hintergrund trat. Mollie und Mrs. Siney Berry, die von der Turner-Farm im Osten gekommen war, entkleideten die Braddocks und wuschen jeden Körper mit Wasser und Seife. Zwei der Kinder hatten komplizierte Brüche erlitten. Behutsam und so gut es ging richteten die Frauen die zerschmetterten Knochen; dann wuschen sie Blut- und Erdklumpen aus den Wunden. Ein paar andere Nachbarsfrauen trafen ein und halfen, die Braddocks für die Beisetzung herzurichten. Zwei von Betties besten Freundinnen, Adda Gordon und Cayloma Terrell, kamen mit ihren Müttern.

Die Kleidungsstücke der Braddock-Kinder waren zerrissen und blutgetränkt. Da die Kinder fast so groß wie Bettie, Adda und Cayloma waren, trugen die drei Mädchen ihre besten Sachen zusammen, damit ihre toten Freundinnen sie bei der Beerdigung tragen könnten. Es fiel ihnen nicht leicht; denn sie alle besaßen nur ein einziges schönes Kleid, das sie sonntags beim Kirchgang trugen. Doch sie gaben ihre Kleider, damit Grace und Reba sie im Himmel tragen konnten. Betties Augen füllten sich mit Tränen, als ihre Mutter die kleine Grace anzog, und sie ging nach draußen, wo Agustin aus groben Brettern Särge zimmerte.

Die Nachbarn versammelten sich, um die kleine Familie zu beerdigen. Sie gingen am Braddock-Anwesen vorüber in einen Hain hinter der Ruine des Hauses, wo Moses, Leonard und Agustin bereits fünf Gräber in der weichen Erde ausgehoben hatten. Bei dem Gedanken daran, daß eine ganze Familie so schnell ausgelöscht worden war, brach Bettie in Tränen aus. Hier, an diesem Ort, an dem sie mit ihren Freundinnen gespielt und herumgetollt und geträumt hatte, herrschten jetzt nur Stille und Trauer.

Erst vor zwei Tagen war es hier noch voller Leben. Wie schnell der Tod doch kommt, dachte Bettie und schwor sich, stets auf der Hut zu sein, so daß der Tod sich niemals an sie heranschleichen und in einem Moment der Unaufmerksamkeit über sie herfallen konnte, wie er es bei den Braddocks getan hatte. Sie warf einen Blick zu ihrer Schwester Nuge hinüber, zu ihrem Bruder Leonard und zu Frank, dem Baby, als wollte sie die Geschwister in ihren Schwur mit einbeziehen.

Die sintflutartigen Regenfälle, die den Sturm begleiteten, hatten die Bäche und Flüsse über die Ufer treten lassen, so daß die Trauergäste den Priester nicht hatten herbeirufen können, der am anderen Ufer des Guadalupe lebte. Bevor die Toten begraben wurden, las deshalb Leonard Moss einen Psalm aus der Familienbibel der Braddocks vor, die aus den Trümmern des Hauses gerettet worden war.

»Denn so hoch der Himmel über der Erde ist«, las er, »läßt er seine Gnade walten über denen, die ihn fürchten ... Ein Mensch ist in seinem Leben wie Gras, er blüht wie eine Blume auf dem Felde; wenn der Wind darüber geht, so ist sie nimmer da, und ihre Stätte kennt sie nicht mehr ...«

Zuerst wurden die Särge von Mrs. und Mr. Braddock in die Erde gesenkt; darauf die der Kinder, Nathan, Reba und Grace. Dann wurden die Gräber zugeschaufelt. Betties Vater sprach ein weiteres kurzes Gebet, und dann gingen die Lebenden zurück zur Moss-Farm, und ihre Tage waren vergänglich wie Gras, und ihr Leben wie das der Blumen auf den Feldern.

Schätzchen! Schäääätzchen!«

Bettie seufzte verzweifelt. Sie war jetzt achtzehn, und der große Sturm lag in ferner Vergangenheit. Und statt mit Wölfen und Schlangen hatte sie jetzt mit Kühen Probleme, denn ihr Liebling, Schätzchen, war nicht zusammen mit den anderen von der Weide gekommen.

»Schätzchen!« rief sie noch einmal. Sie schüttelte den Futtereimer, daß es klirrte und schepperte, doch Schätzchen war nirgends zu erblicken.

»Hast du Schätzchen gesehen?« fragte Bettie ihren kleinen Bruder Frank.

»Ja, hab' ich schon mal gesehen. Tolle Kuh.«

»Laß den Quatsch.«

»Ich mach' keinen Quatsch.«

»Hast du sie *heute* gesehen?« Bettie fragte sich, warum Frank sich so komisch benahm.

»Nein, heute hab' ich die Kuh nicht gesehen. Ich kann ja nicht jede Sekunde auf dein blödes Schätzchen aufpassen.«

Wieder stieß Bettie einen Seufzer aus, und als die Hühner und Schweine gefüttert und getränkt waren, überließ sie Frank das Melken und machte sich wieder auf den Weg zur Weide, um die vermißte Kuh zu suchen.

Bettie ging am Maisspeicher und den großen Eichen vorbei; dann kletterte sie über den Zaun, hinter dem sie mit ihren Freundinnen im Herbst Brombeeren pflückte. Aus der Ferne klangen die vertrauten Geräusche des Hauses an Betties Ohr: das Lachen ihrer Mutter, die Stimmen ihrer Brüder und Schwestern, das Klappern des Geschirrs, das metallene Klirren des Flaschenzugs über dem Brunnenschacht. Als sie der Musik und den Stimmen lauschte, die vom Haus herüberklangen, fiel ihr auf, daß die Baßtöne fehlten. Ihr Vater und ihr Bruder Leonard Junior waren ins Dornbuschland im Südosten des Guadalupe County gezogen, um dort verwilderte, ungebrändete Rinder zu fangen. Der Fang und Verkauf solcher umherstreifender Viehherden hatte die Mavericks reich gemacht, wie Betties Vater oft erzählte. Henry King war mit den Mavericks geritten. Henry war der Sohn von Euphemia Texas Ashby King. Die Leute behaupteten, daß ein Blick aus Henrys Augen genüge, um den wildesten Banditen vor Angst zittern zu lassen; aber davon wußte Bettie nichts. Sie wußte allerdings, daß Henry King der würdevollste Mann war, den sie je gesehen hatte.

Die Sonne schlüpfte hinter ein Wolkenkissen. Bettie fröstelte in der plötzlichen Kälte; sie mußte an einen warmen Kamin denken, in dem Kürbisstücke und Mesquite brannten und ihren würzigen Duft verströmten. Beinahe schmerzhaft wurde ihr plötzlich bewußt, daß der lange Sommer sich seinem Ende zuneigte. Als sie am Maisspeicher und den großen Eichen vorübergegangen und über den Zaun geklettert war, an dem Sonnenblumen im sanften Wind schaukelten, überfluteten sie wie Träume die Erinnerungen an alle Sommer ihres Lebens und klangen wie ein vielstimmiger Chor halb vergessener Lieder.

Sie erinnerte sich an Zeiten, besonders an Sonntage im Frühling, da die Flußniederungen des Guadalupe River, der hinter den Feldern der Moss-Farm vorüberströmte, frühmorgens voller Apachen- und Yaqui-Späher gewesen waren, die allesamt nach dem Silber suchten, das Sing Lee aus der Lost-Tayopa-Mine herausgeholt hatte. Die Niederungen des Guadalupe waren auch die Heimat von Jean Lafitte gewesen; er hatte sein Schiff an einer Zypresse vertäut, und die Bordkanonen waren auf die Wälder gerichtet, in denen der alte Henry McCulloch und Sarah McClure und Sam Houston mit den Vorbereitungen eines Sturmangriffs beschäftigt waren. So manchen Sonntag hatte Bettie die Rolle des Jean Lafitte gespielt, während ihre Freundin Adda Gordon die wunderschöne Braut gewesen war, die Lafitte an ihrem Hochzeitstag entführte. Cayloma war eine indianische Prinzessin gewesen. Und Nuge war den Heldentod gestorben, niedergestreckt von einem Yaqui-Pfeil.

Die Suche nach dem Schatz der Lost-Tayopa-Mine und dessen Entdeckung war nur eines der Abenteuer, das die vier unzertrennlichen Freundinnen während der langen goldenen Stunden des Frühlings und Sommers in ihrer Vorstellung erlebten. Sie trafen sich bereits vor Tagesanbruch, wenn die Luft noch kühl war und sie die Welt für sich allein hatten. Dann blieben sie den ganzen Tag verschwunden und wanderten auf den Pfaden ihrer Phantasie. Ihre zur Hälfte geträumten, zur Hälfte erlebten Abenteuer führten sie über eine ausgedehnte Blumenwiese, die nur ihnen gehörte, und zu dem Stier, der mitten auf dieser Wiese stand, dem gewaltigen Minotauros, der den Weg zum Fluß bewachte. Auf ihren Odysseen gelangten sie in die Scheune, wo sie sich in Burgen aus Heu versteckten, und auf den Dachboden, wo ein Hochzeitskleid von Mollie Moss auf die adeligen Damen von König Artus' Hof wartete. Bettie war Guinevere, aus Cayloma wurde Sir Gawain, und Adda brillierte als Lancelot. Und Nuge starb wieder den Heldentod, niedergestreckt von des Schwarzen Ritters Lanze.

Die vier Mädchen waren unzertrennlich. Bettie konnte sich besonders gut an ihr gemeinsames dreizehntes Jahr erinnern. Cayloma und Adda waren in Betties Alter und besuchten dieselbe Schulklasse. Ihr Lehrer war Mr. Nat Benton, der gutaussehende Neffe des alten Texas Rangers Henry McCulloch. Bis auf Nuge, die zwei Jahre jünger war als ihre Freundinnen, hatten die Mädchen sich innig und unsterblich in den bildschönen und gebildeten Benton verliebt, ein Mann, in dessen Adern das Blut von Helden strömte und der – was noch mehr Eindruck machte – sogar schon in New Orleans gewesen war.

Es war schwer zu sagen, welches der Mädchen am hübschesten

war. Cayloma sah eindrucksvoll aus; sie war hochgewachsen und besaß ein zartes, nahezu makelloses Gesicht. Sie ging und bewegte sich anmutig; ihr war das peinliche Stadium, wie ein ungelenkes Fohlen durch die Welt zu staksen, erspart geblieben – ein Schicksal, das viele hochgewachsene Mädchen ihres Alters ereilt. Adda Gordon hatte blondes, schimmerndes Haar, so daß ihr Gesicht immerzu von einem golden leuchtenden Strahlenkranz umrahmt zu sein schien. Ihr kleiner, athletischer Körper war ständig in Bewegung, und sie lächelte fortwährend, als würde sie ein Geheimnis mit sich herumtragen, das sie gern erzählen wollte. Was Bettie und ihre Schwester Nuge betraf, so hätten sie Zwillinge sein können, wenn man von den zwei Jahren Altersunterschied absah. Beide waren gertenschlank wie ihr Vater und besaßen die regelmäßigen Gesichtszüge und das freundliche, einnehmende Lächeln ihrer Mutter. Sowohl Bettie als auch Nuge zeichneten sich durch eine kerzengerade Körperhaltung aus; denn Mrs. Moss hatte ihnen gesagt, daß die meisten Krankheiten und Leiden dieser Welt von einem krummen Rückgrat verursacht würden, so daß man stets darauf achten müsse, sich gerade zu halten, sowohl beim Sitzen als auch beim Stehen und Gehen. Betties und Nuges Haar war von einem unbestimmbaren Braun, ähnlich dem des Treibsands am Rocky Creek – die einzige Farbe, für die Bettie keinen Namen wußte. Was ihr Verhältnis zur kleinen Schwester Nuge betraf, so hatte Bettie das Sagen; nicht, weil sie die ältere war, sondern aufgrund ihrer Lebhaftigkeit und Energie, die in jeder ihrer Bewegungen zum Ausdruck kamen. Sie schien immerzu von einer inneren Unrast getrieben zu werden, als könnte sie kaum erwarten, was der nächste Augenblick bringen mochte. Nuge war ein stilleres Kind. In ihrem Innern schien eine heitere Ruhe zu wohnen, eine gelassene Bereitschaft, das Leben so zu nehmen, wie es kam.

Das Verhältnis der vier Freundinnen war von einem Einklang bestimmt, der ihre gemeinsam verbrachte Zeit in eine Art melodisches Quartett verwandelte, in dem jedes Mädchen seinen Platz hatte, und dessen Harmonie auf seiner Vollständigkeit beruhte. Sie hatten nur selten Streit, und ihr Zorn war stets von kurzer Dauer und löste sich rasch in Schall und Rauch auf.

Wenn die Mädchen in ihrer Welt allein waren – sei es in der Scheune, auf dem Dachboden oder in der grünen, geheiligten Stille der Flußniederungen des Guadalupe –, spannen sie in ihrer Phantasie Geschichten über jene Leute, die sie kannten, vor allem über so faszinierende, geheimnisvolle Menschen wie Nat Benton oder Idella, das Negermädchen, von dem die Leute sagten, es besäße die Gabe des Zweiten Gesichts. Idella war ungefähr in Betties Alter, doch sie schien unendlich viel älter und weiser zu sein, und wenn Leute aus der Gegend einen Ring oder irgend etwas anderes von Wert verloren hatten, gingen sie zu Idella, und dann schloß das Negermädchen die Augen und sah den verlorenen Gegenstand und sagte den Leuten, wo er zu finden war. Die Freundinnen verbrachten Stunden damit, irgendwelche Dinge zu verstecken; dann taten sie abwechselnd so, als wären sie Idella und versuchten, auf diese Weise ebenfalls das Zweite Gesicht zu bekommen.

Wenn sie doch Idellas Kräfte besäßen! Dann wäre die Zukunft vielleicht nicht ganz so geheimnisvoll – so beängstigend und verlockend zugleich. Oft saßen die Mädchen zusammen und fragten sich, was in einigen Jahren mit ihnen sein mochte. Cayloma erklärte, sie wolle Schauspielerin werden. »Dann kannst du sein, wer du willst«, sagte sie. »Und ich möchte nicht bloß eine einzige Person sein.«

»Aber dann müßtest du von zu Hause fortgehen«, sagte Bettie. »Wahrscheinlich nach New York. Das wäre schrecklich. Dann würden deine Kinder Yankees.«

»Vielleicht krieg' ich keine Kinder.«

»Willst du denn nicht heiraten?« Bettie versuchte, sich eine Zukunft ohne Kinder vorzustellen.

»Schon möglich. Oder ich heirate in eine Schauspielerfamilie ein, wie die Drews oder die Booths. Hatten die vielleicht ein Glück! Sie waren verheiratet, sie hatten jede Menge Kinder, und obendrein waren sie berühmte Schauspieler.«

»Ich möchte nicht aus Texas fortgehen«, erklärte Bettie. Sie dachte an ihre Mutter und ihren Vater, an die wilden Blumen und an den Fluß, und sie wußte, daß sie Texas nie für längere Zeit würde verlassen können. »Ich möchte hier heiraten, hier Kinder haben und hier bleiben.«

»Aber wenn du in die Welt ziehst, kannst du viel mehr erleben«, erwiderte Cayloma. »Du brauchst kein Leben wie alle anderen zu führen. Es *macht* dich ja niemand zur Ehefrau und Mutter.«

»Ich weiß. Aber so will ich's nun mal.«

Bettie war nie auf den Gedanken gekommen, anders als ihre Mutter sein zu wollen, die sie über alles liebte. Und sie bewunderte und respektierte, wie ihre Mutter den Haushalt führte und das Leben ihrer Kinder mit Wärme und Liebe erfüllte.

Was für ein wundervolles Geschenk, dachte Bettie, *wenn sich so viele Leben mit dem eigenen berühren.* Welche Bühne in New York konnte einen schöneren Lohn bieten?

Während Bettie die Kuh im Dickicht am Flußufer suchte, mußte sie daran denken, wie die phantasievollen Abenteuer, die sie mit den Freundinnen erlebte, immer blasser, fader und seltener geworden waren, als sie alle die Veränderungen gespürt hatten, die mit ihren Körpern vor sich gingen. Bettie konnte sich sogar noch daran erinnern, wann der Wendepunkt gekommen war.

Sie war dreizehn Jahre alt gewesen. Sie hatte mit den Freundinnen die Truthähne der Gordons zum Markt gebracht. Adda Gordons Vater war für seine große Truthahnschar bekannt, und jedes Jahr halfen die Mädchen Mr. Gordon, die Tiere über die Felder und die Capote Road hinunter bis zum Endbahnhof in der Stadt zu treiben. Mit der Zeit waren in ihrer Phantasie aus den Truthähnen texanische Longhornrinder geworden, und die Mädchen saßen auf den Rücken zäher kleiner Cowponies und waren mit Cowboy Levi Andersons donnernder Rinderherde in Richtung Kansas unterwegs. Unter halsbrecherischem Einsatz von Leib und Leben zogen sie Kühe aus Treibsandstellen und brachten Kälber vor den blitzenden Fängen von Wölfen in Sicherheit. Schließlich gelangten sie in die Stadt. Lockend stand der Saloon vor ihnen, der Whiskey und

Tänzerinnen und eine Nacht voller Ausschweifungen versprach. Natürlich übernahm Cayloma die Rolle des gefallenen Mädchens mit dem tapferen, guten Herzen ...

Betties Gedanken kamen zum Stillstand. *Warum*, fragte sie sich, *ist es eigentlich so naheliegend, daß Cayloma die Rolle des Saloonmädchens übernimmt?* Dann kam Cayloma in Betties Phantasie auf ihrem Schimmelhengst herangeritten, und zum erstenmal sah Bettie, wie schön die Freundin war und wie deutlich die Brüste sich unter ihrem Baumwollhemd abzeichneten. Es war sonnenklar, daß Cayloma nie mehr die Rolle des Jean Lafitte oder des Sam Houston oder eines schwitzenden Kuhtreibers übernehmen konnte, der nach Whiskey und Mädchen lechzte. Bettie spürte, wie ihr Gesicht rot anlief, und sie wurde sich ihres Mädchenkörpers auf beinahe erschreckende Weise bewußt. Sie fragte sich, was es mit den Ausschweifungen auf sich hatte und mit all den geheimnisvollen Dingen, die am Ende des Viehtrecks warteten. Sie dachte so angestrengt über diese Frage nach, daß sie um ein Haar von ihrem imaginären Pferd gefallen wäre.

Das Spiel mit dem Viehtreck endete in jener lasterhaften Stadt – und vielleicht auch Betties Kindheit. Als die Freundinnen ihre Phantasieherde durch die Straße trieben, die zur Verladestation am Bahnhof führte, kamen sie an einer Gruppe junger Männer vorbei, die am Drugstore herumlungerten. Zuerst stellte Bettie sich die Jungen als Cowboys vor, die sich vor dem Saloon versammelt hatten. Doch als sie Cayloma sahen, pfiffen sie und riefen ihr nach. Und als dann auch Bettie an ihnen vorüberritt, spürte sie die Blicke der jungen Männer auf ihrem Körper, und das Pferd, auf dem sie saß, war plötzlich verschwunden, und die Rinder waren wieder ganz gewöhnliche Truthähne.

Kurze Zeit später träumte Bettie, sie wäre von einem Banditen erschossen worden. Als sie am Morgen erwachte, sah sie Blutflekken auf den Bettlaken. Die Mutter umarmte Bettie und hielt sie ganz fest, und dann redeten sie darüber, daß Bettie nun eine Frau geworden sei. Sie weinten und lachten abwechselnd und unterhielten sich, bis es an der Zeit war, daß Bettie sich für die Schule fertigmachte.

Während Bettie im Dickicht nach ihrer Lieblingskuh suchte und dabei am Bachufer entlangging, fragte sie sich, wie es wohl sein mochte, wenn man verheiratet war. Sie konnte sich schwer vorstellen, mit einem Mann in ein und demselben Bett zu schlafen, seine Berührungen zu spüren und das mit ihm zu machen, was Cayloma ihr geschildert hatte. Schon der bloße Gedanke, daß ein Mann sie anschaute, daß er sie gar nackt sah, faszinierte und verwirrte sie gleichermaßen. Fast eine halbe Stunde lang suchte Bettie die Kuh und rief nach ihr, doch die einzige Antwort war das scharfe, abgehackte Bellen eines Coyoten auf der Suche nach einem Mittagsmahl. Das Kläffen des Coyoten rief ein in ihr schlummerndes Entsetzen wach, und für einen Augenblick dachte sie an die Nacht zurück, die sie inmitten von Toten und Wölfen und Schlangen verbracht hatte, und sie wurde von schrecklicher Angst befallen. Dann aber sah sie Schätzchen am Boden liegen, offensichtlich verletzt. Das Tier lag an einer von Sträuchern abgeschirmten Stelle unter einem Hickorybaum.

Das Kalb befand sich in Steißlage, und es war unmöglich zu sagen, wie lange Schätzchen sich schon gequält hatte; doch sie atmete schwer und schien den Kampf aufgegeben zu haben. Nur eins der Vorderbeine des Kalbes war zum Vorschein gekommen. Bettie wußte, daß das Kalb möglicherweise tot war, doch sie mußte die Mutter retten. Agustin hatte im Frühling ein Kalb zur Welt gebracht, das ebenfalls in Steißlage gewesen war. Bettie hatte ihm zugeschaut, und nun versuchte sie sich zu erinnern, wie Agustin das angestellt hatte. Sie ließ sich auf die Knie fallen, packte das Bein des Kalbes mit einer Hand und schob die andere in den Leib der Kuh. Bettie wußte, daß sie das Kalb umdrehen mußte. Sie tastete nach dem Kopf und stellte erleichtert fest, daß das Tierchen noch lebte, denn es saugte an ihrem Finger. Bettie drehte den Kopf des Kalbes herum, ertastete das andere Vorderbein und zog es heraus. Dann packte sie beide Beinchen und versuchte, das Kalb herauszuziehen, doch es war zu glitschig. Sie ergriff beide Beine mit nur einer Hand, dicht hinter den Gelenken, legte die andere an den Kopf des Kalbes und drehte ihn, wie sie es bei Agustin beobachtet hatte, in einem Winkel, der verhinderte, daß die Hüften des Tierchens sich verklemmten. Dann zog sie kräftig, und bald darauf lag das Kalb zappelnd im Gras und beklagte sich mit leisem Blöken über die Lage der Dinge auf der Welt. Bettie war so stolz und glücklich, daß sie ihre Freude am liebsten laut hinausgeschrien hätte. Sie trocknete das Kälbchen mit ihrer Schürze ab und legte es dann neben Schätzchens Kopf, damit die Mutter sich des neugeborenen Wunders annehmen konnte.

Wenngleich das Ganze kaum mehr als zwanzig Minuten gedauert hatte, war Bettie genauso erschöpft wie Schätzchen. Einen Augenblick lang lag sie im warmen Gras, lauschte dem Muhen der Kühe und blickte zum Himmel, der sich purpurn und golden färbte. Sie war gerade dabei, einen passenden Namen für das Kalb zu finden, als plötzlich das Kläffen eines Coyoten aus ziemlicher Nähe erklang, und wieder erfüllten sie schreckliche Erinnerungen an Wölfe, Schlangen und Tod. Doch jetzt war keine Zeit, Angst zu haben.

Bettie sprang auf und rannte in Richtung Elternhaus, um Agustin und ihre Brüder zu holen, damit sie Schätzchen und ihr Kälbchen sicher zum Stall zurückbrachten. Dann geschah etwas Seltsames. Während Bettie über die Wiesen rannte, wurde sie vor Glück immer übermütiger. Sie hatte geholfen, Leben in die Welt zu bringen, und das ließ die quälenden Erinnerungen an den Tod zusehends verblassen. Sie rannte am Ufer des Bachs entlang und gelangte schließlich zu der niedrigen Zaunstelle an der Straße. Beinahe ohne ihr Tempo zu verlangsamen, legte Bettie die Hand auf das oberste Brett und schwang sich in einer fließenden, geschmeidigen Bewegung über den Zaun, und wie sie durch die Luft flog, machten sich ihr Hochgefühl und ihr Stolz, das Leben des Kälbchens gerettet zu haben, in einem wilden »Juhuuu!« Luft. Als sie auf der Straße landete, blieb sie abrupt stehen, denn wie aus dem Boden gewachsen standen ihr Vater, ihr Bruder Leonard sowie der gutaussehende, würdevolle Mr. Henry King vor ihr und starrten sie verdutzt an.

Noch nie hatte Bettie einen solchen Ausdruck des Erstaunens auf den Gesichtern erwachsener Menschen gesehen. Es herrschte eine Stille, die unendlich lange zu dauern schien, während der die drei Männer unentwegt das Mädchen anstarrten, das ihnen mit einem wilden Schrei und von Kopf bis Fuß mit Blut beschmiert wie aus dem Nichts vor die Füße gesegelt war. Nach ihrem Sprung über den Zaun stand Bettie nun Auge in Auge einem sichtlich geschockten Henry King gegenüber. So standen sie da, der Mann und das Mädchen, und starrten sich an – Henry King sprachlos vor Schrekken angesichts der blutbefleckten Erscheinung, die so plötzlich vor ihm aufgetaucht war, Bettie sprachlos vor Verlegenheit.

Drei Wochen später wurde Miss Bettie Moss in ihrem Elternhaus an der Capote Road folgende Nachricht überbracht: »Liebe Miss Moss, ich würde am nächsten Sonntagabend sehr gern einen Besuch bei Ihnen machen. Bitte, erweisen Sie mir die große Ehre und gestatten Sie mir, Sie und Ihre Familie näher kennenzulernen. Hochachtungsvoll, Henry King.«

Als Bettie Adda Gordon von der Nachricht erzählte, war Adda überzeugt, daß ein Heiratsantrag höchstens noch zwei, drei Tage auf sich warten ließe. Addas Mutter und Euphemia Texas King waren gut befreundet, und Mrs. Gordon hatte berichtet, daß Henry »sehr beeindruckt von einer jungen Frau ist, die über Zäune fliegen und Kälber zur Welt bringen kann, und er würde liebend gern herausfinden, über welche weiteren außergewöhnlichen Fähigkeiten sie möglicherweise verfügt«.

Cayloma war sogar noch aufgeregter als Adda. »Mister King ist ein unglaublich reicher Mann«, sagte sie. »Die Leute erzählen, daß die Ritzen zwischen den Baumstämmen seiner Blockhütte mit Goldmünzen zugestopft sind. Die Kings haben so viel Land, daß man einen ganzen Tag in einer Richtung reiten kann, ohne daß man die Grenze zu sehen kriegt.«

»Und er sieht gut aus«, sagte Adda. »Sehr vornehm. Groß und schlank und aufrecht.«

Cayloma machte sich so groß wie möglich, um den hochgewachsenen, kerzengeraden und ehrenwerten Mr. King zu parodieren. »Wenn du ihn heiratest, seid ihr das Paar mit der besten Körperhaltung in ganz Texas. Dann könnt ihr auf allen Volksfesten Preise gewinnen.«

»Jetzt hört aber auf«, schimpfte Bettie. »Noch ist er nicht gekommen. Außerdem ist er Papas Freund. Er kommt sowieso nur, um Papa zu besuchen.«

»Dein Papa ist schon vergeben.« Cayloma und Adda krümmten sich vor Lachen; dann schwärmten die beiden sich gegenseitig von den Kleidern vor, die sie auf Betties Hochzeit tragen würden.

Nachdem Henry King am Sonntagabend bei den Moss erschienen war, mußte Bettie sich eingestehen, daß der Besuch sie eher an eine Beerdigung als an die Aufwartung eines Verehrers erinnerte. Noch nie hatte sie ein derart steifes und förmliches Benehmen erlebt. Die ganze Familie saß im Wohnzimmer; alle Brüder und Schwestern Betties trugen ihre beste Sonntagskleidung und hatten die Hände züchtig im Schoß gefaltet, und ihre Rücken waren so gerade wie Ladestöcke. Betties Haar war hochgesteckt, und die achtzehn Haarnadeln, die das Gebilde daran hinderten, auseinanderzufallen, verursachten ihr schreckliche Kopfschmerzen. Und mit diesem neuen langen Kleid, dem Korsett und den hochgeschnürten Schuhen würde sie vermutlich nie über einen Zaun springen.

Während das Gespräch sich von einem Thema zum nächsten schleppte – das Wetter, die Ernte, die Notwendigkeit, bei Sheffield Crossing eine Brücke zu bauen, der Anbau einer neuen Grassorte aus Afrika, welche die trockene texanische Hitze zu überleben vermochte – beobachtete Bettie ihren Gast aus den Augenwinkeln, und wider Willen stellte sie sich die Frage, was für einen Ehemann Henry King wohl abgeben würde. *Ist das der Mann, mit dem du den Rest deines Leben verbringen willst? Dieser gutaussehende Fremde mit den vollendeten Manieren und den haselnußbraunen Augen?* Ihr fiel auf, daß Henrys Haar sich bereits zu lichten begann, so daß er älter als vierunddreißig aussah. Und obwohl er einen ernsten, ja, steifen Eindruck machte, waren in seinen Augenwinkeln kleine Fältchen zu erkennen, die darauf hindeuteten, daß er auch lachen und fröhlich sein konnte. Na ja, das war immerhin etwas.

Wenngleich Mollie Moss sich alle Mühe gab, das Gespräch in Schwung zu halten, traten zu Anfang immer wieder längere Pausen des Schweigens ein, und jede einzelne war peinlich und ausgesprochen unbehaglich. Doch nach und nach tauten die Gesprächspartner auf; die Pausen wurden kürzer, und die Spannung im Zimmer löste sich allmählich. Doch Bettie war sicher, daß es einige Jahrzehnte und manche Wunder brauchen würde, damit sie sich in Gesellschaft des ehrenwerten Mr. Henry King locker und selbstsicher geben konnte – von intimer Vertrautheit ganz zu schweigen. Doch während die Gespräche ihren Fortgang nahmen, erwischte Bettie sich dabei, wie sie durch Henry Kings Augen hindurch in sein Inneres zu blicken versuchte. *Wie seltsam*, dachte sie, *daß du dir diesen Mann als Ehegatten vorstellst.* Wie, um alles in der Welt, konnte sie nur davon träumen, mit Henry King intim zu sein? Mit diesem Fremden, der ihr am Tisch gegenübersaß und ihr in die Augen zu blicken schien?

Bettie dachte an die verbotenen Bilder, die Caylomas Geflüster in ihrer Phantasie hatte entstehen lassen: Bilder von Küssen und den Geheimnissen der körperlichen Liebe. Während das Gemurmel um sie herum dahinplätscherte, betrachtete sie Henry eingehend und sagte in Gedanken ein paarmal: ›Mrs. Henry King‹, um den Klang zu testen. Dann bemerkte sie entsetzt, daß sie bei diesen Worten die Lippen bewegt hatte, und daß Henry nicht entgangen sein konnte, was sie gesagt hatte. Bettie wurde ganz elend zumute. Zum zweitenmal hatte sie sich vor Henry King lächerlich gemacht. Bettie sprang auf und stürzte aus dem Zimmer – ein Bild des Erbarmens. Sie hielt sich hinter einer verschlossenen Tür versteckt, bis ihr Verehrer gegangen war. Und nur die Gewißheit, daß sie, solange sie lebte, Henry King bestimmt nicht mehr zu Gesicht bekam, tröstete sie.

Bettie und der Mann, den sie ihr Leben lang nur »Mr. Henry« nannte, heirateten drei Monate später im Hause der Moss an der Capote Road – zusammen mit Nuge, die zu jedermanns Erstaunen nur drei Wochen zuvor ihre Verlobung mit einem wohlhabenden jungen Geschäftsmann namens Tom Lay bekanntgegeben hatte. In Seguin waren Doppelhochzeiten eine absolute Seltenheit; da waren sich alle einig. Aber noch seltener waren Ereignisse, die so einzigartig und prächtig waren wie die Festlichkeiten anläßlich der Eheschließungen der Moss-Schwestern. »Wenn man bedenkt, daß ihr zwei kleine Mädchen vom Lande seid«, sagte Cayloma zu Bettie, »haben Nuge und du der Capote Road wirklich alle Ehre gemacht.«

Bettie stellte fest, daß man sich leichter an das »Mrs. Henry King« gewöhnen konnte als erwartet. Doch Mr. Henry machte es ihr leicht; er war wirklich ein ausgesprochen liebevoller, sanfter und höflicher Mensch, und noch dazu ein sehr guter Geschäftsmann – er steigerte die Erträge der Ackerböden, ließ eine große Scheune und einen Pferdestall errichten und erwarb zusätzliche Anbauflächen für die Farm. Manchmal, wenn Bettie gerade damit beschäftigt war, einen Zitronenkuchen zu backen oder ihre Gartenwicke am Zaun des Obstgartens aufzuziehen, oder wenn sie beobachtete, wie Mr. Henry mit seinem Gespann auf die Felder fuhr, überkam sie das Gefühl, in einer Welt zu leben, in der Milch und Honig flossen. »Wer seinen Acker bestellt, wird Brot in Fülle haben.« So ähnlich stand es in der Bibel. Es kam Bettie so vor, als hätte Gott selbst sie und Mr. Henry mit diesem überaus reichen Land beschenkt.

Doch ungeachtet der schönen Stunden mit Mr. Henry und der

Zeit, die sie auf ihre häuslichen Pflichten verwandte, waren Bettie jene Stunden nicht minder wichtig, welche sie nach wie vor mit den Freundinnen verbrachte, die sich inzwischen die ›Girls‹ nannten. Cayloma, Adda und Nuge trafen sich auf der Veranda vor Betties Haus und beobachteten, was auf der Court Street so alles vor sich ging. Inzwischen zählte auch Mr. Henrys Schwester Annie zum Kreis der Freundinnen. Sie war eine lebhafte Frau, die unkonventionelle Ansichten vertrat, und Bettie entwickelte eine wachsende Sympathie zu ihrer Schwägerin.

An der rückwärtigen Wand der Veranda kletterte ein pinkfarbener Sieben-Schwestern-Rosenstrauch empor, und in der Nähe rankte sich an einem Spalier eine Klematis mit weißen Blüten und erfüllte die Luft mit ihrem Wohlgeruch. Die Freundinnen saßen in Stühlen aus Weidengeflecht, die Bettie von einem fahrenden Händler erworben hatte, und während sie flickten oder nähten oder Erbsen schälten oder ihre Hände auf andere Weise fleißig waren, wie es für eine junge Frau dieser Zeit eben gottgefällig war, setzten sie jene Gespräche fort, mit denen sie vor langer Zeit begonnen hatten, als sie noch Kinder gewesen waren. Bettie, Nuge, Adda Gordon und Cayloma – sie alle waren inzwischen verheiratet, und so redeten sie über ihre Männer, und ob und wann sie Kinder haben wollten, und was die Zukunft bringen mochte. Manchmal las eine von ihnen aus einem Roman vor – *Pride and Prejudice*, zum Beispiel; ein Werk, das nach einhelliger Meinung der Freundinnen extra dafür geschrieben worden war, um laut auf einer Veranda in Texas unter einem Sieben-Schwestern-Rosenstrauch vorgelesen zu werden.

An anderen Tagen redeten die ›Girls‹ über Geschehnisse in Seguin und über die Leute aus der Stadt. An einem solchen Tag in Betties zweitem Ehejahr drehte sich das Gespräch, wie an vielen anderen Tagen auch, um die legendäre Besitzerin des – gottlob – einzigen Bordells in Seguin, eine außergewöhnliche Frau namens Pink Rosebud.

Im Jahr zuvor war Nuges Ehemann, Tom Lay, zum Landrat des

Guadalupe County gewählt worden, wodurch er sowohl in die pikantesten als auch unersprießlichsten Geheimnisse der Gegend eingeweiht war. Beispielsweise war die Errichtung einer öffentlichen gebührenfreien Schule beschlossen worden. Zwar hatten eine Reihe von Bürgern der Gemeinde ein Stück Land zur Errichtung dieser Schule als Schenkung angeboten, aber der ideale Platz, der für die Einwohner Seguins am geeignetsten war, stammte von einem anonymen Anbieter. Die Stadtväter hatten der Versuchung nicht widerstehen können und die Grundbucheintragungen gewälzt, wobei sich herausstellte, daß Pink Rosebud die anonyme Spenderin war. Landrat Tom Lay hatte außerdem enthüllt, daß Pink Rosebud viele teure Grundstücke in der Stadt aufgekauft hatte. Diese Geschichte hatte viele ehrbare Bürger Seguins auf die Palme gebracht. Wie könne man es wagen, wetterten sie, das Geschenk einer Frau von so üblem Ruf anzunehmen?

Also hatte eine Anhörung stattgefunden, um über das weitere Schicksal jenes Grundstücks zu entscheiden, das Pink Rosebud der Stadt stiften wollte. Viele Leute hatten allerdings den Eindruck, daß es bei dieser Anhörung eher um das weitere Schicksal Pink Rosebuds ging.

»Das arme Ding«, sagte Cayloma. »Die Leute werden sie aus der Stadt jagen. Ich finde, das ist falsch. Pink Rosebud hat das Recht, hier zu wohnen, wie jeder andere auch. Da könnte man ja genausogut Belle Fulghrum, die Schneiderin, aus Seguin verjagen. Wo ist denn da der Unterschied? Belle und Pink Rosebud sind Geschäftsfrauen, nur daß sie in verschiedenen Branchen arbeiten. Aber schließlich ist es ein und dasselbe.«

»Ein und dasselbe nun gerade nicht, Cayloma«, sagte Bettie und lachte. »Die eine verdient ihr Geld, indem sie die Leute anzieht, die andere, indem sie sie auszieht.«

Annie schlug sich auf Caylomas Seite. »Das Verrückte an der Sache ist, daß die Männer aus der Stadt die Mäuler halten. Man hört keinen Mucks von den Kerlen. Na, die werden schon wissen warum.«

»Tja«, sagte Adda und schnitt den Faden vom Baumwollgarn ab, mit dem sie ein Loch im Socken ihres Gatten gestopft hatte, »aber was Pink Rosebud tut, ist verwerflich.«

»Niemand ist vollkommen.«

»Pink Rosebud ist es nicht einmal annähernd. Sie ist die unvollkommenste Frau von ganz Texas.«

»Maria Magdalena war auch nicht vollkommen«, sagte Bettie, »und Jesus hat sie trotzdem zurück auf den rechten Pfad geführt. Kann sein, daß es verwerflich ist, was Pink Rosebud tut, aber das geht uns nichts an. Das geht nur den Herrgott etwas an.«

»Nimmst du diese Prostituierte etwa in Schutz?« Adda schien ehrlich entsetzt zu sein. »Sie wohnt so nahe bei dir, daß sie fast schon eine Nachbarin ist. Was glaubst du denn, was sich da drüben abspielt? Und dann dieses neue Mädchen, Precious Honey Child. Was ist das überhaupt für ein Name? Wenn du mal Kinder hast, würdest du sie mit einer Precious Honey Child spielen lassen?«

»Richte nicht, auf daß du nicht gerichtet werdest«, sagte Bettie.

»Fragt ihr euch nicht auch manchmal, wie die Männer so etwas tun können?« fragte Annie sich laut. »Zu einer Frau wie Pink Rosebud gehen?«

»Und man stelle sich mal vor, was da drüben los ist«, fügte Cayloma hinzu. »Ganz schön lustig, sich auszumalen, daß Männer wie Mr. Grover oder Mr. Heinke dieses Etablissement besuchen.« Bei dem bloßen Gedanken mußten die Freundinnen kichern.

»Ich nehme an, diese Männer müssen mit jemandem . . . zusammen sein. Selbst wenn sie alt und fett sind.« Worauf die Freundinnen in ihrer Phantasie diverse Paarungen zwischen Pink Rosebud und verschiedenen Herren aus der Stadt durchspielten. Die Ergebnisse waren ausgesprochen erheiternd, und das Lachen der Frauen war so laut und lang anhaltend, daß Bettie die Befürchtung hegte, daß es beinahe schon so sündhaft war wie das, womit Pink Rosebud sich ihren Lebensunterhalt verdiente.

Als das Gelächter verebbt war, versuchte Annie, das Gespräch wieder in ernsthaftere Bahnen zu lenken. »Ich glaube, wir sollten unsere Meinung zu der Sache öffentlich äußern. Ihr wißt ja, daß die Frauen unserer Kirchengemeinde nicht so tolerant sind wie Euphemia Texas oder Ann Penn Ireland. Sie werden nicht eher ruhen, bis Pink Rosebud verschwunden ist.«

»Und dann bist du die einzige Frau in der Stadt, die keinen Unterrock trägt«, sagte Cayloma kichernd.

»Natürlich trage ich einen Unterrock!«

»Ha! Es steht dir ins Gesicht geschrieben, daß du keinen trägst. Du könntest ebensogut nackt herumlaufen.« Und wieder war die Veranda von fröhlichem Gekicher erfüllt.

Bettie konnte sich an eine Gelegenheit erinnern, als sie Pink Rosebud leibhaftig begegnet war. Sie war in Belle Fulghrums Schneidergeschäft gewesen, um ihrem Hochzeitskleid den letzten Schliff geben zu lassen. Mrs. Fulghrum hatte gerade den Saum des Kleides festgesteckt, und Bettie drehte sich zum Spiegel, um sich zu betrachten, als Pink Rosebud plötzlich in den Laden platzte, begleitet von zwei livrierten Bediensteten. Pink Rosebud war bis vor das Geschäft geritten; sie trug ein jagdgrünes Reitkleid mit eng geschnittener Jacke, einen steifen runden Derbyhut und hochschäftige Lederstiefel. Bettie kam sich in Gesellschaft dieser eleganten, selbstsicheren Frau auf einmal plump und schrecklich bieder vor. Obwohl Pink Rosebud bestimmt so alt wie Mollie war, hatten die Jahre ihre Schönheit noch reifen lassen.

»Oh, wie ich sehe, bin ich zu früh gekommen«, hatte Pink Rosebud gesagt. »Tut mir leid. Aber ich habe noch ein paar andere Besorgungen zu machen. Bitte, lassen Sie sich Zeit.« Bevor Pink Rosebud das Geschäft verließ, hatte sie sich noch einmal umgedreht und zu Bettie gesagt: »Sie sehen bezaubernd aus, meine Kleine. Lavendelfarben steht Ihnen gut. Sie sind ein sehr hübsches Mädchen.« Dann war sie auch schon wieder draußen, die Bediensteten hinterdrein; ihre goldenen Ohrringe funkelten im Sonnenlicht, und der Duft ihres Parfums lag noch lange Zeit in der Luft.

Nie wieder war Bettie einer gefallenen Frau so nahe gekommen. Sie sah Pink Rosebud oft aus der Ferne, wenn diese schöne Frau allein oder in Begleitung fremder, anonymer Herren durchs Land ritt. Und einmal hatte sie Pink Rosebud aus einer Kutsche steigen sehen, vor dem Magnolia-Hotel. Ihr Abendkleid war eine Sensation gewesen; ihre beiden uniformierten Bediensteten hatten die endlos lange Schleppe getragen. Nie hatte es in Betties Augen eine geheimnisvollere Frau gegeben. Wider Willen war sie von Pink Rosebud fasziniert, besonders seit der Begegnung in Mrs. Fulghrums Schneidergeschäft. Sie fragte sich, ob Pink Rosebud über ihren Sündenfall nachdachte und ob ihr überhaupt bewußt war, *daß* sie gefallen war.

Ob sie wohl Reue verspürt? Wo mag ihre Familie sein? Welche eigenartige Verkettung von Ereignissen haben diese bemerkenswerte Frau bis in ihr Bordell am Ufer des Guadalupe geführt? Wie seltsam, dachte Bettie. *Es stehen einem so viele Wege durch das Leben offen. Ich habe den Weg gewählt, der mich an Heim, Herd und Familie geführt hat. Pink Rosebud hat sich für einen Weg entschieden, wie er dem meinen ferner gar nicht sein könnte.*

Hatte sie sich wirklich dafür *entschieden*? Bettie dachte darüber nach, wie es eigentlich um die Entscheidungsfreiheit des Menschen bestellt war, und zu ihrem leisen Erstaunen mußte sie sich eingestehen, daß sie in ihrem Leben nur wenige bewußte Entscheidungen getroffen hatte. Sie hatte sich Mr. Henry nicht zum Mann ausgesucht. Es war einfach ... passiert. Er hatte sie über einen Zaun springen sehen und sich verliebt. Bettie erkannte, daß sie einfach nur darauf gewartet hatte, daß das Leben mit all seinen Gaben und Überraschungen zu ihr kam, so, wie ein Fahrgast am Bahnsteig auf einen Zug wartet. Sie fragte sich, ob sie eigentlich wußte, wohin ihr Zug rollte. Vielleicht hatte Pink Rosebud genauer gewußt, wohin ihr Zug unterwegs war, als sie sich vor langer Zeit auf die Reise begeben hatte.

Am Tag der öffentlichen Anhörung über das Grundstück, das Pink Rosebud der Stadt gestiftet hatte, schien ganz Seguin sich im Stadtpark versammelt zu haben. Da während der Debatte zwangsläufig auch die berüchtigte Pink Rosebud Gegenstand der Diskussion sein würde, versprach die Anhörung *der* gesellschaftliche und politische Höhepunkt des Jahres zu werden. Glücklicherweise war die Bezirksverwaltung vorausschauend genug gewesen, den Tagungsort vom Rathaus ins Freie zu verlegen, so daß jedermann dabeisein und sich jene Frau anschauen konnte, die in einem Leitartikel der *Guadalupe Times* als »Handlangerin des Satans« bezeichnet worden war. Es herrschte ein solcher Andrang, daß Cayloma und Annie lautstark verkündeten, Bettie würde es wegen der drückenden Hitze und dem Geschubse und Gedränge »furchtbar schlecht« ergehen, worauf drei Gentlemen den Freundinnen ihre Plätze überließen. Cayloma zwinkerte Annie verschwörerisch zu, und Bettie war die ganze Sache so peinlich, daß sie sich wirklich furchtbar schlecht fühlte.

Sie ließ den Blick über die Menge schweifen und sah Dutzende von Leuten, die sich wahrscheinlich noch nie mit Angelegenheiten von öffentlichem Interesse oder an einem sonstigen Ereignis beteiligt hatten, das in die fragwürdige Kunst der Lokalpolitik fiel. Natürlich wußte Bettie, daß diese Leute nur deshalb gekommen waren, um die »Handlangerin des Satans« zu sehen, diese verderbte Pink Rosebud. Vermutlich hofften viele von ihnen, hier und heute einen letzten Blick auf dieses Teufelsweib zu werfen, das ihre Häuser und Familien bedrohte.

Endlich eröffnete Bürgermeister Zorn, der in der Gartenlaube an einem Tisch saß, die Anhörung, indem er den Gegenstand der Diskussion knapp umriß. Dann rief er die Zuhörerschaft zu Wortmeldungen auf.

Augenblicklich schnellten Dutzende von Armen in die Höhe, und schrille, heisere Stimmen verlangten um Gehör. Bürgermeister Zorn schlug mit seinem Holzhammer auf den Tisch und rief die Versammlung zur Ordnung. Doch eine gewaltige Stimme erhob sich so beherrschend über das allgemeine Chaos, daß Bürgermeister Zorn keine andere Wahl blieb, als der hageren legendären Gestalt, die sich nun erhob und durch die schweigende Menge zum Podium schritt, das Wort zu gewähren. Und dann stand er da, mit flammenden Augen: Gottes alter Krieger, Reverend Andrew Jackson Potter.

»Ich bin gekommen, euch zu verkünden, daß es das Richtige und das Falsche gibt«, begann der alte Mann mit seiner tiefen Stimme. »Ihr tut das Falsche, wenn ihr euch ein Stück Land schenken laßt, daß von Sündengeld erworben wurde – dem Sündengeld einer Hure!« Das letzte Wort hallte wie das Läuten einer Glocke durch den Park, gefolgt von einem kollektiven Stöhnen der weiblichen Versammlungsteilnehmer, während die anwesenden Männer wie auf ein Kommando zusammenzuckten. Nach einer Pause fuhr Reverend Potter fort: »Unter uns ist eine Frau, die ihr täglich Brot durch Unzucht verdient, der schändlichsten aller Sünden, die selbst Gott der Herr sich vorzustellen vermag, der das Weib aus Adams Rippe erschuf. Offen gestanden, meine lieben Damen, kann ich nicht verstehen, daß ihr diese schändliche Metze jahrelang in eurer Mitte habt dulden können, hat sie doch eure Männer, ja, eure Kinder in Versuchung geführt und der Sünde und Verderbnis in eurer gesegneten und braven Stadt Unterkunft gewährt!« Gerade als Reverend Potter nach einer bedeutungsvollen Pause fortfahren wollte, sah Bettie aus den Augenwinkeln, wie eine Gestalt sich erhob und gemächlich nach vorn zum Podium schritt. Die Zuhörer waren von Andrew Jackson Potter und dessen Predigt über die Sünden des Fleisches dermaßen gefesselt, daß sie die Frau, die nach vorn kam, zuerst gar nicht bemerkten.

Bettie stieß Cayloma an. »Guck mal, da drüben«, sagte sie.

Pink Rosebud trug ein schlichtes schwarzes Straßenkleid. Sie war nicht geschminkt, und ihr Haar war in den weichen Wellen des Gibson-Girl-Stils hochgekämmt, der zur Zeit in Mode kam. Obwohl sie sich mit anmutiger Eleganz bewegte, war an ihrem Auftreten und ihrem Erscheinungsbild nichts Extravagantes oder gar Anrüchiges. Sie war nur eine hochgewachsene, natürliche und gutaussehende Frau, und als sie zum Podium ging und immer mehr Leute sie erkannten, breitete sich in der Menge Schweigen aus. Sogar Andrew Jackson Potter unterbrach seine flammende Predigt.

Dann standen der Reverend und Pink Rosebud sich von Angesicht zu Angesicht gegenüber. Cayloma packte Betties Hand und quetschte sie vor lauter Aufregung. Alle Versammelten warteten in atemloser Spannung, was nun geschah. Längere Zeit geschah gar nichts; die beiden standen einfach nur da und schauten sich an. Pink Rosebuds Gesicht wirkte gelassen, wohingegen sich auf Andrew Jackson Potters Antlitz ein Kaleidoskop ständig wechselnder Empfindungen spiegelte: zuerst Zorn, dann Erkennen, dann Verwirrung, dann nachdenkliche Neugier. Für einen Moment glaubte Bettie sogar, einen Hauch von Sanftheit und Stolz in den Augen des Gottesmannes gesehen zu haben, so, als würde er sich aus einem anderen, längst vergangenen Leben an Pink Rosebud erinnern. Dann, zur allgemeinen Verwunderung der Menge, schlich Reverend Andrew Jackson Potter wie ein geprügelter Hund vom Podium und ging zurück an seinen Platz. Tom Lay sagte später, Andy Potter sei wahrscheinlich nur deshalb vom Podium gestiegen, weil er sich auf der Stelle in Pink Rosebud verliebt habe, wie es in seinen verderbten Jugendjahren oft der Fall gewesen sei bei Damen, die leicht zu haben waren.

Nun wandte Pink Rosebud sich der Menge zu, die wie ein Orchester, das die Instrumente stimmt, knurrte und grollte, murmelte und stöhnte, seufzte und ächzte. Allein und einsam stand sie da oben, so allein wie ein Mensch es nur sein kann, und bei ihren ersten Worten wurden die Geräusche der Menge leiser.

»Hier ist mein Zuhause«, begann sie. Ihre Stimme war leise, aber fest. Das Gemurmel schwoll an und verstummte wieder. »Jeder Mensch muß irgendwo leben, und ich lebe in Seguin, wie ihr alle. Ich liebe diesen Ort. Was ihr auch von mir haltet, ihr sollt wissen, daß Seguin meine Zuflucht gewesen ist, mein Hafen in den Stürmen des Lebens. Deshalb bin ich Seguin etwas schuldig, und ich möchte es ihm vergelten.« Irgend jemand in der Menge kicherte; dann noch jemand, und bald erhob sich ein vielstimmiger Chor des Gelächters aus der Menge. Bürgermeister Zorn ließ seinen Hammer niedersausen.

»Vor langer Zeit«, fuhr Pink Rosebud fort, und nun hatte sie die Stimme erhoben, um das Geschnatter und Gemurmel der Menge zu übertönen, »vor langer Zeit habe ich erfahren, daß ich keine Kinder bekommen kann. Aber ich möchte euren Kinder gern etwas Gutes tun.«

»Du kannst uns allen etwas Gutes tun, indem du und deine Huren verschwinden.« Die Stimme war schneidend und verletzend, wie ein scharfkantiger Stein, den man als Wurfgeschoß benutzt. Andere Stimmen fielen ein und brüllten Pink Rosebud Beschimpfungen zu, während wieder andere nach Anstand riefen und verlangten, die Frau ausreden zu lassen. Doch es sah so aus, als hätte Pink Rosebud allen Mut verbraucht, den sie aufbringen konnte. Sie drehte den Kopf leicht zur Seite, als wollte sie den Worten und Gedanken ausweichen, die feindselig auf sie gerichtet waren. Sie war traurig, doch trotz der Beschimpfungen hielt sie sich stolz und aufrecht. Dann aber, ganz plötzlich, sank sie in sich zusammen und stand da, als hätte sie nicht mehr die Kraft oder den Willen, das Podium zu verlassen, das zu einem Pranger geworden war, an dem sie eine verdiente Strafe über sich ergehen lassen mußte. Gerade als Bettie bemerkte, daß Pink Rosebuds Schultern bebten, sah sie eine Frau aufspringen und zu ihr auf das Podium eilen, ohne nach rechts oder links zu schauen. Chepita, die Chiliverkäuferin, nahm Pink Rosebud bei der Hand, legte ihr den Arm um die Hüfte, führte sie durch die Menge und ging mit ihr davon.

An diesem Abend, als Bettie und Mr. Henry auf der Veranda vor dem Haus saßen und die Glühwürmchen beobachteten, die wie winzige Laternen in der Dunkelheit aufleuchteten, fragte Mr. Henry seine Frau, warum sie der Meinung sei, daß Pink Rosebud beschützt werden sollte.

»Wie der Reverend schon sagte – es gibt das Richtige, und es gibt das Falsche«, antwortete Bettie. »Pink Rosebud hat versucht, einmal in ihrem Leben etwas richtig zu machen. Aber wir erlauben es ihr nicht. Und das ist falsch. Es gab nur zwei Frauen im Park, die Mut bewiesen haben. Die eine war eine Prostituierte und die andere eine kleine Frau, die an Straßenecken Chili verkauft.« Es schmerzte Bettie, wenn sie an Pink Rosebud dachte. Und es schmerzte sie nicht minder, daß sie Pink Rosebud nicht geholfen und Partei für sie ergriffen hatte. Bevor Bettie an diesem Abend zu Bett ging, betete sie: *Lieber Gott, gib mir die Einsicht, zu erkennen, was richtig und was falsch ist, und gib mir den Mut, für meine Überzeugung einzutreten.*

Was das Grundstück für die Schule betraf, einigten die Stadtväter sich auf einen Kompromiß. Zwar wurde Pink Rosebuds Landschenkung abgelehnt, aber man verzichtete auch darauf, sie aus der Stadt zu verweisen. So erfüllte ihr Etablissement auch weiterhin gewisse Bedürfnisse, genauso wie Belle Fulghrums Schneiderei, und zuguterletzt wurde zwischen allen Beteiligten ein – wenn auch wackliger – Frieden geschlossen.

Im Juli 1890, fünfundzwanzig Jahre nach der Kapitulation der Südstaaten bei Appomattox, veranstalteten die Veteranen des 32. Kavallerieregiments von Colonel-Doktor Woods eine Wiedersehensfeier im texanischen Lockhart. Da Papa Leonards Einheit bei Blair's Landing und am Yellow Bayou gemeinsam mit dem Woods-Regiment gekämpft hatte, stieg die ganze Familie, einschließlich Euphemias und Williams, in Seguin in den Zug, um sich auf die kurze Reise nach Lockhart zu begeben.

Während die Eisenbahn nach Nordosten rollte, ging Bettie noch immer die öffentliche Anhörung Pink Rosebuds durch den Kopf. Sie wurde das Gefühl nicht los, daß sie feige gewesen war, als sie Pink Rosebud ihrem Schicksal überlassen hatte. Aber was hätte sie tun können? Zivilcourage zu zeigen galt für eine Frau aus gutem Hause als unschicklich. Männer konnten Kriege führen; Frauen hingegen durften nur Niederlagen hinnehmen. Wenn sie mit Euphemia über diese Dinge reden könnte, würde sie sich besser fühlen; das wußte Bettie. Dennoch beschloß sie, dieses Problem zuerst einmal allein zu durchdenken.

Nach ihrer Heirat hatte Bettie sich anfangs Sorgen gemacht, was das Verhältnis zu ihrer Schwiegermutter betraf. Sie hatte so großen Respekt vor Euphemia Texas, daß es schon an Furcht grenzte. Mr. Henry hatte ihr all die alten Geschichten über Euphemias Freundschaft mit Sam Houston und Juan Seguin erzählt und wie Euphemia der Negerfrau Tildy das Leben gerettet hatte und die Geschichten über die gefährlichen Begegnungen Euphemias mit dem abtrünnigen Comanchen Tarantula. Bettie kannte viele Abenteuer aus dem Leben der Euphemia Texas Ashby King, und sie war nicht sicher gewesen, ob sie den Erwartungen dieser legendären Frau entsprechen würde. Doch mit einem kurzen Blick, einer knappen Geste oder ihrem seltenen, aber strahlenden Lächeln hatte Euphemia ihrer Schwiegertochter zu verstehen gegeben, daß sie ihr sympathisch war.

Bettie lächelte, als sie daran dachte, wie sie zum erstenmal die geistige Verwandtschaft zwischen ihr und Euphemia Texas gespürt hatte. Sie und Mr. Henry waren gerade aus den Flitterwochen zurückgekehrt, die sie in San Antonio verbracht hatten, als Euphemia und William einen »Einzugsschmaus« organisierten, ein Abendessen, das traditionell von den Eltern des Bräutigams zu Ehren der Jungvermählten gegeben wurde. Euphemia und Tildy hatten in blechernen Spülschüsseln große Kuchen gebacken, und die Männer hatten die Nacht über riesige Mengen Rindfleisch am Spieß gebraten, dazu Waschtöpfe voller Bohnen gekocht. Mollie und Papa Leonard, Betties Brüder und Schwestern, Nuge und ihr Mann, Adda und ihr Verehrer Will Thomas sowie Cayloma und Felix Douglass, ihr Zukünftiger – alle Menschen, die Bettie liebte, waren gekommen.

Am Nachmittag hatten die jüngeren Gäste ein Spiel veranstaltet, bei dem eine Feder rundum von einem zum anderen gepustet werden mußte, ohne daß sie zu Boden fallen durfte. Als die texanische Hitze die jungen Leute schließlich in die Schatten der Ulmen getrieben hatte, war plötzlich eine unglaubliche Erscheinung die Court Street herunter auf das Grundstück der Kings gerollt.

Zuerst hatte Bettie geglaubt, es würde sich um ein Kind auf

einem dieser seltsamen, neuartigen »Velozipedes« handeln, von dem sie Bilder in Zeitungen und Zeitschriften gesehen hatte. Dann, als das Gefährt näher kam, glaubte Bettie, etwas Unvorstellbares zu erblicken. Es war tatsächlich ein Fahrrad, und im Sattel saß – eine Frau.

Erheitert hatte Bettie die unterschiedlichen Mienen der Männer betrachtet, als sie beobachteten, wie die seltsame Frau mit erschrekkender Geschwindigkeit auf sie zugerast war. Sie trug eine weite Hose, wie Amelia Bloomer sie ein paar Jahre zuvor im Osten in Mode gebracht hatte. Die Frau war hochgewachsen und sehr hübsch. Schlitternd brachte sie ihr Gefährt zum Stehen, und mit einem Lächeln, so strahlend wie ein Sommertag, erklärte sie, ihr Name sei Etta Mae Holtsenburger und sie sei Handlungsreisende in Sachen Korsetts und die Satteltaschen ihres Fahrrads seien mit der modischsten Damenunterwäsche westlich des Mississippi gefüllt.

Seit jenem Tag, als sie das Kalb zur Welt gebracht hatte und über den Zaun gesprungen war, beinahe direkt in die Arme Mr. Henrys, war Bettie nicht mehr so verlegen gewesen. Eine Frau, die auf einem Fahrrad durch die Lande fuhr und Unterwäsche verkaufte! Bettie sah, daß die Männer hin und her gerissen waren. Einerseits wollten sie sich von dieser schamlosen Frau abwenden, andererseits wollten sie sich die hübsche Vertreterin und das, was sie anzubieten hatte, gern näher anschauen. Bettie bemerkte, daß Mr. Henry auf eine Art reagierte, als hätte er ein wildes Tier vor sich. Etta Mae Holtsenburger hatte tatsächlich etwas von einer Wildkatze an sich; sie strahlte irgend etwas beinahe Pantherhaftes aus, wie Bettie feststellte, irgend etwas Wildes und Ungezähmtes, das von der Last gesellschaftlicher Konventionen frei war.

»Bleiben Sie doch, meine Herren«, sagte Etta Mae, als die Männer sich schließlich diskret zurückziehen wollten. »Schauen Sie sich an, was ich Ihren Damen anzubieten habe.« Die Blicke der Männer wanderten zwischen Etta Mae Holtsenburger und ihrem Fahrrad hin und her. »Es ist das ideale Fortbewegungsmittel für eine Vertreterin«, sagte Etta Mae, die das Interesse der Männer an ihrem

Fahrrad bemerkte. »Es ist billiger als ein Pferd. Und problemloser. Man braucht es nicht zu füttern und ihm Wasser zu geben. Was könnte praktischer sein?«

Kurze Zeit darauf begutachteten die Frauen Etta Maes Ware, während die Männer sich in gebührendem Abstand hielten, mit den Füßen scharrten und verstohlene Blicke auf Etta Maes Pumphose und ihr Fahrrad warfen. Bettie wurde die Frau zunehmend sympathischer. In jedem Wort Etta Maes, in jeder Geste lag eine erfrischende Selbstsicherheit. Sie war eine Frau, die ihr Leben nach eigenen Regeln führte. Ihr berufliches Fortkommen, ihre Karriere hingen nicht von anderen ab, sondern von ihr selbst. Sie war eine Frau, die allein für ihren Lebensunterhalt sorgte und nicht von anderen abhängig war. Sie verdiente ihr eigenes Geld, indem sie den Leuten etwas anderes verkaufte als ihren Körper, nicht wie Pink Rosebud. Bettie war sicher, noch nie einer so unabhängigen und selbstbewußten Frau begegnet zu sein.

Als Cayloma Felix zu überreden versuchte, ihr eine von Etta Maes Damenunterhosen zu kaufen, nahm Bettie ihren ganzen Mut zusammen und fragte Etta Mae nach ihrer Familie und ihrem Zuhause.

»Meine Mutter und mein Vater wohnen in Cincinnati«, sagte sie. »Aber mein Zuhause ist immer dort, wo ich mich gerade aufhalte. Im Moment ist es genau hier, bei Ihnen. Morgen ist es irgendwo ein Stück die Straße hinunter.«

»Und wie steht es mit einem Mann? Mit Kindern? Ich möchte nicht zu persönlich werden, aber Sie möchten sich eines Tages doch bestimmt irgendwo niederlassen.«

»Ja, wahrscheinlich. Wenn mir der richtige Mann über den Weg läuft. Aber es gibt so viele Möglichkeiten, sein Leben zu gestalten. Und ich liebe das Leben, das ich zur Zeit führe.«

Nachdem die Frauen sich Etta Maes Sortiment an Unterwäsche angeschaut hatten, erbot sich die Vertreterin, ihre Kunden das Fahrradfahren zu lehren. Zuerst zeigten die Männer sich zurückhaltend, schließlich aber konnte Tom Lay nicht widerstehen und meldete sich freiwillig als Versuchskaninchen. Etta Mae hielt das Fahrrad fest und schob Tom, während dieser bedenklich im Sattel schwankte; dann fegten die beiden über den Hof, schneller und schneller, und scheuchten dabei die Hühner und die Gäste des »Einzugsschmauses« auf. Schließlich ließ Etta Mae das Fahrrad los, und Tom schwankte und schlingerte wild über den Hof, bis seine Fahrt in einem Schutthaufen neben der Scheune endet. Jeder eilte zu Toms Rettung herbei und um sich des Schadens anzunehmen, den sein Körper und sein Stolz sowie das Fahrrad erlitten haben mochten. Nach Toms Erfahrungen wollte sich niemand mehr freiwillig für eine Fahrt auf dem Gefährt von Etta Mae Holtsenburger, der Vertreterin in Damenunterwäsche, melden.

Nachdem Etta Mae verschwunden war, wurde sie zum Gegenstand lebhafter Gespräche. Etta Mae war die Court Street hinuntergeradelt, ihrer neuen Zukunft entgegen, doch sie hatte Geheimnisse und Fragen und Gesprächsstoff für lebhafte und endlose Diskussionen zurückgelassen; unter anderem über die Frage, ob es für eine Frau ziemlich sei, ein Fahrrad zu fahren, oder ob eine derartige Betätigung die Unsittlichkeit fördere.

»Ich finde«, sagte Tom, »Frauen sollten nicht radfahren.«

»Männer *können* es offensichtlich nicht«, sagte Annie und erinnerte damit an Toms katastrophale Versuchsfahrt.

Bettie fragte sich, welcher Unterschied zwischen Radfahren und Reiten bestehen mochte. Sie blickte sich unter den weiblichen Gästen um. Mindestens zehn Frauen waren darunter, die so gut wie ein Mann reiten konnten. Sechs andere konnten besser schießen als der Sheriff, darunter Euphemia, die zwar kein Zielschießen mehr übte, aber eine so sichere Hand besaß wie eh und je. Während Bettie der sehr ernsthaften Diskussion zum Thema »Frauen auf Rädern« lauschte, trafen sich ihre und Euphemias Blicke – und in diesem Augenblick war eine besondere Verbindung hergestellt. Bettie wußte, daß Euphemia ebenfalls die Frauen gezählt hatte, die so gut reiten konnten wie ein Mann.

Die Lokomotive stieß einen schrillen Pfiff aus und riß Bettie aus ihren Erinnerungen. Sie blickte auf und sah, daß der Zug in Lockhart einfuhr.

Als Bettie mit den anderen in einer Kutsche zum Veteranentreffen fuhr, stellte sie erstaunt fest, daß sehr viele Menschen auf den Straßen waren und daß in der Stadt eine seltsam gefühlsbeladene Atmosphäre herrschte. Sie konnte den stillen, beinahe körperlich spürbaren Kummer wahrnehmen, der sich in den Straßen Lockharts ausbreitete, je mehr Veteranen in der Stadt eintrafen und um die kürzlich verstorbenen Kameraden trauerten. Bettie erfuhr, daß in einem der Regimenter von 1082 Soldaten, die 1862 in den Krieg gezogen waren, nur noch 168 Mann lebten. Und unter diesen Überlebenden war jener alte Offizier, der dieses Regiment befehligt hatte: Colonel-Doktor Peter Woods aus San Marcos. Er wurde von seiner Tochter Sweet Woods Montgomery begleitet, aus deren Gewehr der letzte Schuß von texanischer Seite gekommen sein sollte, der auf Yankees abgegeben worden war.

Nachdem Papa Leonard sich am Nachmittag mit seinen alten Waffengefährten unterhalten hatte, erzählte er Bettie und Euphemia von Colonel-Doktor Woods und wie sehr dieser Mann von seinen Soldaten geliebt worden sei. »Er hätte mit Leichtigkeit General werden können, aber er konnte nun mal keinem Befehl gehorchen, der seine Leute unnötig in Gefahr brachte. Nicht, daß er ein Feigling gewesen wäre. Er war der mutigste Mann, den ich je gekannt habe. Aber er hatte sehr viel Achtung vor dem Leben.«

Während Bettie den weißhaarigen alten Mann beobachtete, fragte sie sich, wie ein dermaßen zerbrechlicher Körper einst so heldenhafte Taten hatte vollbringen können. Papa Leonard machte Bettie auf Pinckney aufmerksam, den Sohn des Colonel-Doktors, sowie auf Jim Hawkins, den Neger, die beide früher im Regiment des alten Recken gedient hatten. Dann zeigte er auf George McGehee und dessen Frau Cherokee. »Es besteht eine seltsame Verbindung zwischen diesen vier Menschen«, sagte er. »Cherokee, dem Neger, Pinckney und McGehee.«

Dann wurde Papa Leonard nach vorn gerufen, wo ein Foto von

den überlebenden Veteranen aufgenommen wurde. Bettie bemerkte, daß Jim Hawkins, Pinckney Woods und George McGehee besonders daran gelegen war, auf dem Foto nebeneinander zu stehen, und sie fragte sich, was diese drei Männer nach so vielen Jahren so eng miteinander verbinden mochte.

Am nächsten Morgen des folgenden Tages, dem vierten Juli, marschierten die alten Veteranen vom Griesenbok-Hotel zu einer Musiktribüne, die in der Stadt errichtet worden war. Die Frauen und Töchter der ehemaligen Krieger hatten diese Tribüne liebevoll mit Fähnchen und Girlanden geschmückt, und hoch über dem Podium flatterte die Bonnie-Blue-Flagge im warmen texanischen Wind wie in vergangenen glorreichen Zeiten. Als sich alle vor der Musiktribüne versammelt hatten, las der alte Feldgeistliche des Regiments, Captain-Reverend Andrew Jackson Potter, ein Gebet für die gefallenen Kameraden. Dann hielt Gouverneur Lubbock eine Rede; nach ihm eine Unzahl ehemaliger konföderierter Offiziere, darunter der alte Texas Ranger General Henry McCulloch, der nunmehr für das Amt des Finanzministers von Texas kandidierte. Nachdem dies überstanden war, zog die Versammlung zu dem Zeltplatz am Stadtrand, auf dem eine Gedächtnisfeier für jene tapferen Männer stattfand, die unter Alfred Howe Terry, John B. Hood und Dr. Peter Cavanaugh Woods gekämpft hatten.

Während die Leute sich auf dem Zeltplatz versammelten und sich auf Decken unter den von dichtem Moos bewachsenen Bäumen niederließen, senkte sich die Dämmerung über die kleine Stadt Lockhart. Als es dunkel geworden war, wurden kleine Lagerfeuer entfacht, doch ohne die Hilfe des Mondlichts schienen diese Feuer gegen die Nacht nicht anzukommen, die unheimlich und zugleich voller Trauer war. Bis auf den schrillen Chorgesang der Zikaden war es vollkommen still. Bettie kam sich vor, als wäre sie in der Zeit gefangen. Sogar die Kinder schienen zu spüren, daß sich in den Schatten jenseits der Feuer geheimnisvolle Wesenheiten bewegten.

Der erste Redner war Captain Ferg Kyle von Terrys Texas

Rangers. Er stellte einen Vergleich zwischen seinem gefallenen Vorgesetzten, General Terry, und Colonel-Doktor Woods an, wie es bei fast allen diesen Reden üblich war. »Ich hatte das Glück und die Ehre«, sagte Kyle, »sowohl den Toten wie auch den Lebenden, der heute unter uns ist, gekannt zu haben. Beide besaßen die prächtigsten Merkmale des edelsten angelsächsischen Menschentyps: blaugraue Augen und flachsblondes Haar. Beide zeigten den gleichen gelassenen und zuversichtlichen Ausdruck, wenn sie sich auf ihre Kameraden verlassen mußten, und beide legten den gleichen unerschütterlichen Mut an den Tag, wenn sie einem Feind gegenüberstanden. Unser armer Terry ist nicht vom Schlachtfeld zurückgekehrt. Euer vom Krieg gezeichneter Woods entging um Haaresbreite dem Tod und ist aus diesem Grunde heute abend unter uns. So ist der Krieg! Der Siegerkranz des einen ist aus Fichte, der des anderen aus grünem Lorbeer. Und so, wie der Tod die beiden Feldherrn trennte, hat er uns viele Kameraden genommen, um die wir nun heiße Tränen vergießen. In frischer Jugend ritten sie dereinst in den Tod, so frohgemut wie ein Bräutigam zur Braut eilt, um sie in die Arme zu schließen.«

Bettie saß neben Euphemia. Sie bemerkte, daß die alte Frau unruhig wurde, als könnte sie das Ende der Rede nicht erwarten. Als Captain Kyle seine Metapher von Tod, Braut und Bräutigam von sich gab, stellte Bettie schockiert fest, daß Euphemia laut seufzend die Augen verdrehte. »Paß auf«, flüsterte sie. »Jetzt kommt noch der Sermon über die Frauen aus den Südstaaten ... und dann ist endlich Schluß, gelobt sei Gott der Herr.«

Bettie wandte sich wieder der Rednertribüne zu, wo Captain Kyle soeben das Ende seiner Rede einleitete. »Abschließend möchte ich hervorheben«, sagte er, »daß nur ein Meister des geflügelten Wortes den hingebungsvollen Beitrag würdigen könnte, den die Frauen aus den Südstaaten unserer Sache geleistet haben – einer zugegeben verlorenen Sache. Diesen Frauen blieb jede Annehmlichkeit versagt, und doch gaben sie klaglos alles für jene Männer hin, deren Lenden ins Geschirr des Soldatentums geschnürt waren.« Bettie begegnete Euphemias Blick und kämpfte heroisch einen Lachanfall nieder.

Am Schluß seiner Rede erzählte Captain Kyle eine Geschichte über einen jungen Mann, der bei Shiloh schwer verwundet worden war. »Er litt unter Schmerzen, er war dem Tode nahe, und jemand rief: ›Warum mußtest du auch hierher kommen?‹ Und nun hört, was er geantwortet hat. ›Weil Mutter mir gesagt hat, ich soll hierher kommen.‹ Schon die Spartanermutter ließ ihren Sohn mit einem Schild ins Feld ziehen, wohl wissend, daß er *mit* dem Schild oder *auf* dem Schild heimkehren werde.«

Der Captain endete mit einem Vers über holde, zärtliche Bräute, die vergeblich auf ihren Liebsten gewartet hatten. Euphemia wandte sich Bettie zu und sagte ziemlich laut: »Deshalb, meine Kleine, werden Kriege geführt.«

Im März 1891 dachte Bettie nicht an Krieg und Tod, sondern an die Mysterien der Geburt. Erst vor kurzem war ein bemerkenswerter Rückgang festgestellt worden, was die Größe einer amerikanischen Durchschnittsfamilie betraf, und die Ärzte hatten dieses Phänomen auf den sich verschlechternden allgemeinen Gesundheitszustand der Frauen zurückgeführt. In weiten Kreisen der medizinischen Fachwelt war man der Überzeugung, daß der Hauptgrund für die zunehmenden Erkrankungen der Frauen im Übergang vom ländlichen zum städtischen Leben zu suchen sei, insbesondere der »Hysterie«, einer Störung des Uterus, die bereits von den alten Griechen entdeckt worden war und der sie den Namen »Hysterikos« gegeben hatten. Die Hektik und der Streß des Stadtlebens führten außerdem zu einer »Hirnerweichung«, wie die Ärzte es nannten, sowie zu anderen Krankheiten, welche die körperliche und geistige Gesundheit der amerikanischen Frau bedrohten.

Als Mr. Henry erfuhr, daß Bettie »guter Hoffnung war«, bestand er darauf, daß sie sich jeder Art sexueller Kontakte enthielten und daß Bettie sämtliche körperlichen Anstrengungen mied, selbst die leichtesten häuslichen Arbeiten. Befreundete Ärzte hatten Mr. Henry erklärt, daß körperliche Aktivitäten dem Uterus und somit dem Ungeborenen Blut und Kraft entzögen. In mehreren Gesprächen erteilte der Gemeindepfarrer Mr. Henry zudem die dringende Mahnung, seine Frau von ihrer bevorzugten Lektüre fernzuhalten, den Liebesromanen. Denn diese Werke würden einen Blutstau in der Gebärmutter oder gar krankhafte seelische Zustände hervorrufen, die zu einer Frühgeburt führen könnten.

Es war vorauszusehen, wie die ›Girls‹ darauf reagieren würden.

»Ich kann es nicht fassen«, sagte Cayloma und fächelte sich mit einem Liebesroman Jane Austens Luft zu, »daß ein derart intelligenter und vernünftiger Mann auf so blödsinnige Ideen kommt.«

Annie pflichtete ihr bei. »Manchmal glaube ich, daß die Männer eine riesige Verschwörerbande sind, die dafür sorgen will, daß die Frauen das schwächere Geschlecht bleiben.«

»Na ja, Männer sind körperlich stärker«, sagte Bettie. »Kannst du einen Acker pflügen? Oder mit der Axt einen Baum fällen?«

»Und ob ich das kann!« rief Annie leidenschaftlich. »Und du kannst es auch. Das kann jede Frau in unserer Familie. Nur hat man uns ein Leben lang eingetrichtert, wir könnten es nicht. Den Kerlen gefällt es nun mal besser, wenn wir blaß und zerbrechlich aussehen.«

»Also, ich bin nicht wild darauf, einen Acker zu pflügen«, erklärte Cayloma. »Oder einen Baum umzulegen. Oder einen Amboß zu stemmen. Ich bin voll und ganz damit einverstanden, diese Pflichten unseren besseren Hälften zu überlassen.«

Widerwillig schlug Cayloma das Buch zu, vor dem Mr. Henry gewarnt hatte, und nahm ihr Stickzeug auf, um an ihrem verrückt gemusterten Deckchen aus Wollresten weiter zu arbeiten. Als sie Bettie dieses Deckchen mit dem wirren, vom Zufall bestimmten Muster zum erstenmal zeigte, hatte Bettie gesagt: »Das paßt genau zu deiner Persönlichkeit.«

»Ich weiß nicht, ob es Unkenntnis oder Niederträchtigkeit oder etwas anderes ist«, sagte Annie, »aber laßt euch mal folgendes durch den Kopf gehen. Wenn jemand blaß ist, haltet ihr die betreffende Person normalerweise für krank, stimmt's? Aber bei Frauen ist eine vornehme Blässe modisch. Wir werden geradezu ermutigt, ein kränkliches Aussehen zu pflegen. Die Männer legen Wert darauf, daß wir unsere Gesichter weiß pudern, weil diese Puderei angeblich unsere Schönheit hebt. Schönheit? In Wirklichkeit sehen wir todkrank aus. Leichenblaß.«

»Das ist nun mal die Mode«, sagte Bettie, die soeben einen der Socken ihres Gatten fertiggestopft hatte.

»Und wer macht die Mode?« fragte Annie. »Die Männer. Egal, was sie tun – alles, alles soll dazu dienen, uns niederer und minderwertiger als sie selbst aussehen zu lassen. Die Männer sorgen dafür, daß wir uns in ungefähr zwanzig Kilo Kleidung hineinzwängen, die so eng sitzt, daß wir kaum Luft kriegen und uns weder setzen noch bücken können. Wir sind dermaßen zusammengeschnürt, daß wir uns nur mit Mühe bewegen können. Und das Ganze nur, damit die Männer zu Recht behaupten können, wir wären hilflos. Sie bedrängen uns, Korsetts zu tragen, damit unsere Taillen damenhafter und unsere Brüste und Hüften verführerischer aussehen. Mit dem Erfolg, daß wir gequetschte Rippen und alle möglichen Verletzungen davontragen. Kein Wunder, daß wir Frauen das schwächere Geschlecht sind.«

»Und denkt mal an die armen chinesischen Frauen. Von klein auf müssen sie ihre Füße zusammenschnüren, damit sie möglichst zierlich bleiben. Und der Erfolg ist ein bleibender Gesundheitsschaden.«

»Ja, und stellt euch nur mal vor, was für Schäden uns die Korsetts zufügen. Ich habe mal gelesen, daß ein Korsett einen Gebärmutterkollaps verursachen kann. Das ist schon so oft geschehen, daß die Ärzte jetzt diese Spiralen verschreiben. Stellt euch mal vor, einen von diesen neumodischen Apparaten in sich zu haben . . .«

»Annie. Bitte.«

»Aber es stimmt doch! Ihr wißt, daß ich recht habe. Damit die Kerle ihren Spaß haben, müssen wir uns in Korsetts zwängen, die so eng sind, daß unser Äußeres nach innen gedrückt wird, und dann verkaufen die Männer uns Spiralen, damit unser Inneres wieder nach außen gedrückt wird. Eine Hand verkauft uns Gift, und die andere das Gegengift.«

»Du trägst doch kein Korsett, Annie«, sagte Cayloma.

»Genau. Weil ich mich nicht zum Spielball von Vertretern für Damenunterwäsche und von Frauenärzten machen lasse. Wenn ich erst mein Kind habe, werde ich genau darauf achten, wessen Ratschläge ich befolge. Besonders bei männlichen Ärzten, die sowieso nur ihre neuesten Erfindungen an meinem Körper ausprobieren wollen.«

Bettie legte ihr Stickzeug in den Schoß. »Können wir nicht über etwas anderes reden? Warum liest du nicht, Cayloma?«

»Weil ich nicht diese Krankheit riskieren möchte, diese Hysterie.«

»Ich finde, du hast unrecht«, sagte Bettie. »Was die Männer betrifft, meine ich. Du kannst ihnen nicht an allem die Schuld geben. Sieh dir Mr. Henry an. Einen rücksichtsvolleren Mann kann man sich gar nicht vorstellen. Mehr echte Sorge um das Wohl seiner Lieben könnte kein Mann auf der Welt haben.«

»Da hast du bestimmt recht, Bettie.«

»Ganz bestimmt.«

»Aber ich möchte dich mal was fragen«, sagte Annie. »Dein Mr. Henry hat dir von körperlicher Arbeit abgeraten. Das hattest du doch gesagt, nicht wahr?«

»Ja. Er hat mir davon abgeraten.«

»Und was sagen dein Herz und dein Verstand, was das Beste für deine Gesundheit und die Gesundheit deines Babys ist? Glaubst du wirklich, es wäre gut für euch, wenn du untätig herumsitzt, träge und tatenlos? Das ist unnatürlich. Hältst du es nicht für besser, ein ganz normales Leben zu führen? Aktiv zu sein, dich zu bewegen?«

»Was erwartest du denn? Soll ich vielleicht tanzen gehen? Soll ich auf dem Rasen Purzelbäume schlagen?«

Annie lachte. »Es würde mich gar nicht wundern, wenn im nächsten Ratgeber für werdende Mütter ein Kapitel über derartige Übungen steht. Und was spricht denn dagegen, in deinem Zustand zu tanzen oder Purzelbäume zu schlagen? Warum sollte man nicht so was wie Schwangerschaftsgymnastik betreiben?«

Nachdem die ›Girls‹ gegangen waren, blieb Bettie auf der Veranda sitzen. Sie dachte über das neue Leben nach, das in ihrem Leib heranwuchs und versuchte, sich ein Gesicht vorzustellen, ein Lächeln, die Augen des Ungeborenen, dessen erste Bewegungen sie mit Ungeduld erwartete. Bettie fragte sich, zu welchem Zeitpunkt das Kind sein eigenes Bewußtsein entwickelte. Wo mochte dieses Bewußtsein zuvor gewesen sein? Irgendwo zwischen den Sternen? Oder im Himmel? Und wo war die Seele des Kindes? Waren jetzt zwei Seelen in ihrem Körper? Selten zuvor hatte Bettie so tief in jene Geheimnisse zu blicken versucht, denen sie sonst nur in der Kirche begegnete, oder wenn sie das Wunder einer sternklaren Nacht betrachtete, oder wenn sie bei intimen Umarmungen im Ehebett Mr. Henrys Herzschlag hatte spüren können. Nun dachte sie über Gott nach; aber mehr noch über das Leben. Nach wie vor ging sie zusammen mit ihrem Mann in die Kirche, und sie las jeden Morgen nach dem Aufstehen in der Bibel, und vor allem: Sie dachte über das Gelesene nach. Doch weder der Prediger noch die Bibeltexte konnten ihre brennende Frage beantworten, wo die Seele ihres Kindes gewesen sein mochte, bevor sie in dem winzigen Körper in ihrem Innern erwacht war. Doch es waren nicht nur solch tiefschürfende Fragen, die Betties Schwangerschaft begleiteten, sondern auch weltliche Sorgen: Würde Mr. Henry sie als häßlich betrachten, wenn sie zum Ende der Schwangerschaft dick und unförmig war? Würde er sie dann immer noch lieben? »Du wirst von Tag zu Tag schöner«, hatte er ihr gestern abend noch gesagt, und dann hatte er aus Lust und Leidenschaft mit seiner Enthaltsamkeitsregel gebrochen. Doch die Sorge um Mr. Henrys Liebe ließ Bettie nicht los.

Nach einer Weile kam kalter Wind auf. Im Norden hingen graue Wolken am Himmel, wie schmutzige Wäsche. Es war offensichtlich, daß die verfrühten, trügerischen Frühlingstage vorüber waren. Bettie fröstelte und ging ins Haus. Plötzlich wurden die Fensterläden gerüttelt und geschüttelt, und die Lampen schwangen wild hin und her im kalten Wind, der durch die spaltweit geöffneten Fenster hindurchfuhr. Bettie spürte, wie die altvertraute Angst sich in den Schatten des Hauses zu regen begann, und sie stellte sich vor, daß irgendwo in den dunklen Ecken des Zimmers Wölfe lauerten. Eine Zeitlang versuchte sie die schreckliche Furcht niederzukämpfen, die wie eine riesige Woge über ihr zusammenschlagen wollte; doch schließlich wurde sie von grellem Entsetzen gepackt, als würde die Angst in jede Körperöffnung, in jede Pore ihrer Haut eindringen.

Voller Panik rannte sie ins Schlafzimmer, warf sich aufs Bett und rollte sich zusammen, machte sich so klein wie möglich. Sie wußte, sie konnte das Bett nicht verlassen, denn der Fußboden war von Schlangenleibern bedeckt, die sich ringelten und kringelten, und in der Dunkelheit des Flures lauerten die Wölfe.

Zwei Tage tobte das Gewitter, und Bettie blieb auf ihrem Zimmer. Sie verachtete sich selbst ihrer Schwäche wegen; doch gegen ihre Angst vor der Kraft des Unwetters war sie machtlos. Jedesmal, wenn der Sturm jaulend um eine Gebäudeecke fuhr, wenn ein Fensterladen mit lautem Knall zuflog, wenn Hagel auf das Dach prasselte oder der Ast eines Baumes gegen den Dachvorsprung peitschte, verwandelte Betties Entsetzen sich in quälenden körperlichen Schmerz. Sie schrie auf, und dann kam Mr. Henry und hielt sie in den Armen und wiegte sie wie ein kleines Kind, das einen Alptraum hatte. Hinter ihren fest zusammengepreßten Lidern konnte Bettie die höhnisch grinsenden Gesichter der Wölfe sehen. Sie wußte, daß diese Bestien die Abgesandten des Todes waren und daß sich ganz in ihrer Nähe irgend etwas Gräßliches wand und ringelte.

Am dritten Tag nach dem Unwetter kehrte der Frühling wieder und brachte Wärme und Sonnenschein zurück. Bettie kroch aus ihrem Zimmer – geschwächt, verlegen und beschämt, aber dankbar, daß ihre Gebete um Errettung erhört worden waren. Wieder einmal hatte sie ein solches Unwetter überlebt, wie den schrecklichen Sturm in ihrer Kindheit. Als sie auf die vordere Veranda trat, rechnete sie beinahe damit, eine verwüstete Welt vorzufinden. Doch das Unwetter hatte nur geringe Schäden angerichtet, und die meisten waren bereits behoben. Es sah so aus, als hätte es das Gewitter gar nicht gegeben. Bettie fragte sich, ob sie das alles nur geträumt habe und ob auch ihr intensives Gefühl einer bevorstehenden Katastrophe nur ein Trugbild gewesen sei.

Bei Einbruch der Dämmerung, als Bettie wieder auf die Veranda trat, um den Sonnenuntergang zu beobachten, sah sie ihren Freund Abe zum Haus gelaufen kommen. Als er Bettie erblickte, verharrte er und blieb wie angewurzelt stehen.

»Abe?« Bettie spürte, wie Eiseskälte ihr Rückgrat hinaufkroch. »Was ist los, Abe?«

»Es geht um Ihre Mutter, Miss Bettie. Sie ist schwer krank. Ihr Vater ist den Arzt holen«, sagte er. »Ihre Mom hat schrecklichen Schüttelfrost.«

Nach wenigen Minuten waren Bettie, Mr. Henry und Abe unterwegs zur Moss-Farm. Während ihre Kutsche durch die zunehmende Dunkelheit jagte, kämpfte Bettie das leichte Schwindelgefühl nieder, das sie seit jenem Augenblick verspürt hatte, als Abe die Court Street zum Haus heruntergekommen war.

Im Farmhaus der Moss hatten sich Mollies Kinder und viele Frauen von Pachtfarmern eingefunden. Bettie riß sich zusammen und sorgte dafür, daß wieder halbwegs Ordnung im Haus einkehrte. Sie schickte die Kinder mit Aufträgen nach draußen oder zum Spielen; die Nachbarsfrauen bat sie zu gehen und versprach ihnen, Nachricht zu geben, falls irgend etwas geschehen sollte. Nur ein paar Freundinnen der Familie blieben auf Betties Bitte hin, um auf die Kinder aufzupassen. Dann machte sie sich auf den Weg zu Mollies Schlafzimmer. Sie konnte ihre Mutter hinter der Tür husten hören.

Der Schüttelfrost war verschwunden; doch nun litt Mollie unter fürchterlichen Hustenanfällen. Ihr Atem ging flach; ihr Puls raste, und ihr Körper glühte im Fieber. Der Husten war beängstigend; die Anfälle traten sehr häufig auf, und mit jedem Anfall schien Mollie dem Tod ein Stück näher zu rücken. Bettie war vor Entsetzen wie betäubt, als sie Blutflecken auf den Bettlaken entdeckte. Mollies Augen waren gerötet und von dunklen Ringen umgeben, als hätte sie seit Tagen nicht geschlafen. Ihre Lippen waren blau angelaufen. Sie sah klein und zerbrechlich aus wie ein Kind. Bettie hielt die Hand ihrer Mutter und betete, daß der krampfartige Husten, der

Mollies Körper marterte und ihre letzten Kräfte verzehrte, aufhören möge. *Lieber Gott*, betete sie, *laß den Tod eine andere Tür finden, durch die er hindurchgehen kann.*

Die schwere Lungenentzündung bereitete Mollie so schreckliche Schmerzen, daß sie kein Wort hervorbrachte. Jedesmal, wenn sie zu sprechen versuchte, wurde sie von Krämpfen geschüttelt. In ihrem Blick lagen Schmerz und Unglaube. Bettie küßte die Augen ihrer Mutter; dann kümmerte sie sich um Mollie, so gut sie konnte, bis der Arzt eintraf. Aber was konnte sie schon tun? Sie schob das Fenster hoch, um frische Luft ins Zimmer zu lassen. Sie hob Mollies Kopf an und versuchte, ihr soviel Wasser einzuflößen, wie sie zu schlucken vermochte. Bettie sah, daß der schlimmste Schmerz in Mollies Brust wütete, was vermutlich auf die quälenden Hustenkrämpfe zurückzuführen war. Deshalb legte Bettie ihr einen Wickel auf, den sie mit Senf bestrichen hatte, um die Schmerzen zu lindern. Sie verabreichte Mollie eine Prise Kalomel und versuchte, das Fieber mit Tüchern fortzuwaschen, die sie mit kaltem Wasser getränkt hatte.

Während Bettie sich am Krankenbett abmühte, plapperte sie munter drauflos und erzählte Mollie von den ›Girls‹ und dem neuesten Klatsch und nannte ihr die Namen, die sie und Mr. Henry sich für das Baby überlegt hatten. Plötzlich, als Bettie schwieg und für ein paar Augenblicke eine seltsame, beinahe erhabene Stille eintrat, sagte Mollie etwas. Sie zog Bettie an der Schulter zu sich herunter und flüsterte mit schwacher Stimme: »Ich habe mein Leben geliebt. Ich wünschte nur, das Ende wäre nicht so schmerzhaft.« Nach ein paar Sekunden krampfhaften Atmens fuhr Mollie fort: »Paß auf die Kleinen auf.« Es waren ihre letzten Worte. Noch einmal wurde sie von einem Hustenanfall geschüttelt, und ein Stück von Betties Herz zerbrach für immer.

Als der Arzt eintraf, war Mollie bereits tot. Bettie blieb nur noch, für diese ehemals lebensfrohe Frau zu beten, die im Alter von nur dreiundvierzig Jahren hatte sterben müssen, um fortan eine unbekannte, unbegreifliche Welt mit ihrer Fröhlichkeit und Wärme zu erfüllen – so wie einst die Welt der Lebenden.

Im Alter von zwanzig Jahren erwartete Bettie nicht nur ihr erstes Kind, sie mußte nun zudem ein schweres Erbe antreten und die Mutterrolle für fünf von Mollies Kindern übernehmen. Leonard und Frank, die beiden älteren Brüder Betties, blieben bei ihrem Vater auf der Farm. Doch John, Edward, Kittie, Mildred und Ola wurden im Haus an der Court Street aufgenommen. Das Schuljahr über wohnten die Kinder bei Bettie und Mr. Henry; die Sommer verbrachten sie auf der Farm ihres Vaters.

Damit waren Betties Zukunftsträume aus heiterem Himmel zunichte gemacht. Sie hatte sich sehnlichst gewünscht, eine junge, ungebundene Frau zu sein, die Zeit und Muße hatte, die Aufführungen in Kleins Opernhaus zu besuchen, Mitglied im Seguiner Wohltätigkeitsverein, im Shakespeare Club und im Garden Club zu werden und die vielen Feierlichkeiten und Bälle zu genießen, die von den »besseren« Familien Seguins gegeben wurden. Sie hatte gehofft, lange, gemütliche Nachmittage mit ihren Freundinnen verbringen zu können. Nun aber wurden alle diese Träume unter der Last der Pflichten und der Liebe erstickt. Während andere verheiratete Frauen ihres Alters sich in gesellschaftliche Aktivitäten stürzten, wurde Bettie durch die äußeren Umstände zurück an Heim und Herd gezwungen. »Seit es geschichtliche Aufzeichnungen gibt«, bemerkte Cayloma dazu, »bist du vermutlich die erste Frau, die Fünflinge bekommen hat, noch bevor die Wehen eingesetzt haben.«

Bettie trug die Bürde ihrer familiären Verpflichtungen, ohne zu klagen. Im Gegenteil; es erfüllte sie mit Stolz, daß sie imstande war, das allzeit drohende Chaos zu bändigen. Sie organisierte die Einteilung der häuslichen Arbeiten, stellte Benimmregeln für die Kinder auf und entwickelte Strategien, um dafür zu sorgen, daß diese Regeln auch beachtet wurden. Oft genügte schon der Anblick von Mr. Henrys strengem Gesicht – manchmal auch ein furchteinflößender Blick –, um hartnäckige Abweichler von Betties Benimmregeln zur Räson zu rufen. Es kam nur selten vor, daß ein Übeltäter mit der schlimmsten aller Strafen belegt wurde: in den Hof zu gehen und eine Gerte holen zu müssen, mit dem ihm anschließend der Hintern versohlt wurde. Die passende Gerte auszusuchen, abzuschneiden, von Blättern und Zweigen zu befreien – und das alles in Erwartung des peitschenartigen Knalls und der schrecklichen, brennenden Stiche, die dieses furchterregende Folterinstrument hervorrief – war für den Übeltäter eine fast genauso schlimme Strafe wie das Übers-Knie-gelegt-werden.

Cayloma war die erste, die feststellte, daß Bettie sich zur zentralen Gestalt einer Gemeinschaft aus Familienmitgliedern, Freunden und Pachtfarmern der Moss entwickelt habe – so vieler Menschen, daß sie es an Zahl beinahe mit den Einwohnern von Gonzales aufnehmen könnten, auf jeden Fall aber mit denen von Luling. Einmal hatte Cayloma die betreffenden Personen sogar aufgeschrieben und zusammengezählt: Da war zunächst die engere Familie, Bettie, ihr Vater und ihre sieben ledigen Brüder und Schwestern. Dann kamen Mr. Henry und Annie dazu; Euphemia und William; Nuge und deren Mann, Tom Clay; und dann waren da natürlich Betties liebe Freundinnen, Cayloma und Adda, und deren Ehemänner. Und auf dem Land der Kings lebten die schwarzen Pachtfarmer, Abe und Lucinda Saphronia Miller, Walter Walker, Jack Williams, Em Bean, John Franklin und deren Familien. Dann waren da Jack Hicklan, ein Nachkomme von Granny Boyds Sklaven, sowie Albert McClure und seine Familie, Nachkommen der McClure-Sklaven. Summa summarum, rechnete Cayloma vor, erstreckte sich Betties mütterliche Fürsorge auf mindestens achtundfünfzig Seelen.

Außer den jungen Frauen, die Bettie bereits seit ihrer Kindheit gekannt hatte, gelangten nun zwei weitere in den Kreis der ›Girls‹. Beide waren Schulfreundinnen ihrer Schwester Kittie. Die erste war eine ziemlich ernste junge Frau namens Mary Lou Lannom; die andere, Jennie Scott, war ein ausgelassenes, lebhaftes Gegenstück zu Mary Lou. Jennie und Mary Lou hielten sich fast ständig im Hause der Kings auf, und Bettie liebte ihre Gesellschaft.

Betties Tochter Virginia wurde in einer Mittsommernacht des

Jahres 1891 geboren. Als das Kind der Mutter in die Arme gelegt wurde, war Bettie felsenfest davon überzeugt, Mollies Seele gesehen zu haben, wie sie durch das Fenster ins Zimmer geschwebt kam; ein unwirkliches goldenes Etwas, das das Neugeborene umhüllte und dann mit ihm verschmolz. In diesem kurzen Augenblick der Erschöpfung und der Glückseligkeit war Bettie vollkommen sicher, daß es das ewige Leben gab und daß die Seelenwanderung alle Fragen beantworten konnte, die dem menschlichen Herzen und Verstand verschlossen blieben. Sie blickte Little Virginia ins Gesicht, das so zart war wie das einer Puppe aus Meißner Porzellan. Es war ein wunderschönes Kind, das sie und Mollie und Mollies Mutter hervorgebracht hatten – und in diesem Moment wußte Bettie alles über das Leben und den Tod und den Himmel. Es war ein Wissen, das sie fortan wie ein Geheimnis in ihrem Innern trug; es war das Sich-bewußt-sein eines Lebensprinzips, über das sie nie mit dem Prediger reden würde, der einmal im Monat sonntags zum Mittagessen kam; nicht einmal mit Mr. Henry oder Cayloma. In dieser Mittsommernacht hatte Gott selbst sich ihr offenbart, und seine Botschaft hatte Bettie gezeigt, daß ein Leben niemals endete, sondern in einem ewigen Fluß von einem Menschenleben in ein anderes überging. In jenem Augenblick, als sie Little Virginia zum erstenmal in den Armen hielt, war diese Erkenntnis so klar wie Kristall, und bis zum Ende ihres Lebens würde Bettie versuchen, noch einmal diesen wundervollen Einblick zu gewinnen, durch den Schleier der Zeit hindurch, der sich über die Wahrheit senkt.

Im Jahre 1894, als Little Virginia drei Jahre alt war und Mr. Henry eine Wasserleitung installiert und den Abort vom Hof ins Innere des Hauses verlegt hatte, drangen fremde Mächte in Betties kleine, harmonische, abgeschlossene Welt am Guadalupe River ein; Mächte, die ebenso unbegreiflich und beängstigend waren wie die neuen Rohrleitungen, die nun an den Wänden des Hauses klapperten und rasselten.

Fließendes Wasser war nur eine der Veränderungen, die gegen Mitte der 90er Jahre des vorigen Jahrhunderts mit der kleinen Stadt Seguin vor sich gingen. Die meisten Straßen waren gepflastert worden, und eine von Mulis gezogene Straßenbahn transportierte die Post, Waren und Fahrgäste von der Eisenbahnstation die Austin Street hinunter bis zum Platz in der Stadtmitte und wieder zurück. Einige Leute redeten sogar davon, daß bald ein elektrischer Schienenwagen angeschafft werden solle. Auch Thomas Alva Edisons Traum von künstlichem Licht war in Seguin Wirklichkeit geworden, und abends funkelte die Stadt wie eine Ansammlung von Sternen, die auf die Erde gefallen waren. Bettie besaß nun ein Telefon. Ihre Rufnummer lautete 258, und jeden Abend, wenn nach dem Essen der Tisch abgeräumt und das Geschirr gespült war, unterhielt sie sich mit einem oder mehreren der ›Girls‹.

Bettie war fasziniert vom Wachstum und den Fortschritten der Stadt, vom lärmenden Treiben der geschäftigen Menschenmengen, von den neuen Geschäften und Gebäuden, die von Tag zu Tag höher zu wachsen schienen. Sie liebte das spektakuläre Schauspiel an der Eisenbahnstation, das rauhe, keuchende Atmen der Dampflokomotiven, das ohrenbetäubende Heulen der Lokpfeifen und das furchterregende, schrille Kreischen der eisernen Räder, wenn ein Zug bremste und die Reisenden, die Handelsvertreter und die unterschiedlichsten Passagiere aus seinen Waggons ausspuckte.

Eine phantastische Technologie, die dem Menschen viel Arbeit abnahm, war nach Seguin gekommen. Doch zusammen mit dem fließenden Wasser, dem Telefon und der Elektrizität hielt auch eine graue Flut trister, verarmter Pilger in der Stadt Einzug. Sie kamen über die Schienen nach Seguin oder durch die Wälder, verzweifelte, hoffnungslose Flüchtlinge; die Überlebenden irgendeiner Katastrophe, die weit weg geschehen war. Seit der öffentlichen Debatte über das Grundstück für die neue Schule, bei der Bettie Pink Rosebud nicht zu Hilfe gekommen war, hatte sie jeden Menschen in ihrem Haus und ihrer Küche willkommen geheißen, der hungrig und durstig, arm und verzweifelt war.

»Weißt du, warum alle diese Leute hier Halt machen?« hatte Mr. Henry Bettie gefragt. »Wegen eines geheimen Zeichens. Als du einem dieser Pennbrüder zum erstenmal etwas zu essen gegeben hast, hat er den Zaun vor unserem Haus mit einem Zeichen markiert, das nur das fahrende Volk lesen kann. Jetzt wissen sämtliche Landstreicher von hier bis nach Kalifornien, daß in unserer Küche etwas zu holen ist.«

Bettie hingegen war der Meinung, daß sie nur ihre Christenpflicht erfülle. »Schließlich«, antwortete sie all jenen, die sie davor warnten, den Landstreichern eine offene Tür zu gewähren, »steht in der Bibel: ›Du sollst Fremden nicht die Gastfreundschaft versagen, denn es könnten Engel des Herrn sein, ohne daß du sie zu erkennen vermagst.‹« Inzwischen verging kaum ein Tag, ohne daß nicht zumindest ein verarmter Wanderer an der Pforte des Mosschen Hauses erschien.

Eines Tages, als Bettie zuschaute, wie Mr. Kishbaugh die Maße für einen neuen Kaminsims nahm, erschien ein außergewöhnlicher Besucher. Mr. Kishbaugh, der Zimmermann, hatte mehrere schöne Gebäude in der Stadt errichtet; doch die Zeiten waren schwer geworden, und so hatte er eingewilligt, den neuen Kaminsims der

Moss-Familie im Tausch gegen Speck, Butter und Eier zu bauen. Bettie und Mr. Kishbaugh unterhielten sich gerade über den Spiegel, den der Zimmermann an der Wand über dem Sims befestigen sollte, als Bettie plötzlich in ebendiesem Spiegel durch das Fenster einen Fremden sah, wie er durch das Tor schritt und sich dem Haus näherte. Er war hochgewachsen und knochig und trug eine übertriebene Western-Kluft – Reithose, hohe, bis zum Knie reichende Gamaschen, einen Buckskin-Anzug mit Fransen und mexikanischen Münzen anstelle von Knöpfen und einen großen schwarzen Sombrero. Sein schulterlanges dunkles Haar und sein struppiger Bart waren von grauen Strähnen durchzogen.

Bettie ging auf die vordere Veranda und bat den Fremden, um das Haus herum an die Hintertür zu kommen. »Dort finden Sie einen Waschzuber, Seife und ein sauberes Handtuch. Wenn Sie sich gewaschen haben, dann kommen Sie in die Küche.« Noch nie hatte Bettie Angst um Leib und Leben gehabt, wenn ein Landstreicher bei ihr erschienen war; allerdings fürchtete sie sich vor anstekkenden Krankheiten. Auf der Veranda hinter dem Haus hatte sie deshalb zusätzlich zum Zuber mit frischem Wasser eine sehr starke Laugenseife bereitgelegt, die dermaßen auf der Haut brannte, daß Cayloma sie als »gemeingefährlich« bezeichnete. Mr. Kishbaugh beschäftigte sich weiter damit, den Kaminsims auszumessen, während Bettie in die Küche ging, um für ihren ungepflegt aussehenden Gast eine Mahlzeit zu bereiten. Es gab Brot, eine Scheibe Speck, Bohnen und eine Tomate.

Aus der Nähe betrachtet, sah der Fremde noch seltsamer aus als von weitem. Er trug einen Pelzumhang über den Schultern sowie eine indianische Perlenkette um den Hals. Der Mann war so groß, daß er sich bücken mußte, als er durch die Tür in Betties Küche kam, und seine Stimme war so tief und dröhnend, daß sie den Kessel auf der Herdplatte tanzen ließ. Nachdem der Mann sich als Carl Browne vorgestellt hatte, erzählte er Bettie, er wäre General in Coxeys Armee, einem riesigen Haufen arbeitsloser Handwerker und Arbeiter, die nach Washington marschieren wollten, um Hilfe für die Armen und Beschäftigungslosen zu fordern. Es waren Gefolgsleute von Jakob Coxey, einem leidenschaftlichen Reformer und Wortführer der Unzufriedenen, der die Meinung vertrat, die Arbeitslosigkeit ließe sich durch Beschäftigungsprogramme im Straßenbau beseitigen, und um die Löhne bezahlen zu können, sollte die Regierung in Washington einfach mehr Dollarnoten drucken.

Ganze Heerscharen verzweifelter Menschen strömten zu Fuß oder mit der Eisenbahn nach Osten. Nicht selten wurde ein Zug gekapert, und die Übeltäter machten sich in den Waggons breit, als würde ihnen die Bahnlinie gehören. Eine der großen Gesellschaften, die Southern Pacific Railroad, bezeichnete solche Vorfälle als Eisenbahndiebstahl. Der Bürgermeister von San Antonio drohte, sämtliche Eisenbahnräuber erschießen zu lassen, so daß James Hogg, der Gouverneur von Texas, sich zum Eingreifen veranlaßt sah, um ein Massaker zu verhindern.

Bettie wußte natürlich von Coxeys Bataillonen aus Streunern und Landstreichern, aber auch rechtschaffenen Arbeitslosen. Auf ihrem Marsch nach Washington wurden sie von Dutzenden von Reportern begleitet, und Berichte über ihre Eskapaden füllten sämtliche Zeitungen.

»Eines Tages wird General Coxey Präsident«, sagte Carl Browne, nachdem er ein Glas Dickmilch hinuntergekippt hatte. »Ich sag' das nicht nur, weil ich seine Tochter geheiratet habe. Coxey ist der einzige, der dieses Land seinen Bewohnern zurückgeben kann.«

»Ich hatte immer den Eindruck, das Land gehört bereits seinen Bewohnern.«

»Ihnen mag es vielleicht so vorkommen, weil Sie ja Ihre kleine Farm besitzen. Aber in den Städten mit ihren verarmten Menschenmassen sieht es ganz anders aus.« Carl Browne schob den Teller zur Seite und setzte sich im Stuhl auf, als wollte er eine Predigt halten. Selbst im Sitzen war er fast so groß wie Bettie im Stehen. Seine Stimme, wenngleich noch immer tief und dröhnend, wurde plötzlich seltsam weich. »Wie kommt es«, fuhr er fort, »daß gerade jene

Menschen, die Nahrungsmittel produzieren, hungern müssen? Daß diejenigen, die Kleidung herstellen, in Lumpen gehen müssen? Daß diejenigen, die Häuser bauen, kein Dach über dem Kopf haben? Und daß ausgerechnet die Menschen, die gar nichts produzieren, alles besitzen? Das sind die Fragen, die General Coxey stellt und die beantwortet werden müssen!«

»Ich glaube, Sie übertreiben, Mr. Browne. Hier in Seguin kenne ich niemanden, der Hunger leidet oder keine Wohnung hat. Das gilt nur für Leute wie Sie, die durch unsere Stadt ziehen.«

»Finden Sie denn nicht, daß diese Menschen Anteilnahme verdient haben?«

»Was glauben Sie, warum Sie an meinem Küchentisch sitzen, Mr. Browne?«

Carl Browne schlug die Augen nieder und legte eine Hand auf sein Herz. »Ich bitte zutiefst um Vergebung, Ma'am. Sie waren freundlich zu mir, und ich bin grob zu Ihnen. Aber ich habe eine lange, beschwerliche Reise hinter mir.«

Und er erzählte Bettie von dem Elendszug des Arbeitslosenheeres, das in Kalifornien mit der Eisenbahn aufgebrochen war, in Personenwagen und auf Güterwaggons, »zusammengequetscht wie Sardinen in der Büchse«, ständig verfolgt und schikaniert von der Polizei, den Texas Rangers und Bediensteten der Eisenbahn. »Einmal hat man uns wie Vieh auf einen Sonderzug getrieben, nur um uns aus der Stadt zu schaffen. An der erstbesten Haltestelle wurden wir vom Zug geworfen, damit wir nicht bis zur nächsten Stadt gelangen konnten. Hinter El Paso hat man uns von einem Zug in die Wüste gejagt, wie gemeine Verbrecher, ohne Nahrung und Schutz vor der Sonne.«

»Hatten Sie denn Fahrkarten?«

»Natürlich nicht, Ma'am. Wir sind bettelarm. Keine Arbeit. Keine Ersparnisse.«

»Ich bin zwar nicht bettelarm, aber wenn ich ohne Fahrkarte in einen Zug steige, dann weiß ich trotzdem, daß man mich hinauswirft, wenn man mich erwischt.«

»Sie müssen das symbolisch betrachten, Ma'am. Wir kämpfen für die gerechte Sache, finden Sie nicht auch?«

Während Bettie das Geschirr abräumte, erwiderte sie: »Ich finde, die Menschen sollten arbeiten. Wir leben in einem reichen Land. Ich glaube nicht, daß jemand Hunger leiden und eine Bleibe suchen muß, wenn er fleißig ist.«

»So sieht es theoretisch aus, Ma'am. Aber nicht im wirklichen Leben.«

»Ich nehme an, Sie werden Ihre Reise nach Washington fortsetzen, nicht wahr?«

»Ja, Ma'am. Sobald ich eine Fahrkarte bezahlen kann. Sieht nämlich so aus, als wären die hiesigen Behörden Ihrer Meinung, was die Benutzung der Eisenbahn betrifft. Ich fürchte, auf Freifahrten können wir hier lange warten.« Carl Browne schob den Stuhl zurück und stand auf. »Ich möchte mein Essen gern bezahlen. Durch Arbeit. Kann ich mich bei Ihnen irgendwo nützlich machen?«

»Ich kann Everett, meinem Gehilfen, nicht die Arbeit wegnehmen. Aber ich bin sicher, Sie finden in der Nähe irgendeine Beschäftigung. In Seguin und auf den umliegenden Farmen gibt es viel zu tun.«

»Ist das Everett?« Browne wies mit einem Kopfnicken auf Mr. Kishbaugh, der im Wohnzimmer am Kamin hantierte.

»Das ist Mr. Kishbaugh, der Zimmermann.«

»Ein solides Handwerk. Was für ein glücklicher Mann! Ich könnte mir vorstellen, daß er fürstlich bezahlt wird . . .?«

»Na ja, so könnte man es nennen. An Speck, Eier und Butter ist in diesen Zeiten nicht so leicht heranzukommen.«

»Verzeihung, Ma'am, aber das scheint mir für einen Handwerker ein kärglicher Lohn zu sein. Offenbar sind in dieser Gegend die Zustände noch schlimmer, als ich geglaubt habe.«

»Sie wissen wohl nicht, wie kostbar Speck, Eier und Butter sind«, schimpfte Bettie, verärgert über Brownes Bemerkung. »Wahrscheinlich habe ich weit mehr Stunden mit der Aufzucht der

Schweine und Hühner und mit Buttern zugebracht, als Sie in einem ganzen Jahr an ehrlicher Arbeit leisten.«

»Das dürfte stimmen, Ma'am. Aber mir wurde das Recht auf ehrliche Arbeit verweigert, mag das Handwerk einen noch so goldenen Boden haben.«

Carl Browne schob die Hand in die Tasche seiner Reithose und brachte eine goldene Uhr zum Vorschein. »Wo wir gerade von Gold sprechen, Ma'am, ich hab' hier ein Familienerbstück, das meinem Großvater selig gehörte. Ich möchte, daß Sie es nehmen. Wenn Sie so nett sind, könnten Sie mir als Gegenleistung genug Geld für eine Fahrkarte nach Washington geben. Die Sache ist nämlich die, Ma'am. Wir müssen diesen Politikern endlich einmal deutlich machen, daß es in diesem Land Menschen gibt, die keine Arbeit finden können, so sehr sie sich auch darum bemühen. Dabei wäre es ganz einfach, sagt Jacob Coxey. Man müßte nur Mittel für Arbeiten bereitstellen, die der Öffentlichkeit zugute kämen – für den Bau von Straßen, Brücken und Dämmen zum Schutz gegen Hochwasser. Für Projekte, bei der all die Menschenkraft genutzt werden könnte, die zur Zeit brachliegt. Es wäre gut für dieses Land, und es wäre gut für die Arbeiterschaft.«

»Ich möchte Ihre Uhr nicht, Mr. Browne.«

»Die Farmer und Arbeiter dieses Landes sind die Opfer eines Diebstahls von ungeheuren Ausmaßen. Die Eisenbahngesellschaften, die Politiker, die Raubritter aus dem Osten – sie alle ziehen uns das Geld aus der Tasche und nehmen uns das Essen aus dem Mund.«

»Ich weiß immer, wie spät es ist, Mr. Browne. Ich möchte Ihre Uhr nicht.« Betties Stimme hatte einen Beiklang von Endgültigkeit. Sie tat so, als müsse sie sich wieder an ihre Hausarbeit machen, in der Hoffnung, daß Browne diesen Wink mit dem Zaunpfahl begriff und endlich verschwand.

Während der Besucher zur Tür ging, sagte er: »Die Welt endet nicht vor Ihrer Küchentür, Mrs. King. Da draußen leben Menschen in Not und Elend. Leute wie Sie können nicht einfach zur Seite schauen. Wenn man das Leid und die Ungerechtigkeiten ignoriert, dann ist das genauso schlimm, als hätte man Schuld daran. Es kommt aufs gleiche heraus.«

Bettie ging zum Regal neben dem Herd, auf dem sie ihren kleinen Geschirrtopf hinter der Kaffeemühle und den Salz- und Pfefferstreuern versteckt hatte. In diesem Topf bewahrte sie ihr Butter- und Eiergeld auf. Bettie schüttete die Münzen auf den Tisch. »Dieses Geld habe ich mir zusammengespart, Mr. Browne. Ich habe es durch den Verkauf von Butter und Eiern verdient – Lebensmitteln, die in Ihren Augen offenbar wertlos sind. Das Geld ist für die Ausbildung meiner Kinder gedacht. Oder für Notfälle wie diesen hier.« Sie schob einen Teil der Münzen in den Topf zurück; den Rest reichte sie Browne. »Nehmen Sie das Geld, und kaufen Sie sich dafür Ihre Fahrkarte nach Washington. Und wenn Sie dort sind, dann sagen Sie den Leuten, daß es hier in Texas eine Frau gibt, die sehr wohl durch ihre Küchentür hindurchschauen kann.«

Nachdem der Mann gegangen war, dauerte es einige Stunden, bis Betties Herzschlag sich wieder beruhigt hatte. Sie wußte selbst nicht, ob sie wütend war oder ob sie sich schämte, daß sie dem Mann eher aus Verärgerung denn aus Mitleid einen Gutteil ihres Notgroschens gegeben hatte. »Es ist einfach nicht gerecht«, sagte sie laut in die leere Küche hinein, »daß ein Wildfremder mich so eines schrecklichen Verbrechens beschuldigt.« Sie war sich nicht einmal sicher, welches Verbrechen sie eigentlich begangen hatte oder wessen sie tatsächlich beschuldigt worden war. Sie hatte diesem Browne weder Geld aus der Tasche noch das Essen aus dem Mund genommen. Im Gegenteil: Sie hatte ihn mit Brot und Speck gefüttert und ihm dazu Dickmilch eingeschenkt. Sie überlegte sich mögliche Antworten auf die Vorwürfe des Fremden; Antworten, die ihr das Gefühl gaben, eine gutherzige und großzügige Frau zu sein. »Noch nie habe ich jemanden von meinem Land gewiesen, der hungrig oder durstig, in Not oder Elend zu mir gekommen ist«, sagte sie zu einem imaginären Zuhörer. Dann erinnerte sie sich daran, daß

Browne gesagt hatte, die Welt würde nicht an ihrer Küchentür enden. Sie mußte daran denken, wie Pink Rosebud einsam und allein vor den Stadtvätern Seguins gestanden hatte. Das Problem an der ganzen Sache, ging es Bettie durch den Kopf, lag darin, zu erkennen, wo sich die Grenze zwischen ihrer häuslichen Welt und der Welt dort draußen befand. Alles, was auf Mr. Henrys Land geschah, war ihre Angelegenheit. Doch war nicht klar zu erkennen, wo genau die Grenze dieses Landes verlief.

Nach Mr. Brownes Stippvisite beobachtete Bettie aufmerksamer, was in Seguin und Umgebung vor sich ging. Waren hier Fehler zu entdecken, die beseitigt werden mußten? War dies wirklich die beste aller möglichen Welten? Zum erstenmal wurde Bettie bewußt, was mit vielen der Durchreisenden geschah, die einen Abstecher in ihre Küche machten. Die entschlossenen, zornigen unter ihnen, wie Carl Browne, zogen für gewöhnlich weiter; doch von denjenigen, die ohne Hoffnung waren, blieben viele in der Gegend und wurden Bewohner des alten, heruntergekommenen zweigeschossigen Hotels, das sich zwischen dem Haus der Kings und dem Gefängnisgebäude befand. Wenngleich ein auffallendes Gebäude, wurde das alte Mission-Hotel von den meisten Bewohnern Seguins totgeschwiegen und in Gesprächen nur sehr selten erwähnt. In diesem wirtschaftlichen Krisenjahr, 1894, mit seinem rapiden Geldwertverfall, war das Hotel bis unter das Dach mit Durchreisenden gefüllt – armen Handlungsreisenden, Arbeitslosen, Heimatlosen und Verlorenen.

Dann, an einem heißen Herbsttag, brachte ein Vertreter namens Schlotsky, der mit dem Zug aus San Antonio gekommen war, die Pocken nach Seguin.

Als die Epidemie sich ausbreitete, wurden die Erkrankten, die keine Familie hatten, die sich um sie kümmern konnte, ins Mission-Hotel gebracht. Dort wurden die Kranken in abgedunkelten Zimmern von der tapferen Bessie Pauline beköstigt, einer Negerin, die für den Gefängnisaufseher arbeitete und sowohl für die Häftlinge als auch für die Hotelbewohner das Essen kochte. Doch als die

Pockenepidemie zu wüten begann, war das Mission-Hotel bald dermaßen überfüllt, daß Bessie Pauline es einfach nicht mehr schaffte, für alle Kranken zu kochen, zumal deren Zahl ständig wuchs.

Viele Hotelzimmer lagen unmittelbar an zwei großen Veranden, die sich vor dem Gebäude befanden. Abe, der des öfteren am Hotel vorüberkam, erzählte Bettie, daß er das Stöhnen der Kranken und Sterbenden bis auf die Straße hören könne. Daraufhin lag Bettie die ganze Nacht wach; sie mußte an die schrecklichen Geräusche denken, die Abe vernommen hatte, und sie stellte sich die grauenhaften Szenen vor, die sich in den düsteren Zimmern des Hotels abspielen mußten.

Ob unter diesen schwerkranken und sterbenden Menschen welche sind, fragte sie sich, *die an meinem Küchentisch gesessen, meine Buttermilch getrunken und von ihren Reisen und ihrem Leben erzählt haben?*

Eines Nachmittags – die Epidemie hatte ihren Höhepunkt erreicht – saßen die ›Girls‹ wie üblich auf der Veranda vor dem Haus Betties und unterhielten sich darüber, was Abe am Mission-Hotel gehört und gesehen hatte. »Da drinnen sterben die Menschen«, sagte Jennie Scott. »Sie sterben ganz allein in den dunklen Zimmern.« Es hatte etwas Unwirkliches, auf der Veranda zu sitzen, umgeben von Rosen, und dabei über den Tod zu reden. Nuge hatte vor kurzem ein Kind bekommen, einen strammen Jungen von elfeinhalb Pfund, und während sie sich unterhielten, stillte sie den kleinen Henry.

»Abe sagt, daß er gesehen hat, wie ein Mann zu fliehen versuchte«, fuhr Jennie fort. »Der Gehilfe des Sheriffs hat ihn gefangen, ins Hotel zurückgebracht und in sein Zimmer eingeschlossen. Wie im Gefängnis. Dann, später, hat Abe beobachtet, wie sie die Leiche des Mannes rausgetragen haben, zusammen mit anderen Toten. Abe sagte: ›Da hat der Mann schließlich doch noch einen Fluchtweg gefunden.‹«

»Die Leute betreten das Hotel nur, um die Toten rauszuholen

und zu begraben«, sagte Mary Lou Lannom. »Warum gehen sie nicht früher hin? Mit Medikamenten. Warum helfen sie Bessie Pauline nicht, das Essen zu kochen? Dann bräuchten sie die armen Leute vielleicht nicht zum Friedhof zu bringen.«

»Sollen wir mal hingehen?« fragte Bettie.

»Nein. Weil's nicht richtig ist, für einen Fremden das Leben der eigenen Familie aufs Spiel zu setzen.«

Auf der Veranda breitete sich Stille aus. Die Frauen blickten in sich und setzten sich mit einfachen Fragen und schwierigen Antworten auseinander. Alle Freundinnen Betties arbeiteten aktiv bei kirchlichen Aufgaben mit – sie waren Methodistinnen, mit Ausnahme von Jennie Scott, die damals der presbyterianischen Gemeinde angehörte. Als die armselige Farm niedergebrannt war, hatten die Freundinnen geholfen, Geld für die Reparaturen und die Anschaffung neuer Möbel, Betten und Kleidung zu sammeln.

Jennie war zur Vorsitzenden des Frauenvereins ihrer Gemeinde gewählt worden, und sie engagierte sich besonders bei der Betreuung von Pflegefällen. Kaum ein Tag verging, an dem sie nicht die Alten und Kranken besuchte. Aber das hier war etwas anderes; da waren sich alle einig. Aber *inwiefern* anders? Die Kranken im Mission-Hotel waren Fremde, gewiß, doch irgendwo und irgendwann hatten auch sie Menschen geliebt und waren geliebt worden. *Gehört es nicht zum wahren Wesen der Nächstenliebe*, fragte Bettie sich, *diese Kluft zu überwinden und einem Fremden zu helfen und nicht nur jemandem, den man kennt?*

Eines Morgens stand Bettie noch vor Tagesanbruch auf und ging zum Haus der alten Mrs. Neal, das an der Straße gegenüber vom Mission-Hotel stand. Mrs. Neal lag im Sterben, und Bettie und die ›Girls‹ wechselten sich darin ab, am Sterbebett zu wachen und sich ihrer alten Freundin anzunehmen. Als die Schatten der Dämmerung sich niedersenkten, blickte Bettie auf die andere Straßenseite zum Hotel hinüber. Sie war Hunderte Male am Mission-Hotel vorübergegangen; doch hätte jemand sie gefragt, wie das alte Gebäude aussah, hätte sie es nicht beschreiben können. Das Mission-

Hotel war kaum mehr als eine riesige Ruine aus verwittertem Kiefernholz und Mauerwerk. Zwei tote Eichen reckten ihre knöchernen Äste zu den kahlen Außenwänden empor. Es sah aus, als wären die Eichen und das Hotel in einer Art unheiligem Pakt gemeinsam gestorben. Bettie versuchte sich vorzustellen, wie das Hotel ausgesehen haben mochte, als es neu gewesen war. Sie hielt nach einem Überbleibsel von Eleganz Ausschau, lauschte irgendeinem Widerhall von Musik oder Stimmen oder dem hellen Klang von Silber auf Kristall. Aber es gab nichts dergleichen mehr; nur noch den Anblick eines verfallenden, sterbenden Gemäuers. Die Straßen waren leer. Die Stadt schwieg.

Dann, ein Stück die Straße hinunter, sah Bettie eine geschlossene Kutsche heranrollen, die vor dem heruntergekommenen Hotel stehenblieb. Zwei Gestalten stiegen aus, eine Frau und ein Mann; der Mann trug Pakete in den Armen. Dann eilten beide auf die untere Veranda des Mission-Hotels. Bettie trat aus dem Haus und hielt sich im Schatten, vorsichtig darauf bedacht, nicht gesehen zu werden, dann näherte sie sich langsam dem Hotel. Sie sah, wie der Mann und die Frau jede erreichbare Tür öffneten und Teller mit Speisen in die dunklen Zimmer schoben; dann schlossen sie die Türen rasch wieder. Sie arbeiteten schnell und methodisch; zuerst nahmen sie sich die Zimmer auf der unteren Veranda vor; dann die Räume, die von der oberen Veranda auf dem Vorbau aus zu erreichen waren. Ganz offensichtlich taten sie dies nicht zum erstenmal. In ihren Bewegungen lag irgend etwas Verstohlenes. Zu einer anderen Zeit und an einem anderen Ort hätte man sie für Fassadenkletterer halten können. Eine Zeitlang verschwanden die beiden aus Betties Blickfeld; offenbar versorgten sie nun die Bewohner der Zimmer auf der Rückseite des Hotels mit Essen. Plötzlich tauchten die beiden Gestalten neben dem Gebäude wieder auf. Als der Mann seiner Begleiterin in die Kutsche helfen wollte, sah die Frau, daß Bettie sie beobachtete. Sie hielt kurz inne und nickte Bettie zu. Dann stieg Pink Rosebud in die Kutsche und war verschwunden.

Den ganzen Tag, während sie gemeinsam mit Abes Frau, Lucinda Saphronia Miller, im Garten arbeitete, wurde Bettie von Gedanken an das Mission-Hotel gequält. Von allen vorgeblich gläubigen Frauen in Seguin erfüllten nur zwei Geächtete, eine Negerköchin und eine Hure, ihre Christenpflicht. Aber was konnte sie, Bettie, tun? Falls sie Pink Rosebud half, die Essensrationen im Mission-Hotel zu verteilen, war sie ebenfalls eine Geächtete. Dort ist nicht dein Platz, redete Bettie sich ein. Dorthin gehörst du nicht. Sie fragte Lucinda Saphronia, was Bessie Pauline eigentlich mache.

»Sie tut, was in ihren Kräften steht. Aber es bringt sie um. Selbst mit Miss Rosebuds Hilfe kann sie's nicht schaffen.«

»Was braucht sie denn?«

»Vor allem Lebensmittel. Es reicht nicht für's Gefängnis, geschweige denn für's Hotel.«

Bettie schaute sich im Garten um; dann blickte sie zum Haus. Hier gab es genug Lebensmittel, um Coxeys gesamte Armee satt zu bekommen. Der Schrank war bis obenhin gefüllt mit Gläsern voller eingemachter Früchte, Eimern voller grüner Bohnen und Tomaten, Mehlsäcken und Zwanziglitergefäßen voller Maisbrei. Von der Decke des Räucherhäuschens hingen Schinken und Würste. Und im Garten wuchsen Kartoffeln, Rüben, Zwiebeln, Kohl, Bohnen und anderes Gemüse.

»Wir haben hier reichlich zu essen, nicht wahr?« sagte Bettie.

»Das kann man wohl sagen.« Bettie bemerkte, daß sich auf Lucinda Saphronias Gesicht ein verschwörerisches Lächeln ausbreitete.

Am nächsten Morgen stieg Bettie vor Sonnenaufgang aus dem Bett und half Lucinda Saphronia, die Maultiere vor den Wagen zu spannen, den sie anschließend mit Säcken, Eimern, Krügen und Einmachgläsern voller Lebensmittel beluden; außerdem packte Bettie ihre starke Laugenseife sowie frisch gewaschene Handtücher dazu. Es war noch immer dunkel, als der Wagen zu den kranken und sterbenden Bewohnern des Mission-Hotels rollte. Als sie die menschenleere Court Street hinunterfuhren, hatte Bettie eine Vision: Sie sah, wie Precious Honey Child und die anderen Mädchen Pink Rosebuds die Mahlzeiten bereiteten und die Bettwäsche und Kleidung wuschen, nachdem die letzten Gäste gegangen waren. Sie blickte zu Lucinda Saphronia hinüber. Die beiden Frauen lächelten sich an, und Bettie verspürte ein Glücksgefühl wie selten zuvor. Sie fühlte sich frei und stark und rebellisch, sanft und gläubig und demütig zugleich.

Als sie am Mission-Hotel anlangten, trat Pink Rosebud aus der Hintertür. Sie kam zum Maultierkarren herüber, wobei sie sich die Hände an einer Schürze abwischte, die sie über ihrem Kleid trug. Wieder einmal stellte Bettie beeindruckt fest, wie schön Pink Rosebud war; sie sah aus, als wäre sie auf dem Nachhauseweg von einem Ball und hätte nur kurz am Hotel halt gemacht. Doch als sie näher kam, sah Bettie, wie erschöpft diese Frau war. Pink Rosebud lehnte sich gegen den Wagen, blickte zu Bettie hinauf und lächelte.

»Guten Morgen, Miss Bettie.«

»Guten Morgen, Miss Rosebud.«

Pink Rosebud warf einen Blick auf die Ladefläche. »Das alles ist für . . .?« Ihr versagte die Stimme, und sie schwieg.

»Es ist nicht viel.«

»Es ist genug«, flüsterte Pink Rosebud.

Bettie half Pink Rosebud, Lucinda Saphronia und Bessie Pauline beim Entladen des Wagens. Die Frauen arbeiteten rasch und schweigend und brachten die Lebensmittel, die Seife und die Handtücher in die Küche des alten Hotels. Als Bettie das halbdunkle Innere des Gemäuers betrat, schlug ihr ein dermaßen widerlicher Geruch entgegen, daß ihr fast übel wurde. Es war der Geruch der Verzweiflung. Bettie fragte sich, ob dieser Geruch vielleicht sogar ansteckender war als die Krankheit, die in den Zimmern wütete und das Leben aus den dahindämmernden und sterbenden Menschen fraß.

Als der Himmel im Osten sich aufhellte, hatten die Frauen den Wagen entladen. Bettie und Pink Rosebud standen vor dem Hotel und betrachteten das verfallende Gemäuer.

»Ich muß jetzt gehen«, sagte Bettie.

»Ich weiß.«

»Ich wollte ...« *Ich wollte, ich könnte hier bleiben und helfen*, hatte Bettie sagen wollen; doch sie konnte sich nicht dazu durchringen.

»Jeder kann nur soviel tun, wie er vermag«, sagte Pink Rosebud. »Sie sollten jetzt rasch nach Hause fahren. Es wird schon hell.«

Während die Epidemie wütete, brachten Bettie und Lucinda Saphronia weitere Wagenladungen mit Nahrungsmitteln und Vorräten zum Mission-Hotel. Die ganze Zeit über – und noch Wochen später – wußte Bettie um die Möglichkeit, sich angesteckt zu haben. Obwohl sie nur in der Hotelküche und nicht auf den Zimmern der Bewohner gewesen war, ängstigte sie dieser Gedanke. Jeden Tag, wenn sie sorgfältig ihren Körper untersuchte und sich von oben bis unten mit ihrer ätzenden Laugenseife wusch, war sie erstaunt darüber, daß sie von den Pocken verschont geblieben war.

Ein Teil von ihr war unglaublich frei und glücklich. Die gemeinsame Arbeit mit Pink Rosebud gab ihr das Gefühl, Gott näher zu sein. Doch immer, wenn sie diese Euphorie verspürte, schämte sie sich, daß ihre Freude auf Kosten der leidenden Menschen im Hotel ging. Dieser Zwiespalt verwirrte sie, und vielleicht war das einer der Gründe dafür, daß sie nie jemandem von ihren frühmorgendlichen Hilfsaktionen mit Pink Rosebud erzählte. Hätte Bettie einem der ›Girls‹ davon berichtet, hätte sie etwas erklären müssen, was sie selbst nicht verstand. Und um bei dem Bild ihres Besuchers Carl Browne zu bleiben: Soweit Bettie wußte, waren Lucinda Saphronia, Bessie Pauline, Pink Rosebud, Precious Honey Child und die anderen Mädchen aus dem Bordell die einzigen, die ihre Häuser verlassen hatten, um draußen in der Welt, vor ihrer Küchentür, etwas zu bewirken.

Während Bettie wie ein Dirigent ihrer Familie vorstand und die sich ständig verändernden Aufgaben verteilte und deren Erfüllung für die einzelnen Familienmitglieder festlegte, trafen sie und die ›Girls‹ sich nach wie vor auf der Veranda, um in Muße ihre freie Zeit zu verbringen. Bettie sehnte diese kostbaren Stunden geradezu herbei; sie boten ihr einen Fixpunkt in ihrem ansonsten so bewegten Leben, das in sprunghaften Schüben voranschritt. Was an einem Tag erledigt werden mußte, hatte mit den Aufgaben des vorhergehenden und des darauffolgenden Tages oft nur wenig zu tun. Betties Leben war so eng mit dem der Kinder, ihrer jüngeren Geschwister und der Familien der Pachtfarmer verknüpft, daß ihr Verhältnis zu Cayloma, Nuge, Adda, Jennie und Mary Lou die Beschaffenheit eines Liebesromans annahm und Bettie es jedesmal kaum erwarten konnte, die neuesten Kapitel aus dem Leben der Freundinnen zu hören.

Doch wie die Jahre ins Land zogen, spürte Bettie, wie ihrer aller Leben auseinanderdrifteten, gleich Schienensträngen, die zwar zu ein und derselben fernen Stadt führen, jedoch auf verschiedenen Strecken. Die ›Girls‹ hatten sich so nahegestanden, daß Bettie stets davon ausgegangen war, daß ihre gemeinsamen Erlebnisse, ja, ihre Schicksale untrennbar verbunden wären. Nun aber, als die Freundinnen auf der Veranda ihres Hauses sich über ihre Alltagsprobleme und ihre Familien unterhielten und als Bettie die Sorgen und Enttäuschungen der anderen spürte – das ihr Schweigen beredter ausdrückte als alle Worte –, wurde ihr klar, daß sie sich auseinanderlebten, so sehr sie einander auch liebten.

An einem Frühlingsmorgen des Jahres 1896, als die Freundinnen sich wieder einmal auf der Veranda vor Betties Haus trafen, um zu plaudern, zu sticken und sich Neuigkeiten zu erzählen, verkündete Nuge, daß sie und Tom wahrscheinlich von ihrer bisherigen Ranch fortzögen.

»Tom hat ein Auge auf ein anderes Stück Land geworfen«, sagte Nuge, während sie an einem Deckchen mit dem Texas Star stickte. »Es liegt näher am Rio Grande. Tom sagt, daß er die Wüste diesmal in ein blühendes Land verwandeln wird. Er meint, man kann das ödeste und trockenste Landstück in Texas bewässern und eine erstklassige Viehweide daraus machen.«

»Tom Lay war schon immer ein Träumer«, sagte Cayloma. »Könnte man Träume auf die Bank bringen und Zinsen dafür kassieren, wäre der gute alte Tom der reichste Mann auf Erden. Das Leben muß ganz schön aufregend sein, wenn man abends nie weiß, welches Abenteuer er am nächsten Tag ausbrütet.«

»Ja, ja, ich geb's zu, mein Tom ist ein Träumer«, erwiderte Nuge.

»Ich erinnere mich noch gut an die Geschichten, die er uns immer erzählt hat«, sagte Annie. »Er konnte alles so wunderbar schildern, daß man als Zuhörer Dinge gesehen hat, die es überhaupt nicht gibt.«

»Das kann er immer noch«, erwiderte Nuge, ohne den Blick von ihrem Stickzeug zu nehmen.

Bettie mußte wieder einmal über Nuges Geschicklichkeit staunen. Ihre Deckchen waren wundervolle filigrane Gebilde. Was die Anzahl der Stiche pro Quadratzoll betraf, war Nuge unübertroffen, und ihre Muster, besonders ihre Texas-Star-Deckchen, waren Meisterstücke an Genauigkeit, Gleichmäßigkeit und Symmetrie. Im Laufe der letzten Jahre hatte Bettie die Beobachtung gemacht, daß Nuges Deckchen genau jene Eigenschaften zum Ausdruck brachten, an denen es in ihrer Ehe mangelte. Als Nuge und Tom Lay heirateten, hatte Tom ein Haus in der Stadt gebaut, und von seiner wohlhabenden Familie hatte er 452 Morgen Land geerbt, davon 250 Morgen bestes Farmland. Dann hatte Tom davon zu träumen angefangen, eine riesige Viehherde zu züchten; denn ein »Rinderbaron« genoß höheres Ansehen als ein Ackerbauer. Tom verkaufte das Haus in der Stadt und sein fruchtbares Farmland und erwarb eintausend Morgen trockenes Ranchland an der sonnendurchglühten Grenze zu Mexiko.

Toms Versuch, eine Ranch zu errichten, scheiterte. Das Land war zu karg, als daß man mit Gewinn Vieh darauf halten konnte. Also verkaufte Tom die Ranch und erwarb eine neue in der Nähe von Kingsville, von der er glaubte, sie wäre vielversprechender als die erste. Doch auch die neue Ranch erwies sich als Fehlschlag; wahrscheinlich war das Unternehmen von Anfang an zum Scheitern verurteilt. Cayloma hatte damals erklärt: »Es ist eine Schande, aber nie ist Toms Land so blühend wie seine Träume.«

Jeder Fehlschlag Toms machte seine weiteren Versuche, als Rancher Fuß zu fassen, zu immer riskanteren Glücksspielen, bei denen die Chance, zu verlieren, von Mal zu Mal größer wurde. Und immer, wenn Nuge nach Seguin zu Besuch kam, berichtete sie von einer neuen Heimstätte – jedesmal kleiner, jedesmal weiter von Toms Träumen entfernt als die letzte. Doch Nuge verteidigte Toms Vabanquespiele und erklärte, daß er nun mal ein Pechvogel sei. Immer stand sie fest zu dem Mann, den sie geheiratet hatte; ihre Liebe und Treue waren unverbrüchlich.

»Na ja, es ist sicherlich ganz schön aufregend, mal wieder woanders hinzuziehen«, sagte Adda, an Nuge gewandt. Bettie blickte Adda ins Gesicht, um festzustellen, ob deren Bemerkung herablassend oder ernst gemeint war. »Ich allerdings scheine mein ganzes Leben an ein und demselben Ort zu verbringen«, fügte Adda hinzu.

»Können wir euch beim Umzug helfen, Nuge?« wollte Jennie wissen.

»Nein, danke«, erwiderte Nuge. »Wir kommen schon zurecht. Tom hat bereits alles in die Wege geleitet, und die Wagen sind schon beladen.«

Bettie fragte sich, ob überhaupt noch etwas übrig war, das auf die Wagen geladen werden konnte. Als sie Nuge anschaute und sah, wie dünn, fast schon verhärmt ihre Schwester geworden war, stieg Mitleid in ihr auf. Schatten lagen um Nuges Augen, die längst nicht mehr so fröhlich wie früher den Blicken der Freundinnen begegneten. Einmal hatte Will Thomas die Lays mit einem Besuch überrascht; später hatte er Adda erzählt, das Haus von Nuge und Tom wäre kaum mehr als eine Hütte, die reinste Katastrophe. Es verwunderte Bettie, daß das Schicksal so grausam mit ihrer Schwester umgesprungen war. Sie waren sich sehr ähnlich gewesen, beinahe wie Zwillinge; sie hatten sich beide in wunderbare Männer verliebt und hatten an ein und demselben Tag mit einer Doppelhochzeit geheiratet. Doch einer der Männer hatte sich als stabil, der andere als labil erwiesen.

Das Glücklichsein hängt nicht immer von der Wahl ab, die man trifft, dachte Bettie. *Oft ist es purer Zufall.* Als Bettie die Schatten um die Augen ihrer Schwester betrachtete, wünschte sie für einen Moment, Nuge würde den Mann verlassen, der ihr das Leben so schwer machte. Doch dieser erschreckende Gedanke verflüchtigte sich rasch wieder, und eingehüllt von der Liebe ihrer Schwester und der Freundinnen stickte Nuge jene Harmonie und Ordnung, an der es ihrem Leben mangelte, in Form von Deckchen, der schönsten, die man in Texas finden konnte.

»Wißt ihr, ich werde auch nicht in Seguin bleiben und alt werden«, sagte Jennie. In ihrer Stimme lag jene seltsame Erregung, die einer Ankündigung vorausgeht, mit der niemand rechnet.

»Ja, ist es denn die Möglichkeit!« sagte Cayloma. »Hast du den Jungbrunnen gefunden?«

»Noch was viel Besseres. Ich habe den nettesten, hübschesten Mann von ganz Texas gefunden. Er liebt mich, und ich liebe ihn, und vielleicht ziehen wir fort von hier.«

Sämtliche ›Girls‹ blickten von ihrem Stick- und Nähzeug auf, die Augen vor Neugier und Fassungslosigkeit weit aufgerissen. »Was für einen Mann?« fragten alle wie aus einem Munde. Denn hätte Jennie einen Verehrer, hätten sie es längst schon gewußt. »Wer ist es denn?«

»Der Richtige«, erwiderte Jennie, und in ihren Augen lagen Sternenglanz, Jugend und Unschuld. »Er wohnt bei Mama.« Jennies Mutter führte eine schmucke Pension an der Austin Street, die von Handlungsreisenden und Wanderarbeitern bevorzugt wurde, wenn sie in Seguin Station machten, sofern sie es sich leisten konnten, in Mrs. Scotts Pension zu übernachten und die berühmten Mahlzeiten zu genießen, die Jennie und ihre Mutter den Gästen servierten.

»Ein Fremder?«

»Das war er mal. Bis gestern abend. Nachdem ich ihn kennengelernt hatte, sind wir auf die Veranda hinter dem Haus gegangen und haben uns unterhalten. Es war wunderschön. Beim Abendessen haben wir uns zum erstenmal gesehen, und um Mitternacht wußten wir beide, daß wir uns lieben. Er hat mir einen Heiratsantrag gemacht, und ich habe ja gesagt.«

»Jennie!« rief Cayloma und machte die Freundin darauf aufmerksam, daß die ungefähr vier Stunden zwischen Abendessen und Mitternacht eine arg kurze Zeit für eine Brautwerbung seien. »Du kannst doch einem Mann, den du beim Abendessen kennenlernst, nicht dein Jawort geben, noch bevor die Teller gespült sind.«

»Ach, ihr hättet ihn sehen müssen! Er ist etwas ganz Besonderes.«

»Ich kann es nicht fassen!« Cayloma seufzte. »Was treibt er denn so Besonderes? Er ist Vertreter oder irgendwas in der Richtung, stimmt's?«

»Na, und wenn schon!« erwiderte Jennie gereizt und sichtlich pikiert ob der Reaktion auf ihre wundervolle Neuigkeit.

»Ein Handelsreisender.« Cayloma lachte. »Ich könnte dir ein Dutzend schmutzige Witze über verliebte Handelsreisende erzählen.«

»Hör mal, Jennie«, sagte Bettie, der es schwerfiel, ihr Erschrecken zu verbergen. »Das kannst du nicht tun! Du kannst nicht einfach einen Wildfremden heiraten!«

»Was wußtest du denn über Mr. Henry, als du ihn geheiratet hast? War er nicht auch ein Fremder? Ich kann da wirklich keinen Unterschied erkennen. Wir alle heiraten Fremde. Meiner ist zufällig ... ein bißchen kürzer ein Fremder, als es normalerweise der Fall ist.«

Bettie war hin und her gerissen zwischen Freude und Besorgnis. Offensichtlich war Jennie mit ihrem Handelsreisenden glücklich; andererseits wollte Bettie die Freundin vor einem nicht minder offensichtlichen Fehler bewahren. Sie hatte in der hübschen und nach außen hin selbstsicheren Freundin immer schon eine unerklärliche, eigenartige Unsicherheit gespürt. Jennie und ihr Vater, ein bekannter Arzt, waren unzertrennlich gewesen, und als er gestorben war – nur wenige Monate nach dem Tod von Jennies jüngerem Bruder –, war die junge Frau am Boden zerstört gewesen. Bettie fragte sich, ob Jennie nicht bloß versuchte, sich das an Liebe zurückzuholen, was der Tod ihr genommen hatte. Und sie fragte sich zudem, was es mit dieser vierstündigen Brautwerbung auf sich hatte. Andererseits ... Nuge und Tom Lay hatten sich bereits ihr Leben lang gekannt, als sie heirateten, und wie war es nun um die arme Nuge bestellt! Vielleicht, sagte Bettie sich, sind vier Stunden doch genug.

»Nun sei nicht gleich beleidigt, Jennie«, sagte Annie. »Erzähl uns ein bißchen was von ihm. Fang einfach mit seinem Namen an.«

»Oder bist du noch gar nicht dazu gekommen, ihn nach seinem Namen zu fragen?« stichelte Cayloma.

Jennie seufzte und wandte sich ab. »Ich will nicht mehr darüber reden.«

Bettie spürte, wie eine Woge der Liebe zu ihrer hübschen, für gewöhnlich so vernunftbestimmten Freundin in ihr aufstieg. »Du mußt doch zugeben, Jennie, daß die Geschichte reichlich unerwartet für uns kommt. Wenn wir dich nicht so gern hätten, würden wir uns keine Sorgen um dich machen. Gib uns ein bißchen Zeit, uns mit dem Gedanken anzufreunden. Aber dann mußt du uns auch versprechen, dir mit deinem Zukünftigen auch noch ein bißchen Zeit zu lassen.«

»Stellt euch mal vor«, wechselte Adda das Thema, »Annie oder Mary Lou würden durchbrennen und heiraten.«

»Ach, du lieber Gott«, sagte Cayloma mit einem Blick auf die beiden. »Das wär' was. Annie ist zu dickköpfig, und Mary Lou ist zu pingelig.«

Bettie mußte lächeln, denn Cayloma hatte mit ihren Charakterisierungen den Nagel auf den Kopf getroffen. Fast ein Jahr lang hatte Bettie versucht, ein Rendezvous zwischen ihrem Bruder Leonard und Mary Lou einzufädeln, und sie hatte dabei alle möglichen Tricks und Schliche angewendet, um die beiden zusammenzubringen. Einmal, als sämtliche jungen Leute auf einer Party waren, darunter auch ihr Bruder und Mary Lou, hatte Leonard Moss Junior seine »Traumfrau« beschrieben. Schon nach den ersten Worten wurde mehr als deutlich, daß Leonard genau für den Frauentyp schwärmte, dem Mary Lou am allerwenigsten entsprach. Daraufhin hatte Bettie ihre Bemühungen eingestellt, die beiden zu verkuppeln.

»Ich kann mir nicht einmal *vorstellen*, verheiratet zu sein«, sagte Mary Lou. »Nicht, daß ich grundsätzlich was dagegen hätte. Aber ich kann's mir irgendwie nicht . . . ausmalen.«

»Du bist zu wählerisch«, sagte Bettie.

»Was gibt's in Seguin schon groß zu wählen? Soll ich mir vielleicht einen Wanderprediger anlachen? Oder einen von den Jungs, die immer vor dem neuen Saloon herumlungern, in dem früher die Geschäftsstelle vom Abstinenzlerverein war? Oder einen Schmied?«

»Was ist denn gegen einen Schmied zu sagen?«

»Warum sollte man sein Leben mit jemandem teilen, der weniger wert ist, als man verdient hat? Da bleib' ich lieber allein. Falls ich mal das Bedürfnis nach männlicher Gesellschaft verspüre – die kann ich jederzeit bekommen.«

»Mary Lou!«

»Ich suche mir lieber einen hübschen Verehrer, als daß ich mein Leben lang unglücklich dahinvegetiere. Sollen die Leute sich ruhig die Mäuler über mich zerreißen.«

Während sie sich unterhielten, ließ Bettie den Blick in die Runde schweifen und schaute in die Gesichter der ›Girls‹. Zum erstenmal wurde ihr klar, daß jede von ihnen bestimmte Eigenschaften in den Freundeskreis einbrachte. Mary Lou war die Unabhängigste von allen. Als ihr Vater alt und krank geworden war, so daß er sich schließlich nicht mehr um das Farmland der Familie kümmern konnte, hatte Mary Lou nach und nach die Leitung der Farm in die eigenen Hände genommen. Bettie hatte oft beobachtet, wie sie die Pachtfarmer besucht, mit Aufkäufern oder Lieferanten verhandelt und ihre landwirtschaftlichen Produkte verkauft hatte – alles Aufgaben, die gemeinhin als männliche Domäne betrachtet wurden. Außerdem besaß Mary Lou umfassende Bibelkenntnisse und war vermutlich die einzige Frau in weitem Umkreis, die in ihrer Gemeinde die Messe lesen konnte. Dennoch gehörte Mary Lou ohne Frage zu den Frauen mit der weiblichsten Ausstrahlung in Betties Bekanntenkreis. Sie war schlank und hübsch und trug bevorzugt Kleider, die mit Stickereien, zierlichen Schleifchen und zarter Spitze verziert waren. Ausgesprochen attraktiv, gehörte sie zu den begehrtesten Junggesellinnen in der Gegend. Oft hatte Mary Lou Freunde; doch sobald sie ihre Unabhängigkeit bedroht sah, trennte sie sich von den jungen Männern. Bettie war zu der Ansicht gelangt, daß Mary Lous Abneigung gegen die Ehe vermutlich auf ihren Vater zurückzuführen war. Mr. Lannom war der Schwarm der Seguiner Damenwelt gewesen; ein echter Südstaaten-Gentleman von vornehmem Äußeren; intelligent, höflich und gebildet. Welcher junge Mann konnte mit einem solchen Vater mithalten? Bestimmt nicht die Jungs, die ihre Zeit mit Trinken und Glücksspiel im Saloon totschlugen, der tatsächlich einst Sitz der Abstinenzlerbewegung gewesen war.

Betties Blick wanderte weiter zu Annie. Auch sie war eine außergewöhnlich gutaussehende junge Frau, allerdings ein anderer Typ als Mary Lou – hochgewachsen, selbstbewußt, künstlerisch veranlagt und mit einer schier unerschöpflichen Energie gesegnet, so daß sie ständig in Bewegung zu sein schien, immer auf der Suche nach Betätigung. Vermutlich war dies – und ihre energische Art –

der Grund, daß sie, im Unterschied zu Mary Lou, die meisten Männer einschüchterte.

»Ich könnte mir vorstellen, verheiratet zu sein«, sagte Annie. »Ich könnte mir sogar meinen Zukünftigen vorstellen. Die Sache hat nur einen Haken. Ich habe nicht die leiseste Ahnung, wo ich einen solchen Mann finden kann. In Seguin und Umgebung jedenfalls nicht.«

»Vielleicht taucht er ja mal in der Pension von Jennies Mutter beim Abendessen auf«, sagte Cayloma. »Leg dich doch dort mal auf die Lauer.«

»Jetzt hör endlich damit auf!« schimpfte Jennie.

Annie King war stets höflich und konnte sich in jeder Gesellschaft wortgewandt zu jedem Thema äußern. Doch ihre Zunge konnte auch scharf wie ein Messer sein, und sie besaß eine dermaßen starke persönliche Ausstrahlung, daß die meisten Männer schon deshalb vor ihr zurückschreckten, weil sie befürchteten, im Vergleich mit Annie den kürzeren zu ziehen. Es stimmt schon, dachte Bettie, daß es nicht viele Männer gibt, die es mit dieser rothaarigen, selbstsicheren, unkonventionellen Frau aufnehmen können. Weiß Gott, wie lange Annie noch auf den Richtigen warten muß.

»Ich werde euch sagen, wie der Mann sein muß, den ich suche«, erklärte Annie. »Er muß so sein wie jemand, den ihr alle kennt. Ich suche einen Mann, der so stark und liebevoll ist wie Henry King, so abenteuerlustig wie Tom Lay und so intelligent und großzügig wie Felix Douglass.«

Cayloma lachte. »Wäre mein Felix nicht ganz so großzügig, wäre wahrscheinlich noch was für uns übrig. Dann wären wir vielleicht nicht ganz so arm.«

Es hatte sich herausgestellt, daß Cayloma von allen Freundinnen Betties in Liebesdingen die glücklichste Hand gehabt hatte. Ihre Ehe mit Felix Douglass schien in nahezu jeder Hinsicht perfekt zu sein. Die beiden waren noch immer wie Kinder, und ihre Liebe war so tief und aufrichtig geblieben, wie sie zu der Zeit gewesen war, als sie sich kennengelernt hatten. Falls den beiden überhaupt etwas fehlte, dann war es Geld; denn Felix war mit Leib und Seele Lehrer – ein Job, der nicht gerade fürstlich entlohnt wurde. Doch in Felix' Augen gab es keine höhere Berufung. Er war der Überzeugung, daß der Lehrerberuf weitaus wichtiger sei als der des Politikers. »Die Politik«, hatte er einmal zu Bettie gesagt, »ist die Kunst, Menschen dazu zu bringen, Tatsachen zu ignorieren. Das Lehren ist die Kunst, Menschen dazu zu bringen, Tatsachen zu begreifen.«

Sowohl Cayloma als auch Felix stammten aus wohlhabenden Verhältnissen. Dennoch waren sie arme Leute, gemessen am Besitz ihrer Familien. Doch Cayloma liebte ihren Mann so sehr, daß sie ihre Armut allenfalls als störend betrachtete, zumeist aber von der heiteren Seite nahm. »Armut ist heutzutage sehr gefragt«, sagte sie einmal zu Bettie. »Es kann gar nicht anders sein, sonst gäbe es in Texas nicht so viele arme Schlucker.«

Der Nachmittag zog vorüber. Es war ein warmer Tag. Manchmal vergingen Minuten, ohne daß ein Wort gesprochen wurde. Bettie beobachtete, wie die Freundinnen stickten oder nähten, und wenn sie hin und wieder die Blicke hoben, lächelten sie sich an, als wollten sie sich auf diese Weise für das kostbare Geschenk bedanken, mit den anderen zusammen sein zu können.

Was für ein friedlicher, beschaulicher Anblick, dachte Bettie. *Und dennoch toben in jeder von uns, in den zuschauerlosen Arenen unseres Geistes, Schlachten zwischen Hoffnung und Sorge, Begehren und Bedauern.* Da war Jennies verzweifelter Wunsch nach Liebe; da war Nuges Sehnsucht nach Sicherheit und Behütetsein; da waren Mary Lous Streben nach Unabhängigkeit und Annies Suche nach dem idealen Mann. Als sie noch Kinder gewesen waren, hatten sie offen über solche Dinge gesprochen, ohne Scheu und Verlegenheit. Heute, da sie reif und erwachsen waren, plätscherten ihre Gespräche nur an der Oberfläche der Dinge dahin; sie wagten sich nicht mehr in die Tiefe vor, wo man den Schmerz spüren konnte oder wo er entstand. Bettie blickte ihre geliebten Freundinnen an und fragte sich, was wohl aus ihnen werden mochte. Sie spielte mit dem

Gedanken, den anderen den Vorschlag zu machen, die Straße hinunter zu Idellas Haus zu spazieren und die schwarze Frau zu bitten, ihnen vorherzusagen, wohin die verschlungenen Pfade durch das Labyrinth der Zukunft jede von ihnen führte. Bettie dachte einen Moment darüber nach, schauderte und griff dann zum Stopfei, das in dem Korb zu ihren Füßen lag.

Ein paar Tage später, als Bettie gerade die jüngeren Kinder fürs Zubettgehen fertigmachte, klingelte das Telefon. Bettie glaubte, stets am Geräusch erkennen zu können, ob der Anrufer gute oder schlechte Nachrichten hatte. Diesmal aber hatte das Läuten einen ungewohnten Klang.

»Jennie ist verschwunden«, berichtete Cayloma. »Ihre Mutter sagt, sie ist einfach auf und davon.«

»Wohin? Hat sie nichts gesagt? Keine Nachricht hinterlassen?«

»Nichts. Sie hat nicht viel mitgenommen. Nur ein paar Sachen. Wäsche zum Wechseln und ein bißchen Schmuck.«

»Na ja, dann wird sie bald wieder zurückkommen.«

»Das glaube ich nicht.«

Jennie war tatsächlich verschwunden und hinterließ eine schmerzliche Lücke in Betties Leben. *Wie unvorhersehbar das Leben sein kann*, dachte sie. Die freundliche, vernunftbestimmte Jennie Scott, die tragende Säule der Kirchengemeinde sowohl bei den Methodisten als auch den Presbyterianern, war mit einem Mann, der Filzhüte verkaufte und von Stadt zu Stadt reiste, nach Columbus in Texas durchgebrannt. Von einem Tag auf den anderen war Jennie aus Seguin verschwunden. Bettie hatte Jennies Auserwählten nur einmal zu Gesicht bekommen. Er sah wirklich gut aus, irgendwie geheimnisvoll. Er war genau der Typ Mann, wie Bettie sich die romantischen Helden in Emily Brontés Liebesromanen vorstellte. Heathcliffe, zum Beispiel. Kein Wunder, daß die Ärzte davor warnten, Liebesromane zu lesen. Jennie war gewiß der Hysterie zum Opfer gefallen, der am meisten verbreiteten Folgeerscheinung dieser verhängnisvollen Freizeitbeschäftigung.

Kurz nachdem Jennie mit ihrem Filzhut-Vertreter durchgebrannt war, erlitt Felix einen schrecklichen Unfall. Er war gerade auf dem Ritt zur Schule, als eine Klapperschlange sein Pferd in Panik versetzte. Der Gaul raste los, durchbrach vier Zäune und schleuderte Felix schließlich kopfüber aus dem Sattel in einen fünften Zaun. Seit dem Bürgerkrieg war das ganze Land mit einem Netzwerk aus Stacheldrahtzäunen überzogen worden. Allein zwischen dem Haus der Douglass und der Schule gab es zwölf Stück; entweder mußte man ein Gattertor in jedem dieser Zäune öffnen und hindurchreiten oder sie umgehen. Die ersten vier Zäune töteten Felix' Pferd; der fünfte hätte um ein Haar Felix das Leben gekostet.

Gemeinsam mit Cayloma verbrachte Bettie viel Zeit an Felix' Krankenbett, als dieser seine Verletzungen auskurierte. Die Schnittwunden verheilten nur langsam und schlecht. Es war offensichtlich, daß Felix für den Rest seines Lebens schreckliche Narben zurückbehalten würde. Und als die Tage vergingen, spürte Bettie immer deutlicher, daß auch tief in Felix' Innerem Narben zurückblieben, und daß auch etwas von seiner Lebensfreude und seinem Schwung aus den Wunden herausgeströmt war. Bettie wußte, daß Cayloma dies ebenfalls spürte. Eines Tages würde sie darüber reden; aber jetzt noch nicht, nicht einmal in der vertrauten Runde der Veranda vor Betties Haus, umgeben von den Sieben-Schwestern-Rosen.

Es war für Bettie eine Erleichterung, als sie zwei Wochen später das Krankenzimmer ihres Freundes verließ, um Mr. Henry auf einer seit langem geplanten Reise nach Columbus in Texas zu begleiten. Mr. Henry nahm dort an einer Landwirtschaftskonferenz teil, und Bettie hatte es so eingerichtet, daß sie bei dieser Gelegenheit ihre Freundin Sis Townsend besuchen konnte, die in der Stadtmitte von Columbus wohnte, etwa vier Querstraßen vom Rathaus entfernt. Noch wußte Bettie nicht, was sie in Columbus außerdem erwartete.

Ein Stück die Rathausstraße hinunter, befand sich das berühmte Stafford Opera House, das 1877 eröffnet worden war und in dem ungezählte Aufführungen mit namhaften Schauspielern stattgefunden hatten, bevor für das Stafford-Theater schwere Zeiten angebrochen waren. Das Theater befand sich im zweiten Stock eines Gebäudes, in dem außerdem eine Bank, ein Lebensmittelgeschäft und die Wohnung des Hauseigentümers untergebracht waren. Nachdem der Eigentümer gestorben war, waren der Witwe »all der Lärm und all die Schauspieler da oben« ein Dorn im Auge gewesen, und sie hatte das Theater schließen lassen. Nun wurde es nur noch gelegentlich für Klavierkonzertabende und Aufführungen des örtlichen Schultheaters genutzt. Die ganze Stadt war im Verfall begriffen, vor allem, weil die Sheriffs von Columbus mit schrecklicher Regelmäßigkeit Gewalttaten zum Opfer fielen. Deshalb hatte Henry seine Frau davor gewarnt, ohne Begleitung zum Theater zu gehen und auf der Straße mit Fremden zu reden.

In der Hoffnung, wenigstens irgend etwas zu Gesicht zu bekommen, das an die ruhmreichen Tage des Stafford-Theaters erinnerte, spazierten Bettie und Sis Townsend im Schatten des hohen Rathausturms die wenigen Querstraßen bis zum Theater hinunter. Als sie sich dem Gebäude näherten, erblickte Bettie eine Frau, die zusammengekauert in einem Türeingang hockte. Ihr Alter war schwer zu schätzen – ihr Haar war ungekämmt und ihre Kleidung zerlumpt. Das Gesicht der Frau lag im Schatten, und sie hatte die Augen gesenkt, doch Bettie kam diese erbarmungswürdige Gestalt irgendwie bekannt vor. Sie wollte schon auf die Frau zugehen, die einen so einsamen, verlorenen Eindruck machte; dann aber fiel ihr die Warnung Mr. Henrys ein, sich auf diesen von Gewalt beherrschten Straßen nicht mit Fremden einzulassen, und sie ging einfach weiter und versuchte nicht hinzuschauen, als sie an der Frau vorüberkam. Doch da ließ irgend etwas Bettie innehalten. Sie wandte sich um, und plötzlich hatte sie das Gefühl, das Herz würde ihr im Leibe zerspringen.

»Jennie?«

Die Frau zog sich den Kragen hoch und wandte sich ab. Dann rannte sie davon.

»Jennie!« Bettie lief hinter der Frau her, die langsamer wurde, zu taumeln begann und schließlich gegen eine Hausmauer prallte. Sie rutschte an der Wand hinunter auf den Bürgersteig, das Gesicht der rauhen Ziegelsteinmauer zugekehrt. Bettie kniete sich neben Jennie nieder und nahm das Mädchen in die Arme. Jennie fing zu weinen an, und Bettie konnte die Platz- und Schürfwunden unter ihren Augen und die Schwellungen auf ihren Lippen sehen. »Was hat er dir angetan, Jennie?« Bettie versuchte, den Kopf der Freundin so zu drehen, daß sie das geschundene Gesicht genauer betrachten konnte, doch Jennie wehrte sich und versuchte, sich an der Ziegelsteinmauer zu verstecken. Dann schienen mit einemmal all ihre Kräfte zu versagen. Ihr Körper wurde schlaff, und ihre Schultern zuckten. »Ich schäme mich so«, schluchzte sie, und dann blieb sie stumm, bis Bettie und Mr. Henry sie im Hotel, in dem sie abgestiegen waren, ins Bett gelegt hatten.

Bettie nahm sich ihrer geschundenen Freundin an und brachte sie nach Hause, nach Seguin. »Arthur hat gesagt, ich wäre die geborene Schauspielerin«, vertraute Jennie sich Bettie an. »Er hat mir eine Rolle im Stafford-Theater versprochen. Ich sollte der Star in einer Aufführung von James O'Neill sein. Aber dann wurde das Theater geschlossen. Oh, ich habe erkannt, wie schäbig und gemein Arthur war, kaum daß wir aus Seguin fort waren. Zum Schluß hat er mich sitzenlassen. Ich habe mich so sehr geschämt, daß ich mich nicht getraut habe, nach Hause zu kommen.«

Bettie pflegte und hegte Jennie, bis sie wieder gesund war, und half ihr, eine halbwegs plausible Geschichte über die Abenteuer zu erfinden, die sie mit Arthur, dem Filzhutvertreter, in Columbus erlebt hatte, um der Freundin wenigstens einen Rest von Würde zu bewahren. Außerdem sorgte sie dafür, daß Jennie wieder in der Pension ihrer Mutter arbeiten konnte.

Sie kommt schon wieder in Ordnung, sagte sich Bettie, wenn sie beobachtete, wie Jennie ihrer Mutter wieder half, den Handelsreisenden das Essen zu servieren. *Sie kommt schon wieder in Ordnung.*

Im Sommer des Jahres 1903 machte Bettie mit der San Antonio & Houston Railroad eine Reise in den Osten, eine Pilgerfahrt zum alten Haus der Familie am Peach Creek, wo Euphemia von Santa Annas Truppen und dem Wehklagen der Witwen vom Alamo verfolgt worden war und wo der Runaway Scrape begonnen hatte. Bettie, Little Virginia und das Baby George trafen sich mit Euphemia, Tildy und Annie an der Eisenbahnhaltestelle, wo sie in den Zug nach Gonzales stiegen. Annie hatte für Little Virginia ein wunderschön besticktes Kleid genäht. »Wer sollte dem Mädchen sonst ein so schönes Kleid nähen«, hatte sie kichernd gesagt. »Deine größte Begabung auf diesem Gebiet ist das perfekte Nähen mit Knopflochstichen.« Bettie war anfangs ein wenig gekränkt, vergaß ihren Anflug von Ärger aber rasch.

Am Bahnhof von Gonzales wurde die Gruppe von Sarahs Tochter Mollie Jones abgeholt und mit einem Zweispänner zum Peach Creek gefahren. Und dort, auf der Veranda, im Schatten der alten Sam-Houston-Eiche, saß die legendäre Sarah McClure Braches. Sarah umarmte ihre alte Gefährtin Tildy herzlich. Bettie war erstaunt, daß die Frauen so alt wie der liebe Gott aussahen. Sarah war kleiner, als Bettie erwartet hatte; sie sah irgendwie geschrumpft aus, wie ein altes Baumwollhemd, nachdem es ein Leben lang gewaschen worden war. Bettie fragte sich, wie eine so kleine, dünne Frau so tapfer gegen wilde Comanchen hatte kämpfen können. Selbst als die alte Dame sich erhob, um ihre Schwestern zu begrüßen, blieb sie so klein und zerbrechlich, wie sie im Sitzen ausgesehen hatte. Bettie bemerkte, daß Sarah hinkte – demnach mußte die alte Geschichte von dem Comanchenpfeil, der Sarah ins Bein getroffen hatte, tatsächlich wahr sein. Heute war das Hinken so schlimm, daß Sarah nur mit Tildys Hilfe gehen konnte, der alten Negerin, der Sarah genau hier, an diesem Ort, vor ewigen Zeiten das Leben gerettet hatte.

Als Bettie die Villa mit ihren wunderschönen Möbeln, dem altehrwürdigen Klavier, dem schimmernden Silber, dem funkelnden Kristall und den Dienern betrat, fühlte sie sich für einen

Augenblick in die alte Zeit zurückversetzt; das Haus und sein Inneres wurde wieder wie damals, in den letzten Tagen der Republik Texas, als die Comanchen draußen auf den Feldern lauerten und die Ashby-Mädchen – Sarah, Euphemia, Fannie, Mary und Jane Isabella – noch jung waren; Frauen der legendären Texas Rangers, die aus der Wildnis einen Staat geformt hatten. Jetzt waren diese Frauen zwar alt und grau, aber immer noch zäh und drahtig und energiegeladen wie die texanischen Longhorns – mit Ausnahme von Fannie, die rund wie eine Melone geworden war, klein, dick und schwer, so daß ihr Zweispänner mit einem speziell angefertigten niedrigen Trittbrett ausgerüstet war, auf dem Fannie sich zur Sitzbank hinaufziehen konnte. Obwohl Sarah und Mary in den Achtzigern waren, schmauchten sie immer noch ihr Pfeifchen. Bettie hegte den Verdacht, daß die alten Damen auch dem Whiskey die Treue gehalten hatten.

Wie seltsam, daß die fünf Schwestern und Tildy wieder in dem alten Haus vereint waren. Sie waren sich wie Kinder in die Arme gefallen, und nun schwatzten die alten Frauen munter drauflos, kicherten und scherzten. Fannie handelte sich sogar einen Rüffel von Euphemia ein; denn sie hatte ihr Haus auf einem Hügel gebaut – auf dem McClure Hill, jenem Hügel, auf dem die kleine Euphemia mit Sarazen ihren Tagträumen nachgehangen hatte –, so daß Fannies Haus höher lag als Sarahs. Fannie verteidigte sich hitzig mit dem Argument, sie könne ihr Haus hinstellen, wo es ihr gefiele. Bettie sah, daß die dicke Fannie dabei wirklich und wahrhaftig die Fäuste ballte.

Obwohl sie zusammen weit mehr als dreihundert Jahre auf dem Buckel haben, dachte Bettie erheitert, *ist das anscheinend kein Hinderungsgrund für schwesterliche Rivalität.*

Den ganzen Nachmittag redeten die fünf Schwestern über die Vergangenheit; sie schnatterten wie Gänse und verschlangen gierig die Erinnerungensbrocken, die sie sich gegenseitig hinwarfen. Sie stöhnten und seufzten, wenn sie über wundervolle Erweckungsfeiern, über verstorbene Kinder und über das Kommen und Gehen der Männer redeten, die sie in ihrem langen Leben geliebt hatten. Sie kicherten und lachten über die Komik, die Ironie und die Absurditäten, die ihnen widerfahren waren – manchmal so herzlich, daß sie sich die Tränen aus den Augen wischen mußten. Sie redeten über das Haus und schmückten die vielen Geschichten aus, die sich in jedem seiner Zimmer abgespielt hatten. Manchmal waren die alten Damen unterschiedlicher Meinung und stritten sich, und dann ballte Fannie wieder die Fäuste, und Euphemias Augen funkelten, und Marys Gesicht überzog sich mit hektischen roten Flecken, und Jane Isabella setzte sich kerzengerade auf und blickte ihre Schwestern herablassend an.

Wie seltsam, dachte Bettie, *daß sie nach so vielen Jahren noch so voller Leidenschaft sind.* Diese fünf alten Damen hatten so vieles erlebt, so vieles überlebt. Sarah, zum Beispiel, hatte von ihren neun Kindern acht zu Grabe tragen müssen. Die King-Schwestern hatten Kriege und Tod und Grausamkeit und all die schrecklichen Pfeilschüsse überlebt, die der finstere Reiter der Apokalypse auf sie abgegeben hatte. Sie hatten gelacht und geweint, gelitten und geduldet, geliebt und gekämpft; sie hatten wilden Zorn und glühende Leidenschaft erlebt – und sie waren immer noch fähig, all ihre Gefühle so intensiv zu empfinden und so deutlich zu zeigen wie in jungen Jahren.

In jeder von uns gibt es irgend etwas, dachte Bettie, *eine Flamme, deren Licht sich niemals verändert; eine Flamme, die auch im hohen Alter noch genauso hell strahlt wie in dem Augenblick, da wir zum erstenmal die Augen aufgeschlagen und in diese Welt geschaut haben.*

Am Nachmittag saß die Familie im Schatten der altehrwürdigen Sam-Houston-Eiche. Bettie hielt Little Virginias Hand, und sie hoffte, das kleine Mädchen würde sich sein Leben lang an jede Einzelheit dieses denkwürdigen Tages erinnern, so daß es später seinen Kindern davon erzählen könnte. Während die Frauen sich unterhielten, kamen die Kühe näher, die auf der Weide grasten, als wollten sie den Gesprächen heimlich lauschen.

»Könnt ihr euch erinnern, wie Juan Seguin seine Ziegen und

Rinder hierher getrieben hat, damit sie sich die Bäuche vollschlagen?« sagte Euphemia und zeigte auf die Wiesen und Felder vor dem Haus.

»Die McCullochs hatten Seguin nicht gerade ins Herz geschlossen«, sagte Jane Isabella. »Weil sie ihn für einen Verräter hielten.«

»Unsinn!« Wieder funkelten Euphemias Augen vor Zorn. »Glaubst du das etwa immer noch? Wenn er ein Verräter gewesen ist, warum hat man dann unsere Stadt nach ihm benannt?«

»Auf jeden Fall war er Mexikaner. Und wenn mich nicht alles täuscht, haben wir damals gegen diese Chilifresser Krieg geführt.«

»Jane Isabella!« rief Sarah. »Juan Seguin war ein edelmütiger Mensch und der treueste Freund, den Texas je hatte.«

»Gewissermaßen ist das sogar amtlich«, fügte Euphemia hinzu. »Die Regierung hatte ihm all seine Rechte wieder zuerkannt und seinen Anspruch auf Ruhestandsgeld erneuert. Die Geschichte wird zeigen, daß er ein wahrer Patriot gewesen ist.«

»Aber manchmal kann die Geschichte auch trügerisch sein«, sagte Jane Isabella. »Wie bei Santa Anna. Fragt Sarah mal, wie das mit Santa Annas Mutter gewesen ist.«

»Tja, es gibt da eine Geschichte«, sagte Sarah, »von der manche Leute schwören, daß sie der Wahrheit entspricht. Als ich meine Sklaven von Kentucky hierher brachte, haben sie oft darüber geredet, daß Santa Annas Mutter zur Hälfte Negerin gewesen sei. Sie erzählten, sein Vater wäre ein Plantagenbesitzer namens Sainte Anne gewesen, der aus Frankreich stammte. Und Mrs. Sainte Anne war nicht seine Frau, sondern seine Sklavin. Die beiden hatten einen Sohn mit Namen Antoine. Als junger Mann besuchte Antoine die Militärakademie in New York. Dort hat man ihn beim Stehlen erwischt und nach Hause gejagt. Als die Behörden dann herausfanden, daß Antoines Mutter eine Negerin war, hatte er Angst, man könnte ihn in die Sklaverei verkaufen. Also hat er ein Pferd, Kleidung, Geld und Pistolen gestohlen und ist nach Mexiko geritten, wo er zu dem Santa Anna wurde, der uns so mächtig zugesetzt hat.«

»Das ist ein Ammenmärchen«, sagte Fannie. »Oder dummes Geschwätz.«

»Ich hab' ja nicht behauptet, daß es wahr ist«, erwiderte Sarah leicht eingeschnappt. »Aber es könnte immerhin möglich sein.«

»Das glaube ich nicht. Nicht eine Minute. Nicht eine Sekunde!«

Bettie war von dem Gespräch unter der Sam-Houston-Eiche ganz gefesselt. Die King-Schwestern redeten über große historische Ereignisse und Persönlichkeiten, als wären sie ganz normaler Alltagsklatsch.

»Ich nehme an, dieser alte Baum wird immer noch hier stehen, wenn Virginia und Baby George selbst schon Enkel haben«, sagte Euphemia. »Es kommt mir vor, als wär's erst gestern gewesen, daß Sam Houston auf seinem großen weißen Pferd hier auf den Hof geritten kam.«

Sarah sog an ihrer Pfeife, und blauer Dunst stieg vor ihren Augen auf. »Der gute alte Sam. Ich dachte immer, er ist unsterblich«, sagte sie. »Ich war sicher, daß er so lange lebt wie dieser Baum.«

»William und Henry McCulloch haben Houston mal als alten Mann gesehen«, erzählte Euphemia. »Es war während des Bürgerkriegs, und Mr. Sam saß auf der Veranda vor seinem Haus in Huntsville. William sagte, die jungen Soldaten hätten ihn verspottet und ausgebuht, als sie an ihm vorbeimarschierten. Sie haben ihn als den Mann betrachtet, der sich der Loslösung von Texas aus der Union in den Weg gestellt hatte. Als die alten Soldaten, die Sam Houston noch aus der Revolutionszeit kannten, erleben mußten, wie die jungen Leute ihn verspotteten, haben sie weggeschaut oder sind stehengeblieben und haben vor ihrem alten Feldherrn salutiert – aus Respekt vor den Leistungen, die er für Texas erbracht hat. William sagte, in diesem Moment habe er nicht gewußt, ob er stolz oder traurig sein sollte.«

»Ja, und nun sind sie alle schon lange tot«, sagte Sarah. »Juan Seguin liegt in einem namenlosen Grab am anderen Ufer des Rio Grande, in Nuevo Laredo. Santa Anna ist in Armut und Schande gestorben, weil er im amerikanischen Bürgerkrieg die Franzosen als

Herrscher und Eroberer nach Mexiko geholt hatte. Und Sam Houston war ein Krieger, der so viele Schlachten erlebt hat wie kein anderer. Wahrscheinlich war er der größte Held der texanischen Geschichte, aber auf seinem Grabstein stehen nur sein Name und sein Geburts- und Sterbetag. Man hat nicht einmal ›Ruhe in Frieden‹ eingemeißelt.«

Tildy hatte das Gespräch der Schwestern schweigend verfolgt, und die Blicke der alten Negerin waren von einer zur anderen gewandert. »Könnt ihr euch an Joe erinnern?« fragte sie. »Der Mann, der bei uns war, als wir zum Brazos gezogen sind?«

»Er war der Sklave von William Travis, nicht wahr? Er und Mrs. Dickerson waren die einzigen Überlebenden der Schlacht um den Alamo«, sagte Euphemia. »Ich bezweifle, daß wir ohne Joe den Runaway Scrape überstanden hätten.«

»Joe war unterwegs nach Alabama, um die Travis-Familie aufzusuchen«, erzählte Tildy. »Er wollte ihnen die letzten Worte von Colonel Travis überbringen. Und genau das hat er getan. Aber er war immer noch Sklave, und die Travis haben ihn so schlecht behandelt, daß er fortgelaufen und zurück nach Texas geflüchtet ist. In der Nähe von Austin hat er eine Farm aufgebaut und eine Familie gegründet. Als der Friede kam und die Sklaven freigelassen wurden, hat Joe nicht den Namen der Travis angenommen, seiner alten Herren. Er hat sich einfach nur Joe genannt. Er hat's bis zu seinem Tod so gehalten, nehme ich an.«

»Es ist wirklich seltsam«, sagte Euphemia. »Von allen, die am Alamo gekämpft haben – Travis, Bowie, Seguin, Houston und die anderen –, war Joe der einzige, der noch lange gelebt hat und mit seinem guten Namen gestorben ist. Auch wenn er nur einen hatte.«

Am späten Nachmittag wandte das Gespräch sich einem anderen Thema zu: Marys Scheidung. Bettie hatte noch nie jemanden gekannt, der geschieden war, und sie vermutete, daß Marys Scheidung eine der ersten in Texas gewesen war. Bettie hatte die Geschichte noch nie gehört und lauschte nun fasziniert, wie die schockierenden Umstände der Scheidung an diesem Spätnachmittag unter einem blaßblauen Sommerhimmel enthüllt wurden.

»Ich muß noch heute daran denken«, sagte Mary, »wie schrecklich ich mich geschämt habe. Ich hätte auf Papa hören sollen. Ich hätte nach Kentucky gehen sollen, wie Papa es mir geraten hatte.«

»Du hattest keinen Grund, dich zu schämen«, sagte Jane Isabella. »Es ist nicht verwerflich, wenn man mit jemandem zusammen sein will, den man liebt. Und es ist erst recht nicht verwerflich, wenn man sich von dem Betreffenden trennt, falls er sich als Mistkerl erweist.«

Als die Schwestern Mary eifrig versicherten, daß ihr Entschluß, sich scheiden zu lassen, richtig gewesen sei – auch rückblickend über das halbe Jahrhundert, das seither vergangen war –, wurde der Skandal, den diese vermutlich erste Scheidung in Texas ausgelöst hatte, in allen Einzelheiten ersichtlich. Damals, in den alten Zeiten der Republik, als Santa Annas Armee in Richtung Peach Creek vorgerückt war, hatte John Ashby den Entschluß gefaßt, seine Töchter Mary, Fannie und Jane Isabella nach Kentucky zu bringen, wo sie vor den Mexikanern in Sicherheit waren. Mary aber hatte sich geweigert fortzugehen, denn sie hatte sich in Mr. John Smothers verliebt, einen Mann, der zu den ersten dreihundert Siedlern in Stephen Austins einstiger Kolonie zählte und gut zwei Quadratmeilen Land am Lavaca River sowie ungefähr vierzig Schweine sein eigen nannte. Mr. Smothers war mehr als doppelt so alt wie Mary. Als Marys Vater von Smothers' Plänen hörte, weigerte er sich, seinen angehenden Schwiegersohn zu empfangen, mit dem Erfolg, daß seine junge Tochter mit Mr. Smothers durchbrannte. Da es zur damaligen Zeit noch keinen Priester in der Gegend gab, wurde das junge Paar nur vor dem Gesetz getraut.

»Wie soll eine Frau wissen, wie ein Mann wirklich ist?« fragte Mary sich laut. »Wie kann man einen Mann lieben, der einem weh tut?«

»Du konntest ja nicht wissen, was für ein Kerl er war«, sagte

Euphemia. »Man kann einem anderen Menschen nicht ins Herz schauen.«

Bettie sah gerührt, daß Mary plötzlich Tränen in die Augen traten. »Am meisten tut's mir weh, daß ich mich so habe täuschen lassen. Wie konnte ich nur so blind sein!«

Sarah nahm die Hand ihrer Schwester. »Du solltest stolz auf dich sein. Was du getan hast, das haben nur wenige Frauen getan. Die meisten hätten zu große Angst gehabt; sie wären bei dem Kerl geblieben.«

Dann redeten die Schwestern über jenen Tag, an dem Mary zu der Einsicht gelangt war, daß sie genug Beschimpfungen und Schmerz ertragen hatte. Nach einem besonders wüsten Ehestreit hatte Mary unter dem Schutz eines gewissen John Greenwood, dem örtlichen Friedensrichter, das Haus verlassen. Anschließend hatte Henry McCulloch, der damalige Sheriff, Mr. Smothers die Scheidungsurkunde persönlich übergeben.

»Ich werde den Wortlaut der Urkunde nie vergessen«, sagte Mary. »Es hieß: ›John Smothers hat seine Frau fortwährend mit Schlägen sowie mit Vorwürfen und Verleumdungen attackiert, wobei er dermaßen abscheuliche Ausdrücke benutzte, daß Sitte und Anstand es verbieten, sie öffentlich wiederzugeben.‹«

»Wirklich, du hast allen Grund, stolz auf dich zu sein«, sagte Sarah. »Du hast dir deine Würde, einen ganzen Stall lieber Kinder und dein Land bewahrt. Das können nicht viele Frauen auf dieser Welt von sich behaupten.«

Dann versammelten sich acht Frauen und ein kleines Mädchen zum Abendessen um Sarahs Tisch. Die Gespräche drehten sich weiterhin um die Vergangenheit, und Bettie wußte, daß jede der Frauen nun daran dachte, daß die Männer, mit denen sie über all die Jahre hinweg an diesem Tisch gesessen hatten, nicht bei ihnen waren: der Indianerkämpfer und Rechtsanwalt Bart McClure; der Bürgerkriegsheld General Henry McCulloch; Sarahs zweiter Mann, der gelehrte und hoch angesehene Charles Braches; Euphemias erste und einzige Liebe, William G. King, jüngster der Rowdy

King Boys; Fannies Mann, Major Roderick Gelhorn, der stattliche Preuße, der sich vor niemandem verbeugt und der die erste Jersey-Kuh nach Texas gebracht hatte; und der seit langem verstorbene und vielgescholtene John Smothers. Bettie spürte, daß sie alle irgendwo ganz in der Nähe waren, fast zum Greifen nahe. Doch ebenso deutlich spürte sie, wie intensiv und kraftvoll diese Frauen auch nach dem Tod ihrer Männer gelebt hatten. Sie hatten um die Verstorbenen getrauert, gewiß; aber dann hatten sie ihr Leben weitergeführt, hatten sich verändert, waren innerlich gewachsen und ein zweites Mal – nur auf andere Weise – zu gereiften, vollständigen Menschen geworden.

Nach dem Essen gingen alle noch einmal aus dem Haus und schlenderten über die Wiesen und Felder zu dem Eichenhain, in dem der Familienfriedhof lag und auf die Ernte wartete, welche die Jahre ihm noch bringen würde. Die alten Frauen bewegten sich in der warmen Luft dieses Sommerabends langsam, wie Traumgestalten. Sarah stützte sich auf Tildys und Euphemias Schultern. Bettie und Little Virginia blieben ein paar Schritt zurück und schauten zu, wie die Frauen frische Blumen auf die Gräber legten. Bettie war so bewegt, daß sie zu weinen anfing.

»Weinst du, weil du traurig bist, daß sie tot sind?« fragte Virginia.

»Nein, mein Schatz. Weil ich glücklich bin, daß sie noch leben.«

Bettie und Little Virginia hielten sich an den Händen und beobachteten die sechs alten Frauen. Bettie konnte sie sich nur mehr als Einheit vorstellen. Sie berührten sich und schienen zu einem Wesen zu verschmelzen, zu einer Gemeinschaft von Seelen, uralt und heilig, aber immer noch stark und lebendig wie die Eichen, die aus der Erde dieses geweihten Bodens der Familie wuchsen.

Eines Abends im Jahre 1904 ging Euphemia Texas Ashby King zu Bett und starb, während sie träumte. Sie starb ohne Schmerz, ohne Krankheit – und ohne ein letztes Lebewohl. Euphemia wurde auf dem Familienfriedhof beigesetzt, auf dem die fünf Texas Rangers ruhten, ihr Bruder William Ashby, Granny Rachel Boyd, ehemalige Sklaven und Diener, Euphemias erstgeborenes Kind, die kleine Mary Jane, zwei von Euphemias Söhnen und ihr geliebter Mann William, der jüngste der Rowdy King Boys, der 1903 gestorben war, weniger als ein Jahr vor Euphemia.

Am letzten Abend ihres Lebens war Euphemia von ihrem Haus zu Mr. Henry und Bettie hinaufspaziert, um sich auf der Veranda ein bißchen zu ihnen zu setzen. Sie hatte von Matilda Lockhart erzählt, ihrer Freundin aus den Kindheitstagen, die von den Comanchen verschleppt und vor Kummer gestorben war. Dann hatte Euphemia Mr. Henry und Bettie ein Trauer-Armband gezeigt, das aus schwarzem Glas und einer Locke aus Matildas Haar bestand. Bettie hielt es für ziemlich schauerlich, ein solches Armband aus Glas und Menschenhaar zu tragen, und sie war erstaunt, daß eine ansonsten so kluge und nüchterne Frau wie Euphemia das Haar ihrer Freundin über Jahrzehnte hinweg aufbewahrt hatte.

Dann erzählte Euphemia von einem Augenblick, den sie als kleines Mädchen erlebt hatte, als sie an ihrem geheimen Lieblingsplatz in einem Bett aus Klee lag und einem Falken zuschaute, der hoch am Himmel über ihr dahingesegelt war. In diesen Augenblikken, erzählte Euphemia, wäre sie unendlich und vollkommen glücklich gewesen. Sie hatte keinen Schmerz verspürt, keinen Kummer und keine Sorgen, und sie hatte sich geschworen, sich für den Rest ihres Lebens an diesen Moment zu erinnern. »Und jetzt erinnere ich mich daran«, sagte sie an jenem Abend auf der Veranda. »Ich kann den Klee riechen und den Wind in den Schwingen des Falken rauschen hören.« Als es spät wurde, brachte Mr. Henry Euphemia nach Hause und half ihr, das Bett für die Nacht zu bereiten. Am nächsten Morgen, als Bettie aufstand, um für die Familie das Frühstück zu bereiten, sah sie, daß die Neger sich am Haus versammelt hatten. Sie standen schweigend vor der Hintertür, die Köpfe gesenkt, und in diesem Augenblick wußte Bettie, daß Euphemia tot war.

Euphemias Leichnam wurde gewaschen, angekleidet und im Wohnzimmer des neues Hauses aufgebahrt. Der Hof füllte sich mit Menschen, und in sämtlichen Zimmern, die von Blumen überquollen, drängten sich Familienmitglieder und Freunde. Ein nicht abreißender Strom von Trauernden zog an der Toten vorüber – darunter Kirchenleute, Nachbarn und Fremde, die aus Neugier gekommen waren, um die legendäre Euphemia zu sehen, die als erste Amerikanerin in der DeWitt's Colony in Texas das Licht der Welt erblickt hatte. Unter Annies und Mary Lous Leitung wechselten die Mitglieder des Bibelkreises sich bei der Zubereitung und dem Servieren der Mahlzeiten ab, die den ungezählten Trauergästen vorgesetzt wurden; sie halfen beim Abräumen und Spülen und dem Entgegennehmen von Blumen und Lebensmitteln; außerdem notierten sie, wer was gebracht hatte, um den Eigentümern die richtigen Töpfe und Pfannen und Schüsseln zurückgeben zu können, in denen sie die Lebensmittel gebracht hatten.

Die ganze Nacht hindurch hielten jeweils zwei Männer die Totenwache. In einem anderen Zimmer lasen die Frauen in der Bibel, tauschten Erinnerungen aus und trösteten einander in diesem alten Haus, in dem zur Zeit der Tod das Zepter schwang. Hin und wieder wurde jemand aufgefordert, eine bestimmte Episode aus Euphemias Leben zu erzählen, von irgendeinem humorvollen oder gefährlichen Vorfall, als der Weg des Betreffenden sich mit dem Euphemias gekreuzt hatte. Ungeachtet der brisanten Rassenvorurteile in der damaligen Zeit kamen Dutzende von Negern, viele von ihnen allein, um jener Frau die letzte Ehre zu erweisen, die sich vor langer Zeit für ihre Familien eingesetzt hatte.

An einem klaren Morgen, nach der langen Totenrede eines methodistischen Geistlichen, trugen die Einwohner Seguins den Sarg Euphemias zum Friedhof unter den Eichen auf dem höchsten Punkt der King-Ländereien. Jane Isabella und ihre erwachsenen Kinder waren gekommen, und Mollie Jones, Sarah Annes Tochter, war aus Gonzales angereist. Bettie sah auch ihre Kusine Kizzie Outlaw, die den weiten Weg von Moore Station gekommen war. Bürgermeister Zorn war erschienen und der Zimmermann, Mr. Kishbaugh, mit Gattin, und Kittie, die Tochter von Mahalia King, die Euphemia großgezogen hatte. Drusilla Lockhart Phillips, die Schwester von Euphemias Jugendfreundin Matilda, war unter den Trauergästen, und Bettie mußte an ihr letztes Gespräch mit Euphemia denken, als sie über das Trauerarmband gesprochen hatte, das aus Matildas Haar gefertigt war. *Wie seltsam, daß Euphemia sich am letzten Abend ihres Lebens an die Freundin aus den Kindertagen erinnert hat,* dachte Bettie.

Natürlich war auch Tildy gekommen; sie war mittlerweile eine steinalte Frau und stand mit ihrer Freundin Idella am Grab, wie auch Abe Miller und dessen Frau Lucinda Saphronia und all die Familien, deren Leben durch die ruhige, aber gewaltige Kraft dieser guten und aufrechten Frau erleichtert worden war.

Der kleine, eingezäunte Friedhof erinnerte Bettie an eine Insel in einem Meer aus wogendem Gras. Die Eichen erhoben sich wie sanfte grüne Berge über einer fruchtbaren Küste. Es war sehr still, und der Friedhof schien erfüllt zu sein von Erinnerungen an eine versunkene Zeit. Einige der älteren Grabsteine hatten sich geneigt, und das Gestein bröckelte bereits; diese Steine waren nicht aus dem harten Granit aus Georgia gemeißelt, das in den letzten Jahren verwendet worden war. Unter den Gräbern befand sich das von Mary Jane, Euphemias erstem Kind, und Bettie traten Tränen in die

Augen, als sie das Grab dieses kleinen Mädchens sah, das nur so kurze Zeit gelebt hatte. *Dies ist das andere Ufer*, dachte Bettie, *an dem auch ich eines Tages ankommen werde.*

Euphemias noch offenes Grab war tief und dunkel und schien bis zum Mittelpunkt der Erde zu reichen. *Was für eine überaus seltsame Pforte ins Himmlische Jerusalem*, ging es Bettie durch den Kopf. *Als würden wir alle durch die Hintertür in den Himmel eingelassen. Wir müssen den Dienstboteneingang benutzen. Aber schließlich sind wir alle ja alle Diener Gottes.*

Bettie wandte sich ab, als nach dem ersten Schaufelstich die Erde mit dumpfem Geräusch auf die hölzerne Kiste fiel, die inzwischen ins dunkle Grab gesenkt worden war. Langsam und schweigend gingen die Trauernden, Schwarze und Weiße, den Hügel hinunter und fort von der Insel auf den Feldern. Als Bettie sich ein Stück vom Grab entfernt hatte, drehte sie sich um und blieb stehen. Sie hatte das Gefühl, daß irgend etwas ungesagt geblieben war; irgend etwas über Euphemia, das jeder noch erfahren mußte, bevor das Grab mit Erde gefüllt war. Es kam ihr plötzlich so vor, als wäre bei dieser letzten Ehrbezeugung an Euphemia Texas Ashby King alles zu schnell gegangen. Euphemia war eine Pionierin gewesen, eine Kriegerin. Sie hatte sich gegen die Stürme der Zeit gestemmt und das Leben vieler Menschen verändert. Ihr ganzes Leben war eine Heldentat gewesen. *Wo bleiben dann die Paraden?* fragte Bettie sich. *Wo bleiben die in Bronze gegossenen Orden, die in Stein gemeißelten Huldigungen, die nachfolgende Generationen dazu anhalten sollen, ihr Leben genauso zu führen?* Euphemia war eine Heldin; aber sie war eine Frau. Das war der Grund. Darum war keine Kapelle mit Trommeln und Pfeifen aufmarschiert, um »Come to the Bower« oder »Bonnie Blue Flag« zu spielen. Darum war nur das dumpfe Trommeln von Erde auf Holz zu hören gewesen.

Bettie sah, wie einer der letzten Trauergäste den Hügel hinaufgestiegen kam und vor dem Grab stehenblieb. Pink Rosebud warf eine Blume in das bereits halb zugeschaufelte Grab; dann kniete sie nieder und betete. Bettie war tief gerührt. *Was für ein seltsamer*

Kontrast zwischen der Frau, die gestorben ist und der Frau, die trauert, dachte sie verwundert. Konnten zwei Leben unterschiedlicher sein? Euphemia und Pink Rosebud waren jahrzehntelang Nachbarinnen gewesen, doch Bettie war sicher, daß sie nie miteinander geredet hatten; daß die eine sich nie bei der anderen Zucker oder Salz geborgt hatte; daß sie sich nie zum Geburtstag gratuliert hatten; daß sie keine gemeinsamen Stunden im Gebet oder bei der Geburt von Kindern oder der Beisetzung der Toten verbracht hatten. Warum kam Pink Rosebud, die Hure, dann hierher und betete für die Seele eine alten Frau von unbefleckter Tugend?

Bettie beobachtete, wie Pink Rosebud sich mit einer gleichermaßen anmutigen wie stolzen Bewegung erhob. Zwei starke Frauen waren hier auf dem Hügel – die eine stand hoch aufgerichtet da, die andere ruhte im Grab. Dann trat Pink Rosebud aus den Schatten der Eichen und schritt den Hügel hinunter in Richtung Fluß. Bettie gab sich einen Ruck.

»Bitte, warten Sie, Miss Rosebud«, sagte sie, und es war mehr eine Frage als eine Bitte. Bettie versuchte, die richtigen Worte zu finden, um ihren Gefühlen Ausdruck zu verleihen; sie wollte Pink Rosebud sagen, daß es ihr sehr viel bedeutete, sie zu kennen. Dann aber hörte sie sich nur sagen: »Es ist sehr nett von Ihnen, daß Sie gekommen sind.«

Pink Rosebud blieb stehen, wandte sich um und blickte Bettie in die Augen. Auf ihrem Gesicht spiegelte sich irgendein Geheimnis; es war ein Ausdruck, der Bettie für den Rest ihres Lebens beschäftigen sollte: eine seltsame Mischung aus Zorn und Trauer und Neugier.

»Jeder hat Miss Euphemia geliebt«, sagte Pink Rosebud. Dann standen die beiden Frauen sich längere Zeit schweigend gegenüber. Bettie konnte in der Ferne das Pfeifen des Expresszugs von San Antonio hören, als er sich dem Bahnhof näherte.

»Ich wollte ihr Lebwohl sagen«, erklärte Pink Rosebud schließlich. »Sie war meine Nachbarin.«

Damit wandte Pink Rosebud sich um und ging nach Hause, und

es war das letzte Mal, daß Bettie sie zu sehen bekam; denn die berüchtigte Madame verließ am nächsten Tag die Stadt und kehrte nie mehr zurück. Sie gab ihr Haus und ihre teuren Kleider und ihren großen Landbesitz auf und verschwand sang- und klanglos, ohne eine Spur, geschweige denn eine neue Anschrift zu hinterlassen. Alle ihre Mädchen, darunter auch Precious Honey Child, wurden zum letztenmal gesehen, wie sie im Abendzug nach San Antonio mit Handelsreisenden Cocktails tranken.

Lange Zeit dachte Bettie über Euphemia und Pink Rosebud nach. Sie gelangte zu dem Schluß, daß es irgendeine Bedeutung haben mußte, daß diese beiden Frauen, deren einziger Kontakt in all den Jahren auf ein flüchtiges Kopfnicken beschränkt gewesen war, sich zur gleichen Zeit dem Druck des Schicksals gebeugt hatten. Pink Rosebud hatte die Stadt verlassen; Euphemia hatte hier ihre letzte Ruhe gefunden. Beide waren verschwunden; die eine im Leben geschmäht, die andere im Tod geachtet. Doch beide, da war Bettie sicher, von Gott geliebt.

In den Jahren nach Euphemias Tod wurde das Haus der Kings ein Schmelztiegel der Erneuerungen. Ein ganzer Lebenszyklus begann von vorn. Zuerst heiratete Kittie den jungen Charley Fisher. Die beiden eröffneten ein Geschäft in Temple, Texas, jener Stadt, in der sie zur Schule gegangen waren. Dann heiratete Mildred den jungen Clifton Fleming, den Neffen des Mannes, der Jahre zuvor das berühmte Billy Horse besessen hatte; sie zogen an die Capote Road in der Nähe von Papa Leonards Haus. Ola, die jüngste von Betties Schwestern, heiratete Ferdinand Biediger und siedelte in die kleine Stadt Moore Station über, die an der Eisenbahnstrecke zwischen San Antonio und Laredo lag. Jedesmal, wenn die Blumen und Girlanden und der Hochzeitsschmuck gerade fortgeräumt worden waren, mußte er kurz darauf wieder hervorgeholt werden, denn eine weitere von Betties Schwestern trat vor den Traualtar. »Das erinnert mich an den Zaubertrick mit den Kisten ohne Boden, den ich im Glassrock-Zirkus gesehen habe«, sagte Cayloma. »An eine von diesen Kisten, aus denen ein Clown nach dem anderen zum Vorschein kommt.«

An einem Spätnachmittag im Herbst spielten Virginia und ihr kleiner Bruder George in einem Waldstück in der Nähe der Brenner-Farm, gegenüber von Papa Leonards Haus auf dem anderen Ufer des Flusses. In einem besonders schönen, abgelegen Teil des Waldstücks stießen sie auf ein Haus, das sich noch im Bau befand; die Balken und Bretter waren frisch zugeschnitten. Als die Kinder Bettie und Mr. Henry von ihrer Entdeckung berichteten, erfuhren sie, daß Betties Bruder John dieses Haus als Geschenk an seine Braut Jessie Elkins baute. Doch die Arbeit war zum Stillstand gekommen, als der Vater der Braut, der schreckliche Pastor Elkins, John verboten hatte, sich jemals wieder mit seiner Tochter zu treffen. Der Geistliche hatte John als einen »unerwünschten Kerl und einen Heiden« bezeichnet; denn John war dem Kartenspiel zugetan, trank mit seinen Freunden und wurde allgemein als Mann von viel zu niederem Stand betrachtet, als daß er eine Pastorentochter hätte heiraten können. John war am Boden zerstört gewesen. Er hatte die Arbeit am Haus aufgegeben und sich länger als eine Woche von Leesville ferngehalten, was ohne seine geliebte Jessie in Johns Augen vermutlich einer ganzen Lebensspanne entsprach.

Bettie war verletzt, schockiert und wütend – ungefähr in der Reihenfolge. Sie war verletzt, daß John ihr nichts von dieser Sache erzählt hatte, die für sein Leben so bedeutsam war; schockiert, daß er sich dem Kartenspielen und Trinken mit seinen Freunden hingab; und wütend, daß »der alte Trottel von einem Pastor« ihren Bruder als »unchristlichen Menschen« und nicht standesgemäßen Gatten für seine Tochter betrachtete.

»Tja«, sagte John, »der Mann hat recht. Jessie ist viel zu gut für mich.«

»Das ist nicht wahr! Du bist genausoviel wert wie jeder andere auch.«

»Du hast Jessie noch nicht gesehen.«

»Eben! Schlimm genug!«

»Sie ist einfach wunderschön und nett und vollkommen.«

»Und hat einen widerlichen Vater«, sagte Bettie. »Wie denkt Jessie eigentlich über diese Geschichte?«

»Sie liebt mich; da bin ich sicher. Sie hat's mir gesagt. Na ja ... jedenfalls hat sie nicht gesagt, daß sie mich *nicht* liebt. Und sie hat ihren Vater angeschrien, als der mich aus dem Haus gejagt hat.«

»Tja, wenn du das Mädchen haben möchtest und sie dich«, sagte Bettie, »dann solltet ihr dem Willen Gottes gehorchen und nicht dem des Pastors.«

»Bitte, tu nichts Überstürztes, Bettie«, meldete Mr. Henry sich zu Wort. »Du hast wieder diesen Ausdruck in den Augen ...«

»Gott braucht manchmal ziemlich lange, um seinen Willen durchzusetzen. Na ja, er muß sich ja auch um sehr viele Menschen kümmern. Aber er wird wohl nichts dagegen haben, wenn ich die Dinge ein bißchen beschleunige.«

Einige Wochen darauf ritt John Moss zum Haus der Elkins. Der Pastor, der gerade damit beschäftigt war, hinter der Scheune mit einem Maultiergespann Bretter zu transportieren, blickte auf, schüttelte die Faust, als er den jungen Mann erkannte, und brüllte ihn an, er solle verschwinden. John trieb sein Pferd voran, hielt jedoch wohlweislich einen Sicherheitsabstand zu dem wutentbrannten Gottesmann. Bruder Elkins sprang vom Wagenbock, und als er um die Ecke der Scheune bog, sah er Jessie aus dem Haus gestürmt kommen; ihr rabenschwarzes Haar flatterte, und mit beiden Händen kämpfte sie mit dem Verschluß der Büchertasche, in der sich ihre bejammernswerte Mitgift befand.

»Wage es ja nicht, mit ihm zu gehen!« donnerte der Pastor, und dann rannte er schneller hinter dem Mädchen her, als John es einem Geistlichen zugetraut hätte. John schnappte sich seine Auserwählte und hob sie schwungvoll auf den Rücken seines Pferdes; dann preschte er davon, Zentimeter von den ausgestreckten Händen des keuchenden und inzwischen lästerlich fluchenden Priesters entfernt.

Auf der Hauptstraße wartet Frank Moss mit einem Zweispänner.

John und Jessie stiegen auf den Bock, während Frank sich aufs Pferd schwang; dann jagten sie in Richtung Seguin davon und zum Haus der Kings an der Court Street, wo Bettie derweil Kessel mit heißem Wasser bereitgestellt hatte, damit das Pärchen sich den Staub der wilden Flucht abwaschen konnte. Bettie half Jessie beim Bürsten und Kämmen ihres langen, schwarzen Haares; dann lieh sie dem Mädchen Talkum, auf daß es sein liebliches Gesicht einpudern konnte. Jessies Augen strahlten, und ihre freudige Erregung war ansteckend. In diesen ersten Minuten ihrer plötzlichen Bekanntschaft lernte Bettie dieses Mädchen lieben, zumal sie – hätte jemand sie gedrängt, die Wahrheit zu sagen – wahrscheinlich zugegeben hätte, daß Jessie wirklich zu schade für ihren oft auf sündigen Pfaden wandelnden Bruder war.

Bettie hatte aber nicht nur Kessel mit heißem Wasser für das junge Paar vorbereitet; sie hatte bereits alles in die Wege geleitet, daß die beiden sich im Angesicht des Herrn das Jawort geben konnten. Zu diesem Zwecke hatte sie Bruder T. J. Dodson mit seiner Bibel ins Haus bestellt. Und dann standen sie vor dem Kamin im Hause der Kings in Seguin: Mr. Henry neben John, Bettie neben Jessie, und in einer feierlichen baptistischen Zeremonie wurde der Ehebund geschlossen. Um neun Uhr abends – knapp drei Stunden, nachdem die Pastorentochter auf dem Pferderücken entschwunden war – waren Jessie und John Mann und Frau, und Bettie kostete genußvoll die süße, sündige Freude ihrer gesellschaftlichen Ehrenrettung.

Inzwischen hatte Annie – sehr zur Freude Betties und der ›Girls‹ – einen Mann gefunden, der den enormen Anforderungen entsprach, die sie an ihrer Zukünftigen stellte. Offensichtlich gab es in ganz Amerika keinen Mann, der diesen Qualitätsansprüchen gerecht werden konnte; denn Annie hatte sich für einen Neuseeländer namens Charlie Colville entschieden. Bettie und ihre Freundinnen vermuteten, daß Charlie die Kraft des sagenhaften riesigen Holzfällers Paul Bunyon besitzen mußte, der mit Hilfe Babes, seines blauen Ochsen, wahre Wunderdinge vollbrachte. Sonst hätte

Charlie das Herz ihrer Annie wohl niemals erobern können. »Oder dieser Charlie hat die Kraft von Paul Bunyons blauem Ochsen«, war Caylomas Kommentar, als sie mit Bettie beim Häkeln und Sockenstopfen auf der Veranda saß und sich einen Mann vorzustellen versuchte, der genug Willenskraft und Charakterstärke besaß, um ein Leben mit ihrer lieben und netten Freundin Annie durchzuhalten.

Annie hatte Charlie kennengelernt, als sie ihren Bruder John in Roswell, New Mexico, besucht hatte. Dann waren beide nach Seguin gekommen, um zu heiraten. Es war eine kleine Hochzeit, die in dem »neuen« Haus stattfand, das William und Euphemia unmittelbar neben ihrem ersten Heim gebaut hatten, der alten Blockhütte am King Branch.

Betties älterer Bruder Frank heiratete Miss Daisy Konde, die Tochter des alten Mr. Konde, der vor langer Zeit mit William King und Leonard Moss nach Süden gezogen war, um verwilderte, ungebrändete Rinder zu fangen, die sich in den Wirren nach den Bürgerkriegsjahren wie die Karnickel vermehrt hatten. Bettie und Mr. Henry veranstalteten einen Einzugsschmaus für die Frischvermählten, und das Haus war voller Freunde, Nachbarn, Verwandten, Musik und fröhlichem Lachen.

Doch Bettie lernte Daisy niemals richtig kennen. Noch vor Ablauf eines Jahres lag ihre Schwägerin schreiend vor Schmerz in einem der Zimmer, in denen so fröhlich die Hochzeit gefeiert worden war, und litt unter schrecklichen Wehen. Bettie streichelte Daisys glühendes Gesicht, wusch es mit kaltem Wasser und flüsterte ihr zu: »Es wird alles wieder gut.« Augenblicke später war Daisy tot. Bettie wünschte, sie hätte mehr über dieses freundliche, hübsche und zerbrechliche Mädchen erfahren dürfen, das einen so qualvollen Tod gestorben war.

Wenngleich der Tod für Bettie kein Fremder war, hinterließ Daisys Beerdigung einen tiefen Eindruck auf sie. Als kleines Mädchen hatte Bettie den Tod der Nachbarn im Wirbelsturm erlebt; sie hatte um ihre Mutter, um Euphemia und um viele andere Verwandte und Freunde getrauert, die eine Zeitlang ihre Wegbegleiter durchs Leben gewesen waren. Aber der Tod gehörte nun einmal zum Leben, und so schmerzhaft und traurig er auch war, so nahm doch alles seinen Fortgang. Nun aber, als sie ihren Bruder am Grab seiner jungen Frau weinen sah, die nur siebzehn Jahre alt geworden war, erkannte Bettie, daß sie Daisy genauso belogen hatte, wie sie selbst ihr Leben lang belogen worden war. *Nicht immer wird alles wieder gut.*

Es wurde alles schlimmer, sehr viel schlimmer. Caylomas Mann Felix starb. Er hatte sich nie mehr richtig von seinem Unfall erholt, als er vom Pferderücken in den Stacheldrahtzaun geschleudert worden war. Cayloma verkaufte Haus und Hof und zog nach San Marcos, wo sie eine kleine Pension für Jungen eröffnete. Annies Ehemann Charlie, der unbezähmbare Neuseeländer, starb an einer Herzattacke. Charlie war wie ein Meteor in das Leben der ›Girls‹ getreten: kurz und hell erstrahlend, schnell verlöschend. Tom Lay, Nuges Mann, verfolgte in einer schäbigen Hütte in der wasserlosen Öde der Chihuahua-Wüste noch immer seine Träume, die ihn tiefer und tiefer bergab führten, während Nuge tapfer versuchte, wenigstens ein bißchen Ordnung in ihr Leben bringen und das Wenige zu retten, das ihnen noch geblieben war. Beide Eltern Mary Lou Lannoms starben, so daß Mary Lou von früh bis spät schuften mußte, um die Farm über die Runden zu bringen, wobei sie sich weigerte, zu heiraten, um nicht die »gewaltigen Nachteile der Ehe« in Kauf nehmen zu müssen. Nur Bettie und Adda Gordon Thomas waren von den Wunden, welche die Jahre schlugen, weitgehend verschont geblieben. *Nicht immer wird alles wieder gut*, dachte Bettie, die ebenfalls unter den Schicksalsschlägen litt, die ihre Freundinnen erlitten hatten.

»Es ist, als wären wir im Krieg«, sagte Annie. »Wir sind geradewegs ins feindliche Feuer marschiert, wie diese britischen Soldaten in ihren schönen neuen Uniformen – unbeirrt, hoch erhobenen Hauptes, im Gleichschritt im Rhythmus der Trommeln und Pfeifen. Und dann sind wir eine nach der anderen gefallen. Die Kameradin zur rechten, die Kameradin zur linken. Dennoch sind wir weitermarschiert und über die Toten hinweggestiegen.«

Und hier sitzen wir nun, dachte Bettie, *die Überlebenden, und wir sticken und nähen, als wäre nichts passiert. Von den Narben auf Jennies Gesicht einmal abgesehen, sind wir genauso, wie wir schon immer gewesen sind. Wir sitzen auf derselben Veranda, riechen dieselben Sieben-Schwestern-Rosen, und die Bäume auf dem Hof sehen in diesem Jahr genauso aus wie im vergangenen.*

Bettie wußte, daß keine ihrer Freundinnen den anderen ihre innersten Gedanken und Gefühle offenbaren würde, vielleicht mit Ausnahme von Annie, der Philosophin. Die ›Girls‹ hatten sich ihre Wünsche und Träume, ihre Ängste und Schmerzen einander nur unter vier Augen anvertraut, von Frau zu Frau, in ganz persönlichen Gesprächen. Doch mittlerweile konnten sie lange und leidenschaftliche Unterhaltungen ohne Worte führen, oder mit Worten, die nur wenig aussagten, oder durch Blicke und Gesten, ja, selbst durch Schweigen.

»Der Wind hat nach Süden gedreht«, sagte Bettie und blickte hinauf zu den Baumwipfeln.

»Ich muß im Garten noch Unkraut jäten«, sagte Adda Gordon.

»Wenn's Regen gibt, wird die Straße zu einer Schlammpiste«, sagte Mary Lou. »Und die Felder werden so naß, daß ich auf der Farm gar nichts mehr arbeiten kann.«

»Auf unserer Ranch sind die Felder so *trocken*, daß ich gar nichts arbeiten kann«, sagte Nuge leise. Sie hatte ihr Stickzeug in den Schoß gelegt und saß verkrampft da, mit steifem Rücken, die Hände fest ineinander verschränkt und die Augen geschlossen. »Wir haben uns so manches anders vorgestellt, nicht wahr?«

»Will ist zum Fluß gegangen und hat Reben angepflanzt«, murmelte Adda Gordon Thomas. »Morgen werden wir Pfosten für ein Spalier setzen.« Dann, einen Augenblick später, zitierte sie aus der Bibel. »›Siehe, ich gebe dir die Kraft, Schlangen und Skorpione zu zertreten, und Macht über alle dein Feinde, auf daß nichts und niemand dir ein Leid tun kann.‹«

Stille breitete sich aus, und Bettie lauschte dem Klicken der Stricknadeln.

»Es liegt Regen in der Luft«, unterbrach sie schließlich das Schweigen.

»Ich werde wieder heiraten«, erklärte Jennie, und alle Gesichter wandten sich ihr staunend zu. »Er heißt Maurice. Er wohnt im Hotel und ist ... äh, Handlungsreisender.« Jennies Finger huschten über das Muster ihres Deckchens. Sie lächelte so breit, daß ihre alten Narben von den Grübchen verdeckt wurden und die Lachfältchen in den Augenwinkeln nicht mehr zu sehen waren.

»Um Himmels willen«, sagte Cayloma. »Das kann nicht dein Ernst sein! Sag uns, daß es ein schlechter Scherz ist.«

»Ich weiß, was ihr denkt. Aber diesmal wird es wunderschön. Er stammt aus einer guten Familie in Gonzales, die uns am Sonntag besuchen kommt. Ihr werdet es mit eigenen Augen sehen.«

»Oh, oh, oh«, sagte Annie. »Hören die Wunder denn niemals auf?« Und sie beugte sich zur Seite und küßte Jennies narbige Wange.

Den Rest des Nachmittags redeten die Freundinnen nur noch über Maurice und Jennie, und wann die beiden wohl heiraten würden und wo und was sie tragen würden und wo sie wohnen würden und wie glücklich Jennie in einer Welt sein würde, in der Frauen die Macht besaßen, Schlangen, Skorpione und die düsteren, schrecklichen apokalyptischen Reiter zu vernichten. Bettie hoffte, daß es wirklich so war.

An einem Morgen im Jahre 1910, nachdem der Halleysche Komet am Himmel über Seguin hinweggezogen war, bereitete Bettie sich auf eine Party bei Adda Gordon Thomas vor. Sie suchte sich ein modisches Kostüm heraus, eine frisch gebügelte Bluse und goldene Ohrringe, die zum goldenen Knauf ihres Schirms paßten. Ihr Haar war sorgfältig aufgesteckt. Dann nahm sie eine Haube und Handschuhe von einem Regal im Kleiderschrank, um ihre Haut vor der Sonne des späten August zu schützen. Georgia war in der Schule, und Virginia besuchte mit Annie eine Blumenausstellung, die vom Frauenverein veranstaltet wurde. Als Bettie auf die vordere Veranda trat, glaubte sie gehört zu haben, wie jemand nach ihr rief. Sie ging zum nach Westen gelegenen Zaun, um nachzusehen, ob jemand den Kutschweg heraufgekommen war. Dort stand Betties Nachbarin, Sue Holley, und rief, daß Mr. Henry an der Brücke am King Branch von einem Baumwollfrachtwagen gestürzt und schwer verletzt sei.

Bettie spürte, wie eine eisige Faust sich um ihr Herz krampfte, als sie den Hügel zum King Branch hinunter rannte, wo man nachts die Schritte der Toten hören konnte, wie die Leute behaupteten. Sie warf ihren Schirm mit dem goldenen Griff zur Seite, und während sie rannte, stieg urplötzlich die Erinnerung an ihre erste Begegnung mit Mr. Henry als erwachsene Frau in ihr auf. Auch damals war sie gerannt, so wie jetzt. Bettie sah, wie die alte Granny Holley eine Decke über irgend etwas ausbreitete, das in der Nähe der Brücke neben der Straße lag, und als Bettie näher kam, erkannte sie, daß es Mr. Henry war, der regungslos und verkrümmt zwischen den verstreuten Baumwollballen und Trümmern eines umgestürzten Frachtwagens lag.

Idella war bei Granny Holley, und zwei Männer aus Baxters Eisenwarenhandlung brachten Old Charley und Old Sleepy zurück, die beiden Maultiere, die durchgegangen waren, als die Baumwollladung verrutscht und der Wagen umgestürzt war und Mr. Henry unter den schweren Ballen begraben wurde. Obwohl der King Branch weniger als zweihundert Meter von der Veranda des Hauses entfernt war, kam Bettie die Strecke meilenlang vor, und bei jedem Schritt dachte sie an die vielen Männer aus ihrem Freundes- und Bekanntenkreis, die bei Unfällen auf ihren Farmen schwer verkrüppelt oder ums Leben gekommen waren. Doch sie wußte, daß Mr. Henry stärker war als diese gebrochenen oder getöteten Männer. Und ganz bestimmt, dachte sie, ist der seltsame Winkel, in dem eines seiner Beine geknickt ist, eine Licht- oder Sinnestäuschung.

Mr. Henry hatte die Augen geschlossen. Er rührte sich nicht. Bettie ließ sich neben ihm auf die Knie fallen und öffnete seinen Hemdkragen. Dann zog sie ihre Kostümjacke aus, rollte sie zusammen, hob den Kopf ihres Mannes behutsam ein Stück an und schob die Jacke darunter. Granny Holley kam von ihrem Haus zurück. Sie hatte eine Mischung aus Wasser, Whiskey und Zucker bereitet, und Bettie versuchte, Mr. Henry die Flüssigkeit einzuflößen, während sie nun alle auf Dr. Stamps warteten, den Arzt. Der größte Teil der Medizin, die Granny Holley bereitet hatte, lief Mr. Henry über Kinn und Mundwinkel und tränkte die Kostümjacke, die Bettie für Adda Gordon Thomas' Party ausgesucht hatte. Für einen Moment wünschte Bettie, daß alles so wäre, wie es hätte sein sollen; daß sie jetzt auf der Party wäre und Adda helfen würde, Zitronenkuchen zu servieren, während Mr. Henry mit der Ernte zur Baumwollpresse fuhr, und daß der Unfall an dieser verfluchten Brücke nur ein flüchtiger scheußlicher Gedanke wäre, ein gräßliches Trugbild, ein Alptraum. Dann hörte Bettie den Atem Mr. Henrys, und sie wünschte sich sehnlichst, ihn in die Arme nehmen und an sich drücken zu können. Doch sie hatte Angst, ihren Mann auch nur zu berühren; denn er war viel zu schwer verletzt, als daß ihre Liebe ihm helfen oder gar seine Wunden hätte heilen können.

Bald darauf traf Dr. Stamps ein und brach in hektische Aktivität aus; er bat um Lappen oder Kissenbezüge oder ein Handtuch, um Mr. Henrys gebrochenes Bein festzubinden, so daß er transportiert werden konnte. Inzwischen hatte sich eine kleine Menschenmenge versammelt, und Abe Miller zog rasch sein Hemd aus und reichte es Dr. Stamps. Der Arzt schlug die Decke zur Seite, so daß nun jeder sehen konnte, in welch gräßlichem Winkel das gebrochene Bein Mr. Henrys abstand. Als der Arzt dann beide Beine des Verletzten zusammendrückte, um sie mit Abes Hemd an einem zersplitterten Brett des Frachtwagens zu schienen, glaubte Bettie, das Knirschen der Knochen hören zu können, und sie betete, daß Mr. Henry nicht aus der Bewußtlosigkeit erwachte. *Schlaf*, betete sie, *schlaf, bis das hier vorbei ist.* Sie erinnerte sich, ein ähnliches Gebet vor langer Zeit schon einmal gesagt zu haben, als sie ein kleines Mädchen gewesen war. Damals hatte sie gebetet, Mrs. Braddock möge nicht aufwachen, damit ihr der Anblick ihres Mannes und der Kinder erspart blieb, die der Wirbelsturm getötet hatte.

Unwillkürlich blickte Bettie zum Himmel, um festzustellen, ob sich dort dunkle Wolken sammelten, und zu ihrer alten Furcht vor Unwettern gesellte sich nun ein neuer Schrecken: die Angst um ihren Mann.

Jemand brachte einen Fensterladen aus der Scheune als behelfsmäßige Trage herbei. Die Männer legten Mr. Henry vorsichtig darauf; dann wurde er den Hügel hinauf nach Hause getragen. Ein Arm baumelte schlaff herab, und Bettie hielt dem Bewußtlosen die Hand. In der Nähe des Hauses schloß Mr. Henrys Hand sich plötzlich krampfhaft um die Betties, und sie sah, daß er aus der Bewußtlosigkeit erwacht war.

»Ich werde auf meinem Schild nach Hause getragen«, flüsterte Mr. Henry, und dann schwieg er, bis man ihn auf den Wohnzimmertisch gelegt hatte. Erst dann hob er den Blick, schaute Bettie an und sagte: »Es tut mir schrecklich leid.«

Dr. Stamps hatte derweil Dr. Beasely und Dr. Graves holen lassen, um ihm zu helfen, Mr. Henrys gebrochene Knochen zu richten. Sie tränkten einen Wattebausch mit Äther und drückten ihn dem Verletzten unter die Nase. Dann hielten drei Männer Mr. Henry fest, als Dr. Stamps mit seiner Arbeit begann. Mr. Henry starrte an die Decke, und Bettie wischte ihm den Schweiß von der Stirn. Einmal, als Dr. Stamps das Bein des Verletzten an einer Schiene festband, die mit Ziegelsteinen beschwert war, rief Mr. Henry: »Oh, du lieber Gott!« Dann versank er in Bewußtlosigkeit. Für einen schrecklichen Augenblick glaubte Bettie, er wäre tot, und sie betete zu Gott, daß er sie ebenfalls zu sich rufen möge. Dann aber hörte sie Dr. Stamps Anweisungen erteilen, auf welche Weise man sich um Mr. Henry kümmern müsse, und ihr wurde klar, daß der Arzt Behandlungsmethoden beschrieb, die ein Toter nicht mehr gebraucht hätte.

»Die Aussichten sind gut, daß er wieder ganz gesund wird«, sagte der Arzt zu Bettie, nachdem mehrere Männer Mr. Henry vom Küchentisch gehoben und ins Bett getragen hatten. »Er ist so stark und robust wie ein Pferd. Falls er keine Lungenentzündung bekommt, wird er's wahrscheinlich überleben. Die schlimmste Verletzung ist der Oberschenkelbruch. Es ist eine komplizierte Fraktur, die nur langsam verheilen wird. Er wird lange Zeit ein anderer sein, und es ist schwer zu sagen, wie gut die Knochen im Bein zusammenwachsen. Einen weiteren Bruch habe ich nicht entdecken können; aber es mag sein, daß er sich innere Verletzungen zugezogen hat, die wir nicht sehen können.« Während der Arzt redete, bewegten seine Hände sich prüfend über Mr. Henrys Körper; er stupste ihn hier, zerrte ihn dort, und Bettie hoffte sehnlichst, der Arzt würde endlich gehen und ihren Mann in Ruhe lassen. Sie wußte, daß dieser Gedanke unvernünftig war, doch während Dr. Stamps weiter dozierte, begann sie ihn so sehr zu hassen, als hätte er Mr. Henrys Schmerz verursacht und nicht gelindert.

»Nur die Zeit wird uns zeigen, was mit ihm geschieht«, fuhr Dr. Stamps fort. »Die Zeit ist der allerbeste Arzt. Jedenfalls ein besserer als ich.« Damit packte er die Instrumente seines Berufsstands zusammen und ging davon, und Bettie blieb allein mit einem Mann zurück, der so schwer verletzt war, daß sie noch immer um sein Leben bangte.

Bettie zog sich einen Stuhl neben Mr. Henrys Bett, setzte sich und wartete. »Warum nicht ich?« fragte sie sich laut und war beschämt, weil der Unfall nicht ihr zugestoßen war, sondern Mr. Henry. Sie lauschte dem Verkehr auf der Court Street und blickte aus dem Schlafzimmerfenster zu Euphemias Haus auf der anderen Seite der Straße hinüber. Sie dachte an Euphemia und Sarah und all die King-Frauen, die sich Stühle an Betten gezogen hatten, in denen Menschen unter Schmerz und Kummer litten, und dort ausgeharrt hatten. »Ich werde das hier durchstehen«, sagte sie und überlegte sich, was sie den Kindern, die bald von der Blumenausstellung nach Hause kommen würden, zu Mittag kochen sollte.

Wie Dr. Stamps vorhergesagt hatte, verheilte der Oberschenkelbruch Mr. Henrys nur langsam und unvollständig. Als offensichtlich wurde, daß er nie mehr ohne Schmerzen würden gehen können, schnitzte er sich eine Krücke und befestigte den goldenen Handgriff jenes Schirms daran, den Bettie zerbrochen hatte, als sie voller Angst und Panik den Hügel hinunter zur Unfallstelle an der Brücke am King Branch gestürmt war.

Jeden Morgen, nachdem die Familie gefrühstückt hatte, versammelten sich die Farmhelfer auf der Bank am Küchenherd, um Kaffee zu trinken, während Mr. Henry ihnen den Arbeitsplan für den jeweiligen Tag mitteilte. Natürlich war auch Bettie dabei; sie füllte die Tassen der Männer mit frischem, heißem Kaffee, verteilte belegte Brötchen und hörte den Gesprächen zu. Sie nahm Mr. Henrys Wissen um die Leitung einer Farm in sich auf, wie die Erde den Frühjahrsregen aufsaugt. Nachdem die Helfer die Maultiere angespannt und hinaus auf die Felder gezogen waren, zog Mr. Henry sich in den Salon zurück, wo er sich in seinen großen Schaukelstuhl setzte. Hier empfing er alte Freunde, die zu Besuch kamen; beispielsweise den Landrat Will Blanks, der oft vorbeischaute, um zu sehen, wie es mit Mr. Henrys Genesung voranging. Sie erzählten sich Geschichten und redeten über die Politik und das Wetter. Sobald die Freunde fort waren, erhob Mr. Henry sich und humpelte, auf seine Krücke mit dem Goldknauf gestützt, auf den Hinterhof, wo er den Farmarbeitern beim Reparieren der Frachtwagen, beim Mähen, beim Dreschen, beim Heu machen, beim Holzhacken und beim Eggen der Hirsefelder zuschauen und ihnen beim Fluchen auf die

Heuschrecken im Obstgarten zuhören konnte. Das Gehen bereitete Mr. Henry so offensichtliche Schmerzen, daß Bettie der Anblick ins Herz schnitt, und sie mußte das Verlangen niederkämpfen, auf ihren Mann einzureden, daß es besser für ihn sei, im Haus zu bleiben. Sie hatte Angst, er könnte stürzen und sich erneut den schlecht verheilten Oberschenkelknochen brechen; denn dies würde das Ende für ihn bedeuten. Hin und wieder half Abe Mr. Henry auf einen Zweispänner, so daß er hinaus auf die Felder fahren und die Arbeiter beaufsichtigen konnte. Immer dann erinnerte er am meisten an den alten Mr. Henry, den ernsten und gestrengen, aber gutherzigen General, der über seine Männer wachte, ihnen Schutz bot und dafür sorgte, daß sie fleißig waren. Doch Bettie erkannte, daß diese Ausflüge auf die Felder einen hohen Preis von ihrem Mann forderten. Sie wußte, wie sehr der Schmerz an seinen Kräften zehrte und daß er sich so heftig gegen die Schmerzen zur Wehr setzte, bis er dermaßen erschöpft war, daß er todmüde ins Bett fiel oder in seinem Schaukelstuhl vor sich hin döste, um sich zu erholen und seine Kraft und seinen Mut aufzufrischen.

Einige Monate, nachdem Mr. Henry mit Hilfe seiner Krücke wieder gehen gelernt hatte, saßen Bettie und Annie auf der Veranda vor dem Haus, als Little Virginia, mittlerweile ein junges Mädchen von siebzehn Jahren, mit der Anmut eines Fohlens herangestürmt kam und sich in den Schaukelstuhl fallen ließ. Bettie bezweifelte, daß sie jemals so energiegeladen wie Virginia gewesen war; als junges Mädchen ganz gewiß nicht. Virginia war voller Elan und Begeisterungsfähigkeit, und sie stürzte sich so ungeduldig ins Leben, als könne sie es gar nicht erwarten, was der nächste Augenblick bringen mochte. Heute, während sie in Mr. Henrys Stuhl vor und zurück schaukelte, lag ein geheimnisvolles Lächeln auf Virginias Gesicht. Doch Bettie wußte jetzt schon, daß ihre Tochter ihr Geheimnis nicht lange für sich behalten würde – für sich behalten konnte. Und sie hatte recht.

»Ich muß euch etwas Wichtiges sagen«, erklärte Virginia. »Aber erzählt Papa nichts davon. Jedenfalls noch nicht. Versprochen?«

»Du weißt, daß ich dir so etwas nicht versprechen kann.«

»Na gut, dann erzähl ihm so lange nichts, bis Will mit ihm redet. Das kannst du mir doch wenigstens versprechen, oder?«

»Virginia King, du hast noch nicht ...«

»... gesagt, was dein Geheimnis ist«, wurde Bettie von Annie unterbrochen.

»Will Bergfeld hat mich gefragt, ob ich ihn heiraten will, und ich hab' ja gesagt!«

Die Worte trafen Bettie wie ein Schlag mit einem Holzhammer, und als sie den Blick von ihrem Strickzeug hob, sah sie sich einem sehr jungen Kind gegenüber, dessen Augen voller Abenteuerlust und Lebensfreude funkelten. Für einen Moment glaubte Bettie, aus einem Nickerchen geweckt worden zu sein, indem jemand etwas zu ihr gesagt hatte, das sie nicht so recht begreifen konnte.

»Was hast du gesagt? Ich hab's nicht ganz verstanden.« Natürlich hatte Bettie sehr wohl verstanden, was Virginia gesagt hatte, und sie sollte sich später fragen, warum ihre erste Reaktion Entsetzen und ihre zweiter Kummer gewesen war. Schließlich gingen Will Bergfeld und Virginia seit mehr als einem Jahr miteinander. Außerdem hatte sie, Bettie, in Virginias Alter bereits Mr. Henry geheiratet. Aber das konnte man nicht vergleichen. Damals war alles anders gewesen. Bettie fragte sich, ob ihr Kummer gar nichts mit Virginia zu tun hatte. *Vielleicht trauere ich meiner verlorenen Jugend nach.*

»Mama!« Hinter Virginias Augen zog eine Wolke vorüber. »Bitte, sag doch was!«

»Das ist nicht so einfach«, erwiderte Bettie und spürte, wie ihr die Tränen kamen. »Ich habe nicht damit gerechnet, daß es so schnell kommt.«

»Freu dich doch, Mama. Bitte!«

»Oh, sie freut sich«, sagte Annie zu Virginia. »Du mußt ihr nur ein wenig Zeit lassen, sich an den Gedanken zu gewöhnen. Immerhin ist Will Bergfeld ein bißchen ... verwegen. Nicht unbedingt die erste Wahl als Schwiegersohn.«

»Er ist nicht verwegen!«

»Na, na. Ganz Seguin hat ihn mit seinem Motorrad wie einen Verrückten durch die Gegend rasen sehen«, sagte Annie. »Das Leben ist ohne solche Dummheiten schon gefährlich genug.«

»Mama?«

Tausend Gedanken stürmten auf Bettie ein, tausend Gründe, warum ihr Baby nicht heiraten sollte. Doch keiner dieser Gründe – am wenigsten die Tatsache, daß Will mit seinem Motorrad viel zu schnell fuhr, oder daß Virginia zu jung für die Ehe war – wollte ihr so recht einleuchten. Sie dachte an ihre Mutter, Mollie, und wie sie sich gefühlt haben mußte, als *ihr* Baby, die kleine Bettie, Mr. Henry geheiratet hatte. Bettie wischte die Tränen fort, streckte Virginia die Arme entgegen und sagte: »Komm.«

Virginia schoß aus dem Schaukelstuhl und kuschelte sich in Betties Schoß, und zum letztenmal wiegte Bettie ihr kleines Mädchen und drückte es an die Brust.

Wieder einmal kehrten hektische Betriebsamkeit und ein kontrolliertes Durcheinander bei den Kings ein. Man beschloß, daß die Trauung am ersten Weihnachtsfeiertag im Haus der Brauteltern stattfinden sollte. Als Bettie und Annie sich daran machten, dem ganzen Haus von oben bis unten einen radikalen Neuanstrich zu geben, unterhielten sie sich darüber, ob es klug von Virginia gewesen sei, sich ausgerechnet einen Mann als Gatten zu erwählen, der für seine halsbrecherischen Motorradfahrten berüchtigt war, der die Landstraßen unsicher machte und bei Höchstgeschwindigkeit aus dem Sitz seiner Höllenmaschine im Vorbeirasen Klapperschlangen erlegte. Bettie bestand darauf, daß Virginia ihr schwören mußte, niemals bei einer von Will Bergfelds berüchtigten Eskapaden mitzumachen.

Schon Wochen vor der Hochzeitsfeier tummelten sich Freunde und Familienangehörige im Haus, und Anstreicher traktierten die Wände des bislang gutbürgerlichen Salons mit einer Farbkomposition, welche die Seguiner Zeitungen später als »geschmackvolle Mischung aus Weiß und Rosa« bezeichneten. Mr. Henry hingegen beklagte sich, er habe irgendwie das Gefühl, im Innern einer Hochzeitstorte gefangen zu sein.

Am Abend vor der Zeremonie vertraute Mr. Henry Bettie eine Befürchtung an, die mit dem Herannahen der Hochzeit ständig größer geworden war. Seit Jahren hatte Mr. Henry beobachtet, wie sein wunderschönes kleines Mädchen zur Frau herangewachsen war, und immer hatte er sich den Tag ihrer Hochzeit ausgemalt, und wie stolz er dann sein würde, sie vor den Augen der Gäste in die Arme ihres Zukünftigen zu führen.

»Aber ich fürchte, das muß jemand anders übernehmen«, sagte er zu Bettie. »Virginia ist so schön, und ich bewege mich so häßlich. Und stell dir mal vor, ich falle hin.«

»Virginia weiß, daß du sie liebst. Sie wird wissen, daß du an ihrer Seite bist, auch wenn ein anderer sie zum Bräutigam führt.« Bettie konnte Mr. Henrys Unentschlossenheit spüren, doch sie wußte nicht, was sie ihm raten sollte. Niemand kann eines anderen Menschen körperlichen Schmerz spüren oder ermessen, mit welcher Kraft er sich dagegen zu wehren vermochte. Bettie wußte nur, daß Mr. Henry sich bei den Hochzeitsvorbereitungen in den Hintergrund gedrängt, wenn nicht sogar ausgeschlossen fühlte, so, als würde er eine Nebenrolle spielen, als wäre er nur ein entfernter Beobachter eines der wichtigsten Ereignisse im Leben seiner Tochter. Das Schicksal verwehrte ihm einen ganz besonderen Augenblick in seinem Leben als Vater. »Auf die eine oder andere Weise wirst du an Virginias Seite sein«, sagte Bettie. »Du wirst bei ihr sein, und sie wird es wissen.«

Am Morgen des ersten Weihnachtstages stand Mr. Henry auf und kämpfte verbissen gegen den Schmerz, doch selbst mit seiner gewaltigen Kraft und seinem unbeugsamen Willen konnte er nur ein paar Schritte gehen, bis er stehenbleiben, sich auf seine Krücke stützen und warten mußte, bis der rasende Schmerz verebbt war. Bettie beobachtete, wie er sich abmühte, und sie drückte ihn fest an sich, als er seine Entscheidung traf.

Am Nachmittag strahlte Helen Bartels, die Brautjungfer, übers ganze Gesicht, als »Bis ans Ende der Welt geh ich mit dir« gespielt wurde und Virginia in einem schokoladenbraunen Samtkostüm, einem Gebinde aus weißen Nelken und einem Juwelengehänge aus Perlen und Brillanten – ein Geschenk des Bräutigams – am Arm ihres Großvaters, Papa Leonard Moss, in den Salon kam. Nie zuvor hatte Bettie sich so stolz gefühlt, und sie wäre vollkommen glücklich gewesen, hätte sie nicht gewußt, wie sehnlichst sich Mr. Henry wünschte, in diesem Augenblick an Virginias Seite zu sein. Als die Braut an ihrem Vater vorüberkam, blieb sie stehen und küßte ihn auf die Wange, bevor sie weiter zum Kamin ging, dessen Sims von Blumen bedeckt war. Es war die schönste Geste, die Bettie je gesehen hatte, und als sie Mr. Henrys Gesicht beobachtete, fragte sie sich, wer von ihnen beiden stolzer auf ihre wundervolle Tochter war.

Als die Jahre ins Land zogen, drohte in Europa der Krieg auszubrechen, und Bettie dankte Gott, daß Europa so weit weg war. In Seguin beendete Mr. Henry seinen Dienst als Kassenführer der Kirchengemeinde; aufgrund seiner Verletzung beteiligte er sich fortan nur noch an solchen Aktivitäten der Kirche und seiner Loge, die weniger Zeit und Kraft kosteten. Jeden Tag, nachdem Mr. Henry die Post gelesen hatte, fuhr er mit seinem Zweispänner auf die Felder, um sich ein Bild zu machen, wie es um das Wachsen und Gedeihen des Getreides stand. Er sprach mit den Farmhelfern, fragte sie nach ihrer Meinung und bot Tips und Ratschläge an, die er zumeist aus den neuesten Farmerzeitschriften entnommen hatte. Für gewöhnlich wurde er von Bettie begleitet, und je öfter sie bei ihm war, desto größer wurden ihre landwirtschaftlichen Kenntnisse, und sie verbrachte immer weniger Zeit mit den ›Girls‹.

Für jeden, der nachmittags die Court Street hinunterfuhr, war es ein gewohnter Anblick, Mr. Henry im Schatten der Veranda vor seinem Haus die Zeitung lesen zu sehen; oder er saß dösend, die Zeitung als Sonnenschutz vor dem Gesicht, in seinem Schaukelstuhl, den er so weit zurückgelehnt hatte, daß er am Verandapfosten lehnte. Annie erklärte: »Er ist wie eine lebende Sonnenuhr. Man kann sehen, wie spät es ist, wenn man darauf achtet, wohin er seinen Schaukelstuhl gestellt hat, um der Sommersonne zu entkommen.« Manchmal legte Bettie sich nach dem Mittagessen eine Decke auf den Fußboden der Eingangshalle, auf der sie dann eine Stunde ruhte, mit dem Kopf zur Tür und nahe an der Schwelle, so daß sie hören konnte, wenn Mr. Henry nach ihr rief. Bettie liebte diese Stunden des süßen Nichtstuns. Sie schlief nicht, wie Mr. Henry, denn der Schlaf ließ die Zeit zu schnell vergehen. Statt dessen schloß sie die Augen und öffnete ihren Geist der Welt um sie herum, den Geräuschen und Gerüchen, und die Zeit floß angenehm träge dahin. Bettie konnte das Leben der Stadt hören; das Klappern und Rasseln, wenn der Lastwagen des Schmieds vorüberfuhr, oder den Eismann und manchmal das Lied des alten Wäschemannes Sing Lee. Sie lauschte dem Knallen der Drahtgittertüren unten bei Granny Holley; sie hörte die Stimmen der Kinder, die Fangen spielten und das Schnaufen der Eisenbahn, die irgendwohin in die Ferne fuhr und deren schrilles Pfeifen eine Einladung war, der Phantasie freien Lauf zu lassen.

Bettie liebte ihre nachmittäglichen Mußestunden vor allem deshalb, weil Ruhe und Stille in ihrem Leben selten geworden waren. Sie hatte damit gerechnet, ihr Leben würde einfacher und gemächlicher werden, nun, da ihre Kinder und die Bataillone der jungen Leute, die auf dem Weg in ein eigenes Leben bei ihr Rast gemacht hatten, in alle Welt davonmarschiert waren. Doch Betties Tage waren noch immer von früh bis spät ausgefüllt. Da Mr. Henry keine schweren körperlichen Arbeiten mehr verrichten konnte, übernahm Bettie mehr und mehr Routineaufgaben bei der Leitung der Farm. Und immer öfter sehnte sie sich nach den alten Zeiten, als Baumwolle noch die wichtigste, weil einträglichste Anbaupflanze gewesen war. Die Baumwolle war etwas vergleichsweise Unkompliziertes, wohingegen die verschiedenen Getreidesorten, die sie nun anbauten, umfassende Kenntnisse erforderten, sehr viel Pflege brauchten und die unterschiedlichsten Probleme bereiteten. Bettie verbrachte immer mehr Zeit auf den Feldern; sie vergrößerte den Garten; sie beaufsichtigte die Schweineschlachtungen; sie übernahm die Verantwortung für den Obstgarten. Doch obwohl die Farm weiterhin florierte, hatte Bettie das Gefühl, daß es nicht mehr so rasch voranging wie damals, als Mr. Henry sich noch um alles kümmern konnte. Er studierte zwar noch immer neue landwirtschaftliche Methoden in seinen Farmerzeitschriften und besuchte die alljährliche Landwirtschaftsausstellung des Countys, doch er schien kein Interesse mehr zu haben, neues Ackerland oder neue Maschinen zu erwerben.

Jedesmal, wenn die Farmhelfer in die Wälder zogen, um Brennholz zu schlagen, brachten sie soviel mit, daß auch Tildy ihren Anteil bekam, damit sie während der Wintermonate ihre alten Knochen warmhalten konnte. Nach Sarahs Tod war Tildy auf das Anwesen der Kings übergesiedelt und wohnte nun in einem kleinen Haus in der Nähe von Rosie Bean und deren Sohn Johnny.

Manchmal scherzte Bettie darüber, daß sie sich als eine so gute Farmerin erweise wie Mary Lou Lannom. Mary Lou kümmerte sich nach wie vor um die Ländereien, die einst ihr Vater besessen hatte – und wurde darüber rasch zur alten Jungfer.

Mary Lou hatte Bettie auf ein seltsames Phänomen aufmerksam gemacht, das manchmal bei mexikanischen Familien zu beobachten war: »La quedada«, die eine, die bleibt. *Mary Lou,* dachte Bettie, *ist* la quedada, *die Tochter, die nie heiratet; diejenige, von der alle anderen abhängig sind, besonders die Eltern, wenn sie alt und grau werden.*

Mit steter Regelmäßigkeit, so unveränderlich wie der Lauf der Jahreszeiten, rief Mary Lou jeden Sonntagabend pünktlich um sieben Uhr bei Bettie an. Oft gab es für diese Anrufe außer einem »guten Abend« keinen erkennbaren Grund. Eine von Mary Lous Eigenheiten bestand darin, daß sie sich niemals verabschiedete, sondern einfach den Hörer einhängte, wenn sie gesagt hatte, was sie hatte sagen wollen – was der Teilnehmer am anderen Ende der

Leitung mitunter gar nicht mitbekam, so daß er noch eine Zeitlang fröhlich in den Hörer plapperte.

Mary Lou war jedoch nicht der einzige Anrufer. Betties Telefon wurde zu einer Zentralstelle für alle Neuigkeiten, Informationen und Gerüchte, die das Leben und Treiben in Seguin betrafen.

Eines Tages meldete sich Annie mit der schrecklichen Neuigkeit, daß Will Thomas gestorben sei. Nach dem anfänglichen Schock wandten Betties Gedanken sich Adda zu.

»Was wird sie denn jetzt tun? Wie will sie mit den drei Kindern fertigwerden?«

»Was kann sie schon groß tun?« fragte Annie zurück. »Sie wird Näharbeiten übernehmen, könnte ich mir vorstellen.«

»Du und ich und Mary Lou und die anderen, wir schaffen das schon«, sagte Bettie. »Obwohl Mama Euphemia immer gesagt hat, daß die meisten texanischen Männer drei Frauen hatten. Die erste und zweite sind bei Geburten gestorben, oder sie haben sich zu Tode geschuftet.«

»Wir ›Girls‹ müssen eine besonders zähe Sorte sein«, sagte Annie. »Die Armee sollte uns nach Frankreich schicken, dann wäre der Krieg viel schneller zu Ende.«

Als der britische Passagierdampfer *Lusitania* von einem deutschen U-Boot torpediert wurde und mit 128 Amerikanern an Bord versank, wurde aus dem Ruf nach dem Kriegseintritt der Vereinigten Staaten eine lautstark erhobene Forderung. Die Gespräche auf der Veranda vor Betties Haus – und die am Telefon – konzentrierten sich auf die unerwartete Auseinandersetzung zwischen Präsident Wilson und seinem Außenminister, Jennings Bryan.

»Hast du schon gehört?« waren Mary Lous erste Worte bei einem ihrer unvermeidlichen 19-Uhr-Sonntagabendanrufe. »Bryan ist zurückgetreten.«

»Ja, es ist schrecklich«, sagte Bettie. »Er hätte uns vielleicht aus dem Krieg heraushalten können. Er hat alles getan, was in seiner Macht stand. Aber Wilson will partout einen Krieg. Das Problem an der Sache ist nur, daß unsere Jungs ihn auskämpfen müssen.« Nachdem Bettie ihren Standpunkt noch eine ganze Weile verdeutlicht hatte, verstummte sie und wartete auf Mary Lous Zustimmung, bis ihr klar wurde, daß die Freundin längst aufgelegt hatte.

Bettie konnte spüren, daß das Stimmungsbarometer an der Court Street immer weiter in Richtung Krieg umschlug. In farbenfroher Fülle erschienen Flaggen an den Häusern, und ein patriotischer Geist wuchs unter den Einwohnern heran. Die alten Soldaten, die gegen die Comanchen und die Yankees gekämpft hatten oder die mit Winfield Scott in Veracruz gewesen waren oder die mit Teddy Roosevelt den wilden Angriff auf den Hügel von San Juan geführt hatten, spürten wieder das altbekannte, überwältigende Verlangen nach Schlachtgetümmel. Und die jungen Burschen, die noch nie einen Schuß im Kampf abgefeuert hatten, versammelten sich an Häuserecken, um über das uralte und lockende Geheimnis des Krieges zu diskutieren.

Eines Tages rief Adda an und sagte zu Bettie: »Rasch. Häng den Hörer ein, und schau aus dem Fenster!« Und dort, auf der Court Street, zog eine Menschenmenge mit Flaggen und Schildern vorüber. »Tod dem Kaiser!« stand auf den Schildern, und: »Tötet die Hunnen!« An der Spitze der Parade fuhr ein Lastwagen mit offener Ladefläche, auf der eine Strohpuppe, die den deutschen Kaiser darstellen sollte, der an einen Galgenbaum gefesselt war. Als der Zug vorüber war, ging Bettie ans Telefon zurück.

»Wer sind diese Leute?« fragte sie.

»Sie kommen aus Leesville. Dort gibt es keine deutschen Familien. Deshalb haben diese Leute ihren Haß hierher gebracht.«

Später an diesem Tag wurde die kaiserliche Strohpuppe vor dem Rathaus symbolisch gehängt. Die Haßtiraden gegen die deutschen Familien wurden immer bedrohlicher. Einer der angesehensten Geistlichen von Seguin, ein Mann deutscher Abstammung, der seine Predigten in deutscher Sprache hielt, beging Selbstmord, statt sich Demütigungen und einem Haß auszusetzen, den er nicht begreifen konnte.

Ende Juli 1917 dienten die Söhne der meisten ›Girls‹ in der Armee: Betties Sohn George, Nuges Sohn Harry, Annies Sohn Myron, Addas Sohn Oury, Rosie Beans Sohn Johnny und Virginias Ehemann Will – sie alle hatte man zum Bahnhof gebracht und mit der Eisenbahn fortgeschafft. Als die Freundinnen vom Bahnhof zurückkehrten und auf der Veranda vor Betties Haus Platz nahmen, hatte der Zug bereits die Brücke über den Dead Man Creek hinter sich gelassen, und das Pfeifen der Lok war nicht mehr zu hören.

»Tja«, sagte Annie. »Sie haben die meisten Männer getötet. Jetzt scheint es an der Zeit zu sein, daß sie's mit unseren Jungen versuchen.«

»Wer ist ›sie‹?« fragte Cayloma.

»Die Leute, die diesen Krieg angefangen haben. Ich habe ihn nicht angefangen. Du etwa? Irgend jemand muß es aber getan haben. Wie gern möchte ich diese Leute in die Hände bekommen, damit ich ihnen ins Gesicht spucken kann!«

»Der Wind dreht nach Süden«, sagte Adda.

»Wozu ist der Krieg eigentlich gut?«

»Für die Demokratie«, erwiderte Bettie.

»Für ein bloßes Wort?« wollte Annie wissen.

»Für ein Prinzip«, antwortete Bettie.

»Die Toten wird dieser Unterschied herzlich wenig interessieren.« Annie war wütend und nachdenklich, und die anderen ›Girls‹ schwiegen aus Achtung vor ihrem Zorn.

Nach geraumer Zeit fragte Bettie: »Glaubt ihr, daß es drüben in Europa Frauen wie uns gibt, die gerade ihre Jungen in den Krieg geschickt haben, so wie wir? Vielleicht sogar mit der Eisenbahn direkt an die Front? Und daß diese Frauen sich ebenfalls fragen, wozu das alles gut sein soll? Oder weiß eine von euch, worin der Sinn liegt?«

»Um die Welt für die Tyrannen sicherer zu machen«, sagte Cayloma. »Vielleicht liegt darin der Sinn.«

Bettie verdrehte die Augen – eine Angewohnheit, die sie von ihren Kindern übernommen hatte –, da Cayloma sich wieder einmal weigerte, eine wichtige Sache ernst zu nehmen. »Glaubst du, diese Frauen *möchten* ihre Söhne in den Krieg schicken? Natürlich nicht. Ich kann mir diese Frauen auf einer Veranda wie dieser hier vorstellen. Gute, fromme Frauen, die ihre Kinder lieben und eher sterben würden, als daß ihnen ein Leid geschieht. Warum können wir nicht mit diesen Müttern reden und die Sache aus der Welt schaffen?«

Adda begriff, worauf Bettie hinauswollte. »Sobald die Kriegsbefürworter mit ihren Flaggen und Parolen auftauchen«, sagte sie, »um unsere Söhne fortzubringen, sollten wir uns ihnen wie eine Mauer entgegenstellen und ihnen zurufen: ›Macht, daß ihr fortkommt. Es geht sowieso keiner mit in euren verdammten Krieg.‹«

Bettie lächelte und seufzte, und dann blickten die Freundinnen zum Dead Man Creek hinüber, doch sie konnten das Pfeifen der Züge, die ihre Söhne in den Krieg brachten, nicht mehr hören.

Der Krieg gegen den Kaiser wurde nie bis nach Seguin hinein getragen, doch 1918 – in jenem Jahr, als der Krieg endete – hielt ein anderer, unsichtbarer Feind in der Stadt Einzug: eine Grippeepidemie. Zu Beginn des Jahres 1919 wurden auch Bettie und Mr. Henry von der Krankheit getroffen, wie von des Kaisers Gewehrfeuer; die Grippe zwang sie in die Knie und ins Bett. Sie beteten für einander und für George und für all jene Menschen, die im Sterben lagen, und dafür, daß Gott seinen Zorn nicht länger gegen sie richten möge. Virginia, die inzwischen Mutter zweier Töchter und mit einem dritten Kind schwanger war, wohnte im Haus der Eltern, während ihr Mann bei der Matagorda-Bay-Küstenverteidigung diente. Doch Virginia wurde mit der Aufgabe, sich um so viele Menschen kümmern zu müssen, einfach nicht fertig. Um ihr zur Hand zu gehen, zog Rosie Bean in die Abstellkammer ein, übernahm einen Großteil der Haushaltsarbeit und kümmerte sich mit Geduld, Freundlichkeit und Geschick um die leidgeprüfte Familie. Tagelang wütete Mr. Henrys Fieber; Betties Anfälle von Schüttelfrost wurde immer stärker, und sie hatte das Gefühl, als würde jeder Muskel ihres Körpers davon erfaßt.

Doch als der Frühling nahte, war die Krise überwunden, und die Familie gesundete. An einem sonnigen Morgen fuhren Bettie und Mr. Henry mit dem Zweispänner hinaus auf die frisch gepflügten Felder. Bettie drückte die Hand ihres Mannes; denn der Anblick des Bodens, der auf die Frühjahrsaat wartete, um neues Leben hervorbringen zu können, erfüllte sie mit unbändiger Freude und gab ihr Zuversicht, daß die schlimmen Zeiten vorüber waren. »Ich glaube, jetzt haben wir diesen scheußlichen Krieg und den schrecklichen Winter endlich überwunden«, sagte sie. Zum erstenmal seit langer Zeit war sie glücklich.

Plötzlich spürte sie, wie Mr. Henrys Hand sich verkrampfte. Bettie sah, daß er zu den Maultieren hinüberschaute, die vor der Hintertür des Farmhauses von Em und Rosie Bean angebunden waren. Als Farmerin wußte Bettie, daß es nur zwei Dinge gab, die einen Mann dazu bringen konnten, an einem so schönen Morgen mit dem Pflügen aufzuhören: Verletzungen oder Krankheiten.

»Ich schaue mal nach«, sagte Bettie und rannte zum Haus hinüber, noch bevor Mr. Henry sich vom Bock herunterquälen konnte. Als Bettie an die Tür kam, sah sie Em Bean, der Rosie in den Armen hielt. Rosies Gesicht war maskenhaft starr, wie aus Stein gehauen.

Em sah Bettie an der Tür stehen. »Dieser lange schwarze Wagen von der Armee ist gekommen. Sie haben uns gesagt, unser Johnny ist tot.« Bettie half Em, Rosie ins Bett zu bringen. »Würden Sie bitte Dr. Davis herbestellen, Miss Bettie? Vielleicht war Rosie vorher schon krank – und jetzt auch noch das.«

Wenngleich sie stets ein Baumwolltuch über Mund und Nase getragen hatte, um sich nicht anzustecken, hatte die aufopfernde Pflege, die Rosie den Kings und anderen Nachbarn hatte angedeihen lassen, ihre Kräfte völlig aufgebraucht, und nun war sie erschöpft und schwach und krank – so schwach und krank, daß sie aus Kummer über den Tod ihres Sohnes Johnny starb. Em sagte zu Bettie: »Ich glaube, sie hat den Kampf einfach aufgegeben, damit sie zu ihrem Jungen kann.«

Als der Krieg zu Ende war und der alte texanische Colonel Edward House Präsident Wilson geholfen hatte, Pläne für einen sicheren und dauerhaften Frieden auszuarbeiten, kamen sämtliche Söhne der ›Girls‹ nach Hause. Johnny Bean wurde in Frankreich beerdigt.

In den Nachkriegsjahren kehrte die Normalität in Betties Leben und auf die Farm zurück. Manchmal teilte nun Bettie anstelle ihres Mannes die Farmhelfer morgens vor dem großen Holzofen zur täglichen Arbeit auf den Feldern ein. Stets saß Mr. Henry dabei, eins seiner Bücher auf dem Schoß, doch die Entscheidungen wurden von Bettie getroffen: welche Arbeiten auf dem Hirsefeld erledigt werden mußten; wer sich um den Weizen auf den Feldern im Norden zu kümmern hatte; wer in den Niederungen Feuerholz schlagen sollte.

Betties Haus blieb nach wie vor der Mittelpunkt des Lebens einer großen, ständig wachsenden Familie, und es verging kaum ein Tag, an dem kein Besucher erschien. Die Stadt veränderte sich schnell, und bald kam es Bettie so vor, als gäbe es mehr Autos als Rinder. Es machte ihr ziemliche Sorgen, daß Seguin so beängstigend rasch gewachsen war, daß es inzwischen die gesamte King-Farm verschluckt hatte; das Farmhaus, das einst am Stadtrand gestanden hatte, befand sich nun näher an der Ortsmitte. Doch es gab auch einige Dinge, die sich in Betties Augen nicht schnell genug änderten. Denn erneut bildeten sich die Kräfte des Fanatismus in Seguin heraus, und bald stand Bettie in der vordersten Reihe derjenigen, die sich diesen Kräften entgegenstellten.

Jedes Jahr am Unabhängigkeitstag veranstaltete die Farmergenossenschaft in einem bewaldeten Park – dort, wo die Capote-Creek-Brücke über den Guadalupe River führt – ein öffentliches Fest. Fast alle Seguiner besuchten diese ganztägige, von jedermann freudig erwartete Feier. Es war eine Gelegenheit, alte Familienfreundschaften aufzufrischen, die Liebe zur Freiheit zu bekunden und die neuesten politischen Ereignisse zu diskutieren. Im Jahre 1922 waren ein Mann und ein Thema in aller Munde: der Kongreßabgeordnete Harry Wurzbach und das Dyer-Gesetz. Wurzbach war das erste republikanische Kongreßmitglied des Guadalupe County seit den Rekonstruktionsjahren und der einzige Texaner im Kongreß, der für das Dyer-Gesetz gestimmt hatte, in dem das Lynchen zu einem Verbrechen erklärt wurde.

Bettie und Mr. Henry fuhren in ihrem Dodge-Automobil, Modell 1919, hinaus zum Festplatz. Als sie sich der Capote-Brücke näherten, versuchte Bettie, eine Schüssel mit Bowle auf dem Schoß balancierend, Mr. Henry, der vom Rausch der Geschwindigkeit gepackt war, zu einer verhalteneren Fahrweise zu überreden. »Ich glaube, zwanzig Stundenkilometer sind ganz entschieden zu schnell«, sagte sie zu ihrem Mann, während der Fahrtwind in den offenen Wagen wehte, in Betties Haar zerrte und die Bowle kühlte. Seit Mr. Henrys Unfall mit dem Baumwollfrachtwagen hatte Bettie Angst vor derart rasanten Geschwindigkeiten.

»Du solltest das Autofahren lernen«, erwiderte Mr. Henry. »Wenn du wüßtest, wie einfach es ist, würdest du dich besser fühlen.«

»Ich wüßte wirklich nicht, warum ich so etwas lernen sollte. Autofahren ist Männersache.«

Kurz hinter einer Straßenerhebung tauchte plötzlich ein Maultiergespann vor ihnen auf, das von Sal Ray Boyd gefahren wurde. Der Frachtwagen war mit Wassermelonen und großen hölzernen Limonadefässern beladen. Sal Rays Töchter – Rachel, Aileen und Nancy – standen auf der Ladefläche und mühten sich redlich, die Fässer daran zu hindern, vom Wagen zu kippen. Die vier Boyd-Frauen waren von der Farmergenossenschaft damit beauftragt worden, die Wassermelonen und die Limonade zum Festplatz zu transportieren und an einem Stand zu verkaufen. Wieder einmal war Bettie von den Boyds beeindruckt; nicht nur von ihrer Schönheit, sondern auch von ihrer Energie. Sal Rays Ehemann war der Nachkomme eines Sklaven von Granny Boyd gewesen; er war kurz nach der Geburt des jüngsten Mädchens gestorben. Dennoch hatte

Sal Ray es geschafft, ihre drei Töchter allein großzuziehen und ihnen ein sicheres, geborgenes Zuhause zu geben. Die Boyds wohnten auf einem kleinen Stück Land unweit der King-Farm. Einen Großteil ihrer Nahrungsmittel produzierten sie selbst; zusätzliches Geld verdienten sie sich durch ihren »Party-Service« – die Anlieferung und den Verkauf oder das Servieren von Speisen und Getränken bei privaten und öffentlichen Festivitäten.

In dem Augenblick, als Mr. Henry sich auf den Überholvorgang vorbereitete, kam mit wirbelnden Reifen und quäkender Hupe ein Ford an ihnen vorbeigeschossen. Bettie erkannte in dem Verkehrsrowdy Dewey Rouche, den Eigentümer des Mietstalles. Im Vorüberrasen rief er Rachel, der achtzehnjährigen Tochter Sal Rays, irgend etwas zu. Dewey Rouche war in der ganzen Stadt dafür bekannt, daß er Negerinnen nachstellte.

Als die Kings die Capote-Brücke erreichten, sahen sie, daß auf dem Festplatz eine Unzahl von Autos, Zweispännern und Frachtwagen geparkt waren. Die Leute standen in kleinen Gruppen zusammen, saßen auf den Motorhauben der Autos oder hatten sich auf Decken im Schatten der Bäume niedergelassen. Inmitten der Menge rannten Kinder umher und spielten Fangen; andere schwammen im Fluß. Bald darauf traf der Boydsche Partyservice mit den Wassermelonen und der Limonade ein; die Männer von der Farmergenossenschaft halfen den vier Frauen, die Fässer vom Frachtwagen zu heben und zum Essens- und Getränkeausschank zu schleppen, vor dem man Tische und Stühle aufgestellt hatte. Jede Familie hatte irgendein Gericht sowie einen Nachtisch mitgebracht, und die Männer von der Farmergenossenschaft hatten die ganze Nacht Rind und Schwein am Spieß gebraten; nun wurde das Fleisch an die Festgäste verkauft. Rachel Boyd und ihre Töchter schöpften die Limonade aus den Fässern und schnitten die Wassermelonen in Stücke. Bettie und Henry breiteten am Flußufer eine Decke aus.

Eine Rakete stieg in den Himmel; Augenblicke später hallte das Geknatter von Feuerwerkskörpern über den Festplatz. »Mama

Euphemia hat mal erzählt, daß es früher, als sie ein kleines Mädchen war, noch kein Feuerwerk gab«, erinnerte sich Bettie. »Damals hat man bloß vor der Schmiede auf Ambosse und Hufeisen gehämmert.« Sie ließ den Blick über die Menge schweifen. »Weißt du, ich liebe den Unabhängigkeitstag. Das ist wenigstens *ein* Tag im Jahr, an dem alle miteinander auskommen.«

»Da wäre ich mir nicht so sicher«, sagte Mr. Henry. »Gleich fangen nämlich die politischen Reden an.«

Nach dem Essen sah Bettie ihre Freundin Darden Wurzbach, die Frau des Kongreßabgeordneten, am Ufer entlangspazieren. Bettie lud Darden ein, sich zusammen mit ihr und Mr. Henry die Reden anzuhören. Darden Wurzbach war eine ausgesprochen attraktive Frau mit dunklem Haar, dunklen Augen und einer ungeheuer starken Ausstrahlung, die Bettie faszinierend fand. Darden schien ständig auf der Hut zu sein; vermutlich hatte sie sich gegen Angriffe gewappnet, die den umstrittenen politischen Aktivitäten ihres Mannes galten. Als sie sich durch die Menge zur Rednertribüne kämpften, sah Bettie diesen Verdacht bestätigt, denn Darden flüsterte ihr zu: »Einige Leute sind sehr, sehr böse auf Harry. Nicht nur, weil er sich für dieses Anti-Lynch-Gesetz eingesetzt hat. Auch wegen einer Rede, die er vor einer Versammlung in Washington gehalten hat, einer Versammlung, bei der nur Neger anwesend waren. Harry hat erklärt, daß vor Gott alle Menschen gleich sind, egal, welche Hautfarbe sie haben. Du hättest mal sehen sollen, wie wütend die Leute auf ihn waren. Dabei hat er doch nur die Wahrheit gesagt.«

Kurz darauf begannen die Reden. Jedem Politiker, der sich im November zur Wahl stellen wollte, war eine bestimmte Redezeit zugestanden worden. Die ersten, die sich auf der Tribüne zu Wort meldeten, waren Lokalpolitiker, die sich um Staatsämter bewarben. Anschließend sollten die beiden Hauptakteure folgen, die Kandidaten für den Kongreß der Vereinigten Staaten. Bettie spürte, wie ihre Spannung und Aufregung wuchsen, je näher der Auftritt dieser beiden Männer rückte. Es gefiel ihr ganz und gar nicht, daß sie ausgerechnet hinter Dewey Rouche und dessen zwielichtigen Kumpanen stand.

Endlich kamen Harry Wurzbach und sein demokratischer Gegenspieler, ein Mann namens Hertzberg, an die Reihe. Als Herausforderer trat Hertzberg zuerst auf die Rednertribüne. Harry, ein kleiner, bulliger Mann mit ruhigen, beinahe friedlichen Augen, saß gelassen da und wartete auf seinen Auftritt.

Hertzberg hielt sich nicht lange mit der Vorrede auf, sondern ritt sogleich scharfe Attacken gegen die »höchst seltsamen und verderblichen« rassischen Ansichten seines Widersachers. Wie Darden vorhergesagt hatte, ließ Hertzberg sich wutschnaubend darüber aus, daß Harry Wurzbach sich für das Anti-Lynch-Gesetz eingesetzt hatte; zum Schluß kam er noch auf den Inhalt der Rede zu sprechen, die Harry vor der Negerversammlung gehalten hatte.

»Man stelle sich das einmal vor!« rief Hertzberg. »Sie, meine braven Mitbürger, werden es kaum für möglich halten, aber der Kongreßabgeordnete Wurzbach ist tatsächlich der Meinung, daß es zwischen einer weißen und einer schwarzen Frau außer der Hautfarbe keinen Unterschied gibt. Und das ist noch nicht alles, meine Freunde! Dieser Mann, diese Schande von einem Volksvertreter, hat die Dreistigkeit, Briefe an eine Negerin zu schreiben, als würde es sich um eine weiße Frau handeln!«

Während Hertzberg auf eine Reaktion ob dieser Enthüllung wartete, ging Rachel Boyd mit einem Krug Limonade unter der Rednertribüne vorbei. Dewey Rouche packte sie und legte ihr den Arm um die Hüften. »Du mußt das Weibsstück sein, an das der Herr Kongreßabgeordnete seine Liebesbriefe schreibt«, sagte er ziemlich laut zu Rachel und der Menge, und dann zog er das Mädchen dicht an sich heran und deutete eine innige Umarmung an. Bettie platzte der Kragen. Sie hob ihren Schirm mit dem inzwischen erneuerten goldenen Handgriff und stieß Dewey Rouche die Spitze zwischen die Rippen, worauf Dewey von Rachel abließ und mit erhobenen Fäusten herumwirbelte, um sich auf den Gegner zu stürzen. In diesem Augenblick erklang die feste, klare Stimme Mr.

Henrys: »Ich rate dir dringend, mir aus den Augen zu gehen, Dewey. Und setz nie wieder einen Fuß auf das Land der Kings, solange ich lebe, sonst kann ich für nichts garantieren.«

Dewey starrte Bettie an, dann Mr. Henry, und dann die Krücke, auf die Mr. Henry sich stützte. »Solange du lebst? Da brauche ich wohl nicht mehr lange zu warten, alter Mann«, sagte er.

Bettie war so wütend, daß sie den Schirm hob, um ihn Dewey auf den Kopf zu schmettern. Später sagte Mr. Henry: »In diesem Moment hat Bettie ausgesehen wie der Graf von Monte Christo, wenn er sich auf ein tödliches Duell mit dem Degen vorbereitet.« Doch bevor Bettie zuschlagen konnte, ging Sheriff Neubauer dazwischen. »Halt jetzt das Maul, Dewey, und verschwinde«, sagte der Sheriff, und er und sein Deputy zerrten Dewey davon.

Bettie Inneres war dermaßen in Aufruhr, daß sie den Rest von Hertzbergs Rede verpaßte. Sie sah, daß Rachel sich Limonadenflecke vom Kleid wischte.

»Sind Sie verletzt, Miss Bettie?« fragte Rachel.

»Nein«, sagte Bettie. »Du?«

»Nein, Ma'am. Diesmal bin ich nicht verletzt.«

»Jetzt guck dir meinen armen Harry an«, sagte Darden. »Er muß da sitzen und sich all die schrecklichen Dinge anhören, die dieser widerwärtige Mensch da oben von sich gibt. Er *will* meinem Harry weh tun. Sollen die Leute ruhig sagen, daß es undamenhaft ist, wenn die Frau eines Volksvertreters sich neben ihren Mann auf die Rednertribüne setzt. Das ist mir egal. Von jetzt an weiche ich nicht mehr von Harrys Seite.« Damit ging sie zu ihrem Gatten, um sowohl seinen Ruhm als auch seine Wunden mit ihm zu teilen.

Auf dem Nachhauseweg schlug Bettie das Herz noch immer bis zum Hals, und ihre Gedanken und Gefühle wirbelten ihr im Kopf herum. Sie war erstaunt über die Entdeckung, daß sie zu Gewalttaten fähig war. Vor allem aber war sie wütend. *Wie können Menschen so schreckliche Dinge sagen?* fragte sie sich. *Wie können Menschen so grausam sein? Was wäre geschehen, wenn ich keinen Schirm dabei gehabt hätte? Wenn der Schirm ein Schwert gewesen wäre?*

Wenn der Sheriff nicht rechtzeitig eingegriffen hätte? Wenn Henry nicht dabei gewesen wäre? Was wäre dann geschehen? Sie dachte über alle diese Fragen nach, und es war gleichermaßen schmerzhaft wie verwirrend.

Als sie in die Court Street einbogen, hatte Bettie sich wieder halbwegs beruhigt und war zu der Ansicht gelangt, daß es an der Zeit war, etwas gegen Menschen wie Dewey Rouche und diesen widerlichen Hertzberg zu unternehmen. Was man tun konnte, wußte Bettie nicht genau, doch wenn sich eine Gelegenheit bot – o weh, o weh! Dann wollte sie schwerere Geschütze auffahren als einen Regenschirm.

Binnen weniger Tage bekam Bettie diese Gelegenheit. An einem Sonntagabend fand ein besonderer Gottesdienst in der Presbyterianerkirche statt, bei dem das Singen von Kirchenliedern im Vordergrund stand. Bettie, Mary Lou, Annie und Jennie saßen in der ersten Bankreihe, als Anerkennung für ihre Verdienste bei der Spendenaktion »Bettzeug für die Bedürftigen«. Während das Quartett »Jesu, unter deinem Kreuze« sang, kam ein Bote des Ku-Klux-Klan, in langer Kutte und mit einer Kapuze über dem Kopf, den Mittelgang hinunter und drückte dem Geistlichen, Reverend Thomas Griffiths, einen Umschlag in die Hand. Als der Klansmann sich umdrehte und die fassungslose Gemeinde anstarrte, sah Bettie, wie ein Dutzend oder mehr Gestalten mit Kapuzen und Kutten in die Kirche kamen und den Mittelgang hinunterschritten. Entsetzte Stille senkte sich über die Gläubigen. Bettie konnte spüren, wie eisige Angst durch die Kirche kroch und sich in den Augen der Gemeindemitglieder spiegelte. Reverend Griffiths räusperte sich und öffnete den Umschlag. Bettie sah, wie der Priester einen Brief und ein Bündel Banknoten herauszog. Der Geistliche streckte den Arm aus und legte die Geldscheine – es mußte sich um eine beträchtliche Summe handeln – in den Korb, der für die Kollekte benutzt wurde. Dann reichte Griffiths den Brief an George Vaughn weiter und bat den Diakon, ihn der Gemeinde vorzulesen.

»Wenn ein Mann von lauterem Charakter, ein wahrer Diener

des sanftmütigen Nazareners, sich durch unerschütterliche Demut, Hingabe und Rechtschaffenheit hervortut, so ist es nur recht und billig, die Dankbarkeit für seine wertvollen Dienste an der Gemeinschaft durch ein Zeichen der Anerkennung zum Ausdruck zu bringen.

Da es eine ehrenvolle Sitte ist, Soldaten mit Orden auszuzeichnen, wenn sie sich durch heldenhafte Taten und vorbildlichen Mut in der Schlacht hervorgetan haben, so gilt das auch für die Soldaten Jesu. Deshalb wollen wir Krieger und Führer wie Sie, Reverend, die für die Sache Christi kämpfen, durch unsere Geldspende für ihre unverbrüchliche Treue zum Herrn Jesus und ihren unermüdlichen Kampf in seinen Diensten auszeichnen.«

Der Brief war mit irgendeinem seltsamen, fernöstlich anmutenden Titel unterzeichnet, der sich in Betties Ohren sehr unamerikanisch und exotisch anhörte. Nachdem Diakon Vaughn dem Reverend den Brief zurückgegeben hatte, verteilten die Klansleute Handzettel unter den Gläubigen. Entsetzt stellte Bettie fest, daß der Klan auf diesen Zetteln die nachdrückliche Forderung erhob, den Demagogen und Rassisten Hertzberg zum neuen Kongreßabgeordneten des Guadalupe County zu wählen.

»Ich möchte Ihnen sagen, daß wir uns durch Ihr äußerst großzügiges Geschenk sehr geehrt fühlen«, verkündete Reverend Griffiths und verbeugte sich vor dem Anführer der Klansleute, der gleich rechts neben Bettie an der vorderen Bankreihe stand. Bettie war sicher, den säuerlichen Geruch von billigem Whiskey wahrnehmen zu können, der unter der Kutte des Mannes hervorstieg. »Wir betrachten das Geschenk als Anerkennung für die Dienste, die jeder von uns im Hause Gottes geleistet hat.« Dann bat der Reverend die Klansleute, mit ihm zu beten. Wieder war Bettie entsetzt, als sie Griffiths für die Kuttenträger beten hörte, für ihre »unermüdliche Arbeit« und das »große persönliche Risiko«, das sie auf sich nähmen, um »die Stadt von den Sündern und Eindringlingen zu säubern«.

Bettie blickte über die Schulter zur Empore über dem Eingang der Kirche, wo Jennie Scott Hodges an der Orgel saß. Ihre Blicke trafen sich, und Bettie sah die hilflose Wut in den Augen der Freundin.

Wie unglaublich arrogant diese Leute sind, ging es ihr durch den Kopf. *Zuerst versuchen sie, das politische System in die Hand zu bekommen, dann das Justizsystem, und jetzt schrecken sie nicht einmal vor dem Versuch zurück, sich auch noch der Kirche zu bemächtigen. Wie können sie es wagen, mit all ihrem Haß diesen heiligen Boden zu betreten!* Bettie ließ den Blick über die versammelte Gemeinde schweifen; dann schaute sie Annie an und erkannte, daß auch sie außer sich vor Zorn war. Noch während der Geistliche betete, begannen die Klansleute, Wahlkampfbroschüren unter den Gläubigen zu verteilen. Plötzlich hörte Bettie ein Geräusch, das sie noch nie in einer Kirche vernommen hatte. Sie sah, daß Mary Lou mit dem Gesangbuch rhythmisch auf die Kirchenbank schlug. Rasch taten andere Frauen in den hinteren Bänken es ihr gleich und stampften dazu mit den Füßen auf, bis ein lautes, donnerndes Geräusch die Kirche erbeben ließ. Der Reverend blickte über die Schulter, hielt aber weiter seine Lobeshymnen auf die Klansleute. Plötzlich begann Jennie auf die Orgel einzuhämmern und schrille, mißtönende Akkorde zu spielen, im Rhythmus der stampfenden Füße und der auf den Kirchenbänken dröhnenden Gesangbücher. *Wenn draußen jemand vorbeigeht,* dachte Bettie, *hält er das Gotteshaus für ein Irrenhaus.*

Der Reverend unterbrach sein Gebet und bat um Ruhe. Rief um Ruhe. Brüllte um Ruhe. Die Klansmänner traten nervös von einem Fuß auf den anderen und tauschten Blicke unter ihren Kapuzen. Bettie hatte den Eindruck, als wären sie sich unschlüssig, ob sie verschwinden oder bleiben sollten.

Bettie blickte zu Boden und sah, daß der Saum der Kutte des Klan-Anführers nur Zentimeter von ihren Füßen entfernt war. Als der Mann sich zum Gehen wandte, stellte Bettie rasch den Absatz ihres linken Schuhs auf die Kutte des Mannes und drückte, so fest sie nur konnte. Der Klansmann versuchte einen schnellen Rückzug, so daß er nicht bemerkte, daß Betties Schuh auf seiner Kutte stand. Und so kam es, wie es kommen mußte: Der Klansmann trat vor und stand plötzlich ohne seine Kutte da, den Blicken der Gemeindemitglieder preisgegeben. Das Hämmern und Dröhnen und Jennies nervtötendes Orgelspiel verstummten nach und nach, bis sich Totenstille ausgebreitet hatte. Plötzlich kicherte eine Frau. Irgend jemand lachte glucksend.

»Das ist ja bloß Dewey!« rief eine Stimme, und dann erfüllte donnerndes Gelächter das Gotteshaus. »Es ist nur Dewey!«

Dewey Rouche stürmte aus der Kirche, verfolgt von einem Chor aus Pfiffen, spöttischen Zurufen und wüsten Beschimpfungen seitens der anderen Klansmänner, die erfolglos versuchten, ihren schmählichen Abgang möglichst gespenstisch und bedrohlich zu gestalten.

Diakon Vaughn und einige andere begaben sich zum Reverend und sprachen leise auf ihn ein. Während Jennie »Ein' feste Burg ist unser Gott« spielte und die Gemeinde das Lied so inbrünstig wie ehe und je mitsang, wurde Reverend Griffiths aus der Kirche eskortiert. Trotz seiner »unverbrüchlichen Treu zum Herrn Jesus und seiner Redlichkeit« weigerten sich Bettie und die ›Girls‹, einen Gottesdienst zu besuchen, bis der Kirchenälteste es für angeraten hielt, Griffiths nach Ada, Oklahoma, zu versetzen.

Ob Jennies zweiter Ehemann seine Frau hatte sitzen lassen oder ob Jennie ihm den Laufpaß gegeben hatte, war für Bettie schwer zu sagen. Jennie war dermaßen am Boden zerstört gewesen, als ihr erster Mann – der gutaussehende Filzhut-Vertreter – sie verließ, daß sie mit ihrem zweiten Mann, ebenfalls ein Handelsvertreter, nur auf Reisen gegangen war, wenn es unbedingt hatte sein müssen.

Immer, wenn Jennies zweiter Mann seine Koffer packte und nach Gonzales oder San Antonio oder in eine andere Stadt an der Grenze gereist war, hatte Jennie meist irgendeinen Grund gefunden, in Seguin bei ihrer Mutter bleiben zu können. Es kam Bettie so vor, als wäre die Ehe zum Schluß immer mehr verkümmert und schließlich geschwunden wie ein Muskel, der zu selten benutzt wird.

Kurz bevor die Liebe Jennies zu ihrem zweiten Handelsreisenden starb, verkaufte ihre Mutter die Pension und erwarb ein Lagerhaus an der West Court Street, das sie in drei Wohnhäuser umfunktionierte. Das erste wurde von Jennie, ihrem Sohn und ihren Mutter bewohnt; die anderen wurden an Leute vermietet, die wenig mehr als das Versprechen bieten konnten, die Miete tatsächlich zu bezahlen. Jennies Mutter war in den harten Jahren, die seit dem Tod ihres Mannes – einem Arzt – vergangen waren, erschreckend schnell alt und grau geworden; sie war verwelkt wie eine Pflanze, der zu lange das Sonnenlicht vorenthalten wird. Mehr und mehr hatte Jennie die Pflicht übernommen, für das Überleben der Familie zu sorgen. Manchmal, wenn Bettie die alte Freundin sah, die einst so schön und wohlhabend gewesen war, die sich zweimal unsterblich in den falschen Mann verliebt hatte und die nun ums nackte Überleben kämpfen mußte, brach es ihr beinahe das Herz. Doch Jennie war wie ein Korken im Wasser: leicht, schwimmfähig, widerstandsfähig und nicht unterzukriegen.

Fast jede Woche brachte Bettie der alten Freundin und deren Mutter Obst und Gemüse, und auch bei den Schweineschlachtungen fielen stets Fleisch und Würstchen für Jennie und ihre Familie ab. Jennies Vater hatte eine umfangreiche und wertvolle Bibliothek aufgebaut, und jedesmal wenn Bettie die Lebensmittel brachte, schenkte Jennie ihr dafür ein Buch. Einige waren kostbare Erstausgaben und Sammlerstücke. Eine Zeitlang war Bettie besorgt, daß Jennie sich aus Stolz weigern könnte, die Lebensmittel anzunehmen; dann aber entwickelte sich eine Art freundschaftliche Geschäftsbeziehung zwischen den beiden Frauen, so daß bei keiner von beiden Unbehagen wegen des Tauschs von Nahrung für den Geist gegen Nahrung für den Körper entstand.

Die Jahre zogen ins Land, doch Jennie trug noch immer jene Kleidung, die in Mode gewesen war, als sie ihren ersten handelsreisenden Ehemann durch ihre Schönheit erobert hatte. Nun aber waren ihre Kleider abgetragen und völlig aus der Mode. Jennie hatte schreckliche Angst vor Autos, und je öfter Bettie die Freundin in ihrem vorsintflutlichen Outfit durch die Straßen der Stadt wandeln sah, desto deutlicher erkannte sie, daß Jennie sich zu einem Sonderling entwickelte. Es war eine schockhafte Erkenntnis zu sehen, welche Veränderungen die Zeit und die Armut jenen Menschen antun konnten, die Bettie liebte. In vielerlei Hinsicht war Jennie die alte geblieben: lebhaft und liebenswert und ein stets hilfsbereites, aktives Mitglied der Kirchengemeinde. Doch wer war die Frau, in deren Haut diese alte Jennie geschlüpft war? Jene Frau, die schon in Panik verfiel, wenn sie nur die Hupe eines Autos hörte und die altmodische, abgerissene Kleider trug, die sie auf kirchlichen Wohltätigkeits-Trödelmärkten billig gekauft hatte?

Was Annie betraf, so hatte sie nach Charlie Colvilles Tod anfangs dessen Aufgaben als Teilhaberin des Smith-Colville-Lebensmittelladens übernommen. Doch der Partner des verstorbenen Charlie beachtete keinen von Annies Ratschlägen, keine ihrer Anregungen; sogar die Tatsache, daß Annie nunmehr seine Teilhaberin war, ignorierte der Mann. »Es war nur eine Frage der Zeit, bis er uns in den Ruin trieb«, sagte Annie. »Ich konnte es nicht ertragen, mit anzusehen, wie dieser Kerl Charlies Lebenswerk zerstörte.« Bei der ersten Gelegenheit verkaufte Annie ihren 50-Prozent-Anteil an dem Geschäft und investierte ihr Geld in verschiedene neue Firmen, wie die American Telephone and Telegraph und den Automobilkonzern General Motors.

Cayloma, die wie Mary Lou und Annie keinen Ehemann hatte, an den sie sich anlehnen konnte, ging in einer Männerwelt ihren eigenen Weg. Die Pension für junge Leute, die Cayloma nach dem Tod ihres Mannes in San Marcos eröffnet hatte, wurde zur bevorzugten Unterkunft für Studenten einer pädagogischen Hochschule, dem Southwest Texas State Teachers College. Wie Jennie und Mrs. Scott, die ihren Lebensunterhalt durch Zimmervermietung und Beköstigung der Gäste bestritten hatten, war Cayloma einen der wenigen Wege gegangen, die einer alleinstehenden Frau in Texas die Möglichkeit zum Überleben, ja, zum geschäftlichen Erfolg eröffnen konnten. Adda, die sich mit Näharbeiten beschäftigte, und

Pink Rosebud, die sich mit Männern beschäftigte, hatten die beiden anderen Wege eingeschlagen.

Eines frühen Morgens, einen Tag, nachdem einige von Caylomas Mietern an einer Aufführung der Studentenbühne mitgewirkt hatten – ein Stück mit dem Titel »Was man so Liebe nennt« –, brach in der Küche der Pension ein Feuer aus. Gegen ein Uhr dreißig wurde Cayloma von der Hitze und dem Rauch geweckt. »Ich hab' die Tür aufgemacht und gesehen, wie die Flammen das Treppenhaus heraufgerast und über den Flur gefegt kamen und in die Zimmern reingesaugt wurden. Es war wie ein Sturmwind. Ich weiß noch, daß ich geschrien habe und losgerannt bin. Dann habe ich diese Feuerbälle gesehen. O Gott, mich hat das Grauen gepackt, als ich erkannt habe, daß es brennende Menschen waren, die durch die Flammen rannten und wie Leuchtkugeln durch die Fenster gesprungen sind.«

Sechs von Caylomas Pensionsgästen erlitten schwere Verbrennungen, und die meisten zogen sich zudem Knochenbrüche zu, da die Fenster, durch die sie gesprungen waren, auf der zweiten Etage lagen. Wenn man dem *San Marcos Record* glauben darf, konnte die örtliche Feuerwehr das Haus deshalb nicht mehr retten, da zu spät Alarm geschlagen wurde. Abgesehen von einem Schock, blieben Cayloma und ihr Sohn von ernsten Verletzungen verschont. Doch Cayloma war nun für einige Zeit ohne Arbeit und kehrte nach Seguin und zu ihren Freundinnen zurück, um sich von dem Schrekken zu erholen und Pläne für die Zukunft zu schmieden.

Cayloma wurde am ersten Abend ihrer Heimkehr nach Seguin zusammen mit Jennie, deren Sohn und deren Mutter von Bettie und Mr. Henry zum Abendessen eingeladen. Nachdem sie Platz genommen hatten, wurde Jennie gebeten, das Tischgebet zu sprechen. Als sie Gott dankte, daß er Cayloma vor dem Feuer bewahrt hatte, begann plötzlich auch Jennies taube Mutter – in der Annahme, Bettie habe sie gebeten, das Gebet zu sprechen – Gott zu preisen, daß er Cayloma den Flammentod erspart habe. Jennies Gebet kam dermaßen von Herzen und war so inbrünstig, daß sie gar nicht bemerkte, daß auch ihre Mutter betete. »Es war eine Schlacht«, sagte Jennie später, »zwischen den Tauben und den Frommen.«

Schon nach kurzer Zeit hatte Cayloma wieder geschäftlich Fuß gefaßt. Ihr beruflicher Erfolg sei der unumstößliche Beweis für die Kraft des Gebets, wie sie behauptete.

Betties dritter Enkel wurde während jener merkwürdigen sozial- und kulturgeschichtlichen Episode im Hause der Kings an der Court Street geboren, als die Welt fasziniert nach Ägypten blickte, wo einige Jahre zuvor das Grab des jugendlichen Pharao Tut-ench-Amun im Tal der Könige entdeckt worden war. Cayloma schlug Bettie scherzhaft vor, ihrem Enkel den Namen »Tutenchamun King« zu geben. Doch ganz so weit ging Bettie denn nun doch nicht. Der Junge wurde auf den Namen George Henry King getauft, nach seinem Vater und dem Großvater.

Hin und wieder, wenn der kleine George Henry nicht in seiner Krippe lag, schlich Bettie sich ins Hinterzimmer, um den winzigen Kerl beim Schlafen zu betrachten. Manchmal blieb sie so lange, daß sie sich einen Stuhl an sein Bettchen zog, um in aller Ruhe die beinahe unmerklichen Veränderungen zu beobachten, die mit George Henrys Gesicht vor sich gingen, wenn er träumte. Bettie erkannte, warum selbst große Maler es nie geschafft hatten, die Schönheit eines Säuglings einzufangen. *Sie verändern sich mit jedem Atemzug,* ging es Bettie durch den Kopf, *mit jeder Drehung und Wendung ihrer Träume.* Annie – eine begabte Malerin – hatte einmal mit ihrer typischen Respektlosigkeit erklärt: »Ich habe noch kein Gemälde vom Jesuskind und der Mutter Maria gesehen, das mir wirklich gefallen hat. Und wenn man sich die Bilder anschaut, die den kleinen Moses zeigen, ist es ein Wunder, daß er's überhaupt geschafft hat, aus den Schilfrohren rauszukommen.«

An den Abenden, wenn Bettie den kleinen George King betrachtete, mußte sie daran denken, daß sie nie an den Bettchen ihrer eigenen Kinder gesessen und sie angeschaut hatte, wenn sie schliefen. Zu oft waren zu viele andere, dringendere Dinge zu erledigen gewesen; ihr hatte damals einfach die Zeit gefehlt. Betties Liebe zu Little George Henry nahm mit der Zeit fast beängstigende Ausmaße an. Denn je tiefer ihre Liebe wurde, um so größer wurde ihre Furcht, den Gegenstand dieser Liebe zu verlieren, und dieser schreckliche Gedanke wühlte schmerzhaft in Betties Innerm.

Mit zunehmendem Alter ließen auch Betties Kindheitsängste vor Unwettern nicht nach. Sie hatte gehofft, diese Furcht, die zu einem beängstigenden, ja, demütigenden Bestandteil ihres Lebens geworden war, mit den Jahren abzulegen, wie man eine besonders unangenehme Angewohnheit ablegt; das Bettnässen, zum Beispiel. Betties panische Furcht vor Unwettern gehörte zu jenen unausgesprochenen Geheimnissen, wie es sie in manchen Familien gibt, über die jedoch niemals in den eigenen vier Wänden geredet wurde, und in Betties Beisein sprach die Familie erst recht nicht darüber. Bettie war sicher, daß die ›Girls‹ – wie auch deren Kinder – sich öfters darüber unterhielten, wenn sie nicht dabei war. Manchmal kam sie sich wie eine Epileptikerin vor, die ihre Familie und ihre Freunde zu einer liebevollen, jedoch ängstlichen Wachsamkeit zwang, und wenn in der Ferne der Donner grollte, versteckte Bettie sich sowohl aus Furcht vor dem Unwetter wie aus Furcht vor den Blicken der Menschen, die ihr nahestanden. Manchmal versuchte sie, ihren Ängsten auf den Grund zu gehen und ihnen verstandesmäßig beizukommen; schließlich war sie eine kluge, praktisch veranlagte Frau. Doch immer, wenn sie diesen Versuch unternahm, brachte sie einfach nicht die nötige innere Ruhe und Konzentration auf. Es war, als würde sie versuchen, ein Stück Seife aus dem Wasser zu fischen: Je fester sie zupacken wollte, desto rascher glitt sie ihr aus der Hand.

An einem Nachmittag im Sommer, als Cayloma und Bettie auf der Veranda saßen und Erbsen schälten, türmten sich im Westen Wolkenberge auf, und der Wind wurde stärker; das Tageslicht schwand, und Blitze zeichneten ein grelles Netzwerk aus Adern in die schwarzen Gewitterwolken. Bettie wurde immer nervöser, und ihre Finger zitterten.

»Was ist mit dir?« fragte Cayloma.

»Ich habe Angst.«

»Wovor?«

»Ich weiß nicht.«

»Bitte, sag es mir, Bettie. Ich möchte es wissen, damit ich dir helfen kann.« Cayloma drehte sich im Stuhl um, nahm Bettie die Schüssel mit Erbsen aus dem Schoß und packte beide Hände der Freundin. »Du mußt dich mir anvertrauen«, drängte sie. »Sag mir, wovor du dich fürchtest.«

»Es wird irgend etwas Schreckliches passieren.«

»Ständig passiert etwas Schreckliches. Nur Toten kann nichts Schlimmes mehr zustoßen. Hast du Angst vor dem Tod?«

»Nein.«

»Vor dem Unwetter?«

»Ja.«

»Was ist denn so schlimm an dem Unwetter?«

»Ich fürchte mich davor.« Bettie schluckte das lähmende Entsetzen hinunter, als wäre es bittere Galle, die in ihrer Kehle aufstieg. »Ich habe einfach Angst. Ich weiß selbst nicht, warum.«

Die ersten schweren Regentropfen fielen, und der Wind jagte Staub über den Hof und ließ die Kronen der Bäume schwanken. »Wenn du mich nicht ins Haus gehen läßt, Cayloma, werde ich . . . «

»Wirst du was? Sterben?«

»Nein.«

»Was dann?« Cayloma beugte sich vor und hielt Betties Hände ganz fest; der Wind wirbelte ihr dunkles Haar von den Aufstecknadeln.

»Ich hab' Angst.« Bettie fing an zu weinen, doch sie blieb sitzen und zog ihre Hände nicht fort. »Ich hab' Angst, daß man mich allein läßt.« Inzwischen krachte der Donner, und der Regen fiel in wahren Sturzbächen. Bettie zitterte und schluchzte, und ihre Schreie klangen wie das Heulen eines Tieres. Cayloma hob die Freundin aus dem Stuhl, führte sie ins Haus und brachte sie ins

Bett. Nachdem sie Bettie die Schuhe ausgezogen hatte, legte sie ihr die Decke mit dem Texas Star über, die Euphemia gestickt hatte; dann legte Cayloma sich zu Bettie und sang ihr Lieder vor, bis das Unwetter und Betties panische Angst verschwunden waren.

Im Februar 1932 hielt einer jener zauberhaften Frühlinge in Texas Einzug, die auf den Schwingen eines sanften, duftenden Südwinds kommen. Fenster wurden aufgestoßen, und Bettie holte sämtliche Decken und alle Bettwäsche nach draußen und hängte sie ins strahlende Sonnenlicht. Wie immer war das Haus an der Court Street ein Anziehungspunkt für Besucher, darunter Mr. Henrys alter Freund Will Blanks, der mit Abe Millers Hilfe den schweren Schaukelstuhl auf die Veranda trug, so daß Mr. Henry an der gesunden frischen Luft sitzen und sich mit dem ehemaligen Bezirksbeamten über Politik unterhalten konnte. Sie redeten über die steigende Arbeitslosenzahl, über Präsident Hoover und die Wahrscheinlichkeit, daß er bei den nächsten Präsidentschaftswahlen im November von Roosevelt geschlagen wurde. Sie redeten über die brisante politische Lage in Deutschland und die Hungersnot, unter der Rußland litt. Bettie konnte sehen, daß die Gespräche ihren Mann anstrengten; doch es war lange her, daß sie ihn so interessiert und lebhaft und anscheinend frei von Schmerz erlebt hatte.

Am späten Morgen kam Sue Holley und brachte Mr. Henry frisches Gemüse aus ihrem Garten. Annie kam mit einem Blumenstrauß und der Neuigkeit, daß die berühmte Fliegerin Amelia Earheart angekündigt habe, nonstop und allein über den Atlantik zu fliegen, von Neufundland nach Irland. Der kleine George Henry und sein bester Freund Allen Hoermann kamen auf die Veranda gestürmt und behaupteten, den sagenhaften Peachtree gesehen zu haben, diesen kauzigen alten Einsiedler, der in den Flußniederungen des Guadalupe hauste. Cayloma schaute mit ihrem neuen Kodak-Fotoapparat vorbei. Sie bat George Henry, sich neben seinen Großvater zu stellen, damit sie einen Schnappschuß von den beiden machen könne. Bettie rief ihre Freundin zur Seite. »Mach bitte kein Foto von ihm«, sagte sie und betrachtete den Schatten des Mannes, den sie geheiratet hatte. »Wir sollten ihn so in Erinnerung behalten, wie er früher gewesen ist.« Die Besuche hielten an; den ganzen Morgen über kamen und gingen Freunde und Bekannte in einem nicht abreißenden Strom.

Kurz vor Mittag kam die alte Idella mit ihrer Enkeltochter am Haus vorbei. Sie blickte zur Veranda hinauf; dann machte sie unerklärlicherweise kehrt und rannte davon, als hätte sie auf Betties Veranda irgend etwas Schreckliches gesehen.

»Was für eine seltsame Frau«, sagte Annie, als sie beobachtete, wie die alte Negerin das kleine Mädchen zu ihrem Haus zerrte.

Nach dem Mittagessen, als Mr. Henry sich zu einem Nickerchen auf sein Zimmer begeben hatte, der Tisch abgedeckt und das Geschirr gespült und fortgeräumt worden war, kehrten Bettie und Annie auf die Veranda zurück. Sie schauten über den Rasen zu dem Haus hinüber, in dem Euphemia so viele Jahre gewohnt hatte.

»Weißt du eigentlich, warum unser Schlafzimmer auf der verkehrten Seite des Hauses ist?« fragte Bettie.

»Verkehrte Seite?«

»Normalerweise sind die Schlafzimmer auf der windzugewandten Seite. Aber unseres nicht. Mr. Henry hat unser Schlafzimmer auf der Seite eingerichtet, die Euphemias und Williams Haus zugewandt ist, damit er hören konnte, falls sie mal nachts nach ihm riefen.«

»Jetzt schlafe ich in Euphemias altem Zimmer«, sagte Annie. »Wenn Mr. Henry mal rufen sollte, kann ich es jetzt hören.«

Unerklärlicherweise war Bettie plötzlich von einer Flut von Gedanken an Mr. Henry erfüllt. *Was für ein guter Mann er doch ist*, dachte sie, *und wie stark er vor seinem Unfall war – und besonders danach*. Wohin Bettie auch schaute, überall sah sie Dinge, die seiner Hände Arbeit hervorgebracht oder verändert hatten. »Mr. Henry hat dieses Haus mit eigenen Händen gebaut«, erklärte Bettie voller Stolz. »Es ist mehr als ein Haus. Es ist ein Ort, an dem Menschen geboren werden und sterben. Ein Ort, an den sie gekommen sind, um an Leib und Seele zu gesunden. Um ihr Leben wieder in Ordnung zu bringen. Überleg mal, für wie viele Menschen dieses Haus der Mittelpunkt des Lebens war. Ein Haus, das Mr. Henry mit eigenen Händen gebaut hat, fast Tür an Tür mit dem Haus seiner Mutter.«

Annie betrachtete das Haus mit ihren Künstlerinnenaugen; nach einer Weile sagte sie: »Die Araber behaupten, ein Mann muß in seinem Leben vier Dinge tun. Er muß eine Frau lieben, einen Sohn zeugen, ein Haus bauen und ein Buch schreiben. Ich würde sagen, dein Mann hat drei dieser Ziele erreicht, und er hat es so gut gemacht, wie ein Mann es nur tun kann.«

In dieser Nacht schlief Bettie nicht in dem Bett, das sie so viele Jahre mit ihrem Mann geteilt hatte. Nach einem geschäftigen Tag schlief Mr. Henry tief und fest, und Bettie befürchtete, ihn durch ihre Bewegungen zu wecken oder ihm böse Träume zu bereiten. Deshalb hatte sie sich im Hinterzimmer zu Bett gelegt, inmitten der Spielsachen, die Mr. Henry für seinen Enkel gebastelt hatte, damit dieser sich bei seinen häufigen Besuchen beschäftigen konnte.

In der Nacht wurde Bettie von einem Traum geweckt, in dem ihr Mann gestorben war. Sie stand auf, ging in sein Zimmer und wußte, daß er tot war. Für einen Augenblick blieb sie neben dem Bett stehen und blickte hinunter auf sein Gesicht, das vom Mondlicht beschienen wurde. Es war ein wunderschönes Gesicht. Es besaß die Schönheit eines Kindes, das vor kurzer Zeit vom Himmel zur Erde gekommen war, und auf dem sich noch die Erinnerung an den Anblick Gottes spiegelte. Nun war ihr Mann zurückgekehrt; nun erinnerte er sich an den Anblick des Schöpfers. Bettie seufzte und trat ans Fenster. Leise rief sie Mr. Henrys Namen. Annie hörte sie und kam den Hügel hinauf. Während Bettie die Freundin beobachtete, überlegte sie bereits, wen sie verständigen mußte und welche Dinge zu erledigen waren.

Im Süden des Atascosa River führen die Straßen nach Mexiko, in Richtung Piedras Negras, durch eine Gegend, die so kahl und ausgedörrt ist wie der Traum eines Skeletts. Als Nuge von dem neuen Stück Land erzählte, das sie und ihr Mann an der mexikanischen Grenze gekauft hatten, war von »Wüste« die Rede gewesen. Bettie hatte sich unter diesem Begriff die großen, goldenen Dünen der Sahara vorgestellt. Doch der Landstrich, den sie nun durchreiste, als sie mit ihrer Schwester Ola von Moore Station aus zu Nuges Ranch unterwegs war, entsprach ganz und gar nicht der Wüstenlandschaft, die sie zu sehen erwartet hatte. So weit das Auge reichte, war nur eine riesige, eintönige Weite aus Silber und Purpur zu erblicken, die sich bis zum Horizont erstreckte. Bettie hatte nicht geglaubt, daß es in einer so trockenen Gegend überhaupt Farben gab, doch das Land war in Regenbogen aus Blau-, Grün- und Grautönen gehüllt, zart und zurückhaltend, als wären sämtliche Primärfarben – bis auf das leuchtende Gelb des Feigenkaktus und das Lila der Fingerspitzen der Ocatilla – von der Hitze in den Boden gepreßt worden. Da und dort wirbelten Staubteufel über das Land, und mit ihrem klagenden metallischen Klappern verspotteten die Windflügel der Wassermühlen die wenigen verhärmten Rinder, die vorübertrotteten und fast keinen Schatten auf den glühenden Sand warfen. Einmal führte die Straße an der Ruine einer verlassenen Schänke vorbei, aus Lehmziegeln errichtet und mit dem allgegenwärtigen Schild, das kalte Getränke verhieß. Bettie vermutete, daß diese Schänke von einer Familie erbaut worden war, die ihr Land und ihre Träume in der Wüste aufgegeben und statt dessen versucht hatten, an der Hauptstraße zu ernten, indem sie mit diesem großen Schild Autofahrer anzulocken versuchten und das Versprechen gaben, dem Reisenden für kurze Zeit Schutz vor der unerbittlich sengenden Sonne zu bieten.

Bettie fuhr mit ihrer Schwester Ola in deren Pontiac-Coupé. Während sie nach Süden rollten, dachte Bettie an Mr. Henry und wünschte sich sehnlichst, er wäre auf dieser Hilfsaktion bei ihnen. Mr. Henry hätte gewußt, wie man Zäune reparierte, eine Rinderherde zusammenhielt und was sonst noch alles getan werden mußte, um zu verhindern, daß Nuges und Toms kleine Ranch unaufhaltsam zurück in den Schoß der Wüste glitt. Seit Mr. Henrys Tod waren Betties Gedanken an ihren Mann mit Wehmut beladen, mit einer bittersüßen Sehnsucht. Die Trauer um seinen Tod war nicht so schlimm gewesen, wie Bettie eigentlich erwartet hatte; vermutlich lag es daran, daß Henry seit seinem Unfall an der King-Branch-Brücke ein gebrochener Mann gewesen war. Die Trauer um Henrys Schmerzen, über die vielen Jahre hinweg, war für Bettie schlimmer gewesen. Jetzt, da er von seinen Schmerzen erlöst war, verspürte sie mehr Sehnsucht und Erleichterung als Trauer. Außerdem ging das Leben weiter, und nun galt es erst einmal, sich um die Sorgen Nuges zu kümmern, der kleinen Schwester, die wie eine Beduinenfrau in dieser Wüste lebte, auf einer todgeweihten Ranch nördlich des Rio Grande.

Bettie und Ola gelangten an die Abkürzung, die Nuge ihnen auf der Landkarte gezeigt hatte; dort wandten sie sich nach Westen und fuhren über einen Holperpfad, der durch einen verdorrten Gestrüppgürtel führte. Sie kamen durch Flußbetten, die so trokken waren wie heiße Bratpfannen. Sträucher peitschten gegen die Kühlerschnauze des Wagens und kratzten an der Karosserie, und Ola mußte mit dem ganzen Körpergewicht am Lenkrad drehen, wie ein Matrose am Ruder, wenn er auf hoher See von einem Sturm überrascht wird. Hin und wieder sahen sie kleine Gruppen abgemagerter Rinder auf Lichtungen im dichten Gestrüpp, und zweimal scheuchten sie Kaninchen auf, die auf dem Pfad gekauert hatten und vor dem Wagen ins Gebüsch flüchteten. Bettie vermutete, daß diese Gegend bei Klapperschlangen besonders hoch im Kurs stand.

Die Ranch von Nuge und Tom Lay war nur ein winziger Fleck in der Unendlichkeit dieses Wüstenlandes. Das Haus war eher eine von Wind und Wetter gezeichnete Hütte aus rauhen Brettern, die von Zwergeichen und den minderwertigen Kiefern stammten, die am Hang des Berges am gegenüberliegenden Ufer wuchsen. Das Dach war aus Blech, und die Nebengebäude und Zäune waren aus trockenen Klötzen und Brettern errichtet, die aus dem Holz der Ocatilla gehauen waren. Eine große Windmühle mit eisernen Flügeln ratterte und klapperte in der Brise, doch die Pumpe gab ein röchelndes, sorgenvolles Geräusch von sich, das darauf schließen ließ, daß kaum noch Wasser zutage gefördert wurde.

Nuge erwartete die Schwestern bereits. Sie sah schrecklich hilflos aus – und dennoch unglaublich stark, wie sie allein dort stand und darauf zu warten schien, daß das Schicksal endlich seine rasante Talfahrt beendete. Tom war nicht zu Hause; er versuchte, den neuen Ölbaronen, die sich in den Hotelhallen in Fort Worth und Dallas tummelten, Bohrrechte zu verkaufen oder Pachtgrundstücke anzubieten. Somit stand Nuge allein vor der unausweichlichen und wahrscheinlich unlösbaren Aufgabe, die Ranch am Leben zu erhalten, bis endlich der nächste Regen oder ein Käufer oder der Bohrtrupp einer Ölgesellschaft kam.

»Man kann sich kaum vorstellen, daß sie mal reiche Leute waren«, ächzte Ola, als sie den Pontiac mit aller Kraft an einem selbstmörderischen Gürteltier vorbeisteuerte. »Tom hat es geschafft, ihr Geld in eine Katastrophe zu verwandeln. Guck dir dieses Höllenloch an!«

Bei ihren Besuchen in Seguin hatte Nuge sich nie über ihre Lebensumstände beklagt, und sie tat es auch jetzt nicht, als ihre Schwestern die Sachen aus dem Wagen luden, die sie aus der Stadt mitgebracht hatten. Bettie hatte eingemachtes Obst aus ihrem Garten dabei, und Pflaumenbaum-Sämlinge und Setzlinge von ihren Sieben-Schwestern-Rosen. Außerdem hatte sie Nuge das Geld für deren Texas-Star-Deckchen mitgebracht, die in San Antonio sehr begehrt waren und von einigen dortigen Geschäften in Kommission verkauft wurden. »Wer hätte gedacht, daß deine Deckchen mit dem Stern von Texas mal ein hübsches Sümmchen bringen«, sagte Ola, die sehr wohl wußte, daß die Ranch nur durch dieses Geld am Leben erhalten wurde.

Bettie stellte fest, daß Nuges schlichtes Haus erstaunlich aufgeräumt war. Es besaß die spartanische Behaglichkeit eines sauberen, gut organisierten Militärlagers, wenngleich durch mehrere Ritzen in den Bretterwänden der blaßblaue texanische Himmel zu sehen war. Nuge ließ Fenster und Türen offen; dennoch war es brütend heiß im Innern der Behausung, und als die anfängliche Wiedersehensfreude verebbt war und die Unterhaltung sich dahinzog, konnte Bettie einen Chor von Insekten hören; es hörte sich an, als würden sie sich versammeln, um in der Dämmerung eine Invasion des Hauses zu unternehmen.

Betties Hilfsaktion im Grenzland war auf die katastrophale Wirtschaftspolitik Hoovers sowie auf Tom Lays gescheiterte Strategie zurückzuführen, seiner Ranch durch eine möglichst große Rinderherde zum Erfolg zu verhelfen. Was Hoover tat, führte genauso in den Ruin wie Toms Vorgehensweise; es hätte zu den gleichen Ergebnissen geführt, wäre Hoover für das Wohl der Ranch und Tom Lay für das Wohl der Vereinigten Staaten verantwortlich gewesen.

Einst hatte es Gras auf der Lay-Ranch gegeben, doch es herrschte eine andauernde Dürre, und auf Tom Lays Weiden waren zu viele Rinder. Nun verhungerten bereits die ersten Tiere. Zudem war der Marktpreis für Rinder auf einen historischen Tiefstand gesunken, und der Erlös für das Fleisch war geringer als die Kosten, die Tiere zu den Märkten zu transportieren. Daher blieb den Ranchern nichts anderes übrig, als ihr Vieh zu behalten und um ein Ansteigen der Fleischpreise zu beten.

Bettie hatte jahrelang eine eigene Farm geführt; daher konnte sie mit Vorschlägen aufwarten, die freilich für das Farmland am Guadalupe weitaus geeigneter waren als für das karge, ausgedörrte Ranchland am Rio Grande. Sie hatte den Plan, einen Obstgarten anlegen zu lassen, um Nuges und Toms Einkommen aufzubessern; dazu vielleicht eine kleine Hühnerzucht und ein paar Schweine, um sich selbst versorgen zu können und nicht mehr so sehr auf den Mark in der Stadt angewiesen zu sein. Doch ein anderes Problem war dringlicher: Zwar war noch ein wenig Wasser in den Brunnen, doch die Windmühle pumpte nur noch Luft, und die Rinder gingen an Durst und Hunger ein. Die Schwestern mußten einen Weg finden, die überlebenden Tiere zu retten, bis Tom entweder einen geschäftlichen Erfolg vorweisen konnte, oder bis endlich Regen kam. Nach Betties Einschätzung war weder mit dem einen noch mit dem anderen zu rechnen.

Nuge hatte einen Plan. »In Trockenzeiten wie dieser«, sagte sie, »verfüttern die Mexikaner den Feigenkaktus an ihr Vieh. Wenn wir den Kaktus über einem Feuer austrocknen, können wir die Dornen entfernen. Dann werden die Rinder das Zeug fressen, als wär's das leckerste Futter.«

Es gab zwar reichlich Feigenkaktus, doch die Arbeit ging zu langsam voran, und die Feuer lagen zu weit verstreut, als daß die Schwestern alle hätten in Gang halten können. Es schien, als könnten sie nie und nimmer genug Feuer entfachen, um die hungernden Tiere mit genug Futter zu versorgen. Den ganzen Tag dachten Bettie und ihre Schwestern über eine Verbesserung der Methode nach. Am nächsten Morgen, bevor die Sonne zu heiß wurde, brachen Bettie und Ola mit Macheten ins Dornbuschland auf und hackten den Feigenkaktussen die fetten grünen Ohren ab. Vorsichtig darauf bedacht, sich nicht an den schrecklichen Dornen zu verletzen, luden sie die saftigen Kaktusstücke auf einen hölzernen Handkarren; dann rollten sie den Karren unter das Blechdach einer Hütte, in der Nuge in einem Ring aus Steinen ein Feuer entfacht hatte. Nachdem sie die Kaktusstücke auf Eisenstangen gespießt hatten, legten Bettie und Ola die Stangen über das Feuer und drehten sie wie einen Braten, bis die Flammen die Dornen weggebrannt hatten. Nachdem die Kaktusstücke abgekühlt waren, wurden sie an die Rinder verfüttert. Trotz der Verbesserung war es noch immer eine umständliche und zeitraubende Arbeitsweise. In den ausgetrockneten Fluß- und Bachbetten lag genug totes, verdorrtes Mesquitegestrüpp, um das Feuer mühelos in Gang halten zu können, und es gab so viel Feigenkaktus, daß man damit sämtliche Rinder in Texas hätte füttern können. Doch die Schwierigkeit bei der ansonsten gut durchdachten Methode lag darin, rasch genug ausreichend Brennmaterial zu sammeln und die Kaktusstücke abzuhacken und beides über den glühenden Sand zum Feuer zu schaffen. In ihren Lederstiefeln und Handschuhen, Hauben und Schürzen schufteten die drei Schwestern von frühmorgens den ganzen glutheißen Tag über bis spät in den Abend. »Ich bin zu alt für so was«, sagte Bettie. »Was haben drei alte Damen überhaupt hier draußen in der Wüste verloren? Ich sollte in meinem Schaukelstuhl auf der Veranda vor dem Haus sitzen und mit meinen Enkelkindern spielen.«

An diesem Abend sah Bettie zum erstenmal den Sternenhimmel über der Wüste. Die Luft war wie ein zarter, klarer Kristall, und staunend stellte Bettie fest, daß es mehr Sterne gab, als sie es je für möglich gehalten hätte.

Ich bin so müde, dachte sie, *daß ich den Schmerz gar nicht mehr spüre, den meine alten Knochen jetzt bestimmt erleiden müssen.* Sie war tatsächlich so erschöpft, daß ihr beinahe schwindlig war; dann aber schaute sie zum Himmel auf und kam sich unsterblich vor, so, als könnte sie davonschweben, hinauf zu dieser hauchfeinen Wolke aus Sternen. *Ein Abendhimmel wie dieser ist die ganze Mühe wert*, dachte Bettie. Sie schaute zu Nuge hinüber und sah, daß auch die Schwester gedankenversunken zum Himmel schaute. Jetzt konnte Bettie verstehen, warum Nuge niemals aus dem Wüstenland fortgezogen war. Sie hatte viele Gründe und reichlich Gelegenheit, in die Stadt zurückzukehren, doch sie war geblieben, und sie kämpfte darum, das Land am Leben zu erhalten. Und vielleicht war die Nacht ihr Lohn, wenn die Sterne wie Edelsteine auf schwarzem Samt schimmerten, so wie jetzt.

Am Morgen des zweiten Tages wurde Bettie vom Gebrüll zweier Brahma-Bullen geweckt. Bei einem Gebietsstreit hatte der Bulle eines Nachbarranchers den Stacheldrahtzaun niedergerissen und versuchte nun, mit den Hörnern den Gatterzaun umzustoßen, hinter dem sich der Lay-Bulle befand.

Die beiden Widersacher waren drauf und dran, in einer Explosion aus rasendem Zorn, Kraft und Wucht mit ihren Hufen und tödlichen Hörnern aufeinander loszugehen.

Beide Tiere kamen Bettie mindestens so groß wie Lokomotiven vor. Plötzlich schnappte Nuge sich ein Seil, das an der Wand hing, und stürmte hinaus zum Rinderpferch.

»Hört auf!« schrie sie die Bullen an. Die beiden schauten nicht einmal in ihre Richtung.

Bettie war entsetzt, als sie erkannte, daß ihre Schwester tatsächlich zu den rasenden Brahma-Bullen wollte.

»Nuge!« rief sie. »Bleib hier!«

»Niemand kauft einen toten oder zerschundenen Bullen!« rief Nuge zurück.

Der fremde Bulle hielt inne, offensichtlich erstaunt über den Anblick des winzigen Wesens. Er ließ vom Zaun des Gatters ab, senkte seinen gewaltigen Kopf und brüllte Nuge wütend an. Urplötzlich stürmte er auf sie los; er schnaubte zornig, und seine Hufe schleuderten den Sand auf. Doch Nuge wich nicht von der Stelle, und als das Tier sie beinahe erreicht hatte, warf sie ihm mit einer flüssigen Bewegung das Lasso über den Kopf. Einen Sekundenbruchteil später lag Nuge rücklings am Boden, während der Bulle über ihr stand, seinen massigen Schädel hin und her warf und versuchte, Nuge aufzuspießen.

Später erklärte Bettie, sie könne sich nicht recht entsinnen, was im einzelnen geschehen sei. Sie konnte sich nur noch an eine Reihe von Bildern erinnern – erschreckende Bilder in den Farben des Grauens und der rasenden Wut. Ola sagte später, daß Bettie dem Bullen schreckliche Drohungen und wüste Beschimpfungen zugeschrien hatte, bevor sie sich ihre Schürze herunterriß und sie wild vor der Nase des Tieres schwenkte, worauf der Bulle von Nuge abließ und die Schürze aufs Korn nahm. Wie Ola behauptete, war Bettie daraufhin einfach zur Seite ausgewichen, mit der Anmut eines Stierkämpfers. Nuge sprang auf und packte das Ende des Lassos, während Bettie ihre Schürze fallen ließ, die der Bulle weiterhin bearbeitete; dann eilte sie Nuge zur Hilfe, und gemeinsam zerrten die beiden Frauen den Bullen am Lasso in einen leeren Pferch, schlugen das Tor zu und hämmerten den Bolzen in den Riegel. Das alles geschah, nach einhelliger Meinung der Schwestern, in ungefähr vierzig Sekunden.

An diesem Abend, als die drei Frauen ihre Wunden pflegten und beobachteten, wie die Sterne am Himmel erstrahlten, zeigte Bettie auf eine Konstellation, bei dem es sich nach ihrer Meinung um das Sternbild des Taurus handelte, des Stiers.

»Papa Leonard kannte sämtliche Sternbilder«, sagte sie. »Ich bin sicher, das ist Taurus.«

»Was hast du gefühlt, als du mit dem Stier gekämpft hast?« fragte Ola.

»Wut«, sagte Bettie.

»Hast du keine Angst gehabt?«

»Weiß ich nicht mehr«, erwiderte Bettie. »Ich war wie von Sinnen.« Sie versuchte sich zu erinnern, was Papa Leonard ihr über Zeus und Europa und den Stier erzählt hatte. Papa Leonard war einige Jahre zuvor gestorben, und Bettie vermißte ihn schrecklich. Vielleicht war Papa Leonard zu einem der Sternbilder geworden? Bettie versuchte, sein Gesicht in den Sternen zu entdecken.

Nach vier harten Arbeitstagen hatten die Frauen genug Kaktusstücke zu Futter verarbeitet, um die Rinderherde vor dem Verhungern zu bewahren. Am fünften Tag kehrte Tom Lay mit der Nachricht aus Dallas zurück, daß der Texaner John Nance Garner an die zweite Stelle auf der Kandidatenliste des Präsidentschaftsanwärters Roosevelt gesetzt worden sei. Roosevelt habe sein Programm des »New Deal« verkündet, seine neue Wirtschafts- und Sozialpolitik, und die Rancher könnten im nächsten Jahr mit erheblichen Erleichterungen rechnen. Am siebenten Tag fing es zu regnen an. Die drei Schwestern hüpften und tanzten im Regen, bis sie vollkommen durchnäßt waren. Tom Lay beobachtete sie von der Veranda aus und fragte sich, ob sie noch alle Sinne beieinander hatten.

Im Oktober 1932, als die Präsidentschaftswahlen näherrückten, dachte Bettie King darüber nach, ob sie sich zum erstenmal an der Wahl beteiligen sollte. Annie war entsetzt, als sie erfuhr, daß ihre Schwägerin noch nie gewählt hatte. Bettie mußte sich dafür sogar leise Vorwürfe Annies gefallen lassen. »Falls du nicht wählen gehst«, sagte Annie mehr als einmal, »hast du kein Recht, dich über die Regierung zu beklagen, die du vorgesetzt bekommst.«

»Aber das tue ich ja gar nicht«, erwiderte Bettie jedesmal, wenn sie beim Nähen auf der Veranda saßen, und Annie mußte zugeben, daß Bettie die Wahrheit sagte.

Einmal war sie drauf und dran gewesen, sich an der Wahl zu beteiligen: in dem Jahr, als der Ku-Klux-Klan in die Kirche eingedrungen war. Dann aber war sie zu der Einsicht gelangt, daß die Stimme einer einzigen Frau der Macht des Klans nicht das geringste anhaben konnte. Diese Angelegenheit mußten die Männer aus der Welt schaffen. Dann aber, nach ihren Erlebnissen in der Wüste mit Nuge und Ola, dachte Bettie immer häufiger darüber nach, wie die Männer die Politik gestalteten. Sie hatte die Politik stets als etwas Abstraktes betrachtet, das in einer ganz anderen Welt geschah. In Betties Augen war »Politik machen« ein Spiel, das von Männern gespielt wurde, um ihre Langeweile zu vertreiben, oder um ihre Gier nach Macht und Geld zu befriedigen, oder um die Zeit zwischen den Kriegen totzuschlagen. Die Gesetze, welche die Politiker verabschiedeten, berührten das alltägliche Leben der Menschen nur herzlich wenig. »Hoover lebt in einer anderen Welt als wir«, beklagte Bettie sich bei Annie. »Seine Politik hat nichts mit wirklichen Menschen zu tun, die ein wirkliches Leben führen. Deshalb geht es uns in Texas so schlecht. Deshalb kann Nuge ihre Rinder nicht verkaufen.«

Als die Wirtschaftskrise sich verschlimmerte, spürte Bettie, wie der Einfluß auf ihr Land, ja, ihr Leben ihr immer mehr aus den Händen glitten. Sie war stets der Meinung gewesen, vor der Ebbe und der Flut wirtschaftlicher Entwicklungen geschützt zu sein, doch die Wirtschaftsdepression zu Beginn der dreißiger Jahre machte auch vor einigen Banken in Seguin nicht halt. Neben einem kleineren Betrag, den Bettie bei der Nolte National Bank gespart hatte, waren ihren einzigen Rücklagen das Butter- und Eiergeld, das sie in einem Topf aufbewahrte. Vor seinem Tod hatte Mr. Henry zwar Baumwolle in einem Lagerhaus in der Stadt deponiert; nun aber, da die Preise abstürzten, war diese Baumwolle nahezu wertlos.

Um ihre Farm über Wasser zu halten, nahm Bettie Untermieter in ihr einst so prächtiges Haus auf. Die Abstellkammer wurde von einem Pärchen bezogen, und die Schlafzimmer wurden an Männer vermietet, die auf den neu erschlossenen Darst-Creek-Ölfeldern arbeiteten. Einigen Leuten erlaubte Bettie sogar, ihre Wagen auf dem Hof abzustellen und sie als Unterkünfte zu benutzen; da neben dem Hühnerstall und vor dem Garteneingang Wasserhähne standen, vermietete sie diese Bereiche als Park- und Wohnplätze. Ein weiterer Mann schlief in einem Feldbett auf der Veranda. Keinem der Mieter war es gestattet, die Toilette im Haus zu benutzen; dieses Geschäft mußten sie im alten Plumpsklo erledigen, das immer noch stand.

Das Glück hatte sich langsam und unmerklich gewandelt. Bettie hätte nicht einmal sagen können, wann sie erkannt hatte, daß sie verarmt war. Sie besaß immer noch ihr Land, gewiß, doch mit dem Land konnte sie weder die Collegeausbildung ihrer Enkelin bezahlen noch das Geld für die notwendigen Reparaturen des Hauses aufbringen, das zunehmend verfiel: Das Dach war undicht; mehrere Fensterläden hingen schief in den Angeln, und andere waren erst vor kurzem von einem Nordsturm weggerissen worden. Der einst so schöne weiße Anstrich war grau geworden und blätterte ab. Und nun stand auch noch der Hof voller alter Autos, in denen verzweifelte Menschen hausten. Wenigstens gab es genug zu essen, und Bettie hatte ihre Freundinnen und die Familie. Außerdem mußte diese schwere Zeit ja irgendwann ein Ende nehmen, wie alle schweren Zeiten zuvor. Vielleicht gelang es Roosevelt und John Nance Garner, den Vereinigten Staaten den Wohlstand zurückzugeben, den Hoover Gott weiß wo versteckt hatte.

Im November 1932 lernte Bettie einen der weniger bekannten Präsidentschaftskandidaten kennen. Er hieß Jacob Coxey und war der Mann, der Carl Browne und seine anderen Anhänger, die Coxeyiten, vor vielen Jahren bei ihrem Marsch nach Washington angeführt hatte. Jacob Coxey hatte mit dem für ihn typischen Brimborium in Seguin Einzug gehalten: Er reiste im roten Lastwagen eines »Wundermedizin«-Verkäufers, der mit Wahlkampfparolen bemalt und mit patriotischen Flaggen und Wimpeln behängt war. Eine aufdringliche Dampforgel plärrte Marschmusik, wenn Coxey ausnahmsweise nicht damit beschäftigt war, lautstark seine Cox-E-Lax-Medizinaltinktur anzupreisen oder diejenigen niederzubrüllen, die ihre Seelen an die »politischen Freifahrtscheinknipser« verkauft hatten, wie Coxey es nannte. Mary Lou bezeichnete Coxey als »Mann des Volkes, der Amok gelaufen ist«. »Er hat genau die richtigen Ideen«, sagte sie, »aber er hat keine Chance, gewählt zu werden. Wie kann man für jemanden stimmen, der seinem Sohn den Namen Legal Tender gegeben hat – ›gesetzliches Zahlungsmittel‹?« Und Annie fügte hinzu, sie könne nicht für einen Kandidaten stimmen, der sich die Unterstützung der amerikanischen Marsianer-Gesellschaft erworben hatte.

Ein paar Stunden nach seinem Einzug in Seguin kam Coxeys Wundermedizin-Lastwagen die Straße zu Betties Haus heraufgerumpelt und hielt. Coxey stieg aus, blickte sich vor dem Eingangstor vorsichtig um, kam dann zur Tür marschiert und klopfte an. Bettie öffnete.

»Mrs. King?«

»Ja?«

»Jacob Coxey. Ein guter Freund hat mich gebeten, bei Ihnen etwas abzugeben. Können Sie sich an Carl Browne erinnern?«

»Das ist Jahre her. Er war unterwegs nach Washington.«

»Carl hat mir gesagt, daß Sie sehr freundlich zu ihm waren. Eine liebe Frau, sagte er. Er hat mir erzählt, daß Sie ihm Geld für eine Eisenbahnfahrkarte nach Washington gegeben haben.«

Bettie erinnerte sich an Browne, den Coxeyiten in der Westernkluft, der so groß gewesen war, daß er sich hatte bücken müssen, um durch die Tür zu kommen. Und Bettie fiel auch wieder ein, daß sie Brownes goldene Uhr als Bezahlung für die Fahrkarte zurückgewiesen hatte.

»Erinnern Sie sich an Carl?« wollte Coxey wissen.

»Mr. Browne ist ein Mann, den man nicht so schnell vergißt.«

»Tja, Carl weilt nicht mehr unter uns. Er ist vor ein paar Jahren gestorben. Aber er hat mir gesagt, daß ich Ihnen dies hier geben soll, falls es mich mal in diese Gegend verschlägt.« Coxey zog eine goldene Uhr aus der Tasche und reichte sie Bettie.

Bettie nahm die Uhr und drehte sie zwischen den Fingern. »Na, so was«, sagte sie. »Kommen Sie herein, Mr. Coxey. Ich koche uns eine Kanne frischen Kaffee.«

Als Privatmann war der Präsidentschaftskandidat Jacob Coxey längst nicht so extravagant und bombastisch wie bei seinen öffentlichen Auftritten. Er hatte ein freundliches, intelligentes, ein wenig dickliches Gesicht – eher das Gesicht eines Träumers als das eines Mannes der Tat. Seine Augen funkelten voller Humor. Er trug ein altmodisches Hemd mit Stehkragen und eine Brille mit silbernem Rahmen. Als sie den Kaffee tranken, redete Coxey über Carl Browne, und daß Carl ihm über viele Jahre hinweg ein getreuer Adjutant gewesen sei. Coxey erzählte Bettie, daß Browne nach Kalifornien zurückgekehrt sei, um eine Flugmaschine zu bauen. »Er war der Überzeugung, daß dieses Gerät die Welt verändern würde, und es sieht so aus, als hätte er recht gehabt. Auch ich möchte die Welt verändern. Ich habe mein ganzes Leben damit verbracht – und was habe ich verändert? Nichts. Wahrscheinlich hätte ich mich auch dem Flugzeugbau zuwenden sollen, statt der Politik.«

»Vielleicht ist es an der Zeit, wieder mal einen Marsch nach Washington zu unternehmen.«

»Ich bin zu alt fürs Marschieren«, sagte Coxey. »Aber für das Amt des Präsidenten bin ich noch jung genug. Und was den Marsch angeht, da haben Sie recht. Als Carl Browne und ich 1894 nach Washington gezogen sind, gab es drei Millionen Arbeitslose. Diesmal sind es fünf Millionen.«

»Von denen die meisten auf meinem Land wohnen und in meine Küche kommen, um was zu essen zu kriegen.«

»Tja, ich werde sehen, was ich tun kann, den Leuten wieder Arbeitsplätze zu beschaffen.« Coxey erhob sich. »Ich darf doch auf Ihre Stimme zählen?«

Bettie überlegte krampfhaft, wie sie Coxey beibringen sollte, daß ein Mann, der seinem Sohn den Namen »gesetzliches Zahlungsmittel« gegeben hatte, nicht auf ihre Stimme rechnen konnte. Sie zögerte ein wenig zu lange.

»Na ja«, sagte Coxey und ging zur Tür. »Könnte ich Sie wenigstens für eine Flasche Cox-E-Lax erwärmen?«

Als der Wundermedizin-Lastwagen verschwunden war, ging Bettie zurück auf die Veranda und setzte sich in einen der wenigen Stühle, deren Sitzflächen aus Korbgeflecht noch heil geblieben waren. Sie betrachtete die alten Autos auf dem Hof und die abblätternde Farbe an den Säulen des Vordachs und schließlich Carl Brownes goldene Uhr. *Vielleicht muß ich selbst einen Marsch nach Washington machen*, dachte sie. *Ich darf die Welt nicht in den Händen solcher Dummköpfe belassen.*

Nachdem sie eine Zeitlang vor sich hin gekichert hatte, dachte sie über ihre Stimmabgabe bei den Präsidentschaftswahlen nach, da es mit dem Marsch ja sowie nichts wurde. Welche Bedeutung hatte ihre Stimme? Bettie ließ diejenigen Erlebnisse in ihrem Leben Revue passieren, die ihr die Augen geöffnet und sie zu der Einsicht geführt hatten, daß die Welt Veränderungen brauchte. Sie dachte an Carl Browne, wie er an ihrem Küchentisch gesessen hatte; sie dachte an die sterbenden Landstreicher und Wanderarbeiter im Mission-Hotel und daran, wie der Ku-Klux-Klan in die Kirche eingedrungen war. Sie dachte an all die Frauen, denen gar nichts anderes übrig blieb, als sich ihren Lebensunterhalt als Näherin oder Prostituierte zu verdienen, um in einer Männerwelt überleben zu können. Und sie dachte an Nuge und deren Ranch. Nuge hatte tapfer gegen ihre Probleme gekämpft. *Sie hat nur ein bißchen Hilfe von uns anderen gebraucht*, ging es Bettie durch den Kopf, und bei diesem Gedanken veränderte sich ihre Definition des Begriffs Regierung von »die da oben« in »uns andere«. Coxeys Pläne gingen dahin, »uns anderen« die Möglichkeit zu bieten, jenen Menschen zu helfen, deren Farmen im Sterben lagen, oder die keine Arbeitsstelle fanden, oder deren Kinder sich keine Ausbildung leisten konnten. *Vielleicht hatten Euphemia und Annie recht. Vielleicht können »wir anderen« einen Beitrag dazu leisten, die Welt zu verändern. Coxeys Problem war nicht seine Botschaft, sondern er selbst, der Verkünder.*

Als Bettie schließlich an die öffentliche Anhörung Pink Rosebuds denken mußte, die der Stadt ein Grundstück für die Schule hatte schenken wollen, schämte sie sich zutiefst, daß sie dieser Frau nicht beigestanden hatte. Und bei diesem Gedanken, in diesem Augenblick, war Betties inneres Streitgespräch entschieden.

Am frühen Morgen des ersten Donnerstag im November 1932 ging Bettie die Court Street hinunter, aufrecht, festen Schrittes und mit der ihr eigenen Zielstrebigkeit, mit der sie all ihre Aufgaben anpackte. Im Rathaus, am Wahlschalter, stimmte sie gegen Hoover und für John Nance Garner aus Texas und Franklin Delano Roosevelt aus New York. Auf dem Nachhauseweg verstand Bettie endlich, was Annie meinte, als sie später erklärte: »Ich bin nie glücklicher und stolzer gewesen als in den Stunden, nachdem ich meinen Wahlzettel ausgefüllt hatte.« Am 4. März 1933 wurde Roosevelt, mit Betties begeisterter Zustimmung, Präsident der Vereinigten Staaten.

Nachdem Jennies Ehe mit ihrem zweiten Handelsvertreter in die Brüche gegangen war, mußte sie ihren Sohn allein großziehen. Er wurde allgemein nur »Junior« genannt. Als Bettie sah, wie sehr Jennie sich abrackern mußte, um den Jungen vernünftig zu ernähren und zu kleiden, dachte sie: *Was für eine schreckliche Ironie, daß ein Junge namens Junior ohne Vater aufwachsen muß.* Jennies Sohn war dunkelhäutig und hübsch – so schön, wie seine Mutter gewesen war –, doch er war ein stilles, schweigsames, ja, grüblerisches Kind. Jennie vergötterte Junior; der Sohn des blendend aussehenden Handelsreisenden, den sie nur für eine so kurze, tragische Zeit geliebt hatte, war der Mittelpunkt ihres Lebens.

Junior und Mr. Henry waren dicke Freunde gewesen. Oft hatten sie stundenlang auf der Veranda gesessen und sich unterhalten. Jetzt, da Mr. Henry tot war, kam Junior häufig mit Jennie am Sonntag zum Mittagessen.

Im Frühling und Sommer gingen Jennie, Junior, Annie und Bettie oft zum Picknick, wobei sie den Pfad benutzten, der an der alten Mühle vorbei zu der riesigen Eiche führte, die an der Biegung des Flusses stand und deren Krone weit über das Wasser ragte. Hier war der Fluß so kristallklar, daß man die Fische beobachten konnte, die zwischen den bemoosten Steinen und dem Unterwasserfarn hin und her schossen. Bettie, Annie und Jennie breiteten an diesem stillen, paradiesischen Flecken des King-Landes ihre Decke aus und hielten ein Schwätzchen, während Junior angelte. Er war ein ausgezeichneter Angler und fing oft reichlich Fisch fürs Mittagessen. Manchmal nahm Bettie auf diesen Ausflügen ihre Enkelkinder mit, für gewöhnlich George Henry, und Annie lud ihren Enkel Lynch ein. Wenn die kleinen Jungen bei ihnen waren, war Junior ihr besonnener Lehrmeister, der ihnen die Geheimnisse des Waldes und des Flusses zeigte: wie man einen Köder am Haken befestigte; wie man die fischreichsten Stellen aufspürte; wo die Wollschwanzkaninchen ihre Bauten errichteten. Er zeigte ihnen, welche Schlangen giftig und welche harmlos waren und wo sich die gefährlichen Senkgruben im Fluß befanden.

Die Frauen beobachteten die Jungen beim Spielen und versuchten sich vorzustellen, was sie mit ihrem Leben anfangen würden. »Die drei sind etwas Besonderes«, sagte Annie, als sie den Jungen beim Angeln zuschaute. »Und das hat nichts damit zu tun, daß wir ihre Mütter oder Großmütter sind. Schaut sie euch an. Habt ihr schon mal hübschere Jungs gesehen?« Bettie war mit Annie einer Meinung. Sie fühlte sich den Freundinnen so nahe wie nie zuvor, und sie wünschte sich, Mr. Henry könnte bei ihnen sein. Wie stolz er auf seinen großen, kräftigen Enkel wäre.

Als die Wirtschaftskrise ihren Höhepunkt erreichte und die Banken schließen mußten, sagte Jennie voller Kummer zu Bettie: »Das Geld, das für Juniors Ausbildung bestimmt war, ist futsch. Aber irgendwie werde ich's schon wieder auftreiben.« Jennie hatte sich nie unterkriegen lassen; Bettie wußte, wie zäh die Freundin war. Diesmal aber spürte Bettie eine Entschlossenheit, die sie noch nie bei Jennie beobachtet hatte.

Und Jennie schaffte es tatsächlich, genug Geld zusammenzukratzen, um Junior aufs College schicken zu können. Nachdem er das erste Schuljahr hinter sich hatte, schaute er sich nach einem Job um. Er fuhr mit der Bahn nach Houston, nach San Antonio und schließlich in andere Bundesstaaten, wobei er ein Landstreicherleben führte. Doch statt eines Jobs fand er nur andere verzweifelte, arbeitssuchende Männer und Jungen. Schließlich kehrte er entmutigt und niedergeschlagen nach Seguin zurück. Eines Tages brachte er Bettie mehrere Bücher, die Mr. Henry ihm einst zu lesen gegeben hatte. Als Bettie und Junior auf der Veranda saßen und sich unterhielten, bemerkte sie, daß der Junge mit den Tränen kämpfte. »Ich bin meiner Mutter ein nichtsnutziger Sohn«, sagte er. »Immer rackert sie sich ab, damit wir zurechtkommen, und immer wieder mache ich alles kaputt.«

»Es wird alles anders«, sagte Bettie. »Irgendwann sind die harten Zeiten vorbei. Ich habe früher schon harte Zeiten erlebt. Aber die Menschen haben sie überstanden, und dann ging's wieder aufwärts.«

»Es gibt keine Arbeit.«

»Vielleicht solltest du wieder zur Schule gehen. Eine gute Ausbildung macht sich bezahlt, wenn die Zeiten besser werden.«

»Das ist zu teuer für Mutter. Ich weiß einfach nicht, was ich tun soll.«

Noch nie hatte Bettie einen Menschen gesehen, der sich von äußeren Umständen so sehr den Mut hatte rauben lassen. »Über kurz oder lang machen wir alle Fehler«, sagte sie zu Junior. »Dein Weg hat gerade erst begonnen. Das ganze Leben liegt noch vor dir. Versuche einfach, dein Bestes zu geben. Wer das tut, braucht sich keine Vorwürfe zu machen, wenn mal etwas nicht klappt.«

Kurz nach Einbruch der Dunkelheit klingelte das Telefon. Es war Jennie. »Bettie, Junior wollte uns Fisch zum Abendessen angeln. Er ist noch nicht nach Hause gekommen. Hast du ihn an der Straße vorbeigehen sehen?«

Bettie verneinte, fügte aber hinzu: »Es ist noch nicht so spät, Jennie. Er wird bestimmt gleich kommen.«

Um Mitternacht war Junior immer noch nicht zu Hause, und inzwischen hatte Bettie eine so übermächtige düstere Vorahnung, daß es sie körperlich schmerzte. Sie dachte an das Gespräch, das sie mit Junior geführt hatte. Hatte sie versäumt, ihm irgend etwas zu sagen, irgend etwas zu tun, das ihm in seiner Verzweiflung hätte helfen können? Sie zog ihren Pullover an und ging die zwei Querstraßen zu Jennies Haus. *Wie oft haben Frauen die ganze Nacht auf ihre Kinder gewartet?* fragte sie sich. *Wie oft haben Frauen sich in den frühen Morgenstunden gegenseitig getröstet, wenn sie vergeblich versuchten, sich logische Gründe für das Ausbleiben der Kinder aus den Fingern zu saugen, nur um sich zu beruhigen?* Bettie und Jennie warteten.

Es war Abes Sohn Adolph, der Juniors Leiche am nächsten Morgen im Fluß entdeckte, kurz hinter der idyllischen Flußbiegung auf dem King-Land, an einer Stelle, an der die Strömung ein Flachstück in die Uferböschung gespült hatte. Junior war an dieser seichten Stelle ertrunken – eine Stelle, an der er schon viele Male geangelt hatte und die ihm vertraut gewesen war.

Einige Wochen nach Juniors schrecklichem Tod am Flußufer machten Annies Enkel Lynch und ein paar andere Kinder aus Seguin einen Ausflug an einen See in der Nähe des Guadalupe, der als »Dam Number Five« bezeichnet wurde. Dieser See war nur fünf Meilen von zu Hause entfernt, doch die Gegend erinnerte an eine unerforschte, geheimnisvolle Wildnis. Einmal, als George Henry seine Großmutter Bettie besuchte, hatten die beiden auf der Veranda gesessen und sich unterhalten. Sie unterhielten sich oft, und Bettie genoß die Zeit, die sie mit ihrem Enkel verbrachte. George Henry erzählte Bettie, was er und seine Freunde am Dam Number Five so alles trieben. Normalerweise hätte Bettie einige der Abenteuer mißbilligt, die George Henry und seine Freunde unternahmen, wenn sie fort von zu Hause und unter sich waren; doch sie war zu der Einsicht gelangt, daß es nicht ihre Sache war, George Henry zu kritisieren; deshalb redete der Junge ziemlich offen über seine Eskapaden. Zudem wußte Bettie, daß Schelte die wundervolle Brücke zerstören konnte, die sie und George Henry über die Generationen hinweg errichtet hatten.

»Es war wirklich kalt«, erzählte George Henry, »und das Seeufer war noch zugefroren. Wir hatten unsere Luftgewehre dabei, mein Freund Clifford sogar sein 22er-Gewehr. Plötzlich flogen ein paar Enten auf. Da haben wir beschlossen, eine zu schießen und sie als Mittagessen zu braten. Wir zielten, und – Bumm! Die Ente fällt wie ein Stein vom Himmel und klatscht ziemlich weit im See ins Wasser. Tja, wir hatten ein Kartenspiel dabei, und da haben wir Karten gezogen. Wer die niedrigste Karte zog, mußte die Ente aus dem Wasser holen. Lynch hat verloren, und da hat er sich ausgezogen, ist nackt durchs eiskalte Wasser geschwommen, hat sich die Ente geschnappt und ist ans Ufer zurückgeschwommen. Als Lynch im See war, haben wir anderen ein großes Feuer gemacht. Wir haben uns aufgewärmt und die Ente gerupft. Hat Stunden gedauert, bis das Vieh keine Federn mehr hatte. Dann haben wir die Ente ausgenommen und zum Mittagessen über dem Feuer gebraten.«

An diesem Abend radelten die Jungen mit ihren Fahrrädern zu ihrem Lagerplatz am Ufer des Dam Number Five und stellten ihre Armeezelte auf. Wie immer hatten sie Probleme, da die Planen zu klein für die Holzrahmen der Zeltgerüste zu sein schienen. Als die Jungen fertig waren, beschlossen sie, einen Unterstand in der Nähe des Ufers zu errichten und auf den Einbruch der Dämmerung zu warten, wenn die Wildtiere zur Tränke an den See kamen. Vielleicht tauchte ja ein Reh auf. Zwischen dem Lagerplatz und dem hohen Gras, in dem die Jungen ihren Unterstand errichten und den Tieren auflauern wollten, befand sich ein Zaun. Lynch, der voranging, kroch unter dem Zaun hindurch und drehte sich um, auf George Henry wartend, der ihm folgte, das Gewehr in den Händen. Als George Henry die Waffe unter dem Zaun hindurchschob und hinterherkroch, ertönte plötzlich ein lauter Knall, und der Geruch nach Kordit breitete sich aus. Lynch wurde getroffen und nach hinten geschleudert. »Mann«, sagte er. »Hoffentlich wache ich schnell aus diesem Alptraum auf.« Er setzte sich unter einen Baum, während George Henry ihm das Hemd aufknöpfte, um sich das Kugelloch anzuschauen. Es befand sich genau in der Mitte der Brust und sah viel zu klein aus, als daß es einen so großen Jungen wie Lynch hätte umbringen können. Doch Lynch erwachte nie mehr aus seinem Alptraum; er starb unter dem Baum am Ufer des Dam Number Five.

Später an diesem Abend, nachdem man Lynchs Körper zur Leichenhalle gebracht hatte, fand in Betties Wohnzimmer eine traurige, tränenreiche Versammlung beider Familien statt. Die Jungen berichteten, wie der Unfall passiert war; daß es einer von diesen Vorfällen gewesen sei, die man einfach nicht erklären könne. Diese Worte waren für Annie nur ein schwacher Trost, oder für Lynchs Mutter, oder für George Henry, der mit aschfahlem Gesicht und von Scham, Reue und schrecklichen Schuldgefühlen geplagt auf sein Zimmer geflüchtet war.

Lynchs und George Henrys Vater, die wie Brüder und seit ihrer Kindheit unzertrennlich gewesen waren, standen da, starrten auf ihre Hände und suchten nach Worten, sich gegenseitig Trost zuzusprechen. Schließlich, nachdem sie Lynchs Mutter getröstet hatten, gingen die beiden Männer nach draußen in die Dunkelheit, um dort zu reden. Als Bettie beobachtete, wie die beiden das Zimmer verließen, spürte sie plötzlich eine Hand auf ihrem Arm. Sie drehte sich um. Es war Annie. »George Henry braucht uns«, sagte sie, und die beiden Großmütter begaben sich in den hinteren Teil des Hauses, wo der Junge Höllenqualen litt, die er für den Rest seines Lebens nicht mehr loswerden sollte, wie Bettie und Annie wußten.

In den ersten Jahren nach dem japanischen Angriff auf den US-Flottenstützpunkt Pearl Harbor und Amerikas Eintritt in den Zweiten Weltkrieg wohnten Betties Neffen in ihrem Haus. Vier der Söhne ihrer Schwestern und Brüder – Joe, Acey, Leonard und Eugene –, hatten die Schlafzimmer in Beschlag genommen und übernachteten sogar in Feldbetten im Wohnzimmer. Ein fünfter junger Mann, Virgil Halm, zog ebenfalls ins King-Haus ein. Sie waren allesamt Junggesellen und hatten Arbeitsstellen in der Stadt. Bettie genoß es, »ihre Jungs« um sich zu haben; es tat ihr gut, daß endlich wieder Leben, Lärm und Unruhe ins Haus eingekehrt waren. Natürlich gefiel es Bettie besonders, ihre Neffen bei sich zu haben, denn sie übten einen positiven Einfluß auf George Henry aus, der nichts lieber tat, als seine Vettern zu besuchen und ihren Geschichten zu lauschen. Bettie war der Überzeugung, daß die Kameradschaft mit seinen Vettern George Henry half, mit seinen Schuldgefühlen und der Trauer fertigzuwerden, die ihn seit Lynchs Tod quälten.

Jeden Tag nach Schulschluß kam Henry an der Farm vorbei; wenn die Maultiere nicht auf den Feldern bei der Arbeit gebraucht wurden, fütterte und tränkte er die Tiere. Außerdem lieferte George Henry für seinen Vater, der eine Molkerei besaß, die Milch aus, und er züchtete eigene Milchkühe, mit denen er jeden Februar bei der American Fat Stock Show einen Nachwuchsfarmer-Preis gewann. Bettie war sehr stolz auf ihren tüchtigen Enkel. Einmal, als der Rektor der High-School erklärte, George Henry sei nur zu durchschnittlichen Leistungen fähig, erwiderte Bettie wutschnaubend: »Wenn Sie jeden Morgen um vier Uhr aus den Federn müßten, um Milch auszuliefern, bekämen Sie auch nicht lauter Einsen.«

Im Herbst 1942 trat George Henry in die Militärakademie in College Station, Texas, ein. Sein Vetter Bill Bergfeld, ein anderer Enkel Betties, war bereits im Jahr zuvor an dieser Akademie aufgenommen worden und hatte George Henry romantische Geschichten über das Kadettenkorps und die militärischen Traditionen vorgeschwärmt. In den Briefen an seine Großmutter berichtete George Henry von seinen Plänen, an seinem achtzehnten Geburtstag in die Armee einzutreten. Er wollte sich freiwillig zur Marineinfanterie melden, um mitzuhelfen, »es dem Japs heimzuzahlen, was er unseren Jungs in Pearl Harbor angetan hat«. Bettie schätzte zwar George Henrys Vaterlandsliebe, riet ihm jedoch, vorerst in den Vereinigten Staaten zu bleiben, seine Ausbildung abzuschließen und auf seine Einberufung zu warten.

Im Winter 1942 wurde das gesamte Korps Bill Bergfelds an der A-&-M-Militärakademie zum Einsatz befohlen und begann seine lange Reise nach Nordafrika, um unter dem Befehl General Pattons in den Kampf gegen Feldmarschall Rommel einzutreten. George Henry kehrte nach Hause zurück und überredete die Eltern, seine Einstellungspapiere zu unterschreiben. An seinem achtzehnten Geburtstag verabschiedeten sich George Henry und sein Freund Allen Hoermann von der Familie und den Freunden und stiegen in den Zug nach San Antonio, wo sie in die Marineinfanterie eintraten.

Bettie war nie bewußt geworden, wie rund die Welt wirklich war. Die Zeit war ein Rad, das sich unaufhörlich drehte, und immer wieder tauchten dieselben Speichen auf – vertraut, vorhersehbar und unberechenbar zugleich. Wieder hatte der Krieg die Jungen fortgenommen. Es kam Bettie so vor, als wäre erst gestern ein Krieg zu Ende gegangen – und schon erschien der nächste am Rad der Zeit. Sie dachte an jenen Tag zurück, als ihr Sohn George und dessen Kameraden losmarschiert waren, um gegen den Kaiser zu kämpfen, und nun waren die Söhne dieser Männer unterwegs, um auf demselben Territorium Krieg zu führen.

Bettie folgte den Wegen ihrer Enkel mittels der Gefechtskarten, die in den Zeitungen veröffentlicht wurden, sowie mittels der Briefe von den Kriegsschauplätzen. Sie versuchte sich vorzustellen, auf welcher Insel oder in welchen Waldgebieten, Landstrichen, Dörfern und Städten die jungen Männer kämpften und schliefen und ihre Briefe in die Heimat schrieben.

In der Weihnachtszeit des Jahres 1944 bekam Bettie zwei Briefe von ihren Enkeln. Einer stammte vom europäischen Kriegsschauplatz; der andere kam aus dem Pazifik.

»Liebe Großmutter«, schrieb George Henry. »Ich bin guter Dinge, vor allem, weil ich regelmäßig Briefe von Dir bekomme. Du kannst Dir nicht vorstellen, wie sehnsüchtig ein junger Bursche auf Post aus der Heimat wartet, wenn er in Übersee ist. Normalerweise bekommen wir unsere Briefe, kurz bevor es dunkel wird, und es macht uns allen die Nacht erträglicher, wenn wir etwas von zu Hause hören. Wir haben hier eine kleine Weihnachtsfeier veranstaltet und einen Tannenbaum aufgestellt, der mit Lichtern geschmückt war, und die Regimentsstraße war mit Weihnachtssternen und Flaggen behängt, genauso, wie wir es in den Straßen im guten alten Seguin getan haben.«

Dem Brief war keinerlei Hinweis zu entnehmen, wo George Henry sich aufhielt. Doch der Begriff »Regimentsstraße« schien darauf hinzudeuten, daß der Junge sich irgendwo hinter der Front befand, in relativer Sicherheit. Der andere Brief, in dem Betties Enkel Bill beschrieb, wie er den Silvesterabend verbracht hatte, war weniger beruhigend.

»Am Silvesterabend mußte ich Wache schieben, und das neue Jahr wurde mit ganz besonderen Knallern begrüßt. Ich saß im Schützengraben neben meinem Maschinengewehr und habe mir das Feuerwerk angeschaut, das beide Seiten veranstalteten. Maschinengewehre haben geknattert; Leuchtkugeln, Mörser und Artilleriegeschütze haben den Himmel erleuchtet, und die Flak schien die Wolken in Flammen zu setzen. Prost Neujahr – es war ein wunderschöner Anblick.« Bettie war sicher, noch nie etwas so Trauriges gelesen zu haben.

»Nach Mitternacht«, hieß es in dem Brief weiter, »glaubte ich, jemanden Klavier spielen zu hören. Für einen Augenblick habe ich mir gesagt: Das bildest du dir nur ein. Aber da spielte tatsächlich ein Klavier, drüben auf der feindlichen Seite, bei den Deutschen, und als die Musik verstummte, sagte eine Männerstimme: ›Ich grüße die Soldaten der 363sten Infanterie. Die Musik ist für euch, Jungs.‹ Der Mann spielte ein weiteres Lied, und dann sagte er: ›Wie lange ist es her, daß ihr ein Mädchen im Arm gehalten habt? Ein amerikanisches Mädchen natürlich, keine von diesen Italienerinnen.‹ Später fanden wir heraus, daß es eine Radiosendung mit dem Titel ›Berlin George and Sally‹ war, die der Feind ausgestrahlt hat, um unsere Moral zu untergraben. Die Sendung wurde jeden Abend gebracht und dauerte ungefähr eine Viertelstunde, gerade so lange, daß unsere Artillerie ihre Geschütze nicht ausrichten konnte. Dann war Schluß, bis es am nächsten Abend wieder losging.«

Bettie hatte den Eindruck, daß die Zensur bei den US-Streitkräften nicht besonders viel taugte, denn dem Brief war unschwer zu entnehmen, wo Billy Bergfeld kämpfte. Für einen Augenblick fragte sich Bettie, ob sie sich wegen der Langsamkeit der amerikanischen Artillerie oder wegen der italienischen Mädchen größere Sorgen um Billy machen mußte.

In einem seiner Briefe schrieb George Henry, daß vier Jungs aus Seguin sich auf einer namenlosen Pazifikinsel begegnet seien – den halben Globus vom Guadalupe entfernt: Allen Hoermann, Max Bergfeld jr., George Henry und sein Freund Virgil Halm hatten sich mehrmals getroffen und irgendwo im pazifischen Kriegsgebiet einen »Texanerstammtisch« gegründet, wie sie es nannten.

Jeden Nachmittag saß Bettie auf der Veranda vor ihrem Haus und betete, daß der Botenjunge von der Western Union nicht bei ihr erscheinen möge, der die Vermißten- oder Verwundetenmeldungen überbrachte. Als der Krieg sich dahinzog, entdeckten die Frauen von Seguin, daß das Unvorstellbare ein bestimmtes Muster besaß. Von ihrer Veranda aus konnte Bettie die Court Street weit hinunterschauen. Doch auf halbem Weg zur Stadt befand sich eine Erhebung, und jeder, der aus Richtung Seguin kam, erschien wie eine Fata Morgana hinter dieser Bodenwelle. Sobald der Botenjunge von der Western Union hinter der Erhebung auftauchte, setzten die Herzen der Frauen einen Schlag aus, und dann beobachteten sie halbtot vor Angst, welches Haus der Bote aufsuchte, um sein Telegramm abzugeben. Doch dieses Muster wies eine schreckliche Erschwernis auf: Falls die Nachricht von einem Jungen auf einem Fahrrad überbracht wurde, bedeutete dies fast immer, daß ein Soldat verwundet oder nach einem Einsatz als vermißt gemeldet worden war. Aber wenn der lange schwarze Wagen kam, wußten die Frauen, wie die Botschaft lautete: Tod. Deshalb betete Bettie, daß der Junge auf dem Fahrrad nicht auftauchen möge; aber vor allem betete sie darum, daß – *falls* ihr schon eine Nachricht überbracht werden mußte – der Junge auf dem Fahrrad und nicht der lange schwarze Wagen kam.

Dann, eines Nachmittags, als Bettie und Annie auf der Veranda saßen und plauderten, schaute Bettie die Court Street hinunter und sah, wie der Fahrradbote auf der Erhebung erschien. Ihr stockte der Atem, und sie starrte auf die Gestalt, die näher und näher kam, größer und größer wurde und mehr und mehr Häuser beiderseits der Straße hinter sich ließ. Jetzt beobachtete auch Annie den Boten. Dann bog der Junge in die King Street ein, und Bettie erhob sich seufzend, denn es standen nur noch zwei Häuser an der Straße. In dem einen hatte Betties Enkel Billy gewohnt, in dem anderen ihr Enkel George Henry. Der Botenjunge schwang sich vom Fahrrad und ging zur Tür der Hauses von George Henry. Die beiden alten Frauen umarmten sich, und Bettie fing zu beten an.

»Danke, lieber Gott, daß du den Jungen am Leben gelassen hast. Bitte, laß seine Verwundung nicht schwer sein, und bringe ihn jetzt nach Hause. Genug ist genug.«

Wenngleich George Henry schwer verwundet war, kehrte er in diesem Jahr nicht mehr nach Seguin zurück. Er wurde im einem Lazarett gesundgepflegt und wieder an die Front geschickt. Es sollten noch fast zwei Jahre vergehen, bis er zurückkehrte – und das erst, nachdem der lange schwarze Wagen in der King Street vorgefahren war.

George Henrys Leichnam wurde an einem späten Samstagnachmittag mit dem Zug von San Antonio nach Seguin überführt. Schon gegen Mittag waren die ersten Autos am Bahnhof vorgefahren, und am frühen Nachmittag standen sie in drei, vier Reihen. Es war ein kalter Tag, und der Himmel besaß die Farbe von Spülwasser. Bettie wartete auf dem Rücksitz der Buick-Limousine des Beerdigungsinstituts Goetz und fragte sich verwundert, warum es so lange dauerte, einen kleinen toten Jungen von San Antonio nach Seguin zu bringen. Während sie wartete und versuchte, an gar nichts zu denken, kam Allen Hoermann, George Henrys Freund und Waffengefährte, zum Buick, beugte sich ins Rückfenster und sprach Bettie sein Beileid aus.

»George Henry war mein Freund«, sagte Allen, »und einer der tapfersten Soldaten, die ich gekannt habe.« Allen hatte Tränen in den Augen; er machte einen so verlorenen, hilflosen Eindruck, daß Bettie ihn aufforderte, sich neben sie in den Wagen zu setzen und ihr zu erzählen, wie George Henry ums Leben gekommen war. Sie war erstaunt, daß sie Allen überhaupt danach fragte; doch sie kannte George Henry seit seiner Geburt und hatte sein ganzes Leben in Seguin miterlebt, und nun mußte sie einfach erfahren, wie dieses Leben zu Ende gegangen war. Allen Hoermann stieg zu Bettie in den Wagen, und dann unterhielten sie sich, während sie auf den Zug warteten.

»Wir sind mit einem Luxusdampfer von San Diego aus in See

gestochen«, erzählte Allen. »Das Schiff hieß *Lauraline.* Wunderschön. Dicke Teppiche, Spiegel an sämtlichen Wänden, Aufzüge von oben bis unten, und an jeder Ecke stand einer von diesen großen silbernen Kaffeeautomaten. Die Sache hatte nur einen Haken. In jede Kabine mußten sich zehn Mann reinquetschen. Es waren zweitausend Marines auf dem Schiff, darunter George Henry und ich. Wir haben den Äquator überquert und diesen Jux gemacht, diese Äquatortaufe. Jeder hat eine Urkunde bekommen, auf der uns bescheinigt wurde, daß wir nun alte Seebären wären oder so was. Tja, dann haben wir in Neukaledonien angelegt und sind von Bord gegangen. George Henry und ich wurden eine Zeitlang getrennt. Er wurde dem Angriffstrupp Roosevelt zugeteilt, und ich dem Edison-Trupp. Aber dann habe ich George Henry auf Guadalcanal wiedergesehen.«

Es hatte zu regnen angefangen, und Bettie beobachtete, wie die Tropfen auf die Windschutzscheibe klatschten, verschmolzen und kleine Rinnsale bildeten, die am Glas hinunterliefen. Der Fahrer vom Beerdigungsinstitut ließ den Motor an und schaltete die Scheibenwischer ein, die ein Geräusch von sich gaben, das wie der Herzschlag eines Drachen klang. Die Fenster beschlugen, und die Welt draußen wurde unwirklich, während Bettie dem Jungen zuhörte, der vom Leben und Sterben seines Freundes erzählte.

»Als wir nach Guadalcanal kamen, waren die Kämpfe so gut wie vorüber, aber es trieben sich noch eine Menge Japse in der Gegend der Insel herum. Und da waren diese Eingeborenen. Sie waren ganz wild auf amerikanisches Geld. Für einen läppischen Vierteldollar hätten sie alles getan. Wir haben ihnen gesagt: ›Japse, ja, Japse. Geht los und fangt Japse.‹ Da sind sie losgezogen und kamen ein paar Stunden später zurück, einen alten Jutesack über den Schultern. Und dann haben sie die Säcke losgebunden und ausgeschüttet, und drei oder vier abgehackte Köpfe von Japanern rollten heraus. Und das alles für einen läppischen Vierteldollar.«

Bettie erinnerte sich an die Familiengeschichte über Sarah und den russischen Arzt, der mit einer Tasche voller konservierter Comanchenköpfe am Peach Creek erschienen war. Das war sehr lange her; damals, zu Zeiten der Indianerkriege. Doch so viele Jahre auch vergangen sein mochten, noch immer sammelten Menschen die Köpfe ihrer Feinde.

»Ich sah, wie George Henry getroffen wurde, und er stürzte zu Boden und rief: ›O mein Gott!‹, und ich sagte: ›George, wach auf!‹ Aber er ist nicht aufgewacht, und dann hat man ihn weggetragen. Das war auf den Russell-Inseln. Wir hatten uns gerade einen Weg durch den Dschungel gehauen, in Richtung Mundo-Flugplatz. Wir hatten den Befehl, den Flugplatz einzunehmen. Ich sah die Japaner. Sie hatten sich hoch oben in den Palmenwipfeln angebunden, und als sie auf George geschossen haben, bin ich durchgedreht und hab' in die Baumwipfel gefeuert, was das Zeug hielt. Aber die Palmen waren bis zu dreißig Meter hoch, und man konnte die Japse zwischen den Blättern nicht sehen. Und wenn man einen traf, wußte man's nicht, denn sie fielen ja nicht runter, sondern blieb in den Seilen hängen, mit denen sie sich festgebunden hatten. Man konnte nie wissen, ob der Feind nur verwundet oder tot war, und deshalb mußte man schießen und schießen, bis ...«

»Aber in dieser Schlacht ist George Henry nicht gefallen.«

»Doch, Ma'am. Er wurde getötet, als wir versucht haben, den Mundo-Flugplatz einzunehmen. Wir haben in die Bäume gefeuert, und dann sah ich plötzlich, wie George getroffen wurde, und er fiel hin und bewegte sich nicht mehr, und überall war Blut, und dann hat man ihn weggetragen.«

»Mir wurde mitgeteilt, daß er auf Okinawa gefallen ist.«

»Nein, Ma'am. Das war viel später.«

»Du hast gesehen, wie er angeschossen wurde, aber er war nicht tödlich verwundet. Man hat ihn in ein Lazarett gebracht, ihn aufgepäppelt und wieder an die Front geschickt. Nach Okinawa, wo er dann gefallen ist.«

Lange Zeit blickte Allen Hoermann Bettie in die Augen. »Sind Sie sicher?«

»Okinawa wird in der offiziellen Todesurkunde der Armee

genannt. Außerdem hat George Henry mir bis 1944 Briefe geschrieben.«

»Mein Gott«, sagte Allen Hoermann. »Das ist ja so, als wäre er zweimal gestorben. Okinawa. Das war der letzte große Kriegsschauplatz. Da hatte er's ja schon so gut wie geschafft.« Dann saßen sie schweigend da und warteten auf den Zug, und Bettie versuchte, nicht an die Bedeutung jener zwei Jahre zu denken, die George Henry noch gelebt hatte, nachdem sein Freund ihn für tot hielt. Und sie versuchte, nicht daran zu denken, wie nahe George Henry daran gewesen war, der Hölle der Krieges zu entrinnen.

»Mein Gott«, sagte Allen noch einmal. »Sie können sich nicht vorstellen, wie ich mich jetzt fühle. Ich war sicher, daß er tot ist. Hätte ich gewußt, daß er noch lebt, wäre ich der glücklichste Mensch auf Erden gewesen.« Wieder traten ihm Tränen in die Augen; sie liefen ihm über die Wangen wie die Rinnsale des Regens über die Windschutzscheibe. »Jetzt weiß ich gar nicht, was ich fühlen soll.«

»Danke Gott, daß du am Leben bist«, sagte Bettie und tätschelte ihm die Hand.

Der Regen fiel jetzt heftiger, doch durch die beschlagenen Scheiben sah Bettie, wie die Leute aus ihren Wagen stiegen. Obwohl die Fenster des Buick hochgekurbelt waren, konnte sie das schrille Pfeifen der Lok hören. Sie öffnete die Tür, und der Mann vom Beerdigungsinstitut half ihr aus dem Wagen, und dann sah sie, wie der Zug aus westlicher Richtung langsam in die Stadt einfuhr. Die Leute standen im Regen. Die Frauen trugen schwarze Trauerkleidung; ihre Schirme sahen wie ein dunkler Garten aus, der aus ihren Händen erblühte. Der Zug rollte langsam in den Bahnhof ein, bis er die Kreuzung North Austin Street erreichte; dann bremste er in einer Kakophonie aus kreischendem Metall und zischendem Dampf, bis er schließlich schwarz und lautlos dastand. Eine Zeitlang geschah nichts, so, als würde die Stadt von einem Geisterzug besucht, um den sich kein Maschinist, kein Schaffner, kein Bremser zu kümmern brauchte. Dann glitt mit einem quietschenden Geräusch die Tür eines Güterwaggons zur Seite, und die Leute konnten den einsamen Sarg auf der Mitte der Ladefläche sehen. Eine amerikanische Flagge war darübergelegt. Zwei Marineinfanteristen standen neben dem Sarg und entboten den Familien einen militärischen Gruß; dann eilten die Männer nach vorn, um den Soldaten zu helfen, den Sarg aus dem Waggon zu heben und zum Leichenwagen zu tragen.

Auf dem Weg zur Methodistenkirche im Süden der Stadt, in der George Henry aufgebahrt wurde, bevor er im Familiengrab im Eichenhain auf dem Hügel seine letzte Ruhestätte fand, erlaubte Bettie sich den seltenen Luxus, Tränen zu vergießen. Sie dachte an Mollie, an Mr. Henry und an George Henry. *Ich habe diese Reise schon zu oft, viel zu oft unternommen*, dachte sie. Dann straffte sie die Schultern, wischte die Tränen fort und bereitete sich darauf vor, wieder einmal ein totes Kind zu Grabe zu tragen. Draußen wurde es dunkel, und die Stadt Seguin wurde vom Regen sauber und silbern gewaschen.

Am Tag nach Betties fünfundsiebzigstem Geburtstag erschien folgender Artikel in der *Seguin Enterprise*.

»Am Freitag, den 13. dieses Monats, feierte Mrs. Henry King, eine der angesehensten und beliebtesten Bürgerinnen Seguins, ihr Geburtstagsjubiläum. Eine Gruppe von Freundinnen faßte den Entschluß, aus gegebenem Anlaß eine Überraschungsparty für die Jubilarin zu veranstalten. Deshalb drangen gestern nachmittag, angeführt von Mrs. Felix Douglass, eine beträchtliche Anzahl Seguiner Damen in Mrs. Kings Haus in der East Court Street ein. Die Eindringlinge wurden jedoch von einer sehr liebenswürdigen Gastgeberin herzlich willkommen geheißen.«

Nie zuvor hatte Bettie das Lied »Happy Birthday to You« in derart seltsamen Stimmlagen gehört. Doch es war wunderschön für sie, anläßlich ihres Geburtstags wieder mit den fünf alten Freundinnen vereint zu sein, auch wenn das Geburtstagsständchen, wie Annie erklärte, so geklungen habe wie »Shakespeares liebliche Glocken, wenn sie total verstimmt sind«. »Falls Musik die Stimme der Schöpfung ist«, fügte Annie hinzu, »haben wir das Werk des Herrn ganz schön herabgewürdigt.«

Sechs ältere Damen saßen am Wohnzimmertisch und teilten sich die Torte, die Annie am Morgen gebacken hatte. Als Bettie den Blick über die Gesichter schweifen ließ, wurde ihr klar, daß dieselben sechs Frauen seit mehr als sechzig Jahren gemeinsam ihre Geburtstage gefeiert hatten. Sie schaute von einer geliebten Freundin zur anderen, und sie sah wieder die Gesichter der ›Girls‹, als sie alle noch junge Mädchen gewesen waren und ganze Samstage damit verbracht hatten, auf Dachböden und in Scheuen und am Ufer des Guadalupe phantasievolle Spiele zu veranstalten.

Da war Jennie in ihrer ärmlichen Gibson-Girl-Bluse, die seit gut vierzig Jahren aus der Mode war. Da waren Cayloma, Annie und Adda, und da war Betties Schwester Nuge, die wie stets bei Feierlichkeiten ihre riesigen Brillantohrringe trug, egal, wie sehr die Armut ihr zugesetzt hatte. Und da war Mary Lou in ihrem weiblichen, modischen Seidenkleid, das wie ehe und je mit Schleifchen und Bändchen und Spitze verziert war. Bettie betrachtete ihre Freundinnen, während sie Annies Torte verspeisten. Sie erwischte Cayloma sogar dabei, wie sie die Sahne von den Geburtstagskerzen auf ihrem Stück Torte ableckte. *Wie viele Kerzen haben wir bei unseren Geburtstagsfeiern wohl schon angezündet?* fragte sich Bettie.

Die Freundinnen begaben sich in den Salon und unterhielten sich über ihre Kinder und Enkel. Sie redeten darüber, welch schwere Zeiten wieder einmal angebrochen waren, und über den Tod eines Nachbarn von Mary Lou; er war verhungert, da er zu stolz gewesen war, um Hilfe zu bitten. Bettie erzählte den Freundinnen, wie sehr sie die Maultiere vermisse, jetzt, da Abe mit einem Traktor arbeitete. Die alten Damen sprachen über Abe und Lucinda Saphronias sieben Kinder, die allesamt, bis auf die beiden ältesten, die High School besucht hatten. Sie redeten darüber, daß die Sheriffs noch immer zu Idella gingen, damit sie ihnen half, Geheimnisse zu ergründen und herauszufinden, wer wem wann was wo angetan hatte. Sie unterhielten sich über Lady Birds Radiosender und Lyndon B. Johnsons Chancen, sich gegen seinen Rivalen Hardy Hollers durchzusetzen und eine weitere Amtsperiode im Repräsentantenhaus anzutreten. Cayloma erinnerte an die kostbaren Erinnerungsstücke, die vernichtet worden waren, als ihre Pension niederbrannte. Sie zeigte den Freundinnen ein Foto der alten DeLaney-Schule, das Professor Nat Benton ihr geschickt hatte, in den sämtliche ›Girls‹ in ihren Mädchenjahren unsterblich verliebt gewesen waren.

Obwohl die alten Damen in fast ständigem telefonischem Kontakt standen, war dieses Wiedersehen in Betties Haus unvergleichlich schöner; es rührte sie alle beinahe zu Tränen, die Nähe der anderen zu spüren, ihre Zuneigung und den inneren Frieden, der sie jetzt, im Alter, erfüllte.

Im Laufe des Nachmittags redeten die Freundinnen auch über jene Menschen, die heute nicht bei ihnen waren: die Kinder, Ehemänner und Liebhaber, die sie verloren hatten. Sie sprachen über Felix Douglass, Mr. Henry, Tom Lay und Will Thomas, über Charley Colville und Jennies gutaussehende Handlungsreisenden. Sie gedachten der Kinder, die durch eine Kugel gestorben waren oder an Kummer oder in den Wassern des Guadalupe. Mit ihren Worten lockten sie die alten Erinnerungen hervor und erzählten sich längst vergangene Geschichten über Euphemia und aus den Tagen der versunkenen Republik Texas. Doch Bettie wußte, daß sie alle sich dieselbe verwirrende Frage stellten, die alle anderen Fragen bedeutungslos erscheinen ließ: *Wieso haben gerade wir überlebt, wo alle anderen gestorben sind?* Bettie dachte daran, was jede von ihnen erlitten hatte: Schmerz und Leid und Armut, Katastrophen und Krankheiten und Tod, Einsamkeit und Ungerechtigkeit und Schuld. Und dennoch saßen sie beisammen, hier und jetzt, von den Jahren gebeutelt und gezeichnet – Überlebende, die nun wohlbehütet in einem Salon saßen. Es schien, als wäre jede von ihnen vom Zauberstab eines Schutzengels berührt worden und hätte die Unsterblichkeit erlangt. Bettie sagte sich, daß es wohl irgendeine geheime Kammer geben mußte, in der Gott bestimmte Frauen unterbrachte und wo sie vor den Stürmen des Schicksals geschützt waren, die andere Menschen fortrissen. Und sie gelangte zu der Ansicht, daß diese Kammer aus Stiefelleder und Stahl sein mußte.

Der Nachmittag ging vorüber, und die ›Girls‹ plapperten munter über Gott und die Welt. Doch Bettie wußte, daß die Freundinnen genauso erstaunt, genauso fassungslos darüber waren, daß sie noch lebten. Irgendwann trat eine Pause ein; die sechs alten Damen saßen still am Tisch, blickten schweigend in sich hinein und genossen die Wärme ihrer gegenseitigen Freundschaft und Liebe.

Schließlich stellte Mary Lou die Frage: »Könnte es sein, daß wir ewig leben?«

»Jedenfalls haben wir in dieser Richtung einen guten Anfang gemacht«, sagte Cayloma.

»Bei mir kommt es manchmal vor, daß ich sonntags nachmittags nicht weiß, was ich tun soll«, sagte Adda. »Was soll ich dann erst mit der Ewigkeit anfangen?«

»Möchtet ihr überhaupt unsterblich sein?« fragte Bettie.

»Eine Zeitlang vielleicht«, sagte Nuge, und die alten Damen lachten, bis ihnen die Tränen kamen. Dann redeten sie über Little Virginias Ehemann, Will Bergfeld, dessen Ford-Autovertretung in der wirtschaftlichen Depressionszeit Konkurs gemacht hatte und der nun bei einer Straßenbaufirma in Uvalde arbeitete.

Cayloma hatte dafür gesorgt, daß ein Foto von den ›Girls‹ gemacht wurde, und am späten Nachmittag erschien der Fotograf Leon Kubala mitsamt seinem erstaunlichen Arsenal an fotografischen Ausrüstungsgegenständen. Die alten Damen stellten sich in einer Gruppe auf, und nachdem Mr. Kubala jedes Girl kunstvoll in Pose gesetzt hatte, schoß er das Foto. Bettie kramte das Bild hervor, das sie mit Cayloma aufgenommen hatte, als sie beide etwa zwanzig Jahre alt gewesen waren, und Mr. Kubala betrachtete den alten Schnappschuß und half den zwei Freundinnen, genau so Aufstellung zu nehmen, wie sie es ungefähr fünfundfünfzig Jahre zuvor getan hatten. Bettie fragte sich, was in den kommenden Jahren mit diesem neuen Foto geschehen würde. Sie vermutete, daß die ›Girls‹ so lange leben würden, wie das Foto existierte, und daß somit Nuges durchaus praktischer Wunsch nach »vorübergehender Unsterblichkeit« in Erfüllung ging.

Viel später an diesem Tag, als ihre Freundinnen schon gegangen waren, saß Bettie allein im Haus und lauschte seinen Geräuschen. Dann ging sie durch die Zimmer, eins nach dem anderen, und rief sich jene Menschen ins Gedächtnis, die in diesen Zimmern gewohnt hatten. Doch während sie durch das alte Haus schlenderte, stieg Unbehagen in ihr auf. Was würde mit dem Haus geschehen, wenn sie nicht mehr lebte? Was geschah mit Mr. Henrys Schaukelstuhl, was mit der Krücke mit dem goldenen Handgriff, was mit dem Tisch, auf dem Mr. Henrys gebrochenes Bein gerichtet worden war und an dem die Familie Papa Leonards neunzigsten Geburtstag gefeiert hatte? Was wurde aus dem Salon, in dem so vielen Ehen geschlossen und so viele Pläne für die Zukunft geschmiedet worden waren? *Was wird aus den Erinnerungen, die in diesen Zimmern wohnen?* fragte sich Bettie.

Plötzlich kam ihr der Gedanke, daß es bestimmte Fragen über die Zukunft gab, auf die sie eine Antwort haben mußte. In der Vergangenheit hatte das Haus ihre Familie beschützt, hatte ihnen allen Schutz vor Unwettern, Kriegen und Seuchen gewährt. *Aber wer wird das Haus in den langen Jahren schützen, wenn ich neben Mr. Henry unter den Eichen schlafe?* Bettie trat hinaus auf die Veranda. Eiseskälte lag in der Luft, und Bettie schauderte und zog sich ihr Umhängetuch straffer um die Schultern. *Was wird mit dem King-Land geschehen?* Sie hatte erlebt, wie die Stadt sich seit vielen Jahren immer weiter ausgedehnt, alte Siedlerstätten verschlungen und ihren Beton und Asphalt bis zum Ufer des Guadalupe vorgeschoben hatte. *Was wird mit den Feldern geschehen, auf denen Euphemia gespielt hat, und mit der Scheune, in der Nuge, Cayloma, Adda und ich so getan haben, als wären wir wunderschöne Fremde?* Bettie setzte sich in einen Korbstuhl, und sie konnte spüren, wie das Haus sich um sie herum zu schließen und sie in Sicherheit und Geborgenheit einzuhüllen schien. *Was wird mit meinem Haus geschehen?*

Der Gedanke setzte sich in Betties Kopf fest wie ein kleines, hartnäckiges, argwöhnisches Tier, und zuerst versuchte Bettie, es dadurch zu verjagen, daß sie eine Melodie summte. Doch als sie dieses Tier schon verscheucht zu haben glaubte, griff es erneut an, wild und ungestüm.

Idella. Sie wird die Antworten wissen. Es sieht so aus, als wüßte ich nicht, wo die Zukunft ist, dachte Bettie. *Und Idella kann verlorene Dinge wiederfinden.*

Es wurde kälter, und der Wind wirbelte das Herbstlaub die Court Street hinunter in Richtung King-Branch-Brücke, wo der vorüberrauschende Verkehr die Blätter zu winzigen Mahlströmen aus Rot und Gelb und Braun zusammenfließen ließ. Bettie überquerte die Court Street; dann ging sie an der gegenüberliegenden Uferseite entlang zum Haus Idellas. Idella stand in der Tür, und Bettie fragte sich, wie lange die alte Negerin dort schon gewartet hatte, wo doch der kalte Wind durch die Tür ins Haus wehte. *Weil Idella mich im Geiste hat kommen sehen*, beantwortete Bettie sich ihre Frage selbst. Schließlich behaupteten die Leute, daß Idella diese Gabe besaß.

»Guten Abend, Miss Bettie«, sagte Idella.

»Guten Abend, Idella.«

In Idellas Haus war es ziemlich dunkel. Im Eingangsflur lag der Geruch von Lavendel und Kerzenwachs in der Luft, und das Haus schien die Verkehrsgeräusche von der Court Street besser zu dämpfen als Betties viel größeres Haus. Sie fragte sich, ob auch Idella sich jemals Sorgen darüber gemacht hatte, was in der Zukunft mit ihrem Haus geschah. Dann aber wurde ihr klar, daß Idella es bereits wußte – und das war ja der Hauptgrund, weshalb Bettie die Wahrsagerin aufgesucht hatte.

Es war Bettie peinlich, Idella zu sagen, warum sie gekommen war. Sie kam sich wie ein kleines Mädchen vor, das um irgend etwas bat, das allein Erwachsenen vorbehalten war. Doch Idella beruhigte ihre Besucherin und versicherte ihr, daß die Neugier auf die Zukunft eine ganz normale Sache sei, die alle Menschen gemein hätten.

»Die Menschen sind die einzigen von Gottes Geschöpfen, die sich Gedanken darüber machen, was kommt. Wir haben herausgefunden, wie wir fast alles auf Erden beherrschen können. Doch die Zukunft können wir nicht beherrschen. Wir betrachten sie wie einen Feind, den wir nicht besiegen können. Aber in meinen Augen ist die Zukunft der beste Freund, den wir haben. Sie kehrt nicht wieder und verfolgt einen, wie die Vergangenheit es tun kann.«

Idella forderte Bettie auf, sich mit ihr an den Tisch zu setzen, wo eine brennende Kerze stand, an der flüssiges Wachs träge herunterrann, wie Lava an den Hängen eines winzigen Vulkans. Dann bat Idella Bettie, ihr die Hand zu reichen. Ein Augenblick verstrich; dann noch einer. Idellas Hände waren weich, weder kalt noch warm. Doch es schien Leben in ihnen zu sein, ein kaum merkliches Vibrieren. Es kam Bettie so vor, als wären Idellas Hände eingeschlafen und würden so kribbeln wie ihre eigenen Hände es des Nachts oft taten.

»Ich sehe Ihr Haus«, sagte Idella. »Säulen, so weiß wie Alabaster. Auf dem Hof spielt ein kleiner Junge auf einem Sandhaufen. Ein Mann arbeitet an einem Gemüsebeet. Hinter einem Schuppen sehe ich Wildblumen und einen Rosengarten. Und ich sehe eine junge Frau, die in dem Haus wohnt und genauso aussieht wie Sie, und ein kleines Mädchen mit Hawkins-Augen seh' ich, das in Ihrem Haus zu einer jungen Frau heranwächst. Ich sehe Kusinentreffen und Hochzeitsempfänge und Teeparties für elegante Damen. Ich sehe Senatoren, Gouverneure und Leute, die wichtige Entscheidungen treffen. In Ihrem Haus wird man einen Präsidenten der Vereinigten Staaten empfangen. Und ich sehe andere Kinder auf dem Hof spielen, die wie Euphemia aussehen, und andere, die wie Mollie aussehen und wie Ihr Papa Leonard. Sie sind eine Frau, die sich glücklich schätzen kann, Miss Bettie. Ihr Haus wird Ihre Ururgroßkinder überleben.«

»Was können Sie sonst noch sehen?«

Idella verstärkte den Griff um Betties Hände. Ihre Augen waren fest geschlossen. »Ich sehe Tiere im Dunkeln.«

Bettie versuchte, ihre Hände fortzuziehen, doch wieder packte Idella fester zu. »Nein, Miss Bettie. Wenn Ihr Haus sicher sein soll, müssen Sie sich den Dingen stellen, die im Dunkeln lauern.«

Die Kerzenflamme flackerte, und Bettie spürte, wie panische Angst näher kroch, gleich einer Bestie im Zwielicht. Wieder versuchte sie, ihre Hände wegzuziehen.

»Ich kann Ihnen helfen, Miss Bettie. Lassen Sie mich helfen, Ihre Angst vor den Wölfen zu besiegen.«

Bettie schauderte. »Können Sie die Wölfe sehen?«

»Ich sehe ein Mädchen, das allein an einem Feuer kauert. Es ist Nacht. Das Mädchen hat schreckliche Angst. Im Flammenschein sind die Leichen von Kindern zu erkennen. Und da ist noch etwas im Herzen des kleinen Mädchens: Haß. Sein Vater hat es in der Finsternis allein gelassen, allein mit den Toten und den Wölfen, und es haßt ihn wegen dieser Grausamkeit.«

»Aber ich habe Papa Leonard immer geliebt.«

»Natürlich. Hätten Sie ihn nicht so sehr geliebt, hätten Sie diesen Haß nicht so lange im Herzen getragen.«

»Ich glaube nicht ...« Bettie blickte tief in ihr Inneres und konnte keine Spur von Haß entdecken. *Hätte ich einen so freundlichen, liebevollen Mann gehaßt, wäre ich daran zerbrochen*, dachte sie. »Ich fühle mich irgendwie ... benommen, Idella.«

»Erklären Sie's mir genauer.«

»Mir ist schwindlig. Ich komme mir so schwach vor, als würde ich jeden Augenblick in Ohnmacht fallen. Ich habe das Gefühl, daß irgend etwas Riesiges, Bedrohliches auf mich zukommt.«

»Als würde ein Unwetter aufziehen?«

»Ja. Genau so.«

»Haben Sie Angst? Angst, allein gelassen zu werden?«

»Ja.«

»So wie damals, als Ihr Vater Sie mit den Toten und den Wölfen allein gelassen hat.«

»Ja.«

»Hören Sie mir gut zu, Miss Bettie. Ich habe Ihren Papa Leonard mein Leben lang gekannt. Ich weiß Dinge, die er keinem anderen Menschen anvertraut hat. Dinge, die er nicht einmal Miss Mollie erzählt hat. Über Wölfe. Darüber, wie er als kleiner Junge nach Texas gekommen ist. Er war gerade erst neun Jahre alt. Die Familie Ihres Vaters und die anderen Leute waren deutsche Einwanderer, die in Texas ein neues Leben anfangen wollten. Man hat sie einfach an Land gesetzt und allein gelassen. Sie hatten nichts zu essen. Dann breitete sich eine tödliche Fieberepidemie aus. Dennoch haben die Familien sich auf den Weg nach Westen gemacht, krank und halb verhungert, und Ihr Papa hatte die Aufgabe, sich um jeden Sterbenden zu kümmern. Die Leute starben auf dem Treck, in der Einsamkeit, und wurden verscharrt, weil die anderen zu schwach waren, tiefe Gräber auszuheben. Nachts kamen die Wölfe. Und der kleine Junge hörte, wie die Wölfe um die Leichen gestritten haben, die sie ausgescharrt hatten.«

Während sie Idellas Stimme lauschte, spürte Bettie, daß sie weinte. Tränen waren für Bettie ungewohnt, und als sie ihr die Wangen herunterliefen und auf den Tisch tropften, merkte sie zuerst nicht, daß es ihre eigenen waren.

»Zuerst starb Papa Leonards Bruder«, fuhr Idella fort. »Dann seine Mutter. Noch bevor man sie verscharrt hatte, starb sein Vater. Ihr Papa, Miss Bettie, und sein Bruder, Johann Christian, haben ihre Eltern auf diesem Treck in den Westen beerdigt. Sie versuchten, die Gräber tief genug zu schaufeln, damit kein Tier herankonnte, aber die beiden waren kleine Kinder, krank und zu schwach, um tief zu graben. Und die anderen zogen weiter, ohne Rücksicht auf die Jungen. Deshalb blieb ihnen nicht anderes übrig, als die Leichen ihrer Eltern in Gräber zu legen, die kaum tief genug waren, die Toten vor Aasfressern zu schützen. Als sie an den Guadalupe River kamen, war auch Ihr Papa dem Tod nahe. Er konnte nicht mehr weiter.

»Die kleinen Kerle waren einhundertvierunddreißig Meilen zu Fuß gegangen. Ihr Papa wurde von einer Familie namens Oliver aufgenommen und von Aunt Urcey großgezogen, einer Sklavin der Olivers. Urcey hat mir erzählt, daß Ihr Papa Leonard nachts, wenn er in ihrer Hütte schlief, manchmal aufgewacht ist und gelauscht hat, ob er nicht das Knurren und Heulen der Wölfe hört, wie sie um die Leichen seiner Eltern kämpfen. Verstehen Sie jetzt, meine Kleine, daß Papa Leonard gar nicht anders handeln konnte, als Sie bei den toten Braddocks zu lassen? Papa Leonard war ein gutherziger Mann. Er hat Sie nicht aus Grausamkeit allein gelassen, sondern aus Liebe und Vertrauen.«

Bettie ließ ihren Tränen jetzt freien Lauf. »Das wußte ich nicht«, flüsterte sie.

»Wir Kinder wissen nie von den Qualen unserer Eltern. Wir können niemals wissen, vor welchen Wölfen sie sich fürchten.«

»Aber Sie sagten, daß Sie Haß in meinem Innern gesehen haben ...«

»Jetzt gibt es diesen Haß nicht mehr, Miss Bettie. Er ist fort. Er ist von Ihnen gewichen, als Sie ihn beim Namen nannten.«

Lange Zeit saß Bettie mit Idella schweigend am Tisch. Erst als die Kerze heruntergebrannt und die Flamme erloschen war, ließ Idella Betties Hände los. In der Ferne war Donnergrollen zu vernehmen.

»Ich glaube, wir können uns auf Regen gefaßt machen«, sagte Idella. »Sie sollten sich beeilen, sonst werden Sie naß bis auf die Haut.«

Als Bettie die alte Wahrsagerin verließ, hatte sich Dunkelheit über die Häuser an der Court Street gelegt. Bettie eilte die Straße hinunter und in die Stille ihres Hauses. Sie überlegte, ob sie Cayloma anrufen sollte, beschloß dann aber, statt dessen zu stricken.

Der Abend senkte sich wie eine schwarze Wolke hernieder. Bettie war allein im Haus, und die Zimmer waren erfüllt von Wispern und Schatten. Der Wind frischte auf, und seine Stimme klang wie das ferne Heulen von Wölfen. Durch die Fenster konnte Bettie sehen, wie Blitze durch die Schwärze zuckten. Das Haus fing an zu ächzen und zu stöhnen, und es bewegte sich wie ein lebendes Wesen. Bettie spürte, wie das altvertraute Entsetzen ihr Herz mit eisigen Klauen umklammerte. Ihr wurde schwindlig, und Übelkeit stieg in ihr auf – und noch etwas anderes, schrecklich und unbeschreiblich.

Die panische Angst vor dem Unwetter trieb Bettie ins Schlafzimmer, wo sie sich bei Gewittern und Stürmen stets hinter der Tür versteckt hatte, seit sie ein kleines Mädchen gewesen war. Dann aber dachte sie an Idella, blieb stehen, wandte sich um und ging zurück in den Salon. Mit einiger Mühe schob sie Mr. Henrys alten Schaukelstuhl in die Mitte des Zimmers und setzte sich hinein, gerade und aufrecht wie ein Besenstiel. Sie wartete. Der Sturm schlug mit unsichtbaren Fäusten auf das Haus ein, riß Schindeln vom Dach, fetzte ein Stück von der Dachrinne ab und zerschmetterte damit ein Fenster. Der Regen drang durch die Wunden, die das Unwetter dem Haus gerissen hatte. Während das Gewitter tobte, lauschte Bettie dem Sturm und all den Stimmen, die er mit sich trug.

Eine Zeitlang flüsterten sie einander zu – die alte Frau, das Haus und der Sturm. Dann verstummten sie. Gegen Morgen eilten Betties Familienangehörige ins Haus; sie rechneten mit dem Schlimmsten. Sie fanden Bettie im Salon. Sie saß kerzengerade in Mr. Henrys altem Schaukelstuhl, schaukelte gemütlich vor und zurück und stickte einen Texas Star.

IDELLA

Am Guadalupe und im Hügelland von Texas gibt es keine schönere Zeit im Jahr als die Woche vor Ostern. Die Tyrannei des Winters wird von warmem Frühlingsregen und mildem Sonnenschein bezwungen, und Wildblumen blühen auf den Feldern und entlang der Straßen wie in freudiger Erwartung der Auferstehung Christi. Ich fragte Idella, ob sie eine Spritztour mit mir unternehmen wolle – die Capote Road hinunter und zum Peach Creek und durch die Landschaft ihrer Erinnerungen. Ich weiß selbst nicht, warum ich überrascht war, als Idella sich sofort einverstanden erklärte und sich ihren alten Federhut und ihr Umhängetuch schnappte. Ich nehme an, es lag daran, daß ich Idella immer mit ihrem Fluß in Verbindung gebracht hatte, als würde sie ihre übersinnlichen Fähigkeiten aus den Wassern des Guadalupe schöpfen, so daß diese Kräfte schwanden, sobald sie sich vom Fluß entfernte.

Wir traten aus dem dunklen Innern des Hauses in die Aprilsonne. Ich half Idella in meinen gemieteten Volvo. Die alte Frau schien von den Schaltern, Knöpfen und Kontrollinstrumenten ganz fasziniert zu sein; sie drehte sich im Sitz herum und ließ den Blick durch das Innere des Wagens schweifen. »Ihr Automobil gefällt mir«, sagte sie. »Ich bin in keinem Auto mehr gefahren, seit es sie in verschiedenen Farben gibt.« Ich streckte den Arm aus, um Idella den Sicherheitsgurt anzulegen. »Das brauche ich nicht«, sagte sie. »Ich kann weit und breit keine Gefahr sehen. Nur in Richtung Uvalde sollten wir nicht fahren. Da oben lauert nämlich ein Unfall.«

Wir fuhren um das alte Magnolia-Hotel, in dem Pink Rosebud,

Ida Helen und Precious Honey Child ihren Lebensunterhalt verdient hatten; dann am Mission-Hotel, am Los Nogales und dem Lehmziegelgebäude vorüber, das einst Juan Seguin gehört hatte; dann bogen wir in die South Street ein, in Richtung Süden. Wir fuhren über die King-Branch-Brücke, und ich bemerkte, daß Idella den Schritten der Toten lauschte, die man hier angeblich hören konnte. Zu unserer Linken stand Euphemias »neues« Haus, in dem nun Annies Enkel wohnte; oben auf dem Hügel stand Betties Haus, in dem ich aufgewachsen war und das nun meine Mutter Virginia Woods bewohnte. Ein paar Querstraßen weiter, auf der linken Seite, war der Eichenhain mit dem Familiengrab, in dem Euphemia, William und viele Familienmitglieder und Texas Rangers ruhen. Ein Stück weiter befanden sich Einkaufszentren; dahinter begannen die Randgebiete der Stadt Seguin; die Gebäude standen bunt verstreut auf King-Land.

Wir bogen nach rechts in die King Street ein; dann nach links in die Capote Road. Diesen Weg hatte Santa Anna genommen, als er nach seinem Sieg am Alamo losgezogen war, um Sam Houstons kleine Streitmacht aufzustöbern und zu vernichten. Der Boden war fruchtbar und schwer und dunkel und wurde kreuz und quer von Bächen durchzogen, die allesamt in den Guadalupe mündeten. In dieser Gegend hatten Mollie und Papa Leonards Kinder gespielt und herumgebalgt.

Kurz vor Gonzales kreuzten sich die Capote Road und der Guadalupe River. Als wir die Brücke erreichten, fragte Idella mich, ob wir anhalten könnten. Ich lenkte den Wagen an den Straßenrand; wir stiegen aus, gingen zum Geländer der Brücke und blickten über den Fluß. »Dort hinten«, sagte Idella und beschattete die Augen mit der Hand gegen die tiefstehende Morgensonne, »nur ein kleines Stück von hier, haben die Comanchen die kleine Matilda Lockhart entführt. Sehen Sie das kleine Waldstück? Dort ist es geschehen. Genau dort drüben, als die Kinder gerade dabei waren, Mustangtrauben zu pflücken.«

Wir überquerten den Guadalupe und fuhren zum Peach Creek

hinunter. Ich erzählte Idella, daß das Land noch immer der Familie gehörte, vierhundert jungfräuliche Morgen, genau wie zu Euphemias Zeiten. Wir kamen an der altehrwürdigen Sam-Houston-Eiche vorbei, und ich fuhr hinauf zum Haus, stellte den Motor ab, half Idella beim Aussteigen und führte sie auf den Hof. Und dann standen wir vor Sarahs großer alter Villa wie Pilger vor einem Tempel.

»Gütiger Himmel«, stieß Idella hervor. »Was hat die Zeit nur damit gemacht?«

»Das Haus hat sehr lange leergestanden.«

»Häuser brauchen Menschen. Wenn die Menschen fortgehen, sterben die Häuser.«

Die alte Villa hatte irgend etwas Skeletthaftes. Die weiße Farbe war verschwunden, das Holz verwittert und voller Rostflecken, die von den quadratischen Nägeln stammten; doch diese Nägel hatten es irgendwie geschafft, das Gebäude trotz des abgesackten Daches vor dem Einsturz zu bewahren. Einige Bretter an der Seitenwandung hatten sich gelöst und waren zerbrochen. Doch ungeachtet seines verwahrlosten Äußeren besaß das Haus noch einen Hauch seiner einstigen Eleganz. Es war wie eine Kirche, die niemand mehr besuchte, um zu beten, oder wie ein Tempel, vergessen und verlassen von den Göttern, die einst darin verehrt worden waren.

»Das Haus müßte repariert werden«, sagte Idella.

»Das würde ein Vermögen kosten. Wir versuchen, den Staat dafür zu interessieren. Hier ist sehr viel Geschichte, die zu bewahren es wert ist.«

Wir hatten gehofft, das Haus betreten und die Zimmer erforschen zu können, doch die Türeingänge sowie die Fenster im Erdgeschoß waren mit Brettern vernagelt. Vielleicht war es ganz gut so. Idella und ich schlenderten über eine Wildblumenwiese, an einigen weidenden Kühen vorüber, bis wir zu dem kleinen, eingezäunten Friedhof gelangten, auf dem Sarah Ashby, Bartlett McClure, Charles Braches und viele andere aus Sarahs Familie beigesetzt waren. Zwei riesige Eichen warfen ihre Schatten über den stillen

Flecken. Ich stellte mir vor, daß die beiden Eichen ihre Nachbarn deshalb so hoch überragten, weil die Leiber meiner Ahnen sie ernährt hatten.

Vom Peach Creek aus folgten wir jenem Weg, den Euphemia, Sarah und Little Johnny zu Beginn des Runaway Scrape eingeschlagen hatten. Wir kamen am Big Hill vorüber, auf dessen Kuppe Euphemia und Sarah den Comanchen begegnet waren und auf dem Fannie und Roderick Gelhorn ihr Haus gebaut hatten. Nur ein einsamer Schornstein war vom Anwesen der Gelhorns geblieben. Wir fuhren weiter zum Lavaca River und durch die Wälder entlang des Navidad, wo die Frauen beim Runaway Scrape den Plünderer erschossen hatten und wo Little Johnny in Euphemias Armen gestorben war; dann wandten wir uns nach Nordwesten, zum Plum Creek, an dem Bartlett McClure die letzte große Schlacht gegen die Comanchen geschlagen hatte. Wir bogen auf die Schnellstraße Nummer 71 ab und fuhren in Richtung Norden, zu den Lost Pines und der Stadt der Toten und dem reizenden kleinen Städtchen Bastrop, wo wir feststellen mußten, daß die Apotheke und das Büro des Colonel-Doktors ausgebrannt waren; die Eingangstür hatte man mit Brettern vernagelt. Wir versuchten herauszufinden, an welcher Stelle Georgia, Martha Benny und Ed Tom ihre erste Plantage errichtet hatten, doch Idella erklärte, daß sie den Ort nicht erspüren könne und daß das Land über seine Vergangenheit schweige.

Auf der Schnellstraße Nummer 20 fuhren wir einige Meilen nach Süden zum Städtchen Lockhart. Als wir am Greisenbok-Hotel vorbeikamen, wies Idella mich darauf hin, daß der Veteranenbund der Konföderierten den Colonel-Doktor in diesem Gebäude vor seinem Tod geehrt hatte. Einige Minuten später kamen wir durch Staples, wo das Woods-Regiment ausgebildet worden war; dort war die schöne, junge Pink Rosebud auf einem Kamel in das einstige Militärlager eingeritten, Seite an Seite mit Reverend Andrew Jackson Potter. Von Staples aus fuhren wir über die alte Austin Road nach San Marcos. Unterwegs überquerten wir den

Blanco und gelangten in jenen Landstrich, wo Ed Tom und Sam Ealy Johnson die beiden Comanchen Iron Jacket und Tarantula verfolgt hatten, nachdem sie um den Erlös für Georgias Baumwollernte gepokert hatten. Wir tauchten aus einer Grotte von Wasserfällen und Farn auf und gelangten ins karge, felsige Hügelland. Zur Rechten lag ein Feld aus Feigenkakteen; die gelben, lila und weißen Farbtupfer waren ein wundervoller Anblick, und ich lenkte den Wagen an den Straßenrand.

»Da ist was Schlimmes in dem Kaktusfeld«, sagte Idella. »Es kriecht und sticht und beißt. Von mir aus können wir weiterfahren und es den Schlangen und Skorpionen überlassen.«

Aus dem Wagenfenster konnte ich die Hütte sehen, die mitten auf dem Feld stand, umrahmt von der trügerischen Schönheit der Kaktusblüten. Natürlich war das uralte Häuschen längst verfallen; das Dach hing durch, und wo einst die Türen und Fenster gewesen waren, gähnten dunkle Löcher. Hier hatten Martha Benny Hawkins und Ed Tom den alten Captain Lawshe während der letzten Tage seines Lebens umhegt, bis er – über neunzig Jahre alt – in den Armen seines Sohnes starb, der selbst schon ein älterer Mann gewesen war. Ungefähr eine Meile weiter im Süden befand sich auf einer Erhebung ein Negerfriedhof, auf dem Ulysses Cephus, Martha Benny, Ed Tom und alle anderen Sklaven ruhten, welche die Nachnamen Hawkins, Lawshe und Woods getragen hatten.

Als wir uns San Marcos näherten, konnte ich sogar schon aus der Ferne den Hügel sehen, auf dem einst Georgias Villa gestanden und die Stadt beherrscht hatte. Die Villa gab es nicht mehr; sie war vom Campus des Southwest Texas State geschluckt worden, jenem College, das Sam Ealy Johnsons Enkel Lyndon und Georgias Enkel Wilton gemeinsam besucht hatten. Wir fuhren den San Marcos River entlang, an dessen Ufer Studenten saßen, die ihre blassen jungen Gesichter in die ersten Strahlen der Frühlingssonne hielten oder die Füße ins Wasser jenes Flusses baumeln ließen, in dem Andrew Jackson Potter getauft worden war. Wir fuhren den Hügel hinauf, den die Yankees erstiegen hatten, als sie von Little Sweet vom Vordach aus beschossen worden waren; dann rasteten wir eine Zeitlang auf der Hügelkuppe, dort, wo einst die Villa und der Stall gestanden hatten, in den Georgia und die Kinder den Yankee-Captain Haller hineingelockt und erschossen hatten. Als wir den Hügel hinunterfuhren, kamen wir an der Methodistenkirche vorbei. Idella erzählte mir, daß die Glocke in dieser Kirche einst in Fort Hawkins gehangen habe, zu Zeiten des alten Benjamin Hawkins. »Captain Lawshe hat die Glocke den ganzen weiten Weg von Mississippi bis hierher gebracht«, sagte sie, »nachdem die Yankees seine Plantage niedergebrannt haben.«

Wir bogen auf die Schnellstraße 123 ein und fuhren aus San Marcos heraus, vorbei am Geronimo Creek und der *estancia* der Navarros, wo Don José, die weiße Taube, auf einem schneeweißen Pferd über seine Ländereien geritten war. Wir überquerten die Eisenbahnstrecke, über die jener Zug gerollt war, der George Henrys Leichnam heim nach Seguin gebracht hatte. Bald darauf fuhren wir wieder die Court Street entlang zu Idellas Haus am Guadalupe. Sie fragte mich, ob ich ein Glas Eistee mit ihr trinken wollte, und ich nahm ihr Angebot an.

Wir saßen im Schatten einiger großer Ulmen, deren Äste sich wie die Bögen einer Kathedrale über die hintere Veranda von Idellas Haus spannten. Wir konnten den Fluß sehen, schiefergrün und tief, wie er sich durch Flecken aus Sonnenlicht und Schatten bewegte.

»Was meinen Sie, wie weit wir heute morgen gefahren sind?« fragte Idella, als wir uns gesetzt hatten, eine Tasse Eistee in den Händen.

»Nicht sehr weit. Wir waren nur ein paar Stunden fort.«

»Nicht weit? Man muß sich das einmal überlegen«, sagte Idella und beobachtete, wie das Sonnenlicht auf der Wasseroberfläche spielte, »wir sind in Ihrem neuen Auto durch Zeit und Raum gefahren, von Santa Anna bis hin zum Krieg gegen Japan. Wir sind an riesigen Heeren vorbeigefahren, an Kriegen, durch versunkene Staaten. Wir sind mit dem Auto durch Hunderte von Jahren und

Tausende von Leben gefahren. Und jetzt sitzen wir schon wieder hier, und es ist nicht einmal Mittag. Stellen Sie sich das mal vor. Überall, das ist hier. Und die Vergangenheit, das ist einfach nur die Straße hinunter.«

Als Idella und ich so dasaßen und lauschten, wie der Fluß seinen Namen sagte – *Guadalupe, Guadalupe, Guadalupe* –, verspürte ich einen inneren Frieden wie nie zuvor im Leben, obwohl all meine Sinne auf das Äußerste gespannt waren. Ich konnte den leisesten Windhauch auf der Haut spüren und Geräusche hören, die mir bisher verborgen geblieben waren. Und ich schwöre, daß sich am Ufer und in Idellas Augen farbigen Schatten bewegten, wie ich sie nie zuvor gesehen hatte. Ich war von einer inneren Heiterkeit und einer tiefen inneren Ruhe erfüllt, und alles, was mich umgab, verzauberte mich. *Was für ein Zauber ist das?* fragte ich mich. *Diese Ruhe und Heiterkeit, dieses Gefühl der Vollständigkeit?*

»Was geschieht mit mir, Idella? Tun Sie das?«

»Nein, meine Kleine, das bin nicht ich. Sie haben gefunden, was Sie suchten; das ist der Grund. Mehr nicht. Ist gar keine so große Angelegenheit. Sie sind jetzt verschmolzen mit dem, was war. Ein Texas-Star-Deckchen, das Gott aus den Leben Ihrer Großmütter gestickt hat.«

Ich hatte den Wunsch, für immer auf der Veranda hinter Idellas Haus sitzen zu bleiben, mich völlig diesem neuen, nie gekannten Gefühl der Lebendigkeit hinzugeben und zu spüren, wie die Vergangenheit durch meine Adern strömte. Doch Idella stand auf. Im Licht der frühen Nachmittagssonne sah sie zerbrechlich, beinahe durchsichtig aus. »Es ist gut, daß Sie gekommen sind, Queenie«, sagte sie. »Und die Fahrt in Ihrem Automobil hat mir sehr gefallen.« Wir umarmten uns, und Idella war wie ein kleines, verlassenes Kind, wie ein Blatt im Wind, leicht und flüchtig. Während ich die alte Frau in den Armen hielt, blickte ich hinunter zu den Niederungen des Guadalupe, und ich dachte an Peachtree.

»Was ist eigentlich aus Peachtree geworden?« fragte ich.

»Oh, er ist hier irgendwo, ganz in der Nähe, wie alle anderen auch. Wie ich Ihnen schon mal sagte: Jeder, der einmal war, ist noch immer. Um sie zu rufen, braucht man nur ihren Namen auszusprechen.«

Als ich einen letzten Blick auf Idella warf, stand sie auf der Veranda ihres Hauses über dem Fluß. Ihre Lippen bewegten sich, und sie lächelte. Während ich zum Volvo ging, glaubte ich, den Schrei einer Eule gehört zu haben. Ich drehte mich um, und Idella war verschwunden.

ANMERKUNGEN DER VERFASSERIN

1. Wie Idella es vorhergesagt hatte, war Betties Haus auch in den nachfolgenden Generationen von Leben erfüllt. Nach Bettie Kings Tod zogen meine Eltern, Virginia und Wilton Woods, mein Bruder Wilton und ich in das Haus Nummer 920 in der Court Street. Wir hatten viele einflußreiche Menschen zu Gast, darunter Gouverneur John Connally, die Kongreßabgeordneten Jake Pickle und William Patman, den Senator des Staates Texas, Walter Richter, Willard Deason vom Handelsministerium, Lady Bird Johnson und den sechsunddreißigsten Präsidenten der Vereinigten Staaten, Lyndon Baines Johnson. Virgina Woods wohnt nach wie vor auf diesem alten Wohnsitz der Familie King.

2. Euphemias Haus an der Ecke Heideke und Court Street – das »neue« Haus, das die alte Blockhütte ersetzt hatte, die Euphemia und William kurz nach ihrer Heirat auf dem Gelände errichtet hatten – steht noch heute. Zur Zeit wird es von Aunt Annie Colvilles Enkel, William King Colville, bewohnt.

3. Der Grundbesitz, den Pink Rosebud in Seguin hinterlassen hatte, wurde verkauft; der Gewinn floß dem Staat zu.

4. Reverend Andrew Jackson Potter starb auf der Kanzel, während er in Lockhart, Texas, eine Predigt hielt.

5. Juan Seguins Leichnam wurde im Jahre 1976 von Nueva Laredo, Mexiko, nach Texas überführt und in Seguin ehrenvoll beigesetzt.

6. Die Debatte über die Frage, ob Georgias Mutter, Cherokee, die Tochter der Königin der Tuckabatchees gewesen ist, wird in der Familie mit unverminderter Heftigkeit geführt. Die vierundneunzigjährige Willie King Coleman, Georgias Enkelin, steht fest zu der Behauptung, daß ihre Großmutter Indianerin gewesen sei. Doch Daddy Jack Montgomery, der 102 Jahre alte Sohn von Sweet Woods, beharrt steif und fest darauf, daß Cherokee nichts weiter als ein Name sei und daß in den Adern seiner Großmutter kein Tuckabatchee-Blut geflossen sei.

7. Häuptling Iron Jacket vom Stamm der Tunuma-Comanchen wurde kurz nach der Schlacht am Plum Creek bei einem Scharmützel getötet. Sheriff Z. P. Bugg kam mit dem Leben davon; er ist der Urgroßvater des Schauspielers Robert Redford.

8. Es gibt noch immer kein Denkmal für die Frauen und Kinder, die den Runaway Scrape durchlitten haben; nicht einmal ein Straßenschild erinnert an die Hunderte von Menschen, die unterwegs starben oder an die fünftausend Flüchtlinge, die Santa Anna entkommen sind und sich bis San Jacinto durchgeschlagen haben.

9. Im Jahre 1944 wurde der mittlerweile hochbetagte Jacob Sechler Coxey von Präsident Roosevelt nach Washington, D. C., eingeladen. Coxey nahm die Einladung an. Fünfzig Jahre nach dem Marsch von Coxeys Armee, hielt der Greis auf den Treppen des Kapitols die Rede, die er 1894 geschrieben hatte.

10. In Macon, Georgia, stehen noch heute die Ruinen von Fort Hawkins; die Anlage soll in näherer Zukunft restauriert werden.

11. Cherokee Hawkins Lawshe ist auf dem Gelände des Familiensitzes in Water Valley, Mississippi, beigesetzt. Von den Gebäuden ist keines mehr erhalten.

12. Die sterblichen Überreste von Joanna Troutmann, die die erste texanische Flagge genäht hatte, wurden auf den staatlichen Friedhof in Austin, Texas, überführt. Das Haus der Troutmanns in der Nähe von Knoxville in Georgia steht noch heute.

13. Die Grabhügel der Ocmulgee-Indianer, auf denen Georgia als kleines Mädchen gespielt hat, gehören nun zum Ocmulgee National Monument unweit von Macon in Georgia.

14. Der Leichnam von George Haller wurde, acht Monate nachdem man den Captain zum letztenmal lebend gesehen hatte, im Elm Creek im Milam County aufgefunden. Wie der *Dallas Herald* vom 19. März 1870 berichtete, war »sein Körper von Kugeln zerfetzt, aber seine Papiere und sein Geld waren unangetastet«.

15. Am Osteingang des Hays County Courthouse in San Marcos, Texas, steht ein großes Denkmal mit einer Gedenktafel, die an Colonel-Doktor Peter Woods erinnert. Georgia, Peter und Captain Lawshe sind auf dem Stadtfriedhof von San Marcos beigesetzt.

16. Was aus Peachtree wurde, bleibt ein Geheimnis, das Idella Lampkin mit ins Grab nahm. Idella ruht auf dem Friedhof der Capote Baptist Church an der Capote Road.

12. Die sterblichen Überreste von Joseph Troutmann, die die erste texanische Flagge genäht hatte, wurden auf den staatlichen Friedhof in Austin, Texas, überführt. Das Haus der Troutmanns in der Nähe von Knoxville in Georgia steht noch heute.

13. Die Grabhügel der Ocmulgee-Indianer, auf denen Lorena als kleines Mädchen gespielt hat, gehören heute zum Ocmulgee National Monument, unweit von Macon in Georgia.

14. Der Leichnam von George Haller wurde acht Monate, nachdem man den Captain zum letzten Mal lebend gesehen hatte, im Elm Creek in Milam County aufgefunden. Wie der Dallas Herald vom 19. März 1870 berichtete, war sein Körper von Kugeln zerfetzt, aber seine Papiere und sein Geld waren unangetastet.

15. Am Ostende des Hays County Courthouse in San Marcos, Texas, steht ein großes Denkmal mit der Gemeinschaftsgrab Colonel Hecker, Peter Woods, erinnert. George Ezell und Captain Lawshe sind auf dem Stadtfriedhof von San Marcos beigesetzt.

16. Was aus Pandarec wurde, bleibt ein Geheimnis, das Isella Lamskin mit ins Grab nahm. Isella ruht auf einem Friedhof der Caputo Baptist Church an der Caputo Road.

DANKSAGUNGEN

Stolze Frauen, weites Land ist eine erfreuliche Gemeinschaftsarbeit meiner Familie und vieler Freunde, die mir Briefe und historische Unterlagen zur Verfügung stellten und durch Gespräche mit mir sowie durch eigene Nachforschungen zum Gelingen dieses Buches beitrugen. Für die wundervollen Geschichten und Erinnerungen möchte ich folgenden Personen meinen besonderen Dank aussprechen:

Zu *Idella Lampkin* – ihrer Enkelin Sara Harris und dem Polizeichef von Seguin, Leroy Schneider. Zu *Euphemia Texas Ashby King* – ihrem Urenkel William King Colville; Katie Lay Hurt für die Briefe der Familie Beard; den Daughters of the Republic of Texas; Donaly Brice; Michael Green von den Texas State Archives; William Richter; Ralph Elder; Trudy Croes vom Eugene C. Baker Texas History Center und der Gonzales County Historical Commission. Zu *Sarah Ashby McClure Braches* – ihren Ururenkeln Emily Anne Derounian und Hartwell Kennard für die Tagebücher von Charles Braches; dem *Gonzales Inquirer*; der Seguin Public Library Genealogy Section sowie Sandra Mauldin und Dorcas Baumgartner. Zu *Juan Seguin* – Alfonso Rincon; Charley Eckhardt; der Seguin Conservation Society; dem Los-Nogales-Museum; Willie Mea Weinert für ihre Unterlagen und der Sterling Memorial Library an der Yale-Universität. Zu *Jane Isabella Ashby McCulloch* – ihrem Ururenkel Dr. Larry Waldrip. Zu *Polly Gordon* – Polly Hollamon Bergfeld für ihre Unterlagen. Zu *Georgia Lawshe Woods* – ihrer Enkelin Willie King Coleman; ihrem Enkel, ›Daddy Jack‹ Montgomery, und ihren drei Urenkelinnen Bette Woods Wehner, Mary Nell Sparks und Dorothy Woods Schwartz; außerdem Mary Lou Coleman; Frances Stovall; Dr. Robert Montgomery; Dianne Wilcox; Sam Lawson; Joy Gold; Patty Dalton Arnold; Katherine Ferguson; Mary Anne Welch; der *San Marcos Record* und der San Marcos Public Library für die Tula-Wyatt-Unterlagen. Zu *Colonel-Doktor Peter C. Woods* – Wilton G. Woods für seine Unterlagen; Allan Duaine für die Unterlagen seines Vaters; Carl Duaine (Verfasser von *The Dead Men Wore Boots*); Clifford Woods für die gesammelten Briefe und die persönlichen Aufzeichnungen von Emma Woods Thorpe; die Tagebücher von O. A. Fischer; die Autobiographie von Reverend Andrew Jackson Potter; der Julia Idelson Library und der Lyndon Baines Johnson Library. Zu *Martha Benjamin Hawkins* und *Ed Tom Lawshe* – ihrer Enkelin Johnnie Rutledge und ihrem Urenkel Paul Rutledge, jr. Zu *Bettie Moss King* – Mary Louise Orr; Virginia Woods; Maxine Halm; William A. Bergfeld, jr.; Henry Edsel Bergfeld; Leonard Moss Fisher; Leonard Fleming; Joe Fleming; Burton Biediger; Katie Brenner Carter; Virginia Pybus; Nelda Kubala und der *Seguin Enterprise.* Zu *Abraham und Lucinda Saphronia Miller* – ihrer Tochter Elizabeth Miller. Zu *Daisy Moss* – ihrer Tochter Daisy Thomas. Zu *George Henry King* – seiner Mutter Nellie King; seinem Bruder Donald King, und Allen Hoermann. Zu *Mary Lou Lannom* – ihrer Nichte Gladys Engbrock. Und zu *Darden Wurzbach* – ihrer Nichte Mabel Fayant.

Für die Gespräche, die Informationen über die Geschichte der Afro-Amerikaner in Seguin geliefert haben, bedanke ich mich bei Leonard Merriweather; Pinky Wilson Applewhite; Lizzie Miller White und Henry Franklin Wilson.

Ich möchte außerdem an jene Menschen erinnern, die mir geholfen haben und die mittlerweile verstorben sind: Ella Langley; Arden Reed Sparks; Karl O. Wyler, Sen. und Harry Gordon.

Die folgenden Personen haben mir auf vielfältige und bedeutsame Weise geholfen: mein Anwalt und Agent, Robert B. Barnett; mein Lektor, Neil S. Nyren, stellvertretender Direktor, Herausgeber und Cheflektor bei G. P. Putnam's Sons; mein Bruder Wilton E.

Woods; Kay Banning; Bea Bragg; Edith Firoozi Fried; Patricia Henry; Maurice Heller; West Lee King; Susan Berresford; James A. Joseph; Frances R. Bagwell; Tracy Pepper Lydick; Shirley Welk Fredericks; Anne L. Schwartz; Cissy Weidner; George McAlmon; John Fainter; Virginia Kemendo und die Geschäftsführung sowie die Mitarbeiter der El Paso Community Foundation.

Ein ganz besonderer Dank gilt meinen Kindern, Wayne Wilton Windle und seiner Frau Mary Jane; Virginia Windle Shapiro und ihrem Mann Randy, sowie Charles Kendrick Windle; allen anderen, die mir auf meinem Weg geholfen haben, und, in Liebe und Dankbarkeit, den wundervollen Menschen aus Seguin in Texas.

SEGUIN

1831–1946

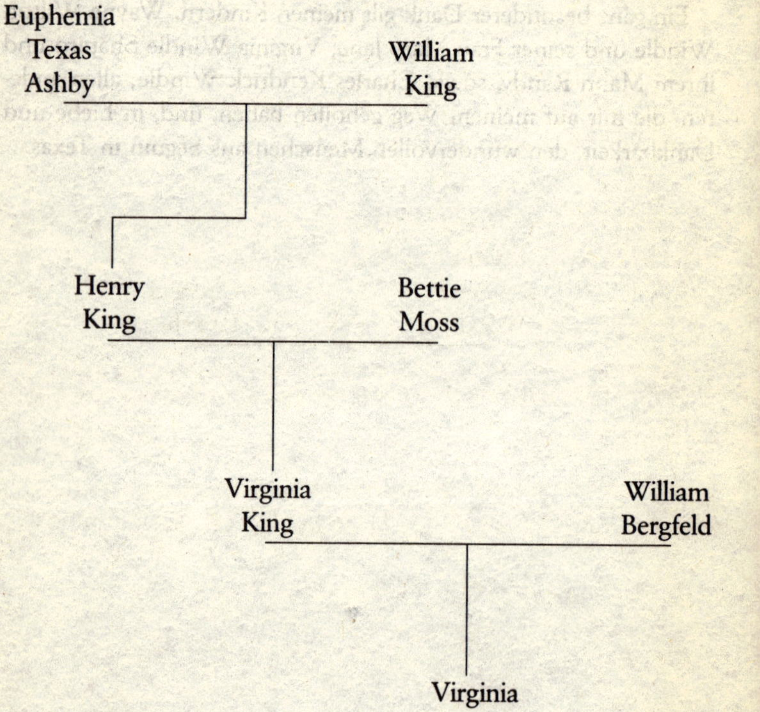

SAN MARCOS

1754–1946

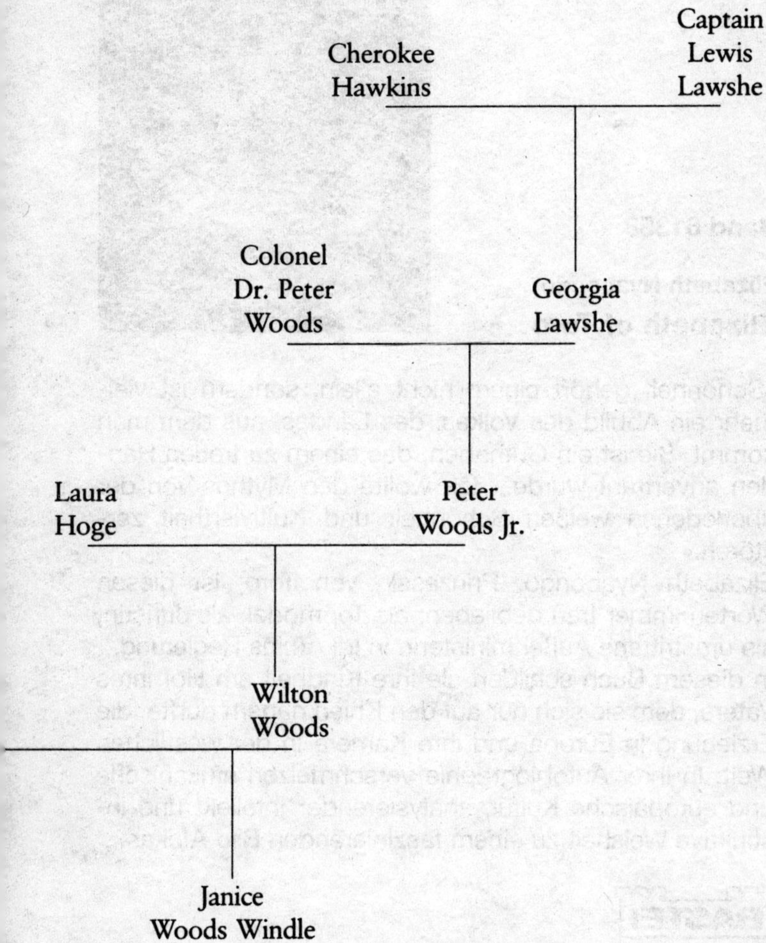